經典新版

和珅秘傳

上

黑金術

興華 著

和珅【秘傳】上 黑金術 目錄

史上第一大貪官

如果《金氏世界紀錄》也能爲世界上的貪污犯排定名次的話，中國的和珅肯定能夠當之無愧地戴上「世界第一大貪污犯」的「桂冠」。

和珅的一生，是追求權力、金錢和女人的一生，他的一生一直在演出著一場中國式的官場悲劇……

和珅，字致齋，鈕祜祿氏，滿洲正紅旗人。其祖上幾代都有軍功，是將門之後。但是由於其父爲官清廉而又早逝，和珅家境極爲貧寒。和珅幼年喪母，繼母乖戾，稍長後，父親又去世，爲求學，爲生計，少年的和珅四處奔走求貸，如同乞丐。在貧寒、屈辱而無一點人間溫暖的環境中，和珅度過了他的童年和少年時代。和珅自幼性格剛強，志向遠大，他與弟弟和琳互助互勉，與命運作不屈服的搏鬥抗爭。然而，在他的人生之途上，他的人性卻發生了畸形的變態……

乾隆是中國封建社會裡最專制、最好大喜功的帝王之一，也是最長壽的君主之一。晚年的乾隆更加喜愛誇示帝國的繁榮和強大，追求享樂，而整個社會風氣也開始腐化墮落，和珅就是這種社會環境的產物。

在乾隆四十年到四十一年的兩年間，和珅靠著英俊的相貌及恰到好處的溜鬚拍馬技巧，由一個抬轎的侍衛一躍升到中央最高統治階層，做軍機大臣時才二十八歲。和珅的一生中幾乎把握過大清帝國所有具實權的職位，國家的人事權、財權、軍權、文化教育大權、民族事務及外交人權都直接地控制在他的手裡，以至於朝鮮使者和英國使者都把他當成二皇帝。

應該說享受權力還不是和珅最主要的目的，他的權力欲遠遠比不上金錢欲。從某種意義上說，他獲取權力的目的就是爲了攫取金錢。他對金錢的執著是變態的，對金錢的追求是貪婪的，對金錢的掠奪佔有是瘋狂的。他擁有土地八十萬畝，相當於西方的幾個國家；他有房屋兩千七百九十間、當鋪七十五座、銀號四十二座、古玩鋪十三座、玉器庫兩間；另外還有其他店鋪幾十處，如布莊、糧店等幾乎在北京及其他地區都處於壟斷市場的地位；他擁有的珍珠寶石遠遠超過了皇家御用。其收藏之豐富，在當時的世界上可謂無與倫比，路易十五、十六好收藏，但傾當時法國的所有，也難以望和珅的項背。僅從和珅家抄出的財產就値銀九億兩。而乾隆時期，整個國家的每年收入才只有七千萬兩，也就是說和珅的財產相當於他當政二十年間清王朝整個國家財政收入的一半還強。堪稱當時的世界首富！

和珅的生活自然是窮奢極欲。他每日必吃珍珠，他有一件衣服的鈕扣竟然是用幾十個小巧的金表做成的。

和珅生活的糜爛還表現在他的荒淫上。他擁有無數的小妾和眾多的孌童。他的小妾中竟然還有西洋女子……

本書的重點是描述當時官場與軍隊中的貪污腐敗，並力圖展現當時社會的整個風貌。

引子

人們說他的前身是雍正皇帝的美麗愛妃馬佳氏，乾隆皇帝就是認為他是馬佳氏再世，而對他百般寵愛、放任自流……人們又說他的後身是慈禧太后，為報兩次殺身之仇，他又托生為女身，重新做了妃子，穢亂宮中，禍國殃民，終於亡了大清朝……

他就是……

第一章　立志奮鬥．文武全才

權、錢、女人，我一生只要這些，我一定要得到這些。和珅在內心裡反覆咀嚼著這幾個字。這三者中最重要的是「權」，有了「權」就有錢和女人，就有了一切。我要享受，要享受別人的羨慕、阿諛和屈從；我要享受錦衣玉食；我要享受國色天香……

權、錢、女人——我一生只要它們，我一定要得到它們。

和珅站在運河的岸邊，像是什麼都沒看，又像是什麼都看到了。他的眸子就如這正月裡晴朗的天空，澄明而又深邃。初升的太陽映著他白皙的臉，照著他亭亭挺拔的身姿。

這是乾隆二十七年，弘曆第三次南巡江浙陸行至這裡，復又啓蹕運河，和珅帶家人劉全乘車從北京來到這黃河南岸的運河邊。

人生在世，應該享受生活——享受權力、金錢和女人，不然怎能叫活著！

此時和珅恰是十三歲的年紀。兩岸掛滿的紅綢，滿河迤邐的彩船，更有那扈從儀仗，妃嬪宮女，文武百官……這一切，讓和珅熱血沸騰，心緒難平。

一個半時辰，他站在那裡紋絲不動，陽光爲他英俊的面龐鍍上一層紅豔。

旁邊有一位老者也靜靜地站著，靜靜地望著和珅。一個半時辰過去了，待和珅猛一轉身昂然而去時，那老者也乘車離開了。

這老者是英廉的心腹管家。英廉是現任的直隸總督，原來曾做過內務府大臣、戶部侍郎、刑部尚書、正黃旗滿洲都統、協辦大學士，後來直做到東閣大學士加太子太保而成爲宰相。

英廉派自己的心腹家人觀察和珅已非一日。英廉膝下有一孫女，剛兩歲時父母雙雙去世。從此英廉既是她的祖父又成了她的爹媽，於是對她格外疼愛，視如掌上明珠。如今孫女已長大成人，做祖父的一定要爲她尋一個如意郎君。況孫女端淑溫順，俊美秀麗，祖父必要爲她尋一個品行中正，才貌雙全的人。一個偶然的機會，他遇到了和珅。

一天，他乘車回府，猛見道旁一戶人家的一隻惡狗正向一年輕人狂吠著撲去，那家主人不僅不喝止惡狗反而哈哈大笑道：「你是借錢的，並不是小偷呀，那狗怎麼咬你呢？」

那年輕人倒很機智敏捷。」待看到那年輕人的面貌竟脫口而出：「天下竟有這樣的俊美男子！」只見那年輕人二目朗朗，雙眉修長，臉蛋有如剝了殼的雞蛋在脂粉裡滾過，白裡透紅。最醒目的是那前額上有一小胎記，紅潤如帶雨的石榴花。英廉愈看愈愛，竟吩咐車夫跟著這年輕人，一直到家。

那年輕人道：「我若著華美的官服，穿金披銀，這條狗只恐怕還要對我笑呢！」英廉心道：「這

於是英廉便叫家人馮至留心這年輕人的一切舉動，自己也對這年輕人作詳細的調查。

這年輕人名叫和珅，生於乾隆十五年（一七五〇年），姓鈕祜祿氏，是滿洲八大姓之一。他原名善保，字致齋，滿洲正紅旗二甲喇人。住西直門內的驢肉胡同。其五世祖尼牙哈納巴圖魯，屢立戰功，爲子孫掙得三等輕車都尉世職。父親常保襲世職後，由於常保堂叔啊哈頓色在跟隨康熙皇帝征準噶爾時英勇陣亡，追敍軍功，常保受贈一等雲騎尉。至乾隆時，兼任福建都統。如此，則和珅乃將門之後。

常保中正平和，爲官清廉，極少在京，多征戰戍守在外，爲國而很少顧家，因此家裡沒有什麼產業。乾隆二十五年常保病逝於福建，和珅家境陷於窘迫。

和珅有弟和琳，小和珅三歲，生下不久親母病逝，繼母又乖戾異常。和珅兄弟如寒澤孤雁，披風淋雨，甚是淒苦。但二人向來和睦、相依為命，更有家人劉全多方奔走照應，兄弟二人雖若荒山竹筍，飽受風吹雨打，但卻更見茁壯成長，現在正在咸安宮官學讀書。

馮至回到英廉府第，把在運河邊所見報於英廉，英廉暗暗高興。且說和珅離開河岸，家人劉全等在遠處，見和珅走來，忙迎上說：「少爺，就去保定嗎？」和珅道：「不日就要開學，學費在城裡籌措已沒有門路，再不速去，耽誤上學怎生是好？」劉全忙扶和珅上車，長鞭一甩，急急地駛向保定。

咸安宮官學本不要交學費，但其他生活費用怎能缺少？和珅所說「學費」實是衣服口糧。

保定的十五頃地是和珅祖父留下的官封地。地交給莊主賴五管理。常保長年在外，那賴五所交租銀甚少，常保也不逼問。常保死後，那十五頃地就如賴五自己的一般，交於和珅家的租銀就更少了。

見了和珅，賴五已知來意，卻也禮節周到，滿桌擺上酒菜，對和珅劉全問寒問暖。

和珅道：「莊主不要客氣，我今天來此，特為籌措銀兩，吾與弟和琳學費俱沒著落，家中十幾口人也都衣食無著。想家祖家父待莊主自來甚厚，莊主為這十五頃地也是費心勞瘁，甚是知恩報德，所以今天特來向莊主籌措銀兩，想莊主定會辦妥。」

賴五道：「須多少？」和珅答：「一百兩。」賴五道：「少主人有所不知，這幾年非澇即旱，哪有收成？更況為乾隆爺南巡，家家納稅捐銀超過往日，這十五頃地的收入能剩多少？你若要十兩八兩，我就是摔鍋賣鐵也為你湊齊了，只是這百兩銀子叫我上哪裡尋去？」

和珅道：「莊主每年交於我家銀兩谷物只是十之六七，今年僅交十之三四，我們並沒追究，現在我兄弟急用，你怎能推託？」不料那賴五霍地站起，「你家你家，你道我坑你瞞你不成？旱澇短收，佃戶們又狡賴，叫我怎能如數上交？你兄弟真要急用銀兩，何不把這地賣了，反向我籌措銀兩？」

劉全哪能忍住，跳起來道：「你他娘的，狼心狗肺的東西，想當年你本是個窮軍漢，在先老爺鞍前馬後討得喜歡，才叫你做這個莊主，你今天怎做出這種薄情寡義的事來。」那賴五道：「你這狗奴才，說我害主欺天，拿出實據來！」說罷叫道：「送客！」便有二個人進來把桌子搬走了。

和珅見此，一紙告到保定府。

不料保定知府對和珅卻是一頓痛斥，說他索要銀兩，勒索莊客，若再擾鬧鄉里，輕者棒打，重者拘捕。

劉全氣得七竅生煙，可見那和珅卻冷冷靜靜，不僅沒有一句托辭，竟連眉毛也沒皺一下。反而向那知府一稽首，轉身出去。劉全尾隨其後，聽了他的第一句話就心裡一震：「劉全，快回去，賣地——就讓那賴五經手。」

正月的北國冷風刺面。馬車在空曠的原野中行駛，滾動的車輪在和珅的思緒中輾軋……

雄雞剛叫，和珅早提劍在院中騰躍，待東方欲曉，即與弟弟和琳相對而坐，讀書琅琅。夜幕降臨，三星移挪，兄弟二人挑燈苦讀，從不懈怠。和珅刻苦勤奮，又過目不忘，在私塾中從來不因老師的誇讚而有絲毫的驕傲。

十歲那年，乾隆二十四年，和珅與弟弟和琳一起被選入咸安宮官學。這是對他兄弟二人幾年艱苦勤勉的最好報償。咸安宮官學是京城最好的學校。進入學校的首要條件必須是八旗子弟長相俊秀者及內務府子弟，並在學業上嚴格選拔，最後選出八十名左右，寧缺勿濫。

讀書諸生清晨入學，日暮散歸。如遇暑熱嚴寒，教習、學生內有情願者，准其宿居學內。學校設管理大臣，協理事務大臣，另有滿漢總裁，總裁須是翰林，教師也多是翰林，極少數不是翰林的，又必是享有盛名的飽學之士通過考核後方可擔任。

和珅人生中的第一個志向就是進入這所學校，到了這裡就如到了知識的海洋，和珅在這裡不知疲倦地遨遊著。學校不僅開經、史、子、集課，而且還開設滿、漢、蒙、藏等多種語言課，同時教授騎射、慣用火器。

和珅天資聰穎，過目不忘，著實讓翰林驚歎，可是他們在讚揚和珅才能的同時，卻沒有給他應有的人格尊重。

一次，一張畫飄落在教習的翰林面前：一隻螳螂脖子細瘦而腹部臃腫，但那面部的眉眼讓人一看就知道是那位翰林。那位翰林暴跳如雷喝道：「誰畫的！」內務府總管的兒子道：「和珅畫的。」不由和珅分辯，十幾板子就打在和珅手上。

和珅知道，即使是那位翰林也知道，畫是內務府總管的兒子畫的，可是他仍然瘋狂地在和珅手上發洩著他的怒氣。和珅既不能和教習抗辯申辯——因為那會招來更兇猛的斥罵鞭打，更不敢指摘內務總管兒子的過錯。這樣的事，他遇到許多……馬車繼續向前奔馳，過去的一幕幕隨著車輪，在旋轉、旋轉，輾碎了和珅最後的一點良心。

在舅舅家被冷落，在表兄家遭白眼，還有那父親的故舊竟放出狗來……他們見到自己就如見到瘟疫一樣，唯恐躲之不及。

權、錢、女人，我一生只要這些，我一定要得到這些。和珅在內心裡反覆咀嚼著這幾個字。這三者中最重要的是「權」，有了「權」就有了錢和女人，就有了一切。我要享受，要享受別人的羨慕、阿諛和屈從；我要享受亭臺樓閣、車馬遊船、珍異珠寶、錦衣玉食；我要享受國色天香。

而有了權，就有了這一切，而要有權，在這個社會，在天下是一人之天下、官府是一人之官府、衙門是一人之衙門的社會裡，只要討得那「一人」的歡心就行了，我要位極人臣，絕不甘於一府一衙門。他是真命天子，天下的人沒有一個人敢違抗他。他說你無罪就無罪，即使罪大惡極，他說你有罪就有罪，即使你玉壺冰心。他說的話叫聖諭，他說的話就是金口玉言。既然榮辱系於君王一身，那麼就要想法接近他、討好他，但討好這個談何容易。「寶劍鋒從磨勵出，梅花香自苦寒來。」

從今以後，我更要勤勉，學得本領，留心皇上做的一切，留心天下大事，常言道：「世事洞明皆學問，人情練達即文章。」我要學習一切，留心一切……

和珅的思緒在茫茫無垠的大地上迴旋，在漠漠無盡的雲霄中激蕩……

一抬頭，已是驢肉胡同，門樓上的枯草在迎接他，油漆剝落的大門在迎接他……

咸安宮官學裡不時出現英廉的身影。英廉詳細詢問學校所開的課程及學生學習情況，對每一個學生都極關心，從日常起居到個人習慣，從學生的天份稟賦到成績個性，每一方面都備極細緻。英廉是皇帝重用、朝野稱讚的清正大臣，翰林們見他公事忙碌之餘，抽時間不時來學校，對學校備極關心，都非常感佩。兩年後，他們才恍然大悟，驚異於英廉的眼光、英廉的耐心；十年後，學校所有的翰林們都被英廉獨具的眼光折服了。

和珅把地賣掉，籌足了兩年的生活費用，受到繼母的一頓臭罵，說他是敗家子、喪門星。從此和珅家用節儉自不待說，兄弟二人勤奮更勝過往日。

和珅在除咸安宮官學的各種學科之外，自己又加了兩科：搜集乾隆的詩作文章，刻苦模仿乾隆的字體。他本來就有過目不忘的本領，乾隆所有的御制詩文無不熟透於心，終日細細揣摩。他揣摩著皇上喜歡什麼、討厭什麼，他要進入皇帝的內心世界，他要發現乾隆的內心奧秘。

咸安宮官學裡的同學都是驕橫的八旗子弟，和珅在他們身上試驗自己的涵養和忍耐力，喜怒不形於色；他在那些教習面前試驗自己的洞察力與諂媚討好的能力手段。他探尋著、判斷著翰林教習們的每一個動作每一種表情與其內心世界的必然聯繫。他試驗著自己的行事在他們身上所取得的效果。漸漸地，翰林們、總裁們乃至校務大臣都知道他、喜歡他，他發現這些教習們雖才高八斗，讀書萬卷，卻也心胸狹窄，互相看不起。有時看到別人背黑鍋，即使不是幸災樂禍，也是明哲保身，很少有仗義執言的；見到有權勢的人，即使不是阿諛奉承，吹拍逢迎，也總想套個近乎……

在咸安宮官學裡，學生們大都不學無術、玩物喪志。和珅卻在這裡貪婪地學著一切，準備著一切。他要為他的理想打下堅實的基礎。

逝者如斯夫，不舍晝夜。在咸安宮官學，和珅只爭朝夕，勤勉刻苦，一晃兩年又過去了，賣地的銀兩所剩無幾，眼看全家人生活無著，自己和弟弟很難在咸安宮官學繼續學習，和珅又去和劉全商議。劉全道：「我早已捨了臉皮四處籌借，東一兩西一錢，再加上典賣的玉珮等，權且湊夠今年的費用，只是明年，再搜尋不出來了。」和珅心裡也在盤算著：這學業是進身的基礎，必得牢固。能多學一年就多學一年。明年再想明年的辦法，自學也可以。待襲了三等輕車都尉的世職後，事也不多。當年阿桂不是在作侍衛時苦讀數年嗎？於是在聽了劉全的話後，見劉全滿臉愁容，笑道：「你愁什麼？遇到春香啦還是夏蓮啦？魂都沒了。」劉全道：「如今生活沒有著落，借了這麼多銀子，你倒玩笑。」和珅遞與他些散碎銀子道：「這錢來得不易，今晚上別吃虧了，把那春香、夏蓮閒個夠。」說罷大笑轉身走了。和珅自小喜好謔笑，只是這兩年從沒有過，劉全心裡疑惑，手裡拿著銀子，怎麼也沒有興頭，嘟嘟噥噥地道：「吃都吃不飽了，還想那事。」

和珅到學校，被一位差役領到校總裁值室。和珅進去，急忙跪下磕了一個頭道：「總裁師傅喚學生來，有何驅使？」說罷，眼觀鼻，鼻觀口，口向心，不低頭更不昂頭，筆直地跪在那裡。不待總裁開口，只聽另一聲音道：「起來，起來，站著說話。」和珅道：「學生怎敢在大人總裁面前無禮！」總裁道：「站起說話，爲師不怪。」和珅站起來，垂手而立，仍二目觀鼻。總裁道：「見過英廉大人。」和珅又跪下道：「學生向大人請安。」

英廉忙令他起身，道：「不必多禮，老夫此來，只是爲我家花園之中新修幾處亭閣，還沒有題寫匾額。我見你書法渾厚飽滿，雍容中又蘊勁拔，欲讓你題寫幾塊匾額，不知你願意去否？」和珅道：「蒙老爺過譽，學生慚愧，但是老爺使派，晚生安敢不去；況又有總裁在此，學生怎能違拗雅意？」英廉道：「何必過謙，車輿已備，快隨老夫前去。」

和珅隨英廉來到廳堂，題過匾額，英廉道：「你書法精湛如此，繪畫必也高妙。老夫有一扇面，請公子畫一幅山水或人物。」說罷拿來扇面。和珅更不推辭，見這扇面是嫩黃的底子，想了想，便運起五彩，勾起線條。英廉站在旁邊，愈看愈奇，愈看愈喜。不一會兒，一幅扇面寫就。看那畫面的左方，兩竿秀竹突現畫面，秀竹挺直玉立，卻不是青翠欲滴，而是鮮紅瑩瑩。

透過兩竿紅竹望去，遠山高聳，峰巒錯落有致，谷壑迂迴遊動；山上層林濃密，染上紅霞。畫面右方，站一老者，面左翹首。老者面部勾勒，衣服髮鬚卻盡用工筆。雖只畫出側面，但老者意態畢現。老者面部神情恬淡安適，衣擺鬍鬚似飄飄御風而起，老者後面，一枝蒼松挺出畫面，枝披龍鱗，松針剛直。松枝上方題兩行秀勁的楷書：「停車坐愛楓林晚，霜葉紅於二月花。」

英廉看那上面的老者，愈看愈像自己。待看到題「停車坐愛楓林晚，霜葉紅於二月花」時，自己似乎也飛颺飄動起來。

英廉誇讚之後，對和珅道：「你不妨在這盤桓一日，到花園中走走。」和珅道：「小子再不敢叨擾，就此告辭，謝老爺抬舉錯愛。」英廉道：「這是哪裡的話，你在這裡不高興嗎？」和珅急忙道：「小子高興之至……」沒等和珅說完，英廉道：「既如此，就在這逗留一天。」說罷喚過家人，讓其帶和珅到花園信步，自己廳中等候。

此時正是正月季尾，剛下了一場小雪。豔陽照來，滿園紅裝素裹。和珅望那廊榭之上的一帶遠山，蒼黛中夾帶些耀眼的白雪，愈顯晴空一碧。身邊的塘裡，兩隻翠雁正在嬉戲，突然間雄雁撲楞楞飛起，盤旋鳴叫，勾首下望；下面的雌雁則曲頸上翹，柔聲相和。兩雁對鳴了一會，雄雁又猛地飛下，於是二鳥又戲鬧如初。和珅不由地深歎一聲，越過板橋，來到湖岸。只見柳枝依依，經雪潤澤，綠意逼人；又見白楊枝頭，米粒大的微紅的苞芽已綴滿枝頭。

和珅在花園中信步，英廉逕自走到樓上孫女的閨房，孫女霽雯正隔著窗簾往外瞧望。聽到腳聲，忙回過頭來，滿臉飛霞，面頰中漾出兩個酒窩，眉梢顯出無限的甜蜜。英廉道：「你心裡高興，我心裡更高興。你不知道，我已觀察他兩年了。」霽雯道：「既如此，就沒看見他身上衣服單薄得很？」英廉道：「咦——就這一會兒，竟疼起他，責備起祖父來？」

和珅進到廳中，坐在案旁，英廉道：「我有一事要和你說。」和珅道：「不知老爺有何事吩咐小子。」英廉道：「老夫已察你二年矣。你是將門之後，兄弟二人，勤奮中正，實是八旗子弟中之佼佼者。我知你尚未婚配，欲把孫女許配予你，你意如何？」和珅哪裡不知道英廉觀察自己？只是不知道有這等天大的喜事，聽了老人的話，眼淚差點流出來，納頭便拜：「祖父大人以中堂之尊，把孫女下嫁於我這窮書生，胸襟真如日月行天也。」

英廉忙扶起和珅道：「孫兒起來。你既認我爲祖父，就不要客氣。只是我這孫女，自幼父母早逝，在我膝下長大，望你善待於她，我即百年之後，也已含笑了。」和珅道：「祖父對我有天高地厚之恩，我若有負於她，天地不容！」英廉道：「我知你借了許多銀子，借了多少告訴我，我替你還掉。明日我遣媒你家，雖你與後母不合，但禮是不可缺的，此事須與你繼母商量。你今後就安心在學校讀書，不必爲生活操心。待你學業期滿，就擇日爲你們完婚。」

從此，和珅、和琳再也不爲生計發愁，安心讀書，益更刻苦。

乾隆三十二年，十八歲的和珅在咸安宮官學畢業。《四書》、《五經》倒背如流自不必說，連那後人的注疏也無不爛熟於心；至於子集歷史，也無不遍覽強記。真正是諸子百家無所不通，三教九流無所不曉。滿、漢、蒙、藏等各種語言，都能讀寫流利，騎射兵器課程，也是優秀。當時名滿天下的袁枚曾作詩稱讚和珅兄弟：

少小聞詩禮，通侯及冠軍。
彎弓朱雁落，健筆李摩雲。

在袁枚的筆下，和珅儼然文武全才，這文武全才的基礎，即是在咸安宮官學打下的。

乾隆三十二年（一七六七年），十八歲的和珅迎來了他人生中第一個輝煌的年頭，第一次春風得意的年頭——他與大學士英廉的孫女馮氏結爲伉儷。

洞房花燭，當他揭去新娘蓋頭時，竟情不自禁地雙膝跪倒在地，莊嚴地磕了三個響頭：「皇天后土太厚愛我了，祖宗神明太厚愛我了，英廉祖父太厚愛我了，竟賜給我如此淑貞秀美的夫人！」他在心裡祈禱著感謝著，久久地跪在那裡。

和珅只一眼便看出，她不僅秀美絕倫，更是一個貞慧賢淑的女人。一個渾身透著浪漫卻腳踏實地的女人，一個才高富有主見卻溫順而不固執的女人。「霽雯」，多好的名字，雨後晴天中的彩霞，多麼美麗！但她爲陽光而燦爛，爲天空而嬌媚，爲和風而姿態萬千、風情萬種。我就是她的太陽，我就是她的天空，我就是她的和風。我要讓她沐浴在我的光輝裡，陶醉在我的情感裡。

和珅深深地知道，一個貞靜溫順的夫人，對自己事業的成功是多麼的重要。他不由地又磕了三個頭，鄭重地道：「謝皇天后土，祖宗神靈，英廉祖父！」

馮氏見他這樣，心中更是溢滿愛意道：「謝了一遍了，起吧。」和珅起身端過酒杯，二人飲過交杯酒，拿起雞子便要剝開。霽雯忙道：「須燙燙，聽說你有胃病。」和珅時常留宿咸安宮官學，記得相府第一次把精美飯肴送到學校，和琳竟哭了，想到此，和珅道：「那些飯菜必都是你差人送的。」霽雯道：「可還好吃嗎？」「弟弟第一次吃時竟哭了。」「我只見過你，沒見過弟弟，不知每次送的衣服合他的身否？」「每次的衣服都是你選的？……你怎見過我？」「你上次到我家我已見過，那是春寒時節，你穿的甚是單薄。」

和珅聽到這裡，竟伏在她懷裡哭了起來。想他母親早逝，四歲時就失去母愛，父親在沒有去世時，也是時常在外，更有後母凶戾，和珅兄弟哪裡受過這種疼愛。霽雯見他如此，撫摩著他的雙頰，捧起他的臉，輕輕地吻在那第一次見到就令她驚異的紅記上。

說不盡的夫妻恩愛，和琳也享受著「嫂娘」的溫暖，和珅兄弟沉浸在幸福的海洋裡。日子過得飛快，不覺一年過去。和珅以文生員承襲了三等輕車都尉的世職，和琳仍在學校讀書，讓劉全經營一個小店鋪並照看家裡的一切。

一日，霽雯閒來無事，正和丫環們閒話，不料，那丫環說：「我說一句不知天高地厚的話，請奶奶不要怪罪。」「你我過去曾姐妹相稱，今天怎特客氣起來？有什麼話，你儘管說出來。」那丫環道：「老爺也太小氣了。家人出外辦事的銀兩，都是親自稱量，一分一毫也計較得清清楚楚，這也不算什麼，只是下人們只穿粗布衣裳，每天只是吃稀粥，極少見到葷肴，那幾個跟小姐過來的婢女，哪一個能受得了？不知小姐——奶奶知道不知道。」

霽雯道：「這些我怎不知道？想是老爺多年貧寒，節儉慣了，你們應理解他才是。」丫環見她這樣說，也無話回答，只是心裡總覺得不舒暢。

和珅回家，馮氏道：「夫君勤儉持家，我很欽佩，只是現在家中已是寬裕，下人衣食，應有增色才是。」和珅贊同，當下對劉全道：「跟夫人來的，另桌開飯，衣服稍鮮亮些，其餘人等，一切照舊。支出各項銀兩，一定仍要我親自稱量，這一規矩，永遠不變。只是你自己，需什麼銀兩，儘管使用。」劉全唯唯聽命。

大凡大貪之人，亦必吝嗇。和珅一生，慳吝無比，只知苛扣，哪肯多花一毫一厘，終其一生，其家人除幾個心腹管家之外，俱都穿粗布衣服，飯食中以吃粥最多。

和珅自以文生員承襲三等輕車都尉以後，果然非常清閒。和珅對這個職位非常中意：一方面在這裡可以安心讀書，走科舉進身的路子；另一方面，萬一此路不通，從這個職位往上爬，很快就可接近皇上。只是現在應安心讀書，潛心處事。

一日，他正在讀書，忽聽得同事們議論起楊應琚自盡的事。這楊應琚乃是當朝大學士兼雲貴總督，可謂一人之下，萬人之上，為何驟然間皇上對他就不寵不愛而反令他自盡？和珅便走過來，問這問那，同事們想這和珅平日很少講話，今天怎麼有這麼高的興致？當下也不追究，只是有問必答。這些人都是八旗子弟，且多是朝廷大員之後，說得豈能不詳細。

中國南端的緬甸國，自永曆以後，與中國毫無往來，不朝不貢。至乾隆十八年，雲南石屏州百姓吳尚賢，到緬甸東卡瓦部開礦，建了一個茂隆銀廠。吳尚賢請將礦稅入貢，此時中國又正勸緬甸王莽達喇上表稱藩，緬甸遂遣使進貢，呈上幾匹馴象，一座塗金塔，乾隆帝對緬甸使者也大加賞賚。

不料雲南大吏，誘使吳尙賢回國，說他中飽銀廠課稅，把他拘入獄中。吳尙賢一片愛國的心思，卻被疆吏無端誣陷，有冤無處訴，憤極而死。茂隆銀廠，當即關閉。此後緬甸內亂，木疏地方土司，名叫雍藉牙，率眾入緬，殺平亂黨，自立爲緬王，稱緬甸國。緬都無人反對，只是桂家、木幫兩土司不肯服他，聯兵進攻。

雍藉牙命兒子莽紀瑞率兵迎戰，把桂家、木幫部盡行殺敗。木幫土司罕底莽被殺，桂家土司宮里雁竄入滇邊。桂家本是明朝桂王官屬後裔，曾經設波龍銀廠，很有資財，雲貴總督吳達善聞他巨富，令他傾囊以獻。宮里雁不允，吳達善便命邊吏將他驅還出境。宮里雁沒辦法，走入孟連土司地界。

這孟連土司刀派春平時經常與吳達善來往，關係很好。此時聽說宮里雁入境，暗地裡率領部眾襲擊宮里雁。宮里雁把他當成朋友根本沒有防備他，被刀派春擒住。於是這位宮里雁的故舊知交除把宮里雁帶走外，連同他的妻子奴僕乃至金銀全都擄去。

刀派春將宮里雁獻給雲南，又將宮里雁的金銀分一半給吳達善。只是宮里雁的妻子囊占頗有幾分姿色，刀派春不忍割捨，想要留她作小老婆。於是在夜間把囊占弄入內室，逼她同寢。囊占不從，刀派春便施用強暴手段，囊占絕處計生，道：「妾願侍奉你，但要釋放我的僕役，並選擇吉日公開舉行婚禮，如此，方才從命。」

刀派春樂得如墜九霄雲霧，由囊占接連代斟，灌得他酩酊大醉。囊占召集齊自己的奴僕，將刀派春剁成幾段，之後，開門竄去。此時孟連部眾因吃了喜酒，都已睡熟，哪個管他閒事。到了次日，才知道頭目被殺，急忙去追囊占，囊占早已是金魚脫卻金鉤去，搖頭擺尾不再來。

卻說囊占從孟連逃出，投到孟艮土司，此時已探知丈夫被雲貴總督吳達善殺死，哭得死去活來，既怒緬甸又怒中國，於是便請求孟艮土司，要他入侵滇邊，為夫報仇。孟艮見她珠淚漣漣，玉容悲慘，便憐憫起她來，也不論什麼強弱，便入侵雲南邊境。總督吳達善只知搜刮金銀，此外再無本領，聞報滇邊不靖，忙派人到京城中運動調任。俗話講：「錢可通神」，用了幾萬兩金銀，吳達善調出雲南，任川陝總督。於是朝中便調湖北巡撫劉藻，前往雲南。

劉藻到任，令總兵劉得成、參將何瓊詔、遊擊明洪等三路往剿，沒有一路不敗。劉藻束手無策，朝旨嚴行詰責，並命大學士楊應琚往滇督師。楊應琚到了雲南，劉藻恐他前來查辦，憂懼交並，自刎而死。這是乾隆三十年間事。

此時正好遇到滇邊瘴癘大作，孟艮士兵退去，楊應琚乘機派兵進攻孟艮，孟艮兵多半病死，不能抵禦，一半逃去，一半投降。楊應琚見事情順手，欲進兵謀取緬甸，建立傳世功業。騰越副將趙宏榜進言道：「緬酋新立，木邦蠻莫諸土司，都願內附，應乘勝急進。」楊應琚又三次上書奏聞朝廷，敍述緬人正都盼望天朝大軍迅速到境。乾隆帝本有取緬甸心思，道：「緬甸雖僻處南荒，但其在明朝曾臣服中國，且入隸版圖，本朝也不是不可能使他臣服。」於是便命他進軍。

楊應琚便傳檄緬甸，號稱天兵五十萬，大炮千門，將深入緬甸，如該酋畏威知懼，速來投降，免致死無葬身之地。同時，楊應琚又派翻譯官到孟密、木邦、蠻莫、景線各土司，誘使他們獻土納貢，並為具表代陳。其時緬酋雍藉牙早死，傳位至次子孟駮，他見了楊應琚的檄文，絲毫也不懼怕，反而率領軍士侵略中國邊境。

各土司本是首鼠兩端，並不是誠心內附。於是趙宏榜領兵五百，由騰越出鐵壁關，攻擊佔領了蠻莫土司的新街。新街是中甸交通的要道，緬兵不肯干休，水陸並進，陸兵攻陷木邦、景線，趙宏榜聞緬軍突然到來，急惶惶拋了器械，燒了輜重，走還鐵壁關。緬兵數萬緊緊尾追趙宏榜，直追到關外。

楊應琚得到了失敗的消息，又驚又悔，頓時疾喘交作，飛章向朝廷告病，但並不把失敗的事情及數萬緬兵大舉進犯的實情奏報朝廷。清廷聞知楊應琚得病，極為關懷，急命兩廣總督楊廷璋赴滇，協助其辦理事務，又遣侍衛傅靈安，帶了御醫，往視楊應琚病情，並察看軍事。楊廷璋馳入滇境，派雲南提督李時升，率兵一萬四千人，進擊鐵壁關。

李時升又分道出兵，派總兵烏爾登額出木邦，朱侖出新街。緬酋聞知清軍分路出擊，率領軍隊假裝敗退，遣使乞和。李時升信以為真，停止兩路進兵，與緬人議款。楊應琚聽到議和的消息，歡喜起來，病早好了，於是便與李時升一起聯銜奏捷。楊廷璋知道緬事難以完結，樂得退職，遂奏報朝廷楊應琚病痊，臣謹歸粵。

於是楊廷璋得旨回朝。楊應琚也巴不得楊廷璋離開，省得窺破隱情。哪知楊廷璋去後，忽聞緬兵繞過仞關，侵掠騰越邊境，楊應琚又惶急萬分，飛檄烏爾登額及總兵劉得成赴援。緬兵見有援軍，向鐵壁關退走，鐵壁關本由李時升等把守，不敢截擊，任由緬兵殺出。楊應琚反而匿不上聞。

此時傅靈安密奏趙宏榜、朱侖失地退守，李時升臨敵退避，未親行陣。此時乾隆才知道軍事實情，大怒，嚴旨詰責楊應琚。楊應琚反而盡推在烏爾登額、劉得成身上。乾隆更是氣惱，傳旨將楊應琚等一併逮問。令伊犁將軍明瑞移督雲貴，明瑞未至時，由巡撫鄂寧代理。鄂寧奏報楊應琚貪功起釁、掩敗為勝、欺君罔上各情形，乾隆震怒，立逮楊應琚到京，令他自盡。

和珅聽眾人七嘴八舌敘完緬甸兵事，心道：「緬甸地僻荒遠，山高林密，瘴氣繚繞，怎好用兵？楊應琚之失敗，豈不是明證？征緬必死傷眾多，耗費巨大，豈不是得不償失？可見皇上總要在四方顯示自己的威德，欲大清之疆土無邊也，欲大清勝過歷朝，使自己勝過歷代也。」

和珅更從中看到錢的重要，吳達善本為禍首，貪財可殺。可正因為他貪財而有財，正因為有財而使自己遠離是非之地，讓別人去背黑鍋。和珅仔細地分析著每一個細節。

和珅與大家告別回家，行到街上，見前面人群攢動，原來是幾輛囚車。前面車中老者面髮焦枯，後面車中多是年輕後生，個個面目虛腫。和珅即打聽得明白。

原來是浙江天占縣生員齊周華著《名山藏》、《獄中祭呂留良文》釀成大禍，齊周華被判凌遲處死，其已成年的兒孫盡都處斬，妻妾兒媳還有那未滿周歲的孫子都被沒收，賣給人們做奴隸。呂留良乃清初文人，稱清朝為「北朝」，明朝為「本朝」，主張分清「華夷之別」，把「夷」趕出關外。

因此，呂留良為康雍乾各代所疾恨，而這齊周華竟敢這樣放肆，豈不是找死。和珅又想起不久前江蘇華亭縣舉人蔡顯，因為寫了一本《閑漁閑錄》觸犯時忌，被斬首，蔡顯的學生以及書賈、刻匠等人都被流放。康熙時就有《明史》一案，雍正時又有查嗣庭、曾靜等案，看來乾隆皇帝對這等事也極敏感。和珅心內道：「這大清原從關外入主中原，本有自卑心理，又加上漢人排外自古形成傳統，所以清朝幾代君主都猜忌甚重，想這乾隆帝也必是容不得任何影射的文字。」

就這樣，和珅捕捉著朝廷中的每一個資訊，分析演繹著其中蘊含的道理和皇帝的內心奧秘。

轉瞬兩年過去，和珅雖科舉未中，但卻憑著做事勤勉，巴結上司，得到了更重要的職位，他被挑選補授粘竿處，任鑾儀衛校衛。「粘竿處」也就是「上虞備用處」，負責駕蹕出入時的儀仗事宜，同時擔任警衛。這些人必須是八旗大員子弟中英勇敏捷、英俊貌美者，平時進行嚴格的體能武功訓練及禮節訓練，以預備擔任皇帝的貼身侍衛。

許多的將軍也由此產生。和珅距皇帝還有一步之遙，他即將開始人生的宏圖大業。

第二章 平步青雲・誅伐異己

乾隆看這年輕人站起身來，猶如玉樹臨風，亭亭筆直；更有面白如玉，唇如塗丹，二目朗朗，眉插入鬢，著實招人喜愛。特別是和珅頭上的那枚紅記，讓乾隆癡呆了半天……

在這個社會裡，不會阿諛逢迎就等於自我毀滅，即使你有天大的本領。只有學會阿諛諂媚，才能使自己處於順境。和珅知道，自己若只會阿諛而沒有真才實學，沒有勤勉的工作，便不會有大出息。自己的才能是無可置疑的，在此基礎上做事更要勤勉，對上司更要曲承其意，方可迅速的升職，何況自己的背景是如此地有利——夫人的祖父英廉是當朝的宰相。

乾隆四十年，二十六歲的和珅憑著自己的努力終於得到了御前侍衛的職銜。人生的機遇是難得的，得到了就絕不能放過，何況和珅爲創造自己的人生機遇，付出了多麼艱苦卓絕的努力。和珅第一次在皇帝身邊，便使乾隆終生再也離不開他，直到乾隆生命的最後一息。

圓明園的亭台閣榭在太陽的照耀下流光溢彩，湖水宛如剛擦過的鏡子閃閃發光。紫燕在飄飄颺颺的柳絲中迅捷翻飛，蜜蜂蝴蝶在豔麗的花叢中流連喧鬧。

乾隆坐在車輿中看著外面的春光，吩咐侍衛加快腳步，到北海遊賞春光。正行間，忽見一侍衛急急走到輿前奏報：「雲南急呈奏本，緬甸要犯逃脫。」乾隆諭令停輿，接過奏章，眉一皺，龍顏大怒：「廢物！」騰地站起來。身邊侍衛見此情景，刷地一下全都跪倒，不敢抬頭。只聽乾隆怒道：「虎兕出於柙，龜玉毀於櫝中，是誰之過？」說著一轉身對著侍衛們道：「是誰之過？誰之過？」

乾隆一連問了幾聲。這些扈從校尉都惶惶失措，不知皇上所言爲何，誰敢開口。不料，忽然聽到內中一個人道：「是典守者不能辭其責耳。」乾隆道：「哪個說話，站起身來。」只聽一人道：「奴才和珅衝撞皇上，罪該萬死。」乾隆道：「正是可褒，怎是衝撞？你且站起來。」

乾隆看這年輕人站起身來，猶如玉樹臨風，亭亭筆直；更有面白如玉，唇如塗丹，二目朗朗，眉插入鬢，著實招人喜愛。特別是和珅頭上的那枚紅記，讓乾隆癡呆了半天……

乾隆還是寶親王的時候，一次到太后宮中，見一女子，嫋嫋婷婷，有如洛神再世。寶親王從後面望去，見她頸脖溫潤如玉，情竇初開的寶親王竟禁不住走上前，用手撫摸一下。哪知這女子以爲是哪個小太監在調戲他，一轉身粉拳翻來，卻被攥住，定睛看時，竟是寶親王，忙俯首告饒。

這婦人乃是雍正的愛妃馬佳氏，寶親王見她目如秋水，面如桃花，那魂魄早已附在她身上。此後寶親王竟日日在夢中和她幽會，做那雲雨巫山的把戲。

於是寶親王總是時常找機會、找藉口和她見上一面，二人漸漸的情濃意蜜。一日，二人正在調笑，無意中馬佳氏碰破寶親王眉際，此事正好被皇后鈕祜祿氏看見，竟說是馬佳氏調戲寶親王，一道懿旨，要將馬佳氏在月華門下勒死。

寶親王聽到消息，趕到月華門，只見馬佳氏玉頸上套著一個繩索，只剩下奄奄一息。馬佳氏見寶親王到來，頓時滾下兩行淚來，但眉中似透出笑意。寶親王心如刀絞，淚如泉湧道：「是我害了你，我今生雖不能救你，但願你來生能和我相聚。」說罷，咬破指頭，把那鮮血往馬佳氏額上一點道：

「你閉眼安息吧，你若有來生，我就只認這塊紅記了。」

想起往事，看著眼前的和珅，乾隆差一點掉下淚來，對和珅頓生愛意，問道：「你今年多大歲數？」和珅道：「回皇上爺的話，奴才今年二十六歲。」乾隆想馬佳氏也正好逝世二十六年，眼前的年輕人莫非就是馬佳氏轉世？乾隆帝道：「適才你說你叫和珅，想你一個儀衛差役，卻也熟知《論語》章句，你平時很好讀書嗎？」和珅道：「奴才先上私塾，後入咸安宮官學，本是個文生員。」

乾隆龍心大喜，沒想到他不僅一表人才，且是咸安宮官學的學生，隨又道：「你既是文生員，且說說《季氏將伐顓臾》一章的意思？」和珅道：「重教化，修文德以懷人，不然則邦分崩離析，禍起蕭牆，此真乃聖人之見也。然世易時移，如今已非聖人之時，遠方多頑固不化之人，若不在教化文德之後繼以力，示以威，其反生妄心。如此，於國於邦，應首先重教化，修文德，以德服人，使遠者來之，來者安之，且又必須示以威力，以防微杜漸，不然，則真正是虎兕出於柙，龜玉毀於櫝中。」

乾隆聽罷，龍心大悅，道：「你充這舁輿的差使，未免委屈，朕命你做宮中總管，隨侍左右，兼任藍旗副都統，你看可好呢？」和珅忙跪在地上：「謝主龍恩，吾皇萬歲，萬歲、萬萬歲！」乾隆已六十多歲，過去老臣，一個個相繼去世，朝列中出現的多是生面孔，諸皇子皇孫對他多是敬畏，親情反少；孝賢皇后又與他撒手而別，因此身為帝王，乾隆卻甚感孤獨，現在有和珅在自己身邊，乾隆帝頓時增添了許多歡樂。

和珅不僅中外大事奏對稱職，在生活小節上更令乾隆滿意：皇上腰疼，他總能體會出來，便忙去爲他捶腰；皇帝背酸他也能覺著，便去爲他揉背。皇上要吐口唾沫，他連忙把痰盂拿到皇上跟前。時常，和珅似已忘君臣之禮數，竟開幾句玩笑，不俗不雅地講些市井中故事，令乾隆開懷大笑。乾隆最喜作詩、題字，和珅和詩最對皇上品味，題字也正合皇上意趣。

一天，乾隆坐於圓明園水榭上看書，不覺太陽已沒入西山。乾隆還看那《孟子》中朱熹的幾行注疏，怎麼也看不清楚，便道：「和珅，去拿燈來。這行注，朕看不甚清。」和珅道：「皇上是看哪一句？」乾隆道：「人之道也，飲食，暖衣，逸居而無教，則近於禽獸。聖人有憂之，使契爲司徒，教以人倫。此下注解看不清楚。」

和珅道：「『言水土平，然後得以教稼穡；衣食足，然後得以施教化。後稷，官名也，棄爲之。然言「教民」，則亦並非耕矣。樹，亦種也。藝，殖也。契，音薛，亦舜臣名也。司徒，官名也。「人之有道」，言其皆有秉彝之性也，然無教，則亦放逸怠惰而失之。故聖人設官而教以人倫，亦因其固有者而道之耳。《書》曰：「天敘有典，敕我王典到惇哉！」此之謂也』。」和珅把注背完，乾隆道：「不知愛卿竟有如此造詣，連那注解也能強記如此。」於是乾隆背文，和珅背注，二人你一言、我一語又加了許多評論。

和珅心道：「皇上對這些篇章豈不熟悉？今皇上親閱至此章，豈不有深意在？我何不趁此進言，迎合皇上心事？」於是道：「啓奏皇上，如今大小金川已平，天下安定，皇上正該施教化於天下，孔子乃中華文化之淵源，皇上若再拜孔廟，謁孔府，祀孔林，即可昭皇上以文德安天下之風範，此奴才奏其一；今南方淮泗江浙諸水，仍時有壅患，吾皇當聖駕親巡；且江浙一帶不僅爲我大清朝的糧倉，且人文昌盛，吾皇若親臨其地，示德感化，實南北一統，國家安定之根本也，故吾皇當適時南巡，此奴才奏其二。」

幾句話正說在乾隆心坎上，便道：「朕正欲不日東巡曲阜，再倡孔孟之說，使天下子民知『父子有親，君臣有義、夫婦有別、長幼有序、朋友有信』；使天下之人不可放逸怠惰。朕想，南巡之事，也應必行，只暫且緩一緩，與民休息。」於是皇帝頒詔，普免天下錢糧。這是乾隆第三次普免各省應徵地丁糧，共計二千七百五十九萬餘兩。

不幾日，和珅被擢升爲戶部右侍郎。但是更大的喜悅從天而降——妻子馮氏爲他生下一子！

許多天來，和珅竟疏於上朝。此刻他正依偎在馮氏懷裡，看著心愛的兒子，兒子已睡熟，和珅仍滿懷無限愛意地看著他。妻子霽雯卻撫著他的耳朵、撫著他的鬢髮、面頰，不時地吻著他額上的紅記，自從洞房花燭夜後，夫妻二人在一起，總是這樣。馮氏道：「真像你，就缺額上有枚記了。」和珅道：「你看，他又笑了，不知做著什麼美夢呢。」馮氏道：「娶親呢。」和珅道：「娶個公主。」是的，和珅看著兒子，頓覺力量無窮，生活一片光明，他要爲兒子描繪一個光輝燦爛的前程。

乾隆派人給和珅送去禮物，賀他弄璋之喜，隨後又詔他隨侍東巡山東。和珅不捨地離開兒子。

乾隆幸巡山東，和珅隨侍皇上，不離左右。乾隆道：「你多歇息才是。」和珅道：「奴才只怕這些侍衛照顧不周到體貼，奴才不放心。況我正是青年，一點也不累。」

一日，正在路途中，乾隆問道：「你既是生員，爲何不參加科舉？」和珅道：「奴才本是考了，在庚寅年參加順天鄉試，卻沒考中。」乾隆道：「憑你怎能考不上？是何題目？你且把你考試的文章讀於朕聽。」和珅道：「是孟公綽一節。」於是便把當年赴舉應試的文章背了一遍。乾隆道：「這些考官真是誤國誤人，你本應考上的。朕只知你俊秀可人善解人意，你卻是文武全才的幹才，照你說來，朕和皇考皇祖有何不同？」和珅道：「奴才怎敢冒犯天威？奴才不敢。」

乾隆道：「別人想說朕倒不讓他說，你既是朕的知心，無話不談的，對朕，難道你不能推心置腹嗎？」和珅道：「奴才斗膽，說錯了，請皇上恕罪。」乾隆道：「朕恕你無罪。」

和珅道：「康熙帝乃亙古未有的英明之主，文功武略，前無古人，後啓來者。康熙帝與民休息，使天下物財茂盛，人丁繁衍，此安國之根本也，但總覺帝失於寬，於朝綱亦有鬆弛之處。至雍正帝，文功武略自不比康熙大帝，但攤丁入畝，亦重民生，至整頓朝綱、上下整肅，卻是更勝於前。奴才說句不知進退的話，雍正帝爲鞏固國家而摒除異心，卻又時失之不察，而實是過嚴。以上皆臣肺腑，不敢隱瞞，萬歲明察。」

乾隆心道：「祖父與民休息，厚待臣下，甚好，只是過寬；皇考清除異己，又過嚴，我正要恩威並重，剛柔相濟，集父、祖之所長。」於是道：「你說的甚合朕意。你既有經國理邦之才，當委以重任，朕即擢你爲軍機大臣，詔諭天下。」

沒有兩個月，和珅由戶部侍郎繼而充任軍機大臣，天下側目。從皇帝起居飲食，到遊覽觀光，事無巨細，和珅總要一一過問。乾隆以前出去，哪有今天這般快樂。乾隆事先想要做的，他事先做好了，乾隆沒想到要做的事，他辦了，而且辦得讓皇上出乎意外的歡喜。

乾隆駐蹕濟南，接見過督撫府縣，問過大小政事，又遊了青山綠水。這一日，乾隆微感疲勞，和珅正給他梳頭，乾隆舒服地猶如睡著了一般。和珅梳好頭後道：「奴才且去給皇上準備好御膳。」說罷走出去。不多久，御膳擺出，卻不見和珅的影子，乾隆問身邊侍從，侍從道：「和大人出去了，只說不一會兒便回來。」

乾隆便覺飯菜少了滋味，正在不悅，忽報和大人來了。和珅道：「皇上吃得可香嗎？」乾隆道：「早已飽了。」和珅道：「奴才想陪皇上出去觀風問俗，不知皇上肯嗎？」說罷拿出幾套衣服。乾隆會意，想他在幾次南巡中，也曾微服出訪，於是道：「只你懂得朕的心思。」

於是幾個換了衣服，乾隆帝成了客商，和珅成了管家，兩位侍衛成了僕從。乾隆吩咐幾個貼身侍衛不要聲張，幾個人悄悄走出了行宮。和珅扶乾隆上了剛找來的車，自己和兩個侍衛上了馬，逕往大明湖走去。和珅道：「皇上，先去聽書如何？」乾隆道：「正合朕意。」乾隆帝一生最好看戲聽書，其愛好來自皇祖和太后的薰陶。

大明湖書場吵吵嚷嚷，竟擠得水泄不通，熱氣蒸人。乾隆一行人一到書場，便有許多雙眼睛向他們投來，以為來了個大富商，看那幾個僕從的氣派，就必定大富大貴之人。當下管事的急忙走來，道：「幾位爺來得不巧，那前面的桌子已被人訂了，你們幾位爺只能在凳上就坐，實是報歉得很。」

和珅道：「這裡平時的人都這麼多麼？」管事的道：「平時人也極多，因現在皇上在此停留，那些遠道的官商、員外，都想看一眼龍顏，雲集在此，所以今天人最多，只是今日官府中的大員卻一個也沒來，可能是怕皇上微服出訪，被皇上撞見。皇上下江南時，最喜歡微服訪問。」

和珅道：「你少廢話，弄一張桌子來。」說罷遞於他一兩銀子。管事揣了銀子，轉身去了，不一會兒，復又回來，把他們帶到一張桌前，道：「好不容易找了張桌子，擠了這麼個地方，幾位爺將就著吧。」當下乾隆向南坐了。兩個侍衛只站在乾隆兩邊，並不坐下，便有後面的人呼喊著讓他倆坐下，乾隆道：「坐下不妨。」二位侍衛一左一右坐了，那眼睛卻不敢看著前方，卻始終掃視著書場。

只聽滿座裡都在講著乾隆，有位說：「看那皇上，絕不像六十多歲，看上去竟像三四十歲，臉上無一絲兒皺紋。」有人問：「你怎能看到他老人家？」那人道：「我今天打得一簍好魚，那御膳房的師傅看中了我的魚，叫我送去，我就去了，正好經過皇上身邊，所以看見了。」

別人也不計較真假，講的聽的都津津有味。忽聽另一個人道：「皇上特別偏愛俺山東，說山東是孔夫子的家鄉，人有文化、講禮義……」乾隆仔細地聽著，全場的人都在議論著他，議論他的功績，談說他的風采。乾隆心裡得意極了，突然全場靜寂，靜得連一根針掉下來都能聽見。只見臺上一琴師已經坐定，琴師旁站著一位姑娘，左手持黃牙板兒，右手持鼓槌兒，高挑個兒，瓜子臉兒，穿一身旗袍，更顯身姿苗條。

只見她秋波閃閃，往台下看了一看，鼓槌兒往下輕輕一敲，全場人看得真切，聽得清楚，那女子道：「今天，我爲諸位演唱一首新曲——《乾隆下江南》。」話音甫落，只聽台下一聲霹靂，齊齊地喊道：「好！」那女子左手瀟灑的揚起，微微一搖，黃牙板兒「拍」地輕輕響了一聲，聲音清脆，竟蓋住了剛才滿場的呼喊，此時琴師樂音響起，那女子似雛燕啼春般地唱起來：

「乾隆爺，下江南，三萬萬兆民齊開顏，
愛民來把民情看，堯舜美德天下傳。
小女子今日就為諸位唱一段乾隆爺微服私訪，除暴安良的故事，且說……」

乾隆整日在宮中，即使出外巡行，見到的也都是官吏，什麼時候和百姓如此接近，那微服私訪的故事顯然是杜撰，可大家都把它當成真的，乾隆自己似乎也把它當成真的，心裡愜意非常，全場的人都在讚美他，更何況把巡幸江南的事編成曲兒頌揚，乾隆的疲勞早已煙消雲散，吃著盤裡的瓜子兒，不知比宮裡香甜了多少倍。

看著乾隆滿臉的笑意，和珅想：「這個女子的詞兒編得真快。」又看乾隆搖頭晃腦起來，心裡爲這個馬屁又拍對了而高興，正在乾隆得意非常的時候，和珅又湊到乾隆耳前道：「待這一闋曲終，奴才給爺還安排了個去處。」乾隆道：「哪裡？」「去見一位『拿雲手』。」乾隆道：「何爲拿雲手？」和珅道：「爺去後便知。」乾隆也不推辭，知道這種事，和珅必辦得俐落。

一曲剛了，滿場又是炸雷般的喝彩聲。和珅扶著乾隆走出書場，此時已近二更，街上行人稀少，和珅在前行路，乾隆仍坐車中，侍衛左右隨護，不一會來到一座門樓前，門旁紅燈高掛，兩旁站著小生，當中站著一個四十左右的人，一身錦繡，面容白皙飽滿。見車馬來到，忙跪倒向和珅叩頭道：「大人來到，令小的韓大發蓬篳生輝，小的在這裡已恭候多時了。」當下和珅俯下身去道：「不要客氣，你且請起。」

韓大發起來，躬身道：「大人請。」卻見車上走下一人，和珅忙向前扶攙，讓那年長的先進大門，韓大發心道：「和珅原來只說他自己來，莫非又帶了一個比他官大的？」韓大發急忙向年長的行跪拜禮，年長的也不答話，仍是和珅讓他起身。

韓大發心內疑惑，又不敢多嘴，便隨和珅進了大門，來到前庭，和珅讓韓大發摒退閒雜人等，便道：「皇上駕到。」韓大發聽到此，猛一楞怔，隨即清醒：「我個笨伯，這不是皇上還能是誰？」忙跪下磕頭，重重的響亮地磕了九個道：「奴才該死，奴才該死，竟對皇上怠慢無禮，求皇上處治。」

乾隆道：「不知者無罪，你起來吧。」「謝皇上，祝吾皇萬歲，萬歲，萬萬歲。」說罷，韓大發站起身來，宴筵早已擺好。韓大發正要傳人進來，和珅忙道：「我們仍都是客商。」韓大發道：「這等事小的豈不明白。」於是韓大發叫進侍女，爲皇上和珅把盞，酒宴之中，自然少不了管弦絲竹、輕歌曼舞。只是和珅的兩眼，卻緊盯著桌上的東西，一眨不眨。

原來桌上擺有四隻玉碗，四隻金盤，玉碗必是藍田碧玉琢磨而成，清瑩透亮；盤子用赤金做成，周圍雕著蝦蟹，栩栩如生。和珅看著這玉碗金盤，心裡難熬，道：「韓兄這碗盤，不僅我只第一次見到，想皇宮中也是珍品。」韓大發聽和珅稱自己爲「兄」，再看和珅表情，已洞燭其意，道：「若二位爺不嫌粗陋，我就獻給二位爺。」乾隆道：「宮中原是有的。」和珅道：「你把爺的住處佈置好了嗎？」韓大發道：「早已安排妥當。」

和珅道：「爺風塵僕僕日理萬機，就讓爺快快歇息吧。」韓大發導乾隆到了一室，室中溫暖猶如初夏，一股幽香沁人心脾。和珅道：「爺安歇，小的在外室侍候。」說罷關上室門。乾隆正疑惑間，見一女子從內間走來，知道這室中又有一室。看這女子時，十六七歲年紀，身上披一件薄如蟬翼的輕紗，優美的曲線，豐滿的胴體，被這輕紗一遮，更顯得嫵媚動人。姑娘來到乾隆跟前，道：「爺隨我來。」說著扶著乾隆前行，到一牆壁前，按一按機關，一道門打開，二人進去，門復又關上。

但見室內蒸汽繚繞，紅燈迷濛。那女子脫下蟬翼，伸手把乾隆衣服盡都褪去，把乾隆領到碧水池邊。只見這室中，中間豎立大柱，四周圍著四個橢圓形小池，池中碧水清清，泛著微波，常流常新。乾隆早已渾身大汗，說不出的舒坦自在，那女子扶乾隆在池水略一浴過，道：「看爺是沒有洗過這蒸汽浴的。」

乾隆只知快活，也不答話，這女子挽著乾隆，躺在一竹床之上，這女子那雙軟綿綿的手便在乾隆身上揉捏拍搓，從額頭捏起，一直揉捏到每一個腳趾，一會兒，那女子讓乾隆伏下，竟站在乾隆背上，用那雙小腳踩揉點搓，乾隆只覺得骨頭酥了軟了，哪知這女子更有非凡的手法，一會兒伏下身來，用那一雙極富彈性的玉乳和那雙綿軟的玉手重又在乾隆胸上、背上……各處揉搓，乾隆任她翻來覆去地施爲，猶如在雲霧裡升騰，飄忽在天空中，好像進入了仙境。

此時他每一個毛孔、每一根神經、每一塊肌肉、每一條血脈，無不覺得熨貼舒暢，朦朧中，乾隆悟出，她不就是「拿雲手」嗎？

原來，這韓大發本是澡堂中的一個搓背夥計，偏他最能迎合顧客，最有眼色，也最討大官兒們的喜歡，不久便自己開了澡堂，生意興隆，財源茂盛。但總覺開澡堂不是很體面，又賺不了大錢，便打通關節，做起珠寶生意，但他的一身本事和他本來的行當並沒丟棄，因爲這是他發財的緣由，於是他便培養了一些「拿雲手」，把自己的技藝傳給她們，只招待那些官府中人和客戶。

一次在寧波和洋人做生意，洋人感歎中國浴室太少，即使有，也粗陋不堪。大發本由此起家，於是便問起西洋浴室的樣式，那位洋人說得詳細，回山東後，韓大發便在自己的花園裡建了一個浴室，專招待大人物並留自己享用，乾隆使用的，就是這個浴室。

乾隆不知道是什麼時候如何躺在錦被裡的，身旁雪白的女子，就是拿雲手。身爲帝王，他第一次享受到這樣的沐浴。乾隆是個極講養生之道的人，他意識到這種沐浴對身體極有好處，以後，他的皇宮中也會有這種浴室，也會有「拿雲手。」黎明，和珅叫起乾隆，悄悄馳回行宮。

次日，乾隆啓蹕回京，不幾日回到京城。和珅到宮，劉全報：「濟南商人韓大發送來一個箱子，還沒打開。」和珅打開一看，果然是玉碗金盤，又有象牙筷一百雙、銀杯百個。和珅心裡有數，以後內務府採買，可試著讓此人辦理一些。和珅回京入值軍機處，第一天便遇到一件不尷不尬的事情。

江西巡撫海成來京述職，到了軍機處，和所有的人打千作揖，唯獨在和珅跟前昂不爲禮，不僅如此，海成在軍機處道：「沒想到幾日之間軍機大臣又多了一個，有人坐了沖天的爆竹了，能耐大得很哪。」說話的時候，故意讓和珅聽到，這海成本是有些功勞的，說話無所忌憚，不一會兒，竟愈說愈離譜，道：「想也許是那模樣兒俊俏，那顆紅痣，就是我見了也喜歡！」實際上，海成說的是大家的心裡話，人們對這位軍機大臣心裡都是不服，確實有瞧不起的意思，只是沒有像海成那樣掛在口上。

和珅也感覺到周圍的人對自己半理不睬，滿臉瞧不起。和珅想，阿桂乃軍機首席，國家功臣、重臣，傲慢些倒也罷了，可那一群臣僚，有甚驕傲處，竟在我面前裝大了。和珅心裡不快，盤算著如何殺下這些人的氣焰，特別是那個海成。

八月，和珅兼任正黃旗副都統，十一月，充國史館副總裁，戴一品朝冠，十二月，總管內務府，賜紫禁城騎馬，不久，同時兼任戶部侍郎，和珅又被招入正黃旗。

八旗軍民入關後，滿洲人即居在內城。順治十一年議准，八旗官員兵丁都按照分定地方居住，城內設有按旗籍劃分的二十四個都統衙門，各旗分別有自己的駐防領地和固定教場。其家居也按旗籍不同分居。若遇調旗更地，仍准原處居住，有情願買房搬遷的，聽從所便。如欲蓋房者，聽都統、副都統查給本旗空地，准其自蓋，按規定入旗居住地分別是：

鑲黃旗居安定門內；
正黃旗居德勝門內；
正白旗居東直門內；
（以上為上三旗）
鑲白旗居朝陽門內；
正紅旗居西直門內；
鑲紅旗居阜城門內；
正藍旗居崇文門內；
鑲藍旗居宣武門內。
（以上為下五旗）

和珅全家被招入正黃旗後，便思謀從原來的驢肉胡同搬出，曲折地把這意思向乾隆表達後，乾隆也覺兄弟二人同居一府，實在住不下，且按規定也要有與其身份地位相當的府第，於是便把什剎海的一處地皮劃歸於和珅，命他再造新第。和珅已軍、政、財大權在手，便想著要把府第造得宏偉堂皇。

和珅想著建築府第的同時，便想著該是顯示自己權威的時候了，和珅想：「我要讓所有的人對我附首貼耳。舅父、表兄等親戚以及父親的那些故舊，雖可惡但不值得在他們身上動手腳，要給那個一省大員海成點顏色看看，殺一儆百，要讓那些見到我就翹下巴的人規矩些，打掉他們身上的傲氣。這些人都是賤貨，你不打他，對他客客氣氣，他便要說你的壞話，欺負你，你若劈臉打他，狠命踢他，他反而對你笑臉相迎，說你是大大的好人。這些人中最可恨的就是那個保定知府！我要首先在他頭上開刀，割斷他的喉嚨。」

和珅經過反覆思考後，終於定下完美的計策，便喚來劉全，密囑機宜，道：「這是第一仗，要乾淨、俐落、漂亮，要全勝。」劉全領了和珅的命令，悟透了和珅計策，帶著帳房先生和幾位僕從，向保定去了。

劉全帶著僕從，耀武揚威來到保定賴五莊上，見到賴五，一鞭打下去，罵道：「你他娘的，背主負恩的壞蛋，想到有今天嗎？今奉老爺的命令和總督的手諭，把你拘走，回頭再與那知府算帳。」說時又抽了幾鞭。賴五早已跪在地上，磕頭如搗蒜：「奴才該死，奴才該死，求你念我已是風燭殘年，我們過去又有多年的交情，大管家向老爺替奴才我美言幾句，饒過我這無用的老骨頭。」

說罷「啪啪」地往臉上就是幾巴掌。劉全咬牙切齒地道：「你還認我是你的老交情，你還把相爺當成老爺！」賴五道：「我恨我自己，恨我自己，我早想向老爺請罪，只是無臉再見老爺，現在把一切都還與老爺，我們全家都做老爺的奴隸。」說著又往臉上甩幾巴掌，竟把嘴角打出血來。

劉全道：「此事已交於官府，哪能就私了，你看，當年相爺從皇上那兒受封的土地公文還在，你只是瞎了狗眼，這地，你是能得的嗎？」說時，向眾僕手一揮，眾僕們便把賴五拉起來，賴五竟嚎啕大哭，順地打滾：「我怎麼做那種傷天害理的事呀，我現在就死！」說著一直身，往牆上撞去，早有眾僕把他拉住。

此時，滿莊的人都圍來看，竟無一人對賴五同情，他們哪個不知道這地是和珅家的祖業？哪個不知這賴五曾受和珅家幾代恩德？哪個不知他夥同知府奪走了和珅的土地？

劉全見莊人圍來，道：「父老鄉親們也都認得我劉全，也知道和家對你們的恩德，現在請各位寫下和老爺賣地的始末，是什麼就寫什麼，決不要說假話，各位父老鄉親肯嗎？」大家都一齊答道：「怎能不肯？」當下劉全便讓帳房先生寫下賴五背主奪地的始末，又寫了知府敲榨勒索的事情，寫好後，全莊人便一齊具名，按了手印。

賴五見眾人如此，知道自己徹底完了，於是便做出種種可憐相來。他本是滿頭白髮，此時在地上又粘了許多草，滿臉老淚縱橫，鼻涕流下掛在胸前，兩嘴的涎水和鼻涕混雜在一起身體蜷曲著，實在可憐。果然不知道哪個道：「劉管家向和老爺給那個老不死的講講情吧，看他怪可憐的。」劉全似被說動，便有賴五的兒孫忽拉拉跪了一地，更有那兒媳，竟抱著個吃奶的孩子。

劉全再看賴五，賴五此時雙眼紅腫，胸脯敞開，確是可憐。劉全道：「你且寫清你是如何坑瞞主人的，若是有人逼你，你也一併說出，若是受人挾迫，想老爺也許能饒了你。」賴五聽到這幾句話，好像看到了生機，嗚嗚哇哇地大哭起來：「都是那喪盡天良的知府穆璉璋，他逼著我給他買地。劉老爺，你想想，我哪有錢買地呀，還不都是他買……是他逼我，哄我，騙我。」

劉全道：「你若確實有委屈，盡都寫出來，看在你我多年交情的份上，可以向老爺說說情。」劉全讓眾人散去，賴五道：「你若爲小人說好話，我這兒孫都是你的奴隸。」於是拿出紙筆，寫出他坑瞞主上，實都是知府穆璉璋的勒逼，又說知府吞了他幾百兩銀子，這十五頃地，大多被他占去了，賴五自己只種幾頃而已，寫得詳細。

最後，賴五按上手印，劉全道：「你與我一起到知府那裡去一趟，我要罵他一頓，本來老爺不讓我去，讓我拘你便回，只是我氣不過，非唾那知府不可。」賴五討好似地說：「老爺讓回去，何必違背老爺的意……」不等他說完，劉全道：「我憋了十幾年的氣，今天非吐出來不可！」

且說知府穆璉璋，當初不僅收了賴五的百兩白銀，而且只用幾百兩銀子就買了十五頃肥田沃土，有如買了根草一樣便宜，心裡高興。可幾年過去，竟聽到那和珅已成了大學士英廉的孫女婿，整日裡便心驚肉跳：我怎麼竟敲榨起一個官學生來，只是認爲他當時寒酸，竟想不到他日後發跡。

我怎麼這樣蠢，他身爲官學生，又是八旗子弟，怎比那些下屬官吏，怎比那地方莊戶客商，這樣的年輕人，前途是無量的呀！我真是利令智昏，如今如何是好？原來英廉做直隸總督，和他有些來往。可是他本來極爲清正，如今我榨勒的土地正是他孫女婿的，怎能去求他。和珅做了軍機大臣後，穆璉璋每天更如熱鍋上的螞蟻，焦躁不安，總感到大禍臨頭的危機。

這天傍晚，正在書房悶坐，聽僕人報導：「老爺，外面有人求見，說是相爺和珅的管家劉全。」穆璉璋的心嗵一聲，如掉在了冰洞裡，頭皮發麻，定了定神，道：「請……請……」急忙迎了出去。

剛出書房，見那劉全猶如旋風似地捲進來，見了穆璉璋，劈頭便罵：「你這狗官，只知敲榨勒索，你不知和老爺那塊地原是皇上所封嗎？現有先皇封的文在此，你花幾百兩銀子就買下了，不怕吃在肚裡撐死你？現在鄉親及賴五都寫下文狀字據，按上手印，告你這狗官，看你這狗官有何理說。」

說時，一鞭子便甩過來，衙役們哪敢阻攔。穆璉璋雖爲知府，見了這相府中人，哪裡還敢作聲，只是在心裡暗罵賴五：「賴五這個狗奴才，原和我共謀的，竟先告起我來了，定把一切事情都推到了我身上。」心裡這樣想時，面上卻仍很鎮靜，雖笑不出來，倒很恭敬，忙道：「快請進，快請進，都是下官糊塗，一時聽從小人慫恿。」劉全進了廳裡，道：「我把那些狀子，拿回去交於相爺，看你這狗官坐得還安穩嗎！不問個死罪，也要發到三千里外。」

知府心道：「他說的倒是不假，皇封的十五頃地，我只幾百兩銀子買下，又都是膏腴之地，這種地不准私下買賣且不說，只幾百兩銀子便買下了十幾頃地，不是強取強買是什麼？又有眾鄉人的聯名具告和賴五的指誣，不只我性命難保，我這全家幾族，也要連帶受苦，嗨，我這個蠢蛋笨伯。」知府想到這裡，竟甩了自己幾巴掌：「蠢蛋，蠢蛋！」一時手足無措，定一定神，便想起一計來，喝令眾人退出，跟進來的賴五也被趕了出去。穆璉璋道：「我向大管家跪下了。」說著跪下向劉全磕了幾個頭道：「下官一時昏庸，受賴五慫恿，做下罪愆，只求大管家明察。」劉全道：「起來說話。」

知府穆璉璋站起，從身上解下一物，乃是一塊鑽石，遞於劉全道：「此乃價值連城的稀世之物，請大管家笑納。」隨又叫進師爺道：「為劉管家取百兩黃金來，並擺上酒宴……叫桃兒也來，見過管家。」劉全道：「我為主子辦事，怎能收你的東西，況老爺交代，今天必須回去的，我來此已是不妥，受你的東西不是背叛主人嗎！你這狗官就會教人學壞。」知府穆璉璋竟抓起劉全的手往臉上就打，道：「只怪小人當初一葉障目不識泰山。」說罷又「噗通」跪在劉全面前：「你是我的再生父母，你可憐可憐我這把老骨頭，求你在和大人面前說些好話。」

嗚嗚地伏在劉全腳上大哭起來，劉全似有所動，道：「我家老爺已和總管大人言過此事，我家老爺心裡特恨，只怕我說不轉他。」知府道：「下官知道大管家乃是和大人的心腹，從小便與和大人風裡來，雨裡去，乃是患難之交，你的話他必聽的，且你也有辦法，只求大管家救我。」竟又嗚嗚地哭起來。劉全道：「我最受不得哭，你且起來。」知府道：「你不答應下官，下官不起來。」劉全起身轉了一圈道：「我答應你，我為你說。」

穆知府心裡歡喜，他知道，沒有劉全，和珅當年哪能生活下去，有他給我講情，我活命矣。於是站了起來，忙叫擺筵，交代手下把那賴五看管起來。此時，只見淒淒楚楚、嫋嫋婷婷走進一位姑娘來，只生得粉面含春，猶如桃花；十指尖尖，猶如剝蔥。劉全正要走，見了這女子，也不願推辭了，知府穆璉璋看在眼裡，道：「香桃，你過來，見過劉大管家。」香桃過來打個千兒。穆璉璋道：「這是我小女兒，想你也不是外人，就一桌坐下吧。」

劉全唯命是聽，坐在桌旁，酒過三巡，那雙眼睛再也離不開香桃，香桃迴避，只是低頭不語。偏穆璉璋讓她給劉全倒杯換盞。劉全常逛窯子，哪見過這般清純俊秀的女人，自己的老婆，皮粗肉厚，高聲大嗓，給這個女子提鞋也不配。那女子似甚淒苦，更顯得讓人憐愛，劉全此時慾火上來，恨不得馬上摟那姑娘抱在懷裡，啃上幾口，知府道：「香桃，你還不爲劉大管家斟酒。」香桃站起來，那雙玉手白皙幾乎透亮，劉全端起酒杯站起來：「謝姑娘，謝姑娘。」有意無意地碰到那雙玉手，頓感滑膩異常，渾身早酥軟起來。

只聽知府穆璉璋道：「劉大管家見諒，我出去一下就來。」「請便，請便。」劉全心道：「你個狗官早該出去。」知府離開，把門關了個嚴實，劉全猛地把香桃抱在懷裡，摟了個結實，香桃似是無知無覺，任由劉全胡來。劉全頓覺香氣滿懷，道：「真香、真香！」硬硬的鬍渣在那粉嫩的臉上，一隻粗大的手掌早揉弄那對雞蛋大的玉乳……劉全正在興頭上，只聽幾聲響亮的咳嗽，門便很響地被打開，知府穆璉璋走了進來，見女兒香桃還在劉全懷裡，衣衫零亂，頭髮披散。

劉全放下香桃，心道：「真是狗官。」兩行清淚掛在香桃腮上，她癱軟在椅子上。那知府穆璉璋竟道：「沒想到大管家竟如此喜愛我的女兒，若不嫌棄，就許配與你！」劉全當即跪倒：「岳父大人受小婿一拜。」知府道：「剛才我看她已是你的人了，你須善待於她。」說罷居然流下老淚，這淚水看樣子是真的了。劉全磕了幾個頭道：「我若對香桃不好，身上長蛆。只是請岳父大人早辦婚事。」知府道：「已是你的人了，即今晚……」穆璉璋又道：「香桃，你到隔壁房裡歇息去吧。」

香桃哪裡動得了，劉全道：「岳父大人，香桃即和我為夫妻，我也不迴避了。」說罷把她抱進隔壁屋內，不一會兒又回到桌旁。知府道：「你我既是翁婿，就不再是外人，如今這事，該怎麼辦才好？」劉全道：「你須寫個狀子，把事情推在賴五身上。我明日從僕從那裡要來鄉民及賴五的狀子，把它撕了。只是和老爺那裡，你要破費一些，而且破費得少了，我也不好說話。若和老爺得了銀子，超過了這多年的損失，又要回了地，憑我和老爺的深厚交情，與他說話，比皇上還要管用的。」穆璉璋深以為是：即使平時打官司，不使銀兩怎行？我若使出銀兩，使到他動心處，再有劉全勸解，我這罪過可減輕許多，也許能落個罷官了事，和珅得了銀子，又解了恨，若不如此，難逃一死。

當晚，劉全宿於穆璉璋府上。

次日天明，知府穆璉璋把送禮的單子遞於劉全，劉全看單子上除十萬兩白銀之外，另有珠寶珍奇，名貴字畫，精綢細絹等等。劉全大喜道：「穆大人，我回去必定好說話了。」穆連璋道：「我將禮物已裝了幾車，只等管家點清。」劉全道：「你我既為翁婿，還點個什麼。」

劉全密令帳房先生和僕從道：「你們把狀子和東西交於老爺，路上小心，不能走漏半點風聲。此距京城極近，你們速去速回，看老爺還有什麼吩咐。」

劉全竟在旅店裡住下來，大呼小叫地和幾個人說話，半天的時間，保定滿城的人都知道和珅的大管家來了，說是要追回十幾年前被勒索的土地，第二日，方圓百里之內，都獲知了消息。這一天，僕從也從北京趕回，貨物皆已安全送到，於是劉全就放心地在這旅店住下，一住就是五天。

且不說知府穆璉璋，見劉全沒有回京，卻住在旅舍，那顆心如同被人死死攥住一般疼痛，且說保定府的那些大小官吏，探聽到劉全住在保定旅店，竟都蜂擁而來，爭先恐後地解說自己如何如何痛恨那知府穆璉璋，生怕與他有一點牽連，告知府的狀子竟都交到劉全這裡來，署上姓名，狀子和銀票一樣多，猶如消災的冥銀一般。只是知府穆璉璋想盡法子想見劉全，卻怎麼也見不到，於是在家裡抱著女兒痛哭道：「不是爲父逼你，如今我們全家，也許只有你一人有活路。」

第五日，劉全回到京城，把銀票及狀子悉數交於和珅，和珅道：「你辦得比我想的還好。」遂重重地賞了他，不料劉全卻道：「那狗官有個女兒叫香桃，很是可人兒。」和珅笑道：「聽這名字就是好滋味兒，你嘗過了？」

和珅把狀子遞與直隸總督，並有副本報於皇上，奏曰：「此奴才家事，特報萬歲知道，不然，會有督署向著奴才之嫌。」乾隆看罷怒道：「勒索功臣封地，唆使家人犯上，搜刮屬下百姓，豈能輕饒！」降旨直隸總督嚴加懲辦。可憐那知府費盡心機掙得幾十萬家財，如水滴掉進大海，不見任何聲息。不久，總督佈告：知府穆璉璋斬決，家抄沒，子孫流放伊犁，妻女官賣；賴五凌遲，兒子斬決，幼孫官賣爲奴、妻女亦官賣爲奴。保定知府諸屬吏，皆及時知情告發，故除知府一人外，餘不追究。

倒是劉全笑嘻嘻地領了賞銀，又領了香桃。

乾隆四十二年正月初八，這一日正是順星日，即諸星下界日。和珅沒有時間欣賞自家的星燈，而是在圓明園準備著元宵燈會。今年的元宵燈會開始得這麼早，是因爲乾隆帝想讓皇太后早幾天看到，早幾天高興。八十六歲的太后近來身體不適，乾隆日日前往長春仙館陪侍探望，當然和珅更是百倍地盡心。和珅深深地知道，乾隆對他的母親的孝順是天下少有的，是真摯的，可謂是純孝之子。他注意到每逢節日乾隆都有一些詩作，記述他和母親共用天倫之樂，表達對母親的無限熱愛和依戀。乾隆在《新正重華宮侍皇太后》一詩中寫道：

鳳輦臨龍閣，新年第一祥。彤庭增喜氣，
綠野遍春光。欣答初韶令，欽稱萬壽觴。

枌欃蘭百合，勝帖燕雙翔。浮服孫曾繞，
遐齡日月長。宮中行樂養，欲以化群方。

家宴之後，慶賀新春的節目聯翩而至，而以上元燈會最爲熱鬧，乾隆又在《上元夕恭奉皇太后觀燈火》中寫道：

樓頭歲歲奉慈娱，今歲慈娱勝且殊。
樂聽侏離複僸佅，舞看跳劍與都盧。
明燈忽綴千珠網，翠火金張萬壽圖。
所聽萱階紓念切，敢誇蒲海奏功勝。

五月，榴花盛開，端陽節來到，乾隆又時常陪太后到圓明園福海觀龍舟競渡，詩中寫道：

快霽天中景麗鮮，宜人都為利農田。
輕陰乍晴招涼牖，永晝如遲競渡船。
斜葉蕉雲亭畔卷，低枝榴火沼中燃。
五絲彩縷隨風俗，願比慈寧壽算綿。

中秋團圓節，乾隆又有《中秋日侍皇后》一詩，寫道：

壽東朝祝南極，承歡北塞擬西池。
以天下養樂莫大，值秋日佳景更奇。

動桂浮蘭彼徒爾，慶霄綺節此事宜。
由來家法貼千古，松鶴延齡共有詩。

重陽節則多在木蘭圍場的高岡峻嶺中爲太后設宴慶祝，《重陽日侍皇太后膳》一詩中寫道：

今朝乃重九，佳節不宜孤。
月日均陽數，川原通上都。
登高隨處可，獻壽與山俱。
紫塞如丹禁，千秋奉懿娛。

而同時，乾隆又把聖母六十大壽、七十大壽、八十大壽辦成千載難逢的人間盛會。

和珅記得有一段文章記述了太后六十大壽時，高梁橋至大內西華門一段在京王公大臣和各省督撫佈置的景點：

「十餘里中，各有分地，張設燈彩，結撰樓閣。天街本廣闊，兩旁遂不見市廛。錦繡山河，金銀宮闕，剪綵爲花，鋪錦爲屋，九華之燈，七寶之座，丹碧相映，不可名狀。每數十步間一戲臺，南腔北調、備四方之樂，童妙伎，歌扇舞衫，後部未歇，前部已迎，左顧方驚，右盼複眩，遊者如入蓬萊仙島，在瓊樓玉宇中，聽霓裳曲，觀羽衣舞。其景物之工，亦有巧於點綴而不甚費者。或以色絹爲山嶽形，錫箔爲波濤紋，甚至一蟠桃大數間屋，此皆粗略不足道。至如廣東所構翡翠亭，廣二、三丈，全以孔雀尾作屋瓦，一亭不啻萬眼。楚省之黃鶴樓，重簷三層。牆壁皆用玻璃高七、八尺者。浙省出湖鏡，則爲廣榭，中以大圓鏡嵌藻井之上，四旁則小鏡數萬，鱗砌成牆，人一入其中，即一身化千百億身，如左慈之無處不在，真天下奇觀也！」

和珅爲今天的燈會忙碌著，想著乾隆的詩作，想著乾隆對他母親的孝順，不禁悲從中來，愴然淚下。如果自己的母親還活著該有多好啊！我一定要向乾隆帝那樣孝敬母親，請她看戲，觀燈，爲她做壽，雖不能比得上皇家的富足豪華，可我一定要讓她享盡人間清福。可是母親卻在自己四歲時去世了，在他對母親的不多的記憶中，母親的面貌是那樣的慈祥，目光是那樣的溫暖。

他清晰地記得母親臨終時，拉著自己的手，撫著自己與和琳的頭，久久閉不上眼睛，她多麼不願離開自己的兒子！和珅對太后的感情是真摯的，他不僅僅對太后、即使是見到其他年老的婦人，也有一種精神上的依戀感，所以他誠心誠意，盡心盡力地爲太后忙碌著，盡量讓太后看著滿意，不僅僅是爲了得到皇上的誇讚。

日昳，王公大臣，蒙古貴族，外國使臣陸續來到就坐。和珅來到長春仙館，皇帝也在這裡陪著太后，準備一同到清暉閣觀燈。和珅親自與侍衛們一起抬著鳳輿，走在最前面，調整著大家的腳步。乾隆本不想讓和珅親自肩輿，但話到嘴邊又咽了回去，因爲只有和珅才最讓他放心，太后已八十六歲，更應服侍得周到精心。

到了清暉閣，和珅扶太后下輿坐在軟榻上，然後抬著軟榻，讓太后坐上寶座。今晚的燈會比歷年的都更爲精彩，自始至終皇太后都笑意盈盈，燈會結束，和珅又親自抬著鳳輿把太后送回長春仙館，這類事情沒有任何一個軍機大臣會做。皇上見太后身體健康，心裡非常高興，於是寫詩記之，這也是乾隆最後一首記述母子觀燈的詩作：

家宴觀燈例節前，清暉閣裡列長筵。

中祺介壽哪崇信，寶炬瑤縈總鬥姸。
五世曾元胥繞侍，高年母子益相憐。
扶掖軟榻平升座，步履雖康養合然。

正月十四日，太后病情加重，正月二十三日丑時，崇慶皇太后崩逝。乾隆在母親身邊悲慟嚎哭，當即奉大行（逝世）皇太后還宮，剪髮服白綢孝衣，以舍清齋爲倚廬，度地寢苦，自中夜以迄日暮，水漿不進，和珅終日地陪侍皇上，與皇上同哀同悲，乾隆帝失母的哀慟心情他是完全理解的，他把太后當成自己的母親哀悼，哭得是那樣的傷心、真誠。乾隆帝深夜夢醒，悲不能抑，遂占《悲夢》一詩道：

游歲黑甜何處鄉，從容掖輦祇如常。
孫曾侍宴列五代，歌舞行時娛一堂。
忽爾醒來余寂寞，泛焉涕出切悲傷。
因思向日即真者，非夢原都是夢場。

太后病逝，乾隆已六十七歲。老年的乾隆再也不能與母親一起享受天倫之樂，內心充滿了孤寂落寞。和珅早晚相隨，爲他百般排遣，塡補了皇上感情上的缺憾，乾隆真是感激，不再讓他兼任步軍統領。自此，和珅在軍隊裡擔任了相當於後世京師警備司令的職位。和珅自此組建訓練自己的特務組織，散佈於全國，充當自己的耳目。

和珅深深地了解世人的弱點，你愈有權威，便愈正確，愈崇高，愈是個好人，他們便愈服從。你愈是沒有權沒有勢，便渾身盡是錯、便鄙陋。自古以來，那些讀過書的人，從來便沒有自己的人格，他們總是屈從於權威，他們在權威的陽光中甘願充當一個螢火蟲。因此，要讓他們服從，要讓自己的地位鞏固，必首先體現自己的權威。

自己的權威來源於兩個方面：一方面從討好君王中得來，是君王的寵臣，便有了權威；另一方面，是自己顯示出來、使用出來，從制服那些異己之人中表現出來。這二者又互為影響。若有那自認清正之輩在皇上面前終日說三道四，皇上不可能不受他們的影響，因此自己要想辦法固寵；若有那不知天高地厚之徒，在自己面前拿大，就有可能傳染給其他人，而對這些人應殘酷無情地打擊，顯示自己權威時，要絕不手軟。

他抓住一次表現自己權威的機會。

和珅手裡拿著一本書──《字貫》，當翻到第十一本第十頁「凡例」內，臉上掛滿了笑容：「海成死定了！」

《字貫》作者王錫侯，原名王侯，恐怕自己名字犯忌諱，便改名為王錫侯。自三十八歲中舉後，曾先後九次參加會試，但都名落孫山。眼見入仕無望，便發奮著書，一為維持生計，二為留名於後世。乾隆四十年，王錫侯新著《字貫》問世，為了寫這本書，他花了十七年的時間。這是一部按天、地、人、物四大類編纂的簡明字典。

他在書中的序裡說：「天下字貫穿極難，詩韻不下萬字，學者尚多未識而不知用。今《康熙字典》增加到四萬六千多字，學者查此遺彼，舉一漏十，每每苦於終篇掩卷而茫然。」本來文人極喜自吹，這幾句話也沒有什麼，偏偏同族的本家有一個王瀧南，非要借此置他於死地。王瀧南本是鄉里的無賴惡棍，被官府抓著發配雲南，他不甘心老死於煙瘴荒蠻之地，便偷偷跑回原籍。那時王錫侯正值年輕氣盛，便夥同鄉里的幾個人把王瀧南再次扭送到官府。

多年之後，王瀧南遇赦還鄉，便搜尋著報復王錫侯的機會。《字貫》刊印後，王瀧南大喜，咬定王錫侯悖逆，誣衊貶低聖祖康熙帝，告到官府。縣令覺得此事重大，把此事上報給巡撫海成。後又報於皇上，乾隆諭示海成嚴查。海成及幕僚認爲此書雖對康熙帝有慢瀆不敬的意思，並算不上悖逆。便寫了奏摺，建議將王錫侯革去舉人，以便審擬，派專差將奏摺及《字貫》一部四十本送到京師。乾隆看罷，也不覺得有什麼問題，便擱置起來。也是王錫侯命運不濟，在家中遇著一個無賴，在朝中又碰到了政治流氓。書落到和珅手裡以後，和珅翻到第一本第十頁的「凡例」內，此字典竟將聖祖、世宗廟諱及乾隆御名字樣悉行開列，於是和珅大喜：海成這龜兒子必死無疑了。

乾隆最怕漢人對滿清不恭敬，江浙文人淵藪，明末遺臣又集中於那裡，所以，乾隆對江浙一帶的文人的態度，更是類似於神經質，聽罷和珅所奏，又看了第十頁上果然有聖祖、世宗的廟諱及自己禦名，勃然大怒道：「此實忤逆不法，爲從來沒發生過的事，罪不容誅，即應照大逆律問擬。」

和珅乘乾隆正怒，又奏曰：「奴才看後面竟有大行皇太后的名諱。」和珅把「皇太后」三字念得最重、最清晰。乾隆在逝母的悲哀中還沒解脫出來，看著這些不敬的字眼本已恨怒，一聽又有冒犯太后的字眼，憤怒到了極點，道：「領旨，即拘王錫侯，立斬，全家抄沒，妻兒流放官賣。」

和珅又道：「想那巡撫海成，身爲一省長官，竟未看出《字貫》中的悖逆不道，這明明是對王錫侯心存袒護，也太過失職，藩臬諸司，也難逃其責，這些官吏，爲政怠惰極是明顯，若不整治，官吏儘是聾瞶瞎眼之輩，這天下豈不滋生出更多的肆無忌憚之徒！若任他們說東道西，不聞不問，大清朝的威嚴何在？」乾隆一聽竟然連蹦帶跳，大罵海成，於是乾隆又諭詔天下道：「海成對此悖逆之事，竟然雙眼無珠，茫然不見，僅請革去王錫侯舉人，以便審擬，實屬天良盡昧，負朕委任之恩。」

最後朝廷決定：由和珅迅速列出違禁書目頒行天下，江西巡撫海成，擬斬候；江西藩臬兩司，皆失於昏聵不察，實在難逃其責，把他倆削職為民；兩江總督高晉，降一級留任。

本來，封建帝王的權威是至高無上的，皇帝的名字，百姓必須避諱，這是自古如此，王錫侯豈能不知？但是他寫的乃是一部字典，怎好避諱？另外王錫侯是出於好心，恐怕年輕人不知避諱，故於書中開寫，使人人知曉，實在沒有做大逆不道的事。而且，乾隆對避諱的事一向極寬容，曾說：「避名之說，乃文字末節，朕向來不以為然，也不刻意那些新進之後及村野無知者避諱。」而和珅「醉翁之意不在酒」，想借此殺雞儆猴，顯抖自己的威風，便把乾隆的怒氣挑撥煽動起來。

正當和珅快意於敵手倒斃、自己威風八面時，卻被當頭潑下一盆冷水——因為扶同瞻徇被降二級留用。和珅為何受此處分，說來話長。

戶部掌管天下錢糧賦稅，主持一國財政，是個要害部門。戶部中有一個司務廳的司務，叫安明，掌管著幾十個分司和分局，安明已在這個位置上做了六年，他也不求往上升，只求在這個位置上永遠做下去，在他看來，即使做了侍郎乃至尚書，也沒有他這個職務實惠。於是為了保住自己的位置，儘管尚書侍郎換了一個又一個，他都一樣的巴結。上司家中的大小事情，他都能知悉得一清二楚，辦得利利索索，無論哪一任尚書侍郎都覺安明可愛，都覺得少不了他。

可是智者千慮，必有一失，那一年舊尚書調走，部裡又來了位新的尚書，左右侍郎不想給新尚書實權，於是便聯絡屬下結成一夥。新尚書交代吩咐什麼事，屬下總是支支吾吾，對他半理不睬。安明平時也和兩位侍郎吃在一處，新尚書想過問司務，安明竟陽奉陰違，只說不做。這位新尚書卻是一個有心計有手腕的人，他見眾人如此，表面上顯得束手無策，軟弱無能，實際上不動聲色地在暗地裡找了幾個主事、監督及筆帖式。

起初只是聯繫感情，然後背地裡讓他們一個個地表態，最後是許下他們提升承諾。別看他們在一起時顯得多麼鐵板一塊，可是經這位新尚書幾次個別談話後，他們在背地裡便動搖起來。最後，為了表示對新尚書的忠心，更確切地說為了得到新尚書許的高官，便揭露起侍郎們的罪行來。這些人知道真實的內幕，尚書拿了真憑實據，奏報皇上，輕而易舉地把兩位侍郎清除出戶部，安明也降了職。尚書便把司務廳司務的職務賞給了為他衝鋒的戰將。和珅知道，要想手中有錢，首先要握住戶部，恰在其時，戶部空出侍郎職位，於是和珅就討了去。

安明被免去司務職，作了筆帖式，各省用不著他，便再也不給他送禮，安明頓感手頭拮据，朝思暮想著如何能奪回原來的職位。於是他便轉頭來巴結新尚書，無奈安明過去傷他過深，無論如何笑臉對他，尚書總以涼屁股回迎。安明轉而又以巴結尚書的少爺、家人乃至於尚書的親戚，可尚書一點也不為所動。安明見巴結無望，正要灰下心來，忽然間心頭亮起希望之燈，新來的侍郎和珅不正是可以依靠嗎？和珅如此年輕，便做了軍機大臣，總管內務府，主管京城軍務，現在又來到戶部，沒有皇上的特寵，豈能升遷的如此之快？他一無軍功、二無政績，得到如此的恩遇，走的肯定不是正道。既然這樣，就有辦法親近他。

安明看準了目標，就謹慎而大膽地行動起來。和珅每次到戶部，總能見到一個人對他點頭哈腰，打千作揖。在路上能遇到他，也都是行跪拜大禮。久而久之，和珅就記住了他的名字，二人就相熟了。而在戶部值室，和珅恰在無事時，安明多能及時出現與和珅閒聊幾句，之後，安明就經常到和珅府上走動，見了四指高的小孩兒都打招呼，更不問他是家奴還是遠親。並且每到和珅家，有事就為和珅做了，無事也不多待，只是停留片刻，每次去時，禮物帶得總是很恰當，很得體，很時髦，並不讓人覺得他是存心巴結，似乎是隨意帶點禮物來。

一日，安明對和珅道：「大人建房買料，何不與我言語一聲？你這木料買貴了，運費也花得多了，我各方面都很熟悉，事先與我說，我定能為大人省了許多銀兩。」和珅道：「已經比別人便宜多了，還能再便宜？」

安明道：「這種事大人不太熟悉，此後讓屬下為大人辦。」和珅道：「那就交於你辦，我先謝謝你了。」

安明拿出積蓄，一點也不小氣，盡都花在和珅身上，讓和珅的木料、運費便宜一半。木料運來後，和珅大喜道：「你辦事如此俐落，怎只是做個筆帖式？」安明道：「我原來做過司務的。」和珅：「如何降了？」

安明道：「因為侍郎與尚書不和，侍郎被調走，屬下也連帶著降了職。」

和珅道；「既無過錯，只要勤勉，提升也是有望的。」

安明道：「屬下於司務一職最是熟悉，做了五六年，各省分司局，沒有不知道我的。屬下許多年來廣交朋友，與人為善，我若開口求辦什麼事都是一路順風，故大人的木料及運費，便宜許多。」

和珅道：「你必須與尚書合契同心才是。」

安明道：「說實在話，我心裡只有大人呢，我與和大人才能合契同心。」

和珅道：「我是說你與尚書，也要融洽。不久將要京察（考察官吏），我保舉你一下，來年便可提拔你。」安明大喜。於是和珅家的許多事情，他都主動地爭著為他辦了，比如太湖石，大方磚，乃至門前的石獅子等，都是安明找人具辦的。和珅心裡高興，認為此人確是個人才，便一定要提拔他。

安明也領會了和珅的意思，同時在尚書身上也下了點功夫。果然找到了好機會，尚書的愛子得了病，多日並不見好，安明多方求醫，又費了九牛二虎之力，購來上等的靈芝，果然尚書兒子服了靈芝以後，精神復原，尙書見了安明，臉色略微好了些。一日，和珅對尙書說；「京察業已開始，我看安明做事勤勉，可保一等。」尙書知和珅是皇上面前的紅人，本不敢違拗他，聽他這麼說，也就順水推舟，落個人情說；「和大人所言甚是，我正要提拔他，復他司務一職，可現在的司務卻不好調動。」和珅道：「把他提升爲北檔房主事豈不很好？」尙書道：「就依大人安排。」

京察結束後，安明被評爲一等，不久司務被提拔爲主事，留出空缺，安明順理成章地官復原職。哪知道這安明實在運命不濟，偏偏在這時，他的父親一命嗚呼了。按清朝的禮制，官吏父母逝世後，應在家居喪三年，三年期間，如無皇上特許，不能爲官。安明經兩年努力，好不容易官復原職，豈忍心把這職位丟了。於是便把父親病死之事隱瞞下來。安明也是官迷心竅，這種事豈能瞞得了嗎？

新升的主事，認爲自己明升暗降，貪戀著原職，終日裡尋著安明的不是，得知安明把父親喪亡的事匿而不報後，就告訴了尙書，尙書道：「你聯絡一下，把實情報於吏部尙書永貴，滿朝文武中，只有阿桂和永貴才能彈劾得了和珅，阿桂又不在，所以把此事密報於他，只是你自己不要直接出面。」於是這位新升任的主事聯絡了幾個人，具名把安明的事揭露出來，寫成文書交到吏部永貴那裡，並沒有送往軍機處。永貴暗訪幾日，弄清楚確有此事，便寫了奏摺，彈劾安明的同時，更彈劾和珅，說和珅在京察時就沒有發現安明大逆不孝，居然保他爲一等，得以提升，實是扶同瞻徇，與其沆瀣一氣。

哪知折奏將要遞於皇上，和珅卻獲知了自己被參劾的消息。永貴有個兒子叫伊江阿，在國史館任職，和珅做了國史館總裁，他認爲父親雖有功勳，官居高位，但已年邁，不能久恃；而和珅年輕有爲，前途無量，方是自己真正的靠山。於是平時百般討好和珅，和珅因他是永貴的兒子，也樂於同他交往，於是二人感情日密，時常到飯莊中飲酒敍談，而伊江阿也是飽學之士，二人又經常寫詩唱和。

這一天，永貴向兒子問起和珅的爲人，伊江阿把和珅吹噓了一通，永貴聽後道：「我雖長久於邊事，剛到朝廷，入值軍機處不久，但對和珅爲人，也略有所聞，他連父死不報的人都保舉提拔，豈能是個好人？阿桂不在朝中，我不劾他，還有誰劾他？」伊江阿大驚，再問父親實情，永貴閉口不談參劾和珅之事，反而訓斥兒子良莠不分。」伊江阿心道：「只怕你扳不倒他，倒把我連累了，我要想個辦法才是。」

當天晚上伊江阿到了和珅府上，說有要事求見，和珅命他進了書房，道：「有何要事？」伊江阿道：「家父要參劾大人。」和珅一驚，道：「爲何。」伊江阿道：「大人手下有一人死了父親，匿而不報，已被父親知悉，而此人在京察中卻得了一等，正是大人保舉。」和珅大驚，心道：「安明害我，若非伊江阿來報，我怎麼收拾這種局面？」忙向伊江阿深表謝意，道：「京察中我確實保舉一人爲一等，但此人父親是否死了，我實在不知道，若真是如此，賢弟對我實在有救命之恩。」

伊江阿道：「大人怎能說這種話，屬下平日受大人眷顧甚厚，正不知何以爲報，今日之事，理應如此。」當晚深夜，和珅派人叫來安明，訓斥道：「你父去逝，爲何不與我說，差點壞了大事！」安明忙跪在地上道：「大人如何知道？」和珅道：「永貴已奏知皇上，皇上大怒，明日必要找你，這事鬧大了。」安明道：「求大人救我。」和珅道：「你早與我說，我可以想法救你，甚至可以保你位子，可你竟蠢到這種地步，喪父之事，也能瞞得住人嗎？」安明道：「小人我罪已難逃，求大人爲我妻兒說些好話，我死之後，求大人念在我對您多年忠心服侍的份上，照看我家一二。」當晚，安明將貴重細軟悉數搬到和珅府上。

次日，和珅進宮早朝，永貴道：「啓奏皇上，臣有一本，參劾和珅在京察中弄虛作假，扶同瞻徇。」乾隆道：「爲何人何事？」永貴道：「現有御史及戶部司員屬吏聯名呈報：戶部司務廳司務安明，本爲降職司員，留爲筆帖式，此人喪盡天良，父死匿而不報。前次京察，戶部侍郎、軍機大臣和珅竟保此人爲一等並保奏其官復原職。」乾隆大怒，道：「和珅，有這等事嗎？」和珅跪下道：「確有此事，請皇上治奴才不察之罪，奴才已寫好參奏安明及罪己的奏本，不想永大人竟先奴才而奏。」於是和珅將奏本呈於皇上。

永貴大驚，本想借此事剷除和珅，沒料到和珅竟有這麼一手，這不是把自己開脫於此事之外嗎？但此事豈能饒過和珅，永貴奏道：「皇上，和珅庇護徇私昭然若揭，皇上萬不可受他迷惑。戶部屬吏皆知此事，和珅怎能不知安明父喪？此其一；父喪匿而不報，實乃戕害人之大倫，安明必是奸邪小人，平時必不忠不孝，和珅竟保他爲京察一等，這難道僅僅是『不察』，必是心存庇護、徇私枉法，此其二。請皇上明斷。」此時朝班中也有幾個人相繼站出，齊說這必是和珅徇私枉法。平時這些朝臣本是首鼠兩端，雖阿諛和珅，其實心裡都是不服氣，但總想著由別人去揭發他、彈劾他，現在看有了領頭的「雁」，而且又是永貴，眾人認爲必能扳倒和珅，於是便一齊附和永貴。

永貴初爲浙江巡撫時，以清廉著稱，後又屯田新疆，多次平叛，近年回朝，任吏部尚書，參贊大臣，值軍機處，與阿桂齊名，人稱「二桂。」永貴曾受乾隆褒獎，乾隆諭：「天開朕衷，讓朕悉知永貴忠心。」因此永貴不但權高位重，又有聲望，同時受乾隆寵用，一群臣僚們最會見風使舵，見永貴參劾和珅，都認爲和珅必不是永貴的對手，哪知他們都想錯了，站錯了隊。和珅本以爲安明之事可輕易消彌，沒想到有這麼多人與他爲敵，內心忐忑不安，聽乾隆如何處置。乾隆道：「和珅應是受安明蒙蔽，若存心瞻徇，豈能親自劾他？況和珅與爾等奏摺同時呈上，和珅無故意消彌己罪之嫌。但此事誠如眾愛卿所言，和珅罪無旁貸，朕即降和珅二級留用。」次日，安明被凌遲處死，全家籍沒。

和珅雖是降二級留用，但皇上寵愛不減，乾隆終日仍把他帶在身邊。那一群臣僚，推人沒有推倒，俱都回轉頭來又附與和珅，和珅覺得自己地位仍不穩固，對這群人，表面也應付敷衍，內心裡卻想著再尋一個機會，把這些人徹底打垮，砸斷他們的脊樑骨。

且說揚州府東台縣有個書生叫徐述夔，原名賡雅，字孝文，乾隆三年中過舉人，也做過一任知縣。但他自恃才高，說自己若生在明朝，必有如唐順之、董其昌一樣顯貴揚名，此時又看了呂留良的一些著述，於是對滿清更憤怒，說：「剃頭有什麼好看的，醜死了，前邊剃了，後邊拖著根長辮子，跟驢尾巴一樣。」又說：「頭髮是身體的一部分，受之父母，怎可隨意剃去？」於是便爲一個學生起名叫徐首發。這徐述夔整日吟出許多詩句，對當朝流露出強烈的不滿，嚮往那想生活而又未曾生活過的明朝。感歎：「江北久無乾淨土。」又說：「舊日天心原夢夢，近來世事並非非。」他這樣做，自己沒引來殺身之禍已爲萬幸，偏偏他的兒子也步其父後塵，其子徐懷祖把他的詩歌編爲《一柱樓詩》刊印發行。

乾隆四十二年，徐懷祖也走向黃泉。去世前，他用二千四百兩白銀買了鄰家蔡耘的田地數頃。徐懷祖死後，蔡耘與堂兄蔡嘉樹忽然說徐家買的地裡有蔡家的祖墳，要求贖回，但卻只交贖銀九百六十兩，且非贖不可，要脅說：「若不同意，一定把《一柱樓詩》揭發出來。」徐懷祖的兩個兒子徐食田、徐食書恐怕整日只知道「食田」、「食書」，而不知「食人」、「食世」，竟天真地一起商量道：「與其讓他揭發出來，不如自己先獻出來。」

於是將刊印之書及手抄原樣，獻於縣令，東台縣令認爲此事並不算多麼重大，也就草草處理了事。哪知蔡嘉樹、蔡耘都是飽讀詩書的人，知道在這件事上必能奪了那塊地，而且必能邀功請賞，於是蔡嘉樹等又把此事告到省裡。此時劉墉任江蘇學政，見到詩後，認爲大逆不道，急忙給皇上寫了奏摺。皇上看罷，交與和珅。和珅想，這個功勞要從劉墉手裡奪回來，起碼也要瓜分點出來，更要通過此事顯出自己的本事和威風。於是便仔細地翻閱此詩。

忽然看到「『大明天子重相見，且把壺兒擱半邊』，『明朝期振翮，一舉去清都』的句子。和珅奏道：『大明天子重相見，且把壺兒擱半邊』，悖逆不道，意甚明瞭，『壺兒』即『胡兒』，『擱半邊』就是推翻清朝，這明擺著是要反清復明。『明朝期振翮，一舉去清都』，本來『明朝』是指『明天的早晨』，『去清都』是說到清朝的都城去。可是和珅解釋道：『明朝』卻指『明王朝』，『期振翮』即等明朝恢復，振翅高飛；『去清都』就是推翻清朝，廢除大清都城。」於是乾隆便把此案交於和珅處理，不久全案查清，和珅將奏摺遞於皇上，請皇上諭示如何懲處。

乾隆頒旨嚴懲：「『明朝期振翮，一舉去清都』等句，顯寓欲復興明朝之意，徐述夔大逆不道，鞭屍梟示，其子徐懷祖刊刻其父逆書，戮屍梟示；其孫徐食田、徐食書藏匿其祖逆書，擬斬；江寧藩司陶易意存徇縱，擬斬，陶易幕友陸琰有心消彌重案，擬斬；揚州知州難辭怠忽之咎，發往軍台，效力贖罪。東台知縣塗躍龍延查辦禁書，杖一百，徒三年。」

乾隆又諭：「劉墉與和珅對朕忠心可鑑，查案有功，當得獎勵。」

和珅不久又得到一個肥缺——總督崇文門稅務。這崇文門是天下四大稅關之 ，得到這個職務，等於得到了一個銀倉。不久又讓和珅總理行營事務，授御前大臣，補鑲藍旗滿洲都統，旋又授正白旗都統。

和珅嘗到了甜頭，爲了表示對主子的忠心，顯自己的誠摯才幹超過劉墉，便終日留心新書、新詩，一日看到一首詩中有這樣兩句：

「清風不識字，何必亂翻書。」

和珅急忙拿到乾隆那裡道：「這不是誣我大清不識文墨嗎？」乾隆大怒，命將此詩作者處斬，和珅當然得到了嘉獎。和珅越發起勁，一天，看了一個滿族貝子寫了首《塞上吟》，竟稱蒙古人爲「胡兒」，和珅奏道：「這『夷』、『狄』、『胡』等字眼，乃對我滿蒙的蔑稱，怎能亂用？」乾隆勃然大怒道：「如此忘本之徒，定斬不饒，念他是貝子，賜其全屍。」於是令那貝子自盡。

和珅又推波助瀾，由查書而毀書，幾近瘋狂，和珅奏道：「詆毀影射本朝的詩集書籍應當著力查繳，搜集銷毀。另外一些詞典劇本，也應刪改或銷毀。」不久，乾隆發下上諭，道：

「前令各省將違礙字句書籍，著力查繳，解京銷毀。現據各督撫等陸續解到者甚多。因思演戲曲本內，亦未必無違礙者，如明季國初之事，有關涉本朝字句，自當一體飭查。至南宋與金朝關涉詞曲，外間劇本，往往扮演過當，以致失實者；流傳久遠，無識之徒，或至轉以劇本爲真，殊有關係，亦當一體飭查。此等劇本，大約聚於蘇揚等處，著傳諭伊齡阿、全德，留心查察，有應刪改及抽撤者，務爲斟酌妥辦。並將查出原本暨刪改抽撤之篇，一併粘簽解京呈覽。但須不動聲色，不可稍涉張惶。」

不久，查禁風潮席捲全國，乾隆朝，共禁毀書籍三千一百多種，十五萬一千多部，銷毀書板八萬塊以上。民間畏懼，不論是禁書還是非禁書籍，往往都一併燒毀以避禍。而一些文人學士爲避禍而銷毀的書籍也不在少數。而和珅正是這次書林浩劫、查禁風潮的獻策者、贊助者、推波助瀾者。

與查禁銷毀書籍的同時，和珅更得到重用，擔任了《四庫全書》館總裁。和珅寵固，那些勢利小人對他又趨之若鶩，再也不敢對和珅說三道四，那「傲氣」，被和珅徹底滌蕩乾淨了。

眾人爭先恐後地拍和珅馬屁，其中最奇的莫過於劉國泰和蘇凌阿了。

第三章　賣官鬻爵・順我者昌

國泰對老丈人道：「請教岳父大人，這官該如何做？」蘇凌阿道：「第一年要清，第二年半清，第三年便渾。」

距和珅府第不遠處，有一家皮貨莊，莊主劉國泰，二十多歲除經營皮貨外，另有好幾處店鋪，他手中竟有幾十萬兩的財產。二十多歲，怎能有這麼大的家業？此事還要從二十年前說起。

二十年前，北京的一條破巷中住著一個劉存厚，本是一個賣油郎，整日挑著油擔兒，敲著梆兒，在北京城裡轉悠。天天轉悠，心裡好不窩囊，看人家騎高頭大馬，穿金披銀，奴僕一堆、妻妾成群，好不威風，好不快活。可自己起五更、睡半夜，遛到東、跑到西，鞋底磨穿了，嘴皮磨破了，還是三年買不起一件新衣裳，十天吃不上一次豬肉，更娶不上個老婆，見了那女人只能直咽口水。前天借著開玩笑，摸那女人一下，還被那女人半真半假地打了一巴掌，好不懊惱。他整日裡思量來思量去，總要思量出一個好法子，使自己有錢才行。

忽一日，嘿嘿一笑，把那屁股一拍，笑道：「有了！」便瘋跑進家，從那破席底下掏出一個包袱，掂一掂沉沉地，捏一捏硬硬的，好不自在。你道他爲啥自在？他想了一個既能娶上老婆又能發大財的法兒。今天在天橋聽書，聽了一個「賣油郎獨佔花魁」的故事，說一個賣油郎去逛妓院，卻娶了花魁，那妓女不只是貌比天仙，且有一個百寶箱！花魁嫁過去之後，油郎從此吃穿不愁。劉存厚想這不是說我嗎？我要得到那「花魁」，不就錢也有了，老婆也有了？於是他把所有的積蓄拿出來，換了剛漿洗過的衣裳，蘸了點麻油兒把辮子編得閃著亮兒，氣昂昂往那妓院走去。

到了度春院，那鴇兒迎了出來：「喲，來了，請。」劉油郎把包袱「噹」地一聲丟在案上，鴇兒頓時喜笑顏開：「喲，官爺真豪爽，樓上請！」劉油郎道：「花魁呢？」鴇兒道：「有，樓上等著呢！」劉油郎跟著鴇兒來到一間屋內，頓覺香氣撲鼻。鴇兒道：「官爺玩好。」說罷走了出去，隨即又進來一個女人，雖不像說書人說得那樣好看，那臉蛋也是白白的，胸脯也是肉鼓鼓的，胳膊也是胖乎乎的，劉油郎倒也十分滿意，只是並沒有像說書人說的那樣擺酒、把盞，那女人便左一聲「喲」，右一聲「喲」，「寶貝」、「心肝」地解開了扣子，露出那白白的肥嘟嘟的奶子，便靠上劉油郎的臉來，劉油郎本想照著說書人說的那個賣油郎那樣，顯出憨厚，只是此時哪裡還能忍得住，這是他在白天黑夜都在想的事呀，於是便抓住那奶子用頭臉拱起來，那女人順勢倒在床上……夜裡，二人皆已疲憊，劉油郎還想著他的好事，大著膽子道：「姐姐，我要娶你！」「哈哈，你真是個好孩子。」「我要娶你！」劉油郎翻身，赤條條地跪在床上道：「姐姐，我要娶你。」

那婊子此時方知他說的是真話，也就坐了起來，厚厚的肚皮捲起一道皺褶：「你真的要我？」「真的！」「以後真的能疼我？」「疼得很！」那婊子「噗」地一聲滾下床來，抱住劉油郎的頭，淚珠滾落下來：「真的不嫌棄我？要和我好好過日子？」劉油郎道：「姐姐，我哪裡敢哄你？」這婊子喜得緊緊抱住劉油郎，又「心肝」、「寶貝」地滾了起來。

原來，這婊子叫春紅，本是鴇兒的親生女，鴇兒本想把她寄養在外，但誰人肯收？於是便留在妓院，起初鴇兒並不讓她接客，但這春紅哪裡肯依，竟一日不見男人，就如發情的母貓，而今已三十多歲，雖是如狼似虎的年紀，但她早已兩腮下垂，眼皮耷拉，誰肯在她身上花去銀兩？今天母親叫她，她已是喜不自勝，又見是個棒小夥兒更是歡喜非常，及至聽到這個如此健壯年輕的男人要娶她，竟激動地眼淚流了滿腮。

用過早點，劉油郎道：「姐姐，你和鴇母說說去，拿著你的箱子，跟我走吧。」春紅道：「你要真的疼我，母親那裡，我是作得主的，只是箱子事先倒沒準備。」劉油郎一聽沒有箱子，半截身子都涼了：「原本不是有箱子、匣子的嗎？」春紅道：「我倒沒在意，想想也是有的。」劉油郎急道：「那你千萬別忘了，我只要你和箱子，別的什麼都不在乎！」春紅道：「只要一個箱子，倒容易得很，待我與母親說說去。」

春紅第二天也就從良到了劉存厚家，也是明媒正娶，也擺了兩桌酒菜款待街鄰，春紅心裡高興，但嫁妝依劉存厚的意思，只抬了一口箱子。

客人散去，劉油郎急忙打開箱子翻騰起來，翻騰了幾遍，既沒有黃的，也沒有白的，更沒有珠玉寶石。「哪裡去了？哪裡去了！」劉油郎驚慌地叫道。「什麼哪裡去了？」春紅道。「珠寶、金銀！」「哪有什麼珠寶金銀。」劉油郎聽春紅此話，立時癱坐在地上，只聽春紅又道：「珠寶怎能放到那裡！」說罷解開腰帶，那腰窩裡竟塞著個枕頭，「你怎知道我藏著珠寶？連母親我也瞞個風雨不透的。」劉油郎遂縱身而起，撲向枕頭，撕開一看，金燦燦白亮亮的一堆。

劉油郎也不再做油郎，看有錢人尤其是滿人都喜歡皮貨，於是就做起皮貨生意，果然生意愈做愈大，愈做愈火。此後一年，春紅生了個男孩，遂請那天橋說書先生給孩子起了個名字，叫「國泰。」五歲上，劉存厚給國泰請了私塾先生，國泰雖生得肉鼻子肉眼，但腦瓜兒倒不笨，先生說，此子必前程似錦，喜得存厚春紅終日合上不上嘴兒。

一晃十幾年過去，國泰已長大成人，只是顯得特別肥碩臃腫，十五六歲，他的肚皮鼓起，想看自己的腳尖已很困難，兩腮突出，兩眼永遠瞇成一條肉縫，也不必形容細描，你只要到了那菜市場上，捧個豬頭放在面前，那便算是看到國泰了。

一日，劉存厚要差人到承德進貨，卻一時找不到人，國泰硬是要去，劉存厚沒法便派家人劉二隨國泰前往，全當是去玩一趟。劉國泰到了承德，皮貨已大都被人收去，國泰突然看見一處扔了一堆散碎的毛皮，都是切下的毛邊蹄腳，國泰如獲至寶，忙把那堆皮子盡都堆在車上，劉二無論如何勸說，他就是不聽，滿街的人都笑著國泰的傻勁，國泰也不理他們，花了幾十兩銀子買了幾張上好的熟皮，拉到野外沒人處，把那堆皮毛扒下車來，用那些熟皮精心的一層層捆好那些碎皮蹄腳，行駛到天津，下了車拍一手灰往自己臉抹了抹又往劉二臉上抹了許多，於是把車趕到一家皮貨店前，國泰走進店去道：「這是張……張世叔家嗎？」裡面應道：「哪裡話，俺姓李。」

國泰結結巴巴地大哭起來，邊哭邊道：「找了幾天張世叔，也找不到，給他送的皮……皮貨，怎……怎麼辦？」只聽裡面道：「什麼皮貨？」隨著聲音站起一人約有五十歲左右，看眼前的人及門外的車，問道：「怎麼回事？」國泰道：「家父讓我……我送皮貨給張……張世叔，都是上好的皮貨，可找了兩天，也沒找到，家父又重……重病，等銀子拿藥，怎……怎麼辦。」說罷哇哇地大哭。店主忙走出來，用手一摸皮子，道：「好皮子，確是上好的皮貨……唉，這兩位老弟，看你們實在可憐，進來吃點東西吧。」國泰也不客氣，道：「我……我餓了，給我四個饅頭，一碗開水。」店主道：「你們二位都進來，進來。」

劉二暈頭轉向，也隨國泰進去，店主忙張羅擺出一桌飯菜道：「你們二位必定餓極了，誰出門遇不到難事？吃吧。」二人便狼吞虎嚥地吃了起來。待二人吃完，店主道：「二位老弟，我是慈悲的人，見你二人可憐，哭得傷心，誰能不起惻隱同情之心？這樣吧，我給一百兩銀子買下這車毛皮怎麼樣？」國泰忙道：「不……不，我要找張世叔。」店主道：「張世叔不是找不到了嗎？說不定早搬家了……」話未說完，國泰又哭了，店主見此人是個傻子，便向劉二道：「看樣子你是他的車把式，勸勸他吧。」劉二哪裡敢開口，國泰只是哇哇地哭，店住一拍手，道：「唉，別哭了，我最聽不得人哭，一百五十兩買了，你們回去吧，你父親這時不知病到什麼程度了。」國泰道：「家父交代過的，賣三……三百兩。」

店主道：「這種皮子，不值一百五十兩，我只是看見你們可憐，況你家又有病人，豈有不伸手幫攜的道理？誰能沒有難處的時候？不然我要這皮子做甚，你看，我這店裡已堆得滿滿的。」國泰道：「那……那好吧。」店主道：「搬！」於是來了幾個人，把皮子搬進店去，店主把銀子給了國泰道：「收好銀子，別路上丟了。」國泰道：「我……我們快回去，我爹還病得厲害呢。」國泰遂揚鞭而去。劉二驚得目瞪口呆。

哪知國泰回到北京他的父親真的病了，不久去世，他的母親也隨後而亡。國泰中了秀才後，不再看那《四書》、《五經》，一心一意做起生意來。可無論他怎樣地坑蒙誆騙，那生意也不似以前做得順當，今天這個稅，明天那個捐，今天送給這個官，明天又要請那個統領，官府衙門都要打點。掏得也不算少，但進自家帳內的並不多，國泰心中好不煩惱，漸漸地思路清晰起來：是官強如民，那當官的做吏的，不動不搖，風不打頭，雨不打臉，哪一個不是錢囊鼓鼓漲漲的？更有那神氣勁兒，讓人羨慕。於是國泰便朝思暮想，要做官，而且要做大官，做大官當孫子的時候少，做老爺的時候多。

可又怎麼能做大官呢？一日，和珅帶著乾女兒納蘭乘轎回家，忽然前面一個轎夫不知怎麼腳底下踩著了一塊西瓜皮，「噗通」一聲摔了個仰八叉，和珅猝不及防，也從轎子裡摔了出來，正待發火，卻見前面一個圓滾滾的肉團子在那裡滾來滾去，哈哈大笑。不一時那轎夫及和珅盡都捧腹，不只是因爲眼前的這人是個肥胖的奇物，只是那動作更讓人匪夷所思，像他這種肥胖的體形，學起轎夫跌倒的樣子，居然逼似，雖略帶誇張，卻更顯出妙趣橫生。

他爬起來又跌倒，一連做了幾個，身子輕靈異常，和珅的乾女兒納蘭不知道什麼時候也從轎中出來，看那肉球滑稽的動作，咯咯咯笑個不住，誰知那胖球又學起公主的笑聲及神態動作，更是奇妙非常，和珅和納蘭看著歡喜，從來也沒見過天下竟有這樣肥蠢到極點而靈巧到極點、滑稽到極點的人，竟都笑得蹲在地上，而那肉球竟也學著和珅和納蘭的捧腹蹲下的神態。

笑著笑著，忽然和珅內心一動，走上前來道：「你這年輕人，住在何處？姓甚名誰？」那肉球道：「俺叫劉國泰，那皮貨行就是俺家的。」和珅道：「噢——我曾認識你的父親劉存厚。」是劉存厚給他送過名貴的皮貨，和珅印象深刻。和珅道：「既然我們是街鄰，你和我一塊到我家去玩一會兒怎樣？」國泰道：「有好吃的嗎？」「有。」國泰道：「別騙我。」和珅的乾女兒納蘭扶著他道：「不騙你，走，有好多好多好吃的東西。」

到了內院，和珅竟領他到亭子上，這時和珅小妾婢女見有如此呆傻好玩之人，便都圍攏過來，笑個不住。和珅道：「擺上飯菜。」不一會兒，擺上一個桌子，瓜果自不必說，那山珍海味的香味更是誘人，劉國泰的口水早淌下三尺長，滴在肚子上，他拍著手，搖著腦，道：「這麼多好吃的，這麼多好吃的。」大家見他這樣，早笑得喘不過來氣。國泰伸手就要抓桌上的東西吃，那知納蘭用手一擋，道：「唉——要想吃呀，須作詩一首。」國泰歪著頭道：「沒有吃哪有『屎』呢？先吃才有『屎』（詩）。」眾皆大笑。納蘭道：「是作詩，就說話兒，說順口溜兒。」國泰道：「那我會，『小紅孩，毛乖乖……』」「不，不，」納蘭道：「諸位靜一下，這首詩要嵌上四個字：『大』、『小』、『多』、『少』，第一句須有個『大』字，第二句要有個『小』，第三句要有個『多』字，最後一句須有個『小』字——國泰，你聽懂了嗎？」國泰道：「聽清了。」

那和珅也想看看笑話，道：「如此甚好。」納蘭道：「我先說，姨娘後來，國泰最後，若說不出，不許吃。」於是納蘭看了看和珅手中的扇子，道：「老爺手中的扇子，張開大，攏上小，老爺用得多，別人用得少。」於是坐下吃飯飲酒。和珅小妾道：「老爺床上的被子，鋪開大，疊上小，老爺用得多，旁人用得少。」納蘭道：「國泰，該你了。」國泰急得抓耳撓腮：「大……小……多少。」眾人見他如此都捧腹大笑，納蘭竟一口飯噴了老遠，伏在桌子上，笑得直不起身來。

國泰見納蘭笑得蹲在地上，便道：「老爺身旁姨娘的『那』，蹲著大，站起來小，老爺用得多，旁人用得少。」眾人笑得哪還能說出話來，和珅一點也不惱，竟笑得半天才抬起頭來。

和珅定下神來，只見國泰正吃得滿嘴流油，忽而內心不禁一動：這世上有許多大憨之人，原是精明到了極點，而那世上許多所謂的聰明之輩，實是蠢到極點。眼前這國泰必是大智若愚，想到此時，不由內心一震，遂又想到：任他鬼到極點，精到極點，難道能蓋過我去？而且只要能為我所用，此人不極是難得之才嗎？

飯後，和珅問國泰問得詳細，國泰也不再裝模作樣，答得仔細，並實話實說道：「奴才只是想逗老爺及眾人快樂，並無不敬之意，奴才對和大人實是佩服，崇拜得五體投地，奴才願為大人當牛做馬，隨老爺驅使。」

和珅自然知道國泰家的富足，又聽說他是生員，祖先也是旗人，更重要的，此人必對自己忠心耿耿，便道：「我把那位逗你的女子許你為妻，你意如何？」任國泰如何想也想不到這一層，這真是喜從天降，忙跪倒於地道：「謝大人，若國泰對和大人有半點異心，天打雷劈。」一人說話的聲音不大不小，遠處的納蘭恰能聽到，她心裡已明白把自己許給這個人的意圖，倒沒有什麼不開心的。

和珅爲何將美如貴妃玉環的納蘭許給憨頭憨腦的國泰，而納蘭也不違拗？說來話長。

且說有個蘇凌阿，是滿洲正白旗人。乾隆六年考中翻譯舉人，被命爲內閣中書。後來離京，在江西饒廣做一個道台。本來對於平庸無能的蘇凌阿來說，這個道台就高待他了。可他卻嫌惡這江西山高田少，瘴氣繚繞，蠻漢雜居，便日思夜想要調出那鬼地方，並往上爬做那大官。在蘇凌阿的心裡，官愈大愈好做，看那許多大官，哪裡比得上我蘇凌阿的才幹。蘇凌阿並不是好高騖遠，他說的倒是實話。於是他想自己應在京城中做個大官，即使是討個外任，也應是地方大員。有什麼辦法往上爬呢？露一手給皇上看看，讓皇上賞識自己？抓幾個造反的毛賊？搜尋出幾句對大清朝不恭不敬的詩句？這些他都不行。既然不能走皇上這條路，就只有走皇上身邊的寵臣、權臣的道路。

突然，他眼前一亮，想起一個人來，這個人不是和珅還能是誰？蘇凌阿尋了個託辭，便告假回家，又從府庫中「借」了些銀子，回到了京城。蘇凌阿祖父曾做過總督，父親做過江南織造的小頭目，在京城留下一片府第，家中頗有些資財，更有一些珍玩古舊。回京後，常常找舊日的同事和琳，毫不吝惜珍玩銀兩，你來我往，漸漸地與和琳玩得熱乎，竟與和琳稱兄道弟起來。一天，聽說和珅公子過生日，便跟著和琳終於見到了和珅，呈上四千兩銀子祝少爺事事如意，呈上一個金佛保少爺歲歲平安。蘇凌阿本以爲自己送得不少了，可看和珅的眼色，似乎並沒有把這些東西放在眼裡。蘇凌阿也不氣餒，想和珅總會對自己有很深的印象。

一日，蘇凌阿對和琳道：「我有兩盆翡翠盆景，先父說是世上的神品，可我愚魯粗笨，竟看不出其神妙之處，總以爲是兩盆綠石頭，不知它是真的珍貴，還是假的珍貴。令兄和大人，見多識廣，一定是識貨的，愚兄想請他來鑒賞一下，不知和大人願來否。」和琳把蘇凌阿的話與和珅說了，不料和珅極高興，道：「現在就去。」

蘇凌阿正在臥室看他心愛的碧玉盆景，他幾乎每天都看，忽聽家人報導：「和珅相爺到了。」蘇凌阿聽罷，「噗通」一聲跪在地上，對著那盆碧玉叩了三個頭道：「皇天不負苦心人，祖宗保佑我。」便起身去迎和珅，到了和珅跟前，忙打千作揖道：「和大人怎麼不事先給下官說一聲，下官沒到門前親迎，還望大人見諒。」和珅道：「你既與和琳以兄弟相稱，與我也便是兄弟，不要多禮，不要客氣。」蘇凌阿道：「下官斗膽與和琳賢弟結金蘭之好，誠惶誠恐。如今見了大人，上下之禮怎能廢了？」說罷竟跪下去給和珅磕三個響頭。蘇凌阿是個肥胖的人，只眼皮上突出的厚皮也能割下二斤肉來。此時已是仲夏，待蘇凌阿站起身來，那地上已濕了一大片。

一行人正要步入大廳，不料一個十三四歲的女孩，並沒有梳髻，披散著頭髮，蹦跳著跑到和珅面前，咯咯咯地笑個不住，水汪汪的兩眼直瞪著和珅道：「你就是和大人？爹常說你是大官，有本事，我還以為你是老頭兒呢……真好看，真帥！」那蘇凌阿見女兒如此放肆，早嚇得出了一身雞皮疙瘩，訓斥道：「小孩兒家，不知上下，竟如此沒有禮貌，快走。」和珅卻道：「這是令嬡吧？」蘇凌阿道：「是小女納蘭，老是調皮。」

和珅撫摩一下納蘭的頭，心裡想起描寫南朝陳後主妃張麗華的句子來：「髮長七尺，鬢黑如漆，其光可鑒。」心道：怎只是黑光可鑒，白光也正可鑒呢。心裡這麼想，口上卻道：「蘇道台倒有福氣，天賜你這麼個粉雕玉琢般的女兒。我若有這麼個女兒在膝前，可不整天高興死了。」蘇凌阿何等眼色，早看見和珅手指的細微動作和那春水盈盈的目光。忙道：「和大人既然如此喜愛她，若不嫌棄小女調皮難看，小女就認你作乾爹如何？」和珅彎腰將納蘭臉蛋一捧道：「乾女兒，你願意嗎？」蘇凌阿道：「納蘭，還不磕頭叫乾爹！」納蘭卻摸著和珅額頭道：「爹有鬍子，乾爹卻沒有鬍子，還有這塊紅痣，真好看。」和珅見她竟伸手摸向自己紅記，也不躲閃，只覺她手指涼沁沁，滑膩膩，渾身觸電一般，和珅道：「你既已叫我乾爹，我以後讓你天天看。」納蘭高興地拍著巴掌，白白胖胖的手背上印了兩排蠶豆花兒。

蘇凌阿心想道：「這下可好了，乾爹哪有不疼乾女兒的，我可青雲直上了。」

蘇凌阿把兩盆碧玉盆景搬進客廳，頓時滿室綠意盎然，涼氣侵人。和珅讚歎不已，用手撫摸一下，就如撫摸在納蘭的臉蛋上一般。於是連說：「人言溫潤如玉，冬暖夏涼，我今天才算體會到了，難得的珍品，難得的珍品呀！」也不知他是說這玉，還是在說納蘭。蘇凌阿道：「既然真是好貨，就送給和大人吧。我看它有如石頭一樣。」

蘇凌阿擺宴於大廳，和珅心內好不高興，取了兩盆碧玉翡翠，又得了個乾女兒。當晚和珅回府，納蘭竟要跟乾爹去，蘇凌阿怕和珅不高興，哪知和珅竟非常樂意地答應了納蘭。

蘇凌阿當晚竟在地毯上裁跟頭打滾，也不覺身體肥胖，內心裡直喊：我當大官了，我馬上要當大官了！

一日和珅正在書房玩賞閒書，正看得津津有味，不意一雙滑膩溫潤的手蒙住自己的眼睛，咯咯咯笑個不住。這雙手雖放在眼上，但和珅骨子裡血管裡也覺著了它的軟綿，和珅故意問她是誰，她只是笑個不住，一股股暖暖的氣息吹向和珅頸項。和珅猛一轉身，把她抱住，用手在她脖頸裡、腋窩下直掏，她竟在和珅懷裡打著滾兒笑。此時正是夏天，納蘭穿著薄薄的單練旗服，挺立的胸脯柔軟而富有彈性，納蘭大笑不止，那雙玉乳就抖抖地亂顫，和珅不禁呆了。和珅此時再看納蘭，面白如玉，二目含春，通體豐腴，該胖的地方胖，該圓的地方圓，雖胖，但不感有絲毫的臃腫肥碩。因爲該細的地方，她又極細。二人打鬧了一會，和珅讓納蘭走開，納蘭不肯，於是就在旁邊也看起閒書來。

從此，納蘭時常到和珅房中看書。一日，和珅在案邊看書，半天也沒有翻動一頁，聽身後一點動靜也沒有。許久，和珅道：「納蘭，你在幹什麼？」後面並無聲息。和珅一連問了幾遍，納蘭也不回答，和珅便轉過身去，見納蘭正在和珅便榻上趴著，聚精會神地看一本圖書，和珅道：「你看的是什麼書，這麼入迷？」納蘭慌忙將書合上，滿臉紅霞道：「這……這……」和珅走到邊旁，納蘭連忙把書壓於身下，和珅道：「你究竟看我什麼書？」納蘭也不回答，只是直直地看著和珅，二目泛春，待和珅手搬她身子去拿那本書，納蘭猛地抱住和珅脖子，和珅似猝不及防，重重地倒在她身上，納蘭瘋了一般，嬌喘道：「我要……我要那書上畫的，書上寫的。」

不知怎的，那旗袍扣兒早已散開，細腰不住地扭動，肥臀兒不住地搖晃，和珅看那玉白的大腿，竟……和珅此時衣衫已被撕開，於是兩人便滾作一團。和珅從來也沒見過如此孟浪的女人，撕咬、抓撓、翻滾……竟有如此大的氣力，她只是第一次，小小的年紀竟如此的肆無忌憚，和珅從她身上領略到了青春、力量和狂熱。從此，和珅一天也離不開她，二人整日一處，同出同進，和府中都說納蘭是和珅乾女兒，起初也沒想到污穢之事，後來漸漸地有所覺察，但是有哪一個敢去管他。

日久天長，和珅也怕人說三道四，倒後悔當初不如娶她過來，何必認什麼乾女兒。若要娶她，那蘇凌阿還有不依的嗎？更有甚者，這納蘭情欲太過，有一天竟作弄起和珅的孌童來，那孌童出了一身大汗，連驚帶嚇，不久便氣絕身亡，疼得和珅似身上掉了一塊肉。

和珅早想給納蘭找個婆家，如今見了國泰，心道：「我就喜歡你裝憨，若真憨不好，不憨更不好，就似國泰這種人該憨的時候特憨、該聰明的時候特聰明最好。」

蘇凌阿起初對這門婚事不太滿意，後來想通了，這必是和珅的「那種」打算；待見到劉國泰說上一會兒話後，蘇凌阿斷定劉國泰必大富大貴，也就滿心高興。

遣媒、通草帖、合婚、定帖，不多久，劉國泰和納蘭完婚，滿北京城的百姓們都說蘇凌阿是個貪官，貪財貪迷了心竅，竟將女兒許配給一個傻子。有的說是圖國泰那龐大的家業；有的說這是和珅出的主意，蘇凌阿的女兒認和珅爲義父，是和珅把蘇凌阿女兒許給傻子，和珅的意思是要作奸方便；更有的說，把女兒嫁與一個傻子正是和珅蘇凌阿的精明處，你看那世上許多聰明的人下場怎樣？倒是傻子，一輩子安穩；知道內情的人都說，蘇凌阿是大精之人。

京城中的規矩，女兒出嫁六天後要回門，可是去接納蘭的卻不是蘇凌阿家的人，和珅竟親自去接納蘭。和珅乘車而去，到了國泰家門口，國泰早已候在那裡，跪著迎接。和珅想，既然劉國泰喜歡裝憨，我必須再給他提個醒兒，讓他服服貼貼，該看的看，不該看的不看；該說的說，不該說的不說，和珅想：用什麼法兒能讓他再明白事理呢？

和珅走下車，國泰道：「岳父大人親自枉駕光臨寒舍，實令小婿覺得恩榮無比。」和珅道：「雖然納蘭是我乾女兒，但我最疼愛她，如今以後，你夫婦恩愛，也別忘了孝敬乾爹，你也要體恤我一片愛女之心。」國泰道：「小婿敢不聽教誨，從今以後，我就是你的兒子。一輩子只知孝敬，不知其他。」和珅道：「看你憨厚，孝心必佳，一定是我的孝子。」劉國泰請和珅步入大門，不料到了二門旁，和珅不由心中一動，心想：我何不用趙高指鹿爲馬的故事再點化他。

於是指著門東旁的樹問：「這是棵桃樹吧？」劉國泰看這棵本是棗樹，心想，難道和珅連棗樹和桃樹都分不清？心裡三轉兩轉頓時明亮：這是用趙高指鹿爲馬的故事點化我。當年趙高指著鹿說是馬，凡是違拗趙高說那鹿是鹿的人全部被殺。想到這裡，國泰道：「岳父大人，這就是一棵桃樹，今年春天結的桃子壓滿枝頭，個個又肥又大又鮮又嫩又可口，本想給您老人家送一籃子，只是一陣大風刮來，都落於泥淖，您老人家也沒有吃上。」和珅心想，這國泰果然是個聰明的人，又指著西邊的一棵桃樹說：「這是一棵棗樹吧？」國泰道：「岳父大人，這確實是一棵棗樹，今年秋天結的棗子壓滿枝頭，個個又大又鮮又嫩又可口，本想給您老人家送一籃子，可是一陣大風刮來，都落於泥淖，您老人家也沒有吃上。」和珅心道：「我要的就是這樣的人，在該憨的時候就要憨。」

正想著已來到客廳前，客廳前面，栽著一棵槐樹，冠蓋如雲，和珅想，我不妨再和他開一個玩笑，看他如何應付，於是指著槐樹說：「這是一棵什麼樹？」國泰心裡真的惶急起來，說是什麼樹好呢？此時納蘭站於客廳門前，見和珅問國泰這門前是什麼樹，竟看那國泰惶急，便咳嗽一聲，用手往懷裡比劃，告訴國泰這是棵槐樹，這個動作恰被國泰看到了，心想：我何不與和珅開個玩笑，表明我該憨的時候一定憨。於是國泰道：「岳父大人，這棵樹是乳頭子樹，今年夏天結的奶子壓滿枝頭，個個又大又鮮又嫩又可口，本想給您老人家送一籃子，誰知道一陣大風刮來，都落於泥淖，您老人家也沒有吃上。」和珅與納蘭笑彎了腰。

和珅自此從朝廷中回來，時常路過國泰家，國泰也總是在此時不在家，那納蘭便和乾爹在一起快活，在自己書房裡，和珅多少有點顧忌，不敢大聲說話大膽施爲，在這裡還有什麼不能做出來的。隔三差五，劉國泰便送些皮貨給和珅，儘是些名貴的貂皮、雪貂皮，比那金玉更加難得。

忽一日，納蘭道：「國泰要做個官兒呢，你看他行嗎？」和珅道：「他若真想做，就能做，什麼行不行，說他行他就行，不行也行；說不行就不行，行也不行。」和珅叫來國泰道：「你真想做官？」國泰道：「岳父大人，小的就想做官。」和珅道：「那納蘭隨任能過得慣嗎？」劉國泰道：「恰好她留在家裡照看一下這皮貨莊，岳父大人離這又近，可派家人時常來照看一下，若是能賺更好，若不能賺也就不要做了。」和珅道：「那好，給你個山東泗陽縣的縣令，你準備上任去吧。」國泰跪倒叩頭道：「謝岳父大人。」

第二天，國泰帶點皮貨到了親岳父大人府上，蘇凌阿比以前更喜歡這個女婿，國泰果是個大精之人，和珅的眼力終究是高人一等。而且每次來，國泰總帶著罕見的皮貨，都是價值連城的稀世珍品，就憑劉國泰有萬貫家產這一條，也該喜歡他。

蘇凌阿讓國泰坐下，國泰竟不坐，走到蘇凌阿面前垂手而立說：「我就要去做官，請教岳父大人，這官該如何做？」蘇凌阿道：「第一年要清，第二年半清，第三年便渾。」國泰道：「教我如何熬到三年！」蘇凌阿道：「現在當官，本是一上臺就撈，不撈誰當官？只是你是有前途的人，若忍一忍，熬一熬，便可做大官，撈大錢。」國泰道：「不論怎樣，做官總比我那買賣好做，來錢來得快，也簡便。」蘇凌阿道：「你去了，納蘭也隨你去任上嗎？我極喜歡這個女兒，你是怎麼安排的？」劉國泰道：「我先讓納蘭在家照顧一下生意，且和大人離我家又近，可以隨時照應的。待過了一年半載，納蘭要去時，我再接她不遲。」蘇凌阿道：「如此甚好。」

可是納蘭卻有點捨不得劉國泰。第一次見到劉國泰，雖覺他醜陋，但並不厭煩他，反覺他甚是可愛，洞房花燭之夜，國泰溫柔、滑稽粗魯兼而有之，反比和珅更能令她快樂，只樂得她前仰後合。整日裡，劉國泰總有說不完的笑話，扮不完的滑稽相。納蘭從小就喜歡戲鬧，放肆不羈，這國泰正合了她的脾胃。但納蘭是個聰明人，知道父親和丈夫的前途都繫於自己一人身上，她和乾爹相好，大家便都平安快活，而且和珅確實比國泰更勝一籌，房中之事更能意味雋永，體態長相就更不用說了，於是她雖有點捨不得國泰，但更願意留在和珅身邊。

劉國泰快活無比地到泗陽城上任去了。而蘇凌阿也做了吏部侍郎，果然不須再回那蠻荒之地，真是錢可通神，真是……可以通神。和珅讓蘇凌阿到吏部做侍郎，是他認為這吏部太重要了，吏部銓選天下文人，主管天下文官，豈能沒有自己的親信在裡面，況吏部尚書永貴參劾和珅的事，至今在和珅心裡留下陰影，和珅想：這個吏部，早晚須我自己掌管。

一日，乾隆召和珅道：「甘肅年年旱災，百姓貧苦，朕放心不下，且得悉甘肅捐監糧已達六百萬石，朕唯恐不實。朕以為此事重大，特命你代朕巡查陝甘。」說罷吟道：「民貧地瘠是甘涼，加賑年年例若常，災弗十分斯已幸，春耕借種更教祥……。」和珅領命去了陝甘。

原來，早在乾隆三十九年，陝甘總督勒爾謹奏報乾隆曰：「陝甘兩省，年年不雨，大旱異於他方，又加上土地瘠薄，百姓貧困窘迫，上無蓋藏，室無粒糧。」乾隆看罷奏摺，憂心如焚，君以民為本，民以食為天，民貧則奸邪生。國家穩固，其根本在於百姓。於是迅速發去賑濟米粟，並敕令陝甘總督以下，勤勉為政，賑濟救災，發展生產。

不久，勒爾謹又奏道：「陝甘年年大旱，若年年依靠國家，累及國庫，臣等內疚，不如在陝甘實施捐監，令民交納豆麥，以此換得國子監生，得到應試之官。」勒爾謹的意思是，那些童生員、秀才可以向國家捐獻糧食而得到監生，這樣就可以不讓國家破費，賑濟災民。後來，生員、監生以及一些官職都可以通過捐糧得到。乾隆帝批准了勒爾謹的奏摺，並特調浙江布政使王亶望赴陝甘主持這項工作。並諭：「准令本色報捐，該管上司，核實稽察，勿使滋弊，如仍有濫收折色，致缺倉儲及濫索科派等弊，一經發覺，唯勒爾謹是問。」

於是，從乾隆三十九年開「捐監」，僅僅三年的時間，靠捐糧食而成為監生的就有十五萬人。從帳面上看，累計捐糧已達六百多萬石。此後甘肅則年年報旱災，以捐監糧賑災。實際上，每年旱災是假，各級官吏，從總督勒爾謹、布政使王亶望以下，直至州府縣令，都以賑災名義，侵吞捐臨「糧食。」所謂「監糧」，實際上純屬編局，從乾隆三十九年捐監開始，各級官吏受的都是折色銀兩。不僅僅如此，省府向各道府開出應捐「監糧」數目，各道府向各州縣開出必交「監糧」，層層攤派下去，上下勾結，稱爲「捐」，實爲勒索。

更有甚者，布政使王亶望，竟敢冒天下之大不韙，蒙蔽皇帝。他向乾隆奏稱：「連年監糧太多，原有倉庫裝納不下，擬另建新倉二十六座，特奏請皇上撥銀建倉。」乾隆諭示撥給甘肅省十六萬兩白銀，用於建倉。實際上，沒有糧食，建造什麼倉庫？十六萬兩銀子，一厘不剩地被侵吞了。

和珅領旨到了甘肅，查問「捐監糧」的實情。

勒爾謹急傳王亶望及蘭州知府蔣全迪聚首商議，道：「皇上曾派刑部尚書袁宗倘、刑部左侍郎阿揚阿來盤過一次，現在又派軍機大臣和珅前來，看來皇上對甘肅的事有點不放心，如今該如何應付？」

王亶望道：「沒有狗不吃屎、羊不吃麥苗的。就如刑部尚書袁守侗、侍郎阿揚阿，不也一向以清高自居嗎？也還不是見錢眼開。何況這和珅，我已打聽得明白，這人一向貪財好色，喜愛珍玩，甚至於達到成癖的程度。我們如果把他餵得肥肥的，不怕他不爲我們說話。」於是幾個人分頭忙碌起來。

和珅剛一踏入甘肅境內，早有那知府縣令跪拜迎接，路兩旁擺滿了鮮花綠樹，又搭了幾個彩棚，舉行了簡短的歡迎儀式。然後前往蘭州城，一路上過府跨縣，都是前呼後擁，縣縣清水灑道、白灰粉牆，當然一路上更少不了佳羹珍肴，珠寶玉器的饋贈。和珅邐邐來到蘭州城，蘭州城的東門之外，已搭好彩棚，城門上紮上彩綢，大幅標語飄揚於藍天白雲之間：「恭迎和大人蒞臨我省視察」，「爲官一任，造福四方」，「賑災濟民皇恩浩蕩」……，大道兩旁站滿了手執彩旗的人群高喊著歡迎的口號，口號和標語上寫的大致相同。

勒爾謹率幾百個官吏豪紳迎上前來，問寒問暖：「和大人一路辛苦。」二人行抱見大禮：行禮時雙方對面而立，先左肩後以右肩相碰，碰畢互相以右手抱腰，左手撫背，並交頸貼面，最後互相執手問安。禮畢二人攜手前行。這時一個腰鼓方陣迎面舞蹈而來，個個身著玄衣，頭裹白巾，腰繫紅綢，鼓聲節奏整齊，舞步威風凜凜。腰鼓陣過後，是一群身著彩衣的年輕俊俏的婦女，也列成方陣，扭著秧歌。和珅頓感飄飄然起來。

秧歌隊後，是一個笙簫方陣，男吹笙女吹簫，個個精神抖擻，光彩照人。和珅的胸脯愈挺愈高，頭愈昂愈神氣，步子也堅定有力，他感覺到他是多麼地威風，多麼崇高，多麼偉大。笙簫過後，來到彩棚下，這裡用巨木搭成一個高高的臺子，臺子上彩旗迎風招展。和珅在總督勒爾謹、布政使王亶望的陪同下登上高臺。歡迎儀式由王亶望主持，勒爾謹致歡迎詞，勒爾謹道：「我代表陝甘兩省數百萬百姓，對和大人的到來，表示熱烈歡迎。（下面掌聲雷動，如暴雨灑過滄海，似萬馬奔騰於大漠）和大人此次來陝甘，帶來了皇上的恩澤，更帶來和大人的一片愛心，和大人日理萬機，對皇上忠心赤膽，為國家鞠躬盡瘁，為百姓嘔心瀝血，真是勤政愛民的楷模，正是國家的支柱棟樑。

我陝甘年年遭災，還是因為有和大人這樣體恤百姓，愛護民眾的大臣，我們陝甘才屢屢度過難關。此次，和大人更是不辭辛勞，親自到甘肅視察賑災，為我陝甘帶來福祉，謹讓我代表陝甘百姓，陝甘各界，再一次對和大人的到來，表示熱烈的歡迎！」

接著和珅作了長篇發言，他站在高臺上，檢閱著下面的官吏，檢閱著下面的百姓，他第一次真實地具體地感到，他的地位是何等的尊崇。他說：

「諸位父老鄉親，諸位地方官紳，首先讓我對你們愛戴皇上、忠誠皇上表示崇高的敬意。（掌聲如萬千條瀑布在崇山空谷中激蕩）讓我對你們的盛情款待表示由衷的感謝！陝甘兩省，歷年旱災，百姓生活困苦，皇上愛民如子，朝廷體恤百姓。此次來甘，本官看到甘肅各地在地方官員的勤勉治理下，百姓安居樂業……」勒爾謹、王亶望等聽著和珅的講話，會心地笑了。

儀式後，和珅與勒爾謹捨轎騎馬，並肩進城。

進入城門後，先由騎兵列隊開道，隨後是旌旗佇列，旗隊之後，是一喇叭鎖吶方陣，高奏著熱鬧的樂曲，喇叭方陣之後是笙簫方陣，笙簫方陣後，又是彩旗隊，彩旗隊後，打著「欽差」「賑濟」的牌子，隨後就是和珅與勒爾謹並馬昂首而行，二人身後是省直官員和蘭州府官員，蘭州府官員之後，腰鼓隊，秧歌隊舞蹈前行。大街上掛滿了彩色的標語，兩旁紮著紅綢，擺放著鮮花，紅綢鮮花後面是歡迎的群眾，大小店鋪掛燈結彩，滿世界一片繁華。

甘肅省為和珅舉行了盛大的宴會。賓主各自落座之後，致簡短的祝詞，一百張筵席上的菜肴令和珅也大開眼界，只是駝峰一味，已是好幾種，和珅道：「勒爾謹大人，你年年上報朝廷陝甘荒旱，據本官看來，甘肅很是富足嘛。」勒爾謹心想：這可是個黑白通吃的主。

於是馬上道：「陝甘雖連年旱災，但為和大人一路洗塵，謝和大人對陝甘的百姓的愛護，陝甘即使有點破費而略表寸心，也是應該的。」和珅道：「這是不是叫該吃不吃也不對？」眾人大笑，和珅又道：「我不太喜歡場面上的事。」勒爾謹、王亶望心想：「真是個貪婪的主兒，剛一開始就明要起實惠的東西來。」於是王亶望立即道：「全省上下的『監糧』都已準備好，敬請大人盤查驗收。」和珅道：「酒席上不說公務。」於是拿起筷子道：「請！」

全省大小官吏都來給和珅敬酒，都恭請和大人到他們的屬地去視察，日近傍晚，宴罷。勒爾謹道：「我陝甘歌舞與中原、江南、關東等地俱有不同。特請大人到殿堂歡聚。」於是，和珅隨勒爾謹王亶望步入大殿，坐在上手。和珅几案之前，跪一女侍，一隻手用勺取酒，一隻手以耳杯供奉主人。和珅命以茶代酒，於是撤酒換茶，和珅背後跪著兩女，為和珅捶肩捏背。

殿中場地，三位西域女子，跳起「飛天」舞蹈，都裸露出碩大的前胸和肚臍。其乳房雖碩大卻堅挺不墜，其腰肢雖粗壯卻靈活無比，舞女下身著裙，赤裸的玉臂上掛著彩綢，舞蹈起來一會兒飄飄搖搖，一會兒又如木偶輪轉，那肥碩的身段軟柔無比，做著各種扭曲的動作，好似渾身無一根骨頭。更妙的是那高鼻樑上的一雙鳳目，隨手腳動作輪轉不已……和珅何曾見過這種舞蹈，驚歎之餘，又情欲恣肆。勒爾謹見此，雙手一拍，舞蹈音樂驟歇。勒爾謹道：「大人一路風塵僕僕，就早點安歇吧。」於是三位舞池中的女子帶和珅進入內室。

到了寢室，三位女子恭身侍立，和珅正要發急，卻見門內又進來一位女子，玉膚瑩瑩，款款擺擺，哪裡是這三個女子可比，那一雙鳳目春色蕩漾，流光溢彩，身體肥碩卻頎長豐腴。三位舞女爲和珅解衣寬頻，那頎長的西域女子也褪下裙裳，玉臂伸手，把和珅緊緊抱在懷裡，一雙玉腿把和珅雙腿夾住，和珅覺得她身體滾燙，心內似有無限饑渴，正要動作，突然間那女子將他抱起反身躺在床上，致使和珅壓在她的玉體之上，和珅壓著那肥碩的身子，真如臥在錦被上一般柔軟潤滑……

初嘗西域女子滋味，和珅愜意非常。次日用罷早點，誰知那西域女子腳掛銅鈴舞蹈起來，更勝過昨日的那三個「飛天」。和珅哪還管什麼盤查，便一連兩天和這女子做起銷魂蕩魄的事來。到第三天，始傳話見勒爾謹及王亶望，王亶望道：「大人如此喜愛這幾個西域女子，車馬我已備好，今天便把她四人送到府上。屬下以爲現在送去最好。」和珅忙說：「不忙不忙，讓她們多留幾日。」王亶望道：「你只知道西域女子非常，卻不知西洋女子更是迷人。大人就讓小官先把她四位送走好了。」和珅不語。總督、布政使及知府一干人陪著和珅看了幾個帳本，又到一個倉庫中抓幾把小米看了幾眼，道：「帳目明瞭，倉庫充實，很好。不知下面州縣如何。」王亶望道：「下官以爲，大人且在蘭州多住幾日，再去下面不遲。不知當否？」和珅道：「如此也好。」

當晚，王亶望在府上宴請和珅，和珅不禁呆了，他坐在案邊聽那堂子報的菜譜，竟瞠目結舌：

「水晶明肚，七孔靈台，采聞靈芝，鳳眼珍珠，千層梯絲，烤紅金棗，釀麒麟頂，鹿茸鳳穴，金扇翠綠，金皎猩唇，菊花百玉，金絲繡球，百子葫蘆，寶寺藏金，虎保金丁，天開秦倉，御展龍肝，丹心寶袋，明開夜合，金粱玉柱，吉祥如意，玉絲點紅，金鼎爐蓋，喜望峰坡，受天百祿，銀釀鹿筋，銀片虎眼，冰雪翡翠，滿堂五福，雪打銀花，長生不老，佛頂獻珠，天玉金頂，紅葉含雲，迎風玉扇，炸金銀條，玉環連鎖，雙龍寶珠，萬年青翠，飲澗臺子，黃門金柱，富貴金錢，金銀三絲……」王亶望見和珅不知吃哪樣好，遂道：「大人這是我們甘肅特有的『全羊大筵』，雖然名字裡無一『羊』字，每道菜卻都是羊品。」

說罷爲和珅夾一塊菜道：「這道『千層梯絲』，是羊嗓上梯狀軟骨做成，大人嘗一嘗，看是如何？」和珅把這「千層梯絲」放在嘴裡嚼罷，忙道：「好，好，又脆又嫩。」王亶望又夾來一塊，道：這道「采聞靈芝」，是羊鼻尖那塊小圓肉，這可是珍品，相傳冒辟疆不僅擁有名妓董小宛，在吃上也極講究。有一次他在水繪園大宴天下名士。先期請來一位京師有名的廚娘。問她需要什麼原料，她卻反問道：「席有三等，主人想用哪一等？」於是冒避疆問她三等差異何在。廚娘答曰：「上等席須用羊五百隻，中等三百，下等一百，其他物品隨用隨取。」冒避疆認爲上等太費，下等又太簡單，便說：「中等合適。」於是根據廚娘的要求，把羊和各種物品備辦齊整，大家都想看看這廚娘如何處置。到了日期，廚娘應約而來，跟隨的助手有一百多人，她自己則只是珠圍翠繞，高坐指揮，眾人奔走廚房刀砧間聽從調遣。那三百隻羊，每頭只割下唇肉備用，其餘全部丟棄。有人驚問其故，廚娘答曰：「羊之美味，全集中在這個地方，其他的地方都腥臊不值得用。而羊鼻尖那塊小圓肉，比羊唇上的肉更精美，可見此道菜之珍貴了。」

和珅被他說得愣了半天，直到總督勒爾謹讓他吃菜，他才回過神來。不一會兒。他弄明白了幾道菜，「喜望峰坡」是羊鼻樑骨兩側的肉，「天開秦倉」是羊耳根下明堂骨的兩塊小耳，「飲澗臺子」是羊下巴頦肉……

王亶望吹過這全羊筵，又端著手中的酒道：「京師中唯有雪酒還可以，你看我們這酒，香冽鼻，澄明透亮作金黃色，實是在窨中存放五年方才取出。」

和珅想：我只說在京城中繁華無比，哪想到這地方大吏，豪奢更勝過京城，這一趟，不是白來，也不能白來。

當晚，歌舞宴罷，王亶望道：「大人遠道而來，無以爲敬，這箱中之物，實乃總督大人和我的一點心意。」和珅道：「怎可勞費二位大人？如此萬萬不可。」王亶望道：「這就是大人看不起下官及總督大人了。」和珅道：「如此，真是受之有愧，卻之不恭了。」於是王亶望囑咐數人把二個箱子抬到和珅寢室。

和珅走進寢室，迫不及待地揭開二隻長長的大箱子，頓時張大嘴巴、瞪大了眼睛。箱子裡放著十八尊瑪瑙羅漢，另一隻箱子裡放著十八尊金羅漢。不說這瑪瑙金子的價值，就是十八羅漢的造型、工藝，也是登峰造極：十八羅漢神態各異，表情不同，栩栩如生。

和珅還沉迷於箱裡的羅漢之中，一聲「和大人」把他叫得醒悟過來。他回首一看，只見一侍女旁站著一位天神般的女子，金黃的頭髮濃密細柔而捲曲著，面白如玉，晶瑩透明。小巧的鼻樑微微翹起，顴骨微高，額頭圓圓略略突起，兩眼微陷，眸子碧藍碧藍，是秋水、是藍天、是草原、是森林、是詩、是夢、是甜蜜、是溫馨、是欲望、是熱烈、而又是潔淨。和珅深深地被眼前的女子迷住了，這必是王亶望所選的歐羅巴女子。

待她褪下裙裾，那優美的曲線，雪白的肌膚，更讓他陶醉、讓他迷戀。她的玉乳比納蘭的更高聳挺拔圓潤，她的圓臂比納蘭的更突出優美，而那腰肢也比納蘭的更細更柔。她兩腿細細修長而勻稱，兩臂豐腴而略有彎曲，一雙小手，十指長長細細，卻更增柔腴。和珅慨歎：人生如此，真不枉走世上一趟。她顫抖著站在那裡，和珅將她輕輕攬起，生怕碰破了她的皮，揉疼了她的肉。哪知她一進入和珅懷裡，急迫渴求更甚於納蘭。她瞇著眼睛，雙唇狠狠地吸吮著，細柔的巧舌遊動在和珅嘴裡，與和珅的舌頭攪擾在一起。

和珅又是幾天足不出園，只覺得此地物華天寶，人傑地靈。

和珅在王亶望府中一住就是三天。不料第三天總督勒爾謹悄悄地對和珅道：「王大人府中有一卿憐，實『青蓮』也，是王亶望從蘇州花了一萬兩銀子從一商人手中購得。此女盡得江南山水之秀，明豔不差於歐羅巴女子，而彈唱卻為全吳之冠。」和珅被他說得心旌神搖。

下午王亶望擺饌暖香閣。閣外，碧水盈盈，但殘荷凋零，和珅道：「我想欣賞這蓮花青青，卻不料不是時候。」總督道：「王大人何不讓他欣賞一曲？」王亶望猶豫了一回，起身出去，不一會兒回來坐定。和珅見王亶望身後跟著一位女子，手抱琵琶半遮面，坐於案旁。三人對飲了一回，王亶望與總督告辭出去。

和珅這才細望眼前的女子，確是粉豔如青荷捧托，碧水映照中的一朵蓮花，體態也嬌弱不勝，聽她嬌嘀嘀的歌喉和婉轉的琵琶聲，似乎讓人領略盡了蘇州山水的明媚。

當夜雲雨已過，交頸迭股，把她摟在懷中，和珅輕輕地在她耳邊道：「你真是一朵蓮花。『青蓮』這個名字正適於你。」不料那歌女卻道：「奴婢乃是青蓮阿姨的侍女。『青蓮』人也稱她『卿憐』。你認錯人了。」和珅大驚，想，這卿憐是什麼樣女子，王亶望竟如此不捨？想她必是傾國傾城，閉月羞花，沉魚落雁。

自此，和珅時常想著卿憐。

和珅給皇上的奏摺裡能寫些什麼呢？

又吃、又玩、又拿，手下豈能不留情！

乾隆雖是一個英明的帝王，但到了晚年，逐漸地糊塗起來。這大概是中國帝王普遍的規律，唐太宗晚年剛愎自用，唐玄宗晚年更是差一點亡了國，康熙帝晚年爲選儲的事也昏暗不明。另外，歷代帝王無不嚮往享樂奢侈，誇示繁榮強盛，是中國帝王的共同心理。即使像唐太宗李世民那樣的帝王，居安思危，深深地知道逸豫亡國的道理，也不免崇尚奢華。年已七十的乾隆帝雖然仍盡心維持國家安定，致力於國家強盛一統的事業，但漸漸地，奢侈享樂的欲望也膨漲起來。

他原來就喜歡巡遊打獵，收藏玩賞，到了老年此好更甚。可是內務府年年赤字，乾隆也不敢太大手大腳，而此時，正好和珅出現在他面前。和珅主持內務府後只一年，便扭虧爲盈。和珅做了戶部侍郎，國庫中的銀子也多起來。乾隆看出，和珅的確是個理財能手，不久要把戶部尚書的位置交給他。

和珅深深地了解乾隆最喜歡追求泱泱大國的皇家氣派和豪華排場。可是乾隆想奢華又怕人說他揮霍，欲享受又怕人說他貪圖享樂。更由於連年戰爭，他手頭裡也感到拮据。和珅主持內務府後，便想了許多斂財的法子，讓乾隆的錢包漸漸地鼓起來，當然爲乾隆斂財的同時，他自己也肥了起來。而把自己和乾隆捆在一起，又可確保自己無虞。

乾隆帝頒旨禁止獻貢，和珅便在下面慫恿那些督撫商賈們作更多的捐貢；乾隆敕令爲他的事不必鋪張，和珅便在下面責令皇家的各項工程必須要豪華、絕不能苟且馬虎。這樣乾隆的口袋滿了，宮中及圓明園的工程不斷擴大，而又顯出他嚴於自律，是一個嚴謹勤儉的帝王。

在眾多的斂財方式中，最值得一提的是和珅創建的「議罪銀制度。」凡有過失的官員，可以納銀贖罪，免去處罰。這實際上是乾隆默許由和珅執行的變相勒索。你說天下官吏臣民哪個有罪哪個無罪？他說你有罪，總能找到你的不是，乾隆與和珅敲你的竹槓還不容易。可是偏偏就有那麼幾個官吏，腰裡的錢鼓鼓的，並不以為有罪，而被砍下頭顱。於是官吏們紛紛乖乖地把銀子交上來。

皇上的腰包鼓了，便重議南巡江南的事情來。

若說乾隆南巡單純是為了享樂遊玩這倒是大錯特錯了。「上有天堂，下有蘇杭。」並不單是指這些地方山明水秀，景色迷人，更主要的倒是這些地方物產富饒，人文鼎盛。自宋明以來，「蘇湖熟，天下足」即成為民謠。江浙一帶再加上南巡所經過的直隸、山東、兩淮，實是大清的谷倉所在，大清的命脈所在。在自給自足的社會裡，農業是國家安定的最根本的保證。若這些地方水患頻仍，影響了農業生產，全國的糧食就會欠缺。

常言道：民以食為天。若糧食短缺，就會滋生邪奸，導致社會的不穩。所以乾隆借南巡來省視河道、摒除水患，發展農業，這樣農業發展得到保證，國家就可安定。

其次，山東是孔子的故鄉，南巡祭孔不僅可以宣揚君父為人倫之主的思想，而且孔子為漢文人鼻祖，借此可以籠絡天下文人之心。

乾隆另外的目的，就是借南巡籠絡江浙人才和地方豪強大戶。江浙一代不僅人文鼎盛，而且是反清的淵藪之地，借南巡，可以消弭反清情緒，營造滿漢一體的民族感情氛圍。

這些大清的心腹地帶，乾隆豈有不親自巡察，以掌握實情的道理？

和珅當然洞悉這些道理，所以當年初遇乾隆，乾隆向他問起治國方略時，他就把這些道理擺出來，這些道理實際上在皇帝心裡早就明擺著的。即使如此，也有一些不識時務者諫阻乾隆南巡，說是國庫空虛，百姓疲羸，皇上難道不惱恨他？只是和珅屢勸南巡，條陳稱旨，乾隆便把南巡的大小事宜悉數交於和珅，並讓他扈駕南巡。

和珅本想爲皇上另造艇船，但乾隆頒旨仍乘前幾次南巡時乘坐的安福艫，翔鳳艇備用。和珅又造了許多的龍舟，擺滿了運河，迤邐幾千艘。同時又傳令各督撫、鹽政、河督等，建造或修葺行宮。這些人與和珅是一個心思，巴不得多攬幾個工程，既撈了銀子，又討好了皇上；或者換過來說也可以：既討好了皇上，又撈了銀子，何樂而不爲。很快，水路旱道俱已疏通，行宮園林，都已造好。

乾隆四十四年（一七〇八年）正月十二日，爲了「觀民省方，勤求治理」乾隆從京師啓蹕，開始第五次南巡。和珅和王公大臣、蒙古王公台吉、直隸官員、四部郡王台吉、四川土司等一起扈從。普天之下的人都更羡慕起和珅來，只有和珅能隨意地接近皇上，只有和珅整日與乾隆形影相隨，寸步不離。御駕所經，督撫以下，盡行跪接，和珅站於乾隆之側，更顯威風凜凜。各地的一切供奉，統由和珅監視，均由和珅轉交。這哪裡是乾隆在南巡，簡直是和珅在檢閱。

乾隆此行卻比以往四次南巡更爲高興。前四次哪次都花去他四十萬兩白銀，只有這一次，內務府只支出點御駕日常費用，大部分銀兩由和珅籌措，乾隆也不管這「羊毛出在羊身上」，也不知道和珅僅僅督造龍舟、檢收地方一項，腰包裡就裝了幾十萬兩白花花的銀子。乾隆不管不問，他只要自己不花錢就可以。

乾隆此次南巡，御乘船艇雖是前四次坐過的，但已修繕裝璜得富麗堂皇。皇上的心裡得意極了，大大小小的隨行船，擺了數里，沿河排列著無數彩船——我大清好不氣派；兩岸搭滿戲臺，彩棚，道路上覆蓋著紅毯彩氈——我大清好不繁榮；數萬名年輕的男丁婦女，盡皆健壯秀麗，排列兩岸，拉著絲纖，謂之「龍鬚纖」，男女對歌相和，歌聲嘹亮，直上九霄——看我大清兒女，生生息息，蓬蓬勃勃，雄視萬邦。七十歲的乾隆看著這種情景真是躊躇滿志：朕更勝於漢武唐宗，比康熙皇祖也是不差。

且說乾隆南巡，路經山東時，拜謁泰山，祭祀孔林、孔廟，瞻拜孔府，表示他尊師重道施仁政，行教化。之後，這一日穿行於蒼松翠柏之間行得急促，隱隱約約地聽溪流淙淙緊緊相隨，不久溪流從山谷中轉出，一縷陽光從樹冠縫裡照射下來，乾隆不覺脫口而出：「好景致！人人都讚美王摩詰的『明月松間照，清泉石上流』，說是他畫中有詩，詩中有畫，我卻覺得他的詩太清淒了些，不如這裡的景物明麗清新，陽光燦爛，穿射松間，溪水澄碧，漫過蒼石真畫境也。」和珅道：「前面就是行宮，泗陽縣令劉國泰，曾繪行宮圖呈我看，實在是令人神往。現在還沒到行宮，已是蒼松翠柏，碧水蒼石，讓人留連，到了行宮，景色必定更為迷人。」

正說話間，眼前豁然開朗，前面鋪展開一幅畫卷，猶如進入洞天福地一般。只見幾十條溪流縱橫交錯，回環曲折，有的沒入松柏樹林，有的在嶙峋的山石間時隱時現；板橋處處，連著小徑，小徑彎曲，有的折入橋後，有的被山遮斷，小徑蜿蜒之地，飛簷處處，勾畫在藍天之上；放目南望，山巒峻峭入雲，一輪白日晶芒四射。山巒那邊，閃亮亮一條小河伸向迷茫的遠方。

和珅領乾隆登上一榭，榭八角，如倒掛蓮花；榭下碧水如鏡，光可照人；水下鋪滿大小不一的鵝卵石，五彩斑爛。乾隆道：「此榭怎麼題名？」和珅道：「專等皇上墨寶。」「拿筆來。」和珅磨墨，乾隆題曰：「鏡瀾榭。」

和珅道：「此處大小幾十泉，泉泉融匯，縱橫交錯，名之泉林，遠方一河，知縣呈圖上曾言，至聖先師的『子在川上曰：逝者如斯夫』，『川』即指此河。」

信步往前，幾條細細的溪水，把一座小樓環繞在中心，樓內樓外，晃動著溪流反射的日光，乾隆道：「花園失山野之氣，如美人失卻氣質性靈。在此地，才感覺到都城的園林，實際是綢緞上繡著的花朵，有花的容顏，而無花的芬芳。」當下在此樓用膳。午膳畢，乾隆道：「泗陽縣把這園林建於山野之中，得山之靈秀，水之精神，想必泗陽縣令是襟懷灑脫之人，傳他來見我。」和珅急忙傳泗陽縣令劉國泰見駕。

卻說國泰到泗陽縣不久，接到和珅一封書信，上面寫道：「皇上南巡，必去祭孔，祭孔之後，必南過泗陽縣境，思其經，應在縣城東五十里，查此處泉林溪密，你應於此處構建行宮，以待皇上。吾即遣一人，與你籌建。納蘭平安，望你騰達，家中之事，吾爲照應。」

國泰對著那封信，磕了幾個頭道：「你是俺爹，俺的親爹！」心下頓覺雪亮。由於前任貪婪，又遇荒年，當時泗陽大饑，國泰想：要修那園林，銀兩從哪裡來？思量了一天，想起一句名言：「將欲取之，必先與之。」就如釣魚，若不捨得放點餌，哪能有魚上鉤，於是便想起一個釣大魚的法子來。

乾隆想這泗陽縣令，必是個亭亭玉立，儒雅俊秀，與和珅相同類的人，哪知見到國泰，卻是肥頭大耳，肚大腰圓的呆蠢之人。可乾隆馬上驚異起來，見國泰下跪的動作靈巧迅捷，真是匪夷所思。國泰道：「泗陽縣令劉國泰拜見吾皇萬歲、萬歲、萬萬歲。」乾隆道：「平身。」那國泰竟然迅捷得讓人看不清他是怎樣起身的就站在了那裡，乾隆看著他，驚異地許久沒說話，不料那國泰道：「奴才知道皇上的心裡話。」

乾隆道：「你說說看。」國泰道：「皇上心裡說：這傢伙，乍一看長得不怎麼樣，可是仔細一看——還不如乍一看來。」乾隆被逗得大笑起來，滿屋的人哪個不笑。笑過之後，再看那劉國泰無一處不透著滑稽，無一個毛孔不逗人發笑，也就不覺得他醜陋了。乾隆道：「看你的樣子，非常肥胖，但動作卻非常輕靈，朕甚是奇怪。」

國泰道：「奴才的父親不識字，卻想讓我有學問，便有人找上我的父親，說他很有學問，那人幾句話便使父親佩服的五體投地，於是那人就成了我的先生。誰知每天讀書識字之外，他盡教我些滑稽逗人的動作，原來他是天橋上的一個滑稽人，看我是滑稽天才，便編了法兒來教我，後來雖被父親識破，但我竟迷上了這行當。可是我中了生員以後，詩書也不敢荒廢。」便有個太監道：「這山野之中，無以爲樂，你做幾個動作，讓爺笑一笑。」和珅道：「如此甚好。」那國泰便逞起本事來，學那俚語土話，市人百相，滿座無不驚歎，無不捧腹。

有一位直隸學政，看劉國泰很不順眼，便問道：「敢問泗陽縣令，你平日最喜歡什麼？」國泰道：「最喜歡金錢。」學政道：「聖人云：小人喻於利，君子喻於義，身爲父母官，怎能求利忘義？」國泰道：「下官求利是下官缺利，人總追求他所需要的東西和缺少的東西，你只求『義』，說明你太缺少『義』了。」

那學政啞口無言，乾隆心道看他表面呆蠢，倒也不是無能之輩，動作靈敏，思維也極靈敏的，我不妨考他一考，剛好想起午膳中有兩碟豆很好吃，便說：「朕午膳中有兩碟青豆，色香味俱全，泗陽縣令便以『兩碟豆』爲上聯對出下聯，如何。」國泰隨即對出，道：「一甌油。」乾隆又道：「朕說的是『林間兩蝶鬥』。」劉國泰道：「奴才說的是『水上一鷗遊』。」乾隆大喜，道：「朕再出個上聯你對。」於是出上聯曰：

人云南方多山多水多才子

國泰隨即對道：

我說此國一天一地一聖人

滿座無不驚異，看這人呆蠢如此，哪裡有這種才思？和珅更是喜不自勝。偏偏剛才那位直隸學政覺得丟了面子，便想找回來，於是道：「泗陽縣令果然才思敏捷，下官有一上聯，求對已久，請泗陽縣令對對看。」於是便說上聯：

色難

劉國泰道：

容易

等了一會兒，那位學政道：「你說容易，爲什麼到現在對不出？」眾人大笑。學政見眾人笑自己頓時恍然大悟，滿面羞愧。

和珅道：「在此閒話，豈不耽誤賞那美景？」於是眾人便隨乾隆皇上步入泉林。

乾隆看這景致，無一處不讓他喜樂，一下午題了許多匾額，有：近聖居，在川處，九曲榴，柳煙波，古蔭堂。少不了多做了許多詩句，隨扈的文人跟著唱和。傍晚，直登青雲梯，來到半壁上建構的一座樓閣，只見白雲繚繞，霧氣蒸騰，乾隆命筆題此樓爲：「橫雲館。」當晚，乾隆宿於館內。

沒想到這山野之間的山巔之上，晚膳卻極爲珍奇，烹龍炮鳳，俱是地道的山珍野味，乾隆大喜，道：「看泗陽縣令胸襟，該做個知府。」和珅道：「奴才這就看哪裡有空缺。」

次日早膳罷，乾隆步出橫雲館，循著山間的小徑，往東而行，到了一個亭子上。此時旭日東昇，依依於對面的峰巒之上。看對面的峰巒，蕩漾於雲海之中，若隱若現。乾隆俯身望去，雲霧迷漫，下視深不見底，所立的亭子竟然是懸於峭壁之上，右邊一棵松樹，從懸崖絕壁中伸出，枝幹錚錚，昂首向天，接蒼穹，探雲海，使人頓感天高地迴，宇宙浩瀚。

乾隆正沉浸在大清肅穆之中，忽然山風吹過，片片緋紅的花瓣飄落而下，花滿枝頭。這山高之處，紅梅竟是晚開晚放。轉身正要步出亭子，一株桃樹舒展在眼前，看那枝上，已綴滿花苞。乾隆即題此亭爲「紅雨亭」，並寫詩記之曰：

春曉緋枝苞尚含，趲程巡蹕指江南。
慢言佳景成孤負，看到霏霏轉不堪。

在泰山孔府，乾隆也沒耽擱，走到這山野行宮，卻盤桓不前。畢竟乾隆心繫江南，次日，遂起駕南行。不料剛剛走上大道，竟看見道兩旁黑壓壓跪著上萬人。侍衛來報：「百姓等聞說青天劉國泰知縣要走，俱跪請挽留。」乾隆有心要查個仔細，便讓那幾個老者前來說明。

原來劉國泰的前任是個貪婪不法之徒，幾年的時間把泗陽縣搜刮一空，加上災荒嚴重，等到劉國泰上任時，饑民把野草野菜也尋個乾乾淨淨。此時，和珅來信又要建行宮，花費巨大。劉國泰思想了一天，咬咬牙，竟拿出自己的銀子在泉林之處奠基動工。只要來幹活的，都給他們飯吃，滿縣的人沒有一個不知道這是縣太爺想法子讓他們活命。不久，更有一件事讓百姓們拍手稱快，都喊國泰爲劉青天。

泗陽縣城裡有個無賴叫宋堂，仗著姐夫是省裡的巡撫，平日裡帶著些潑皮流氓，除橫行城裡，肆虐鄉鄰外，便整日裡爲人包打官司。見到荒年大饑，便囤積居奇，若要他半斗谷子，便必須拿一個女兒來換。哪知他正賺得高興，新來的知縣劉國泰卻和他作起對頭來，借建造行宮，賑濟饑民，又在城裡捨粥，斷了他的財路。

一日，宋堂帶著幾個潑皮，見知縣的轎子來到，故意地放馬過去，衝倒了轎子，劉知縣大怒，隨即命令衙役拘來訊問。捕頭提醒知縣道：「他可是撫台的小舅子。」劉國泰道：「任他是誰，犯了法也要拘來。」於是把宋堂打入大牢又把那些潑皮個個收審。此時撫台下令放人，國泰桌子一拍道：「任你是誰敢以身試法嗎？是權大還是法大？」竟不理不睬那巡撫，劉國泰更查出宋堂囤積居奇，便打開他的糧倉，降價賣了，那些強逼來的僮僕，俱都放回家去。自此以後，百姓都稱他為劉青天。

劉青天很少乘轎，經常到百姓家行走，看到那些貧窮的，時常給些銀兩。有一次，劉青天看到一個娃兒冷得可憐，竟將自己的夾襖脫下給他穿上。

鄉老們又說了許多劉青天的故事。

和珅聽罷，奏道：「皇上，劉縣令如此清正剛直，實在難得，正該提升褒獎才是。」乾隆這幾年正被腐敗所困擾，現在遇到這樣的官員，怎能不喜不自禁。於是馬上降旨，超擢劉國泰為道台，令御使查清山東巡撫之事。

山東巡撫正隨扈皇上，當即嚇得面如土色。和珅心裡暗自高興：劉國泰確是一個難得的人才。

聖駕不久來到揚州。「淮左名都，竹西佳處」，揚州自古繁華。乾隆南巡，無一次不到揚州，經他題的景點就有：慧因寺，倚虹園，致佳樓，怡情堂，趣園，水竹居，法淨寺等等。乾隆更寫了許多詩句讚美淮東第一勝景之處。

這次，揚州為迎接皇上的第五次南巡，把揚州佈置得更比往日繁華。城裡的大街小巷，都鋪上錦氈，路兩邊都掛著紅綢。此次駐蹕的高旻寺行宮，更比往日富麗優美。行宮內新開了兩個人工湖，堆了許多用太湖石壘成的假山，各處遍種竹柳花卉，備極江南園林之美。

行宮有前、中、後三殿，包括茶膳房，西配房、畫房、西套房、橋亭、戲臺、看戲臺，閘口亭、亭廊房、歇山樓、西監獄、箭廳、萬字亭、臥碑亭，歇山門、石湖房，垂花門，後照房等，亭臺樓閣幾百間。

行宮裡陳設著古玩珍寶，花木竹石，書籍字畫，磁器，香爐，掛屏等，各種器物，備極繁華，連痰盂也是用銀絲鏤嵌而成。

皇上的膳食，比在京城中有過之而無不及，每頓飯中，一盤豚脯，要用十頭豬；一盤鵝掌要用幾十隻鵝；一味駝峰，要四五頭駱駝；一盤雞舌，須幾百隻雞。其他諸如牛、羊、奶、猴腦、燕窩，就更不用說了。

菜的做法就更讓人驚駭。比如鵝掌和駝峰的做法。

鵝掌的做法是：把一個鐵籠子放在地上，下面用火炭燒熱，然後把鵝驅趕進鐵籠，讓牠在籠中的熱鐵上奔跑飛騰，環繞數圈後，鵝便死去，而鵝的精華全集中於兩掌之上，削下鵝掌，其餘全部丟棄。

駝峰的做法是：挑選健壯的駱駝，把牠綁縛在柱子上，然後用燒沸的開水澆灌牠的脊背，讓牠立刻死去，駱駝的精華便集中在駝峰上，而駱駝的其餘部分，全部丟棄。

乾隆見揚州比以往繁華了許多，龍顏大悅。於是下詔於行宮賜宴鹽商，每人賞頂戴一頂。因爲行宮是鹽商們捐銀建造的。

卻說宴罷之後，和珅叫來兩淮鹽政征瑞道：「看這揚州的繁華，你功不可沒。」征瑞道：「蒙大人栽培，我不敢不盡力，和大人若見有不到之處，儘管責罰下官。」和珅道：「看揚州這麼耗費，所欠內務府及國庫銀兩該是能繳納清了吧。」征瑞道：「不知大人所言何事，今年的銀子不是交清了嗎？」和珅怒道：「大膽征瑞，僅交二十萬兩，想糊弄我嗎！」征瑞心道：今年僅交內務府十五萬兩，餘銀因皇上南巡，以建行宮諸事為託辭已抵賴掉了，怎反說我交二十萬兩？突然，征瑞心內一緊：是了，這是怪我送他的銀太少了。

今年和珅夫人生日，我進貢銀子二十萬兩，被他退回，他所說的二十萬兩銀子不是我送的禮銀，又是什麼？想到這裡，征瑞彎腰低首道：「奴才該死，奴才該死，實在一時湊不出更多的銀子。」和珅道：「不要裝蒜！少說也要四十萬兩。你忘了你這個位子是怎麼得來的了？」征瑞慌忙跪在地上道：「老爺千萬要原諒小的，老爺一向疼愛小的，小的我難道能對老爺不孝敬？實在是當時一時拮据，籌不出來，小的這就回去籌集，以後老爺盡請放心，我必全心全意孝敬你。」

和珅道：「每年除交納所欠提行銀兩和內務府銀子外，還須向國家交納多少？」征瑞心裡明白，和珅所指的「國家」二字實指他自己的家，於是忙道：「小的每年繳十萬兩。」和珅道：「這就對了。你我多年的交情，非同一般。你的事就是我的事，我的事也就是你的事，並不見外，你起來吧。」

征瑞道：「老爺原諒我時，我方起來。」和珅道：「原諒你了，起來吧。」征瑞站起身來。和珅數落他道：「所欠一千多萬兩提行銀子，還了多少？是誰幫你減免的？你心裡清楚，你收了多少銀子，你清楚我也清楚，皇上若問起這事來，隨時都可能發火的。」征瑞唯唯諾諾。

和珅所說的「所欠一千多萬兩提行銀子」，指的是乾隆三十三年時的舊案。

自乾隆十一年至三十二年，兩淮只預提鹽行四百九十餘萬道，捨利合銀一千餘萬兩，而歷界鹽政均未奏請歸公。後來案發，兩淮鹽政及相關官吏俱被嚴懲，可是接任鹽政，以種種藉口上繳極少，到乾隆四十四年的十幾年間，只還六百多萬兩，兩淮鹽政仍欠內務府五百多萬兩。和珅見兩淮鹽政是個肥缺，進內務府後，奏請皇上，以前任兩淮鹽政征繳納銀不力為由，安上向他行賄的征瑞。

揚州濱臨大江，居南北大運河的交匯點，自古為淮左名都。乾隆時期，是揚州最繁榮的時期。在商業方面，這裡百貨暢銷。無錫的布匹運到這裡，一年的交易，不下數十百萬。揚州城內，聚集了巨額的貨幣資本，其中最主要的是鹽業資本。

揚州城內，有山西、安徽商人數十百家，資本達七、八千萬兩白銀。和珅是理財老手，親臨揚州，見此地如此繁華，鹽商如此豪奢，嫌征瑞孝敬自己的銀子太少，便敲他一下。征瑞聽他說起舊事，哪能不懂，和珅隨時都可以把他換下來，這樣征瑞自己的發財夢也就破滅了，如淮河水一般長流不盡的銀子，也就讓別人落去了。

征瑞想，進貢給和珅的銀兩還不是羊毛出在羊身上：若和珅追回過去的成命，仍要還回欠內務府的銀兩，自己也就無從撈起，若和珅不再要兩淮鹽政歸還過去的欠銀，那麼自己就可以多撈。這樣想著，征瑞道：「小的每年向上交納十萬，其他節日也是不少的，小的過去做錯了事，還請老爺原諒。另外，老爺也應體諒小人的難處：若讓我還清到任所欠的內務府銀兩，實在難以做到。」和珅道：「這個，皇上會酌情考慮的。若你實在還不上，皇上還能逼你跳淮河長江不成？另外，皇上這次來揚州，比以往哪一次都高興，對你大加讚賞。這不是，賜了宴又賞頂戴花翎嗎！」

征瑞回府，急忙派人叫來他的心腹鹽商汪如龍。汪如龍本是揚州有名的鹽商，征瑞一到任，他便送上厚禮，自我引見。征瑞原是個道台，本來犯了過錯，被上司革職回家，一位朋友說：「你若能重金送與和珅，別看他現在只是戶部侍郎，可卻是皇上面前的第一寵臣，又是軍機大臣，皇上對他言聽計從，你若不吝惜銀兩，和珅定會為你周旋，你必能討個好位置。」

征瑞便信了他的話，給和珅送去十萬兩白銀，果然神驗，皇上竟把兩淮鹽政這個天下人人都想得到的肥缺給了他。征瑞想，當幾年鹽政，上百萬兩銀子放在腰包裡不成問題，比起總督巡撫，還要實惠許多。於是喜出望外的同時，並不忘在和珅面前表明他是相爺的孝子賢孫，以後絕對孝心可嘉。

到了任上，征瑞驟然間不知從哪裡抓錢，正躊躇間，汪如龍來了，他已做了多年鹽商，自然是行家裡手，如何收稅納捐，如何追查走私漏稅，如何查假打非，都說得仔細明白，征瑞大喜，便收爲幕友。更讓征瑞感激的是，這次皇上南巡，汪如龍獻策催促大小鹽商，俱都捐出銀款，營建行宮，平鋪道路，置辦器物。

這些事都由汪如龍一人督辦，征瑞只管落錢，隨著工程的展開深入增多，他的私人腰包也被汪如龍塞得滿滿的，就這一下子，征瑞竟落了十多萬，珍玩器物也扣下許多。現在皇上駕到，賜宴賞戴，褒獎誇讚，自已發了財，又立了功，魚和熊掌二者兼得。這一切都有汪如龍的功勞。所以征瑞從和珅那裡回來遇到了新問題，便找汪如龍來。

征瑞把和珅訓斥自己的話告訴了汪如龍，然後請教汪如龍問他有何計策，汪如龍道：「兄長不要擔心，和珅初掌權柄，正急著要網絡心腹，現在他雖然借皇上威勢懾服一些朝臣，畢竟氣味相投的人不多。你現在既然已經向他表示了忠心，想必他不會怎麼的怪罪你，把這鹽政的位置交於別人。我現在有一個打算，可以鞏固你的地位。」征瑞忙道：「快說出來，是什麼法兒。」汪如龍道：「歷來皇上巡視四方，地方上沒有不進獻美女的。以前康熙帝六下江南，暗地裡也收了些美女。我調教了一個歌女，名叫雪如，色藝俱佳，明天獻於皇上，我給你些珍寶，你再送予和大人，定能讓皇上高興、和大人滿意。這樣你的地位不就穩固了嗎？」征瑞道：「很好，明日就送去，只是讓你破費，爲兄不好意思。」汪如龍道：「只要兄長能讓愚弟到皇帝跟前見見皇上，小弟便心滿意足了。」征瑞道：「這有何難。」

次日，征瑞、汪如龍帶著一匹玉馬，送給和珅，和珅頓時眼睛一亮，拍著征瑞的肩說：「小弟好眼光……看著這匹馬，就如聽到了牠的嘶鳴，看見牠在奔馳。此馬志在千里！」征瑞聽和珅稱自己爲「弟」，真是受寵若驚，心裡如春天的小河驟然冰解，喜悅的暖流，舒暢地流淌。此時對汪如龍也有說不盡的感激。

於是說：「我來送一個歌女，色藝俱佳，欲獻於皇上。」和珅道：「隨我來。」征瑞叫過汪如龍，汪如龍又讓人抬進轎子。征瑞向和珅道：「這位是汪如龍，揚州鹽商，是那歌女的教師。」和珅只是看那匹玉馬，愛不釋手，也不和汪如龍說話打招呼，只是掃了汪如龍一眼，汪如龍打手向和珅拜見，和珅猶如沒看見一般。征瑞道：「現在是不是進行宮？」和珅起身前行，眾人相隨。

來到行宮內的殿堂前，和珅道：「有獻美女者。」於是便有一位太監驗過歌女雪如，眾人便隨和珅進殿。進了殿內和珅指汪如龍道：「這位是……」征瑞道：「這位是汪如龍，揚州的名商，仰慕大人風采，求我引見，剛才我已將他向大人介紹，可是大人正看著那匹玉馬並沒聽到下官的話。」和珅道：「這就是我的不是了。」於是向汪如龍點頭示意，汪如龍打手還禮。

和珅等進殿跪拜過皇上，大家站定，皇上命太監叫過歌女，那歌女揭下頭上的面紗，頓時整個大殿爲之一亮。和珅目不轉睛地看著那女子，只見她肌膚潔白如雪。白得閃光，愈見她嬌媚溫柔，白得幾乎透明，愈顯出她清純不染。那女子款款下拜、跪在地上道：「奴婢見過皇上，祝吾皇萬歲、萬歲、萬萬歲。」

聲音雖輕柔細微，但滿屋的人無不聽得清楚真切。乾隆道：「平身。」「奴婢謝皇上。」乾隆道：「你叫什麼名字？」「奴婢叫雪如。」乾隆終日見到的都是北地胭脂，前幾次南巡也屢幸南國嬌娃，但哪個能比得上這個女子的風韻。「雪如」，乾隆想：這名字多好！雪很白，很美，很潔淨，很浪漫，光彩照人，嫵媚而不妖。乾隆道：「你會些什麼？」雪如道：「歌舞唱彈，琴棋書畫，無一不會。」乾隆更喜，道：「你先唱一曲。」

於是內侍抱來一琴，雪如彈唱起來。聽那琴聲如清泉流過石頭，如碎雨打著芭蕉，如旭日照著晨雪，如明月籠罩滄海。那歌聲如沙漠裡響起駝鈴，如竹林中黃鸝在啼鳴。一闋終了，乾隆贊道：「真是出神入化矣！」雪如道：「謝皇上。只是比起我家主人，我這琴技，差得遠呢。」乾隆道：「你家主人是誰？現在做著何事？」汪如龍忙跪在地上道：「奴才汪如龍，乃是揚州鹽商，正是雪如主人，雪如技藝，實是奴才調教出來的。」乾隆道：「你彈奏一曲與朕聽聽。難道真能超過雪如？」汪如龍道：「草民技藝菲淺，恐辱聖聽，但既然是我主命我，奴才豈敢推託。」

於是便緊軸劃撥，彈了一曲，一曲終了，許久大殿內靜無聲；窗外，纖蘿不動，百鳥不語。和汪如龍的琴聲比起來，雪如的是俗樂，是下里巴人，而汪如龍的則是仙樂，是陽春白雪。當日，皇上遣走王公大臣，督撫鹽政及織造，獨留汪如龍和雪如。這些督撫大員都嫉妒得要死，征瑞的肚裡，更如灌了滿滿一瓶醋。

當夜，乾隆看罷雪如的歌舞後，即讓雪如隨侍，待褪去她衣裙，一身雪膚冰肌，瑩潔溫潤。乾隆老將上陣，躍馬舞槍，雪如雛鳥振翅，曲意逢迎。一片落紅，雪如嬌軟喘息，乾隆對她更是憐愛有加。

一連三天，乾隆也不傳見臣民，那班官吏都弄得手忙腳亂，彷徨無定。悄悄地問時，那太監道：「皇上和新進美人，在宮中歌舞取樂，你們幾個腦袋，敢擾皇上清興？」嚇得那般官員俯首貼耳，再也不敢多說一句話，連兩江總督求太監去奏事，太監也不放他。打聽和珅時，也不知他到哪裡去了。

原來，乾隆留下汪如龍、雪如，等到演奏已畢，獨留雪如侍寢後，和珅特意交代汪如龍道：「你明天仍到行宮聽外等候，雪如之事，你不得聲張。」汪如龍道：「怎敢不聽大人吩咐。」

第二天早上，督撫等一干官員都在等候覲見皇上，一直等到中午也不聽傳詔進見，眾官員你看看我，我看看你，心中疑惑，直等到日日失時分，太陽偏西，見一太監出來道：「汪如龍進見，餘等自便。」

汪如龍內心狂喜不已，趨身俯首而進，來到殿廳，進入五步，再也不敢挪動腳步，四下裡望一望，屋內並無一人。不一會兒，腳步聲響，汪如龍稍微抬頭張望，見是和珅，忙跪倒於地道：「草民拜見大人。」和珅道：「恭喜你，討得皇上如此歡心高興。」說著已走到汪如龍跟前，立在那裡，道：「你抬起頭來。」汪如龍抬起頭來。和珅道：「你看著我。」汪如龍看一眼和珅，見和珅兩眼瞪得滾圓。昨天看他眼睛還如一潮春水，今天那眼裡好像結了一層冰，寒氣逼人。

汪如龍雖然內心裡早已有譜，但剛才的高興勁兒也早已煙消雲散，渾身如澆了一桶冰水。和珅道：「你知罪嗎?對皇上惑以美色，致使君王不朝，該當何罪?」汪如龍道：「小的明白，此事都是鹽政大人所為，小人本想先請教你老人家，請你明裁，可我無緣無福見到您老人家。所以隨鹽政大人，覲見皇上。冒犯大人，小人實不得已，請大人明察。」汪如龍覷一眼和珅，見其面容稍為緩和，又說：「你老人家如皓月當空，小人難道不知大人一向恩德浩蕩?小人早已心儀大人，乞求沐浴於您老人家的春風之中。今天小人終於見到大人，當是小人孝敬您的時候，想大人當不會嫌棄我這草木之人。」

和珅聽他這一席話，臉上冰霜早已化盡，汪如龍更不待和珅說話，又道：「大人若肯枉駕挪動貴步，光臨寒舍，寒舍雖蓬篳荊籬，但有二月豆蔻一朵，芳豔無比，絕勝光豔奪人的白雪。」和珅聽到這裡，面上如拂三月春風，眸子中一層寒冰早已化盡，心內鮮花怒放，道：「站起來說話。」汪如龍站起來，垂手而立，和珅道：「你進獻美人，雖使皇上疏於政事，但皇上日理萬機，勤於民情，勞苦非常，已感疲憊。你愉悅皇上，實是對皇上的愛戴，忠心一片。」汪如龍聽到這裡，心想：我多年苦心，播下希望的種子，現在發芽成長了，不久定會豐收，何不趁熱打鐵，忙道：「大人，小人有一物，敬獻大人，願大人不嫌敝陋。」說著從袖中取出一件東西，和珅是何等的眼光，乍一看到，眼也直了，忙攫來捧於手中，原來是一隻黑玉蝴蝶。

這隻蝴蝶用黑玉雕成，不說這種黑玉是世上罕見的珍品，可遇而不可求，斷之皇宮中也絕無此物，而且這隻蝴蝶雕刻之工，琢磨之精，堪稱鬼斧神工。整個玉蝶晶瑩透亮，光潔溫潤。兩翅栩栩，翩翩欲飛；數足細細，躍躍思動；雙鬚歷歷，淨植分明。捧在手中，猶如捧燦爛的春光，「好！好！好呀！」好長時間，和珅才回過神來，忙叫擺上一桌筵席，對汪如龍道：「坐，坐。」和珅今天本來要敲他一筆浮財，沒想到他竟有如此神物，更有如此的孝心，道：「你我不是外人，不要拘束。」

乾過兩杯，汪如龍道：「我本沒有把大人當作外人，只是無緣得見。鹽政大人的玉馬，實是小人所獻，小人托他轉交於大人的。」和珅道：「神物，都是神物，可征瑞卻沒有言明是你所送──我本以爲他沒有那種眼光。」和珅呷了一口酒，又舉起手中的玉蝴蝶，情不自禁的道：「神物。」汪如龍又道：「大人，另有一隻蝴蝶，棲於豆蔻花上，比此物更勝千百萬倍。」和珅聽了他這話，怔在那裡半天，舉在半空中的手，猶如凍僵了一般。許久許久，和珅才說：「我就去皇上那裡，隨後就來。」

和珅來到行宮御花園，只見皇上身體慵懶，蓬鬆著頭髮，挽著雪如，正在觀魚，和珅見雪如玉臂皎皎，脖頸潔潔，真是使「六宮粉黛無顏色」，和珅心旌神搖，好不容易才回過神來，咳嗽一聲道：「皇上。」乾隆轉過身道：「何事？」和珅道：「奴才只是怕皇上龍體欠安。」乾隆哈哈大笑：「哪裡的話，你還不知朕嗎？沒事，你也出去走走，找點樂子。」和珅道：「皇上對雪如中意嗎？」「真是朕的美人兒。」

乾隆隨即醒悟道：「朕倒把此事忘了，倒幸虧你提起此事。如何賞賜，就交於你辦。」和珅道：「奴才看汪如龍舉止言談，都是不俗，對皇上又忠心可嘉，奴才以為他是位不可多得的人才。」乾隆道：「你查查各處有何空虛，為朕辦了此事，不必再問朕。」說罷，轉身擁著雪如轉入假山之中。

和珅並不多帶隨從，更不聲張，坐著一頂普通的轎子，跟在汪如龍轎子後面。宮中宮外的大小官員，只見轎子出去，誰也不知道那裡面竟坐著和珅。

和珅的轎子行在街上，和珅從簾隙中望出去，見街兩旁垂柳青翠欲滴，柳絲兒濃濃密密，時已傍晚，陽光從柳樹兩旁的小梅上斜射下來，不一會兒金色的陽光散去，西亭的柳樹如同被薄薄的煙霧繚繞著，和珅不由想起杜牧的詩句：「街垂千步柳，霞映兩重城。天碧台閣麗，風涼歌管清。」待到夜幕垂下，各處華燈齊放，整個揚州城猶如一座五彩的水晶宮。這「春風十里」的揚州街道，曾被姜夔說是「盡薺麥青青」，如今和珅看這街道，心裡哪有姜夔的慢詞，盡都是杜牧的佳句。

轎子在一座大門前停下，大門兩旁，站著四個總角小廝，見汪如龍從轎上下來，都垂手拱腰給他請安。汪如龍走到和珅轎前，跪倒於地，兩邊的小廝也不知這轎中是何等人，老爺竟行如此大禮，當下也都跪下。和珅步出轎子，攙起汪如龍道：「不必多禮，我到這裡，如同到自家一樣，只怕叨擾了。」汪如龍道：「大人這話不折煞奴才了嗎？你到了這裡，乃是小人一生一世的榮耀。我感恩不盡，只怕不能遂老爺意。」

兩旁小廝早已把大門打開，鋪下波斯產的腥紅地毯，一直鋪到前廳。和珅還沒到前廳，一群管家、家僕盡都來到，跪下請安。許多人心下狐疑，這是來了什麼人，到了前廳，只見和珅一轉身道：「汪如龍接旨。」

汪如龍一聽大驚，急忙跪倒，可是眾家人一聽，頭都嗡的一聲，平時聽說過「聖旨到」，如今聖旨真的到了。想聖旨到了是何等的威嚴，有多少人因這一聲「聖旨到」「接旨」而富而貴，又有多少人因這一聲而辱而亡。只聽汪如龍道：「草民接旨。」和珅念道：「奉天承運皇上詔曰：汪如龍勤勉敬業，悉心接駕，忠心可嘉。特賞錦緞五匹，如意一柄，荷包兩個。」

眾人此時才知道發生了什麼事。這邊話音剛落，大門口已報：「皇帝賞賜到。」汪如龍焚香跪接。

汪如龍請和珅走出前廳，過一照壁，穿過中門，到了正堂，正堂三間，正中一間，兩側各有一壁間。此時酒筵已就，和珅上坐，汪如龍也不讓別人陪侍，親自爲和珅把盞，和珅幾杯酒飲過，俊目流波，望著汪如龍，汪如龍會意，道：「豆蔻呀，過來彈一曲。」只見西邊壁間珠簾動處，嫋嫋婷婷走出一位佳人，抱著琵琶，微低著頭。粉頸有如三月梨花被微雨沾濕了一樣，潔白溫潤。穿著一身碧綠的衣裙，上衣緊緊，雙乳挺起，絕非撩人，反覺溫柔；其袖短短，玉臂細細，十指纖纖，卻不覺細瘦，反覺豐腴。裙裾垂垂，微露三寸金蓮。待走到和珅前坐下，拿起拔子輕輕一撥，如風動竹葉，似雨灑松林。見她微啓朱唇，咿呀一語，如花下黃鸝啼囀，似樑上燕子呢喃。和珅杯盤無動，唯有燈籠明亮，四壁生輝。

汪如龍見和珅如此，想：我今生榮華無盡矣。於是道：「豆蔻，爲和大人把盞。」豆蔻抬起頭來，和珅看清豆蔻面目，觀她走向自己，竟驚異起杜牧的詩句：「娉娉嫋嫋十三餘，豆蔻梢頭二月花。」此時一縷馨香隱隱約約，和珅道：「真是一朵豆蔻呀！」汪如龍道：「大人，豆蔻才藝如何？」「無以形容。」「大人若不嫌棄，請笑納。」只聽「噹」地一聲，豆蔻手中酒杯掉在地上，豆蔻如失了魂兒一樣，幽然地望了汪如龍一眼，但馬上又鎮靜下來道：「恕奴婢無禮。」汪如龍看豆蔻眼色，心裡一陣絞痛，再也說不出話。

豆蔻卻鶯聲細語道：「和老爺，以後奴婢就是你的人了，若有不是之處，還望老爺體諒，奴婢在汪老爺處，雖身為歌女奴婢，卻受著汪老爺多年恩戴，我飲一杯，謝過汪老爺。」說罷，端起一杯酒，一飲而盡。

從正堂走出去，轉過內室閨房，過了一個園門，有一片小湖被一條長廊分為兩半，左邊似半輪月亮，右邊似月亮半輪，此時碧空之中正好有一輪月亮圓了一半。水面上浮起霧氣，走在長廊上，兩邊水中的月亮顯得朦朦朧朧。豆蔻隨汪如龍、和珅走在長廊上，望著兩邊水中的月亮，心有千千結，自己為汪如龍收養，太太曾開玩笑說立自己為妾，而老爺汪如龍對自己更是疼愛非常，何曾將自己當成婢女？自己和雪如來到汪家以後，汪如龍就手把手教二人琴棋書畫，二人終日對汪如龍感激不盡，特別是豆蔻，更把汪如龍當成是自己郎君。汪如龍曾有一次顫抖著擁著她，汪太太更是催汪如龍與她圓房，豆蔻覺得汪如龍心目中對自己也有無限情意，可是汪如龍始終沒有納自己和雪如為妾。豆蔻昨日與雪如分手時，二人心裡似乎明白了什麼，都悲痛欲絕。

今日清晨，聽說雪如承君王雨露，恩澤其厚，豆蔻更是傷心萬分。剛才太太叫過自己時的臉色也極難看，目中似有淚水，還是把話說了出來，讓豆蔻去陪和珅飲酒。豆蔻五內俱焚，淚流滿面，看太太時，她也流下淚來，豆蔻拭去臉上的淚水，拿著琵琶走了出去。豆蔻此時還想：汪如龍能捨得我？及到把盞時聽了汪如龍的那句話，雖然心裡早有準備，仍然打碎了手中的酒杯，那時她才覺得她是個奴才，平時那份癡心不該是一個歌女所應有。

豆蔻見和珅精神俊朗，儒雅倜儻，心裡略平靜了些，但仍是傷心無比。豆蔻想著已到了這長廊的盡頭。

長廊的盡頭，有一雅舍，門前幾竿青竹，又有翠槐綠柳。月夜之中，不知是什麼花散發出縷縷清香。和珅挽豆蔻之手，置身其境，慨歎良辰美景絕不虛設。汪如龍低著頭道：「大人今夜就在此安歇，此院四周，我已妥爲佈置，大人放心，我不奉陪了。」說罷也不等和珅回話，轉身就走。

和珅握著豆蔻的小手，走進雅舍，對豆蔻道：「你面不施粉，口不塗紅，眉不描黛，怎麼身上馨香無比？」豆蔻道：「女人天生如此，個個都有的。」「雪如有否？」「女人都有，只是其香味不同而已。」「即雪如之香就是白雪之香，只有皇上才能聞到，而你卻是豆蔻之香了。」說罷輕輕攬過她的腰肢，豆蔻此時渾身顫抖，和珅見此，把她摟進懷內，兩片嘴唇吮著她的耳朵，此時豆蔻已嬌喘微微，不能自持。和珅道：「汪如龍說你身上有一隻蝴蝶，拿來我看。」豆蔻嚶嚀一聲，只是不語。

和珅也不再問她。把她擁進帳中，左手按著她腰，右手抖抖索索地解起帶子來，竟解不掉，全沒有了往日的熟練和瘋狂，不知爲何，他見到這個女子，如何也放肆不起來，不一會兒，竟緊張得出了一身汗。豆蔻輕輕一拉，帶子垂落下來。和珅雙手把豆蔻上衣解開，隨著一縷濃郁的清香，豆蔻的一雙玉乳挺露出來，如五月荷花，白裡透紅，乳頭如玫瑰花一般紅豔芬芳。更讓和珅驚訝的是那玉乳的雙峰之間，飛翔著一隻蝴蝶。和珅半天在那裡不動，豆蔻小腳蹬了一下，嬌羞無限，欲伸手掩住胸脯，和珅哪裡容她掩上，竟把她整個上衣脫下，定睛地看這隻玉蝴蝶。

這隻玉蝴蝶乃是借玉石天然花紋雕琢而成，豔紅、嫩綠、鵝黃、墨黑等各種色彩斑駁在一起，五彩煥然，而雕琢之工細，天下絕無僅有。和珅歎道，此玉蝶勝過黑玉蝴蝶千百倍，真是不欺余也！況這隻彩蝶飛翔的地方——豆蔻玉乳有如菡萏，乳頂有如玫瑰，不僅有菡萏玫瑰之色，且有菡萏玫瑰之香，真是渾然天成！

和珅嗅著那菡萏玫瑰的乳香，把頭埋在乳間，吻著蝴蝶，豆蔻嚶嚀不止，扭動起來，和珅用手撫摸著她……豆蔻不勝，香汗淋漓，落紅一片。和珅更是愛憐驚喜不已，把她擁入懷中，看那豆蔻時，早已嬌弱無力。

和珅醒來，聽窗外鳥聲啁啾，似是已過辰時，此時滿屋洞然，再看身旁的豆蔻，更爲分明，見她兩肩稍削，光潔瑩瑩，玉乳更顯粉白，乳頭更顯紅豔，那隻五彩蝴蝶，斑斕透明。和珅想，我擁國色天香，玩絕世珍寶，人生如此，好不愜意。人常說好日難再，哼！我和珅只要討得皇上一人喜歡，握有大權，天下誰人能動我！我要慷皇上之慨，收攏忠於自己的人，編織一個網絡，獎順罰逆，縱有動我之人，也難成氣候。

能討好皇上，就有了權，有了權，就有了一切，就有了錢和女人。我是該享受的時候了。想到這，一翻身，抱住豆蔻，從豆蔻耳腮、脖頸、胸乳、脊背一直往下輕咬慢舔，……豆蔻時此扭動不止，嬌聲連連：「我……我……快……」

和珅推門出去，已是旭日東昇。再看這園子，更是心曠神怡。長廊兩邊，碧水清清，滿湖菱荇，翠綠流韻，不時有蓮花並蒂，有風既作飄搖之態，無風亦作婀娜之姿。水邊一叢木芙蓉，枝葉婆娑，舒展有致，枝頭綴滿花朵，有的向陽怒放，有的含苞嬌羞。忽然，水邊蘆葦之上，落下一隻華羽鮮亮的碧鳥，引得那蘆葦不住晃動，待蘆葦剛剛靜止，眨眼間那隻鳥沒入水中，湖水之上，蕩起輪輪波濤。驟然間那隻鳥從水中振翅而起，直竄向碧空。

看這湖水四周，亭樓閣榭都掩映在萬綠叢中，柳枝低拂，樹木扶疏。從亭榭上遠望，只見青山隱隱，從藍天中勾勒出隱約的一痕。和珅正讚歎這南國花園的秀韻，忽聽背後有人道：「和大人早，不知昨夜歇息得可好嗎？」和珅道：「看汪賢弟的收藏愛好，以及這花園，可見你必是個高雅的人。」

汪如龍道：「小子不敢與你兄弟相稱，我想稱你爲師，大人允否？」和珅道：「慚愧，慚愧，你我兄弟相稱豈不更好，更親切？」汪如龍道：「這真折殺我了，今後我對老師就執弟子之禮。」汪如龍接著介紹起自己：「學生本係世代書香之家，祖父在康熙帝時做過道台，父親於乾隆初年做過知縣，後辭官回家，追隨板橋先生，以書畫抒寫性靈。學生自幼聆聽父教，濡沫薰陶，琴棋書畫無一不通，在讀書作畫上尤自刻苦。可是，多年考試都是名落孫山，而家境卻日臻貧寒，學生我便看破世事，投筆經商起來。」

對於讀書人，最怕他看破世事，也最喜他看破世事。和珅喜歡這些看破世事的讀書人。看破了世事，便不拗、不悖、不違，不像那些自命清高的人自負固執。和珅道：「你我都是讀書人，都是科場失意，看破了世事，你我是心意相投的人。」汪如龍道：「學生沐浴春風，敢不肝腦塗地以報先生，請老師對學生多加栽培修剪。」和珅道：「這個應該。」

早飯剛過，汪如龍道：「學生今生得遇先生，實是遇到一個知音知己，待我拿一件東西給老師看。」不一會，汪如龍拿來一幅卷軸，展開一看，和珅竟又呆了……

清晨，煦暖的陽光照著大地上的生機萬類，大地一片清新而又寧靜，輕紗似的薄霧還沒散盡。在山丘的一隅，一簇雜卉舒展枝葉，沐浴著晶瑩的露珠，越發顯得嬌翠蓊鬱；各色花朵綻開笑臉，無處不縈繞著輕幽幽的花香。一隻蚱蜢在花叢旁睜著眼睛凝視著上面，欲跳又止，好像有什麼東西驚動了它。啊！原來是花叢上方翩翩飛舞著三隻斑斕的蛺蝶，蛺蝶是那樣的悠閒愜意、怡然自得。萬物在這裡競爭發展，卻又是那樣地和諧安恬，生命在這裡是那樣的自由而舒暢。

「這是北宋趙昌的《寫生蛺蝶圖》，是學生的家傳之寶，家父在日視爲眼珠。士爲知己者死，物爲賞識者用。大人如此喜歡此圖，趙昌泉下有知，也當欣慰，此圖送予大人，也算是名物尋得佳主了。」說罷捲成一軸，又從袖中抽出一物，放於軸內，道：「學生每年去看望老師，不知先生允否？」「愚兄喜歡不盡。」和珅早已看見他捲進軸內一物，心裡明白，道：「老弟曲高意雅，沉淪市中，實是可惜。不知老弟今後可有什麼打算？」汪如龍道：「學生久住揚州，不思別處。學生多年經商，對這行當已極為熟悉。我只願在這揚州經營鹽業。」

和珅在汪如龍府中流連二日，最後依依不捨地離去。豆蔻對他也充滿愛意，見他要離去，竟抽咽起來。和珅對她也愛憐無比，道：「回京之後，我再派人接你。」汪如龍道：「大人盡請放心。從今之後，豆蔻即是我的親生女兒，待大人扈駕回京以後，學生即親自送到府上，學生必以親女兒之禮待之。」和珅道：「人生得一知己足矣。你從今以後，再不許叫我『老師』『大人』，不然愚兄真的生氣了。」汪如龍遂跪下叩了三個頭道：「兄長如此看小弟，小弟必肝腦塗地以報兄長。」

和珅回到行宮，跪叩乾隆道：「吾皇在此逗留已有數日，奴才以為皇上訊問過督撫織造及地方事宜，訪過民俗，即便啓蹕。」乾隆於是召見大臣，巡視了揚州幾處地方。

乾隆準備起鑾，和珅奏道：「雪如師傅汪如龍，獻給皇上一幅板橋的詩畫，請皇上觀看。」當下展開畫軸，乾隆贊道：「真正是詩、書、畫三絕，真我朝才子也。」和珅道：「鹽政征瑞，雖迎駕有功，但奴才看這揚州的物品商務，所欠內務府銀兩應能繳訖。至於器物奢靡，似乎也應該戒之。」乾隆道：「朕也已有覺察，若揚州鹽政易人，誰人可替當？」和珅道：「萬歲看汪如龍如何？」乾隆道：「朕早有用他之意。」於是頒詔：天下士庶，宜各敦本業，力屏浮華。特調征瑞，以戒效尤。

於是征瑞調遷待用，汪如龍平步青雲，做了兩淮鹽政。

後世有個傳說，說征瑞看自己的位置給撤了，心內不服，便向和珅道：「大人，我每年向國家（和珅）交十萬兩，貢獻如此之多，怎把我調走了？」和珅抓過他雙手，以自己雙手覆在征瑞的手上，道：「別人的貢獻更多。」征瑞便也口服心服：別人竟每年向和珅進獻白銀二十萬兩。

可見，汪如龍放進《寫生蛺蝶圖》中的，確實是二十萬兩銀票。

乾隆南巡，軍機處、各部院都有大臣隨行，各地奏報依舊不許遷延。因此乾隆處理軍機大事並不間斷。各地奏報直接送到沿途駐蹕的行宮，乾隆帝都認真批閱，再加上接見巡訪，每日真是日理萬機，繁忙之餘，和珅總能替皇帝找點樂子，乾隆也確實需要放鬆放鬆，所以汪如龍、征瑞進獻美女時，和珅想也沒想，就讓送了進去，哪知竟引出許多連綿不斷的故事。

離開揚州，和珅道：「江寧乃六朝古都，名勝頗多，人文薈萃，陛下應先幸江寧。」乾隆道：「此話正合朕意。」於是詔令先幸江寧。

江寧為明祖朱元璋建都之處，當時叫南京。朱元璋寢陵明孝陵建在南京，是漢族士人的精神寄託，當朝政府對它的態度影響著清政權與江南士人之間的感情，也影響著整個漢民族對滿清的感情。

所以乾隆到了江寧後，首先拜望明孝陵，道：「本朝受命以來，已有一百多年，勝國故陵，寢殿依然，松楸無恙。皆我祖宗盛德保呈之所致也。」又為明孝陵題寫匾聯，匾曰：

開基定制

聯曰：

戡亂安民得統正還符漢祖

立綱陳紀遺模遠更勝唐宗

江南士子及漢族官民見皇上如此尊崇朱元璋，對乾隆帝內心裡都很感激，心裡便都向著乾隆。乾隆更是每日裡接見那些文人學士，說江浙人文所萃，民多俊秀，擬召試江浙諸生，選拔貢生，予以破格擢用，竭力顯出優禮士人學子，尊重讀書的態度。於是便在這江寧停留下來，每日繁忙，似乎不知疲倦。

一天，和珅見了江寧織造，密命他飭辦秦淮畫舫，預備遊覽，這一日，皇上略微感到有點閒暇時間，和珅道：「萬歲，這六朝古都，名勝極多，秦淮燈舫，傳播一時，陛下何不微行，以觀風問俗？」乾隆早已會意，不帶隨員，只命和珅及一個侍衛扈從前往，來到秦淮河岸邊，河中早泊有絕大畫舫一艘，和珅扶持著乾隆登上畫舫，船上都是花枝招展的美人兒，一擁上前，磕頭請安。

這班美人兒，這一個綽約芳姿，那一個窈窕麗質，都是江寧有名的妓女，見多識廣，心想：既然是織造安排她們當差，來的肯定是跟隨皇帝南巡的大官。於是便像一群蝶兒蜂兒嗅見了馥郁的花香，望見了盛開的花叢，紛紛地簇擁著乾隆與和珅，個個使盡那撩逗蠁笑的本事，耳鬢廝磨，嬌聲嚦語。和珅見乾隆爺左擁右抱，興致漸高，心裡高興，令船駛江心。

划子把船划入江心，眾妓女戲鬧高唱，聲震雲天。調笑玩夠，又一大艇駛來，更是雕畫精美，粉飾華麗。乾隆隨和珅入此大艇。此時已是夜晚，兩岸紅光閃爍，如雨後霓虹，萬點燈光，蕩漾在水面，彷彿此身已入仙宮，看那江面，滿河膩膩的水流，如六朝宮闈裡流出的脂粉浮在上面。更有到處歌聲嘹亮、響徹雲霄。

乾隆吟著「微微風簇浪，散作滿河星。」頓覺前幾次南巡不到此地，真是遺憾。觀覽了許久，乾隆與和珅進入艇中，艇中酒筵已擺好，俱是山珍海味。乾隆帝面南而坐，南面正好搭個戲臺，和珅「啪」地一拍手，戲臺上的鑼鼓響了起來，乾隆帝邊飲邊看，不一會兒戲目報上來，是老年人最愛聽的吉祥戲。身邊的秀女輕斟慢勸，乾隆帝與和珅興致勃勃地看著戲臺，只聽男喜神、女喜神，八方神侍者唱道：

「七情最是喜居先，魚喜江湖鳥喜天，皋皋人民逢聖代，欣欣草木入新年。吾等諸方喜神是也，白天上列闕逢之序，與世間結歡之緣。今者遇三元，日逢四始，吾神向宸居以北拱，偕淑氣而東來，同祝聖壽無疆，長見天顏有喜，普天之下，率土之濱，真乃喜之不盡也……」

乾隆連日的疲勞已煙消雲散。曲終夜闌，和珅道：「皇上，聽說有一黑玫瑰，全江寧的人無人不欲親近，但總被拒之門外，都說她只可遠觀而不褻玩，奴才無由得見，她現在止在船上，專等皇上。」於是一秀女領乾隆走了。和珅走過戲臺，到了裡間，見幾個戲子正在褪妝，他早已看到了那個眉清目秀演女喜神的戲子，道：「隨爺喝盅酒去。」

便領他到一間室內，命人搬來一几，擺上酒菜，把門反鎖，急不可耐地把那個戲子摟進懷裡道：「爺非常疼你，你今後就是爺的人了。」那戲子鶯聲燕語地道：「我的本事遠沒學成，還請老爺可憐我。」和珅夾一塊菜放進他嘴裡，又端一杯酒讓他喝：「我的心肝兒，爺怎能不疼你，你那師傅沒和你試過。」說罷抱起那戲子滾到床上，給他寬衣解帶，和珅嘗這個變童，那快活更與其他幾個不同……和珅心想：明日和那江寧織造說說，給我再調教一個。

次日清晨，和珅正爲得到這個變童而高興，可是猛然間看到乾隆身旁的那位女子，那必是黑玫瑰了，竟後悔莫及起來。見那女子，黑緞子的皮膚瑩潔閃閃，豐滿結實，更是韻味獨具，於是後悔道：這女子本爲我預備的，我怎麼竟急不可待地愛起那個男孩來。

心裡這樣想，便狠命地往那黑玫瑰看了幾眼，恰在這時，黑玫瑰也向他這兒望來，四目相對，都流露出渴求對方的眼光。從此以後，和珅對黑玫瑰日思夜想，竟想她許多年，終於等到乾隆放出宮去，和珅才急不可待地把那黑玫瑰摟到自己懷裡。

和珅陪乾隆黑玫瑰正在盡歡，忽然外面一片吵鬧聲傳進船內，和珅到後艙探望，見外面來了一船，船中有幾個人正與舟子爭吵。和珅忙把頭探出艙外，向那鄰船擺手。鄰船中的幾位見了和珅，剛要開口，和珅忙道：「知道了，你們去吧。」原來那鄰船上吵鬧的人不是別人，正是兩個侍衛帶著幾個太監來尋皇上。

次日啓鑾巡幸杭州。

杭州從宋朝開始，就是我國三大絲織業中心之一，到清朝乾隆皇帝當政年間，機坊、機匠更加發展，官營的紡織業產品也十分發達，特別是錫箔業馳名全國。當時杭州城居民達六十餘萬。

到了杭州，乾隆帝首先遊覽了西湖十景，到了蘇堤春曉，乾隆帝不由地想起一個人來，道：「沈德潛雖忘國恩皇法，但其幾次伴駕時，倒是令朕歡悅。」

原來前四次南巡，沈德潛都前來接駕，他與錢陳群都是乾隆的詞臣，而又年高長壽，乾隆曾賜沈德潛匾額「九秩詩仙」，並稱讚他是老名士，老詩翁，江浙大老，在第一次時，沈德潛接駕，乾隆作詩一首相贈，詩曰：

水碧山明吳下春，三年契闊喜相親。
王皇案吏今煙客，天子門生更故人。
別後詩裁經細檢，當前民瘼聽頻陳。
老來底越精神健，劫外胎禽雪裡筠。

當時乾隆正遊覽西湖，忽然下起大雪，春雪片片飄下，一片雪花一片春，乾隆帝詩興大發，於是吟道：「一片一片又一片，三片四片五六片，七片八片九十片。」最後一句乾隆怎麼也想不出來，一時竟怔在那裡，身旁的沈德潛趕忙走上前去說：「請皇上讓臣把這首詩續完。」乾隆帝立即命他續詩，沈德潛脫口而出：「飛入梅花都不見。」春雪飛入梅花，悄然息影，這是何等高遠的意境，當即乾隆解下身上的貂皮大衣披在沈德潛身上，後來九十七歲的沈德潛病逝，乾隆作詩悼念，詩曰：

平生德弗愧潛修，晚遇原承恩顧稠。
壽縱未能臻百歲，詩當不朽照千秋。

可是沈德潛死後，乾隆卻罵他：「忘國庇逆臣，其罪實不細。」削了他官銜，諡號，撤去其鄉賢祠牌位，毀其墓碑。原來沈德潛竟寫了篇《徐述夔傳》，稱讚徐述夔的品行文章都可效法。

儘管如此，重遊故地，物是人非，乾隆不免想起沈德潛的許多好處，覺得自己對沈德潛也許太過。和珅見此，安慰乾隆帝道：「世上人無完人，金無足赤，沈老詩詞可嘉，但妄議徐述夔，卻咎不可赦，皇上不要放在心上。」一席話面面俱到，說得乾隆頓感心情輕鬆了許多，看眼前景物時，也美了許多。

乾隆站在曙晚亭上，此時霧氣還未散發，鮮紅的桃花，潔白的杏花，粉嫩的櫻花，各色月季，籠罩在霧氣之中；一會兒太陽升起，光芒照徹了霧氣，各種花兒更加嬌豔爛熳，一陣微風吹過，早萎的花兒繽紛的落下，隨著清亮的清水，飄蕩而去。而遠處，春水新漲，水天相接，水天相融，潔白的雲朵，依著藍天，更悠然行於碧水之中。天地之間，正是「幾處早鶯爭暖樹，誰家新燕啄春泥」。

遊罷蘇堤春曉，乾隆一行又到了豐豫門，觀賞柳浪聞鶯，但見柳絲兒輕拂著綠草如茵的大地，黃鶯兒藏身於如煙的翠柳之中，婉轉的啼囀，而此時，畫舫上笛聲悠揚而起與鳥聲相和，頓感天地開闊，一片明媚。

游到三潭印月，看著皇祖寫的「三潭印月」匾額及其建造的碑亭，乾隆更陶醉於眼前的美景，於是寫詩讚美道：

塔影雖三月一輪，是三是一是金身。
誰能識得金身幻，可向潭前悟淨因。

乾隆巡幸杭州後，又親祭禹陵，忽然聞報錢塘江海潮直趨北大門。錢塘一帶多年以來，備受潮災，乾隆帝前幾次南巡曾撥專款修建塘壩，工程已歷數載，現在又聽到海潮直趨海寧，塘壩工程受到威脅，道：「海塘是越中第一保障，如果有什麼閃失，千萬畝良田，便遭受水災，數千里城鄉，都要受侵害，如何得了。」於是急命啓駕，速到海寧，親臨視察，說：「應將老鹽倉到章家庵的四千二百丈柴塘，改築魚鱗大石塘，一勞永逸，所需經費，即刻撥迄。」

乾隆親自視察海塘，不顧個人安危，令浙江人感動之極。忽報海寧陳閣老派遣兒子前來接駕。乾隆想：海寧縣地處偏僻，人丁稀少，不便接駕，陳閣老一家三朝宰相，正好下蹕於此。皇祖皇考對陳家恩禮甚重，我也應擺駕幸臨，以示慰問。於是便擺駕前往海寧陳閣老家。

陳閣老聽說御駕來到，把他的花園——隅園，裝潢得華麗萬分，陳府外道也整治得平坦如鏡。車駕來了，陳閣老率領族中有職的男子，到埠頭恭候。見龍舟駛來，泊了岸，便排班跪接。當晚駐蹕隅園。

這隅園有三百畝之廣，入門但見水闊雲寬。園內有百年古梅。南宋樹木。轉過照壁，有三塊石碑，碑上雕刻著袁枚的詩句，第一塊上刻：

百畝池塘十畝花，擎天老樹綠槎枒。
調羹梅也如松古，想見三朝宰相家。

另一塊上刻：

福地產陸主亦佳，留賓兩度午筵開。

逢逢海上潮聲起，還道催花羯鼓來。

第三塊上刻著：

鳥歌花笑有餘歡，新得君王駐蹕看。

分付窗前萬竿竹，年年瞀海報平安。

乾隆放眼望去，見這裡鏡水淪漣，樓臺掩映，奇石靈秀，古木修竹，蒼翠茂密，非常喜愛，又見千年古梅，滿池春水，正印證袁枚詩句，讚歎不已。

當晚，在隅園內擺下二百席，並有戲班女樂侑宴。席間，陳老太太時時偷看乾隆，乾隆甚覺奇怪。席散，乾隆召來和珅道：「席間陳老太太一會兒看朕，一會兒看陳閣老，心內似有千言萬語，不知你看見了嗎？」和珅道：「奴才也見到了。」

乾隆道：「你說爲何？」和珅道：「奴才怎麼能知道？只是奴才有一句話不敢說。」乾隆道：「你只說不妨。」和珅道：「陛下免了我的罪，我才敢說。」乾隆道：「免你一切罪過。」和珅湊上前來道：「我看陛下的相貌，極像陳閣老——像極了。想那陳老太太定是也看到了。」乾隆心內一驚，他在席間已經感覺到自己和陳閣老長得很像。

何況母親在的時候，常提陳閣老一家，卻每一提起又放下話頭，小時宮中，也隱約聽說自己和陳閣老有什麼關係。乾隆道：「你可密查此事，查來報我，若有半點差錯，割下你項上人頭。」和珅心內一驚，皇上這樣和他說話，他還第一次遇到，但是又不能不聽命去詳查。

這天晚上，月光不甚明亮，和珅獨自一人在園內踱來踱去，不知怎麼個查法。待到了夜深人靜，正想轉身回寢室，忽然看見角門一個房內露出一點燈光，裡面唧唧噥噥地在說著什麼，和珅躡手躡腳走到門前側耳細聽，只聽裡面有人說道：「皇上長相太像我們老爺了，甚是奇怪。」

另一個人說：「你們年輕人哪裡曉得這些事？」「你老人家曉得，倒說與我聽聽。」另一個咳了一口痰，然後說道：「我在年輕的時候，跟老爺在京城，太太生了一位男兒，聽說公子大腿上有塊紅痣，這事不知讓雍親王（胤禛）知道了，派人來說：聽說公子長得俊俏，腿上又長了塊紅痣，很是奇特，親王及福晉想看一看，老爺太太不好拒絕，就讓他抱去了，誰知抱回的竟不是一位公子而是一位女兒，老爺大吃一驚，後來一句話也不敢洩露出去，老爺說可能是雍親王為立太子之事，才換這兒孩子。因為雍親王過去曾生下一個兒子，卻懦弱無能，素來不為康熙帝喜歡，雍親王想再有一個兒子，這樣在立太子時對他有利，可是他卻生了個女兒，於是便想法子換兒子。你想想，雍親王就是雍正爺，這當今皇上不就是……」

另一個說：「你輕聲點，這可是天大的秘密，要是被人聽到了，我倆不被砍頭才怪。」和珅聽到這裡，輕手輕腳地走了，路上碰著兩個侍衛在巡夜，竟把他當成賊，待細認，才知道是和大人，趕忙謝罪。和珅道：「那屋裡的人，一個也不能留，不能讓他們活過今夜，要做得乾淨俐落，要讓他們的死不致引起人們的什麼懷疑，死得自然，做好了有賞提升，做不好殺頭。」二個侍衛領命準備去了。

和珅回到寢室一覺睡到天明，用過早飯，乾隆道：「你查了嗎？」和珅道：「聽到幾句無稽之談。」乾隆道：「無論確與不確，你都說與朕聽聽。」和珅道：「這幾句話，奴才不敢奏聞。」乾隆道：「有什麼關係。」和珅道：「倘若妄奏，罪至凌遲。」乾隆：「朕恕你無罪，你可以說了。」和珅仍不敢說，乾隆懊惱起來，說道：「你若不說，難道朕不能叫你死嗎？」和珅跪下道：「聖上恕奴才不死，奴才方敢奏聞，只求聖上包涵。」乾隆道：「你難道要朕寫下字句饒你不成——朕絕對恕你無罪，你但說不妨。」和珅把聽來的話說了。「純是無稽之談！」乾隆怒道，「那兩個妄說之徒該當死罪！」和珅道：「那兩個妄說之徒，昨夜已被毒蛇咬死了。」乾隆長出了一口氣道：「該死，死有餘辜！」用過早膳，乾隆又遊了隅園，聽潮聲轟鳴，如萬虎咆哮於山谷，便說：「朕此次臨幸海寧，是爲了使海水不致於爲害浙江百姓，使錢塘潮不致於沖倒大堤，毀壞良田，這隅園，朕就改爲『安瀾園』吧。」眾人齊贊皇上聖心美德，於是提筆寫下「安瀾園」匾額，並書一聯：

筠含籟戛金石韻
花湛露霏錦繡香

臨行前，御題下「愛日堂」「春暉堂」二匾額懸於前廳和中堂。和珅細想這乾隆的匾額，似乎皇上也懷疑起自己的親生父母來，乾隆似乎已認爲陳閣老夫婦就是他的親生父母，「安瀾園」且不說，「愛日堂」「春暉堂」不正是化用孟郊的詩句嗎？「慈母手中線，遊子身上衣。臨行密密縫，意恐遲遲歸。誰言寸草心，報得三春暉。」

和珅意會，向乾隆奏說：「奴才查陳閣老的女兒，嫁給了常熟人蔣溥，蔣溥也很有才學。」乾隆道：「朕南巡已畢，即日啓蹕回京，你派遣一人，速到常熟，傳蔣溥扈駕進京。」「奴才遵命。」

鑾駕回到杭州，和珅奏曰：「山東道台劉國泰急報山東割辮案再發，已查辦幾人，據這幾人交代，另外還有餘黨。」乾隆聽罷大驚，前幾年山東割辮風曾蔓延到浙江、江蘇、直隸、安徽等省，曾用嚴查與安撫並用的法子把它撲息，怎麼現在又死灰復燃了？乾隆道：「留辮是本朝制度，剪去髮辮，也就不是滿洲的臣民，暗為將來誘引之計。若任其發展，蔓延各地，豈不搖動人心，使國家不安，此事必得一得力之人，嚴加懲辦，不留後患。諸卿有合適的人選嗎？」

兩邊文武大臣，都感此事棘手，議論紛紛，也說不出一個人來。和珅道：「陛下巡經山東時，過泗陽縣境，泗陽百姓頌知縣劉國泰為劉青天，可見其威望甚高，現在剪辮一案再起，又是劉國泰首先偵出，可見他明察秋毫，勤勉忠君。奴才以為，應委任劉國泰為山東巡撫辦理此案，一則國泰聲望極佳，百姓愛戴，若讓國泰辦理此案，可獲得百姓的理解與協助；二則，國泰能洞悉毫末，必能斬草除根，把奸邪小人剷除淨盡。」乾隆准奏，諭示新任山東巡撫嚴糾此案，送給他三個字：狠、準、穩。

四月底，鑾駕回到濟寧，濟寧南城的太白樓已修造一新，氣勢宏偉，俯臨運河，當年李白曾來到這裡，知縣賀知章設宴款待，後來就在此處建樓，並名之曰太白樓。李白告別山東的朋友時，曾寫下著名的詩作《夢遊天姥吟留別》。和珅站在樓上，看著運河中往來如織的行船，心內大罵起李白來，什麼「安能催眉折腰事權貴，使我不得開心顏」，這李白是個精神病，浪蕩鬼。

乾隆向劉國泰問過山東諸事，龍心大悅，而恰在此時，有西藏六世班禪飛騎呈來一封書信遞到行宮，乾隆坐定，看那文字，乃是藏文，兩邊隨行官員也都不懂。侍衛道：「不知和大人在何處。」乾隆道：「速喚他來，他與內務府採買韓大發在一起。」和珅拿著那一封信，朗聲念道：

「小僧自幼仰承文殊菩薩大皇帝豢養之恩，不勝盡數，非他人所能比。小僧乃一出家之人，無以極稱，雖然每日祝禱文殊菩薩大皇帝金蓮座億萬年牢固，並讓眾喇嘛等唪經祈禱，但仍時時企望覲見文殊菩薩大皇帝。庚子年為大皇帝七旬萬萬壽，欲往稱祝，特致書大皇帝膝前，以達敝意。」

乾隆聽罷大喜。人生七十古來稀，七十大壽若有班禪領班誦經，宣揚佛教，會見蒙藏王公貴族，一人來朝而萬眾歸心，必然會使祝壽活動大放異彩，其是千載難逢，舉世矚目的良機。便讓和珅擬詔，和珅用滿、藏、漢三種文擬定詔書，詔曰：「昔據章加呼圖克圖奏稱，『班禪額爾德尼因庚子年爲大皇帝七十萬壽，欲來稱祝』，朕本欲見班禪額爾德尼，因道路遙遠，或身子尙生，不便令活佛遠涉。今活佛親自修書，致達尊願，實屬吉祥之事，特允所請，是年朕萬壽月，即馳熱河，外藩畢集，班禪額爾德尼及若於彼時到熱河，最爲便宜。」

詔書擬好，乾隆道：「當年五世達賴進北京，皇考曾特爲達賴修建黃寺，班禪六世來承德宜仿照皇考作法。特諭：於熱河內度地建廟，備班禪居住。建廟事宜，由和珅全權負責。」

和珅接旨，想這班禪額爾德尼爲無量光佛化身，歷來與達賴爲師徒，實是藏人領袖，自五世達賴進京朝覲以來，還沒有哪一個達賴班禪走出雪域。現在六世班禪走出高原爲皇上祝壽，實是顯現我中華一統，穩定昌盛。這件事一定要辦好，建造的廟宇一定要富麗堂皇，並展現黃教建築風格。

於是拜辭乾隆馳往熱河。由於過去曾勘察過地形，一些主體工程已經動工，所以和珅此次到了熱河在原圖上只是稍作修改，主體工程依照過去設計的圖樣及正在建造的形成。不久，和珅把工程進展情況及擴建草圖令人飛馬報於皇上。圖上標明，廟宇依照過去擬定的名稱，定名爲「須彌福壽之廟」，位於普陀宗乘之廟東側，占地面積有數萬百平方米。整個壽廟的平面佈局和主要建築，具有日喀則紮什倫布寺的特徵，建於山麓。

主要建築位於山下，大紅台位於全寺正中，將寺分割成前中後三個組成部分，前部碑亭格局與後部琉璃萬壽塔佈置，形成山體的前導後續。廟的前部建築由五孔石橋、石獅子、山門、碑亭、琉璃牌坊組成，周繞圍牆，牆上砌雉堞，至轉角處，建白台隅閣，左右設東西掖門，門下砌墩台，上有樓式建築，遠看具有宮城效果。此廟山門坐北向南，全寺正中的大紅台與東紅台、吉祥法喜殿相毗連。

大紅台由三層群樓圍繞和三層樓閣的妙嚴殿組成，平面呈「回」字形，形成封閉式的內院，給建築內部造成一種神秘莫測的感覺和與世隔絕的宗教氣氛。

乾隆看罷，擊桌稱好，急敕和珅加緊修建，刻不容緩，又傳諭中央中樞的內閣與各部院及地方各省，大力協助，貽誤怠惰者嚴懲。

不幾天，爲獎勵和珅卓越的外交才能，授和珅爲理藩院尚書，管理蒙、疆、藏事務及外交上的一切事宜。

和珅正忙於建造須彌福壽之廟，乾隆又急召他進京，處理雲貴總督李侍堯的案子，雲南糧儲道海寧彈劾李侍堯「貪縱營私。」和珅正要顯示自己的權威和才幹，欣然到雲南貴州去了。

第四章　遠赴雲南・初試鋒芒

和珅清了清嗓子，接著讀到：「李侍堯，罪惡極大，三番五次地盤審，拒不交代實情，妄想抵制大清律令，本欽差奉皇上旨意，將罪人李侍堯革去一切職務。押送京師，聽從聖上發落。」和珅拿眼瞧著李侍堯，猛地大喝一聲：「拿下！」

血紅的太陽落在西山的後面去了，餘輝卻把西山頂上那原來墨色、絳色、灰色的雲朵，突然變成五光十色的晚霞。天地間紅彤彤的一片，像大紅布後的燈光閃爍。「地無十里平，天無三日晴」的雲貴高原就在本應是豔陽高照的晌午，天空卻下了江南的梅雨，一時間「忽啦啦」的細密雨，扯天扯地，頓時山巒雲霧一片，茫茫然不辨東西，纏繞在官道兩旁山峰上的白雲是那樣若有若無，風吹雲散，風停雲聚，就這樣消消停停足有兩個多時辰，直至西部山峰的頂尖全顯露出來時，放眼瞧去，唯有太陽的餘光把峰巔的剪影留給來往的客商，似乎是在提醒趕道的行人抓緊時間，趁著這殘存的餘輝投宿問店。

通往雲貴兩省的最高行政首腦機關所在地——昆明的官道上原來曾鋪著鋥亮的磚石，但因年久失修，有不少斷石殘垣的接交處已是水波飛濺，有的坑窪處雨水還在細細地慢淌，悠悠地迴盪，在行人踩踏的石頭下面不時竄起一道道強勁的泥水，打得行人四處躲閃又相互埋怨。

「和大人！是不是該停宿了？前面有一爿客棧，牌面挺闊。專供來往的達官顯貴在此歇腳。您看，大人，天已入晚，山路泥濘。道也不好再走，兵丁十分困乏，馬也該餵些草料……」

「噢，」和珅揉了揉雙眼，打了一個長哈欠說道：「東川知府胡長青來接了沒有？」和珅望著眼前的李護衛接著說：「李護衛看你這渾身泥漿活像一個土人，再給你插上幾根雀翎，說不定別人還以爲你是個大員呢。」「大人不要取笑小人了。只是辦了這案子還望大人多多提攜才是。稟大人，您看那客棧前面站著的一排人。就是東川知府在那恭候您。他們已到多時，正爲您的安危擔心呢。」

李護衛謙卑地答道：「剛才，小人已過去向他們交代過了。讓他們做了準備。和大人，你看那路面。」和珅這才注意到通向客棧的路面已被人鋪上了乾草，污濁的爛泥被來回走動的兵丁踩得「唧唧」直響。和珅這才下了官轎。一邊踏著乾草一邊點頭稱許：「看來這胡知府也挺懂事的。辦事利索周到。」和珅整了整衣帽款步走過去。

但見客棧前面的通明燈火中，肥頭大耳的胡知府正與身旁的喀凝低聲交談，和珅見狀朗聲說道：「你們二人意欲何爲，難道想把我和某置在轎內受凍不成？」喀凝揶揄道：「能比你雅俗俱來，敢問可得驚世詩句？」和珅「嘿嘿」一樂道：「不虛此行啊。你聽這兩句『人從絕巘如魚貫，馬入寒林列雁行』如何？」喀凝笑而不答，那邊胡知府道：「好詩，好詩！果是精妙無比，以下官看來不比李杜遜色。」

說著一抖官袖躬身長揖：「和大人一路辛苦了！」和珅來不及搭話，胡知府身後的大小官員也一齊湧過來巴結這位當朝紅人，「辛苦」「勞頓」聲不絕於耳。和珅點頭致謝，望了望還算寬敞的客棧，低聲對李護衛道：「此爲蠻荒之地。向來戰事頻頻，肯定有不少痛恨官府的人，要多加警衛才是。」李護衛道：「大人儘管放心，下官已親自查過房，所有客人早在昨天就被趕出去了。」和珅向著眾官一擺手，前呼後擁進入客房。

眼下雖已至五月，可天氣乍暖還寒，氣溫無明顯上升，加上三天兩頭的春雨下個不亭，濕意大增，寒氣襲人。一路上和珅也沒離開過狗皮褥子和水晶暖壺。因爲他的雙膝逢雨必鑽心疼痛，據此，和珅上朝時可不需在乾清門下轎，直入大內。和珅進了裡間，隨從端上香茶。和珅呷了一口。喀凝道：「和大人一路上舟車勞頓可興味不減。精神抖擻，不知何故？你看我這趟雲南之行怕是老骨頭都快散架了。」和珅笑道：「喀大人的確忠心爲國，就憑這我也要在皇上面前保奏。」喀凝趕忙欠身說道：「這不算什麼，倒是和大人素有腿疾，辛苦有加。」

當下安頓已畢，洗漱用膳之後，胡知府便坐於客棧的外間，單等召見他。透過窗上的陳舊布簾，依稀望見映在簾上的一株不知名的老樹在風中颯颯作響。幾枝枯萎的樹杈斜刺窗外昏暗的天空。心道：風聞朝內外，和大人如何受寵，年僅三十一歲，也不是進士及第，科班出身，便當了御前大臣，偌大個案子，連刑部侍郎喀大人也只是個副手，足見皇上對他的寵愛。李侍堯啊，李侍堯，我想你的官運也就到此爲止了。

這一路上州官知縣誰不巴結奉迎。胡知府心裡明白，扳倒了李侍堯，哪有樹倒不猴猻散的。想自己不也曾迫於李大人的威勢，送他紋銀四千兩。要是最後實查出來，怕是自身不保，與其累及自身，不如趨炎附勢。想到這，胡知府摸了摸身上的揭發材料，惴惴不安地等待著。

和珅用狗皮褥緊圍著雙膝，看看已在打著盹的喀凝說：「喀大人，是不是想家了？」喀凝打個哈欠反問道：「和大人怕是今晚春宵不在了。留著點精力到昆明去使。我是不行了，老朽一個。」和珅正色道：「喀大人，你說這李侍堯也大不恭敬，不思治理雲貴之地，卻犯下這等滔天逆行大罪，實在是辜負了萬歲爺的一片聖心。」

喀凝道：「大人說得極是，只不過我們奉旨查辦李侍堯是一回事，那李侍堯有沒有貪縱營私之嫌是另一回事，總要人贓俱獲才好。」「哼」，和珅望著強打精神的喀凝，捋了捋白淨下頷露出的幾根羊鬚，俊美的臉上籠過一陣陰雲，道：「如果李侍堯沒有營私，那雲南糧儲道海寧豈不是污告不成？依和某看來，李侍堯驕橫無比，仗功倚祖，做此事想必不會有假，只是他的屬下多懾其淫威，唯有海寧赤膽忠心敢站出彈劾他。」見喀凝低頭不語轉而又道：「當然，若查無實據，我等還要面呈皇上爲其脫不白之冤。當今天子如此聖明焉能不明斷是非？也不會聽海寧一人片言隻語。」喀凝道：「皇上一再訓飭我等，『兼聽則明，偏聽則暗』，一切還仰仗和大人拿出策略。仔細籌畫，查個水落石出，也讓老朽不白跟和大人一趟，有負聖恩。和大人，明日即到雲南府，你看此事從哪裡入手最爲緊要？」和珅言語和緩，滿面笑容道：「您客氣了。你的辦案才能，朝中哪個不知，想那江寧知府劉墉也不一定強你幾分。這事尙需慢議，但無論如何，不能動粗，李侍堯並非鼠頭之輩，狗急還能反咬一口，又是在他的轄區。此地也非內地可比，遠離京城，多是戰爭頻發之地。依我之見，以穩爲主，又打又拉，順藤摸瓜，你道如何？」

一席語說得喀凝點頭不止，倦容也消散不少。和珅興奮地說：「要先查各州府，問他們有沒有上面強要勒索的事。」說著，不待喀凝做何反應，清了清嗓子：「李護衛，把東川知府請進來。有要事面議。」

深沉的夜籠罩在浸滿寒氣的山巒中，死一般睡去。山風吹來，松濤陣陣迴響，陰森可怖。尤其是子夜與黎明之交的時分，夜空中的星星似乎都被水漂洗過一樣，是那樣水靈靈的窺視著人間的悲歡離合。儘管山野的獸類已經沉睡，但夢中的嚎叫仍讓人毛骨悚然。莊嘯天抬頭望了望黑暗天空中的寥落晨星，心中絲毫沒有怯意，並充滿了希望。他緊了緊腰間的盤絲束帶，感到緊按腰刀的右手已沁著細密的汗水。這幽深的官道上，他向前義無反顧地飛奔。翻過一道熟悉的山樑，他詫異山腳下的幾間農舍依然閃爍著瑩火。這情景不由得使莊嘯天心中一驚，一種不詳的預感縈繞在腦際。他顧不得細想，直奔那破落而孤零的小屋而去。莊嘯天何許人也？他為何深夜至此？這話就要從頭說起。

原來雲南東川府城外二十裡有個村莊名叫容格莊。座落於官道的近旁，來往客商、府吏多在此搭歇。於是就有一位老漢開了個茶館，經營些小買賣。生意十分火紅。因借地勢之便，上自京城，下至村民的各種傳聞大都在此會聚。店主莊公甫，年開六十之外，老伴早逝，年輕時留下一子後又收養一女。莊老漢對膝下的一雙兒女疼愛有加視為掌上明珠。一雙兒女也嬌憨俊美。只等年及弱冠，便結百年好合。怎奈兒子莊嘯天死不應允，想是兩小無猜兄妹相稱，一時打不開情面。恰乾隆四十一年，大小金川土司叛亂，清廷大兵討伐。兒子跟隨大軍從征，音訊杳無，只是半月前才寄回家書說是戍邊已畢，調任東川府聽差，喜得莊老漢老淚縱橫，小女應蓮也一掃悲戚之容更加楚楚動人。

望著小女應蓮，莊公甫心頭壓著的石頭才算落了地。幾年來，雖說應蓮是抱養之女卻格守孝道，端茶送水服侍殷勤備至，協助莊公甫把個茶店拾綴得乾乾淨淨。年已二八，長得明眸皓齒，眉似遠山含黛，面如出水芙蓉，人見人愛。倒也減卻不少莊公甫的失子悲情。來往客人不斷，生意昌隆，莊公甫也攢了不少家私，只等兒子歸來了卻心願，也算對得起他早死的娘了。

有道是，福無雙至，禍不單行。雲貴總督李侍堯的侍衛領班姓趙名化，外號「雁過拔毛」，這日他領著幾個差役前往貴州知府處傳遞公文，正經過莊家小茶館，便一齊擁進去。趙化這小子生得身長八尺，膀闊腰粗。身為督都捕快，家裡雖談不上錦衣玉食，也頗有些聚斂之財。

凡經他捉拿的人若想不吃苦頭，少則也得幾十兩銀打點。尤為可恨的是，這小子倚仗權勢，橫行霸道，無所不為，天生就有一種惡習：好色。凡他見到人家的好女，稍有幾分姿色，就像蒼蠅見血一般死纏硬叮，無賴相令人作嘔而又敢言。就連姿色一般也要走至近前，仔細端詳一番，確不合意才能放過。全然不顧寡廉鮮恥，全然不顧家中已有的一妻二妾。惹得半個昆明城怨聲載道。他的哥哥趙一恒是李侍堯的總管家，身份比他高好幾個檔次。爲人還算踏實，多次訓導胞弟都變成耳旁風。只得仰仗李侍堯庇護，一時百姓也不得拿他如何。

這時辰，趙化等人衝進了店裡大呼小叫一番。撿了一張靠窗的八仙桌，把圍在桌邊的條椅踢個東倒西歪，見著桌上還沒來得收拾的茶碗，一提桌沿，「稀哩嘩啦」一陣雜響，嚇得莊公甫丟下那邊的客人，趕忙過來應酬。趙化說道：「莊老頭，我等也是老主顧了。還不快擦拭桌面，重新鋪上蓋巾！」莊公甫見狀，心中湧起怨氣，半軟半硬道：「你們是老主顧了，平日喝茶付錢，我要過嗎？」「哎，老頭？」趙化白眼一翻：「我們爺們啥時能缺你茶錢！今兒，大爺煩悶，碎了幾個茶碗以響聲取取樂事，你沒聽過『碎碎（歲歲）平安』嗎？」莊公甫沒有搭理，找過一把掃帚，要去收拾碎碗片。趙化一見無賴勁上來了，「哎，老頭，怎麼今個兒不賞臉，想掃地出門，把咱爺們當什麼呢？快把桌上的茶屑抹去，要不髒了大爺的行頭，我不把你這個莊家店砸個稀巴爛，看你還做生意麼？」說著手一招，幾個狗腿子又掀翻了一張桌面。兩隻大茶壺「嘭」的一聲在地面炸開，濺得圍觀的客商急忙向後閃身。

人群中議論開來，有的說：「官差怎這樣無禮，老實人太受欺。」有的與莊家店熟識的便勸著莊公甫道：「老人家，這世道，做些生意不容易。不能吃眼前虧啊。」莊公甫惦量再三，也不敢怠慢，急忙賠了個不是，一面順勢用衣袖將茶屑抹去，一面朝後屋走去。

前房客廳的嘈雜聲、恫嚇聲早已把正在裡屋描紅繡線的莊家小姐應蓮驚得渾身顫，深爲爹爹擔憂。剛才遐想與阿哥團聚的情景在臉上留下的兩朵紅暈還沒消退，心情就緊張起來。便放下手中的針線活，提裙裾輕邁足走近前屋的門簾下透過布眼往裡窺視。聽那惡聲惡語不敢進去，不想正與準備去內屋取套新茶具的爹爹撞個滿懷。「爹！」莊應蓮一聲輕啼顧不得趔趄的身子忙伸手扶了老爹一把。莊公甫低聲斥道：「快回屋去！」應蓮忙轉身飄回內室。可是，就在這門簾翻捲的剎那，就在一撞一扶的瞬間，應蓮的嬌軀已盡露賊人眼底。趙化的眼珠子像是定格似的，一下怔住了全身，口水順著嘴角就流下來。猩紅的舌尖在嘴唇外轉了一圈，不等其他人反應過來，便跨前一步直衝庭院，奔著應蓮的倩影而去。

莊公甫雙膝一軟，頓時癱在院中，心裡明鏡似地知道小女眼睜睜就要遭殃，他強著身子準備拖住趙化，可惜只撕下一綹腰帶。趙化哪裡顧得了這些，一腳揣開小姐的內房門，雙目微閉，色迷迷地淫笑道：「不想這山野小店，尋常人家，也有絕色佳人，只是從前大爺我倒沒在意，太辜負了小姐的美妙年華了，知罪，知罪。」說著一拱身就要拉莊應蓮的小手。應蓮急忙躲閃，手中的擋身物僅是匆忙間拿起的湘扇。更襯出她的輕盈體態。趙化望著應蓮淡綠色的裙邊下微露三寸金蓮，暗歎：好個腰枝細柳的店家女。應蓮纖纖玉指擎著湘扇不停地在顫抖，羞怒難耐，面如白紙。微微鼓起的胸脯起伏不已。她哪裡見過這樣一條色狼呢？趙化一步步地向應蓮逼近，應蓮一步步地向後避閃。與此同時，應蓮的耳邊就聽到「不許動我的女兒啊，你這該天殺的淫棍！」接著一聲慘叫便再無言語。應蓮慘痛地叫了聲「爹爹……」揮動湘扇向門外撲去。

趙化猛地轉身擋住去路。應蓮迫不得已又後退幾步，躲過趙化的攔抱，感到自己的心被刀絞似疼痛，強忍在眼眶內打圍的水珠，不由得悲痛欲絕，倉促躲閃間，感覺身子碰到床榻，正想側身而過，一個踉蹌，跌倒在床上。湘扇「叭嗒」一聲掉在地上，似乎發出一聲悠長的歎息。蒼白的圓臉，在無限悲傷中衝出兩朵紅雲，光豔熾人，頭上緊盤著的烏雲鬢也鬆散開來，又黑又密又長，遮住半個臉面，與細嫩雪白的頸部形成鮮明的對比，那雙半裸的豐滿圓實的小腿肚也露出裙邊以外，在床沿蕩了幾下。這一切都像磁石一樣吸引著惡男趙化，他感到每條神經都在抖動，「騰」地一聲直竄起一股欲望的火苗。

他知道，他的那班嘍囉會把持好屋外的一切。他那賊亮的眼神彷彿要滴出血，他肆無忌憚地如惡狗撲食，直壓在應蓮身上，兩手忙不迭地在應蓮柔軟滑膩的肌膚來回摸揉。驚悸中，應蓮又一聲大叫「爹……」叫聲令人聞之悲鳴。應蓮兩隻玉蔥似的手猛地抓向趙化的臉。一陣火辣辣地疼痛也沒能把陷入慾火中的趙化驚醒，他更加將肥碩的身子向上移了移。扭曲著伏在應蓮身上。

應蓮感到窒息，夢魘似的喘不過氣來，感到一雙骯髒的手在身上滑動。應蓮疲於應付，絕望之際，胡亂撕抓的手碰到一件冰涼堅硬的器物，那是一把擱在床枕邊的剪刀。她毫不猶豫地拿起它，用盡平生力氣，揮動手中的利剪，向著撲面而來的濃烈口臭，向著一對瞪圓的紅紅的淫蕩的眼睛，向著那張開著的呵呵喘著粗氣的血紅的大口猛刺過去……趙化慘叫一聲，像個死狗似翻了一個身躺在地上，腿蹬了蹬，再也不叫了。

莊應蓮瘋了似的衝出內室，抱著昏死在庭院中的老爹放聲大哭，淒淒慘慘，連樹梢中正在搭窩的喜鵲也「撲愣」一聲展翅而去。梧桐樹上的葉子也片片飄落。莊應蓮望了一眼西墜紅日，是那樣誘人，她的神經承受不了如此重大的變故，近乎崩潰。她感到周圍的一切都變了，一切都在旋轉，一切都昏濛一片。她哭啞了嗓子，哭乾了眼淚。她只能用身體的聳動來代替內心的抽泣。她使勁地摳著庭院冰涼而緊硬的石塊，指尖撕裂了淌出一絲絲殷紅的血。她眼角的晶瑩淚珠無聲地滾落下來，又很快聚成第二個。

她失神地注視嘴角流血的老爹，再也沒有站起的力量去撲向縮在牆根的那幾個趙化的幫兇。山風吹來，莊應蓮打了個冷顫，抬頭凝望深邃的天空裡哭訴道：蒼天啊，你睜開眼看看這人世間再慘不過的事啊，安份守已，厚道善良的人爲何偏要家敗人亡啊。她決意追隨老父而去。這慘不忍睹的一幕撕碎了她全部的幻想和愉快的心境。她舉起剪刀……被應蓮的氣勢震懾住的差役此時才清醒過來，不待應蓮動手，就起勢一腳踢掉了應蓮手中的剪刀，那賊人的污血在剪刀急速飛旋時還滴下幾滴。不由分說，一條繩索緊緊勒住應蓮的軟軀。在眾人一雙雙充滿憤恨而又悲傷的眼神中，差役連踢帶罵地把應蓮帶走了。

這事正好發生在莊嘯天回家的前一天。

上弦月的微光從雲層中慢慢地鋪散開來，將清冷而朦朧的蔓紗輕輕地罩在這層巒疊嶂的高原。那刻意裝飾的客棧此時依然人來人往。外面把崗的兵丁三步一哨，還不時傳來李護衛巡哨的音響。客棧緊張而喧鬧的氣氛與四周的寂靜在不和諧中達到了和諧。幾乎能亮的燈籠都在亮，在幽幽的山谷中形成一座金碧輝煌的大廈。然而最靠裡間的房門卻始終緊閉著，這裡正策劃乾隆四十五年震動朝廷、波及各州官府吏的彈劾李侍堯等貪賄營私案的具體步驟。

和珅坐在椅上。此刻，他比任何人都清楚自己同咯凝的西南之行真正目的及其深遠意義。他的優勢就在善於迎合皇上的心意，他能從皇上的一笑一顰，一舉手一投足間猜透皇上的內心所思，然後憑藉自己的巧言令色說出深思熟慮的字字珠璣，總是能使皇上龍顏大悅。但和珅也同樣知道自己的不足，那就是與朝中一般大臣相比，他沒有顯赫的身世，又不是正規的科舉及第，儘管平步青雲，也只是依靠皇上的過分寵愛。如果沒有一點驚人業績，那很難使人口服心服。

那一些大臣，如阿桂，福康安等雖出身豪門，但他們的哪一步晉升不都用鮮血和生命換得的呢？

皇上對他們的小節錯誤哪一次不都說他們身經百戰，捍國拓疆，言下之意，該免罰的就遮過去了。在他們的心裡，我和珅又算個什麼？我的追求目標就是權、錢、女人，只有達到這個目的才算不枉活一世。想到朝中的好些大臣鄙夷的眼神、帶刺的譏腔，和珅被刺激的如坐針氈，這也是心量狹窄的和珅最心疼的地方。和珅額上的青筋凸出來，不由自主地「哼」了一聲。

喀凝疑惑不解地看著和珅，道：「和大人，你倒是說話呀？」和珅收回心緒，點頭示意站在一旁的胡知府坐下，說道：「胡知府，你明白叫你的含意嗎？」胡知府看著漲紅臉色的和珅道：「和大人，下官早已聽說京城中有位擎天巨擘的和大人，今日相見果是才學出眾，氣宇不凡。」喀凝插話道：「李侍堯有沒有強要勒索？」胡知府應道：「喀大人，我這裡早已備好一個副本，望和大人、喀大人仔細參閱，或許有用得著地方。別的官員，我不敢妄自揣度，唯總督大人從下官那裡硬索的次數、銀兩數，我都一一列清，並敢出面對質。」

和珅指著桌面道：「好！」轉頭對喀凝道：「像胡知府這樣忠心耿耿的官員，在雲貴之地怕不多見。」喀凝說道：「對胡知府的幫助，我們是要面呈皇上予以明奏。和大人，我看還是安歇吧。」

和珅躺在薄胎綿緞面的棉被裡，亮閃閃的腦門倚在大理花茶籽製做的枕頭上，一時難以入睡，翻騰的腦海難以平靜。他想乾隆皇帝更加倚重我了，有了這座靠山，我還怕誰。不好好整整李侍堯，他們也不知道馬王爺幾隻眼，一定要使出渾身解數，把個李侍堯剝個體無完膚，徹底依順。他吸了吸室內彌漫著的陣陣芳香，一雙大眼睛直直地望著金絲銀線花紋邊的棉帳。思緒又飄回到遠隔數千里之外的京城，一臉笑容彷彿凝固在和珅的臉上……

和珅府是北京所有大臣府宅中規模最宏偉、最龐大的宅邸。幾經修葺，氣勢愈加顯赫逼人，看那紫朱漆成的兩扇大門上嵌有許多亮黃色銅釘，紅色柚木的質地，厚重穩固。僅把門的家丁就安排了八位。色澤豔麗的琉璃瓦鋪蓋的房頂在陽光的映照下，熠熠生輝，光彩奪目。兩座漢白玉雕鑿的卷毛石獅，刻工精細，栩栩如生，張著血盆似的大嘴傲視著來往的官員，一般平頭百姓連正眼也不敢瞧。九重進院，花園植滿奇花異草，假山疊山獻，噴泉如注。何等氣派！這就是和珅的官邸。

乾隆四十五年，三十一歲的和珅已官居御前大臣，總理行營事務，又是內務府總管，也就是乾隆皇帝的飲食起居、開銷揮霍、遊玩閒逛等一切瑣事、要事均要通過和珅料理。和珅陪著皇上第五次南巡，自是遍游江南美景，花銷開支在和珅的暗示下、引導下竟沒有損耗國庫的一錢紋銀，乾隆帝為此在不同的場合多次對和珅的功績交口稱讚。

實際上，和珅每到一處，也同乾隆帝一樣享盡人間天堂，嘗了不少傾城秀色，同時也沒忘記自己的老本行，聚斂一大批金銀財寶，珍異古玩，精美字畫。和珅常在家人劉全面前感歎：人生之大幸，我都經歷了，可謂此生足矣。南巡回來後，皇上准假三天，在家靜養。和珅道：「奴才跟隨皇上，哪裡能有疲倦之容呢？」乾隆不置可否，說道：「和愛卿，還是休息三天吧，與家眷好好樂樂，彌補一下。朕也是這樣，不然的話，下面爭風吃醋，不好收拾。」和珅遂應命靜養。

一日，和珅喚過家人劉全道：「小全子，我不在京城的這些日子裡，可有哪些大臣來拜訪？」劉全說道：「大人陪皇上南巡，朝中的大臣多是知曉，故來的不多。京城外地方上的巡撫，知縣倒來的不少，有陝西應州巡撫丁大千，有江西贛南縣知縣方二化，還有……」和珅打斷他的話說：「好了，我知道了，都是一幫無用的人。」劉全一拍腦袋，心想，到底誰是無用的人？接著說：「大人，那些都是送禮物的，唯有雲南糧儲道並曾任貴州按察使的海寧，說有急事想跟您商量，眼下已住在京城，專候您老人家回家，小人見他說話機敏，便沒好再問。只是問清他的住處，回說一待大人到府，立刻告知，要不，小人這就去請海大人前來！」

和珅內忖道：海寧來有什麼目的？眼珠一轉，心情有些沮喪，那海寧新近被解除舊職，任命爲瀋陽奉天府尹，想必是感謝我在皇上前的幾句美言，使他離了蠻荒之地，特來致謝並辭行的。想我和珅一日離京，這班大臣定是相互串聯，背後議論我什麼壞話，竟沒有一人到我這稟報。又憤憤然起來。

就在沉思之際，劉全彎腰趨身附至和珅耳際，小聲說：「海大人此來，送黃金百兩，白銀千兩，另送金茶匙兩對，玉鼻煙壺一對，紫檀琉璃水晶彩燈一雙，還有字畫一幅，小人已將這些禮物盡數收藏，連同其他幾位官員所送物，分類記賬。」和珅這才臉露笑意，心道：這小子倒是出手大方，也沒負我栽培，能知恩就報，算我沒看走眼。點著頭道：「辦得好！賞你白銀五百兩，去逛逛京城八大胡同，了解行情，看哪家妓院又新進尤物。」劉全笑道：「小人也不缺銀兩花銷，大人所賜，小人哪敢亂花，權且收著，以備大人之外用。」

和珅訕笑道；「你是隻大饞貓，今日不比以往，想我年輕時，你隨我奔走呼號，籌措銀兩是何等艱辛。今日有就要會花。財源會滾滾而來的。你的那幾面當鋪生意做得如何？」劉全道：「仰承大人的威名，不敢說日進鬥金，也可說日進白銀千兩左右。」和珅得意道：「這就是官商一體的好處。」

和珅側目斜視怔在一旁的劉全道：「去將海寧的字畫拿來一瞧。」劉全笑著給和珅作個揖道：「大人也有錯話之處，那不是海寧的字畫，已是大人的私人珍藏品了。」和珅道：「少耍貧嘴，念叨你過去功勞，你的屁股就撅起來。」劉全忙捂著嘴：「是，奴才這就去取。」說著轉身走出去，不一會，像懷抱聖旨似的，劉全雙手呈上絲絨包裝的一幅卷軸，拆開金線，取出來放在和珅微閉的眼前，徐徐展開。和珅愈看眼睜得愈大：這是一幅北宋時期的大畫家林伯眠的真跡，畫名爲《霧裡山莊水墨圖》。只見那畫面上錯落有致的村莊被似霧似氣的一層薄紗覆蓋著，若隱若現，虛實相間之處，計白當黑之所都恰到好處。

山莊四周皆水，想是霧氣的緣由，水中有船飄蕩，船身呈斜勢，彷彿正在行走，動態感極強，由短橋經過竹徑，穿行而入即莊門，依倚可見。畫前方靠著村尾有一條四迴廊環繞，漸行漸遠，深不可及。一彎溪水從深澗中湧出，流經突兀的怪角嶙岩，濺起珠玉般的水花數朵，耳聞之似有「叮咚」作響之聲。沿著河沿與山莊的交匯處，種著松、竹、梅，各具矯姿。水流曲折，環以竹籬，遙望村居，但見煙火數家，若斷若接，嫋嫋升騰。畫面上方的背景是迤邐的群山，數峰相疊，起伏不定，細看尚有幾條山路交叉相通，若干村居之人背簍向山而行。和珅有鑒畫的天才，見如此精絕之作，和珅嘖嘖稱奇，連說：「好！好！能使人心淨如水，什麼煩惱皆可拋卻。又使後來的入山之人，信步而行，卻仍能找一條道路，好像夢中所見，神與物相交遊啦。」

邊說邊拍著劉全道：「跟你說這些，簡直是對牛彈琴。」劉全犯呆似的站在一邊，見和珅眉飛色舞，神采飛揚心裡像喝了蜜似的舒暢，心道：「人人都說『福壽膏』能讓人興奮，看主人的這樣，比吃那『福壽膏』還快活。」說道：「小人是現在就去找海大人，還是等些日子？小人想，海大人沒有參拜您之前，是不會走的。」和珅狡詐一笑：「他怎麼敢走？若是那樣不辭而別，我不治他個腿肚子抽筋，去，去，找他來客房一敘。」

海寧來京已有半月，由於乾隆皇帝御駕南巡，海寧有要事要辦，也就只得在京逗留多日。實際上，海寧是可以直接去奉天上任府尹，因爲聖上早已下詔，可海寧哪裡放心，須知，恩師尚未拜辭。在焦急等待中終於盼回他的老師，其實海寧尚比和珅年長幾歲。這一日正在客棧裡懶睡，就聽得有人敲門，打開一看，原是和珅家人奴僕劉全，可別小看這個奴才，海寧自是知道劉全與和珅的關係，說起來是主子和奴僕，那是他倆的事，可對於自己，那都得叫老爺，誰也惹不起，誰也不敢得罪，否則，後果自負，輕重都得倒楣一回。

前日去和府，給和珅進貢，光花在劉全身上的銀兩也不少於千兩，另外加一隻如意玉鼻煙壺。海寧連忙起來，歉然道：「劉大爺，和大人回來了嗎？」「這你還用問嗎？」劉全跟上又是一句，袖裙揮灑，說道：「和大人讓我帶你去見他老人家。」海寧趕忙整理衣冠出門乘了藍頂大轎，晃晃悠悠抵至和府，見了和珅，緊跟上幾步，雙膝下跪道：「晚生叩見和大人。」和珅昂首挺胸：「免禮，看座。」海寧起身落坐後，說：「和大人陪侍皇上幸遊江南，一路辛苦，今日拜訪，一是致謝，晚生仰仗和大人的恩典，被授奉天府尹，感恩不盡。二是晚生有事相求，不知當講不當講？」海寧頓了頓眼角，瞥了一下，望著傲氣凌人而坐的和珅又道：「晚生擔任貴州按察使時，對雲貴總督李大人的政績目睹了不少。」「狗屁政績，我倒是聽說不少李侍堯貪贓營私的事。」和珅不等海寧把話說完，憤然起坐，把手中的玉鼻煙壺重重地磕在鐵梨木製的八仙桌上，道：「你為何不如實報來？李侍堯近期到底有沒有啥動靜？」

海寧一瞧心中暗喜，此時說什麼也不得放過這機會，海寧起身轉至和珅近前，「和大人，這正是晚生在京城逗留至今天的原因，晚生一直在想，當今皇上深惡納賄，貪贓，幾番聖諭說得明明白白，要文武百官，潔身自律，秉公守法，偏那李侍堯違抗聖旨，利慾薰心，罪可當斬，怎奈晚生有此心，尚未有此膽量，那李侍堯畢竟有功於朝廷，樹大根深，晚生怕扳不倒茅缸，倒惹一身臭氣，所以，特為此事向和大人請教。」

此時和珅面無表情，雙眉緊蹙，嘴角連續抖動幾下，手不由得捏了捏鼻子，喉嚨一陣嘰哩咕嚕地響動，海寧見狀又取回煙壺，雙手遞給和珅，和珅手捧煙壺，重重地一陣猛吸，慢慢地吐了一口濃霧，頓覺全身舒服坦然，周身血液在速流，在沸騰，不由得「哈、哈、哈」大笑幾聲，彷彿把長久在心中壓抑的塊壘全部融化，又似長在咽喉的魚刺，硬是一下拔去，那愜意，那神情，要比懷抱美女，擁妓而臥，快活幾十倍、乃至幾百倍，看來和珅有一妙計在心，只等脫口而出了。和珅睜開鷹隼般賊亮的大眼。「他有什麼功？爲什麼不告他一狀，明日早朝，我即帶你面見聖君，陳述你所知一切。」海寧驚顫地說：「李侍堯貪得無厭，想一想晚生在任時，適逢他過生日，場面之大，從未有過，州府縣郡都要到齊，不然他明令索要，強取豪奪，晚生也畏怕他的淫威，畏怕他的譏責，也曾給黃金二百兩，和大人，你說這事捅出去，我這奉天府尹，還不就一命嗚呼……」「哼，膽小如鼠之輩，豈能當我的學生，再說，有我在朝，哪個小子，吃了豹子膽，膽敢動你一根毫毛。再次點說，你那算賄賂嗎？你是迫於淫威不得已而爲之。你幸好敢於揭發，恰恰說明你對皇上的忠誠，皇上是英明之君，才華橫溢，智謀過人，還看不出你彈劾李侍堯是冒了危險的嗎？」

一席置腹推心之言說得海寧茅塞頓開，道：「和大人分析透徹，慮事以聖道出發令人感激佩服，學生領教了。」正說間，劉全進屋來稟，說道：「大人，剛才奴才得知皇宮內的馬公公奉萬歲爺之命，送給大人這點女兒碧螺春茶，說是杭州靈隱寺的住持，送給萬歲爺的。」和珅聽罷道：「劉全，你去把朝鮮使臣送給我的玭璽大燕碗、金元等一些珍寶速給萬歲爺送去。順便叫小奴沏茶，以後不許有人打擾我，我要和海大人商議事情。」「是！」劉全應聲退出。

沒多久，便見小廝用條盤端著幾個精心特製的玲瓏碧玉小盅進來，取一小撮女兒碧螺春茶葉向兩個杯中各放少許，雙杯放入茶葉後，又麻利地提著剛煎沸的茶壺向杯中各傾置約半兩沸水，乾燥的茶葉立刻傳出細碎的嗶嗶聲。海寧靜聽著茶葉的舒展，極端投入，極端認真地觀看每個杯中的水色，小廝一點點地往裡加水，添六成滿的樣子，海寧驚訝張著大嘴說不出話來。

原來，只見那茶水碧澄之近如琥珀，滿室裡蕩漾著茶香，海寧笑道：「晚生在雲貴多年，那大理花茶，只不及這十分之一。對泡茶、品茶也沒有什麼講究，只知道吃茶可以提神、解渴而已。和大人的一位小廝卻如此精通茶道，實在是和大人學問淵源啊！」和珅擺手止住了海寧的話語，說道：「剛才你說香氣撲人，是顯者之香，只要稍有嗅覺即可入鼻，而現在又是隱者之香，需屏息細嗅。」

海寧忙不迭地將獅鼻似的大鼻湊進杯口細嗅，果然芳香不同，剛才香得又烈又醇，這會兒則是香氣縷縷，如空谷幽蘭，清冽可沁入心脾。把鴨嘴咂了幾下，晃了晃驢似的腦袋，擠眉弄眼道：「果然不出和大人所料，沒想吃一口茶竟有如此大的學問，佩服，佩服，實在佩服，晚生可算是開了眼界。」邊說邊舉起挺得像木棒一樣直的兩個大拇指，和珅見他此狀，心花怒放，低聲道：「今日若不見你，我不會把聖上所賜之物露於旁人的。」海寧道：「晚生感激不盡，晚生結識大人，乃是晚生一生之大幸。」

當即從官服袖中摸出奏章遞與和珅道：「這是晚生早已準備好了的彈劾李侍堯的苛扣貪縱營私的證據，大人看了，哪些地方不詳，哪些地方不合和大人之意，小人從新修正就是。」和珅心道：「好你個海寧敢跟我兜圈子。」和珅接過來掃了幾眼，隨手還給海寧說：「沒有什麼不妥之處，只要有奏章就行。」說罷起身，那海寧見狀，知趣而又婉轉地道：「今日晚生就嘮叨到這，多有煩擾，望和大人寬諒，晚生就此告辭，明日如何上殿？」和珅沒等海寧把話說完接過話語道：「你只管在朝門外等候，我自會有主意帶你見皇上。」「那好，晚生告辭了。」海寧說著向和珅打躬告退行至府門外，長吁了一口氣。

莊嘯天的心掉在三尺之深的冰窟中了。他淒然望著，五年前的家，已面目全非，前房待客用的桌椅，瓷器盆碗，一些開店用的東西，全部被毀了，一片狼藉。對著內牆隔起的櫃檯已經變成了碎木片，散落在客房的一角，牆頭和屋角長滿了枯黃的小草，在風中淒涼地瑟瑟地作抖，似乎告訴人發生了什麼。庭院尚留有一灘血跡，在清冷的月光下，更加顯得紫黑一團。這條漢子怎麼能不傷心呢？他不清楚老實巴交的父親和嬌小柔媚的情妹到那兒去了。

他走向小妹的房間，他打著一個火石，霎時，另一種震驚出現了，莊嘯天倒吸一口氣；原因是他被眼前的兩個人震驚了。兩個衣衫襤褸、蓬頭垢面的乞丐正躺在小妹的繡花被褥上，鼾聲震天地響，小妹做針線的條凳上擺著兩個缺口的碗，兩根開裂的竹製打狗棍斜放在一邊，而小妹的房間也如同客棧的前房一樣，被歹人翻個底朝天，莊嘯天愈看愈氣，猛踩一腳，大聲一喝：「混賬，狗膽包天！」說時遲，那時快，莊嘯天一個箭步衝上去，噹啷拔出腰中佩刀，架在一個乞丐的頸上，一隻手抓住另一個乞丐，眼疾手快的莊嘯天一陣拳腳，打得兩個乞丐受不了了，連忙磕頭求饒，頭像搗蒜泥一樣，兩個傢伙本身膽小，哪裡受住這般折騰。討飯的傢伙嚇得渾身篩糠，雞啄米似地叩頭不止，嘴裡不敢出大氣，他們害怕莊嘯天這個如狼似虎的大漢。

這時，其中一位乞丐說道：「我們以討飯為生，從未幹過傷天害理違法缺德之事。」莊嘯天聽後，再加上兩個人的樣子，心裡也想到，他們是老實人，收回刀，聲音由強變弱。莊嘯天輕聲的對兩位乞丐詢問一些關於老父和小妹下落之事。他說：「你們何時來到此地？你們可知這客棧的年老之人哪裡去了？還有他家的女兒可是被歹人搶走。」莊嘯天恨不得把心中的一團疑火全部釋放出來，年長的乞丐抹了一把零星的而又雜亂無章的鬍子，瞅了瞅莊嘯天道：「官爺，這家人沒了，這家發生一起人命案，聽說這家老人已死，被莊鄰埋於村後的土坡之中，這家小女因殺了官差也押送到雲貴總督府，聽說，這客莊的村民已聯名上書東州知府，因此地屬於東州知府管轄。」乾咳聲後又接著說：「聽說老漢的小女要被斬頭，不知什麼時間，還沒音訊。」

清晨，大地從微微寒意中甦醒過來。東方的太陽已緩緩地升出了地面，五月的雲南，浸泡在綠色的海洋之中，官道兩旁低矮的丘陵地是一望無際的碧綠野草，紅色白色的芍藥花，紫色的馬蓮花，絳紅的百合花，米紅的大紫頭花，粉紅的山蘇子花，最豔最美最大的要數那一簇簇，一片片的嬌美繽紛的茶花，還有許多叫不出名字的各色花朵，爭奇鬥妍，顯露出令人愛憐的豔質嬌姿。一條山澗像人工斧鑿般在遠遠的山峰中傾瀉下來，形成個瀑布流經相對平緩的地帶的溪水，發出那柔美清亮，泛著細細而又爍紅的波痕緩慢向東移去，戀戀不捨的輕拍堤岸的水草。

和珅就在這樣的清晨又登上去昆明的路程。頗有才氣的和珅看到如此美景，不免也詫異不止。暗道：雲南蠻荒之地，可一路上，雖山高路險，景致確並非圓明園可比，雖然無亭閣水榭，假山噴池，迴廊小橋，名花玉樹，可是也能怡養性情。和珅長長地吸了一口氣，五臟六腑好似被水濯洗一樣，隨口對喀凝道：「蠻荒之地，景致也令人心醉啊！」喀凝道：「和大人，這離昆明數十里不過一點，而昆明又名春城，想那昆明景致可比『繁華煙柳地，溫柔富貴鄉』的江浙了。」和珅道：「景致雖好，不一定挑起人的興致，想此行擔負整頓雲貴政績的重任，更感念皇上對臣的隆恩，自覺憂心如焚，恨不得一下子就徹底查清此案。」

喀凝道：「此事還需從長計議，昨日胡知府已陳述了他的想法，雖有不妥之處，你我重視為好。」喀凝頓了頓眉頭，躊躇著說：「李侍堯畢竟是一位戰功顯赫的老臣。平時，入朝參見皇上，所上奏摺，也頗得皇上心意，棘手啊！」不提這個也罷，一提李侍堯回京之事，更惱了和珅。

原來，和珅與李侍堯積怨頗深，已遠非一日，和珅心胸狹窄，記仇心特別強烈，而李侍堯對這位面如冠玉、巧舌如簧的逢迎拍馬之輩最不放在心上，從語言到行動，常常得罪和珅，實際上，本來這次雲南之行就是和珅一手製造而成。和珅冷笑道：「沒有不透風的牆，要想人不知，除非己莫為，再狡猾的狐狸也逃不脫獵人的眼睛，一旦他的罪行昭布於天下，看他還能橫行霸道。」慷慨激昂一番，對喀凝道：「我們上路吧。」說著坐上綠呢大轎，護衛李青鋪好狗皮褥。和珅手捧溫和適度的暖爐，點著煙花，微閉雙目，陷入沉思中……

那日早朝，和珅精神十足。海寧的奏摺攪得他興奮異常，南巡的疲勞一掃而光，心想仗著萬歲對自己的信任，彈劾李侍堯問題不大。急匆匆喝幾口小碗蓮子湯，便乘轎直奔西華門。其實此時天色剛露晨曦，剛一下轎就見海寧呵著冷氣在數天上還有幾顆亮星。不大會兒，又陸續來一些大臣，其中有刑部侍郎喀凝，官居大學士的軍機大臣大將軍阿桂等。這一般大臣對和珅本是嗤之以鼻，怎奈他是萬歲寵臣，所以必須巴結他不可。時辰一到就聽見有人傳聲道：「皇上有旨，早朝開始。」一班大臣口稱：「謝旨。」沿著雀橋上的甬道分做兩行躬腰進入乾清宮，八名帶刀侍衛釘子似站在丹墀上。

兩名太監垂手恭侍在金碧交輝的龍椅前，一班人彎身弓腰在乾隆的龍椅下一字排開，山呼「萬歲」聲畢，乾隆皇帝開啓聖口：「各位愛卿，有事就奏，無事退朝。」乾隆爺雖說身在寶座上，心尙留在秦淮河畔，運河舟中，蘇杭錦鄉在心中一片迷亂混沌。蛟龍盤曲的龍座又寬又高，明黃軟袱面清涼軟滑，給乾隆皇帝的感覺反倒不如南巡的絲綢軟床。各大臣紛紛遞上早已擬具的奏章。走筆龍蛇，思路也漸趨明晰，乾隆向來自詡明君，從未懈怠過政事，即使在南巡中也照樣審批奏摺，處理公事，每天手批章折，動輒數千言，而毫無覺得厭倦。

對邊陲的鱗甲之惠，內部貪贓贖營之風，尤爲慎重，而顯果斷，事已畢，正要揮手退朝，和珅竄至御案，躬身倒地道：「雲南糧儲道並曾任貴州按察使海寧有本要奏，正在門外等候。」乾隆一向對遠道而來的官僚有要求見，大都恩准。道：「讓他進來吧！」海寧正焦躁不安地等待聽令，忽聽見有人傳話：「聖上有旨，召海寧見駕！」連忙進了乾清宮。

敘禮過後，從馬袖摸出奏章，小太監轉手遞與乾隆，海寧這才透過一口氣。看到兩旁大臣有的疑感不解，有的還在私下竊議，心情一陣緊張，眼光順著御前長壽鶴嘴中嫋嫋上升清香，總算看到了乾隆的真天子面目，只見乾隆穿黃錦緞製的龍褂，頭頂一個金龍頂軟帽，一顆碧藍玉鑲在其中。面如滿月，眉目清秀，若不是歲月的刀痕在他額角留下幾道波痕，真難想像此時乾隆已快近七旬的人了。

乾隆接過奏章不看便罷，看著看著臉上兩道怒氣騰地升到頭頂，他朗聲道：「朕對李侍堯貪贓營私，早有察覺，只是雲貴邢邊防重地，況李侍堯為朝廷征戰多年，戎馬倥傯，臨危不懼，因此對他多加諒解。不料，李侍堯竟把朕的恩惠看成兒戲，愈加膽大妄為，目無朝綱。朕向以神器為主，不以私情搖憾社稷，對李侍堯一案不能只聽一面之辭和這小小奏章。」海寧聽到此趕忙倒在地，道：「臣絕無半句假話，聖上明察。」乾隆說：「朕並無此意，你是出於精良忠心，朕還能不明白！朕的意思是此事關重大，需派一大臣前去奉旨查辦，不可徇私舞弊，查個水落石出，朕自當以社稷為重，斟酌處理。」軍機大臣阿桂跨出人群道：「臣願領旨。」

乾隆看了看阿桂道：「朕知你忠心可嘉，念你年邁，雲南又遠非內地，山高路險，猛獸蛇蟲，一路瘴氣林莽，很是辛苦，朕以為……」和珅閃身跪在御階台下，道：「奴才願領旨。」乾隆道：「朕問你，你相信李侍堯貪贓營私嗎？」和珅眼珠骨碌骨碌地轉了幾下，也猜得話有幾分意思，對這班有功之臣，不殺殺傲慢驕橫之氣，也顯不出自己的威風，也太沒有體統，和珅心裡琢磨著，又道：「身為雲貴總督的李侍堯從來都是恃功傲物拿自己的豐功偉績當盾牌，胡做非為。前次上朝，奴才和他敍談，所說之語無非是自己各地征戰，屢立奇功，誇誇其談，彷彿是邊疆安定平安，四海無風無浪，全由他一個所創。從來未提過皇上儒雅精明，神機妙算，連一班朝中老臣也不放在眼上，目空一切，連眼珠子都是空的。夜郎自大，唯其如此，才私欲膨脹，才目無朝廷綱紀，實際上就是對皇上的諄諄教誨，恩澤垂訓之大不敬，根本上就看不起聖上，也就沒把皇上放在心上，奴才以爲首先停職查辦，把他調入京師，交由刑部會審。」

乾隆聽和珅話的前半部分很是中耳，但對李侍堯一時是否停職查辦，沉默良久。「此事慢議，今日就到此，退朝。」皇上令道。阿桂等平素敢頂撞和珅的大臣內心喜滋滋的美，也有一絲絲的擔憂和氣憤。喜的是和珅扳倒李侍堯來壓服眾臣的目的沒有達到，憂憤的是果真李侍堯是居功自傲，目無朝紀，也該審問。和珅退朝後並未回府，也料知乾隆皇帝要去北海，所以隨即命令轎手，抬轎奔北海。和珅想的事還未完成，他那肯甘休呢！

位於太液池西北部的五龍亭，那是乾隆常來遊玩的地方，從這裡望去瓊島上那覆著傘蓋寶頂的藏式的白塔，巍峨肅穆，直入藍天，塔西面，煙波浩渺處，橫臥著著名的金鼇玉蝀橋，那橋有如一道長虹臥在波峰浪谷之上，矯健的水鷗掀動著雙翼在遼闊的水面上上下下地翻飛不止。極目望遠大有海天渾然一體之勢，這幽燕之地獨具的雄偉壯美，使人頓感胸襟豁達，心喜神馳。從北海西岸踏上浮翠亭的乾隆皇帝在這裡稍稍停了一會兒，便命眾侍與大家一起穿過湧瑞亭，跨進五龍亭中爲首的龍澤亭。太液池之北，水中有亭，面臨當中的亭稱爲龍澤，左邊是澄樣和滋香亭，右邊是湧瑞和浮翠亭，後有石坊兩座。這一排黃硫璃瓦覆頂的五龍亭是順治初年興建，已百十年的歷史了。柱上的油漆彩繪還很鮮豔，因爲五龍亭建於水上且有曲型石橋連結在一起形如一條金龍遊於海面，深爲乾隆皇帝喜愛。

五龍亭中，中間的龍澤亭是圓頂建築，其餘四亭均爲方形。按照天圓地方這一當時流行的封建迷信說法。圓屬天象，方屬地象。圓型龍澤亭是乾隆皇帝垂釣之處，其餘的四座方亭是王公大臣們垂釣的地方。乾隆皇帝平素喜歡垂釣和他聖祖康熙皇帝一樣，覺得釣魚不僅有親手得魚的樂趣，還有助怡養性情。喜鬧不喜靜的乾隆皇帝還十分喜歡王公大臣和他一起垂釣，奏事之暇，總要左右王公大臣一起前呼後擁，垂釣求趣，但並不是要那些王公大臣真正得魚，主要是事先讓宮內太監捕住魚後，分別用細絲拴住魚口，再放水中，掛在亭畔的柱杆上，王公大臣們提起細絲便可得魚，主要是借此表示君臣共度魚水之歡，但乾隆倒不喜歡這種垂手可得的方式，他自己垂釣時必得手持魚竿，親手釣上魚兒，看到提出水面的活魚在空中翻舞，把魚竿墜成弓形時，才覺得此時歡愉無比。

乾隆皇帝走進龍澤亭的時候，乳白色軟紗般的晨霧正從水面上漸漸退去，這時，太陽將要從東方升起，他一手撫著亭上的欄杆，向南邊的海面上望去，假山東面的天上也還是霧靄濃鬱。太監總管侍立在乾隆皇帝的側後輕聲道：「萬歲爺，今兒垂釣嗎？」乾隆皇帝正在欣賞海面的絕好景致，似乎沒有聽到：「是的，傳旨讓和珅來此陪釣。」話音剛落，那邊有一名宮監氣喘噓噓地向他跑來，說是和珅前來參駕。乾隆不由心頭一喜，想曹操，曹操到。不一會，和珅便走到龍澤亭跟前，見皇上便跪下道：「奴才給皇帝請安。」

乾隆皇帝說是來遊玩，其意並不是如此，早朝退後的乾隆皇帝開始獨自一人思慮如何對待李侍堯一案。他知道李侍堯與和珅不睦，言語譏責，諸多王公大臣在他眼裡也不算回事兒，自視甚高。多少棘手的大案，多年戰亂的邊關，只要李侍堯去了，都是快刀斬亂麻，一切磨難之事迎刃而開，在京任職時，每上奏摺，答對自如，敢於陳述己見，只是因與和珅不睦，乾隆皇帝便把他支出京城，遠赴雲南上任，不過近年來也政績突出，幹出一些名堂來了。乾隆看了一眼和珅：「和愛卿，朕知道你的心意。」和珅立馬明白乾隆帝想大事化小，小事化了。如果真是這樣，那自己前前後後精心組織籌畫的心機不就白費了。那以後，那一班大臣誰又能趨奉巴結我呢！

想那李侍堯和珅便不由得咬牙關，恨恨不已。一日朝畢，和珅邀他到府上就坐，他竟當著那麼多的大小官員面拂袖而去，還說什麼金玉之室，不敢擅入，若少了半斤八兩的銀資、一顆珍珠什麼的，恐怕傾家蕩產也賠不起。當時和珅尷尬窘迫，被搞得面羞耳紅，連今日回想起也好像昨天的事一樣。

想到這和珅連忙道：「奴才實在是為萬歲爺著想，李侍堯不思整治邊疆，索要下屬，逼之納賄，已攪得民不聊生，百姓多有怨聲載道，言語不堪入耳，地方官員也頗有怨恨，主要是礙於情面，懾於淫威不敢出口。如果放任下去，則必然導致民變，況且雲貴不同內地，多為蠻夷，不懂得按法理事，聖上難道忘了，雲貴的邊事只是近來才稍微安定下來，尚有餘火隱伏，如果不滅火種，恐怕星星之火也可燎原啊！近聞雲貴那又有白蓮等邪教在密謀活動，猖狂得很呢！如果百姓生活窘迫，食不果腹，衣不蔽體，那時那些窮民失去對皇上天恩的感激之情，勢必與邪教勾結，為邪教所蠱惑，後果嚴重。那時又要派兵挖空財庫，這是小事。關鍵是戰亂事起，又為大清的國泰昌運抹上了污點，有悖萬歲爺的寬仁之政，何況，海寧敢於冒死奏本，勇氣可嘉，忠心可表。如不治罪李侍堯這個賊心奸臣，那下屬官員，誰還敢走這忠諫之路。」

和珅跟在皇上身後邊拖衣邊向皇上提議，接著又道：「奴才不是想餿主意，眼睜睜看著大清盛世絕不能栽在李侍堯這個貪官的手裡。」乾隆皇帝坦然一笑：「和愛卿言重了，朕生來痛恨為官者貪，人真是不一樣啊！」

和珅一時不知所措，直盯乾隆爺的面部表情，陡然乾隆皇帝白皙的臉上微微動了動，眉梢挑了挑，又頓了頓，帶著渺茫的目光望著變幻的水面。這時，水上微風乍起，細浪翻滾跳躍，真似掀起滿海碎金。乾隆猛地轉身，正色道：「你日後即去雲南，認真查核此案，朕也知不少老臣以為朕偏愛你，對你多有微辭，但朕怎能離了你呢？朕多年想找個能與朕言語相投的人，扶植成朕的左膀右臂，上蒼把你安置到朕的身邊，朕也曾多次提舉你，也引起了不少誹言，這次你離開朕一段日子，遠赴雲南，查核此案，做出樣子來讓朕沒有看錯，也好叫那班大臣口服心服。」和珅聽了此言，心裡像喝了蜜似，甭提多美。

他心裡琢磨著怎樣對付李侍堯，趕忙跪伏在地：「皇上聖明，奴才感恩戴德，雖肝腦塗地，也萬死不辭。」乾隆皇帝道：「朕即著刑部侍郎喀凝與你同去。」和珅又答道：「皇上安排周密，奴才這就告辭，好準備準備。」「急什麼。」乾隆笑道：「這好景致還不陪朕遊耍唱和一番。」「是，是，奴才該死，差點攪了皇上的雅興。」和珅陪笑道。

這時，嫋嫋隱去的白紗般霧靄下，已全部呈露出了碧綠的海水，萬道金光射在水面上，正是北海最絢麗的時候，碧玉般的綠，胭脂般的紅，相互交融。五龍亭都披上金黃的外衣，曲折的連橋也沐浴在和旭的陽光中，微風吹動的碧波輕拍著橋柱和橋墩，不想有一大朵烏雲偏偏覆蓋著太陽，一霎間，大片的景物被籠罩在灰暗的陰影之中。

趙化的哥哥趙一恒的組織才能和做事的幹練，在修建李侍堯的新宅過程中，愈來愈明顯地表現出來。從奠基開始沒有發生一起事故，工地上一直井然有序，而且各道工序總是能緊密地遠遠超過預計，正屋與其附屬設施全部竣工。而且，方圓近幾畝的圍牆也開始挖槽了。當然建築所用的材料，諸如花崗岩，大理石，紫紅的瓦塊，上等的檀木等，就近採購，迅捷方便，是一個方面，更主要的是仗著總督的大旗，一切辦得十分順利。

儘管如此，李侍堯都沒有褒獎趙一恒，這使趙一恒原本悲戚的心情多少又生了一點怨氣。趙一恒想：「原本案子十分明顯，偏偏又轉到東川府。讓兄弟的冤死，不能得到及時伸張。心下十分愧疚，感到對不住死去的弟弟。想想自己弟兄也隨大人東征西討，鞍前馬後，冒雨頂風，歷盡多少生死關口，你李侍堯卻在這個事上延擱，也太薄面了。話說回來，自從你李侍堯來到昆明，不幾年，諾大的家資還不是靠我聚合的嗎！」想著想著傷心不已。

這日便待在總督府沒有出門，一人撇下家小，到膳房吃午飯，自斟自飲起來，三杯白乾酒下肚，臉上青筋也暴突出來，將幾碟小菜吃個碗底朝天，對膳房的大師傅說：「再來三斤板鴨，一盤牛肉！」大師傅腆著肥嘟嘟的肚子來回一陣小跑，臉上的油汗也就下來了。「總管，您今兒怎麼有空？」大師傅邊說便邊上板鴨和牛肉，「要不再給您上一道銀耳魚汁湯。」這個大師傅心眼多。

大師傅心下奇怪，這總管一般不大來督府膳房就餐，偶而來一下，也多是吹毛求疵。每次都嚇得所有人戰戰兢兢。趙一恒近日心情不好，下人也都知道。還不是在衙門當差的弟弟趙化被一女子用剪刀刺死。這女子肯定活不成，畢竟是殺官差，殺人抵命。可趙化爲何被開店女子所殺，大家心裡明白，嘴上均不敢說，私下裡也都暗慶倖，活該白死。

那趙化的爲人在李侍堯的府中，誰人不知道呢，飛揚驕橫，目空一切，仗著弟兄倆冒死跟著李大人的功勞，拉大旗，做虎皮。府裡的下人對之也都咬牙切齒，尤其是一般的侍女，更是如此，趙化對她們，哪個沒搞過、摸過、調戲過。趙化這個淫賊無惡不做，但誰能對付他呢？也曾有過兩個大膽女子告到他哥那裡，可趙一恒只是對趙化斥責了一番，對侍女安慰幾句，便了卻此事。

但無論怎樣趙一恒對趙化的荒淫無度，總是擔心。怕有一天，出個什麼亂子，或引火焚身，給自己添不必要的麻煩。也曾多次勸說弟弟，要他多顧自己的妻妾。雲貴是蠻荒之地，萬一出了三長兩短，怎能對得住九泉之下的父母，怎能對得起自己的妻兒老小。言語諄諄，說得趙化也有點感動不已。但又怎樣呢？過後仍舊是連一句都沒聽進去，左耳進，右耳出。繼續蠻橫霸道，把偌大的昆明城攪得雞犬不寧，可誰也不敢告他。

趙一恒喝多了，平時他不大喝酒，儘管李侍堯酒量大得驚人，對下屬也是很慷慨。當然，趙一恒平時想要喝酒，還能沒有酒嗎？只是他爲人精細，怕貪杯誤事，禍從口出。府中有些下人，平時鬥氣本是爲一些雞毛蒜皮的小事，可是一喝酒，都氣沖鬥牛。爲此，被打得眼青鼻腫，受點皮肉之苦，也不能算啥，可還被攆走。他自己引以爲戒，可今天算是開了戒。他搖擺著身子，剛邁出兩步，感覺頭重腳輕，腳底似乎變得坑坑窪窪，一個踉蹌，兩手抱住門沿。酒入胃腸，急火攻心，他要去吐。

這下，可慌了大師傅和雜役們。「趙總管，您老喝多了。」說著上前攙住了正要往下癱去的趙一恒。趙一恒嘴裡嘟囔著，舌根發硬，兩唇發青，嗓底乾的冒煙，一伸舌頭繞了幾圈，睜開眼道：「你們快去弄點金花茶來，我暫且歇息一下。」大師傅應聲道：「是，總管。」大師傅一手扶著趙一恒一手掂條凳子，又把趙一恒安置在桌案邊。趙一恒趴在桌上，雖說多喝了一點燒酒，腦子發暈，心裡難受，但心裡還很明白的。他想起了死去的弟弟，又是一陣子傷心。大師傅手捧金花茶進來時，趙一恒已經抽泣著睡著了。

李侍堯何許人也？他怎麼有那麼大膽鄙視和珅？李侍堯乃是舊日有功大臣之後，他的祖上李永芳原是大明朝撫順總兵。在明朝萬曆四十六年，滿洲太祖皇帝於登基之年起十萬大軍攻明。懾於清人的聲勢浩大，加之太祖皇帝恩威並重，軟硬兼施，遂投了大清，晉進八旗之列，成了聞名關內外的清朝開國元勳，復又娶太祖努爾哈赤的孫女爲妾，尊稱爲撫順額。李永芳的兒子李霸彥也因戰功卓著，被封爲一等伯爵，後來又追贈「昭信」名號。李侍堯的父親李元寬，官至戶部尚書。

從李氏家世來說，可以說李侍堯的確乃將門之後，毫不爲過。李侍堯本人深受乾隆皇帝的賞識，被稱爲「天下奇才。」只因咆哮公堂，被乾隆知道後，罰去山西做通判。後竟由通判做起，和前去山西巡查辦剿匪事務的傅恒一路征戰，先後任副都統、工部侍郎、廣州將軍、兩廣總督、戶部尚書、正紅旗漢軍都統、湖廣總督、工部侍郎、刑部尚書等等職務。可以說每一次晉升，都飽受一次征戰之苦。從他的官銜來看，此人確實爲人機敏。最能體現其個性的是關於他屢考未中，而敢闖公堂一事。

乾隆十九年，順天府科考已接尾聲，正副主考官正閒話聊敘。忽聽監試廳外一片吵嚷聲，正要吩咐手下的人去查詢，那李侍堯已大步跨進公堂。一揖到地朗聲道：「晚生李侍堯拜見老師。」主考大怒：「你曉得你在胡鬧麼？」李侍堯抬頭道：「晚生以應試人身份求見主考，怎是胡鬧？」主考一驚道：「我沒說你求見是胡鬧，你膽敢標新立異，獨自請求面試，若應試人都像你這樣，國家法規何在，朝廷綱紀何在?來人，把他拖到監試廳，責打四十大板！」李侍堯放聲大笑，指著正主考道：「真不知何謂禮賢下士！何用你們拖，監試廳在哪裡？我自己去！」說著大搖大擺去了監試廳。正副主考官相視一笑：此人真是瘋子！肯定是名落孫山之人，是個狂生，急了，別出心裁地鬧一鬧罷了。正說著那邊太監聲高起：「皇上駕到！」嚇得正副主考正想整冠理衣出門迎接聖駕，已見乾隆帝手搖一把湘妃紙扇一邊走一邊左顧右盼走進來，嘴裡還不停地對隨行之人說些什麼。

正副主考恭候聖駕已畢。一番敍談，無非問了一些關於考場秩序，可有舞弊行爲等一系列事情。主考官道：「三千八百六十七名應試考生，難免良莠不齊，共查夾帶頂替，傳道的舞弊者四十二名，還有五名中途患病，未到終場便退出去了。」乾隆一聽，倒也覺得滿意。正副主考官相視對了對眼，又說道：「聖上未來之前，有一名考舉闖進監試廳，要求獨自面試。」乾隆帝邊聽邊想笑說道：「這個人膽子不小，叫過來讓朕看看。」不一會，李侍堯被拉到公堂外，乾隆帝踱到近前，低聲道：「你就是那個膽大的狂生李侍堯?你有什麼能耐，敢在公堂內外咆哮？」李侍堯眼見得乾隆帝親自查卷，裡裡外外大小官員幾十人屏息靜立，不敢發出一絲一毫的聲響，提到李侍堯的卷子，李侍堯心中一陣慌亂，聽得乾隆帝一問，叩頭道：「回萬歲爺的話，孝廉會作詩，八股文也能作，但連考三場總不得意，也不知甚麼緣故，因而請求面試，並不敢咆哮。」

乾隆帝陰沉著臉說：「能謅幾句歪詩，就如此狂妄嗎？主考官處置得一般都甚是公允，他們又不認識你李侍堯姓甚名誰，全憑你的文章優劣。這樣吧，你今走運，遇到朕，朕今兒心情尚可，就考你一考。你自詡才高，朕就問你《四書》中有幾處寫到『洋洋』二字？」李侍堯伏地叩頭，眼珠骨碌地一轉，怔了一會，搜腸刮肚，慢吞吞地笑道：「有……洋洋乎《師摯》言也，有洋洋乎《中庸．鬼神》言也，又有……洋洋乎《中庸．大戰》言也……」正在苦思冥想之際，那邊主考已查得判爲落第的李侍堯的墨卷。乾隆一見是一筆宋體字式，瘦金體，硬直峭拔，只是筆意裡藏鋒無力。不禁笑道：「真是學如其人。」又看了看李侍堯問道：「朕問你卷子裡如仲翁之兀立墓道『仲翁』是什麼東西？」

李侍堯自恃才高，當面被乾隆帝考得發暈，忙道：「仲翁是墓道兩側侍立的石像。」乾隆帝大笑道：「那叫翁仲，不叫仲翁，你知道麼？」說著提如棒大筆在李侍堯的試卷上疾書。題罷，擱筆而出，主考官離得很近，看出皇上寫的卻是一首詩：「翁仲如何當仲翁？爾之文章欠老功；而今不許作翰林，罰去山西做判通！」主考心中一驚，看著捂著屁股出去的李侍堯暗道：「這小子也真有點福份，原本是落第的卷子。又目無考紀，本應該受重罰。可皇上卻罰他個通判官。那可是上等的好席位，正牌進士分配出去的也不過爾爾。」可真讓人苦笑不已。李侍堯呢，待放榜後知自己竟做個通判官。自是感恩戴德，時逢山西匪事猖獗之時，傅恒奉旨查辦，得李侍堯的大力援助，遂一步步走上高官顯爵，憑著功勳卓著，備受聖上青睞。

話說雲南總督李侍堯坐在檀木製太師椅上，閉目沉思，一連串的事情攪得他暈頭轉向。各州府報上的秘密教會，到處設壇講習，以至搞得人心浮動。朝中已公文斥責，火速辦理。延期若釀成風起雲湧之勢，揭竿而起，到頭來，勢必又是一場惡戰在即。前不久，命侍衛趙化去貴州府下達密令也是辦這事。誰料，這混帳小子色心不改欺凌一少女，卻被人給刺死了。事發地界應屬於東川知府管轄地，當差官解押兇犯到此地，心亂如麻的李侍堯勃然大怒，一股又酸又熱的氣翻湧上來，臉都漲紅了。

回身便給押解官一個耳光斥責道：「你們這般不中用的東西，連屁大的小事，也要我來傷神費心嗎？你們可知，已經出事了。那個狗膽包天的海寧去聖上面前彈劾了本總督，你們沒長耳朵，還能沒長心嗎？不懂事的一群飯桶。」幾個解押差官相互看看似乎明白了什麼。這又將孤苦憐丁的莊應蓮送往東川知府。

李侍堯起身，轉身去後院的花園，想找夫人聊敘聊敘，解解悶。無巧不成書。正巧夫人攜丫頭已離開府衙，去游滇池美景了。李侍堯便對跟班僕從道：「擺轎，去新府實地看看進度怎樣。」不一會，眾多侍衛校尉前呼後擁圍著安乘在紅纓簪頂官轎內的李侍堯，浩浩蕩蕩，直奔新府實地而去。一路上，眾人見了早往道旁閃避，深怕碰了李大人的轎子。小商趕緊收拾地攤，捲起張掛的簾布。怕避之不及被李大人的手下砸個稀爛。李侍堯一行人到了新宅實地，下了轎，便見門面十分闊大，氣派得很。

高聳的門樓，迎著五月的太陽，耀眼炫目。新漆的朱紅帶著清香，直撲人的鼻孔。幽深的庭院，已萌發出一些花草，也是芳香撲鼻，李侍堯原想跨進去視察一番，卻見門前稀稀落落有幾個人在撿些破磚爛瓦，心中不免納悶，正狐疑之際，忽聽裡面嘈雜聲起，聽那聲音似是一老一少正在吵吵嚷嚷。

有一老者道：「二伢子，還在死睡啥呀，這一人多高的花牆，你打算啥時砌完！」那個叫二伢子的後生也不示弱：「你少管我，看不得別人拉屎尿尿的空檔。你也不抽了九鍋煙袋，才來的嗎？」老者又說道：「我做的是雕樑畫柱的細活，精神提不上來，要鑿出的花紋不細密，繪上的油彩不光豔亮麗，你能擔當得起嗎？」「呸！你少拿這些來壓我，我砌的花牆，要是走了線，歪了或不均勻得當。那誰來負責？何況假如砌得不正，要是倒了砸著總督府裡的哪位小姐，更是人命關天。即使不倒，如果花牆上的縷眼大小不勻，怕也是治罪的。」

二伢子又語帶譏諷的說道：「你的那手活再絕，也絕不過李大人的眼力。沒吃過豬肉，難道連豬叫也沒聽過嗎？你雖說年紀大一點，這一點還不知嗎？你耳不聾眼不花，沒見過還沒聽過李大人的為人嗎？他每次收納上貢的物品哪樣不仔細查看。就普通的銀元也要放在嘴上啃咬幾下，彈一彈，再吹一吹，後放在耳邊聽一聽。」

老者又說道：「好你個二伢子，找死呢！要是外人聽見，告到李大人哪裡，恐怕沒你的小小狗命了！」二伢子沒等老者把話說完，搶著又說道：「我才不怕呢，街論巷議到處都傳。要想人不知，除非己莫為，就這所宅子哪樣工料，不是各州送來的，車馬都排上了長隊，你見過哪輛是總督府的？」正是這樣，閒言碎語不留神，沒想到隔牆有耳的正是李侍堯和他的隨從們。李侍堯臉上紅一陣，白一陣，心裡如打翻了五味瓶，幸好侍衛校尉都遠離身後，對著李大人的闊府指指點點，從表情上看，自然都是稱羡不已的話。

李侍堯雙掌猛推楠木製的雙扇虎口門，提步跨入。裡面聲音戛然而止，轉過廊亭，順著剛才的聲音邁進一個院子，原來這個院子尚未修葺完畢。一截花牆正在砌壘，那大廳旁的立柱，也還有幾根沒有漆上彩，雕刻花紋。

李侍堯斷喝一聲：「剛才是誰亂咬本府的舌根，出來答話！」不多時，剛才還在大聲嚷嚷的一老一少哆嗦著顫抖的身子，心想這次必死無疑了，親耳聽見的李大人能寬恕我們倆嗎？心發慌，腿發軟，躬身下跪，連連應聲求饒：「小民該死，小民該死，望大人暫且息怒，海涵我們二位，留我們一條活命！只要留我們一條活命，割耳、割舌、挖眼，小民在所不辭，望大人寬恕我們吧！」說著叩頭不止，腦門碰磕著青灰色的方磚，直至鮮血順著腦門流經面頰，涕、血、淚三液交加。

李侍堯圓睜三角眼，兩道陰森森、冷淡淡的寒光在這一老一小身上來回掃描幾遍。心道：「我素以清廉美名稱於朝上，只是看官場上下，一片烏煙瘴氣，阿諛奉承聲，讓我的耳朵都生了繭子。本大人只是忍耐不住，小有收賄，可是一沒給送賄人半點好處，也沒把沒有進賄的人怎麼樣。周瑜打黃蓋，願打願挨，願送願收。從未強行欺壓小官和百姓，唉！真辱我一世英名。李侍堯啊，李侍堯。既負聖上，亦負百姓，連這兩位泥水匠也私下這樣議論本官，講得有鼻有眼，神乎其神，看來我李侍堯的聲名真夠臭的了。」

平靜了一回李侍堯大聲道：「你們私下貶損本官，本應治罪，念你們知錯即改，且饒了你們倆，留住口聲，幹自己未完成的活最緊要，像你們倆這樣抽煙、睡覺，何時能建好我李府啊！」那一老一少，連忙叩頭謝恩，信誓旦旦地道：「李大人您乃是我們的救命恩人，小民做牛做馬也要報答您的不殺之情，寬饒我們，我們累死也無怨言。從今以後，再也不聽信謠言，以訛傳訛。」兩人顧不得抹去臉上的血污和灰垢，爬起來各自幹活，現在李侍堯饒恕他們，他們感激不盡，幹活更加起勁了。

李侍堯看著他們倆悔心意切，臉上微微鬆了鬆皮肉。又說道：「二伢，你過來，本官有話問你。」二伢趕轉過身又要下跪。李侍堯應聲說道：「免禮，站著說話。」二伢吸了吸鼻涕，兩手垂立，心慌驚恐。李侍堯道：「你說街頭巷口都在議論本官貪污受賄，有這事嗎？」二伢淚汪大眼忽閃了兩下，望著繃著臉的李侍堯，一時不知所措，更不知怎麼回答。李侍堯又冷冷地說道：「實話實說。」二伢沉吟低聲道：「確有此事，前天，小民在杏花村茶莊吃茶，聽別人說的。還有人說，朝中已派欽大臣要來查辦你老人家的事。而且欽差大臣的來頭也不小。」

李侍堯不禁一怔，倒吸口涼氣後，打斷了二伢沒講完的話便說道：「你說的別人，看長相可是本地人？」二伢哭喪著臉，茫然地想了半天：「稟大人，長相小民倒不曾細心觀察過，聽口音可是官話味十足，對了，此人出手也挺大方，一碗茶足足給了半兩重的紋銀。」李侍堯心中一冷，暗自歎道：「難道萬歲爺派了欽差大臣來查核我，軍機大臣阿桂？不對，他現在還在督修海塘。福康安？他尚在兩廣任總督，該不會是和珅這老賊種？萬歲爺怎可能讓他來受這趟苦差呢？那傢伙也是見巧就上，見難就躲的人，養尊處優慣了，活像刮了毛的豬。再說，萬歲爺哪會捨得他離開京城。」

李侍堯反覆思量，十五隻水桶打水七上八下，忐忑不安。瘦削的硬臉繃得幾乎看不見皺紋，一雙三角眼內的兩顆黑豆，緊縮成二絲細線，閃著幽幽的火苗，心道：這班大臣也不給個信兒，別人不來信，軍機大臣阿桂要得知音信定會要來的，軍機處王杰王大人也會來的。也許樹倒猴猻散，牆倒萬人推。又怨我在朝廷時太猖狂了，得罪和珅不說，言語舉止間也可能得罪其他大臣。「唉！」想到這李侍堯長歎一聲，忽又想起自己的新宅。臉色又變得鐵青道：「怎不見趙總管來？」二伢囁嚅一下，木頭似的呆立著身子也鬆懈下來低聲喃道：「小民確實不知，只是趙總管心情不太好，大人您老人家也知道的。前幾天催得緊，還動了鞭子，今日半晌不見他來，猜測他可能把心撲到那樁人命案上去了。所以，小民才和那賀老頭斗膽休息了半刻，不想，一時懶散，過了時辰，困過來剛醒，就議論起外世人講大人您的事，就嚼起了舌根。」

李侍堯靜聽著，眼睛閃著鐵灰色的銀光，陰沉地道：「你去做事吧。」二伢道了聲謝大人之類的話，埋頭仔細地砌他的花牆。聽得李侍堯遠去的腳步聲，才敢停下手中的活，扯起衣袖揩了揩臉上的血水，長長地噓了一口氣，斜眼瞟了賀老頭，見那賀老頭，也正從立柱的後面，鬍子吹得翹了一翹，惡狠狠的瞪著自己，看他鋥亮的腦門上也血肉模糊，心中一酸，眼圈一紅，掉下兩粒淚水。道：「賀老伯，都怪我不好，惹了大禍，連您也跟著受委屈了，遭受不應該遭的罪了。」賀老頭把臉一扭，立柱後飄來一聲：「幹好你手中的活吧，誰讓我們是小民呢？」二伢又說：「李大人真的沒幾天好日子了，皇上派的欽差大臣，快要到了，一到這李大人的腦袋也就要歪了，還聽說，那個欽差大臣是李大人以前在朝廷中得罪過的，這樣，人家哪裡肯放過他呢！」賀老頭害怕李大人再聽到，那可就沒命了，就讓二伢住口。二伢還挺聽話的，趕忙住口。

李侍堯步履沉重地邁出新宅的門檻，左右將校，蜂擁上來。也沒看看李大人的臉色，就七嘴八舌擁上來捧場，道賀聲不斷。有的說：「地勢好，占了偌大的昆明城的中樞位置。」有的說：「氣宇軒昂，在整個昆明城拔了尖的。」有的說：「自娘胎下來也沒見過這麼雄偉壯觀的府宅，也只有像大人您這文武雙全，功高蓋世的封疆大吏去住才能匹配。」眾人七嘴八舌一片奉承。結果呢？李侍堯大怒一聲：「都給我閉上烏鴉嘴！一群混帳的東西。」然後彎著腰，提著紫蟒袍的前襟，進了轎子，掀開轎旁緋紅的紗窗，對一個校官說：「速命趙總管到府中見我！」那校官不敢怠慢，應了一聲牽過一匹棗紅大高馬，翻鞍上蹬，揚鞭而去。

眾人面面相覷，丈二和尚摸不著頭腦。一時抬轎的抬轎，舉大牌的舉大牌，鑼聲一響。大轎內的李侍堯的心情就像這鑼聲，一時平靜、一時煩躁。李侍堯隔著轎前那繡著團旋錦花的捲簾，隱隱綽綽地瞅著街上，看到遠處的行人又像來時一樣東躲西藏，亂作一團，心中十分感慨。

想想自己初任雲貴總督時，平息戰亂，救民於水火，整頓社會秩序，保邊疆無慮。包括緬甸諸國也納貢朝廷，年年來朝，歲歲朝貢。有多少……悉陳聖上。數也數不清楚的，在我上任以後，那些相擁爭奪地盤的各土司之間也都化干戈爲玉帛，各少數民族的頭人，對自己敬畏有加。不到幾年，把這邊陲之地治理得井井有條，一片生機。官不擾民，民不驚官。想著想著就把頭靠在轎的軟背上迷糊著了，李侍堯哪裡是困了而睡覺的，只因爲他想了以前的事，傷心而又悲痛的含淚沉思去了。

「卑職叩見老爺！」聲音若遊絲，直入李侍堯的耳膜，李侍堯睜睛一看，大轎已到官府，捲簾已被下人挑起。李侍堯下了轎，低頭見管家趙一恒跪在眼前，沒好氣地道：「你到哪裡去了？是不是去滿芳院玩妓去了？」趙一恒啞著嗓子道：「卑職哪敢去哪個地方？卑職到膳房安排查驗，順便問個帳！裡面的大師傅讓我喝盅酒，卑職想，卑職從來不私下到膳房多吃額外的份，終究經不住大師傅的央勸，多喝了兩杯。」李侍堯道：「那你不就是多吃了額外的一份？你難道嫌本官對你薄氣，扣你糧餉不成？」「不，不！卑職絕沒有這個意思，卑職多喝兩杯，也是爲弟弟冤死悲傷。想起我那可憐的弟弟，自小由我帶大，後來，我兄弟二人都跟了大人，在您帳前聽令，不敢說有何戰功，但苦罪也沒少受。只是我弟生性不太檢點，多蒙大人恩德，才有在衙聽差的機會。可是，舊習不改，竟至命喪黃泉，撇下妻兒不說，也撇下大人了啊！」說著趙一恒竟伏地大哭起來。

李侍堯何等聰明，當即聽出了語含不滿，腳跺地一聲喝道：「亂嚎喪個啥？我不知你心中悲情嗎？我把兇手交給東川府去定罪不一樣嗎？」趙一恒眼巴巴地望著李侍堯，由於適才情緒激動，漲紅了臉，沁出一層細汗，覺得李侍堯說得有道理。但又想著畢竟是自己親弟弟的死，不聞不問，畢竟太不講手足之情。李侍堯見他不吭聲，道：「起來吧。」李侍堯聞到他渾身的酒氣逼人，斜眼瞪直，突然發問：「你因一時心情不爽，就要懈怠本官不成？」接著一抖手中的官袖，氣哼哼地邁進總督府。

把那後背透涼的趙一恒，扔在那兒。怔怔地站了一會兒，趙一恒心裡明白此時再跟去，李侍堯不會饒了他的，只能是火上澆油，輕則罵你個狗血噴頭，重則打上二十大板也是有可能的。想了想還是先去新府地吧，只得將滿腹的苦痛吞咽下去，揉了揉紅腫的雙眼，招呼幾個手下慢慢地離去。

望遠處高聳的山峰，和珅不禁感歎，雲南也無怪是亂世紛爭之地。一座座木製的閣樓，遠陳在飄渺的白雲之中，若隱若現，無論佔據哪山隘，攔上柵欄，堆上滾木擂石，建成大山寨，都能鉗制官道。「喜甚此時，四海開平，邊疆平定，如若不然，一路艱辛不說，有道是尚有性命之憂。」想到這，和珅警覺地左右看了看，只有李護衛佩刀隨行，後面跟幾個兵丁，臉上多有倦容。前面大隊人馬是東川胡知府的人。

和珅暗想，一路上雖接了不少狀子，但多是告當地的貪官污吏，跟李侍堯還接不上趟。這些自然都好話勸慰一番，實際上，事過以後早就忘了腦後面去了。這還不知到了昆明情形如何，便呼過李護衛說：「李護衛，你的人已到昆明了嗎？」李護衛仰面爽口答道：「和大人儘管放心，他們早到昆明，下官也多有交代，專擇那人多熱鬧的茶館酒樓等地方去放出風聲，保管有人會遞狀子來的。」和珅滿意點頭，這個主意是和珅速戰速決的計畫，目的就是要儘快讓李侍堯伏法認罪。

斧劈似的峭壁，掛滿了青苔，綠得要擠出汁來。山風傳過一陣陣呼嘯聲，帶著哨音，在空蕩的山谷上久久幽鳴。滿山披翠，又夾雜野花，點綴得格外迷人，泛出絲絲春意。已漸漸升高的太陽散著柔和溫暖的光，輕輕地把路上行人的影子愈縮愈短。山林中的霧嵐已彌漫開來，不時有股股白霧順著山凹通到路上，浸潤了行人的衣衫。

奇怪的是有不少人，掩鼻閉口，連竄帶蹦越過那道道白霧。和珅心裡明白這裡夾雜瘴氣，足可使人致病，有時還染病而亡。和珅的八抬大轎，穿過長長的峭壁夾擁下的官道，眼前豁然開朗。平疇間，各種不知名的野花開滿了溝溝窪窪，五顏六色繽紛奪目。黃蜂花蝶也在翻飛嬉戲。官道旁的柳樹也隨風婆娑，像千手觀音任意撥弄。密密的枝葉過濾著五月的陽光，撒下斑斑一片雜亂無序的花紋。溫馨的花香混著泥土味兒，清新宜人，使人陶醉。

遠處忙於農活的人們已經挽起褲腿淌在泥濘地裡，趕著老牛，揚起長鞭在稀薄而又透明的空中發出清脆的響聲，鞭響聲，吆喝聲此起彼伏。

和珅注意到有不少人佇足而望，只因爲他們從來沒見過京城大官。這一路，風光旖旎，真可以說酒不醉人人自醉，景能迷人，人亦迷。和珅正在流連忘返之際，忽見前面，兵馬散於兩旁，和珅疑惑不解，李護衛氣吁吁地說：「雲貴總督李侍堯派督府張大勇千總前來迎接和大人。」和珅沉吟良久，看到張千總，此人生得鼻直口方，兩道臥蠶眉，似濃墨書的隸書體「一」字。手牽一匹黃驃馬，見了和珅官轎，忙將馬韁繩交與一名兵丁。過來參拜道：「雲貴總督李大人營中聽令的旗牌官特奉我家大人之命前來恭候欽差大臣。」

說罷躬身到底雙手按地，重重地磕了幾個響頭。和珅放下玉鼻壺，掀簾下轎道：「快快請起。」張千總道：「和大人至此，一路風餐露宿多有辛苦。」和珅心道，這個千總倒是口舌伶俐。然後道：「李大人身體一向可好！」張千總答道：「蒙聖上恩，我代我家大人謝和大人，祝和大人身體健朗。」和珅隨即道：「快去拜見刑部侍郎喀大人。」張千總應了一聲遂往後轎邁去。和珅招過李護衛，低聲吩咐道：「李侍堯葫蘆裡賣的是什麼藥？」李護衛連忙應聲道：「想必李大人已聞了風聲，內心膽怯，故遣人來探個虛實。和大人，我們不妨來個以靜制動，如何？」和珅眨了眨了眼睛道：「嗯，且看李侍堯如何掩飾了。」

正說間，只見前面東川胡知府，攜著一個形容畏葸之人，看那官服，似是七品通判。那通判見了和珅，也忙著過來問安。胡知府參見和珅禮畢，悄悄對和珅使了眼色，和珅柔軟的面孔閃過一些笑容道：「你官爲何職？」通判道：「卑職僅爲七品級的通判，叫素爾方阿。」和珅一聽道：「你是旗人？」

素爾方阿道：「祖上正紅旗。」和珅一聽面露喜色道：「想不到，我你原屬一個旗。」素爾方阿道：「小人哪裡能與和大人相比。小人早聞和大人才高八斗，下官哪裡能比得上大人您的？」和珅見他對自己甚是謙恭，面呈喜色道：「起來吧！」正說間，那通判素爾方阿遞過一個本子，會意和珅暫且收藏，和珅以目示意，心領神會，把那個奏摺收入袖內，心裡感到更踏實一些。便一行人往雲南府所在地昆明馳去。

莊應蓮沒有悲哀，沒有痛苦。她感到度過的每一時刻都可能成爲她生命中的最後時刻。她的腦海常常幻化成許多五彩斑斕的雲錦。她心上的阿哥正踏著雲錦向她走來。莊應蓮用手指梳好髮辮。鮮紅的雙頰削瘦了許多，那水汪汪而又明亮的大眼睛似乎是清水流盡的乾泉，眼光澀澀地發呆。正在沉思之際，忽聽牢房的鐵柵門「砰」的響動，金屬撞擊聲在空曠的監牢內久久振盪，莊應蓮遲疑地抬頭，望著閃進的人，戒備地扶牆而立。心道：我要就此完結了嗎？也許會化作一隻翩翩起舞的蝴蝶，憑著心靈的感應會尋找自己唯一親人阿哥的歸宿，時時留連在他的身邊，爲他祝福不止，直到生命又一輪迴。

正默念祈禱間，來人已奔至眼前。一陣寒風向她襲來。「阿妹！你受委屈了！」熟悉而又陌生的聲音在她耳邊響起。她驚顫起來，努力挪動站到這位官差面前，當她把全部注意力都集中起來時，她不由得退了兩步，手腕上的鐵鐐叮噹作響。「你，你是……！」莊應蓮欲言又止。鼻歙一酸，杏仁眼上蒙上一層雨霧，來人正是她日思夜盼的阿哥，現爲東川府捕快的莊嘯天。莊嘯天怔怔地打量眼前的阿妹，幾日的牢獄折磨，並沒有消磨她俊美的輪廓。他驚喜交加，跨前一步道：「我是你阿哥呀！」邊說邊兩手一攤。莊應蓮望著這張熟悉的面孔，聽著這熟悉的聲音，一聲驚叫，撲進莊嘯天的懷裡。莊嘯天緊緊摟著對方，一邊用通通跳著的心臟回應緊貼胸前的另一顆通通的跳著的心臟。

莊嘯天扳著莊應蓮的雙肩，借著射進牢門的一縷淡淡的陽光仔細諦視著莊應蓮，那略高而直的鼻樑，清澈如泉的雙眸，長圓圓的臉型，稍稍尖削的下頦，這一切依然保留在她的臉上。那補丁加補丁的破舊的衣服裡，還是那個柔軟溫潤的軀體，只是明顯的瘦多了。莊應蓮死死抱住莊嘯天，經過痛苦的洗禮，她是多麼需要一個安慰呀。她日思夜盼的心上人，陡地出現在面前，叫她又怎能不放聲大哭呢。她哭得很慘，最後只是抽泣，身子不停地顫動。是啊，在阿哥出現之前，誰又能爲她分擔痛苦呢。她嬌美的體內盛著多少痛苦、委屈、冤枉。

人生不幸的重擔，在短短幾天內，她都受下來。她只是放情地哭個不止，淚水似串串珍珠打濕了莊嘯天的胸襟。此時，兄妹倆都沒有更多的話，通過顫顫的抖動，雙方都感到彼此達到心靈的交流。莊嘯天騰出一隻手撫摸小妹的髮鬢，心裡默念，老父被委屈死了，我一定要救出小妹，然後棄官回家。

當雙方都平靜下來時，莊應蓮慘然地對莊嘯天道：「阿哥，小妹死無所求，只想死前想讓阿哥代小妹到爹的墳上拜上一拜，略表女兒的一點孝心，告訴爹爹他慘痛離去，罪在女兒身上，女兒今生不能報答爹爹的撫育之恩，唯有來世當牛作馬定做報答，替小妹祈禱懇求他老人家慢一步，稍稍等待女兒，好讓女兒在那陰間地府尋個準確，如若不然，鬼魂難容罪孽之人，陰風慘慘，叫聲好讓女兒害怕……。」說著又是一陣哽咽、啜泣。莊應蓮的聲聲訴說好似萬把尖刀紮在莊嘯天的心上。莊嘯天雙手抖動，他收回目光注視著小妹驚恐而又堅毅的眼神，注視她那蒼白的臉色，使莊嘯天的眼淚流下來了，順著自己的臉頰流到小妹的眉梢上。

他的意識全部逃走了，他空白的腦海再也控制不住自己，他低下頭，拚命吻著小妹的眉梢眼角的淚珠。他後悔，後悔當初不該不聽老父的話，他忘不了，在他離家前，小妹幽怨的目光，那目光中含有多少期待，多少希冀，那目光中，稍縱即逝的火花，閃耀的是一種少女湧動的情思，是少女極需要安慰、渴望雨露澆灑的令人震顫的心靈。他只能補償，他把小妹抱得更緊，他感覺到她的顫抖，感覺到她的呻吟，同時又感覺到她的體溫在回升，他吻著她豐滿柔軟的嘴唇，同時他活躍的舌條也自然伸進她的嘴裡，並且用一手緊緊抓住她飽滿而結實的乳房，他聽不見她的呻吟，他感覺到她的感覺。他只是想把她抱緊，想他的澎湃激情溶化在這最後的生命交融中。

應蓮也忘我投入，她知道，這是她鮮活生命的最後迸發。她渴望的心上人終於給了她一股生命的甘泉，終於補償了她生命中的缺憾。她，將死之人又有什麼遺憾的呢？她閉著眼睛任由阿哥撫弄著她的軀體。她十六歲的花兒正含苞欲放，她忘情地投入到阿哥的心靈交融中，如癡如醉！

「莊班頭，時間到了！」一個女獄役的聲音傳進監室內。倒讓應蓮猛地抽身，退後幾步。「阿哥，你走吧，待行刑之後，把我安葬在爹爹的墓前，也能讓小妹早晚侍候他老人家，小妹也知足了。」莊應蓮又是悲傷地說道。莊嘯天惕怔一會兒，深情地對應蓮道：「阿妹，我一定要救你回家，繼續開起我們的小客店，我走以後，我托莊鄰代爲照看。朗朗乾坤，豈無我兄妹說理之處，存身之所？你等著。」說著莊嘯天超前一步，按住小妹的雙肩又道：「我已具了一狀，遞至胡知府，胡大人已經收下，因近日有京城的欽差大臣到此，聞說是辦理雲貴總督李侍堯的案子，我想，也許是天賜良機，或許求生有望，小妹切不可過度悲傷，有阿哥在，你只管放心，安心調養身體，靜等我的回音。」

一折身，莊嘯天緊按佩刀，跨出獄房鐵門，對獄役說：「好生照看我家小妹，給你十兩紋銀，替我家小妹添置被褥衣裳，日後多補你的辛苦費用，我這就趕赴昆明，找胡知府申訴。」女獄役道：「班頭，只管前去，我會照顧你這可憐的小妹的，那個千刀萬剮的趙化實在是罪該萬死，方圓百十里，誰不曉得那個賊人，放著家裡的，看著外屋的，活脫脫的一個大淫賊。這話，先前誰敢說，這會他就是仗著主子，怕也是死定了。」莊嘯天哪有功夫聽她絮叨，回頭望望倚在門邊的小妹，大踏步跨出了監牢，留下一串急促的腳步聲，久久地在空曠的牢室內迴盪……

昆明城內熱鬧起來，街頭巷尾，酒樓茶館都在議論一件事。那就是雲貴總督李侍堯這下栽了個大跟頭。平日李大人的官轎誰見了誰避。但今天就不一樣了，遠遠地望著總督府的大轎，嘴裡都私下議論，有人說：「李大人對咱昆明人也沒虧待過，西寺街的惡霸劉大興不就是被李大人給斬了嗎？」有的接嘴說：「那是以前剛到任的那會兒，誰也沒說過李大人剛到那會兒不好，只是近半年來，他的家人都抖起來，他家的雜役，不就是燒飯的大肥，前日在二南集上，硬提拎走十幾條鮮活的大鯉魚，一個子也沒給，這不都是仗著李大人的嗎？」

有的說：「那是他手下人，興許李大人對這事也不知一二呢？是背著李大人幹的，也許李大人給了他們紋銀，他們仗著李大人的勢幹的，這樣這些雜役撈了一把，還沒有什麼風險，到頭來惡善都擱在李大人的頭上。難道你們沒聽說，半個月前，李大人在東門外放火燒了一大堆從外幫那兒偷運來的煙土，足有幾十斤重，要是換了旁人，還不私下裡獨吞了，你們沒聽說過那玩意兒的厲害。」有的說：「你們沒見過李大人新修的宅子，光是木料就都是上等楠木，爲了擴地，不是把整面街都拆了。」

眾人雜說紛紛時，李侍堯的官轎也在閒言碎語聲中晃悠悠地走過。鑼聲緊一陣，慢一陣，像喪鐘似的，敲在人的心坎上。李侍堯面沉似水，精瘦的臉上籠上一層灰色，兩隻小眼睛透過轎簾的角射出兩道精光。

他盤算著，以他的精明，不會有什麼差錯。政績有口皆碑，想自己一心爲著大清的江山，整頓邊陲，也可謂殫精竭慮。上無愧於君，下無愧於民。一個月前，緬甸大王前來進貢的九枝碧玉珊瑚樹，玲瓏剔透，熠熠生輝，自己也沒敢多裝腰包，還是按大清的規律精心包裝，派專人送往京城，交予乾隆皇帝。怎麼好端端地派個欽差大臣要我接旨呢？想是彈劾我，收受賄賂，巧取豪奪。朝庭上下，哪個官府不貪不占，難道是我李侍堯一人嗎？想到此，不由得憤恨起來，收回兩目精光，用手捋了捋頷下的鬍鬚。

正想著心事，忽聽簾外一陣急促的馬蹄聲，有人高聲稟道：「回大人，末將張成宇有要事回稟。」李侍堯從大轎內款步走出，見張成宇滿臉油汗，李侍堯道：「有要事起來說嗎！」張成宇道了「謝大人！」站了起來說：「稟大人，欽差大臣，不是旁人，正是李大人您想到的那個奸臣——和珅，屬下現已安置他們住在豪遠客棧。隨來的還有刑部侍朗喀凝，奉旨查辦，屬下還見東川府胡大人一路上和他們交往甚密，談笑自如，全然不像先前對小人有恭敬之處，但小人只看在眼裡，記在心裡，絲毫沒有露出破綻。小人估算他們此行，正與大人有關，具體詳情，小人也不知，還望大人，前去接旨。」

李侍堯不聽則罷，一聽倒吸口涼氣，心裡想果真是和珅這個傢伙，此人平素最小肚雞腸嫉妒心特別的重，以前有得罪之處，現在這如何是好？此時，又有兩匹快馬奔至轎前。高聲道：「請雲貴總督李侍堯速去豪遠客棧接旨！」李侍堯此時那敢怠慢，思緒亂作一團，他堅信屬下不會置他於死地，何況這不是京城，在我雲南府地，諒他和珅也不能怎樣。只要來個死不認招，和珅也不能動我的大刑。天要下雨，娘要嫁人隨他去吧。

雨後的昆明，空氣清新，和風宜人。青磚鋪的街面泛著閃爍不定的陽光遠遠逼人。清脆的馬啼聲在空曠的街面上傳得很遠，行人都屏住呼吸，彷彿要拒絕這清涼的空氣進入人的體內，顯得極不合時宜。李侍堯剛到豪遠客棧，正拾級而上時，裡面就有人尖著嗓子道：「李侍堯接旨，和珅奉詔下旨，李侍堯跪聽。」嚇得李侍堯渾身哆嗦，隨即雙膝跪倒在臺階上，只稱：「臣李侍堯靜聽聖旨。」和珅故意頓了頓，乾咳幾聲，清了清嗓子，聲音宏亮道：「皇上詔曰，茲有原貴州……茲命欽差大臣和珅，刑部侍郎喀凝，奉旨查辦雲貴總督李侍堯貪縱營私，若即革職查辦，欽此。」李侍堯好似一桶涼水從頭澆到腳，顫聲道：「臣接旨。」緘默不語。

和珅知道李侍堯的脾性，宣完旨，走下臺階，雙手扶起李侍堯。同時，也以目光止住上來摘李侍堯頂戴花翎的李護衛。李侍堯仇恨的看著和珅，這個小賊種是不及四十歲的中年人，白皙的面孔略顯寬了些，一雙眉毛平順柔和，隱隱間透過一種鄙夷之氣。嘴角往下撇開，卻也滿含笑意，彷彿隨時都在向人表示自己的輕蔑和得意。突然李侍堯又冒了一句：「罪臣李侍堯恭請聖安。」當即又行三跪九叩禮。和珅虛情假意地說道：「哎，李大人別來無恙？」李侍堯淡淡地說：「和大人一路可好？但看起來似比上次體面壯實多了。」邊說邊習慣地理了理八蟒五爪袍子，正了正翠生生的珊瑚頂，雖已年過花甲，但行步依然是一派糾糾武將氣概。

和珅心裡有些不舒坦，笑道：「李大人暫且回府安歇。明日借用公堂，公事公辦，你我都是官場中人，家不敘常禮，還望大人海涵，細心等待。」李侍堯見過喀凝，轉身對和珅道：「我本想進京請罪，不想聖旨倒先來了，叫我如何親自面見聖上說話呢！」和珅笑道：「李大人過慮了，倘若海寧是奸佞之人，想以此加官進爵，在皇上面前邀功也是有的，我以爲李大人向來清恭廉潔。我只是奉旨查辦，還望大人多多配合才是。」李侍堯拱手道：「和大人、喀大人，昆明離京千里迢迢，行過千山萬水，一路艱辛，和大人您不妨多歇幾日，觀賞昆明美景，也爲昆明留下些真正的文人墨筆。」和珅道：「不勞李大人煩心了！暫且回府吧。」說著執手相送。

李侍堯還想再說些什麼，只是感到嗓音嘶啞哽咽，但還是說道：「罪臣明日定交付總督大印。」心存萬分遺憾，而又頗爲悲傷，彎腰打了躬。和珅迫不急待地準備進屋謀劃對策，緊接說道：「明日見！」說著自顧往客棧裡走。沒進客棧，耳邊只聽些李侍堯與喀凝的嘮叨不止，心中不由得意萬分。心道：「李侍堯，老傢伙你也有今天。」想到今天他那個狗樣，差點哭出聲來，忙掩袖用以掩飾。想著想著大踏步已走進客棧。這時心中又生一惡計，忙對跟在身後的李護衛道：「我見這昆明蠻女倒也沒有什麼出名的，你能不能去找幾個唱小曲的，今日去大明湖遊覽一番，也是借此麻痹那姓李的！」李護衛連忙應道：「小人這就去辦，聽說迎春酒樓倒有幾位可以的。」和珅一聽打斷了李護衛的話道：「那你快去辦。」李護衛心領神會，飄然而出，馬靴踩在石板上咚咚作響。

和珅雙手按膝端坐在茶几旁，呷了一口香茶，仔細想想李侍堯的一案到底有何不妥之處。但實際上，可以肯定地說，到目前爲止進展尙算順利。今天真過癮，差點把李侍堯的老淚都逼出來了。想著，又從桌上拿起幾張狀子仔細瞅起來。不一會兒，喀凝走進來了，和珅抬頭譏諷地說道：「想不到，喀大人與李侍堯關係非同尋常。」喀凝苦笑道：「你老兄就別再耍玩笑了。」喀凝臉色陰沉，語氣沉重，復又坦然歎息道：「和大人，以我之見，不如今日就除去李侍堯的官帽朝服，我們就地審訓，案子一結我們也好回京復命。」和珅默笑不語。

乳白色的雲霧繚繞在鋪著青瓦的總督府屋頂上，梳洗著縷縷陽光。此時，陽光不是很強烈，縷縷輕風送過溫馨的芳香，也吹送鸝鵡清脆的叫聲。

可是對於一個真正苦惱的人，愈是悅耳的聲音，愈是悅目的景色，便覺得愈是刺痛他的心。總覺得周圍的一切都在找自己的彆扭。這一切使他覺得在野草裡的小昆蟲的「吱、吱」聲也在嘲弄他，昔日的威風不復存在，只落個任人踐踏的境地。他恨那個奸詐的海寧，他恨過去那些一見到他都拍馬溜鬚之輩，不是他們主動投懷送抱，不是他們曾經把世上一切高雅的詞都疊加到自己的頭上嗎？一開始他也不會立刻感到愉快。可是，當他已經習慣了的時候，他的思想就這樣變壞了。當那一班大小官員在他面前，那麼局促，那麼尷尬，那麼小心謹慎時，他怎麼不感到自己的力量呢？一個人看到自己的力量威懾了自己周圍的一切事物，那是何等令人興奮的……

李侍堯就是懷著這樣的心情在房間，左手撚著鬍鬚，右手握著一杯茶水，來回地踱著步，陷入稀裡糊塗的沉思中。連管家趙一恒什麼時候在他身後站著也不知道。困獸般的李侍堯左思右想，決不能栽在和珅這個奸賊的手裡。他不知道到底有多少證據落在老賊手裡，但看他今天一會兒紅臉，一會白臉，約摸還沒有什麼把柄。想到這心情稍微平坦了一些。酸脹的雙腿無力地倒進太師椅，疲憊地閉上眼睛。

此時，連管家趙一恒也不知所措，怎樣對待自己的主子呢，眼前的情形也讓他感到一股冷氣竄上脊背。歎了口氣說：「老爺，新府工地的石料馬上就要告罄，近日也不見下面的人送料，幾乎沒動靜，這幫沒心沒肺的奴才不知又被誰控制了，真是忘恩負義。」李侍堯打斷趙總管的話，接過去道：

「不要再說了，新府停止修造。」已經略顯平穩的李侍堯又道：「給足他們的工錢，也許，新宅我永遠沒有福氣住上了。還有你弟弟的事，東川府有什麼音訊嗎？」趙一恒一聽說自己死去的弟弟，想起自己與弟弟的手足之情，好像是受點感動似的，哽咽了一下說：「老爺寬心靜養才是，感謝老爺的惦念和慮顧。」

李侍堯道：「其實你是在恨我啊，我知道你弟弟的爲人，難道你能不知道，我不能爲我的聽差當家作主，純屬是事出有因。這一點你也不必太放在心上。你是跟我征戰多年的値得珍惜的人，你應知道，我現在的處境，不是我不願去辦這件事，如果我辦了，事情鬧大了，我你都不能承受這股壓力。輕則奪官失職，重則自身和家人性命都不能保，所以又怎好在風緊之時，爲你撐腰。」趙一恒聽到李侍堯這番肺腑之言，心裡無限感激，雙膝一跪道：「大人待我兄弟恩重如山，即使我兄弟肝腦塗地，也在所不辭，請大人放心，囑小人的事小人一定把緊風口。」

正說間，家人來報說：「夫人讓大人回內房去。」李侍堯無力撐起身子，又對趙一恒說：「你下去吧，新府宅地，就此停工，府內賬務抓緊盤查，不要露出任何破綻。」說完，前往後庭內房去了。

李侍堯心事重重，無精打彩的情形早被他的夫人看在眼裡，疼在心上。這日聽丫環說大人前往豪遠客棧迎接欽差大臣，心中著急，久不見李侍堯回來，更是沒底。急忙派侍衛前去打聽，一聽和珅已到昆明，李侍堯被罷了官。李夫人恨那和珅，心疼自己的男人，不由暗自落淚。見李侍堯垂頭走進屋來，急忙上前扶住李侍堯道：「大人，事怎麼樣了？」李侍堯望著眼淚汪汪的夫人，雙手扶住道：「夫人受驚了，想那海寧奸佞，在乾隆皇帝面前奏了我一本，說我貪縱營私。偏偏皇上派了個死對頭和珅前來審訓，我恐怕這下是凶多吉少。」

望著風韻猶存的夫人，想想當初娶她時嬌俏的模樣，湧起一陣愛憐。又道：「夫人也不必多慮，事已如此，只好聽天由命。」李夫人悲咽地說道：「從廣西到京城以後，我就勸你卸任養老，官場兇險，你這直性的人能長時間待下去嗎？我不懷疑你對皇上的忠誠，可皇上又處在一個什麼樣的環境中，你為人從不謹慎小心，言語不忌，朝中又沒有多少像……」「夫人不要再說了。」李侍堯望著患難的愛妻，心中似乎有點後悔。「現在還是多想想辦法。」李夫人抹去眼淚道：「辦法我也想了，和珅最喜歡錢財，我們送他些無價寶物，或許能塞過去。」

李侍堯道：「送什麼呢？金錢器物，再咬我行賄欽差大臣，豈不罪加一等？」李夫人道：「哪有貓不貪腥的，再說只是試探，我已備好玉珊瑚兩枝，就是貢品所剩的。」李侍堯感激地說道：「夫人說的是，叫張千總送去，他說話辦事利索，夫人歇息去吧！這事由我來安排。」李夫人歎息道：「我又如何能安睡得下呢？」李侍堯道：「謀事在人，成事在天，請夫人不必多慮，即使被罷官免職……」李夫人沒等李侍堯把話說完趕忙用手捂住李侍堯的嘴。「你怎麼說出不祥之話呢？你想，你要是倒了台，讓我們妻兒老小又如何安身。」說著又哽咽起來。

李侍堯用極緩的語氣說道：「愛妻，你先沉住氣……」說話間眼直直地看了看夫人的愁眉緊皺，頓時不知如何說才好，意亂如麻，焦憂不堪。在屋裡疾步繞行，走不數步，突然停住腳說道：「還有一事，那和珅對女人也極為敏感，是不是？」李夫人心領神會便應道：「要不就把我的隨身侍女翠紅送去。」李侍堯心一驚，暗想，雖說翠紅是李夫人侍女，但也是自己未得名份的小妾。別看翠紅年齡不大，僅十七、八歲，但生得有模有樣，杏臉白嫩，眼角含情，長長的睫毛一眨一眨，雲鬢蓬蓬，渾身透著機靈，尤其與她擁抱而睡，曲盡綢繆之際，妙不言傳。

想到這當即臉一沉道：「不必夫人多慮，就讓張千總到幾個妓院找幾位生得美貌的妓女去陪侍就是。俗話說得好，多一事不如少一事。倘若令家人前往必有許多不妥之處。」李夫人聽了雖說明白李侍堯的真實心情，但確因事關重大，不敢造次，便點頭應充，便一一吩咐家人去辦。不知不覺黃昏將至，一抹斜陽透過雕花牆上的紗紙散射進來，數股浮塵在房內翻滾。不一會兒，已是掌燈時分，李侍堯感到疲乏，望著燈下夫人正獨自緊蹙眉頭在沉思。隨手取下衣架上的大衣給夫人披上，李夫人渾身一顫，彷彿從沉思中清醒過來，強按著心頭的驚詫，用盡量顯得從容不迫的語氣道：「大人，你的臉色有些蒼白，儘早安歇吧！」說著起身走到李侍堯面前垂手侍立，李侍堯正想握住夫人的細皮嫩手時，正巧侍女翠紅從外間端著酒菜飄然而進，李侍堯目光掃一眼翠紅，正好翠紅的目光也瞥了過來，只是一碰立刻閃開了。

李侍堯笑著對夫人說：「夫人，你這幾日也多費心神了，讓膳房多添幾個菜，嘮叨、嘮叨也好打發各自心中的鬱悶……」李夫人看到正在擺弄飯桌上飯菜的翠紅說：「小紅，今日叫大師傅多弄幾個菜來，不，小紅，難得老爺今日高興，那膳房的大胖只會做溫火膳食，沒滋沒味，吃起來只覺得發膩。今日，你親自下房，給老爺作兩樣拿手好菜，讓老爺品嘗品嘗。」「是。」翠紅拾掇停當，對李侍堯和夫人又行了個禮，小聲說道：「不知老爺想吃點什麼？」她或許聽懂李夫人的意思，心裡甜美的連眼也不敢多看李侍堯一眼，那嬌癡嬌美的神情，李侍堯覺得可憐又可愛，可倒過頭來自己心中頓升一種慚愧，臉一紅說道：「素淡一點，葷菜只要一個，記得你的爆豬肝做得不壞，炒一盤。另外，上一大碗蓮籽渣仁甜湯，這湯是夫人最喜歡、最合口的。」翠紅其實知道這些東西，平時都經常吃，但見李侍堯面無表情，話語是又淡又平。翠紅又拿眼瞅了瞅夫人，見李夫人正緊抿著嘴想著她的心事。也不便再做言語，只是給夫人的茶杯又加些熱水，方才小心地轉身離去。

李夫人小心轉身推開手中的茶杯，臉色沉沉，推開窗戶。此時，外面的天已經暗下來。淡淡的夜空，已顯出幾顆星星。從高牆的夾縫裡射下來一條清澄澄的光。微微的西南風，不如白天的和順。

「嗖」溜溜一陣撲面而來的夜風讓李夫人不覺打了個冷顫。李夫人隨手緊披身上的大衣，此時頭腦已不再暈了，清新了許多。聽到李侍堯在身後打了一個呵欠，連忙關上窗戶。李侍堯道：「夫人，爲我取支筆，我想擬好書信準備送往阿桂老師那裡，讓他關照一下。」李夫人說：「和珅固然可惡，可是蒼蠅不盯無縫鴨蛋，那和珅怎麼就不敢動軍機大臣阿桂、劉相國他們？你的錯，犯就犯在你的脾氣任性，看到朝中大吏貪占，便心存癢癢。所以你不要去怨恨別人，更不要指望阿桂等人替你出氣。」

李夫人一席話說得有抑有揚、近情近理，李侍堯不停地點頭稱是，心裡不愧不恨，說道：「夫人說得透徹，我只能反省反省。」突然目光霍然一跳道：「夫人，我意已決，從實招來，問我我就說，看那和珅又能如何？」

且說和珅等人在昆明盤桓數日，並不動李侍堯，自顧遊山玩水。這日，乘坐遊船畫舫，遊覽一番大明湖，喀凝因年邁體弱，身子一時不適，沒有同遊，那和珅倒覺得撒開手腳，帶著李護衛找來幾個妓女在畫舫中尋歡作樂。自然，這些都是秘密進行的。一踏進湖堤但見長堤蜿蜒，方洲遠望形若芝英，又似雲朵，也似幾塊玉如意嵌在碧波之中，岸芷汀蘭，異花長滿兩岸。晴空下，泛舟湖中槳聲奏起波樂，小唱低婉纏綿。

和珅興奮，左抱右摟，透過舟上的小窗望著行速緩慢的畫船蕩開的一層層浪花。擊槳之處如同玉噴珠跳，晴雪夏霧一般一串串亮晶晶的水珠子灑落平滑如鏡的水面之上。和珅感歎道：「水清近芳，山靜則秀。不想蠻荒之地能有如此巧奪天工的自然美景，真是神奇！」話音未落，被擁在懷裡的昆明名妓賽珍珠嫣然一笑，輕啓朱唇，嬌滴滴說：「喲，大人只顧獨自陶醉，怎麼忘了奴婢？」說著把白嫩的長臂纏繞在和珅的脖子上，嗲聲嗲氣道：「大人興致如此高雅，是不是我風塵女子不知景美何處，不能撩大人眼神？」一邊扭動腰身，一邊挺起鼓鼓的胸脯朝和珅的身上頂去。

望著雪白脖頸下的一抹酥胸，被蔥綠的綢緞箍得緊繃繃的。和珅心醉神馳，說道：「哪裡？哪裡？我的心肝寶貝，我不僅在讚歎這美景，我更驚歎這西南之地也有像你這樣絕好的女子，好不叫我快活。」邊說邊心花怒放，手緊緊按在賽珍珠大大的奶子上不停地揉動，賽珍珠更是風擺柳腰，和珅不停拱著賽珍珠大大的奶子，又說道：「我的小乖乖，今夜你定要讓我好好享受一番。」賽珍珠停止扭動，說道：「喲，和大人，你以前曾陪乾隆爺幾下江南，什麼女子沒見過，什麼樣女人味沒嘗過，還稀罕我這蠻女，說不定晚上你就又忘了。」和珅腆著臉道：「你看看，我是那樣人嗎？最憐愛天下美少女的人要數我。」說著抓住賽珍珠的一雙纖纖玉手道：「像你這樣絕色美女，我平生倒真不多見，就是南國蘇杭美人也不及你的十分之一。」賽珍珠「嗤」的一笑說道：「大人真會說話。」說著倒在和珅懷裡，任由和珅去撫弄，臉頰上的紅影久久不散。真是個「玉軟溫香抱滿懷」。這時，另外幾個妓女一陣嬌滴滴的嘰喳聲向和珅擁來，惹得和珅陣陣淫笑。

雨後的大明湖分外耀眼，好像被風吹散的雲霧誇耀自己的威力，把全部的光輝毫不保留地傾瀉下來，使茫茫的大明湖變成亮晶晶的一片。上下天光，一碧萬頃，遠遠一望，可以清楚看見幾十里外的巒光雲影。遠望起伏的山嶺，有的蒼黛如墨，有的純白一體，有的像被誰塗上幾筆淡淡的藍色。近望湖岸，一簇簇垂楊柳，掛滿剪刀裁過似的綠葉，隨風飄灑。

舟中開窗八扇，風從四面而入，縱然是在炎熱的暑天夏日，又如同秋天那樣涼爽，何況這又是四季如春的春城呢？一至其境，令人神怡心曠，實在是仙人之都。和珅在舟中不停地和眾多美女打情罵俏，把幾位絕色美女弄得前後俯仰，好不快活。船上正飛翔著幾隻紅嘴鷗，啼鳴不止，有幾分膽大的竟落在船頭對著淫笑不停的一群人轉動晶亮的眼睛，來回巡視。早有隨行侍女把這一景致告訴和珅，和珅忙正了衣冠，拉住賽珍珠的玉手踱出艙來，賽珍珠掰著幾塊糕點，灑向紅嘴鷗，哪知紅嘴鷗受這一驚嚇，便展翅盤旋而上，賽珍珠依偎著和珅，挪動三寸金蓮，步到船邊，漲紅的臉對著亮晶的水面，欣賞自己俊俏的杏眼。和珅也坐在一旁，細細打量她耳根處的白皙皮膚上的細細絨毛，賽珍珠捋起長袖，攪動湖水又撕碎了自己與和珅的嘴臉，在她的手腕處擴展開一環接一環的漣漪。和珅捏了一把她粉紅色的胳膊，抱起她返回艙中。

李護衛帶著一群兵丁在大明湖岸來回巡視，他心中著急，此地不比京城。不想大人有如此雅興，竟不問政事，把聖旨一讀，就能解決李侍堯嗎？但無論如何，他也被眼前美景所吸引，船艙中嬌聲婉轉，如絲如線，隨風送入耳內，李護衛按緊腰刀，心中癢得難耐，便對其中一兵丁說：「去弄點酒來，叫弟兄們也吃點酒，大家一路都很辛苦！」一兵丁應聲而去。

沒等酒弄來，那湖中的畫舫已行至旁邊，李護衛等一幫兵丁立在岸邊恭候。和珅由幾位妓女前呼後擁，腮紅微醉，步履搖晃，踏上岸來。忽聽一陣鑾玲急響，只見馬後跟著胡知府的大轎。和珅一見感覺一爽，臉上露出微笑，但一見胡知府面色沉重，不知又出什麼事了，笑容頓斂。

胡知府上前打恭道：「和大人游幸如何？」和珅卻不理會，把他拉到一邊，輕聲道：「我認爲你是妥當之人，當初商定的計畫有沒有突破？」胡知府又道：「和大人有所不知，屬下已查了李侍堯的下人，無奈他們口風都很緊，實在無從下手，李侍堯雖說閉門待罪，但整個總督府還是他一人維持。」和珅暗暗的驚道：「那其他方面如何？」胡知府又道：「據我所知，李侍堯對邊關的鹽務政策尚有疏漏，有隙可乘，大人請想，鹽務向來由官府壟斷，一統天下，可李侍堯的人卻也參與其中的一部分，私下販運屯聚，以此斂錢。」

和珅生氣地說道：「蠢豬，這事與海寧的奏摺相距太遠。」胡知府連忙應道：「以我看來，軟的不行來硬的。要不多帶些兵丁，徹底圍住總督府，把他府地那兒全安上人，要讓宅裡外隔絕，讓李護衛先去把他那裡的侍衛領班找出來，問問他們遵不遵旨，如果不遵旨就查辦。這麼做，只是多費些兒手腳，可是事情是正辦，既然聖旨已宣，先叫他手下人心分離，各自俱感不保，就是出點差錯，咱們也還有說話的餘地。」這番話讓和珅感到佩服，心想，這不起眼的知府卻有如此心計。和珅想來想去，心中依然不十分痛快，但相反地，倒覺得自己勝之不武，說道：「此法，顯得我等太沒有胸襟，不足以號召人心，仍不是一條好計。」

胡知府又說道：「那你自己去辦好了……」和珅大怒，憤憤地走到一邊，從口袋中掏出一枝銀剔牙杖剔著塞在齒縫裡的穢物。說道：「你想戲弄本官不成，到底有沒有更好的主意。我可聽海寧說過，你也有賄賂過李侍堯，你還想蒙我不成?別在我面前賣什麼關子!」胡知府驚道：「屬臣確實不敢，我願意充證人，只要大人你敢抓住李侍堯，我願對簿公堂，助大人一臂之力。」

和珅陰沉著說：「要是李侍堯不招呢，那個人連死都不怕，再說，對他用刑，也與大清律令不相符合呀?別賣關子了，你的第三計畫是什麼?」胡知府說道：「我有一個案中案，我手下的捕快莊嘯天遞給我一個狀子是替他的小妹鳴冤叫屈，我不想以此來攪亂大人的視線，因爲我見大人收到很多狀子，但似乎都不想究，因此就壓下來了，經捕快的一再催促懇求，今天上午就細看告狀，感到這裡似有文章可做。」

說著便從袖中掏出一本狀子，遞給了和珅。和珅就著黃昏的餘光，閱覽一遍，臉上頓時堆滿了笑容，口氣十分懇切地說道：「好你個胡知府，差點壞了我的大事，我現在要見見那個捕快。」胡知府奉迎著：「莊捕快就在這裡。」用手一指身旁提刀之人。

和珅瞇著眼，盯著莊嘯天說道：「你的狀子，本欽差給你做主了。」莊嘯天一聽連忙跪倒叩頭，說道：「和大人要爲小人伸冤做主，小妹確實屈枉，若能托大人相救，那麼大人對小民可算恩重如山！」和珅慢悠悠地道：「速去東川府，把你小妹帶來。」然後又轉過頭對一邊不言不語的胡知府道：「成敗在此一舉，回客棧！」一陣雜聲過後，偌大個大明湖頓時安靜了許多，猶如一處古刹深谷。幾隻青蛙跳進大明湖的「咕咚」聲傳來，打破那四周的寂靜，「嘰嘰」的小蟲叫聲伴隨著青蛙「哇哇」聲響起來了。

和珅回到客棧一見喀凝突然大笑道：「喀大人，你這是什麼身子？好酒好菜擺了一船，你不知享用，更有好女人陪耍，………嘿嘿妙不可言！」喀凝知道和珅一向狡猾，笑道：「這麼說，和大人不正是中了下懷嗎？免得老夫跟隨，恐怕礙手礙腳，要是鬧出個風流事來，我看你如何向尊夫人交代！」

別看和珅素來浪蕩慣了，但對結髮夫人卻情有獨鐘，笑道：「喀大人潔身自好，我放蕩慣了，那也只是消遣解悶，純屬調整情趣。你沒聽說乾隆爺還賜給紀曉嵐宮女讓他受用呢，我這又算啥！」說話間，目光中含有懇求。喀凝道：「咱們公事公辦，私事我絕不干涉。」說著，用手按了按發紅的煙鍋，又掏出些煙末塡放進去，一股濃濃的白煙從喀凝嘴裡鼻裡冒出來。和珅伸手捏了桌上的一粒花生米放進嘴裡，嚼得焦香崩脆，滿口濃香，頓時胃口大開，便吩咐等候的侍衛道：「弄幾樣下酒菜，我與喀凝大人有要事商談。」

不多時，侍衛已擺上豐盛的菜，和珅拿著筷子點著八寶雞對喀凝說道：「你看這雞腿肉嫩，裡面都是各種佐料，這實在像李侍堯。」喀凝不解說道：「和大人一心用在案子裡，難道這雞有能什麼新花樣！」和珅道：「你有所不知，這雞的四周是小青菜，美其名曰『飄洋過海』，你想李侍堯這肥雞哪能飄洋過海，我一定讓他淹死在盤子之中，成爲一道好菜！」正說間，李護衛進來說道：「和大人，遊玩一天，還是回房休息吧。」說著對和珅使了個眼色，和珅裝作一臉倦容，說道：「哎，我正與喀大人商議公務，你不要攪亂我們的雅興。」喀凝道：「和大人所慮極深，胸有成府，這個案子能難倒你嗎？還是回房休息吧！」和珅這才起身走到庭院。

李護衛道：「和大人，李侍堯的旗牌官張千總在恭候您呢！」和珅心下詫異，便到了寢處，果見了張千總正坐在凳上低頭沉思，聽到腳步聲，趕快起身打了躬對和珅道：「和大人游幸可佳，身體很好吧！我家大人命末將特來拜見您老。昆明窮鄉僻壤之地，實在拿不出什麼好東西孝敬和大人，特命我將皇上賜給的貢品黃金佛像一座，碧玉珊瑚樹一株，呈給大人玩賞，還望大人笑納。另外，我家大人一再叮囑，這些東西放在他那裡，實在有辱名聲，唯有和大人擁有才真正物得其主，盡顯其值。」

說著打開一個黃綾綢緞，呈現出來的果真是稀世珍寶，黃金佛金碧輝煌，熠熠閃光，澆鑄精細，栩栩如生，佛面的神態安祥，幽靜的眼神，奪人心魂，和珅心中頓時一震，怦怦跳動，強咽一口氣才算鎮定下來。再細瞅那珊瑚也是晶瑩透亮，滑潤而又柔和珅，過濾一點燈火，便紋理畢現，似有一種淡藍的液體在其中緩緩遊動。和珅不禁用手仔細摩挲，說道：「李大人真是太客氣了，如此抬舉我，實在不敢承當，的確不好意思。」張千總早已把和珅的神態看在心裡，笑道：「我家大人說了，這是一點小意思，以前多有得罪之處還望大人海涵。」和珅心道：「這隻老狐狸，早知如此，何必當初。」

然後收回貪婪的眼神，對張千總說道：「李大人的心意，我和某心領了，只是這皇上貢品原恩賜於李大人的，還是請帶回，和某眼拙手笨，萬一有什麼閃失，也愧對李大人的美意。」張千總說道：

「小小意思，不成敬意，潑出去的水不好收回，再說此事也只是天知、地知、你知、我知，還請和大人賞個面子，也好叫小人回去交差。」語氣近乎哀求，和珅見狀說道：「本大人也不是難為於你，那好吧，暫且就在本大人這放一放，待風平浪靜之後，再送還李大人。」張千總趕忙又說道：「大人說的極是，還有一事，我家大人叫小人給和大人帶幾位美人供大人消遣一樂，也望大人不要推辭。」

說著雙手一拍，果見屏風後閃出兩位絕色佳人，俱是濃妝素裹，香豔逼人，似剛出水的芙蓉一般，燈火之下，俱呈天然秀媚，和珅大喜，便顧不得許多，對二位佳人道：「你們是何處女子，生得如此貌美？」二位女子一起答道：「我們都是本地女子，都是漢人之後。」和珅心道：「怪不得，個個飽含春色，實在不比北地金粉差到那兒。」正想對張千總再說些寬慰的話，那張千總早已不在房內，兩個訓練有素的女人自顧上前摟住和珅，個個臉上像疊著桃花一樣，個個一雙水汪汪的眼睛，把和珅盯得心旌搖盪，耳熱頭暈，摟住一個親了一口，又抱著另一個又是一口，弄得二位女子只往和珅懷裡拱，三人一起傾倒在炕上亂作一團。

總督府的大堂，明鏡高懸，座位下首站立在一旁的李侍堯不禁悚然動容，心道：「人無遠慮，必有近憂，如今吉凶難說，反正榮辱得失，付之天命，只求再多過一天，適意而去，萬不可在和珅面前低首。」猛聽大堂上傳來「李侍堯回話！」一聲若宏鐘在這空曠的大堂裡來迴盪震。這公堂的建築符合音響原理，裡窄外寬，聲音從裡傳出來，彷彿擴大了好幾倍，聞聲即寒，李侍堯強作鎮定：「罪臣在。」

剛才裡面發聲者正是和珅，他的旁邊坐著喀凝，和珅輕微晃動一下身子，目光直盯著李侍堯道：「李侍堯，你身為邊疆大吏，不整頓邊疆，反而收受賄賂，該當何罪？」喀凝又說道：「你怎麼能對得起皇上和那些官民。」李侍堯低頭不語，沉思了片刻心裡想道：「誰不知道你和珅是大清國的第一貪贓大員，你聚斂的家資，能和史書上的石崇相比。看你今天像個君子，外表慈善的樣子，卻是一肚壞水。」

過了片刻李侍堯說道：「和大人，臣實冤枉，臣自到雲貴做總督一來，與阿桂大將軍勘定邊界，嚴修戰備沒有幾年，使緬甸國承認大清的天威，年年進貢，歲歲來朝，獻還俘虜，開關放市，邊疆的百姓從此免遭戰亂痛苦，黎民安居樂業，大清社稷從此海內一統，怎能說我有負聖恩？愧對於官民……？」和珅一拍驚堂木，喝道：「我們來這裡不是聽你表功的，功在國家，你也屢次提升，問題是，你有沒有貪污受賄，有還是沒有？」李侍堯望著原本是自己的位置，眼角不由得潤濕。

長歎一聲道：「我李侍堯，不過是一介武夫，欲加之罪，何患無辭，至於平日與屬僚坐談，語不得體，譏刺別人，想是由此得罪一干人等。我也不避諱什麼事理，認清時勢，怕是這案子就要久拖了。」喀凝道：「那就讓他嘗嘗厲害。」和珅道：「帶總督府管家趙一恒！」說著從袖中掏出一張狀詞，用力甩在公堂桌子上。李侍堯一聽，嚇得面如白紙，癱坐在椅子上。乞求的眼光來回在和珅臉上掃來掃去，和珅故意佯裝不知。

這正是和珅的如意盤算，又打又拉。那日和珅像撿了金豆子似的，於迷路的黑夜找到一點亮光。說實在的，他對李侍堯這樣刁鑽、狡黠的武夫，多少也懼怕三分，自己就像牆上蘆葦是頭重腳輕根底淺，全憑嘴尖皮厚爬到現在這個位置，受了多少大臣的奚落、嘲弄，他是茶壺煮餃子——心中有數的。所幸的是，胡知府遞上的狀詞加之莊嘯天聲淚俱下的陳述，彷彿一堆亂麻之中，終於撿出了一個頭。心中一直擰結的疙瘩有如雪塊遇到炭火般地消融了。

李侍堯的貼身護衛張千總所送來的美女及黃金，也是對自己的一種示弱的表現。但和珅胸中揣著的一桿秤不會因此傾向李侍堯，他急需扳倒他，以在乾隆那裡邀功，樹立形象，不然，自己幹嘛要一路車馬勞頓遠赴雲南。和珅最好的打算就是既治倒李侍堯又囊其私有收入，這才是兩全其美之策。

他也時常爲自己的動機感到自私也很卑微，他感到自己最合適的活法應該是風流雅士般的閒情逸致，去吟誦風花雪月，像歷代詩人一樣去做一朵在文學的海洋中爭奇鬥豔的奇葩，他內心的傷感有時就能在一些淒惋哀怨的傳奇中找到一絲安慰，可早年遭受到的經歷不允許他這樣做。少年至青年時期的痛苦折磨使他改變了對人生的看法。

他對錢、權、女人忘我癡迷地追求，伴隨地位的升遷愈加投入，現時的滋味活像是被一隻巨大的章魚扼住了身體，使他永遠無法擺脫。說不清是清晨還是黃昏，夜晚還是白晝，和珅都改變不了這種念頭，常常爲它的實現而思索得神經疲憊，苦不堪言。他需要發洩，一種刻意的發洩。就在從大明湖遊樂歸來的第二天晚上，和珅便秘密地將莊應蓮從東川知府的監牢裡提到了昆明。細細盤審一番，感到自己的最初直覺是那樣正確，他要利用趙一恒，利用這個案子。

此刻，莊應蓮蜷縮在豪遠客棧後院一間偏房的牆角，淚流不止，腦海翻騰著混亂思緒的浪花，從來沒有停止過。一夜的旅程勞頓也沒能使她安靜地入睡，儘管在偏房靠東窗的位置擺放著一張床，床上棉被紗帳應有盡有，可她依然習慣地蹲在牆腳，不敢上床。如果在只有大席鋪地的監牢內，她還能迷糊一會，可一望床，她的幻覺就產生那可怕的一幕。今夜更是如此，當她被帶到和珅的住處時，滿心希望能見到久違的而又日夜思念的阿哥。她失望了，阿哥的身影始終沒能出現。倒是和珅頻頻送過來的癡迷眼神，令她感到一陣陣心驚肉跳。她實在摸不透，眼前這位被阿哥視爲能夠救她命，替她伸冤做主的恩人，心裡到底如何想。她蒼白的臉色就在和珅不住觀望的當口變得灰暗下來。她哪裡會想到和珅只是把她當作彈劾李侍堯的一隻利箭呢？

和珅當然忘不了初見莊應蓮的一幕。他掂量再三，通盤考慮後，最終決定待審查李侍堯後，再把這個案子推給東川胡知府去辦。但他不能不對莊應蓮的相貌驚歎不已。暗自感歎一番，礙於喀凝的面，不能動手動腳，心裡急得貓抓似的，表面上也只得強行鎮定住。和珅問道：「莊應蓮，你的哥哥已把狀子給本大人看了，本大人確信你以手無縛雞之力是不可殺死身形彪悍的趙化的，你說是不是？」

莊應蓮不由得心中詫異，猜不透和珅所說的意思，又拿不準哥哥到底對這位欽差大臣說了些什麼，滿心疑惑，只得低著頭，由著兩行委屈和悲憤的淚珠「啪嗒啪嗒」地往下落。和珅見狀，依舊嚴肅地問道：「莊應蓮，你的案子有何人過問？」莊應蓮哭訴道：「青天大老爺，小女的案子至今還沒有人過問，先是被押到總督府那裡，不知爲何，一直沒有過堂，後來，又被押回東川府，也沒有人提審過，小女知道，早晚不過一死而已。」和珅擺手道：「也不盡然，案子詳情我已知根知底。」轉頭對喀凝小聲說：「喀大人，你再問兩句。」喀凝心想，你玩的是哪路把戲，直說不就結了，幹嘛還要拐三繞四。隨即放下一直端在手裡的煙壺，緩緩地站起身，說道：「和大人，只需把話說明就是。」看到和珅點頭應允，又對莊應蓮說：「不瞞你說，能不能救你，爲你洗卻你的訴狀所說的冤情，並不是本官與和大人的事。想必你也明白，你的案子牽扯到雲貴總督李大人，我們不想難爲你一個弱女子，你且回房休息去吧，待第二天我們再做定論，如何？」莊應蓮聽那喀凝的話倒是十分順耳，不似這位和大人一口官腔，含淚答道：「多謝二位大人，小女不想救贖自己的性命，只是能爲慘死的爹爹報仇，讓他老人家含笑九泉，即使小女應該問斬也在所不惜。小女確實殺了那條狗賊，這一點到任何地方，小女都供認不諱，可是，爹爹確實死得冤枉。望兩位大人明斷。」

和珅、喀凝不禁相視一下，都爲莊應蓮的一片孝心和臨死不懼的決心而暗生敬意。

幾個侍衛押走了莊應蓮。時過不久，趙一恒也被帶了進來。這幾天一直心情不順的趙一恒多少也知道些自家老爺碰上了麻煩，他每日看到李侍堯陰沉的面孔就有些膽寒，也暗地裡爲李侍堯擔驚受怕。皮之不存，毛將焉附的道理他還懂得的。可他自己的心裡也很不痛快，總一門心思地想著如何給自己的弟弟報仇，總感到死去的弟弟的亡靈在纏繞著他，如同五月的微風總在耳邊吹拂不止，揮之不去。內心惴惴不安，懷裡像揣個兔子。趙一恒來到豪遠客棧時，夜已經很深了。

濃重的露水打濕了路面，陣陣寒意穿透衣服直浸入肌膚，趙一恒在李護衛的帶領下步履蹣跚地走來，他心事重重，是福是禍，等待他的將是什麼？感情的事情是無法預料的，當趙一恒感到失去了弟弟的孤寂時，他無時無刻不處在一種惶恐中，滿院家小的無聲淚，一滴一滴澆濕了他的心。其實，在他的內心是有股莫名的恨意的。他恨弟弟不爭氣，恨弟弟辜負了李侍堯對他的厚愛；與此同時，他也有些恨自己，恨自己平日管教不嚴，說服不夠，終於釀成如此大的悲劇。想到這，趙一恒的眼角也潤濕些。不知是因爲露水還是真的觸動心弦。

當一個人還沒有欲望時，他是淡泊的。對什麼也無所謂，若把他放置在管家這一角色，他一定會盡心盡力，可一旦產生了欲望，便另做別論了。首先，他會產生出一種可怕的邪惡力量，爲了爭權奪勢，可以殺人放火，可以出賣靈魂，可以當孫子當豬狗……和珅在趙一恒到來之前一直在思索這一命題。他想，自己不就是做了乾隆的管家，自己不就是乾隆皇帝的一條狗嗎？幸好自己不是條烈性子的狗，而是一條搖尾乞憐的哈巴狗。否則，也就不會有我和珅的今天了。反過來看，趙一恒不就是李侍堯的一條狗嗎？只是他沒有明確的欲望，至少在自己沒有知道他的身世前，自己是這麼認爲的。和珅望著窗外陰暗的天空，身子慢慢地直起來，邁著小碎步顛顛地在屋裡來回走著，牙齒一不小心連續打了個冷戰，牙齒的碰撞聲，在靜寂的屋內清晰可聞。

守衛在門邊的護衛連忙進屋將一件長袍加在和珅身上，又準備給喀凝取一件，喀凝道：「我不用了，喝了不少熱茶，身子還暖。要再給和大人拿一件狗皮褥子，和大人腿不好，要是在夜裡受了涼，犯起痛來，明天審不了案子，看我不拿你們是問。」護衛笑道：「這就去辦，保證和大人和喀大人身體無恙，不是我們瞎吹，和大人這一路上，我們照顧得怎樣，是不是很舒心？」和珅脫下一隻軟底布鞋拎在手裡，揶揄道：「想要挨揍不成，本大人對你們侍候不周心存怨恨，只是遠離京城，要不然，早就把你們幾位給換了。成事不足，敗事有餘。當月的俸餉給扣了。」

喀凝連忙打著圓場說：「和大人，他們幾位還是挺細心的。這一路上的坑坑窪窪深深淺淺哪一處不是由他們知道後再做修整，然後才侍奉我們通過的。你也大人不記小人過，宰相肚裡能撐船嘛。」和珅「噗哧」一笑，磕了磕鞋底，說道：「我啥時與他們當過真？我是嫌他們不夠精細，你看，喀大人，」說著，和珅像變戲法似的，從那隻軟底鞋內拿出一錠銀子，放到桌上說：「三天前，我穿這雙鞋，四處都是閒逛的人，我感到有位賊頭鼠眼的，疑心他們要偷本大人的朝服官印，心想，萬一你們哪兒出了什麼差錯，偷走貴重的東西，豈不是叫天天不應，叫地地不答？於是就留個心眼，特意安置在書房的前屋頂上，透過窗中的一點光亮，觀察了幾日。原來這雲貴之地竊賊也只是有賊心而無賊膽，竟沒有任何人下手。這倒沒什麼，可是，他們幾個護衛每日早晚服侍我，一時竟沒有注意到我的朝服哪裡去了，就連我這雙便鞋前尖的一錠銀子也不曾發現。喀大人，你說，這樣的侍衛能是好侍衛嗎？」

和珅說說笑笑的一段話真讓李護衛吃驚不小，忙打躬說道：「卑職請罪，卑職眼拙，竟沒有看出房中的異樣情況。」和珅說道：「李護衛以後留心就是了。」喀凝插嘴道：「李護衛，你也不能把和大人的話就奉爲至寶。連我都按你的吩咐，平常走動一律便服，你也不是一身便服嗎？」喀凝還想調侃幾句，意在說出和珅逛湖覽景，擁著美女而眠，感到場合不合適宜，話說半截又咽回去。

和珅早已看出喀凝欲言又止的神情，嘴上沒說什麼可心裡卻是老大不悅。正想回敬幾句，就聽一名侍衛在屋外高聲叫道：「趙一恒帶到！」和珅對李護衛點頭示意，帶進來。和珅說道：「喀大人，今晚要看你的了，你把一臉的鬍鬚往胸前一攤，不怒自威，語聲嚴厲，我呢，要說話溫柔，處處爲趙一恒著想，看看能否掏出有用的東西。如實在不行……」和珅頓住話頭，輕聲對李護衛說道：「你在外面去準備刑具，當聽到『大刑侍候』，你就衝進來，二話不說，按倒他做出一副動刑的樣子。」李護衛點頭，應允而出。

和珅望著垂頭喪氣的趙一恒畏縮地進來，第一感覺便是這種人的頭難剃，渾身每個毛孔都透著狡猾的氣息。趙一恒見了和珅和喀凝，雙腿哆嗦地便跪在他們兩人的腳下，說道：「奴才見過兩位大人！」話音剛落，喀凝猛地一拍桌子，嘶啞聲音，怒氣衝衝地說道：「好個趙一恒，你家主人李侍堯觸犯大清律令，難道你還想隱瞞不成？快快地把李侍堯侵吞了多少府庫的銀兩，一一說清道明，我們還能饒你一條小命，快說！」趙一恒跪在地上，用餘光瞟了瞟聲音的來處，雙手緊緊地伏在地上，低低地說：「回大人的話，奴才僅是李大人家的一位小小總管，對李大人的行蹤向來知之甚少。再說，奴才明白做奴才的就應該是知道的愈少就愈安全，所以，從來不過問李大人的私事。」

喀凝語氣更加嚴厲，說道：「你還敢耍貧嘴，替李侍堯打埋伏，你應該知道，李侍堯已不是總督了，待李侍堯親口說出來，到那時，你再說就已經晚了。說還是不說？」趙一恒暗想，無論李侍堯身處何職，自己也不能賣主求榮。再說，當今天子乾隆皇上對我家主人還是信任的。從平時的言談中，可以感覺出李大人對旁邊的那位白臉欽差向來心存惡感。李大人所收賄賂比起京城大員來說不過九牛之一毛。想到這，趙一恒稍微抬頭側目說道：「二位大人，奴才確實對李大人的官場上所做所爲，一點也不知道內情，如果要問督都上的官差，或許能略知一二。」和珅不動聲色站起來，走到趙一恒背後，輕聲說道：「你這是何苦呢？你想藐視我們欽差大臣嗎？李侍堯的一舉一動都逃不過你的眼睛。換上你，你能把收受的銀兩放在府衙，充做軍餉？最終還不都交到你手上？任由你去支配？我的趙大管家，說出來，風平浪靜，不說出來，引火焚身啊。」和珅圍著趙一恒轉了兩轉，就無聲無息坐到原位上。

喀凝說道：「趙一恒，不要矢口抵賴，你的行爲，本官也一清二楚。我來問你，爲何李侍堯的新宅現在又不修了，噢，聽到風聲學乖巧，害怕了，是不是？就憑他李侍堯半生的俸祿也修不起現在的新宅的規模，你既是李侍堯的總管，又是督修新宅的大監工，每天來往不斷地磚瓦石料，土木器皿，難道都是李侍堯一點一滴地買來的嗎？趙一恒！知道了不說，罪加一等，看來不動真格的，不受點皮肉之苦，你說出來也不心甘情願。來人吶，大刑侍候！」喀凝話音剛落，等在外面的李護衛帶領幾名侍衛旋風般地衝進來，一股強勁的寒風打在趙一恒的臉上，趙一恒雙眼一閉，耳聽得「咣啷」一聲，睜眼一看，黑色的鐵枷板露出鋸齒的邊緣正張著大嘴沖他笑呢。趙一恒情知是躲不過去，想到，要是自己至死不說，能保住李大人，進而保住自己的家小，也算划得來。

心一橫，伸出兩手就要自行去上那枷板。手指剛一觸及，「哎喲」一聲像抽筋似地縮回來。原來，李護衛他們在外間一直用柴火燒著鐵板，由熾熱到通紅，反覆幾遍，聽到喀凝的叫聲，又速度極快用鐵夾托住，摔在趙一恒的面前。十指連心，趙一恒感到一陣鑽心疼痛，額上的汗珠子也一顆一顆地滾落出來。和珅又一次走到趙一恒的面前，說道：「本大人已經看出來了，你想玩火，你想玩丟卒保車的把戲。趙一恒，你想錯了。李侍堯現已是朝廷的命犯，之所以沒有關押起來，那是我們兩位欽差大臣心存私心，念及李侍堯曾有功於朝廷，開疆拓土、從治廣東到理雲貴，多少做出些貢獻。你看，我和喀大人都曾與李侍堯有過交往，同時在朝爲官時，彼此稱兄道弟。自然，要立時拿下他，押送京師問罪，也未嘗不可。可是，我們不打算這樣做，一直在等他反悔，能主動地說出來，從輕議罪，與他本人也有好處。你身爲李府總管，更應替李大人的前途著想。這我不跟你多說了。」

和珅用軟底鞋在鐵枷板上快速地蹭了一下，敏捷地一轉身，從袖口掏出一張狀子，在趙一恒面前晃了晃，說道：「此外，我想你會對這個案子極感興趣，事關你弟弟的命案。而如今，兩案並做一案，就看你如何選擇了。實話告訴你，在這宗案子裡，人家把你也告了。告你串通好李侍堯欲置那民女死罪。只因我們來到雲南，此事才暫且做罷。供不供出李侍堯，要看你的表現，給你立功贖罪的機會，你抓不住，可就太失算了。可這個案子都是由我們來代爲審判，就由不得你了。」和珅停住腳，對李護衛道：「暫且收押起來，容他再想想。」和珅看著趙一恒被帶出房間，吁了一口氣，打著哈欠對喀凝說道：「喀大人，此人外表萎靡不振，其實內心有一桿秤，若要真的用刑怕於事無補，只能軟化。」喀凝道：「也罷，權且放一放。老朽也犯睏了。」和珅說道：「咱們各自休息，明日再定。」

和珅一夜未眠，他哪裡能睡下去。莊應蓮楚楚動人的相貌，令他在床上輾轉反側、魂不守舍。正值旺年的和珅深切感到，自己不枉此行。他披衣走至窗前，看著月亮投在院子的陰影，癡癡發呆。門外兵丁的來回走動聲，也令他焦躁不安。陰影一寸寸地移動，如水的月光慢慢地消退時，庭院內高大的榆樹上綴滿了星星。此時，正是深夜，萬籟俱寂。到處黑漆漆的。和珅心裡騰起的慾火也像這黑夜一樣無邊無盡。

大約三更天的時候，和珅實在耐不住了，便悄悄地打開房門，站在門外的李護衛見是和珅，連忙手提燈籠走過去說道：「和大人，這麼晚了，您還……」和珅伸手捂住李護衛的嘴，小聲地說：「李護衛，我這是睡不著啊。」李護衛一笑，樂道：「和大人，是不是想……」和珅點頭，含混不清地說：「李護衛，你只管警戒好了，我去再問問那個叫莊應蓮的女子，以便明日扳倒李侍堯時有充分的證據。」說著瞧也不瞧李護衛逕自奔向莊應蓮的住處。

這豪遠客棧的建築共修三層，沿著第二層的走廊，依稀看見客棧的門口，在面街和朝內的低層掛著幾個西瓜殼式的燈籠，微黃的光暈中，模糊可見，四周環以客房的天井中央，假山噴泉、花卉盆景，隱約有香氣傳來，外面與客棧的斜對面落座一處妓院。和珅伸頭望了一眼，但見兩廊間相對應的小閣子紗窗內有人影晃動。看其身影，男女之身可辨。往下一瞧，主廊的回欄處，聚集著許多濃妝豔抹的妓女，隨時等候酒家的呼喚。

別看夜半三更卻能聽到從那裡傳出鶯聲浪語，嘈雜的人聲。和珅暗想，想必前日李侍堯派人送來的兩個妓女也是從此處領來，心裡不覺一陣噁心，幸好在自己享受一番後，即令退回去。一個子的賞銀也沒有，只是後來發現放在枕邊的如意玉骨扇卻不見，不知那兩個浪女以何種方式盜了去。

和珅並不在意這些。和珅來到莊應蓮的房門前，看到守候在門旁的侍衛正在打盹，便躡手躡腳地走過去，輕輕一碰，那侍衛蹭地立起身來，左手的刀白光一閃，前腿一蹬，退後幾步，凝神定睛。見是和珅忙吃驚地問道：「原是和大人，小的該死！」和珅問道：「就留你一人看管要犯嗎？」那護衛說：「剛才，李護衛已經走了。原是其他人看守的房門，小的只是看護下半夜，看看天色快要放亮，就沒留神打個盹。」和珅道：「打開房門，我要親自審問一番，你在外面好生看守。」

和珅擠進房門，重新插上鎖，就著柔和而又慘澹的一點光亮，他看清正瑟瑟發抖的莊應蓮。昏黃的燭光在牆壁投放出一個巨大的黑暗的人影，那魔鬼的陰影正一點一點地把莊應蓮的嬌小的軀體逐步覆蓋……

門外的那個侍衛張大嘴巴，怔怔地望著屋門方向，他搞不懂裡面的聲音。和珅若斷若續地哀求聲從裡面傳出來，「你……應了我，誰讓你長得如此……求求你……」而那女子的哀求聲似乎比和珅來得更甚，他還聽到「撲通」下跪的聲音，時辰不大，一切都趨於平靜。他僅存的一點良知，就是在各種聲音一齊傳出來時，他撇開房門不管了。實際上，他不助紂爲虐已經夠慶幸的了。這確實是一場搏鬥，一場狼和羊之間的搏鬥。搏鬥開始時，叫罵聲、衣服的撕裂聲，喘息聲，瓷器桌椅的破碎聲，倒地聲……

幾乎沒有看清來人的面目，莊應蓮就昏死過去，一個多時辰後，神志稍清的莊應蓮一下回憶起夢中的一切景象，那是一個多麼鮮活的召示，她倔強地扶牆而立，往後倒退幾步，衝著牆角飛撞過去，一股鮮血，滾燙滾燙地噴出來，一個弱小的身影倒下來，一切彷彿都停止了，凝固在這個時刻。

「雲貴總督李侍堯在上任不到三年的時間內，有負聖恩，營私舞弊、貪縱索要。收受提升迤南道莊、肇莊金銀各二千兩，通判素爾阿方銀三千兩，按察使銀五千兩，德起銀五千兩，東川胡知府銀四千兩。另外，還分別賣掉緬甸國朝貢的夜明珠兩顆，勒要朝貢使者銀五千兩，總共貪贓三萬一千兩。」和珅清了清嗓子，接著讀到：「李侍堯，罪惡極大，三番五次地盤審，拒不交代實情，妄想抵制大清律令，本欽差奉皇上旨意，將罪人李侍堯革去一切職務。押送京師，聽從聖上發落。」和珅拿眼瞧著李侍堯，猛地大喝一聲：「撤坐！」「拿下！」

和珅的如意算盤終於撥得乾淨俐落，得意之情溢於言表。

昨夜如豆的燭光，和珅並不覺得太暗。他唯恐明亮的燈光會引起豪遠客棧中的其他人注意。和珅心神倒也十分坦然，周身舒展通泰。他就是在這如豆的二寸蠟燭的餘光映襯下，完成了給乾隆皇帝的又一本奏摺。燭光投射在花梨硬木八仙桌上，只有盤子那般大小，和珅就在這微弱的光線下匆匆地寫著……他的文才再一次通過奏章的形式顯露出來，他也有的是辭彙。因爲這一個多月的昆明之行，還真的讓和珅長了不少見識。隨著對李侍堯案件的深入，終於挖開了趙一恒堅實的嘴巴。口風一露，李侍堯便再遮掩不住了。「李侍堯啊，李侍堯，人人都說你短小精敏，依我看來，卻不盡然，真是人無百全，事無百密。」

這時，門忽然被推開了，喀凝的身後站著數十個雲貴境內的州府要員，見到和珅，都嚇得兩腿發軟，立刻跪在地上，以額觸地，「嘣嘣」地磕起響頭來。和珅舉了舉手中的奏摺，像一股無形的電流擊穿了除喀凝以外的所有官員，素爾阿方第一個反應過來，說道：「啓稟和大人，李侍堯伸手向我們要錢、要物，說是借用，等俸祿一來，即當奉還，望和大人明察，我等俱是無辜之人。」眾人一齊答道：「望和大人明察是非。」顫抖的音調彷彿一下子被恐怖感完全攫住了。和珅低著頭，這時，李護衛已佈置了數十個燈籠。

出乎那些府州縣的官員意料，和珅並沒有嚴加訓飭，只是輕描淡寫地說：「本欽差沒有怪罪你們的意思，我和喀大人只是將事情查個水落石出，面呈皇上，喀大人，是不是啊？」喀凝嗓子也有些暗啞，用手重重地拍了一下桌子，厲聲道：「和大人與我同行的路上，就曾告訴你們，有關李侍堯的一點半星的小事，陳芝麻爛谷子的瑣事，一句話，事無巨細，都要具文呈上，以利快速查清，使我們及時返京面聖，再做定奪。可你們中間有幾位主動來報的？」眾官面面相覷。

和珅收起奏摺，取出一個黃囊錦袋，把奏摺放入，笑著說道：「眾位不要擔心，我當著大家的面說清楚，我的奏摺就是根據大家所呈內容寫的，這裡面有你們一份功勞和苦心。本欽差對你們的要求是，能在明天的大堂上親自出證，不要再誤上賊船，古人說得好，上船容易下船難。我考慮到你們的各自州府也都地處窮鄉僻壤，人窮志短，官要窮了也會志短的。該做的成績沒有做出來，該清除的弊端、舊習沒能徹底的清除。本欽差無意把雲貴十幾年的案子都翻出來，那樣的話，證人會愈來愈多，案子也會愈來愈複雜，整個雲貴官場變成一鍋粥，稀裡糊塗，除了打官司任何事不幹了吧！」

眾人望著和珅，遇見救星似的打心眼裡感激，暗想，和大人果是善解人意。喀凝見狀，自思也是兩欽差之一，話雖說得慢些，但考慮問題還是較為周詳些。喀凝怔著臉想了想，笑道：「和大人，把這些百姓父母官還是放回去吧。」用手帕捂著嘴，乾咳了一聲，接著道：「事情已經很明瞭，留下東川胡知府，通判素爾阿方，其餘所有的人都在離昆明較遠的地方任職，一律放回去。」和珅的臉有些掛不住，昨天，喀凝去了一趟李侍堯家，今天的語調就變了，私偏李侍堯之心就流露出來，一定是李侍堯給了他一些好處，這個老傢伙還挺實在的，挺講義氣的。

和珅掃了眾人一眼，望見大家皆如釋重負地鬆了口氣，滿臉贊許的神情，和珅的臉上就像掛了霜一樣，他當然明白眾人的心思，還是不敢得罪李侍堯，不敢和李侍堯對簿公堂，噢，你們在暗地裡咬牙切齒，一把你們推向前臺，就做縮頭烏龜。剛才，自己拉攏的一番話等於白說了。還是李侍堯對他們的威懾大，影響大。從本質上說，這些人也有些瞧不起和珅。和珅憋了一口氣，起身說道：「我奉有聖上密諭，由我來主持審斷，剛才，眾人都說了李侍堯的一些真面目，但，我還沒有聽李侍堯如何辯解的。因此，在座諸位仁兄，還是不要離開客棧的好，免得找你們不容易，待李侍堯的案件清了，眾人一一上任，豈不是沒有後顧之憂嗎？」

說到這，和珅加重了語氣，「本欽差辦案，也不是一次了，懂人證、物證的重要性，請各位仁兄想想，要不是李侍堯家中的總管趙一恒，請問你們能聚到這裡嗎？聖上多次諭示群臣，自古以來，就有坐轎子和抬轎子的兩種人，試問，如果下屬堅持廉潔奉公，敢於抗顏直諫，也不會有李侍堯今日之案。眾位難道不想從中吸取一些教訓嗎？我再問一遍，有誰願意回去的？」眾人一聽，誰敢歸任？和珅見眾官都不吭氣，轉頭對喀凝說道：「本欽差辦案，對了，差使有你一份功勞；錯了，我一身承擔。」喀凝見他這樣，心道：果是嫉賢妒能之輩。我也沒有意拆你的台，在朝中的大員，像我這樣的職務，又有幾個敢和你鬥，低頭答道：「那好！」心裡似吃了蒼蠅一樣膩味，也只好隨著起身：「我唯和大人馬首是瞻！」

和珅接過話，對眾人道：「今夜統統留宿豪遠客棧，任何人不得走動，誰也不許上街遛，」突然，和珅抬高嗓門，「李護衛，帶著大內侍衛嚴格看守本客棧。」李護衛「嗻」了一聲轉身走出去。與此同時，那些與胡知府素有交往的大小被軟禁的官員也通過胡知府那裡了解到和珅的愛好，都把所帶的當地寶物進貢給和珅。一時間，和珅的行囊裝得滿滿，讓和珅心裡像喝了蜜一樣的甜。更令和珅喜的，還收了兩隻乖巧、善解人意的孔雀，雀屏一開，在燈光的照耀下，五彩繽紛，熠熠生輝，非常迷人。

一切準備就緒，才正式提審李侍堯。和珅就在總督府的公堂中央擺了兩張公案。自己撿靠背後有屏風的那張坐了，宣讀聖旨一畢，和珅和喀凝俱是氣宇軒昂地直入公案的後面。這情景直氣得李侍堯又羨又妒又恨又無可奈何。和珅宣佈完李侍堯的罪狀後，不待李侍堯反應過來，就撤了設在公案下方偏右安置的李侍堯的座位，又將緊握在手中的驚堂木「啪」地一拍，怪目圓睜斷喝一道：「你已是被革職的官員，應當與庶民同罪。」

李侍堯陰鷙地一笑說：「和大人此言差矣，自古刑不上大夫，是喀大人安排的座位，我自然坐得。」和珅剛才看到喀凝讓李護衛給李侍堯設座就感到心裡不舒坦，忍了一下，但一旦宣佈為罪人後，就不再是朝中老臣了，而是朝廷的命案，是千古罪人，當然要撤座了。和珅身在公堂之上，儘管對喀凝心存不滿，但大面上還要講究的。突然，和珅咯咯地一笑，說道：「此一時，彼一時也。能叫你坐下，自然也能撤掉你的座。你就站著，也算不得上刑，再說，你已被革職多日了，你還想抗旨不遵不成？」李侍堯畢竟已是階下囚，內心慌恐不安，本想一一狡辯。

不料，和珅帶進了自己的管家趙一恒。趙一恒的眼光哪還敢跟李侍堯相對視，遠遠地站在李侍堯左側。和珅問一句，他機械地答一句，說著說著，用餘光瞟了一眼李侍堯，看到李侍堯的臉色愈來愈由紅變白，自己的臉色也不由得由白變紅，最後一個問題回答完畢，已經是淚流滿面了。李侍堯挺了挺短小的身軀，還想再說些什麼。和珅只是陰冷的瞧著，看著李侍堯如何繼續將戲演下去。趙一恒看到性格倔強的主子還想再狡辯下去，不禁哇地一聲大哭道：「大人，你別說了，低頭認罪，博個知錯就改的美名，或許聖上能留下性命，將來再圖重用。李大人，你不知，所有曾送過我們銀兩的大小官員，無論路途遠近，都寫了參奏你的狀子，現在就守候門外，你還想在這裡和他們對質嗎？」

和珅聽了不禁大怒，好個膽大的趙一恒竟敢洩露本欽差的秘密，「來人，掌嘴！」過來幾個侍衛按住趙一恒左右開弓，打將起來，速度極快，用手很重，待李侍堯反應過來，趙一恒已是滿嘴血污，兩顆門牙業已脫落，兩眼無限乞憐之態，卻並未告饒。李侍堯望著忠實的老奴所受的掌刑，想到戰場上每次遇險正是他冒著死的危險將自己背下來，而今又為自己竟連一句告饒的話也不說，心裡的最後一道防線徹底崩潰了，大聲說：「不要打了，我招！」

乾隆翻閱李侍堯的罪狀書時，怒從心頭起，下令腰斬。可是，又看到和珅上報的李侍堯貪污數額和家產清單時，不由得有些後悔。和珅寫到：「李侍堯家產不太過於繁富。收受三萬多兩銀元也多花銷在新宅的建造上。倒是有，黃金佛三座，珍珠葡萄一架，珊瑚樹四尺者三株實乃天下之精品……」

乾隆又看到：「雲貴爲邊防之地，境內土司由於與州官府吏親疏關係不一，而各自的矛盾也有大有小，邊防還算安寧，但民間有秘密結社行爲，不能不防。各地贓私狼籍，吏治廢壞，府州縣多有虧空，須徹底查清，清厘積弊」等語云云。

乾隆感慨良多，沒想到朕向來以寬仁治政，可各地貪墨壞法，大肆狂妄，理當腰斬李侍堯，可是李侍堯畢竟是天下奇才，殺之未免太可惜了。再說，李侍堯的家產中最值錢的畢竟是李侍堯進貢之物品，而後由朕賞賜給他。大概，各地藩鎮的貢獻，有九種物品中，每重樣三種以上，都由朕賞還給他。算起來，大約李侍堯貪贓的五分之四用於進貢，遂有心赦免。

乾隆左右躊躇的當兒，和珅已到京城，李侍堯也一同逮詣京師。和珅窺出聖上的意思，遂上奏一本，將李侍堯交九卿審議。最後，改腰斬，爲監斬候。

和珅所奏的章本，很是適合乾隆的心意，並一一允行。和珅尙未到京時，就擢升爲戶部尙書兼議政大臣。到京以後，又授「御前大使兼任都統」。乾隆還有意讓和珅去做雲貴總督，又捨不得他遠離自己，欲罷不能。只好權衡一番後，遂將福康安授爲雲貴總督。

至此，和珅便一路飛黃騰達起來了。

第五章　螳螂捕蟬．黃雀在後

隨著幾年的相處，和珅由一味的討好、諂媚、邀寵、竊權，朦朦朧朧地也攙雜些對乾隆的情感歸依；另一方面對十公主的疼愛也是真摯而又純正的。晚年的乾隆更需要生活上感情上的慰藉，這方面和珅勝過了乾隆的皇子皇孫。

和珅從雲南回來，特意帶回幾樣好玩的東西，一對鸚鵡，一對孔雀，一隻溫順的金巴狗，他是要把這些東西送給十公主。他每次出門回來，是絕不忘記給公主帶些東西的。

十公主是在乾隆四十年正月出生的，這一年，乾隆已經六十五歲。這時，其他皇女或死或嫁，竟無一人承歡膝下，而且自乾隆三十年五月十七阿哥永璘降生以後，十年間沒有龍種誕育，如今又有一個活潑可愛的小姑娘呱呱墜地，因而上自八十多歲的皇太后，下至宮女、太監等執事人役，無不有一種喜從天降的意外之感，那歡快的喜慶氣氛，絕不亞於皇子的誕生。乾隆把他所有的溫情，都付於這個酷似自己的女兒身上。只要有女兒在身旁歡鬧嬉戲，他就會把所有的疲勞倦怠都拋到九霄雲外，他就再沒有了老年人的孤獨落寞，只要抱起十公主，乾隆就覺得生活一片溫馨。

和珅更喜歡這個小女孩，他引逗她發笑，教她學走路，趴在地上給她當馬騎。和珅給她玉獅子、瑪瑙仙鶴，他給她送來毛茸茸的小雞、憨態可掬的小狗。小女孩見到了和珅，就會飛進他的懷抱。

乾隆也最放心和珅帶著自己的女兒玩耍。漸漸地，三個人似乎融爲一體。乾隆離不開女兒，也離不開和珅，每到一處乾隆總是帶著自己的女兒，也就必然帶著和珅。隨著幾年的相處，和珅由一味的討好、諂媚、邀寵、竊權，朦朦朧朧地也攙雜些對乾隆的情感歸依；另一方面對十公主的疼愛也是真摯而又純正的。晚年的乾隆更需要生活上感情上的慰藉，這方面和珅勝過了乾隆的皇子皇孫。

和珅步入避暑山莊的皇苑，見乾隆正與十公主戲鬧，十公主眼尖，見一個太監隨和珅走來，手裡又提著許多好東西，便飛奔而來。

金巴狗舔著十公主的臉頰，孔雀在公主的歡笑聲中開屏，鸚鵡在公主的逗弄下與公主說著話，連乾隆也喜歡起這個鳳頭鸚鵡，與女兒一道逗著牠。乾隆見女兒如此快樂，心裡也著實感謝和珅。和珅搬過椅子，乾隆坐在上面，和珅邊給他梳頭邊說：「過幾天木蘭秋獮也把公主帶上吧。」乾隆道：「我也想把她帶上，只是到木蘭圍場獮獵和到其他地方不同，朕有點不放心。」和珅道：「奴才挑選一匹馴良的小馬，再親自調教調教，讓公主熟習馬的性情，多多地練習一下。另外到木蘭圍場時，大家都形影不離，絕對不會有什麼閃失。」乾隆道：「你與她在一起，朕才放心。」十公主聽說要帶她到木蘭打獵，馬上高興得跳了起來。

於是和珅除督建須彌福壽廟的掃尾工程外，每日裡便教十公主騎馬射箭，公主小小年紀，倒也滿身英氣。

七月，鑾駕來到木蘭圍場，這一次從東道進場，進了崖口，乾隆的《入崖口詩》已經用滿漢蒙藏四種文字雕刻在一座巨大的石碑上，全詩如下：

朝家重習武，靈囿成自天。
匪今而斯今，祖制垂奕年。
巉岩圍疊嶂，崖口為之關。

壁立眾山斷，伊遜奔赴川。
秋獮常經過，每為遲吟鞴。
雙峰開霽煙，一水流潺潺。
翠葉復黃葩，高低入影妍。
去年巡洛伊，伊亦有崖口，
三途及七谷，較此夫何有。
一得考功詩，羶薌傳至茲，
我為是崖歎，表章將待誰。

讀著自己的詩句，看字體敦厚中透著勁拔，不是自己的字，那肯定是和珅的字了，正要誇和珅幾句，一回頭卻見到自己的小公主，只見她穿著一身戎裝，騎在小馬上，馬背上配著特製的「駕子鞍。」小公主把小撒袋掛在腰間，儼然一位英俊的少年武士。乾隆大喜，便與女兒及和珅驅馬前去，搜尋獵物，忽見公主拉弓，箭落之處，一隻野兔滾翻在草地上。乾隆驚喜道：「什麼時候學得這樣本領！」公主道：「是丈人教我的。」乾隆奇怪道：「哪個丈人？」公主道：「不是和大人還有誰？」乾隆詫異道：「你怎叫他丈人？」公主說：「我就叫他丈人，爲什麼我也不知道。」說罷驅馬前行，和珅緊緊隨後。

看著女兒的背影，聽女兒叫和珅「丈人」，乾隆的內心不禁一動。乾隆想：對女兒真正的愛，莫過於早早爲她安排好一生的前程。就十公主而言，財富和尊崇的地位固然重要，但這些對她來說是與生俱有的，這些無須爲她操心，最重要的，莫過於爲她選擇一個終身靠得住的如意郎君。和珅文武全才，正値壯年，與自己心心相印，情投意合，自己從軍政到外交乃至生活起居諸小事，似乎已離不開他，他的公子今年也已六歲，小公主半個月，八字吻合，和珅鈕祜祿氏，是滿洲十大姓之一，與母后同姓；而其先人隨吾先祖入關，俱得軍功，和珅家也算是望族名門。公主與和珅又極爲融洽，和珅之子長得又極像和珅，英俊秀美，聰明睿智。把公主下嫁於和珅之子最爲恰當合適。乾隆心裡高興，拍馬趕了上去。

木蘭秋獮之後，皇上匆匆而行，因爲馬上要準備七十萬壽節大典。各國使臣已陸續來到，對和珅來說，真是喜從天降，乾隆把十公主許給了他的長子，並賜名豐紳殷德，賞戴紅絨結頂，雙眼孔雀翎，穿金線花褂，待年齡長大時，再舉行婚禮。

「豐紳」在滿語中含有「福祿」、「神澤」、「福祉」的意思，乾隆希望額附福壽如海。

和珅與乾隆結爲親家，他在朝中的地位已穩固得牢不可破。和珅爲皇上分憂解難，操勞國事，更爲勤勉。到了承德後，佈置大典事宜，事情無論巨細，和珅都親自過問。各國使臣陸續到來，接見各國使臣不僅要顯出中華泱泱大國之威嚴，還要平易近人，和珅對這些使節的生活起居等等都安排得極爲妥帖，各國使節無不欣悅。

對班禪額爾德尼，乾隆與和珅更是體貼入微。班禪一路之中，就已受到朝廷的親切關懷和各地的殷勤接待。

到了承德後，和珅首先陪同班禪視察須彌福壽之廟。班禪見到這宏偉的建築，內心已是讚歎，再看內部的陳設更讓他對朝廷心悅誠服。

班禪剛一下榻，和珅道：「大皇帝陛下讓下官轉贈活佛煙壺一隻，請奉於活佛。」班禪接過。和珅道：「大皇帝陛下每日與下官一起學習唐古特語，下官想，皇上即可與活佛彼此敍談。」班禪道：

「仰蒙聖主睿鑒加恩，賞賚奇珍，由理藩大臣親自轉賜鼻煙壺，並欲與小僧晤見，小僧委實感激不盡。」

和珅道：「活佛途中，皇上每日念叨：班禪額爾德尼安否？每日囑託下官時時刻刻關心活佛行程，活佛來到承德時，歡迎儀式也是親自佈置。」班禪又回想起那盛大的歡迎場面：清廷滿朝文武，蒙古各部王公貴族、各大喇嘛及千餘僧俗雲集兩旁，鑼鼓喧天，掌聲震地、歡呼聲響徹雲霄，之後與和珅等大臣互獻哈達……班禪想起這一幕幕，說：「小僧明日即當覲見大皇帝陛下，請轉告小僧謁慕之情。」和珅道：「大皇帝陛下因活佛跋涉萬餘里，備嘗艱辛，想讓活佛多休息幾日之後再舉行盛大的接見儀式，活佛謁慕的心情，下官隨即奏報皇上。下官看皇上對活佛的深情厚誼，真乃越九天而超滄海。」

乾隆接見活佛的日子來到了。和珅這幾日徹夜不眠，乾隆見和珅如此，對公主道：「你丈人這幾天也顧不上逗你玩了。」

這一天爲了接見西藏的活佛，乾隆早早就起來了，雖然已經是「古稀」老人了，仍然神采奕奕，興奮地等待著班禪來宮內會面。離宮門前，有來自大小金川、昌都、紮雅、巴塘、裡塘等康區十八部人士和蒙古、衛拉特等外藩的數百人列隊奉迎，大路西側，漢蒙藏四萬餘人眾稽首致敬。黃龍大纛、五色龍旗隨風飄動，銀鉞、弓矢儀刀在陽光下閃閃發光。

班禪乘坐的御轎剛一露面，鼓鈸簫笙，琴鼓法號，萬樂齊鳴。至宮門時，隨行人員下馬步行，班禪受殊遇可乘轎直至皇帝寢宮門前。

第一次覲見皇帝，班禪大師奉獻的禮物有：

南佐哈達、羅紮、鎏金帶寶床、宗喀巴大師塑像、鑲嵌各種寶石之菩提大樂佛像、紫銅釋迦牟尼佛像八尊、黃金一千兩、珊瑚串珠、藏香、藏呢、氆氌、水晶、甘果、備鞍馬一千匹、吉祥哈達等。

乾隆皇帝賜給班禪大師的禮物有：

「南佐哈達、三十兩黃金所鑄曼紮、銀曼紮、密樂畏三佛之繡象各一、金座長柄杯、金碗、金香、金淨瓶、金盤、金香爐、嵌松耳石之金杯、純金杯五個、玉蓋盒二、水晶碗、水晶花瓶、水晶盤各一對、短頸瓷瓶、瓷花瓶、各類瓷盤各十、瓷器皿二、高腳紫銅器皿、烏漆木寬筷、大內哈達五百束、黃金五百兩、紅黃緞各六匹、洋紅緞二十匹、水獺皮、豹皮、玄狐皮各九張，百狸皮一千張、灰鼠皮一千張、紫羔皮一千張。」

陪同班禪入依清曠殿的僧人也都得到了各種各樣的賞賜。當天在須彌福壽之廟爲班禪洗塵，備辦了豐盛可口的飯菜，有：

菜八品：燕窩鍋燒鴨子、奶子西爾紮、山藥蔥椒羊肉、托湯雞、豆豉荔枝面、松子羊肉、攢絲冬瓜、口蘑肥雞。

餑餑四品：象眼棋餅小饅首、糜子米麵糕紅糕、羊肉餡包子、果餡魯酥、棗兒餡海棠、粳米飯、羊肉絲湯。

攢盤一品：蒸雞、燒羊肉。

包哈三盤：蒸鴨子一品、羊烏叉一品、糊羊一隻、羊肉二方。奶皮二品：莽阿奶皮、蒙古奶皮、紅奶茶、白奶茶、黑茶、奇格、優酪乳子、甜奶子。

另外還有爲跟役喇嘛準備的精美飯食。

班禪在承德住了一個多月，與乾隆皇帝頻繁接觸，乾隆爲他在避暑山莊的萬樹園舉行了四次大型的野宴，其中有兩次夜晚觀燃放焰花火戲。野宴中有蒙、滿民族特色的相撲、雜技、賽馬、什榜（音樂舞蹈）等，還在東宮的清音閣（大戲樓）連續演戲十日。

八月，乾隆七十萬壽大慶如期舉行，場面之繁華，用度之豪奢，按下不表，但乾隆的一篇御制《古稀說》不可不提，《古稀說》中說道：

「餘以今年登七帙，因用杜甫句，御刻『古稀天子』之寶。三代以上弗論黠、三代以下，爲天子而登古稀者才得六人，已近之作作矣。至於得國之正，護土之廣，臣服之普，民庶之安，雖順大當，可謂小康。且前代所以亡國者，曰強藩，曰外患，曰權臣，曰外戚，曰女禍，曰宦寺，曰奸臣，曰佞幸，今皆無一彷彿者。即所謂得古稀之六帝，元、明二祖，爲創業之君，禮樂政刑有未遑焉。其餘四帝，予所不足爲法，而其時其政，亦豈有若今日哉，是誠古稀而已矣。」

和珅細揣其意，其中多有自己往日的進言，可見往日的陳奏，多說在皇上的心坎上。和珅更窺見到老年的乾隆，喜歡歌功頌德，而不願聽逆耳之言，也發現皇上已志得意滿，希圖安逸的心跡。

和珅百忙中，總忘不了把十公主照顧得十分周到，轉瞬又到了新年的正月，圓明園買賣街又如期開市。這是公主最開心的時刻。乾隆帶著她在街中穿行，和珅跑前跑後。

乾隆時期，清宮上元節前後在圓明園福海東岸同樂園近旁開設宮市，俗稱買賣街。乾隆帝南巡時很喜愛江南民間市肆的富庶和繁華，回京後命於圓明園內擇依山臨水之地，摹仿浙江紹興街市修建一條有茶樓、酒肆、各種店鋪和商位的買賣街。

買賣街中開店的都由宮中太監充當，店小二則徵用外城各店鋪中伶俐的夥計。這裡有賣古玩的，賣藥材的，賣廣貨的，賣西洋鐘錶的，連街上叫賣的瓜子零食、冰糖葫蘆也應有盡有。

王公大臣們爲助皇上雅興，也都雲集於此，爭相購物，宮女太監這些深居簡出的人，也蜂擁而至。乾隆每到一處，小二則高聲吆喝，極盡待客之道，此時，堂官呼菜，店夥報賬，掌櫃的算盤劈哩啪啦，大家喧嘩不止，真如市井中一樣。

乾隆與女兒一起，盡享市井之樂，公主更是高興得手舞足蹈，看著什麼都覺得新鮮，都覺得喜歡，乾隆一一滿足她的要求。忽然公主到了一個攤位前，看到一領豔麗的大紅夾衣，道：「真好看！」和珅連忙道：「公主喜歡？」公主道：「喜歡。」和珅忙向鋪中買來，花了二十八兩銀子。公主興高采烈地跑到乾隆面前道：「父皇，丈人又給我買了件紅氅衣。」乾隆道：「你丈人口袋裡錢多得很，比父皇還多，你只管要。」和珅道：「奴才的錢，還不都是公主的，還不都花在公主身上！」乾隆道：「你說得也是。」是的，和珅只有一子，那錢還不都是豐紳殷德的，最終還不都是公主的。

三十一歲的和珅終於由戶部侍郎而升爲戶部尙書，同時任議政大臣，御前大臣、領侍衛內大臣、四庫全書館正總裁，兼理藩院尙書，又與乾隆結爲親家，兒子成了皇上最疼愛的女兒的額附，和珅可謂權勢熏天！

可是，正當和珅氣焰熏天的時候，有一個人正在爲和珅掘著墳墓，這個人就是朱珪。

朱珪，字石君，順天大興人，與其兄朱筠在鄉試中同時中舉，並負時譽。乾隆十三年中進士，時年甫十八歲。初選庶起士，後高宗乾隆喜愛其才學品行，讓他做侍讀學士，不久改福建糧驛道，後又升爲按察使、布政使，也就是在和珅三十一歲、乾隆七十歲的乾隆四十五年，朱珪代理山西巡撫。朱珪在外做官，最是勤政愛民，視政之餘，唯學問讀書是好，整日埋首書房。

山西布政使畢沅，總覺得這人礙手礙腳。朱珪到來之前，他總能大手大腳的花錢，沒錢了，就從國庫中「借」一點，就從下屬那裡「借」一點，那些屬吏也有眼色，經常爲畢沅送奉，當然畢沅也不讓這些送銀子送禮物的人吃虧，他心裡有數，記住他們送的數目，必定給他們機會讓他們撈回來。

偏偏在汾州縣遭了大水，老巡撫告老還鄉的時候，乾隆帝點了朱珪到山西代理巡撫一職。朱珪到了山西，急往汾州，竟赤著雙腳到百姓家裡，看那百姓牆倒屋塌，缺衣少食，便到了汾州縣城，令汾州縣令開倉放糧，賑濟災民。縣令只想支吾過去，朱珪哪裡肯放過他，定要他打開倉庫，縣令無奈，只得把倉庫空虛的實情說了。朱珪大怒，也不急於革他的職，限期讓他補齊所缺。可憐這知縣急得如熱鍋上的螞蟻，東挪西借，把家產賣個精光，總算把那「窟窿」塡個差不多，以爲可以沒事了，誰知就在這時，朱珪一紙公文下來，革了他的職，把他趕回老家去了。

此後，朱珪揚言要查檢其他府縣的倉庫，各府縣忙得紛紛亂亂，布政使畢沅也如昏了頭的蒼蠅，四處挪借，忙活了一個月，還沒補齊倉庫，此時畢沅只得先下手爲強，奏報朝廷，聲言個別州縣，瞞著政府，私吞公款公糧。這一招果然躲過了朱珪的彈劾，只可憐了幾個較爲老實的知府縣令，被革職拿問。

畢沅想，如果朱珪待在山西不走，由代理巡撫而轉爲實任，自己以後豈不成了個窮光蛋，當年費勁考了個頭名狀元爲啥，還不是爲了吃好點、穿好點、把日子過得好一點？當年爲什麼捨了許多錢財謀取這個布政使的位子？還不是因爲布政使掌管著地方財政錢糧，來錢最爲容易。這朱珪在此，過去的心力豈不是白費了。更何況自己一屁股盡是屎，若真的讓朱珪嗅出來看出來，以這朱珪的德性，自己必被他踢翻在地。畢沅想：我這個狀元須要想個「狀元」的法子，總要把他支走才好。

一日，朱珪急召畢沅來見，畢沅心驚肉跳趕往朱珪值室，道：「大人召見，不知何事？」頭上汗珠直冒，只等朱珪訓他。哪知朱珪急忙站起來，走到畢沅面前道：「我家中急信，說是母親病重，令我速回，可我囊中空空，竟無路費及治病銀兩，我想借你二百兩銀子，特立字據向你借用，行嗎？」

讀者也可能會說：「一個巡撫、一省首長，連二百兩銀子都沒有，還要借別人的？」現在筆者把清朝官吏的俸祿錄於下面，請你斟酌一下，朱珪若爲官清廉，二百兩銀子是不是容易拿出來：

正從一品　歲俸銀一百八十兩
俸米九十石
正從二品　歲俸銀一百九十兩
俸米七十七石五斗
正從三品　歲俸銀一百三十兩
俸米六十五石
正從四品　歲俸銀一百零五兩
俸米五十二石五斗
正從五品　歲俸銀八十兩
俸米四十石
正從六品　歲俸銀六十兩
俸米三十石
正從七品　歲俸銀四十五兩
俸米三十石
正從八品　歲俸銀四十兩
俸米二十石
正九品　歲俸銀三十三兩一錢一分四厘

俸米十六石五斗五升七合
從九品　歲俸銀三十一兩五錢
俸米十五石七斗五升

不說朱珪為官清正，雖做了巡撫，卻連給母親治病的錢也拿不起，卻說畢沅聽了朱珪的話，馬上渾身舒暢，心裡的一塊石頭落了地上，心想：我總以為沒有不吃腥的貓兒，只是你這朱珪，也太差勁了些，竟裝模作樣到了現在，耽誤我們掙了多少銀兩，這朱珪真是褲襠裡安掃帚，裝什麼大尾巴狼！

畢沅這樣想時，把頭抬起來，笑瞇瞇地擦著汗，道：「屬下這就想辦法。」朱珪道：「愈快愈好，刻不容緩。」畢沅道：「大人就在此等候，我去去就來。」畢沅想：這個傢伙比我這狀元郎的城府還深，比我還會沽名釣譽。

不一會兒，畢沅拿回一千兩白銀，放在朱珪面前說道：「世伯母貴恙，我無以表達我的孝心，請撫台大人收下。」朱珪把借條遞與畢沅，轉臉看那銀子，大吃一驚，道：「怎有這麼多銀子。」回頭看時，見那畢沅的嘴裡正嚼著自己給他的借據，於是明白了原委，遂一拍桌案，大怒道：「你這不是小看我嗎？你這不是向我行賄嗎？」

畢沅看朱珪那神情動作，真的不是裝樣子，心裡一驚，遂又鎮定下來說道：「你我同署為官，天天見面，彼此就好如親兄弟一般，兄弟聽說世伯母病重，又見你急成這個樣子，想你家裡必是窘困，便多給了你些銀兩，以解燃眉之急，這實在是愚弟的一片誠心，你怎麼反而以怨報德？」

朱珪被他搶白幾句，竟沒有話駁他，便說道：「既然如此，是我錯怪你了，愚兄就領老弟這個盛情，但是銀子我只借二百兩，而且你一定要收下我的借據。」畢沅道：「我就收下你的借據。」

畢沅見朱珪真是不吃腥的貓，便想：他自己做窮光蛋，難道非要連累我們喝那清湯寡水？於是便找了按察使和幾個知府及縣令，聯名寫了個奏摺，劾奏「朱珪終日讀書，於地方事一點也不過問。」畢沅等又派人往和珅府上送了一萬兩白銀及一些珍寶，又派人拿了銀子在京中打點，通風報信。

朱珪在家奉母治病，見母病已痊，還要回任，忽然乾隆詔到，令他回京聽命，山西巡撫由布政使畢沅署理。

朱珪大驚之餘，思想著這事，雖出乎意料之外，卻入乎情理之中，偶然中蘊含著必然。知道這一定是畢沅等在和珅及其他人那裡使了銀子，於是自己的「終日讀書」竟成了過錯。經過此事以後，朱珪苦思瞑想，思索著朝中的大事。回首走過的道路，求索著未來的前途。朱珪想，皇上再沒有了過去的宏圖大志，只以爲天下安定，他總以爲他做了前無古人後啓來者的宏偉大業，漸漸地貪圖享受，終日誇示富強。和珅投其所好、討得寵愛，以致於權宦當道，吏治腐敗，官府衙門互相勾結、作弊營私。想想自己的同事同門或門生中，也徇庇同黨，援引傾陷。你若指摘這些弊端，必遭皇上瞋怒，必受和珅陷害。朝廷中勳貴權臣都不敢進言，更談不到更張現實。自己對這腐敗霉變王世，絕對是無可奈何的。難道就沒有希望了？若有希望，希望在哪裡？

人們常說，識時務者爲俊傑。什麼叫識時務？似諸葛孔明在隆中暢言天下三分，隨劉備建功立業爲識時務；而晚年屢表出師，做其不可爲之事，反弱了蜀國就是不識時務。似岳飛只喊：「直搗黃龍府，與諸君痛飲耳！」卻不知道趙構心思，也爲不識時務。吳三桂爲識時務嗎？呸！賣國則爲人所不恥，受戮又爲天下所恥笑，更是不識時務。

朱珪要做一個識時務的人，他看到了希望。希望在哪裡？希望只能在未來的皇帝身上。未來的皇帝可能是哪一位皇子呢？

四十三年九月，當有人議論乾隆「貪戀祿位，不肯立儲」時，乾隆曾向天下宣佈：他於三十八年冬天就已經選立皇儲，並且說：「此事有蒼天作證。」皇儲的名字密封於匣內，置於乾清宮「正大光明」匾額之後，嗣皇爲誰？

朱珪對諸皇子一個一個地分析，漸漸地，目光集中到皇十五子永琰身上。

朱珪回想著立定皇儲的乾隆三十八年的事情，這年冬至，南郊大祀，大祀當天，乾隆就命永琰代祀東陵。

清東陵位於直隸遵化縣馬蘭峪昌瑞山。順治帝在一次狩獵中偶過此山，見風景優美，王氣蔥鬱，流連忘返，於是親定此地爲自己死後的萬年吉地。順治帝駕崩後就葬於此處，後康熙帝也葬於此。以往，代皇上祀東陵者即爲儲君，乾隆讓永琰代祀東陵，豈不是暗示永琰，他已將祖宗基業託付於永琰？還有，自他代祀東陵後，有兩年的時間，無人知道永琰的去向。有的人說他被禁於宮內，可是若果真的是被囚禁了，何至於被囚禁時皇上坦然，永琰復出時皇上依然坦然而無任何波瀾？也有人說，皇上爲懲治他，讓他去尋木魚石，此說較爲可信。

若論諸皇子人品，儲位更是非永琰莫屬。

既然永琰是儲君，則希望就是他身上，就要想方設法接近他。可是清制：大臣絕不許與皇子接近，接近就要殺頭。

接近他的唯一途徑是做他的老師，做上書房的師傅。

如何才能謀得上書房師傅而又是皇十五子永琰的老師的職位？

朱珪目標既定，便開始行動起來。首先，他投乾隆所好，與乾隆作詩唱和。乾隆每日數首乃至十幾首、幾十首，朱珪把這些詩歌收集起來，和之以進獻皇上，皇上大喜，便漸漸的與他翰墨來往，初時寥寥，後來頻繁不絕。

然後，朱珪把乾隆的詩歌和文章全都收集過來，把它們分門別類，編緝成部函，加上注釋和按語，評論那些詩歌，掩過「三曹」，比肩「李杜」。乾隆最喜作詩，說自己「伊余有結習，對時耽屬詠」，「笑予結習未忘詩」，「平生結習最於詩。」既然作詩以成「習」，便頗視自己詩作高妙，而朱珪又精當地點出其高妙超絕之處，乾隆越加認爲自己的詩作無論是格調、意境，還是煉字錘句，都可比肩古人而藐視當今。

朱珪僅此還嫌不夠，便把乾隆的文章拿來，詳加解釋闡發，從思想內蘊，到篇章詞句，無不涉及。闡釋評說之後，又寫一《後跋》。《後跋》中總結皇上論著有四大特點：

「刊千古相承之誤，宣群經未傳之蘊，斷千秋未定之案，開諸儒未解之惑。」

這幾句的意思用現在的白話來說就是：改正了千古以來人們對古文經典的誤解與傳訛；闡發宣揚了古代各種經典中從未被揭示出來的意蘊、精髓；明斷了千百年來未定的疑案；解答了先哲今儒歷代學者想盡辦法解釋而又解釋不通的疑惑。

乾隆看罷，有些不好意思，但卻說道：「朱珪所語都是紀實，並不是空泛的阿諛奉迎，他對朕的論著，精深地研究，全面闡發，能夠發現我的論著中蘊含的博大精深的道理。他的跋語更是得體恰當，確實應該對朱珪特加褒獎。」

於是命令將該文繕寫，分發給各皇子皇孫，人手一冊。

這樣，乾隆的著作，朱珪的批註，成了皇子皇孫們的教科書。此時，朱珪被順理成章地任命爲上書房師傅，並專教皇十五子永琰。

乾隆想：永琰是我密定的儲君，除非朱珪這樣的大學問家，再沒有誰能教永琰。

路漫漫其修遠兮，吾將上下而求索。

朱珪做了永琰的老師後，發誓要把永琰培養成一個能辨忠奸、明是非、憂國憂民、勤政愛民、摒奢尚儉的君王。於是朱珪在教授永琰李杜詩篇，韓柳文章，蘇辛詞句的同時，更從《四書》《五經》中闡發仁政愛民、國以民爲本的道理。特別對歷代帝王的治國方略，成敗得失，經驗教訓，講得明白，析得透闢。當講到《出師表》中「親賢臣、遠小人，此先漢所以興隆也；親小人、遠賢臣，此後漢所以傾頹也」時，更是詳細講明，什麼樣的人是賢臣、什麼樣的人是小人。而君王只有自正自清才能有識，才能辨出賢佞。

朱珪在教書，更在教人，他在塑造一個英明帝王的靈魂。朱珪是最偉大的工程師。他在永琰身上傾注了他的所有心血，他在不動聲色地爲和珅掘著墳墓。一根絞索在編織著。

朱珪在上書房一過就是五年，永琰的品格、永琰的個性，在這五年中形成。

套向和珅頭上的一根絞索已經編成。

朱珪被皇上任命爲福建學政，他就要離開永琰，五年的朝夕相處，二人感情非常深厚，難以割捨。臨行，朱珪上五箴於永琰，它是：

「曰養心，曰敬身，曰勤業，曰虛己，曰致誠。」

這五箴便成了永琰的座右銘。

後來內禪大典後，和珅驕橫，乾隆貪權，永琰能靜己虛己，待機而發，實得益於朱珪之教誨也。

第六章　薰蕕同器·互不相容

乾隆想提拔劉墉做吏部侍郎。和珅想：這吏部銓選考核天下官吏，我讓蘇凌阿做了侍郎，在各道府安插了許多我的人，如果插進一劉墉，豈不從旁掣肘。便在金鑾殿上說：「皇上，歷朝成規，面貌寢醜、形容猥瑣者，不得位列朝班。似劉墉，擢為吏部侍郎有礙聖視，且外藩也視我大清無人。」

正當圓明園買賣街的欣悅還縈繞心頭時，一件震動朝廷的急報送至乾隆御前。甘肅回民和撒拉族人在循化廳造反，叛民大王為蘇四十三和韓二。乾隆急命總督勒爾謹征剿。

原來住在甘肅、青海地區的伊斯蘭教各處教長的勢力不斷擴大，逐漸發展成門宦地主。他們依借天課、地租對教民進行殘酷剝削，致使教長與教民的宗教地位差別轉化爲極端懸殊的貧富對立。在這種情勢下，乾隆二十六年，甘肅安定人馬明新別創新教，反對老教的門宦制度，回民及撒拉貧民蜂起回應，新教教徒迅速增加，新教迅速傳播到青海和甘肅兩省。老教富豪極力反對，借助清廷壓制新教，清廷也極力袒護老教，壓制新教，並於乾隆四十六年逮捕新教教主馬明新，此舉激起回族及撒拉族人憤怒，他們推蘇四十三和韓二爲首領，在循化廳舉旗反清，殺死老教教長韓三十八等，進攻老教各民，並迅猛地攻佔河州。

卻說總督勒爾謹急調各族兵圍剿新教叛軍，但叛軍佔據華林山，屢次擊退清軍。總督勒爾謹束手無策，叛軍更四處出擊，兵逼蘭州，佔領蘭州西關。

急報馳入京城，乾隆即詔文武大臣於金鑾殿。乾隆高坐寶座敕令：「總督勒爾謹無能屢敗，助長賊勢，急傳入京，削職嚴懲。」有大臣領命而去。乾隆慢慢站起身來，不怒而威，巡視一眼下面文武百官，道：「額駙拉爾旺濟。」「臣在。」「朕撥京師健銳及火器營兵二千與你，命你領侍衛內大臣，率軍前去，即日起程。」「嗻。」「海蘭察、額森特。」「臣在。」「命你二人爲護軍同額駙同去，望爾等戮力同心，早破賊軍。」「嗻。」「和珅。」「奴才在。」「想你前年曾代朕巡查陝甘，對陝甘甚爲熟悉，特命你爲朕欽差，與你御劍一柄，督師破賊，有殆惰者軍法嚴懲。」「嗻。」「爾等去吧！」「嗻。」

那知幾人剛一轉身，突然乾隆帝又道：「慢！」幾人遂又轉過身來，乾隆道：「速傳大學士阿桂，命他即赴甘肅統帥一軍，河務工程，朕另遣人去，不得有誤。」乾隆一提阿桂的名字，和珅心一涼，海蘭察心裡一熱。又聽乾隆道：「尚書和珅。」「奴才在。」「命你協助阿桂督師破賊，待阿桂到日，你即將御賜寶劍交與他手。」「奴才遵命。」「爾等須戮力同心，若有貽誤軍機者，朕必嚴懲。爾等去吧。」

和珅想起阿桂就覺得氣悶，剛才當著滿朝文武，乾隆帝先點和珅督師，遂又委於阿桂，在乾隆眼裡分明阿桂更重於和珅，和珅內心翻起陣陣醋浪。

阿桂，字廣庭，姓章佳氏，大學士阿克敦之子，出身簪纓世族之家，中舉後授大理寺丞，旋遷爲吏部員外郎。後隨兆惠平定準噶爾，屯田安定西域，扭轉緬甸敗局，安撫安南，蕩平大小金川，多次在紫光閣功臣像中圖像，其功之大，除故去的傅恒之外，無人可比，現任武英殿大學士，首席軍機，位列朝廷班次之首。和珅想，你功高位重，一人之下萬人之上，我也不妒你，可你對我如此傲慢。

同在軍機處，你從來不和我來往。每次見到你，我總是主動向你問安，你只昂首為禮，甚至有一次我遠遠過去，拱手作禮，你只哼了一聲。在朝廷中，在金鑾殿內，你總是與我站離二十多步，太傲慢了！和珅想到阿桂，總覺自己猶如一根小草，阿桂卻如一塊石板壓在他的上面。和珅想：皇上既以我不如阿桂，我這次就要立下軍功，挫一挫阿桂的傲氣，讓他看看這大清朝不只他一人會領兵打仗。於是和珅催大軍速行，只怕功勞被阿桂奪了去。

軍至蘭州城下，和珅即命斬首馬明新，掛於蘭州城牆，然後把藏兵、蒙古兵與自己所帶兵馬合起有一萬多人。得知賊兵僅三千左右，和珅想那山野草寇，怎敵我精銳之師，況我數倍於敵，掃蕩那賊兵還不似易如反掌。想皇上興師動眾，也太過謹慎，總督勒爾謹也太無能。明日我即出兵，不讓那阿桂白撈虛名。

第二日坐於中軍帳內，召集將校，道：「海蘭察。」「末將在。」「命你率二千人為先，火速進軍。」海蘭察道：「我大軍初到，不及休整，守城將士，連日苦戰，我軍疲憊，怎能進攻；且敵軍藏於深山，敵情不明，怎能冒進。」和珅道：「賊區區三千人，我軍萬眾，皆精銳之師，又持火器，我大軍到處還不如急風之掃蕩敗葉。」海蘭察道：「我末將難從，只待阿桂大人到。」和珅怒到：「有尚方寶劍在此，違命者斬。」海蘭察只得領命而去。和珅便帶大隊人馬，隨後跟上。

新教叛軍雖則不足三千人，但對華林山一草一木，一石一洞都極為熟悉，滿山遍野都是陷阱暗堡，只等你踏入，暗堡內弓弩齊發。你要尋他，又不知他在何處。海蘭察率兵挺進，剛過五里，到一山樑前，剛爬到山樑一半，不料猛然樑上多幾百個洞來，大刀閃過，箭簇如雨，清兵眨眼間死傷幾百。海蘭察急命人馬撤往平地，四周圍成盾牆，用火炮向山上打去，陣陣白煙騰空而起。炮聲剛停，海蘭察一馬當先往山樑上衝去，可到了山樑之上，哪見一個叛軍？即刻命停止前進，等待中軍到來。和珅一見大怒：「不見一個叛軍，你倒死傷幾百個弟兄，本欽差且暫不追究，只問你爲何不再進兵？」海蘭察道：「敵暗我明，豈能輕進。」和珅道：「皆道你是本朝第一勇將，如何這等膽怯。」海蘭察道：「你盡紙上談兵，怎能反侮別人。」和珅道：「看我親自蕩平叛軍與你看。」於是急命大軍向前。

大軍進到山谷，山谷狹長。總兵圖欽寶道：「此地並無一兵，必有埋伏，大帥須停兵不前，先占兩岸山頭爲要。」和珅道：「那草寇刁民，縱有埋伏，又奈我何。」大軍又進。突然山兩邊滾下火束，傾刻間山谷火勢爆燃，濃煙滾滾，清兵嗷嗷直叫，往後便退，哪知後邊突陷一大溝，寬深數丈，清兵竟無退路，和珅如熱鍋上的螞蟻，暈頭轉向，不知往哪裡去好。圖欽寶大叫：「兵集一處都隨我來。」端起一桿長槍往那山頂衝去，山上矢發如雨，圖欽寶身中數箭，仍奮力大呼：「衝上山即活，衝不上即死，衝啊！」長槍閃閃，往上直縱，有幾個叛兵過來，未及近前，早作了槍下之鬼。

圖欽寶剛踏上山頂，突然被繩索纏住雙腳摔倒在地上，幾桿長槍過來，身上頓時多了幾個血窟窿。叛軍石頭從山頂滾了下來，那快到山頂的清兵，又被壓了下去，正危急之時，忽見一個大漢率幾十人從山脊上來，捉刀亂砍，叛軍披靡。不一會，山脊上又來了大隊人馬，叛軍潰去。和珅見山頭有了清兵，急爬上去，到了山頂，見海蘭察滿身是血，海蘭察看那和珅則是滿臉灰黑，一身焦爛。

次日，和珅於中軍帳內坐定，道：「我各路兵馬，不能五指分進，須握成一拳，步步爲營緩慢逼進。」但哪一個聽他調遣，叫海蘭察，海蘭察不應；叫額森特，額森特不鳴。額駙拉爾旺濟道：「各軍選好地形，先紮下營盤，稍事休整，須嚴防賊兵襲營，絕不許掉以輕心，玩忽者斬；進軍事宜，容後再議。」各將領命去訖。和珅想，大軍受挫，即使我不呈報，亦必然別人呈報。於是便寫一折，飛馳北京，言海蘭察等不聽調遣，致使大軍受挫。

兩日後，報阿桂來到。和珅迎上前去。阿桂道：「戰況如何？」和珅道：「我軍稍受挫折。」阿桂道：「怎在此紮下營寨，不速進攻？」和珅道：「諸將均不聽調遣，任意行事，實爲挫敗緣故。」阿桂道：「軍中不聽遣者斬無赦。」和珅道：「諸將驕肆，公請試之。」

第二日早上，阿桂傳令諸將齊集轅前，軍校站立兩旁，直立如松。阿桂道：「海蘭察。」「末將在。」「命你帶所部人馬在中軍之右前方，探索前進。」「嗻！」「額森特。」「末將在。」「命你帶所部人馬在中軍之左前方，開路前進。」「嗻！」「其餘各部隨本帥中軍，攻擊前進。三路軍各相距五里，成『品』字形，互爲照應，隨時聯絡，都明白了嗎？」「明白了！」諸將齊聲吶喊，響徹雲霄。阿桂道：「請額駙率一千人馬，籌集糧草，聯絡內外。」拉爾旺濟道：「屬下遵命。」阿桂道：「拔寨前行。」和珅又羞又愧。阿桂把御劍往案上一拍道：「和大人，諸將一點也不見傲慢，這尚方寶劍該落在誰的頭上？」和珅俊面如土，不一會兒方鞠躬拱手道：「不知下一步我軍該如何佈置？」阿桂笑而不答。

一日大軍急行，到了傍晚，三軍合一，紮下營盤，正要埋鍋造飯，不料阿桂忽然命令道：「速把營盤紮於左面山樑高地之上，不得有誤。」諸將答道：「一天行軍，人困馬乏，現天已漆黑，鍋已埋好，怎能再事勞頓？且兩面山頂俱都紮下哨營，大軍在此地，必定安然無恙，何必再生枝節。」阿桂抽出御劍把營帳橫木截爲兩段，怒道：「有再多言者有如此木。」眾將怒聲不絕，勉強從命。

和珅暗暗發笑，心內道：你在我面前擺威風擺得也太過分了，如此，你阿桂能落了好去？哪知剛到半夜，大雨滂沱，再看那居營地，盡被大水淹沒，水深達一丈有餘。和珅不禁呆了。眾將士各到中軍帳，稱讚阿桂神機妙算。阿桂卻憨厚地笑道：「我正查兵士埋鍋造飯，卻是群蟻移穴，知天勢將雨；抬頭望天，見雲醞釀，知雨必傾盆。故以營地低窪才強令眾人移營，並無任何異術。」和珅見阿桂如此謙和率直，心無城府，不由地鬆了一口氣。

連日大雨，大軍礙滯不能進，阿桂急報皇上，生怕乾隆怪罪自己遷延不進。旬日過後，阿桂召集諸將道：「山中佈滿陷阱暗堡，敵暗我明，不宜強攻。爾等把各處水井都掩埋掉，把那大小溪水，盡都截斷，不許通向山裡，你們在周圍修好壁壘柵欄，只准守不准攻，只准步步進逼，不可長驅直入，明白嗎？」「明白。」阿桂又傳令督撫，嚴禁百姓進山。

一日午飯過後，阿桂道：「和大人，你問我軍下一步如何佈置，我想你我宜去察視敵情，才好定奪。」也不等和珅答話，便帶十餘騎，往前駛去，和珅不得不緊隨其後。漸漸的紅日西墜，阿桂等人已在樹林中穿行二三十里，阿桂道：「等我們上這個山頭，便看得真切了。」

於是一馬當先登了上去，誰知一行人剛往山頭上一站，叛軍立即發現了他們，幾百個騎兵從四面呈環形包圍上來。阿桂命道：「快脫下衣服，脫得愈快愈好，把它們撕爛。」和珅不知就裡，也只得從命，和大家一齊把衣服脫了，撕碎後掛在高坡的樹上。阿桂道：「我們向敵人營寨行進，到那邊小山崗，不許出聲，聽我號令。」於是來到前面的土崗，阿桂道：「散開臥倒，我叫大家喊時，大家須齊聲吶喊。」眾人散開臥倒。

這時夜幕降臨，叛軍走到山頭，不知那是塊塊碎布隨風擺動，倒像是人影綽綽，詭秘地晃動著，敵兵以爲援兵到了，或是有清兵偷營，正疑惑間，阿桂道：「大家一齊吶喊。」於是十幾人騰地在山崗上吶喊起來：「殺呀，別放跑他們！」這幾百個騎兵嚇得如見了勾魂的判官，飛快逃竄。和珅出了一身冷汗，看那阿桂時，只見飛身上馬，道：「快走！」

且說那回民義軍逃不多遠，見沒聲息，知道中計。再折回來，只見幾身破衣褲。便回營稟告蘇四十三。蘇四十三與韓二商討道：「今天敵軍窺我營寨，我們被困山中，糧食短缺倒還罷了。只這沒有水是絕對不行的。我們不能被困死，須想方決戰。明日敵軍必來攻我。我們就在這山谷中設下埋伏，讓他有來無回。」韓二道：「他若不進谷怎麼辦？」蘇四十三道：「我們假裝失敗誘他進來。」

過了兩天，阿桂並無動靜，和珅說：「我們前日偵那敵人營寨，正在山坳之中，若大軍四面包抄，必是甕中捉鼈，大帥何不發兵，坐失良相。」阿桂道：「你休多說，我自有安排。」和珅心道：「這個傢伙，分明做了錯事，還如此傲慢。」悻悻而去。

忽報敵人一彪人馬殺來，阿桂道：「來得好。我正等著他。」便披掛上陣，帶兵掩殺過去，直追過三十里，敵兵退進山谷。阿桂揮兵急進，和珅道：「敵人先來挑戰，並未損兵折將，而逃命如此迅速，必然有詐，怎可進谷？」阿桂道：「本帥作主，你休多言，命大軍進那山谷。」和珅道：「看這兩面高山及谷中形勢，與吾等上次受挫逼似，大帥怎如此不聽勸告。」阿桂道：「縱有埋伏，量彼草寇山賊，能奈我何？」和珅急道：「大帥不要憑一己意氣，招致大軍潰敗。」阿桂道：「你若害怕，便留在這谷口。」於是讓和珅留谷口自己帶兵急進。

到了山谷正中，兩邊山坡上忽然冒出黑壓壓的人群，吶喊聲震盪山谷，可沒等他們點火，兩邊山頭上卻突然殺出清兵無數，直往下攻，山下阿桂命軍士不許爬山拿鬥，兩面刀斧手站成幾排在前、弓箭手、火器手在後，只等那敵軍。

蘇四十三看阿桂入谷，喜不自勝，待從暗道茅叢裡爬來，卻發現身後那邊殺來清兵，知道上當，眼見清兵占了山頂，便帶著新教教徒，往谷底猛攻，希望從谷底奔向谷口。哪知剛接近谷底，箭矢與火器齊發，新教兵士非死即仿，新教兵士眼見沒有生路，便跟著蘇四十三與官軍拚起命來，以一當十，奮勇向前，只二百多人順谷逃竄，二千多新教徒屍體便扔在山坡谷底，其中一具是蘇四十三。

阿桂命海蘭察追擊，自己回到谷口。額森特道：「大帥真神機妙算，我軍在山後俱已急迫，若無大帥嚴令，怎能保得住這兩頭。」阿桂道：「眾將士辛苦了。不過要先謝謝額駙爲你們準備的炒麵水袋。」額駙拉爾旺濟道：「這要謝蘭州百姓，一天之間炒了那麼多麵，又做了那麼多羊皮水袋。」

和珅此時才恍然大悟，不免倒吸一口涼氣。幸虧阿桂不知權術，胸無城府。不然，此等稟賦機敏，完全壓我一輩子。正在心驚肉跳的時候，忽報皇上有詔，阿桂看罷，交與和珅，和珅的臉頓時黃了。詔斥和珅匿圖欽寶死事不上，劾海蘭察、額森特不聽調遣，顛倒是非。又謂阿桂至軍，措置始有條理，一人足辦賊，和珅在軍，事不歸一，海蘭察等久隨阿桂，易節制，和珅速回京。

阿桂道：「尚書和珅。」和珅道：「下官在。」「命你即日銜命歸京。」「嗻。」

新教義軍被海蘭察逼至華林山的一個寺廟裡，仍英勇抗擊，海蘭察一把火燒了寺廟，義軍全部壯烈犧牲，無一降者。直至乾隆四十九年四月，回民在新教阿訇田王領導下，在甘肅通渭石峰堡提出爲馬明新、蘇四十三等復仇的口號，再次舉起反抗義旗。乾隆命福康安、海蘭察會剿。又命大學士阿桂率領禁旅、健銳、火器營二千人前往鎮壓，仍用斷絕水源和圍困的手段，攻下石峰堡，義軍千餘人全部殉難——這是後話。

且說和珅回到了北京，見了乾隆，道：「奴才出外打仗，反覺身子發胖了。」乾隆道：「是你的心發胖了吧。」和珅又倒吸一口涼氣，道：「奴才只是想爲皇上盡綿薄之力，效犬馬之勞，以報知遇之想，不料竟有負聖望。」乾隆道：「你在途中所奏詔旨甚多，均未奏及，究於你之所行之事，能逃朕的洞鑒嗎？」和珅唯唯諾諾，誠惶誠恐。乾隆道：「朕早已知道你與阿桂之隙，朕此次先遣你後又遣阿桂，不僅因陷陣征戰你不如他，更爲使你二人和睦相處。而你心有不甘。」和珅道：「奴才有辱聖意，奴才該死。」乾隆道：「阿桂奏報甘肅連旬大雨，大軍礙滯不進，蓋緣於此，其奏是真是假？」和珅再不敢說謊，道：「確是連日大雨。賊處山中，若冒雨進擊，委實不利。」

哪知乾隆騰地站起來，雙眉緊蹙，踱了幾步，站於和珅面前滿臉怒氣道：「和珅罪不容赦！」聲如打雷，和珅當即跪倒在地，渾身起了雞皮疙瘩道：「奴才惶恐，奴才不知罪在何處。」乾隆怒道：「你有負朕望，甘肅旱災捐糧，明明是假。朕前年曾派你前往盤查，可你奏報甘肅監糧屬實，不是欺君之罪嗎？」和珅那顆心頓時猶如冰封雪凍一樣。剛才皇上問及甘肅旬日大雨，印證阿桂是假，考察甘肅是真。乾隆真乃英明不可欺也。

勒爾謹每年俱報奏大旱，可兵進華林山卻遇旬日大雨，這不是假是什麼，從這一點小小的事情上，即窺見甘肅假情，皇上確實英明。和珅即叩首道：「奴才到甘肅，確實一州一府看那糧倉，對那帳單。糧倉俱滿……帳本……帳本……。」說到這裡，叩頭如搗蒜，那頭上的紅痣也變成了紫的。「奴才該死，奴才這才知是受蒙蔽了。想那糧倉，未必真是捐監糧倉。」乾隆道：「你就沒得受賄賂嗎？」和珅道：「奴才曾受了勒爾謹四顆西域藍寶石，奴才實愛那寶石，想那寶石戴在公主身上必是好看，於是奴才收下，現在正在公主之處。奴才罪過，狂妄自大，甘肅結棚迎接，笙歌溢道，全省官吏俱皆前簇後擁，奴才輕飄飄的，倒粗心起來，那倉庫帳本必是假的……」乾隆見他如此，心裡倒有不忍。他年輕輕的，被朕連擢帶拔，必是驕傲，那奸猾的地方官，定是捉弄了他。

便道：「你起來吧。」和珅道：「奴才有負皇上栽培，有負皇上重望，犯下這等罪來，有何面目再見皇上，奴才求皇上賜臣一死。」乾隆一聽這話，內心生氣，道：「起來，你倒和朕慪起氣來。」和珅道：「奴才請皇上再給我一個機會，讓我再到甘肅，我必嚴查重懲那些欺哄奸邪小人，待回來後再請皇上賜死。」乾隆道：「你且起來。」和珅站起身來。看那樣子，皇上倒是心疼和珅，道：「你當以爲戒，下不再犯。至於甘肅事，阿桂仍然在彼，朕即刻傳詔，讓阿桂嚴查。」

和珅一聽讓阿桂盤查，內心一驚，也不在表面上流露出來，反走上前去，扶皇上在椅上坐下，輕輕地捶打著乾隆脊背，揉捏著乾隆肩膀道：「皇上千萬別生氣，免得氣壞身子。」乾隆道：「能不氣嗎？」

和珅回家，急命劉全飛馬奔赴蘭州。

不幾日阿桂奏報：所謂「監糧」，純屬子虛烏有。

乾隆大怒，令群臣於金鑾殿上詔曰：「朕平生最恨貪污，甘肅冒災貪賑，國法不容。朕當嚴懲，以儆天下，查一個殺一個，查兩個殺兩個，決不寬宥。」群臣俱都震恐。乾隆道：「和珅。」「臣在。」「現降你兩級聽用，待案查清後，再聽候處置。」「嗻。」乾隆道：「從獄中提出李侍堯，速來見朕。」群臣面面相覷，不知就理。和珅早猜到八九分，心裡一緊暗想：「今後在乾隆跟前，應更加小心，做事更應滴水不漏。乾隆宣李侍堯，必爲甘肅監捐之案，想李侍堯已是秋後侍斬之人，讓他辦理此案，首先他必不徇任何私情，待死之人，沒有任何怕處，沒有任何牽累。其次，李侍堯必盡力查辦此案，冀望從此得生路於萬一。再次，李侍堯練達精明，想那陝甘二省，哪有他的對手。虧我讓劉全馬上馳飛蘭州，不然，我命休矣。」

果然，乾隆命李侍堯代理陝甘總督，戴罪銜職辦案，辦好可免死罪，辦不好，秋後及時問斬。又命阿桂暫住蘭州，督李侍堯辦案，兼查黃河工程。李侍堯曰：「不負聖恩。」銜命而去。

李侍堯的車子在高原上飛奔，他要爭取時間。

李侍堯飛奔進阿桂值室。

阿桂急命精銳清兵圍住各州府縣衙門，嚴把各地要道路口，城鄉俱有軍士巡邏，總督府衙門及總督府家院，布政使衙門及布政使家院更多派兵丁把守，圍得水泄不通。

大街小巷貼滿了李侍堯頒發的佈告，令百姓檢舉揭發，奸邪之徒者若乘政府癱瘓之機尋釁、滋事，立斬。

各地城牆上都掛著幾個人頭，是那些小偷小摸的人。

全省肅然。

旬日，李侍堯查清此案。奏報：

總督勒爾謹以甘肅等省假冒旱災爲由，報朝廷准許其省收取所謂的「監糧」，即百姓繳納豆麥，生員即可應試入官或免試入官。實際上甘肅本無旱災，勒爾瑾王亶望乃至各州縣所收並取「監糧」，實是折成銀兩，同時冒充以糧賑災暗把銀子納入私囊。其銀自總督以下皆有份，王亶望多取，僅收繳「監糧」剛開始的半年間，王亶望竟把折合相當於二十萬石糧食的銀兩吞爲己有。王亶望又以謊報建倉爲由，冒領朝廷白銀十六萬兩，這些銀大都入私囊，四十四年，軍機大臣和珅前往盤查，各州府縣等皆以地方儲倉冒充，或以假帳蒙混過關。今抄王亶望家，得金銀逾百萬，餘等器物園宅，折銀待估。另查同案，侵吞銀一千兩以上者一百零二人，一千兩至一萬兩者三十人，一萬兩至兩萬兩以下者十一人，兩萬兩以上、十萬兩以下者二十人。十萬兩以上得十人。甘肅全省官吏無不染指。

乾隆敕令：將王亶望立即正法，子發往伊犁，賜總督勒爾謹自盡。另外有五十六人被處斬，四十六人被發配。對下層官吏，從輕處置。令李侍堯爲陝甘總督，重建地方機構。和珅仍降兩級留用，只有這個最大的受賄犯脫漏法網。

當時甘肅民謠曰：

甘肅年年遭大旱，當官的轎子更好看。
撐開簾門看一看，裡面盡是貪污犯。
先殺頭、後審判，保準沒有冤假案。

讓和珅備感安慰的是乾隆讓他扈從熱河，對他仍是疼愛，並讓他任《欽定熱河志》總裁，和珅此時不賣力更待何時，幾個月，《欽定熱河志》擺在乾隆面前，乾隆大為高興，又嘉獎和珅一番。對乾隆這位七十多歲的老人，和珅比以前照顧得更周到、更體貼，時常和他同榻而眠。

十公主更是依戀乾隆與和珅。因為她的母親惇汪氏因鞭打宮女致死，差點被乾隆殺掉，正因為疼愛十公主，饒了惇汪氏性命，降為惇嬪。和珅也更加疼愛十公主，陪她玩耍，陪她射獵，和珅總能找到讓她高興的事做，總能找到讓她喜愛的東西。

和珅漸漸地拂去了自己內心的陰影，乾隆對他更加依戀。於是擢他為大學士兼吏部尚書。

自己是吏部尚書，蘇凌阿做吏部員外郎，這不是一家人做同一個官嗎？和珅便面奏乾隆，破格提拔他兼任工部和兵部侍郎。正當蘇凌阿和他女兒的乾爹沉浸於升官的喜悅之中時，金鑾殿上，劉國泰卻被彈劾了。

山東歷城縣有一個縣令叫謝正，進士出身，乃是揚州八怪之一鄭板橋的學生，得鄭板橋真傳，經十餘年努力，練就一手好字、好畫，好詩，堪與其師媲美。為人也極正直，時刻以鄭板橋為楷模，不阿權貴，更不貪財。剛一上任就減免租稅，得到百姓歡迎，他從不坐轎，整日裡向那百姓家跑。

一日謝正攜了酒肉，在田野裡走著，嘴裡哼嘰著王維的詩句：「斜光照墟里，窮巷牛羊歸，野老念牧童，倚仗候荊扉。雉雊麥苗秀，蠶眠桑葉稀，田夫荷鋤立，相見語依依。即此羨閒逸，悵然吟式微。」到了中午，踏進一戶人家，把那酒葫蘆往桌上一放，懷裡拽出牛肉，與那農夫對飲起來，直喝了一個時辰，才起身告辭。那農夫見他歪歪倒倒，道：「我送你回縣衙吧。」謝正說：「沒事，我是千杯不醉。」於是便又誦起孟浩然的詩來：「故人具雞黍，邀我至田家。綠樹村邊合，青山郭外斜。

開軒面場圃，把酒話桑麻。待到重陽日，還來就菊花。」那農夫見他吟詩，也就回去了，這歷城縣城內城外，都知道這縣令有四好，好酒、好詩、好畫、好字。愈是喝得多，詩、畫、字便愈作得好。如果是不誦詩，不作畫，又不寫字，那肯定是他喝醉了。所以農夫看見他歪歪倒倒，卻還能吟詩，便放心地回去了。

這謝正歪歪倒倒直到城中，遠遠地望見一家店鋪前圍著些人，便咕咕噥噥地走了過去。只見人堆中間跪著一個小孩，頭髮蓬亂，粘著些枯草，衣衫襤褸，佈滿了塵垢。正待要問，不知是哪個眼尖，叫一聲：「縣太爺到了。」大家便閃開，早有那店主來到謝正面前，滿臉堆笑，作揖打拱道：「縣太爺請裡面坐，裡面坐。」謝正道：「這……這是怎麼……回事？」「他是個小偷，偷了我的扒雞。」謝正道：「想……他是餓了，吃了算了。」轉身就要走開。店主道：「一個雞值幾錢銀子，他家離這不遠，本該讓他大人賠的。」謝正道：「我……知道他家……他……他父親重病，賠不起的。」店主道：「那也要體罰一下吧。」謝正道：「好、好。你拿條席，拿幾張紙來，我讓他示眾。」店主忙叫人拿來席，把紙放於桌上，謝正隨手一揮，一張紙上出來一株蘭草，又寫了幾句詩在上面，讓人拿來漿糊，把詩畫貼在那席子上，然後把席捆在那孩子身上，讓那孩子站在門前示眾。

眾人看那蘭草，好像是長在山谷裡，不像是在蘆席上，看那字，瀟灑落拓，於是讚不絕口。不一會兒，滿城的人都知道了，爭著來看那詩書畫，把個店門口圍得水泄不通，久久不願離去。這下可苦了那店主，不只生意做不成，門前的棚子也被擠倒了。那店主反倒求謝正道：「老爺還是把他放了吧。」這謝正哈哈大笑，把那小孩放了。

是年天旱不收，老百姓要殺牲畜。謝正勸止道：「牲畜宰了，如何生產。你們先等一等，本縣向知府寫份報告，開倉救濟。」哪知濟南知府呂爾昌，不僅不許他開倉賑濟，反而要向他「借」

點銀兩，並暗示他應向巡撫劉國泰表示表示。這謝正看了呂爾昌的回覆，怒從心中起，也不管三七二十一，把那糧倉打開。又命令財主富戶們輪流開了糧倉，那些富戶不敢違抗，只得照辦。

知府呂爾昌把謝正傳到濟南，道：「本官也不怪你，只今天要宴請巡撫劉國泰大人，你秉承板橋先生詩書畫三絕，若能在宴會上揮毫潑墨，定會給宴會增色不少，而且對你的前途也大有好處。」謝正也就依了呂爾昌的話，晚上來到趵突泉。只見百十張桌席已經擺就。呂爾昌見他來了，大喜道：「此處正是清照故居，正應該有你這樣的人來。」便請謝正坐下。

聽那呂爾昌說：「諸位靜一靜，本府敬備菲酌，恭請巡撫劉國泰大人，現在請他講話。」於是一片掌聲響起，特別熱烈，似乎每一個人都覺得自己拍得響，被那劉國泰大人看到了。只見那劉國泰站了起來，肥肥的雙手抬起來又向下按了兩按，表示讓大家不要再拍了，他已看到了哪個拍得最響了，大家靜下來，國泰便道：「各位不論官爲幾品，均是皇上的臣子，希望爾等繼續努力！」說罷坐下來，一個胳膊摟著一個妓女。灑酣夜闌，呂爾昌道：「請板橋先生的正宗獨家傳人、歷城縣知縣謝正爲我們作畫吟詩。」說罷令人搬來桌椅，上放著文房四寶。大家鼓起掌來。謝正拿著酒杯，走到國泰面前道：「巡撫大人，你不曉得，你吃的那豬蹄上長滿腳氣。」大家聽他說吃的豬蹄上有腳氣，有幾個竟哇哇地吐了起來。這謝正走到桌前，提筆寫下四句詩：

原原本本豈徒然，靜裡觀瀾感逝川。
流到海邊渾是鹵，更誰人辨識清泉。

寫罷轉身走了。

國泰也能看出那「鹵」的意照，見謝正走了，大叫道：「芝麻粒大點官，也敢作弄人。」

幾天之後，謝正回到縣衙才知他的官被免了。這也是他意料之中的，只是他還沒走出縣城，府庫的銀子被抽光了，這倒是他意料之外的。當下他交了差，準備了三頭毛驢，踏上回揚州的路。哪知走沒多遠，有幾個人追上來，原來也是幾位縣令。於是便從驢背上滑下來，道：「幾位老兄追我何事？」那幾位縣令道：「我們也被罷了官。」「爲什麼？」「上司要借府庫的銀子，我們給得少了點。另外我們幾個人兩袖清風，又拿不出送禮的錢，這官還不給罷了。」幾人之所以趕上謝正，一是因爲幾人氣味相投，二是因爲幾人想請謝正寫一封書給御史錢灃。大家都知道他和錢灃不僅是同學，還是乾隆三十六年的同年進士，這錢灃的剛正不阿是出了名的。

錢灃，字東注，雲南昆明人，乾隆三十六年進士，四十六年考選江南道監察御使。錢灃出名，是在王亶望案後。他認爲王亶望案雖誅陝甘總督勒爾謹，但除總督外，其餘盡是甘肅省官吏，這顯然漏掉陝西巡撫畢沅，他奏道：「王亶望做布政使時，畢沅近在同城，難道什麼都沒有聽說，什麼都沒有看見？如果畢沅早早地發現王亶望的奸邪之事，那麼也不會造成這麼大的罪惡。臣不敢說畢沅利令智昏，心甘情願地受了賄賂，但是，知而不舉，聞而不報也不是做大臣的本份。」於是乾隆詰責畢沅，降秩視三品。從此朝野皆知錢灃剛正不阿。

錢灃既已掌握了山東貪贓枉法的確切證據，便在金鑾殿上奏道：「山東巡撫劉國泰，貪婪無厭，征賂州縣，應革職拿問。現有山東數去職縣令首告。」乾隆閱罷道：「國泰是朕親擢之官，朕又親見泗水百姓對其厚愛。去歲，朕雖耳聞國泰不軌，朕曾召于易簡詢問，于易簡答國泰好訓飭下屬，並沒有別的過錯。現在有幾位去職縣令親筆首告，朕即當嚴察真假。」於是乾隆道：「和珅。」「奴才在。」「命你和錢灃爲朕欽差，前往山東查辦，望你謹慎行事。」「嗻。」不料錢灃又奏道：「陛下，臣以爲此案事關重大，臣又駑鈍，憑臣與和大人兩人之力難查清此案。臣舉劉御史同往，定會使案情水落石出。」乾隆准奏。

錢灃知道，只有讓劉墉和自己一道，才能控制和珅。不然不僅告不倒山東諸吏，自己反倒還會被罷官黜職。雖然御史有風聞言事的權力，職在監察百官以肅吏治，但如果此次拿不出真憑實據，和珅等怎能與己甘休。所以錢灃想必須得到劉墉相助，此事方可成功。

劉墉，字崇如，山東諸城人。乾隆十六年進士。在此以前，做過編修、侍講，安徽學政，山西太原知府，江寧知府，陝西按察史、內閣學士，戶部與吏部侍郎，現做左都御史，以後又做工部尚書，體仁閣大學士，並加太子太保——這是後話。

更為值得一提的是劉墉是大學士劉統勳的兒子。

劉統勳是乾隆最寵信的漢族官員。乾隆之所以寵信他是因為他中正廉明，不植朋黨。在當時的時代，官場上勾心鬥角，趨炎附勢，拉幫結派，黨同伐異。若做了一件好事，那也是為了自己的前途和名譽，以求自己得到更大的發展。可劉統勳卻不投靠任何人，也不培植私黨，乾隆初登大基，要的就是這樣的大臣，於是不到一年，劉統勳便位列宰輔。

劉統勳清正廉明，在當時官場只知追求功名利祿的風尙裡，可謂是獨樹一幟。

有一次，劉中堂一個朋友的兒子在湖北做巡撫，新春到來，派僕從為中堂送去千金，說：「我父與中堂情同手足，吾家貧寒時，雖中堂家亦窘迫，但每每接濟我家。今我家富足，當對中堂知恩圖報。」又叮囑：「若中堂不收時，你代我向他磕幾個響頭。」僕人把金子送到相府。劉中堂把僕人叫來正色道：「你的主人知恩報恩這是正確的，饋贈父親故舊也是正確的，只是本官執掌權柄，不宜收你家財物，且我家富足有餘，接你家贈金，實助奢侈腐靡之風。你回去告訴你的主人，把金子送給那些窮寒的故舊。」僕人唯唯俯首道：「主人來時曾囑奴才道：若中堂大人不收金子時，讓我代他給中堂大人磕幾個響頭。」於是便跪下給劉統勳磕了幾個響頭。劉統勳道：「這心意比什麼禮物都貴重。我領受了。」

又一次一個掌管稅務的官員半夜裡到劉統勳家叩門求見。劉統勳把他拒在門外。第二天，劉統勳把那個下屬叫到政事堂，訓斥他說：「半夜叩門，賢者不為。你有何稟告，可在眾人面前，在堂上明言，即使指出老夫過失，老夫也可視為規箴。」那個屬員囁嚅吞吐，慚愧地退了出去。

乾隆三十六年，劉中堂故去，乾隆親自到中堂府上祭奠，痛哭流涕。回到宮中，對滿朝文武道：「劉統勳方不愧為真宰相。」乾隆最願說宰相賢能，說治國靠宰相，可是卻稱劉統勳為「真宰相」，可見對劉統勳的信任程度。

錢澧想：我讓劉統勳之子劉墉與我一同查辦此案，那和珅又能奈何？況劉墉向來與和珅不和。乾隆想提拔劉墉做吏部侍郎。和珅想：這吏部銓選考核天下官吏，我讓蘇凌阿做了侍郎，在各道府安插了許多我的人，如果插進一劉墉，豈不從旁掣肘。便在金鑾殿上說：「皇上，歷朝成規，面貌寢醜、形容猥瑣者，不得位列朝班。似劉墉，擢為吏部侍郎有礙聖視，且外藩也視我大清無人。」原來劉墉個子很矮，背部又突起一「駝峰」，顯得很是醜陋。不料劉墉卻道：「皇上，和大人所言甚謬，自古就有眼斜貌醜者在朝為官，且為官清正，萬古流芳。」乾隆曰：「朕倒不知是哪一位？」劉墉道：「五柳先生陶淵明，其風如何？」乾隆道：「其風如菊。」劉墉道：「他卻是個斜眼。」乾隆道：「朕卻不知，此說從何而來？」劉墉說：「有詩為證：『采菊東籬下，悠然見南山』。這五柳先生如若不是斜眼，怎能東籬采菊卻望見南山？」滿朝文武哈哈大笑，連那和珅也捧腹不已。

不料和珅又道：「皇上，這純屬戲謔之言，實是對皇上不敬。」乾隆道：「雖是強詞奪理，牽強附會，卻見才思敏捷，實為詼諧，並無不敬。」和珅道：「既然他才思敏捷，不若讓他在這金鑾殿上，以他駝背爲題，學曹植七步吟詩的故事，若吟出便授吏部侍郎之官，若不能，則見其長於諧謔末節，短於吏治正事。」乾隆道：「既如此，你且吟來。」

劉墉道：

背駝負乾珅，胸高滿經綸。
一眼辨忠奸，單腿跳龍門。
丹心扶社稷，塗腦謝皇恩。
以貌取材者，豈是賢德人。

乾隆大喜，道：「奇才、奇才，即授吏部侍郎。」自此，劉墉與和珅更加不和。

大年初一，和珅一定會去皇宮爲乾隆拜年，給公主送壓歲的禮物。劉墉披上一身破爛的衣服，滿身儘是油漬，走出門去。門外大雪剛過，泥濘滿地。劉墉又讓人把污水潑在上面。更站在門邊等候，家人疑惑不解。不久，和珅的轎子走到門前，劉墉忙叫僕人到和珅轎前高聲叫道：「中堂親自到敝府賀年，實在難得，乃吾主恭幸。」隨又傳呼：「主人，和大人來拜年了。」劉墉忙迎出道：「中堂大人到敝府賀歲，下官合府榮幸，請下轎。」和珅只得下轎，心想我和他寒暄幾句也就罷了。哪知劉墉見他下轎，卻撲通一聲跪在地上，五體投地。

清朝禮節，大臣之間位列平等以禮相待。和珅也只好跪下答禮。和珅今天特地去拜見皇上，又是大年初一，穿著玄裘繡襖，貂皺狐裙，待站起來，已污穢滿身。和珅到宮闈，哭訴在乾隆面前道：「劉墉如此捉弄奴才，皇上也不過問一二。」哪知乾隆哈哈大笑起來：「你倆平日玩笑慣了，你不要放在心上。」和珅對劉墉始終無可奈何。

因此錢灃舉薦劉墉，不僅多一同盟，而且多一智囊。

錢灃找劉墉商議，二人計議商定：劉墉與和珅一道，觀察和珅動靜，錢灃微服先行，只帶一護衛，隨時和劉墉聯繫。於是錢灃奏乾隆：「和大人近日事多，臣欲先行，讓劉大人與和大人共往。」乾隆准奏。

時已在孟秋，天漸轉涼。錢灃戴著一頂從垃圾堆中翻騰出的破斗笠，上身光身穿著一件棉襖，衣上有幾處綻開，棉花翻覆在外面，下身是一件粗布單褲，褲襠已經爛開，風一吹便會露出不雅的物件。他左手拿著一隻大碗，上面有幾多灰垢，幾多油脂，右手拉著條棍子，烏油油地盡是油灰。這根棍子是他與隨從聯繫的暗號，棍子若放在肩上，隨從就必須遠遠地跟著他，絕不許讓人看出他們是一夥的。

錢灃出了北京，在官道上不緊不慢地走著。

卻說和珅得了皇上命令，反要拖延行期，與蘇凌阿商量起來。蘇凌阿是個沒主見的人，一切聽從和珅的安排。和珅道：「我已將納蘭接至我家，國泰皮貨莊中的值錢物品已暗移入我家店鋪。我現在準備兩份奏摺，一份劾劉墉、錢灃，一份劾國泰，你在上面簽上名姓，等我急報。若至山東查不出什麼來，這次我絕不放過劉墉、錢灃二人，必除掉二人不可。若事有不諧，必飛馬報你，你把另一份奏上，在劉墉錢灃來京前劾國泰，丟卒保車。你留在京都，須時時注意朝中情況，必要時可自作安排。我現在已派人持信至國泰處，讓他作好準備，我在這裡推遲幾天行程，讓國泰從容安排。」蘇凌阿唯唯諾諾，只怕自己有事。

再說錢灃行至良鄉，不再前行，在路邊的店鋪討要東西，晚上便睡在路邊。這是進山東的必經之道，來往商人都彙集於此，縣城不大，卻很熱鬧。一天錢灃正伸手向一店主要飯，那店主吹鬍子瞪眼睛地吼道：「你要、他要、誰都來要，今天要、明天要，何時是了。」錢澧道：「請給一點吃吧。」店主道：「還不如要飯的好。春天捐抗旱的錢，一滴水沒見；夏天捐修路的錢，路上坑窪反而更多了；現在天旱不雨，又他娘的捐挖河的錢。捐捐捐……。」

錢澧道：「讓你捐那錢，有收條嗎？」店主道：「你個要飯花子，閑得沒事幹，倒問這事。他有什麼屁收條，只向你開列一個單子，按單繳齊。」錢澧道：「你把那單子給我吧，我缺擦屁股紙。」那些東西用根釘子釘在牆上，店主沒好氣地把那些東西從牆上揭下，扔給這個要飯花子。

錢澧看那上面，除各種名目的雜稅之外，所捐數目讓人驚駭：建橋修路費、河工費、官道樹木管理費，賑災費、孤老安插費，街道清理費、官衙府庫修理費、官學資納費……竟有三、四十種，有的在稅中已交，還要再捐。

有個要飯的湊上來道：「你也是被這東西害得要飯的？」錢澧道：「倒不是，只是家裡遭了水災。」要飯的道：「這官災比水災更吃人。你手裡拿的那些捐項，只是一點點罷了。有的捐項，重複收取，年年交個沒完沒了。就如官衙府庫修繕費，今天修，明天修，一年修個不斷，一年捐個不斷。」錢澧道：「哪能天天修不好？」那要飯的道：「有的是修好也要再修，有的是官府還沒開始修，倒巴不得它馬上就壞。」錢澧道：「如此的官吏倒沒有人治嗎？」那要飯的道：「你真天真、不通事務。如今的官府，哪有好人，你往哪裡去告，只這山東，那巡撫劉國泰，原以爲是個好人，誰知全山東人與皇上都被他騙了，他一當上巡撫，便今天挖溝，明天開河，今天說你……」說到這裡似非常驚恐，往下再也不說了。

錢澧無論怎麼央他，就是不吭聲。錢澧等他平息下來，道：「你說你因這苛捐才要飯的，不知是怎麼回事。」那要飯的道：「老哥你不知道，除租稅外，住房要交房稅，養豬要交豬費，養牛要交牛費，養雞要交雞費，按頭按只要錢。就是鋤頭犁耙也要交使用費，按件收錢。就這種莊稼吧，澆水要交水費，播種要交播種費，待長出青苗來，要交青苗管理費，莊稼成熟了，又要交莊稼保護費。說不盡的名目，只要當官的沒錢花了，想喝酒了，就征一項捐，納一次稅。可憐我兒病重，我交不起……」說著那叫化子哽咽起來，眼淚也撲刷刷往下掉，接著趴在地上，抱頭嚎啕大哭。

次晨錢灃拿著飯碗向一私塾走去。只見一個老先生坐在門首，端著一碗稀飯，楞楞地發呆。錢灃正要開口，不料那先生道：

撮米煮成一碗粥，一風吹來浪千疇。
好似西湖連天水，缺少漁舟在裡頭。

他是說他的稀飯太稀了。錢灃走向前去道：「先生，我把你的詩改一改行嗎？」那先生道：「你若能把我這改好，這幾個學生我也不教了，讓你教吧。」錢灃道：

粒米煮成一碗粥，鼻風吹去兩道溝。
遠看好似團碗鏡，近看先生在裡頭。

那先生忙道：「屋裡請，屋裡請。」錢灃道：「我是個要飯花子，怎能進先生教書的地方？」那先生說：「想你肯定也是個秀才，被逼成今天這個樣子，不幾天我也會去要飯的，快進來吧。」錢灃隨他進去。那先生爲錢灃盛了碗稀飯，拿個餅子，讓錢灃坐下吃飯。錢灃也不客氣，對著門口的官路坐了，邊吃邊道：「我不是個秀才，因納捐不起，貧困潦倒至此，不知先生怎如何到這樣窮困地步。」那先生道：「不才本也富足，只是那個奸賊劉國泰害我到這地步。」錢灃道：「請道其詳。」

邢先生道：「這劉國泰初到山東，做了些沽名釣譽的事，騙過了山東百姓，又哄得賞識，又有和珅從中運動，便直爬到山東巡撫，一上任便露出本來面目，征斂苛捐雜稅。我叔父是個鄉正，爲人正直，因多說了幾句，便被縣令抓去，恰好劉國泰在那裡，看我叔父的頭上被剃了一塊，大怒道：『你竟敢剪下辮子。』叔父辯解道：『我頭上長了個小瘡，只是稍剃一剃……』沒等叔父說完，那劉國泰道：『還敢抵賴？』便吩咐衙役把他投進大牢，第二天剝皮抽筋，皮貼在城牆上，筋挑在棍棒上，叔父全家遭斬，家產盡被沒收，有幾個說情的，被誣爲剪辮子的同黨，盡被屠戮。只是當時小人在外縣，才躲過了這場禍，事後把那田產宅院全都送與了縣令，才算拾了條性命。」

錢澧道：「這個民賊，竟敢欺騙皇上，以剪辮案騙取皇上信任，並借此勒索下屬及百姓，實在可惡。」邢先生道：「可不是嗎，那一年，哪個城牆不掛滿了人頭，哪個不老老實實地把捐銀稅錢送上？不然就誣你是剪辮黨餘孽，罹遭橫禍。唉，這幾年，劉國泰在山東真是做到了蚊腹內刮脂油，鷺鷥腿上剪精肉。」錢澧道：「確實這山東官員都沉淪了。」邢先生道：「自古這官兒便好的不多。」錢澧道：「我想先生不該沉淪如此，想我這討飯之人，尚不失青雲意氣。」邢先生又說了張養浩的一首紅繡鞋算是作了回答：「弄世界機關識破，叩天門意氣消磨，人潦倒青山漫嵯峨，前面有千古遠，後頭有萬年多，量半炊時成得甚麼？」錢澧見如此，便與先生告辭，道：「後會有期！」

錢澧趿拉破鞋，剛走到酒館門口，只見西邊飛也似的來了一匹馬，騎馬之人臉生橫肉，到了酒店門前，一鞭子打在錢澧頭上道：「臭叫化子，怎能擋我路！」錢澧道：「我在這路邊，礙你事了？」那人道：「他娘的，還敢嘴硬。」錢澧低聲咕噥道：「這道又不是你的。」那人道：「這道就是我家的。」說罷又一鞭子打來，錢澧趕忙躲進牆根，那人走進酒店道：「把最好的酒菜拿來。」

看他那樣，雖穿得鮮亮，卻不過是僕從打扮。店家便給他切了牛肉，拿壺酒放在他面前。那人卻大怒道：「這給那外面的叫化子還差不多，怎麼拿這應付爺爺。」說罷，便叭的一拳砸在桌上：「快拿好的來。」店主聞風出來，看這個人打扮，便滿臉堆笑道：「小二有眼無珠，請包涵，請包涵，小二，把最好的酒菜拿來。」那人也不客氣，看是走的急迫，趕得餓了，一桌酒菜風捲殘雲一般不一會便完了。吃飽喝足，卻頭也不回地走出門去。店小二忙扯住他，被他推個跟頭，店主道：「哪有這等事。」便叫幾個人扯住他，那人道：「他娘的，老子走遍天下，吃喝俱都是不給錢的，更別說在這山東地界，你們給我滾。」店主哪裡肯依，那人大怒道：「走，到縣衙去，說了爺的事，看不剝了你的皮。」說罷和那店主一起，往縣衙走去。

錢灃早看個明白，緊跟在後面，到了縣衙門首，翹首向裡望。只見那僕從模樣的人不知說了幾句什麼話，那縣令竟一巴掌打在店主臉上，馬上對那人點頭哈腰。那店主挨了打，跪在地上，叩頭如搗蒜，聲音大了點，似是哀求縣令和那僕從模樣的人饒恕，硬要再請縣令和那僕從到店裡一敘，送些薄禮。不一會，那縣令也勸起那僕從模樣的人來，那僕從模樣的人便趾高氣揚的出來，縣令和店主點頭哈腰地跟在左右。

出了縣衙，那僕從卻乘了轎子，縣令騎馬，店主隨著。來到店前，店主忙跪在轎前，那僕從出來，昂不爲禮，直走進店去，縣令隨後。店主道，請到雅座去。

錢灃看得真切仔細，在那店門口徘徊了一會兒，夜幕已下，見有兩頂轎子落在門口，下來兩個嬌嘀嘀的女人，滿臉的脂粉，兩個女人進了店內，奔院裡雅座去了。錢灃終於瞅了一空兒，看店裡小兒剛進內廚，便急忙閃進去，穿過門店進到院裡，見一屋內豔，淫笑聲聲，便躡手躡腳來到門前。只聽那僕從道：「小人隨和大人什麼樣女人沒見過，倒卻沒有你倆這樣浪的。」那縣令道：「這是本縣最有名的兩個花魁。」

說罷拿出兩個元寶道：「你路上辛苦，些許銀子，留待你路上花銷。」那店主也拿出一錠來。那和珅僕從也不客氣，裝於兜內道：「明日我到濟南，巡撫那裡一定替你們說句好話。」那縣令道：「老爺如此，下官感激不盡，感激不盡，不知您什麼時候從濟南回來，下官一定在此恭候。」那僕從壓低聲音道：「我帶著和大人一封密信送與劉大人，討了劉大人回信後，就快馬加鞭回府，不敢在路上耽擱的。」

正說到這裡，哪知門口叫道：「是誰在這裡？」

和珅僕從正說著，聽外面有人叫，急閃身把門打開，見一叫化子，腚厥得老高、襠裡的那玩意兒也不住的晃蕩，那叫化子兩手抓住一把瓜子殼，像珍寶一樣，從裡面撿著那渣兒癟子，直往嘴裡填。和珅僕從鬆了口氣。哈哈大笑，從桌上拿起一塊啃了一半的雞腿，丟在那瓜子殼上，道：「想你一輩子也沒吃過這好東西，爺爺送你，你拿著走吧。」那叫化子像是八輩子沒吃過飯，拿起嗚嗚地啃著。和珅僕從道：「還不快走！」那叫化子也不說話，嗚嗚地啃著骨頭走了。

這叫化子當然是錢灃。當晚，他就睡在這酒店門口。和珅僕從從店裡出來。縣令店主俱都跪送。和珅僕從也不答禮，翻身上馬，飛也似地去了。這邊錢灃把根烏油油的棍子扛在肩上，順著官道，往東急去。走了一里多路，到沒人處停了下來，那幾個隨從片刻間趕到了。錢灃道：「你們看清那個驕橫的騎馬的人了嗎？」眾人齊道：「看清了。」錢灃道：「他明日從濟南回來從這裡路過，你等埋伏在這裡，決不能讓他跑掉。」

於是，錢灃和他的那些化裝成農夫的隨從們又分散開來。第二天中午，果然見和珅的僕從騎著馬順著官道飛馳而來，剛轉過山嘴，繩索抖起，那僕從連人帶馬重重的摔到地上。錢灃讓隨從們堵住他的嘴，把他挾到樹林深處，重又把嘴放開，那僕從道：「各位大王若要錢，我身上有，只求饒我性命，我家裡還有八十多歲的老娘。」錢灃從懷中摸出官印，怒道：「本官乃御史錢灃，你到濟南爲何事，從實招來。若有半句假話，要你項上人頭。」

這僕從道：「小的乃是和珅相府裡的僕從劉二，奉相爺命帶相爺書信送濟南巡撫府交於巡撫劉國泰。劉國泰親自寫了一封書信交於小人要小人快快交於相爺，不料在這裡被你們截住。」錢灃道：「把書信交上來。」劉二把書信從懷裡抽出，交於錢灃，裡面確是劉國泰的親筆信，信上寫了山東銀庫盤查及捐銀之事業已安排妥當，又用了許多隱語。這隱語雖然看不甚明白是什麼意思，但比看明白了更能證明其罪行。

錢灃內心歡喜無盡，便把這封信裝入御史特函，命令一個隨從道：「你飛馬把這個信件送於皇上。如有半點差錯，割你頸上人頭。」那隨從轉身去了。又叫來兩個隨從押著劉二送從間道送往京師，自己則帶著兩個隨從，到城裡換了服裝，扮作官商模樣，到那濟南去了。

到了濟南，來到府衙門口看了看，門庭冷落，並沒有多少公人出入，便向門內走去。有兩個衙役擋住去路道：「你們有什麼事。」錢灃道：「敝人是京城的商人，與巡撫大人是故交，有要事要見巡撫，請你稟報一聲。」那衙役道：「若是京城的商人，又是巡撫的故交，想巡撫大人定會見的。只這幾日巡撫大人很忙，並不曾見他。」錢灃道：「既如此，你知道我們到哪裡能找到他嗎？」那衙役道：「想巡撫原是京城鉅賈，你從京城而來，說是大人故交，必是無疑了。小人告訴你，你到大明湖找找看，如果那裡沒有，必是到了韓大發家裡。」

錢灃記著他的話，來到大明湖旁的一家店鋪裡，道：「請問巡撫大人經常在大明湖嗎？」小二剛想回話，店主忙說：「大人的事，我們百姓怎能知道。」錢灃見這身打扮不行，又換了一身出京時穿的乞丐服裝，來到大明湖旁的一個茶肆旁。剛要進去，被推了出來。錢灃便在窗門坐下，裝作曬太陽。不一會兒聽裡面說：「聽說皇上派人來要查那劉國泰。」另一個道：「小聲點！」那一個道：「查有什麼用，自古官官相護，來了還不是走馬觀花。」另一個道：「聽說來的是劉墉劉大人和錢灃錢大人，這兩個可是有名的好官。」又一個說：「那裡頭還有和珅呢，他是這三個人裡的頭頭，聽說劉國泰又是他的親信，這次盤查，肯定又是泡湯。」「可不是嗎，前兩天劉國泰還到處佈置，特別是歷城縣，可今天，就大搖大擺耍起威風了。」「是啊，又到妓院去了。」「哪能不去，那是他辦公的地點。」「這倒不錯，從這巡撫，往下到知府縣令，不都學他的樣子，在妓院裡辦公。」我聽到幾句順口溜有點意思：「山東官兒都不差，一個官兒一個爪。」「是，確是一個官兒一個爪。」

錢灃聽得一清二楚，便又走到湖畔，把衣服換了，又成了富豪模樣，帶著隨從，逕自向大明湖邊的妓院走去。

到了妓院，並不見有何異樣，但看那湖水中有一畫舫，燈紅酒綠，似不如常，便拿出一錠銀子道：「我也要一個畫舫用一晚上。」那鴇兒看他氣派，忙著：「只剩下一艘了，真是爺們福氣。」於是便喚了幾個妓女，跟隨著來到船上。錢灃便吩咐舟子划到湖心，接近那船。

果然，老遠就能見一個高大圓滾的漢子吼道：「老子就是山東，山東就是老子。這山東就是老子的，誰能怎麼樣？」說罷來到一個人的面前，「啪」的一掌，反過來又是一掌，罵道：「奶奶的，叫你拿出那麼多點銀子，也拿不出來，我餵你們這些狗有什麼用！」這時船已靠近，只聽那被打的人說：「本府確實挨家挨戶向那商人征要，也抓了幾個逞能的人，可是確實逼不出什麼來，念下官猶如你的親兒子一樣孝敬你，你饒了我吧。」那胖漢走到那知府跟前，摸了摸他臉道：「痛麼？」那知府道：「不痛，不痛，不痛。」

那胖漢道：「怎能不痛，不是我打你，我想劉墉等人來盤查，雖然沒什麼大不了的，也得應付應付，既然你已盡力了，那就算了，來，坐下、坐下，擲一會骰子。」那知府和另外兩個人一同坐下，那胖漢道：「胖貓兒，來，過來，你的肚皮寬，過來。」於是便有一個肥圓的妓女走過來。那胖漢道：「脫掉衣服。」那妓女脫個精光。那胖漢道：「睡倒……來、來、來，我們就在她肚皮上擲骰子。」於是幾人便圍在那妓女旁邊擲骰子。一個道：「巡撫大人今天的手氣肯定好。」

錢灃想：這人果然就是劉國泰，只是這人太不知羞恥了。實際上這貪官污吏，乃是婊子生養，他哪知什麼叫羞恥。你以爲那是羞恥，說不定他還要拿那些事向別人炫耀呢。錢灃心內著急，想著非把這個奸賊殺了。

次日，錢灃便到下面各府縣去了。

且說和珅正等著僕從的來信，還想拖幾日，劉墉卻在乾隆面前催他快行，奏曰：「和大人屢屢藉口不行，必有隱秘。」乾隆詰問，和珅答：「甘肅各級官府重建，官吏考選，正是關鍵時候，本大學士兼吏部尚書，對此份內之事，焚膏繼晷，盡瘁爲國，遲延去魯幾日，怎能說有私？」乾隆道：「都是爲國，不要爭執。爾等即刻赴魯，不得再誤。」和珅只好與劉墉一道，急馳山東。

和珅一路之上，計算著僕從的行程，該是與自己在直隸境內會面，即使僕從多耽擱一日，也該在山東與直隸交界處的良鄉一帶會面，因此一路上總是把輿車的窗子打開。劉墉道：「在京居久，想領略山野氣息，本情理中事。但你卻目視官道，前後回望，似憂心忡忡，莫不是憎恨那來往商賈，竟不給你掉下幾兩銀子？」和珅道：「你不要小人得志。」劉墉道：「這年頭，不做小人，怎能得志，得志的還不都是小人。似我這做小人的能得志，便比你那不做小人的能得志好。」

和珅在氣悶和疑惑中與劉墉一起到了濟南。劉國泰率山東大小官員郊迎。互相見過，和珅道：「怎不見錢大人。」國泰道：「哪個錢大人。」和珅大吃一驚，面上沒顯露出來，道：「是欽差御史

劉墉道：「劉大人這幾日都在衙門裡嗎？」錢灃錢大人。」劉國泰也一驚，道：「他並沒到本府。」劉墉道：「不用尋，只要我等到了濟南，難道他國泰囁嚅道：「這……。」和珅道：「速尋錢灃。」劉墉道：「不用尋，只要我等到了濟南，難道他不出來見我們不成。」果然，剛到濟南府衙，錢灃已等在那裡。國泰忙見禮道：「下官失敬，望大人海涵。」錢灃道：「不必客氣。」

錢灃道：「我們奉皇上聖旨，身為欽差大臣，當雷厲風行。本官以為，今天就盤查銀庫。」和珅道：「休息一日也不妨。」劉墉道：「和大人朝中還有許多事務，豈能在這山東多耽擱。本官以為，即日盤查。」和珅沒法，只得道：「兩位大人說也是。山東巡撫，你且說從哪裡查？」國泰道：「歷城縣令首告，應先從歷城查起。」和珅道：「那就起程吧。」劉墉道：「身在濟南，怎不先從濟南查起，反倒要先到歷城。」和珅道：「山東巡撫說得有理，此案首告乃是歷城縣令，從該縣查起正乃切中肯綮。」說罷，不由分說，吩咐起程。

當晚，錢灃正要就寢，忽報「和大人有請。」錢灃只得前往。到了和珅住館，錢灃道：「不知中堂大人喚屬下有何事。」和珅忙拉過錢灃手說：「你我同朝為官，彼此感情篤合。每日雜事繁多，卻難得一聚，今日實是難得的機會，來，我已敬備菲肴，和老弟敘一敘。」說罷拉著錢灃來到酒席前。席前已有幾個女子在等著，見他們來了，便翩翩起舞。錢灃則隨和珅坐下。一絕色女子嫋嫋而來，坐在錢灃身旁為其把盞，滿身馥郁，讓人神搖心旌。錢灃也不說話，只隨和珅喝酒。和珅道：「這女子乃國泰專為錢老弟送來，老弟喜歡否？」錢灃道：「我一向視女子為鞋襪，穿一腳就臭了。」和珅道：「新鞋襪倒是好的。」錢灃道：「若新鞋襪，我倒嫌燒腳了。」和珅見此，道：「喝酒、喝酒。」

於是見和珅讓人抬來一個箱子，從裡面拿出一件裘衣道：「這件裘衣乃用長白山獺狐所製，此狐生於三千米以上山峰，每三年一育，一胎育一子，極是珍貴，其毛厚密最是暖和，最奇最珍貴的是其毛柔軟，拿它紮你的眼珠，也絕沒有一絲的感覺。國泰拿來讓我轉交與你。」哪知錢灃道：「下官貧寒拮据，怎能受用這種奇珍異寶？相爺沒有大事，下官這就告辭。」說罷竟直身作揖而去。和珅恨恨地坐在那裡，臉色鐵青，第一次覺得眼前女人如水蛇一樣陰涼。

在歷城住了一宿，次日來到縣庫，打開銀庫一看，銀子堆得滿滿的，與帳對照起來絲毫不差。幾個人打開抽取幾十封看了看，每封銀兩重量足夠。和珅道：「抽視庫銀數十封，沒有一絲不足，我等應回行館，書奏皇上。」錢灃剛要發話，看那劉墉以目止之，便不再說話，只是心內疑惑。劉墉道：「歷城縣令即把府庫封好，若有半點差失，奪爾頸上人頭。」歷城縣令素來知道這劉墉和錢灃厲害，忙道：「下官絕不敢有半點差失，定會封存嚴實。聽候欽差大人發落。」於是眾人回到行館。

錢灃急找劉墉道：「我視那庫銀實爲市銀。庫銀都以五十兩爲一錠。可那歷城縣銀庫中的銀子每封雖足兩，但成色不一。每錠規格不一，必是從商家挪借而來。」劉墉道：「我也看出，只是並無真憑實據，你在當時點出來，反而難堪。」錢灃曰：「如此怎好？」劉墉曰：「今有一計，管保山東全省露醜。」錢灃曰：「快講。」劉墉曰：「須得如此辦理……」

第二日，歷城縣衙門前及濟南巡撫及知府衙門前，俱貼上告示，曰：

本欽差大臣，觀庫中銀兩似是市銀，若屬實從商家挪借，望諸商遽來認領，遲則封庫入官。

欽差大臣左御史劉墉

都察御史錢灃

此布

商賈們見那告示乃兩位欽差大臣親擬，爭先恐後地紛紛到庫認領，庫藏爲之一空。

劉墉摧促和珅再到府庫，府庫前認領銀子的商人，排成長龍。

和珅見此，倒吸一口涼氣，心想虧我多留一手，現在只有丟棄這個小卒了。當下厲聲道：「速逮巡撫劉國泰，布政使於行簡，速逮歷城縣令。各道、府、州、縣官員不准擅自行動。」劉墉和錢澧面面相覷。

和珅急奏皇上：「查歷城縣庫虧空四萬兩，丘、軒、益都等州縣府庫的庫存銀兩，盡都庫庫虧空。山東巡撫劉國泰，罪大惡極，臣和珅已將他逮捕拘審。」

劉墉和錢澧這才感到和珅真是一隻老狐狸。

乾隆接到奏摺，以六百里加急送達山東欽差大臣和珅、劉墉、錢澧，詔令：

此事業舉發，不得不辦。然上年甘省一案，甫經嚴辦示懲，而東省又復如此，朕實不忍似甘省之復興大獄。至各省以賄營求，思得美缺一節，不特賄者不肯吐露實情，即行賄劣員，明知與受國罪，亦豈肯和盤托出？即或密爲訪查，尙恐通省相習成風，不肯首先舉發，唯在委曲開導。以此等賄求，原非各屬等訴樂爲，必係國泰抑勒需索，致有不得不從之勢。著伊等供出實情，其罪名可量從末減。

和珅、劉墉、錢澧三人看罷，哪能不懂皇上意思？這分明是皇上要他們網開一面從寬處理。和珅暗暗高興：若有那識相的，我可以免他罪行。果然在辦這個貪污案中他又貪污了許多。而劉墉和錢澧，則是滿腹惆悵。劉墉道：「皇上也是一番苦心，總不能把普天之下的官吏都一省一省的殺絕吧。」錢澧道：「即使殺光，也是殺了一任又一任，真是野火燒不盡，春風吹又生呀。」

經查，劉國泰剛一到任，濟南知府呂爾昌就動用府銀十萬兩爲他代辦物件，構建花園，馮挺也向屬員勒索白銀八萬兩供國泰揮霍，其餘州府俱受勒索。布政使于易簡與其勾結，狼狽爲奸，貪縱營私，逼迫各州縣向他們賄賂。國泰對屬下性情粗野，對百姓殘酷暴戾。

又查，山東各州縣倉庫，共虧空兩百多萬兩白銀。乾隆令：即刻處國泰、于易簡死刑。

三位欽差大臣面見乾隆。乾隆曰：「和珅。」「奴才在。」「你知罪嗎？」和珅撲通跪倒道：「吾皇明察，臣此次去山東，勤勉不輟，絲毫不徇私表，更是事事小心，唯恐再負聖望，請吾皇明察。」乾隆拿出一封信，放在和珅面前，一看正是劉國泰給自己的親筆信，心裡一哆嗦，但隨又鎭定下來。道：「臣沒接到這信，已是來辦。若接到這信，必更嚴懲。」乾隆道：「劉墉御史，拘審劉國泰時，和珅有無掣肘？」劉墉、錢灃俱道：「並無掣肘之事，和大人嚴詞拘訊，無有私情。」乾隆道：「也是，前有蘇凌阿呈奏，上有和珅聯名力劾國泰貪贓枉法，魚肉百姓之事。此奏在爾等到濟南二日奏來，想此奏應是和珅臨行前寫好。如此看來，國泰對和珅是一廂情願，確無私情。」

劉墉想，和珅這傢伙真是狐狸的爹——老狐狸。

和珅躲過這場風雨，心裡好不高興：蘇凌阿，真謝謝你，回去要好好疼納蘭。

不久，蘇凌阿被提拔爲兵部兼工部侍郎，劉墉察山東案有功升工部尙書，錢灃被乾隆通令褒獎，擢通政司參議，不久升爲太常寺少卿，又再升爲通政司副使出督湖南學政，錢灃自此名揚天下。

和珅發現乾隆漸漸的體力不濟，耳聾健忘，視政已力不從心，又最好歌功頌德。此時阿桂在外，於是和珅便乘機攬下軍政大事，事無巨細，都親自過問，對乾隆極盡吹捧諂媚之能事，說他是古今少有的第一天子，是歷代帝王不可比肩的最偉大的帝王。他發現乾隆更好驕奢淫逸起來，便盡量滿足他的種種要求與奢望。他便更得乾隆寵愛了。這一年又被擢爲太子太保，於是和珅雖屈居阿桂之下，卻成了真正的「一人之下，萬人之上的」的二皇帝。

乾隆四十一年，和珅入正黃旗。乾隆賜給他一塊地皮，在德勝門內什剎海畔。經兩年營建，和珅從驢肉胡同搬出，原宅由和琳居住。但是搬新宅以後，整個宅園建築繼續興造。

和珅宅院座落於北海的北面和什剎海的南面，南北兩湖的碧水反射著日光映照著整個宅院。宅院四周及院內，古柏森森，柳暗花明。

乾隆四十七年，《四庫全書》編成，和珅庭園也已竣工。和珅便趁妻馮氏生日這一天請乾隆御駕遊園，又為妻子生日增光添彩。乾隆想這馮氏本是宰輔英廉的孫女，又是自己寵臣和珅之妻，且乾隆性喜遊園，便欣然前往。乾隆本想帶劉墉前往，但又怕劉墉與和珅鬥嘴，就只帶了紀昀一人前去。紀昀乃是他御下的第一大才子，皇帝平時最喜他才思敏捷，博覽群書，只是編纂《四庫全書》特別繁忙，不便帶他。現書已編成，正好帶他同去。和珅一聽紀昀也隨乾隆同來，更是心花怒放，天下誰個不知紀昀的大名，若得他來助興，豈不是錦上添花？

和珅又請了岳祖父及弟和琳；還有蘇凌阿、福康安。和珅想皇帝親來，不可多叫他人，於是只請了他這幾個至親好友。

這一天乾隆帶紀昀來到和府，剛到門前，和珅率和琳、福康安等在門前跪接。但見那大門兩旁蹲著巨大的石獅。石獅的蹲基高過人頭，門柱飾以黝堊，中樑裝飾著黃金，上面繪著五彩雜花。門上釘著縱橫七道鐵釘，門邊掛著六個巨大的紅燈籠。

乾隆宣和珅等平身後，和珅領乾隆入宅。跨過大門，便是二門。二門之後，有一照壁，轉過照壁就到了前殿。前殿巍峨高大，四面屋簷捲向天空。進入殿內，抬頭迎面而看見正面牆壁上懸著塊青色大匾，匾上寫著：「忠君殿」三個大字，大字用黃金鑲嵌。匾下是一雕龍繪鳳的紅木案，案上擺著鼎鐘，案兩邊各列四把檀木椅子。

乾隆在此坐過片刻便轉向後殿。後殿正門之上、飛簷之下，也懸著一塊碧綠的匾額，上面寫著斗大的三個燙金大字：「嘉樂堂。」嘉樂堂內，陳著文房四寶，經史子集。

眾人轉過嘉樂堂，看兩邊銜接著五開間的東西廂房，在中路建築物的西側，是各有四五進院落的東西兩路住房。

眾人沿右路往西走去，過了最後一進院落，有一座精緻的垂花門映入眼簾，垂花門上掛著一匾，匾上寫道：「天香庭院」四字。進了院落，見正房兩邊，建有廂房，正房眉上懸一匾額上書：「錫晉齋」三個大字，剛走到這裡，和珅連忙道：「皇上，這裡剛剛建好，不太結實，請皇上回天香庭院。」乾隆想，這齋園初造，似極潮濕，便又回到天香庭院。

其實和珅引開乾隆，乃是怕皇上怪罪，因為造錫晉齋時，他讓太監呼什圖潛入大內，用紙漿複製出寧壽宮的建築式樣的模型及內部裝修的式樣，這錫晉齋就仿寧壽宮建造，這若是被皇上看到了，建築超過規格，那還得了。錫晉齋後園，盡仿圓明園蓬島、瑤台建築，皇上如果看到，也不免心內不高興。於是便藉故把皇上引開。

卻說乾隆看那「天香庭院」的前面仍有一進院落，院落正屋上題著「葆光室」三字，有五個開間，兩邊建有耳房，正屋葆光室的後面，由右到左，橫著一座連貫著有四百多間長的二層樓閣，樓上掛著一匾，上書「壽椿樓」。

到了壽椿樓便走進後花園，後花園中有左、中、右三路。乾隆在和珅嚮導下沿中路前行，路口建一西洋大門。這一幾何圖形，在這與自然融為一體的園林裡，顯出人工的精巧，恰到好處。走過園門，迎面是用太湖石堆疊的假山，假山山峰嶙峋突兀，挺立在汪汪一碧水池之中，中路走到盡頭，有一亭，頂部圓轉如傘，別緻異常。眾人提議在這裡歇息。

和珅給乾隆搬過柔軟的躺椅，自己坐在他前面，把他條腿放在自己懷裡，捶打揉捏了一會兒。乾隆歇息了一會兒，和珅道：「紀大人今天大駕光臨，致使下官蓬篳生輝。紀大人何不為此亭書一匾額，以助大家雅興，為這亭園增輝。」乾隆道：「如此甚好。」那紀昀道：「下官當然願意為大家助興，只怕有負眾望。」於是便拿紙墨來。

乾隆也站起來，興致盎然地看自己的才子題字。紀昀欣然提筆，寫下「竹苞」兩個大字，此字盡顯得雍容富態，眾人即讚不絕口。和珅看這二字，乃是從「竹苞松茂」四字裁取而來，「竹苞」意象，也正合此亭韻味。內心高興至極，哪知乾隆端詳一會兒，竟哈哈捧腹大笑，眾人不解，和珅也有點疑惑，乾隆道：「你們看出這題字的意蘊了嗎？」眾人皆道不知，乾隆道：「和珅，這是紀昀在罵你呢，你把這兩個字拆開看，是哪四個字。」和珅把這二字拆成四字，恰是「個個草包」當即面紅耳赤，又不好發作。

看那紀昀，手裡拿著大煙袋，正神情自得。和珅好不懊惱。紀昀道：「和大人，這確不是下官罵你，這倒是皇上意會，為今天助興，要賞給你家銀子呢。」和珅聽到此，心裡稍舒服點，那乾隆卻道：「你怎知朕要賞他銀子？」紀昀道：「皇上既然借此給他們這個封號，豈不是要給他銀子？」原來按定例，皇上給誰封號，一定要有賞賜。只是紀昀這麼一說，豈不是更印證了那「竹苞」二字就是「個個草包」，並非皇上意會。和珅剛一高興的心情又陰沉下來。見那乾隆卻道：「卻是朕的意會，不料卻被和珅討了便宜。既如此，那就看賞。」

於是乾隆賞和珅全家每人銀一兩，賞和珅夫人珍珠十串，明月珠一對，賜和珅雙眼花翎。至此和珅大為歡喜起來。那雙眼花翎，是在皇上面前受寵的標誌，是自己地位崇高的標誌，那是絕高的名譽。和珅雖恨紀昀，但見皇上賞賜如此之多，對己如此之寵，內心裡倒有點感激這紀曉嵐了，這是壞事變成了好事。

已到日中，和珅忙叫擺宴天香庭院，眾人坐定，那紀昀拿碩大無比的煙袋，猛吸了幾口，道：「這些山珍海味，下官無福享受，只給我盛一大盤豬肉來，熬茶一壺即可。」和珅即命人去辦，眾人都知道這紀昀平生有四大嗜好。一曰好書，從四歲起每日埋首書堆中，他曾自作輓聯：「浮沉宦海如鷗鳥，生死書叢似蠹蟲。」二曰好煙，他行走坐臥不離煙槍，其煙鍋找人特製，能裝煙葉四兩；三曰好肉，每日必食肉不吃五谷，但是泡茶烹茗不斷；四曰好色，一日不御女，則肌膚欲裂，筋骨欲斷，二目紅赤，頰紅如火。因此和珅見他要肉，便命人速去取來。一會侍者拿來一盤燉爛的肉腿，足有二三斤，提來一壺濃茶。哪知眨眼之間，他已把那豬肉吃了個精光。眾人雖知他有食肉一癖，不想竟是如此的食量。

膳罷，英廉陪孫女來見皇上，英廉已是老態龍鍾。乾隆免跪，馮氏跪見過皇上，乾隆賜坐，道：「既是玉壽，何不令人題詩一首為賀。」於是便喚紀昀道：「今日來遊園，又恰是和夫人壽辰，你何不作一聯賀壽。」紀昀道：「下官正有此意。」於是便吟道：「這個婆娘不是人，」滿座的人都是大吃一驚，連那乾隆也似動容，見那曉嵐卻從容不迫，說道：「九天仙女下凡塵。」大家這才輕鬆過來，乾隆笑顏逐開，看著紀昀，不料他又吟道：「生個兒子去作賊。」乾隆一怔，這和珅兒子正是朕之額駙，怎說出如此大逆不道的話，但看那紀昀正在微笑，知他必有下文，也便鎮靜下來，只是在座之人無不震驚，頓感紀昀有殺頭之禍，卻見那紀昀又吟道：「偷得蟠桃送母親。」乾隆哈哈大笑，聲震屋頂，和珅也轉怒為喜。

乾隆性喜遊園，身旁又有和珅紀昀，更是倍添了許多歡樂、許多愉快，不覺已到黃昏，剛好這時長空之中有一白鶴飛過。乾隆道：「紀昀，你就以這一白鶴吟誦一聯。」紀昀說：「萬里長空一鶴飛，朱砂爲頂雪爲衣。」乾隆存心要難一難他這位最得意的才子，看那白鶴已至天邊，變成一點墨黑，便道：「你看那明明是隻黑鶴。」紀昀隨即吟道：「只因覓食回來晚，誤入羲之蓄墨池。」和珅站在旁邊，想：「自己苦讀不輟，自謂才高八斗，只是比這紀曉嵐還差遜一點。」看乾隆那高興勁，心裡便翻起滾滾醋浪。

和珅見紀昀爲乾隆編纂成《四庫全書》使乾隆成就了前無古人、功蓋萬代的政治業績，自己不免有點自愧弗如，卻想：「你雖是才冠天下，我卻要你做我的屬下，我也要爲皇上立下文治的功業。」於是便向乾隆皇上討得國史館正總裁、文淵閣提舉閣事、清學位總館總裁的職務，成了主管文化上的最高長官。紀昀成了他的手下，他非常高興。

乾隆四十八年，正是和珅三十四歲的時候，妻祖父英廉病故。和珅心情悲痛至極，想自己現在的一切，都與岳祖父有很大關係。特別是在自己困境之時，是他及時地拉了自己一把，讓自己得以在咸安宮官學讀完書，是他給自己一個賢慧溫順的妻子，使他對自己的家沒有後顧之憂。

辦完喪事，已是盛夏。一日，和珅步入國史館。遂生下一個計策來。

次日上午，和珅對乾隆道：「皇上，編纂國史，顯揚我大清文治武功，宏揚我大清風光，極爲重要。皇上今日無事，不如有奴才陪同，前往探視察看一番。」乾隆也想見一見紀昀，於是便道：「很好。」和珅道：「天氣太熱，皇上不如微服前往。」乾隆道：「正合朕意。」

於是二人便微服步入國史館，剛過館門，恰被紀昀看見了。紀昀最怕暑熱，正赤著上身，見皇上來了，忙鑽入案下，案上蒙一布幔，布擺垂地正好擋住了自己。哪知和珅眼尖，正好看到紀昀鑽入桌底幄幔之內，便領著皇上逕自走到這個桌子前，讓他坐下，其餘剛要見駕，和珅急忙吩咐他們照常工作，不許出聲，那些人哪一個敢說話，俱都埋首書堆。和珅爲乾隆把扇，乾隆怕熱，也不說話，只想涼快一下。

哪知紀昀伏在案底，汗流浹背，未免焦躁起來，聽館中寂靜無聲，便道：「老頭子離去了嗎？」說罷探出頭來。哪知這一探竟看到皇上正坐在自己面前，乾隆道：「紀昀不得無禮。」紀昀急爬出來，穿上衣服，跪在乾隆面前道：「奴才該死，冒犯了皇上。」乾隆道：「你爲何叫朕爲『老頭子』，有說可活，無說則死。」滿館的人都心驚肉跳，爲紀大人捏一把汗。和珅卻心裡高興，想：這次任你紀昀天大的本領，也滑不過去了。哪知紀昀不慌不忙，從容答道：「萬壽無疆之爲老，頂天立地之爲頭，父天母地之爲兒。」

乾隆聽罷，轉怒爲喜，不料和珅卻道：「適才我明明聽你說的是『老頭子』，而不是『老頭兒』，你不可蒙混皇上。」乾隆道：「是，這『老頭子』三字有何說法。」紀昀道：「京城中對皇帝陛下都稱『老頭子』，皇帝稱萬歲，豈不是老？皇帝居臣民之上，豈不是頭？皇帝貴爲天子，所以稱子。」乾隆撚著鬍鬚笑道：「你真是淳于髡再世，朕免你死罪了，你起來吧。」「謝皇上，吾皇萬歲萬歲萬萬歲。」這和珅的心裡卻像打翻了五味瓶。

次日，忽報甘肅回民新教又扯起造反大旗。乾隆大怒，命陝甘總督李侍堯，甘肅提督剛塔率軍鎮壓，一定要斬草除根。

原來，自乾隆四十六年阿桂率軍鎮壓下回民新教起義軍之後，清軍大肆搜捕新教徒，殃及無辜，回民百姓生靈塗炭，義憤沖天，野火燒不盡，春風吹又生。乾隆四十八年五月，回民在新教阿訇田五的領導下，在甘肅通渭石峰堡扯起造反大旗，發誓要爲馬明新報仇，爲蘇四十三報仇，爲被殘殺的新教兄弟報仇。李侍堯、剛塔接旨後率軍前往鎮壓。剛塔偵得田五正在一寺廟佈道，率一千人悄悄地把寺廟圍住，吶喊而進。田五被殺。

新教教徒馬四圭、張文慶繼任首領，率眾奮起反抗，回民連年積聚的怒火此時迸發出來，起義軍迅速壯大，人人報必死決心，只求在反清的大旗下戰死。剛塔初次得手，率軍掃蕩，不料一千清軍被新教義軍包圍，西安副都統程善被打死。李侍堯不敢前進，剛塔屢屢受挫。奏報飛至清廷，乾隆大怒，詔逮李侍堯、剛塔，擬另派遣將領軍會討。

和珅聞報，暗想：我雖然極得皇上恩寵，但群臣內心頗有不服，乾隆爺雖寵愛於我，但視我不如阿桂。近幾年來，皇上明顯器重於我，軍國大事皆委我處理，那阿桂常年在外，今天征東，明天討西，今日賑災，明日修河，若阿桂回闕，其位在首輔，功勳卓著，乾隆爺也視他爲國之棟樑，我還不是在他下面受氣？若此次至甘肅平息下那新教反潮，掙得軍功，也能在皇上面前證明不比阿桂差。再者，前次前往甘肅，從阿桂那裡學來的本事足夠對付那甘肅烏合之眾。於是面奏乾隆願領兵往討。

晚年的乾隆，精力不濟，記憶也衰減，卻好稱頌，更好享樂，不能聽逆耳之言，做事剛愎自用。生活上更想讓人照顧得周到，感情上更需得到慰藉，這些和珅給他最多。他已事事離不開和珅。因此，阿桂每每含蓄地向他提及和珅不是，乾隆總不以爲然。乾隆想，和珅如此年輕，朕拔他太速，不免在群臣中有所怨言。前次委他去滅新教想讓他與阿桂能融洽相處，能立有軍功，可事與願違。此次和珅又想前往甘肅，想他也是想要爲國立功，朕在群臣面前也有了托詞。且此次多與他兵馬火器，其事定能大捷。再派勇將海蘭察，甘肅教匪定會殲滅。

於是乾隆詔令：福康安、海蘭察，領兵會剿。令和珅爲欽差大臣領精兵二千速往甘肅。又專傳旨海蘭察，見欽差如見朕，以國事爲重，聽候和珅調遣。

甘肅新教義軍不足二千，和珅把幾處大軍匯在一處，把躲進華林山的義軍圍住，仍然採用阿桂當年的方法，湮井填溝，移柵築垣，斷絕水路，步步為營，寸寸進逼，不久攻下石峰堡，馬四圭軍一千餘人盡遭屠戮。

和珅又令：寧可錯殺一千，不准漏殺一個。把那教匪餘孽盡皆斬首。一時間陝、甘、青海血雨腥風，新教再也無力再舉。

乾隆大喜。詔諭和珅任大學士兼戶部尚書與吏部尚書，昔日降級的處分一筆勾銷，重又位及宰輔。福康安、海蘭察等俱得擢升。

出得金殿，和珅去等福康安，見福康安出來，忙滿臉堆笑迎上前去，弓身甩袖，協肩為禮道：「恭喜大帥，若大帥肯到敝府一敘，鄙人不勝榮幸。」哪知福康安道：「下官職卑位賤，年齡輕輕，受不得大學士這等大禮。至於拜訪貴府，更是高攀不起。」說罷昂然而去。

和珅內心恨得發癢，但是他知道，絕不能表現出來。對阿桂、福康安、紀昀、劉墉這些乾隆的寵臣，這些所謂國家的棟樑，決不能在他們面前顯出對他們的怨恨不滿，甚至怒形於色，一定要忍耐，即使他們侮辱自己，也不能在皇上面前直接地表現對他們的厭惡，要尋找機會，剷除他們。即使不能摒除，也要摒除他們的權力，把他們的權力慢慢地都抓過來，讓他們去高傲去吧，我要的是權力，我不和你們在表面上爭氣鬥狠。若他們高傲之餘有所違拗，那就挾皇命以令之。只要我從皇上那裡分得權力，就能鉗制住他們的手腳。

和珅大權在手，真的挾皇命以令天下起來。議罪銀制度更深入更廣泛的實行，使皇上的腰包滿了，和珅的腰包更滿了。和珅為乾隆重修宮殿，擴建頤和園，終日陪他巡遊，而即使諸皇子也極少和乾隆接觸，這樣乾隆除十公主外，與自己家人相處甚少。和珅盡量滿足乾隆的各種需要，各種貪欲，而自己從中分一杯羹。僅為乾隆造新宮及擴建圓明園，就撈取幾十萬兩白銀。

阿桂不在朝廷，正好便於行事。於是和珅上奏乾隆對朝章進行大幅度的改革，逐漸把權力移挪到自己手中。大臣奏章一式二份，正本直送皇上，副本送軍機處；軍機章京不設具體定員，由軍機大臣自己選用，不必向皇上請示。這樣由於首席軍機大臣阿桂常年在外，他實際上控制了整個軍機處，控制了向皇上遞交的所有奏章。由於御史奏章可直達皇上，這一定例不可改變，於是和珅又奏請皇上以老年人持重遇事洞明不妄奏為名，規定御史出缺，一律提名六十歲以上的老臣充當。那年老之臣，個個如日薄西山，氣息奄奄，一生學的盡是明哲保身的道理，只會各人自掃門前雪，哪管他人瓦上霜。這樣，他自己控制了軍機處的奏章，又任用那些年老昏庸的御史，天下哪裡還有彈劾和珅之人？

儘管乾隆有點無意地讓阿桂常年在外，和珅在朝中獨攬朝綱，但和珅始終覺得阿桂對自己是個威脅，同時阿桂為相多年，提拔許多要員，這些人有阿桂在，總是對自己陽奉陰違。他始終窺探著阿桂的一舉一動，尋找著機會。

一天，和珅在軍機處值廬，像往常一樣看著各地的奏章，他像突然發現了什麼，想起了什麼，把扔過去的奏章又撿起來。這是一份舉報現任軍機章京員外郎海升的奏摺。奏稱：軍機章京員外郎海升毆殺妻子，卻以自縊報官。臣翰林學士韓貴寧為海升妻弟，在歸葬日審視姐姐遺體時發現姐姐頸部勒著指印。又姐姐去世前天，臣去探望她，她正忙於為臣操辦婚事，絕無自殺徵象。臣韓貴寧特舉海升殺妻惑官，罪不容誅。

令和珅感興趣的倒不是這宗毆殺妻子案本身，深深吸引和珅的，乃是海升和阿桂之間的關係。海升是阿桂一手提拔起來的屬員，是阿桂的死黨，如果審理此案審出與阿桂有瓜葛的事來，豈不很好。另外這韓貴寧乃自己故交屬下韓大發的兒子，若讓他指證什麼，難道他不肯嗎？於是當即起身，把案子交到乾隆那裡。乾隆道：「讓紀昀去開棺驗屍。」

其時，紀昀兼左都御史，本不該他去。乾隆以爲他是個才子，必能查個水落石出。紀昀素重海升人品才氣，知他爲人耿直憨厚，極同情弱小，不可能犯那殺妻之罪。於是在開棺時草草地看過，視那脖頸無甚異樣，仍以自殺定案。乾隆正要擱置此事。和珅據理力爭道：「凡自殺，必有自殺原因，現讓海升自己說來，其妻因何自殺。」乾隆招來詢問，見那海升支支吾吾，知有隱情，命立案重審。敕令侍郎曹文植細心勘察，若有差錯，嚴咎不赦。

侍郎曹文植細察那屍體，見那脖頸之上，其下四指印隱約模糊，其上二指印較清晰，遂嚴審海升及其妻婢女，案子終於水落石出。

海升之妻確是被海升毆勒而死。

曹文植把案件移交軍機處，剛要轉身出去面見皇上啓奏，和珅急忙道：「曹大人且慢。」曹文植道：「中堂大人有何吩咐？」和珅道：「你我同朝爲官，什麼吩咐不吩咐的，我雖爲你上司，但年輕歷淺，不似曹大人，辦了許多疑難的案子，名滿天下。」曹文植道：「中堂人人過獎了。」和珅道：「本來就是如此，怎能是過獎，似曹大人這才能，該由侍郎升爲尙書才是。」曹文植卻道：「下官已年老體衰，怎能擔此重任。中堂若無事，下官這就去稟告皇上。」和珅道：「不忙，不忙，今日東北吉林送幾隻飛龍，我正愁無人與我共用，正好你有口福，請到敝府一敘。」曹文植道：「今案猶未結，怎能如此叨擾，恕下官不能拜瞻貴府。」和珅道：「如此，便是看不起我和珅了。」曹文植無奈，只得與和珅去了。

果然桌上佳餚中有長白山飛龍一味。和珅道：「這飛龍生於長白山上，只吃樹之苞芽，其味鮮美，請大人品嘗。」曹文植道：「中堂不必客氣，請。」一來二往，你一盞我一杯，二人談話漸漸投機。和珅道：「曹大人，這海升乃是阿桂的門生，是他一手提拔，我想這阿桂能不向你施加壓力替海升開脫？」曹文植道：「沒有此事。」「我想這不可能吧。就本中堂看來，那紀昀驗屍不明，似有意爲之，定受阿桂指使，但是曹兄卻是剛正，雖阿桂極力阻撓，仍不爲所屈，查出真相，使冤案得以昭雪，這等剛正不阿的精神，皇上知道了，必然大加褒賞。」

曹文植道：「阿桂的確沒有給我一語半言，下官不能無中生有。」和珅道：「老兄仔細想想，仔細想想，本中堂以爲定有此事，來，乾。」舉杯一飲而盡，重重地放下酒杯道：「皇上最喜那敢說敢講的中正剛直之人，卻不喜那隱而不報，藏而不露的邪曲小人，若敢邪曲不報，你想皇上一旦發覺，能輕饒了他。你看這飛龍，生於雪域以上，飲露啜芽，可謂清高，還不是烹在我的桌上。」曹文植道：「日月行天於永遠，乃因其通體光明，江河萬古不廢，實由百折不回。日月雖有食缺，卻一心總想光明，江河雖遭阻擋，卻只向東方。其心如此，其性如此，何物可奪其心，何物可折其性。」說罷也不推辭，反吃得更津津有味。

和珅氣惱不過，本想這是打擊阿桂的好機會，卻偏碰著這個不識相的人，一桌山珍算餵狗了。不過這打狗的棍子已經舉起來，看我不打他個半死。

誰知他正懊惱的時候，阿桂卻自己送上門來。他從黃河口河工處急馳一奏摺道：「臣聞海升毆妻事，寢食不安，弒妻瞞官，罪之深也。然其性忠厚，其妻潑悍，似有可寬宥處，請聖上明察。」和珅奏曰：「阿桂飽讀詩書，位極人臣，不知殺妻瞞官，罪在不赦，阿桂所以奏者，蓋海升乃其門生屬下，存偏袒心耳。輔相存偏袒之心，天下政亂矣。請陛下嚴咎阿桂，以正天下。」乾隆頒旨：「阿桂語袒海升，罰俸兩年。」和珅心內一涼，心想：皇上總是向著阿桂。

曹文植卻寫了一份奏摺，大意是母親年邁，自己體弱多病，身居刑部要職，難以勝任，謹乞骸骨歸野。乾隆極盡挽留，可曹文植去意甚決，最後准其引退。

第七章　君王寵固．爲所欲爲

和珅倍感固寵於乾隆的必要，一定要鞏固乾隆對自己的寵愛。自己的網絡還沒有建成體系，而敵人的力量卻很強大，因此討好乾隆的用心，不能減弱，只能增強。這次南巡正為自己提供了討好皇上的機會。

新年剛過，圓明園買賣街的熱鬧也已過去，乾隆坐在假山的南面，背著太陽，在那裡吃著南瓜子，和珅把他嗑過的南瓜子殼一個一個從他嘴邊接下放在盤子裡。乾隆極講養生之道，每到冬天都要學白居易脊背向日，叩齒吞津。沒有哪一個帝王不好色，乾隆亦多風流但絕不耽於淫樂，然人卻也已有些老態，嗑著瓜子，嘴角流出涎水來，和珅不時地爲擦下，接著他吐出的瓜子皮。乾隆知道，這南瓜子甘溫無毒，養氣補中，確是老年保健佳品。何況自己氣滯舊恙偶爾復發，吃這種東西可理氣潤胃。

去年他得了氣滯胃痛的毛病，這兩天舊恙復發，以至於上章祈谷的大典，也讓皇六子永瑢恭代行禮。

和珅道：「皇上，臣在甘肅查那新教教匪案時，查有西洋教士秘密傳教，此事似不可等閒視之。」乾隆道：「去年湖廣已盤獲西洋人巴地里央私到內地傳教，此事已經查辦，現在據你奏來，其他各省似亦有西洋教士行蹤。」和珅道：「我觀西洋教義，也是教人向善隱忍，並無不妥。只這牧師不一定真心傳教，其用心不可不加以警惕。」乾隆道：「我中華地大物博，而爲外夷垂涎，此事你須嚴加注意，絕不可鬆懈一二。」和珅道：「奴才馬上就辦。」乾隆道：「傳諭各省，至寧波、廣州、天津等地，海口大江更應嚴加防範。」說罷站起來，道：「朕想到寶月樓去一趟。」和珅忙去準備好鑾駕。

鑾駕回京，和珅急忙覲見道：「皇上，洋教士到內地傳教一事，我已傳書各省，令嚴加防範，沿海各岸及各大河道斷不准洋教士接近。」乾隆道：「很好。」和珅看他氣色，極爲惆悵，他知道皇上摯愛寶月樓內的容妃和卓氏，人稱「香妃」，皆傳香妃姿色豔美，生下來身體中就有異香，不用熏沫就異香馥郁。但怎奈大小和卓叛亂，乾隆血洗新疆，容妃思念家鄉，怪罪皇上，冷淡了乾隆對她的滿腔癡情。

原來這容妃是穆罕默德後裔，回疆和卓乞恩於大清，進其女於乾隆，這個女人就是後來的容妃。後和卓叛亂，清廷鎮壓，雖都瞞著容妃。但她畢竟還是知道了，對乾隆也失去了先前的熱情，乾隆乃英明之主，雖然對容妃之愛刻骨銘心，但叛藩之女怎能尊寵，所以心裡雖記掛著她，但不能不疏遠她。於是在中南海瀛台之南，建造寶月樓，並御制《寶月樓記》：「樓之義無窮，獨名之曰『寶月』者，池與月適當其前，抑有肖乎廣寒之庭也。」

和珅正是從乾隆《寶月樓記》及他的行事中窺破了乾隆的苦心。現在見皇上從寶月樓歸來，滿臉惆悵，想他內心定很痛苦。這幾年他嬪妃凋零，所愛無多。上次南巡時。汪如龍進獻之雪如，今已封爲明妃，她雖能解皇上許多憂悶，但年深月久，皇上也覺枯躁。

想到這裡，和珅道：「皇上，昔康熙聖祖曾六次南巡。我皇當效法先帝，垂教江南，訪風問俗，治理河工，也應該六巡江南。」乾隆道：「如此甚好。」和珅道：「奴才這就去準備，聖上宣與本月啓蹕。乘春風、沫煦陽，也可頤養身體。」乾隆道：「正合朕意。」

乾隆不日要第六次南巡，天下聞風而動，都大張旗鼓地準備起來。卻有一個杭世駿，是翰林院的一位檢討，他上書說：皇上巡幸所到之處，地方官吏及織造鹽商一時逢迎，借捐自肥，百姓苦甚。

乾隆大怒道：「朕歷來愛民如子，心繫民生疾苦，每次南巡，都免征沿途各省錢糧、稅銀，乃至天下百姓夾道歡迎，感朕恩德，百官拜見，情理之中，怎有此種妄言。」和珅道：「分明譭謗皇上，顛倒黑白，混淆視聽，斬首。」不料乾隆卻道：「淩遲處死，當即執行。」

百官噤若寒蟬，哪個敢言。偏又一個內閣學士尹北圖奏道：「前次南巡，各省督撫，以皇上南巡爲名，似有勒索屬員、商人之聞，百姓生活艱苦，爲此蹙額興歎，似有怨言，皇上明察……」語沒說完，和珅道：「怎又妄言惑眾！你說百姓生活艱苦，你說出來誰生活苦，是哪一家生活苦；你說怨聲載道，你說出來哪一個有怨言，把他的名字報上來。說不出來，你就死。能說出來，你就活。」乾隆道：「說出來。」尹北圖支支吾吾不能言。和珅奏道：「皇上，如此放肆之言，宜斬首不赦。」

不料朝班中急站出一人道：「尹北圖此言雖過當，但地方官吏、鹽商乘機肥私，確有其事，陛下前次至揚州，曾指責征端行事多有不當，即是明證。尹北圖據此臆測，雖言過其實，但實爲本次南巡防微杜漸之詞也。」

和珅看這人乃是軍機大臣，自己的挨肩同事王杰。這個傢伙也是茅廁裡的石頭，又臭又硬，在軍機處，獨他逞能，時常和我過不去，正在恨得牙癢癢時，看朝班中又走出一人道：「尹北圖身爲內閣學士，居於中央中樞，各地官吏時有奏報，但在金鑾之上，一時指出某人，豈不是存心刁難。且尹北圖所言，句句帶『似』，風聞時事，都爲皇上提醒，尹北圖之意，重在防患於未然，實爲皇上著想，使此次南巡圓滿無怨，天下稱頌，顯皇上之盛德英明也。」

和珅看此人，正是自己的死對頭——劉墉。

劉墉、王杰都是乾隆信臣，劉墉之劾奏、王杰之卻衣，人稱朝陽之鳳。乾隆聽罷二人之說，也不好嚴咎尹北圖。

尹北圖跪在地上道：「臣赤膽忠心，唯皇上體察，臣剛才之言，確是風聞臆測。皇上恕臣之罪，實對臣再造，臣必肝腦塗地，以報皇上。」乾隆此時怒氣消得差不多了，道：「尹北圖風聞臆測，言過其實，本當治罪，但念其一向知無不言，忠直不隱，恕他無罪。」

尹北圖跪曰：「謝皇上不罪之恩，吾皇萬歲萬萬歲。」

乾隆又道：「朕從不肯文過飾非，對大臣意見，向來從諫如流。但也不可學那魏徵，以諍諂媚皇上，沽名釣譽。朕雖曾經詳細看那魏徵所上的《十漸》等奏章，也只不過是冷冷地議議一些事理。唐太宗因爲魏徵本來不是秦府的舊僚，有意籠絡他、嘉獎他，從而顯示自己的寬巨集英明，而魏徵也借此沽名邀寵，這實際上是君臣之間互相做那虛僞的事情。朕絕不以虛假籠絡人心，爾等也不可憑諍諫釣譽。」

和珅心裡恨恨地道：「尹北圖這狗東西腦瓜子倒轉得快——還不是那兩個提的醒。朝中逆我之人也不少，我今後更要緊緊地靠住皇上。他是我的靠山，他是我的保護傘。」

劉墉、王杰見乾隆已聽不得一點逆耳之言，心內如焚，見和珅在君側搖唇鼓舌，憤恨之而又無奈。這大清朝若是千里長堤，和珅便是那鑿穴的螻蟻。

和珅倍感固寵於乾隆的必要，一定要鞏固乾隆對自己的寵愛，這不僅是因爲只有這樣自己才能握有更大更多的權力，據有更高的地位，而且也是自我保護的必要。自己的網絡還沒有建成體系，而敵人的力量卻很強大，因此討好乾隆的用心，不能減弱，只能增強。這次南巡正爲自己提供了討好皇上的機會。他首先飛書揚州汪如龍處，隨信寄去香妃圖形。

正月裡，乾隆開始了第六次南巡。

直隸山東的道路比過去更寬更平整。鑾駕過了黃河，便乘船沿運河南過。黃昏，御船到了揚州，揚州更比往日繁華。運河岸新建了御用碼頭，地面用棕毯鋪墊。乾隆剛一登岸，但見焰火騰空而起。一會如天女散花，一會如萬星閃耀，有的如菊花在天空中一朵一朵不停的綻放，有的初始時似菡萏，眨眼間便紅蓮片片紛落如雨，天空中不停的變幻出各種圖案，異彩紛呈。乾隆大悅。有兩江總督，兩淮鹽政跪接陪著。鹽政汪如龍見皇上如此高興，道：「這等焰火爆竹，皆是和大人吩咐下的。」乾隆道：「和珅盡心爲朕，朕心亦爲所感焉。」

觀罷焰火，擺駕前往行宮。看揚州城內，大街小巷的兩旁每家門前，每個道路口，都點起各種各樣的花燈。有的如老虎燈，有的如飛龍燈，有的似孔雀燈，有的是似鶴燈，有的是寶蓮燈，有的是福壽燈，有的是車輿燈，有的是花轎燈，有的燈疊成數重樓閣，有的燈壘起層層寶塔，真是應有盡有。乾隆哪能不高興。

當晚駐蹕揚州南園，進得園內一眼望去，迴廊曲院，依水回環，亭台軒榭，隨山迂曲，山環水繞，華燈光輝之中但見梅蘭枝枝綻放。汪如龍道：「是和大人爲皇上特運來一萬棵梅樹，祝皇上萬壽無疆。」乾隆聽著舒服，和珅聽了更舒服。

行不多遠，一片濃蔭背後，聳立著九塊太湖石，有的挺拔如松柏，有的彎曲如老嫗，有的尖削如竹筍，有的嶙峋如蓮花，九峰形態各異，每峰之中盡是溶蝕之洞，洞中有的佈滿蒼苔，有的光滑如磨。乾隆曰：「不如此園改爲『九峰園』。」眾官吏個個說好，忙請皇上賜墨題匾。

膳後，百官陪皇上看戲。和珅奏道：「兩淮鹽商捐銀一百萬兩，蘆鹽商捐銀十萬兩，錢塘江寧商家捐銀五十萬兩，又有商人百姓進獻宮扇、荷花、皮毛、手珠、繡緞等，此次南巡，皇上開銷已不必動用國庫一兩白銀，且可餘剩，皇上賞賜之物也已齊備。」

乾隆大喜，道：「朕以爲，在外你不如阿桂，在內阿桂不如你。你理財的本領，如同阿桂帶兵的本領，且處理藩務，應對使臣，他還不如你。」和珅聽到此，心胸襟懷，猶如一陣爽風吹走薄雲，露出湛藍的天空，燦爛的太陽。皇上把他和阿桂平起平坐了，且言語之中，寵信自己已勝過阿桂。這是對才幹的寵信，這是對國家棟樑的寵信。這種寵信，才是牢不可破的。

和珅情不自禁，滿臉綻開笑容。道：「奴才怎比阿桂阿大人，奴才不如他萬一的，奴才永遠是他的學生。」乾隆道：「你也不必太謙。」

和珅再看這身邊隨行的劉墉等人，彷彿都在他的鞋底下，被他踩了一腳的。

戲罷，百官散去。和珅道：「皇上，奴才爲您尋了個姑娘，已讓太監領進您的房裡。」乾隆笑道：「有明貴人好嗎？」和珅道：「皇上看罷便知，奴才告退。」

乾隆剛走進寢室，一股幽香直入肺腑。待仔細聞時，卻又隱隱約約，似有似無，待不聞時，那香氣卻馥郁異常，沁人心脾。乾隆見一女子坐在案前，正低首把玩著一塊黑墨。乾隆走到她的身旁，猛然間，她轉過頭來，見有人來，卻笑道：「這塊玉真好，墨得發亮，光潔溫潤。」說話間笑靨盈盈、鳳目閃閃，滿含著喜悅。乾隆歎道：「巧笑倩兮，美目盼兮。」「皇上，這塊玉給我好嗎？」乾隆這才回過神來，道：「這不是玉，是彩墨，還有紅的、藍的多種呢。你要，就給你。」「皇上真好。」她的那瓣紅唇如五月的榴花，上唇微翹，說話時，裡面的一排玉齒，猶如秋天熟裂了的石榴米綻放開來。

她竟高興地跳起來：「皇上真好。人家說皇上好可怕，我看你一點也不可怕。」乾隆從她的身上感到一股撲面而來的青春氣息。乾隆看她穿著鵝黃色波紋絹縑裙，髮髻上插著一個珊瑚節，光潔的耳眉使得耳朵上的明月璧失去潤澤。乾隆道：「你姓什麼、叫什麼？」那姑娘道：「我姓陸叫香蓮，人家都說我身上散發著香氣，就像『石頭記』裡香蓮的那種香氣，可比那香氣還要香點兒。後來，有人說，叫這名字不好。」乾隆道：「就這個名字好。」乾隆想起他的香妃，眼前的這個女子，不僅也是身有異香，面貌竟也極像香妃。見了這個女子，便沒有了任何惆悵，沒有任何的煩惱，乾隆頓時感到生命的快樂，生命的年輕……

次日清晨，乾隆從床上坐起，看香蓮正坐在窗前向外翹望著，似在沉思，一縷陽光穿過她披散開來的濃密細柔的漆黑的頭髮，映在她赤裸的背上，她沒有穿一絲衣裳，肌膚白皙，透著珍珠般的光澤，左手搭在圓潤的大腿上，右手支著下巴，身體稍側彎曲，露出左面挺秀圓潤的乳房，嫩紅的乳頭在一束陽光裡顯得鮮潤透明，有如一顆圓圓的草莓剛被露水親吻。窗外，晨霧薄薄，梅花朵朵。乾隆呼吸著她身上散發的馨香，感歎生活是如此的美好。

乾隆初見和珅有種相見恨晚的感覺，而現在則有一種得遇知己的欣喜。雖然自己年歲比他大了一半，可彼此的精神卻如此的契合。乾隆想著皇后早逝給他留下的天長地久有時盡、此恨綿綿無絕期的感歎，想著香妃、明貴人。他想起與富察氏結婚的洞房花燭之夜，玉體橫陳，耳鬢廝磨……是眼前的香蓮引起了他溫馨的甜蜜回憶。乾隆走到香蓮跟前，把她輕輕地抱在懷裡。

早膳時，和珅為乾隆佈置著。和珅感覺到乾隆從來未有過的那種目光，是信任？是慈愛？是感激？是……和珅扶乾隆坐下，道：「今天到揚州北郊走走。」

乾隆出北門一直游到平山，兩岸三步一樓，五步一台，更有八角亭、圓頂亭等，層樓亭台綿延幾十里。回城後次日又遊了揚州的各處園林，乾隆愉悅無比。啓蹕前，大小官員以及商人俱得賞賜。

此次南巡，各地爭相競比。這一天，龍船到達鎮江，乾隆從船中望出去，見岸上有一個巨大的仙桃，鮮紅鮮紅的，又有綠葉襯托，龍舟靠近岸上時，突然焰火騰起，鞭炮齊鳴，巨大的鮮桃轟然中開，一個巨大的劇場從裡面顯露來……

乾隆遊過鎮江金山，意猶未盡。和珅道：「皇上，這江南難得來一次，我們不妨到市井中去訪風問俗。」於是二人換過衣服，步入街中。

雖然圓明園每年有一次買賣街開張，像真的一樣，但那畢竟是「像」而已，還不是真的。作個普通人信步街頭，乾隆感到無比愜意。正走著，乾隆看見前面有個「通州茶店」，想起直隸也有個通州，就隨口說了一上聯：「南通州，北通州，南北通州通南北。」說罷卻怎麼也找不出下聯，和珅一看前面有一個當鋪，說：「皇上，我對你的下聯：東當鋪，西當鋪，東西當鋪當東西。」「好，好，對得好。」乾隆笑道。

說話間已到了中午，二人來到一個酒樓。揀好座位，乾隆面南而坐。和珅叫來一歌妓，伊伊呀呀的南方小曲，軟軟的腔調，甜脆脆的聲音，讓皇上聽得入迷。幾曲唱罷，乾隆問那歌女：「你叫什麼？」歌女道：「我姓倪。」乾隆對和珅道：「剛才一聯你對得很好，我再以這歌女出一上聯，看你能對否。」於是出了上聯：「妙人兒倪氏少女。」這乃是個拆字聯，「妙」即「少女」，「倪」乃「人兒」。」和珅一時怎麼也對不出來。不料那歌女卻對道：「大聖者諸葛一人。」「真是妙對，好。賞你三杯酒。」

有了和珅，乾隆就有了快樂，他遊了蘇杭，視察過錢塘大壩工程後，即回蹕北京。

幾千年來的中國封建王朝，改朝換代，一個朝代滅亡了，一個朝代興起了，但是掌權者只是換了個人，並無實質性的改變。那一套權力方式，經濟結構和價值觀念也一脈相承。文人們在權威與專制的桎梏裡，有的明辨是非，責任感極強，便忍受著無休止的心靈苦刑。孤獨、寂寞，被人不理解，自我放逐，有的趨時、媚世，有的消沉出世，有的盡忠自殺，卻沒有一個向權威挑戰和反叛。他們只走屈原的道路，陶淵明的道路，李白的道路與和珅的道路。

正如文人們是權的附屬品一樣，商人也是權的附屬品。商人們也沒有形成自己的人格，也受著強權專制的閹割。商人們要做生意，要安寧，要發財，只有得到官府的認可。所以乾隆歷次南巡，那商人總是千方百計的討好權力，討好官府，討好皇上，他們捐銀子、獻珍異、進美女，對官府決不敢有半點的違拗。官府就是法，權就是法，而官府和權就意味著貪婪和淫蕩，商人們比文人精明，看得真切，看得清楚。濟南珠寶商韓大發就是這樣的人。

江南吳縣的一個珠寶商石遠梅也和韓大發一樣精明，看得清楚真切。他向汪如龍大把大把地送著銀子，用鉅資買下絕世女獻於這位兩淮鹽政，而鹽政招待皇上的大批珠寶也都是從他那裡採買。汪如龍絕不吝嗇官府的錢及征捐的銀子，石遠梅從他那裡分享著這些搜括的銀子。這是一個多麼符合生存法則的迴圈，財源滾滾、永不枯竭。更主要的石遠梅還得到了權力的保護，得到了官府的保護。

石遠梅通過汪如龍結交了和珅這位內務府總管，像濟南的韓大發一樣，和珅從他那裡爲皇宮採買珠寶，石遠梅找到了天下最大的買主。

和珅正在嘉樂堂看書，忽報石遠梅來府求見。和珅道：「讓他進來。」石遠梅見和珅人坐在那裡，早已跪在那裡，道：「小人已將內務府珠寶交訖，準備轉回沿海，特來拜別相爺。」和珅道：「起來，看坐。」「謝謝相爺。」「你回去經過揚州，你代我向汪大人問好，並告訴他，皇上對揚州的接待甚爲滿意，回到京城也常常提起。所進香蓮，不日也將封爲常在。這裡有書一封，必親交汪如龍，絕不可有所閃失。」「相爺放心，小人辦事，相爺一向清楚的。」

原來，乾隆特別寵幸活潑無邪熱情的香蓮，準備把她封爲常在，讓他準備好香蓮的家譜。汪如龍以前進雪如時是做過這種事的，知道皇上封漢人宮女名號，必得小心從事。於是信中也沒多說什麼。和珅得乾隆密旨，準備派一貼身侍衛前往，現在石遠梅到來，正是和珅和汪如龍的心腹，且交於他辦，更爲隱蔽。於是便把這封信交給石遠梅。

石遠梅道：「小人辦事一向牢靠、穩妥，大人是知道的。小人此次來京，爲大人帶了一些禮物，請大人笑納。」轉身指著兩個箱子道：「這一箱盡是上等珍珠，絕無陳舊的珠子，也沒有一個穿孔的，都是小人在南海邊親自採購的。海上採珠之人，不懼風大浪猛，竟尋奇貨以求高價，雖死不恤。另一箱僅一珠，更是絕世異寶。」和珅道：「本相知你忠心辛苦，本想留你在府上盤桓一日，但香蓮之事更爲急迫，望你見諒。」石遠梅道：「小人這就告辭，相爺夏安。」跪倒叩了三個響頭，轉身走了。

和珅急忙打開箱子，這時卿憐也已進來。看到那第一個大箱子裡有許多小匣，卿憐打開小匣，見錦囊緼裹。打開錦囊，便是一個赤金做成的粒丸。和珅忙拿利刀破之，頓時顯出裡面的一顆碩大珍珠，白亮亮地耀眼奪目，卿憐也驚異起來，道：「這一顆少說也要一萬兩白銀。」和珅查這一箱珠子，共有二十顆。

和珅再打開那個小箱子，見裡面也用錦繡塞滿，翻開錦繡，一團白氣刺目而來，和珅和卿憐俱都狂喜，原來錦篋中臥著顆特大珍珠，形狀像葫蘆，真是一顆可遇而不可求的神品。

且不說這顆珍珠，只說王亶望愛妾卿憐怎麼到了和珅府裡？原來，王亶望被賜死後，其子孫充軍伊犁，其妻妾女兒盡皆官賣，其時和珅極想得到卿憐，但正被皇上怪罪又不敢把她買下。於是想了一個法兒，拿了銀子囑託刑部侍郎蔣賜棨把她買下，蔣錫棨買下她後，等了半年，便連同和珅的銀子一起交還給和珅。

卿憐果然才藝俱佳，不僅琴棋詩畫與歌喉可比豆蔻，且在王亶望府學得理財本領，於是和珅便把家中的一些事務交於她，有時甚至商討一些大事情。所以石遠梅剛走，卿憐便從內廂走了出來。

卿憐道：「這石遠梅確是忠心，該褒獎他才是。」和珅道：「我心裡清楚。」卿憐道：「這個月家奴的錢該開支了，你過過目。」和珅便把錢吊一串一串仔細地數個清楚。卿憐道：「淑春園修造工程已畢，官兵們似應賞些銀子。」和珅親自把銀子稱了，道：「這銀子交給劉全去辦吧，我自己不好直接出面。」原來和珅修造府第及淑春園，並沒使用民工，俱都是手下的兵丁做的。有時一次竟動用上千兵丁，卿憐素知和珅吝嗇，但想這動用兵丁對和珅來說雖不算什麼大事，但也免不了有閒言碎語，便給和珅提個醒，讓他賞給軍士些銀兩。

當晚和珅宿於卿憐處，道：「我有了你，就像多了一隻手。」卿憐道：「你兩隻手，賤妾已是不勝，再多了一隻手，賤妾還不死在你懷裡。」和珅仰面躺下，撫摩她那緞子似的光滑玉背。她的唇吻輕輕地向下面滑去，溫熱柔軟的香髮翻捲著……

天剛微亮，自鳴鐘響起。和珅吻了一下身邊的卿憐，讓婢女給自己穿好衣服。

他來到夫人馮氏霽雯的寢室，她還沒有起床，和珅擁抱著她。馮氏道：「這夏天你的腿痛病好犯，不要太勞累。」和珅有腿痛宿疾，遇夏即犯。

和珅雖貪婪變態地享受著女人，但卻深愛著他的妻子，生活的淫蕩和對妻子的深愛是這樣不可思議地統一在和珅身上。他愛她絕不是僅僅因為她是宰相的孫女，門第高貴；也不僅僅是因為她為己生下可愛的兒子，而兒子現在已被指為當朝額駙。而是因為他的妻子馮氏也深愛著和珅，她疼愛和珅，關心和珅，和珅從她那裡得到了從小就缺少的東西——這就是從小就失去的母愛，妻子給了他過去所沒享受過的一切。

馮氏也自知丈夫深愛自己，所以總是爲丈夫耽心什麼。馮氏道：「夫君年輕時立下大志，想今日該心滿意足了。夫君當廣結美緣，以保永康。」和珅道：「夫人不必擔心，在這個世界上我知道該怎樣做。」馮氏也不再多說什麼。和珅從床上起來，剛要走，馮氏道：「讓豐紳殷德過來一起用早膳，我怪想他的。」和珅答應而去。

和珅到兒子屋裡，豐紳殷德已在讀書。他靜靜地看著他的兒子，他的心肝寶貝，兒子是他的整個世界，他最快樂的事就是看自己的兒子。豐紳殷德知道，父親只要在京，每天清晨都會先來看看他，但並不打擾他，和珅也不讓他請安。雖疼愛兒子，但並不過分嬌慣，他要求兒子像自己小的時候一樣勤勉刻苦。如果說和珅在他的一生中從沒做過不折不扣的讓人讚揚的事，那是不正確的，和珅對待兒子的愛，那種愛的方式，永遠是後人學習的典範。

只要在家裡，即使不宿在妻子馮氏處，和珅每天也必去看他的妻子和兒子。

用膳，全家照例進用珍珠香稻米。和珅說每日吃珍珠，可增智美顏，健身明神，益壽延年。

和珅道：「淑春園已修訖，今天我們至淑春園去消夏去。」豆蔻道：「如此最好。」和珅讓太監呼什圖去叫卿憐等準備好，前往淑春園。

淑春園在圓明園南，乾隆每年有很多的時間在圓明園，爲了讓和珅早晚便於和自己見面，便把圓明園南面一塊方圓一十三畝地方賞給了他。和珅得到後，在這裡蓋房一千零三間，遊廊樓亭三百五十七間。後人斌良曾在《遊故相園感題》中寫出了其中花柳繁華的景象：

銅鋪塵冪徑苔侵，策馬荒園寄慨深。

愛蓄名花歌玉樹，曾移奇石等黃金。
繽紛珂繖馳中禁，壯麗樓久擬上材。
猶勝荒地秀蒲牌，澹煙廢緣遠陽沉。

從這詩裡可以看出淑春園多仿圓明園建造，富麗繁華可想而知。

且說豆蔻隨和珅至淑春園前，下了轎子，見淑春園四周矮山依依，掩映翠柏綠柳之中，園內亭台閣榭錯落於湖水假山之中，樓閣旁多種春竹，顯得鳳尾森森，龍吟細細。進得園來，但見這裡那裡點綴著繁花朵朵，園中央湖水如鏡，湖面飄著遊艇畫舫。

午休後，紅日西沉，暑熱消退，和珅和豆蔻來到畫舫上，看旁邊一荷花亭亭玉立，和珅道：「我這扇子上，還沒有題上畫字，你不妨在這上面畫一荷花。」豆蔻接過扇子拿起筆，便把那水中荷花，「移挪」到扇面上，道：「郎也請題一首詩在上面。」和珅道：「你這畫形神兼備，怕我的詩配不上你的畫。」說罷執筆在扇的另一面題道：

浮蹤幻影等佛家，欲度迷津乘漢槎。
自笑自疑還自悟，當前時現妙蓮華。
形模影像鏡中游，心己忘機何狎鷗。
我本無言卿亦點，栩然身世一虛舟。
色空空色兩微茫，彼岸同登一葦航。
欸乃數聲天地闊，風清荷靜自生香。

豆蔻看罷，心內似有所悟，道：「珅郎，妾撫琴一曲，對你一訴衷腸。」說罷，邊彈邊唱，唱的乃是劉希夷的《代悲白頭翁》：「洛陽城東桃李送，飛來飛去落誰家？洛陽兒女惜顏色，行逢落花長歎息。今年落花顏色改，明年開花復誰在？已見松柏摧爲薪，更聞桑田變成海。古人無復洛城東，今人還對落花風。年年歲歲花相似，歲歲年年人不同。寄言全盛紅顏子，應憐半死白頭翁。此翁白頭真可憐，伊昔紅顏美少年。……但看古來歌舞地，唯有黃昏鳥雀悲。」待唱到最後一句，豆蔻二目望著遠山上隱沒的紅日，其聲幽咽。天空的一道道彩霞，已變成一綹綹的灰雲。

和珅輕輕地擁抱著豆蔻，把她的纖纖細手握在自己的手中，和她一道看著沉沒的太陽，看著變灰的雲霞，看著茫茫的遠山。許久，和珅道：「你的意思，夫人也時常向我提起，我給你講一個故事吧。有一個人看幾個人變成了驢，馬上叫道：『你們這些人，怎能變成驢子，人怎能變成驢呢？』正當他罵別人爲什麼要做驢的時候，突然他自己長出了兩隻驢耳朵。『我怎麼長出兩隻驢耳朵？我怎麼長出兩隻驢耳朵？』說著說著，那嗓子也直了，再說不出人話，卻長出驢腿來，便『嗷、嗷、嗷』撒著蹄子跟著那群驢子跑了。」豆蔻自言自語道：「在驢子的世界裡能不做驢嗎？」又聽那和珅吟道：

既道無愁卻有愁，詩不良士自休休。
人情變幻同飄絮，世事沉浮等泛舟。
鄰我東西皆一律，後先真妄總宜收。
成仙成佛成由己，始信莊生悟解牛。

自乾隆第六次南巡後，和珅寵固，位至宰輔，便不似過去那樣對朝臣們小心翼翼了。

和珅生性愛開玩笑，一日至軍機處值廬，忽見王杰一個人默默地坐在軍機處值室，和珅心想：

你處處與我作對，我且戲弄戲弄你。王杰個頭不高，又很瘦削，長得唇紅齒白，面如敷粉，雙手白皙細長。和珅便走過去，拿起他的手輕輕地撫摸來撫摸去：「嘖、嘖、嘖，咦……呀……這手真白呀……這手真細膩呀……這手真嫩呀……」說著還搖頭晃腦，王杰任他擺弄。和珅極爲得意，心想看你能奈我何。王杰看他得意夠了，道：「這手真的好嗎？」和珅搖頭晃腦道：「真的好，真的好……啊……」王杰道：「我這手沒你那手好，我這手不會向人要錢，我這手也認不得乾女兒。」和珅頓時像針紮一樣，也像被人當頭打了一悶棍，隨又訕笑道：「老兄這手真是細白無比。」悻悻地走了。

和珅被王杰反唇相譏，心裡好像被人掐了一下，總是不快活，和珅本不吸煙，第二天卻拿著個煙槍，又走進王杰值廬，往他面前一坐，猛吸了幾口，後走到王杰身旁，抱住他的肩膀，一口煙吐了王杰一臉，王杰怒道：「和珅不得無禮。」和珅倒笑嘻嘻地後退幾步道：「小個頭發火倒挺厲害的，粉面含怒，鳳眼流恨，咦，真是哭比笑了還好看，人說笑靨如花……唉！」正說著，他的煙槍不知怎地燒破衣服，竟灼痛了大腿。

驚呼之餘，甩手撲打，待抬頭一看，見軍機大臣董浩站在自己後面，知道必是他搗的鬼，道：「你怎麼背地裡戲弄人。」董浩道：「我明是見你戲弄別人，怎反說我捉弄你？」和珅道：「我這煙鍋怎能燒到我自己腿上？」董浩道：「你那大煙槍放在自己手時，我怎知道爲什麼燒了你的大腿？」和珅穿衣平時一絲不苟，最是愛惜衣裳，見燒了個大洞，心裡惱恨董浩，又無法發作，悶悶地走了。

王杰道：「這和珅卑鄙無恥，要小人伎倆，總要把我擠出軍機處，實在可恨。」

董浩道：「相爺阿桂不在，你我若再不在，就正合和珅之意。我倆一定要柱樑其間，縱不能損和珅一二，多少也能牽制他一點。」

王杰氣憤異常，道：「這樣無恥之極的小人，真讓人難以想像。」

和珅想戲弄王杰一番出一口惡氣，卻不料被這董浩攪擾了，內心便恨那董浩，心想早晚要收拾他，正恨恨的悶悶不樂，見協辦大學士嵇璜走過，便道：「嵇大人，這邊請，這邊請。」嵇璜只好過去。和珅道：「嵇大人一手好字，名滿天下。前幾日親見嵇大人書法，更覺有蘇軾之風，魏隸兼備，小弟家中堂的柱上還缺少一幅楹聯，煩請老兄代爲書寫。」嵇璜正待推辭，那和珅隨即拿過宣紙，遞於嵇璜手上道：「小弟從來沒求老兄辦過事，這是第一次，請不要推辭。」

嵇璜心道：「好嘴，你沒找我辦過事是不錯，卻屢屢在皇上面前說我壞話，讓我挨了幾次訓，現在倒找我辦事了。」嵇璜極鄙薄和珅爲人，但內心極懼怕他，深怕得罪他，於是便接過宣紙道：「下官敢不從命，只怕下官的字有傷大雅，貽笑大方，有失和大人高韻，故不敢冒昧。」和珅道：「看，推辭了不是，謙虛了不是，爲不爲小弟寫呀……」嵇璜忙道：「既然中堂不嫌下官字體粗陋，下官定爲效勞。」

拿著宣紙剛走幾步，又回來到：「中堂大人，敝人今日請了幾個翰林到家裡聚會，若中堂大人肯光臨敝府，不僅是敝府的榮幸，也是那幾個翰林的榮幸。你到時把這楹聯隨帶回家豈不更好。」和珅想，你這老朽雖是無用之人，但河海不捐細流故能成其大，岱岳不擇卵石故能成其高。且又有幾位翰林，也可籠絡籠絡，便欣然答應道：「正求之不得。」

和珅到了嵇璜府上，果然見有幾位翰林已在府中。眾人見和珅來，忙躬身相迎。

嵇璜呼人擺好酒筵，大家一一落坐。酒至半酣，嵇璜似有醉意，道：「今日幾位翰林光臨，又有和中堂駕到真是俊彩紛呈。我等乘這酒興，不妨吟詩酬和。」眾人答應，便拿起紙筆，放在另一張案上。大家都齊道：「相爺應先作。」和珅也不推辭，待幾位翰林也已書寫過，輪到嵇璜和詩，嵇璜道：「實在抱歉，事先沒想到和大人到來，便沒有多買宣紙，現在這幾張宣紙乃和大人囑下官爲其題楹聯的，下官不能動用。」幾個翰林一聽，皆道：「觀嵇大人楹聯墨寶更勝過觀大人和詩，請大人當場書之。」和珅也應和大家的意見。

於是嵇璜鋪開宣紙，揮筆寫下上聯，眾人無不讚歎，和珅更是欣喜若狂，嵇璜讓書童研墨，寫起下聯，眼看著就要寫好，不料書童一不小心，一硯墨盡都潑在了紙上，污穢不堪。嵇璜怒罵書童，幾巴掌打過去，書童跪倒求饒，幾個翰林及和珅從旁再三解勸，和珅也道：「不要打罵他了，這楹貼的事，以後再說。」嵇璜這才放過書童。

和珅及諸翰林走後，嵇璜急忙抱起書童：「打痛了吧。」原來，書童不小心潑墨聯上，是嵇璜事先指使而演出的一出戲。他要讓和珅相信，不是自己不想寫，而是想寫沒有寫成。這個大學士竟想出這樣的鬼點子，既不得罪和珅，又不要給他寫聯楹，真是難爲了他。

次日和珅隨皇上到避暑山莊去了。

在熱河承德避暑山莊麗正門外有和珅的一所住宅。他在承德另外還有房戶三處，馬圈二處，共計房間一百六十五間。每年夏乾隆都要來此避暑，和珅也便帶著妻子馮氏、豆蔻等來到這裡。馮氏和豆蔻親如一對孿生姐妹。兩人不僅都是女中才子，更重要的是兩人性情品德合契無隙。因此豆蔻每年總能隨馮氏跟著和珅。

這可苦了卿憐和納蘭。卿憐幫著和珅管理著家中的內務，納蘭自劉國泰被斬首後，住在父親蘇凌阿處，但不久就到了和珅家，她離不開她的乾爹。可是和珅總不能帶著她，那樣不成體統。於是納蘭和卿憐便成了好朋友。一個是和珅乾女兒，一個是和珅愛妾，彼此往來甚密。

一天中午，盛暑難熬，納蘭不能入睡。她本是個胖女人，這兩年身體更顯肥壯，到處都鼓鼓囊囊的，最不耐熱。她直到了卿憐寢室，想和她解解悶兒，不料走到窗前，忽然聽到裡面有什麼聲音，納蘭駐足凝神，側耳細聽。她哪裡能不熟悉那種聲音，吭吭哧哧、唉唉喲喲，納蘭頓時渾身打顫、骨酥肉軟，想卿憐可能似自己一樣打熬不住，做那些自慰的事，心內暗笑，挪動腳步，輕輕推開閣子的門。

這是一處偏僻的閣子，周圍被綠樹環繞，很是蔭涼，便成了卿憐夏天的寢室。納蘭輕輕走進，心內暗笑，想抓住她個實在，調笑她一番。哪知當她輕輕撩起內室的珠簾，卻正面對卿憐叉開的雙腿，兩腿間有一個人頭在運作。卿憐渾身扭動，兩腿亂蹬，嬌聲連連。到了跟前，見那卿憐猛縱了幾下，兩腿伸直，便軟軟的不動了，床沿下跪著的那個人站起來。原來是內管家呼什圖。

呼什圖和劉全是和珅的左膀右臂，一個管外一個管內。呼什圖本姓劉，人稱「內劉」，直隸大城縣人。他像過去皇宮的內總管一樣管理著和珅家的一切內部事務。自和珅得到卿憐後，因他有突出的理財才能，便讓她和這個太監一起管理家裡的內部事務，納蘭平時極厭惡和珅家的內監，因為他們身上總散發著一種說酸不酸說臭不臭的難聞氣味，對這個呼什圖更是厭惡透頂。他滿身酸臭味比其他幾個太監更熏人更強烈。平時納蘭見卿憐和呼什圖在一起總以為那是迫不得已的事，因為乾爹讓他們兩個管理這家中的一切。她哪裡知道這內監都學有這種本領。現在看到卿憐的那種快樂勁一切都明白了，便走前去，一屁股坐在床沿上。

卿憐見納蘭來了也不吃驚，只微微一笑，慵懶地躺在那裡。呼什圖可吃了一驚，他能不知道納蘭與和珅的事？他能不知道納蘭的那種狂勁，曾弄死了一個變童？轉身要走，卻哪裡能走得動，納蘭扯住他把他死死的抱住。呼什圖求饒道：「姑奶奶饒了我吧。奴才實在筋疲力盡。」納蘭哪裡管他，也不說話，把那衣服脫下來。

從此一發不可收拾，納蘭死死地纏住他。呼什圖想，須尋一個法子，不然我不被她纏死才怪。一天，這太監對納蘭說：「這一次須在我的住處，你隨我來。」納蘭跟著他，走到他的屋裡，卻見一位健壯的青年似松樹一樣立在那裡，粗手大腳。正是夏天，那年青人穿得較薄，透過那薄衫，納蘭看他健美的胸肌突出隆起，粗壯的胳膊肌肉縱橫。納蘭恨不得一口把他吞進肚去。

呼什圖介紹到：「這是我三弟劉寶杞，寶杞還不曾見過小姐。」那劉寶杞哪見過這等肌膚如雪、豐腴細膩的女人，眼睛早直了。聽見哥哥叫他，才回過神來，慌慌張張地要行禮，也不知是跪還是打恭。納蘭看他那窘樣撲哧笑出聲來，那劉寶杞也跟著憨笑。太監道：「我出去有點事，小姐若不嫌棄，就在這多坐一會。」納蘭道：「你忙去吧。」

呼什圖有天大的膽子也不敢領內眷私會男子。只因他知道和珅也急於為她尋個出路，所以才敢這樣做，見納蘭出入和府比其他人都自由，別人也不起疑，也不管她，所以呼什圖才這樣做。

呼什圖的大弟弟劉寶榆和二弟劉寶梧都托和珅的關係分別做了守備和知州。這三弟劉寶杞已年過十八，呼什圖便想為這三弟再捐一個官兒。這些天被納蘭鬧得骨頭都碎了，便想著法兒要擺脫她，忽然想起一個對和珅對納蘭對弟弟都絕好的計策來：把納蘭嫁給弟弟。和珅也擺脫了納蘭，便是再來往時也方便；弟弟娶了這個婦人便是中堂大人的乾女婿，吏部侍郎的親女婿，且納蘭處也有許多錢財，納蘭也樂得有了個長久的歸宿。如今先讓他們二人見上一面，看看形勢，發展順利。呼什圖從屋內出來，轉悠了幾圈，好不高興。

呼什圖估計時候差不多了，便回到自己住處。看那納蘭正在和弟弟說笑，見他來了，二人眉目中都露出甜蜜、欣喜和感激。呼什圖道：「看你們倆的意思，我明天就去熱河，求中堂大人成全你們的好事。」

呼什圖當年曾潛入皇帝內宮，複製寧壽宮模型，和珅照此造了楠木房屋錫晉齋。和珅對他的寵愛有如乾隆對和珅的寵愛。聽呼什圖把來意說明，和珅隨即答應，修書一封給蘇凌阿，並准呼什圖休假一月，讓他回老家為弟弟操辦婚事。

和珅和蘇凌阿便把直隸知州這個雖職位不高，但卻是要害的位置給了劉寶杞。

呼什圖卻不回大城縣，卻先到了靜海。靜海縣令知州忙出城郊迎。呼什圖帶著僕從浩浩蕩蕩，見了知府縣令略一躬身好像是上司來巡查一樣。知府縣令哪敢怠慢，俱都請到府中山珍海味地侍候，酒至半酣，一位作陪的商人阿里道：「不知和大人對土地有無興趣，小人做生意折了本錢，欠了人家許多的帳。」呼什圖道：「不知老兄有多少土地。」那商人阿里道：「共有地一百一十七頃六十三畝七分三厘。」

呼什圖道：「相爺為官清正手中並無多餘銀兩，尊兄若索價太高，相爺必拿不出。」阿里道：「小人決不想把這祖宗留下的命脈給人。可是生意場上欠了人家債務，沒有辦法。即便如此，我也不想賣掉它，而想典當出去。思來想去，沒有合適的人。」呼什圖道：「你若要典，典價與土地原價相差多少。」阿里說：「可以一半，我實在沒有辦法。」呼什圖道：「我們支付的銀兩每年要收取利息，利息要多少？」

阿里道：「百分之二如何？」呼什圖道：「相爺不會經營土地，又沒人手，我想他不一定買你的，你知道，這年頭做生意來得快，誰願種地？若你實在困難，我和相爺說說，但爺若要時，所出典銀的利息也不能低於百分之十。」阿里道：「年息百分之五如何？」呼什圖道：「只不知相爺有沒有這麼多銀子。相爺一向清貧，不似其他做官的人，俱收州縣的進貢。」這靜海父母官哪裡能聽不出呼什圖的話音來。

飯罷，三千兩銀票放在呼什圖面前。呼什圖道：「這是幹什麼？相爺總是交代家人，決不要敗壞了他名聲，你等送來銀票，豈不有損相爺清譽。」縣令道：「下官深知相爺清貧，哪能沒有點孝心，我等決不敢有損相爺清譽。」呼什圖道：「如此，不收倒不盡人情了。」呼什圖急讓人馳報和珅。和珅掐指核算：一百一十七頃六十三畝七分三厘，每年可以收取租錢三千五百一十九吊，此地價銀二萬八千九百二十二兩四分，而我只要出典銀一萬四千多兩，再扣除每年利息，一萬兩即可拿下，這比買地便宜多了。

至於以後，還不是輕鬆地裝進自己口袋裡，那阿里有錢時又怎能贖回，何況這等利息，利上加利，於是急命呼什圖收下，馬上支去銀兩。並示：沿京津地區，可細加打聽，多多買進。呼什圖得令，支付了阿里典銀，立了文書，他也不到大城，仍在周圍巡遊起來，過天津，清河，薊州，容城，青陽，文安，彩城。一路上收賄賂銀七萬兩，買地九百八十六頃五分。和珅大喜，賞呼什圖地九十頃。

呼什圖欣喜萬分，更是死心踏地爲主子賣命。

呼什圖回到和府，仍和卿憐一起管理和家的內部事務。但是和珅在買地收租上嘗到了甜頭，於是便讓外管家劉全做些這方面事來。

劉全是和珅的心腹就不必贅述了。和珅發跡後，他成了和珅的頭號大管家，和珅家的一切外部事務都交於他辦，與「內劉」呼什圖相輔而成爲「外劉。」和珅所有的銀錢出入他都經手，和珅與他是患難之交，對他是一百個放心。

此時劉全的兒子也已經長大，大兒劉印，二兒劉陵幫和珅兒子豐紳殷德在崇文門管理稅務。和珅家的當鋪、銀鋪、店鋪都由他們管理。

除自己的兒子外，劉全也有幾個得力的助手。馬八十三、胡六、方二、王平。馬八十三爲人陰沉，深藏不露，是和珅和劉全的智囊。這樣和珅的管家體系，在內以呼什圖主，在外以劉全爲中心。

收購土地的事交給劉全後，劉全迅速在直隸、熱河及京津地區行動起來。和珅在呼什圖收購土地行動中已總結出三條經驗來。收購土地主要採用典買的手段，劉全在和珅授意下，趁人之危，乘機以低廉的價格支付典銀，並讓對方付高額利息，然後在典壓者無力償還典銀的情況下，把土地變成爲自己的永久財產。

劉全奔忙著，經兩年的時間給和珅收買了清苑縣王君賢及耿杓、蠡縣金鋒、寶坻玉福、任丘玉餘的土地與吉慶在北京西門外的塔庵、廣善在宛平縣、隆普在易州、富阿明遺孀陶氏在薊州的土地。另外在定州、定縣、雄縣、定興縣、霸州也收購許多。二年之中，劉全已爲和珅收購土地二千多頃。至和珅倒臺，和珅擁有土地八千頃。

劉全自己也開了當鋪、銀號、印房、旅店、古玩店、糧店、酒店併入了同仁堂的股份，所以收購土地之餘也管理著自己的店鋪和土地。這一天劉全在家裡吩咐自己的管家，聽到有人來報：「明保老爺來拜。」不料劉全道：「什麼狗屁老爺，也有臉來拜我。」僕從大吃一驚，因爲來者明保乃和珅的親母舅。劉全道：「也罷，讓他進來。」

明保進得門來，忙恭身行禮道：「大管家一向可好?」劉全道：「不敢稱大管家，像我這等趕車跑腿之人，怎能受你這『老爺』恭身行禮！」原來劉全當年到他府上爲和珅借錢，沒有行跪禮，他道：「你這趕車跑腿之人，見了老爺竟不跪下，成何體統。」這時劉全想起來，一肚子氣憤，明保見如此，道：「都是小人有眼無珠，請大管家原諒。」劉全道：「『老爺』向趕車跑腿的人稱自己是『小人』成何體統。」

明保道：「當時小人確是手頭無錢，真有的話，對親外甥還能不幫忙，大管家海量，原諒小人就是。」劉全道：「當年相爺親到你家時，你是怎樣的無情無義，明保，你對我如何也就罷了，你曾做過知府的人，外甥到你處借點錢上學，有錢即借，沒錢說句暖心的話兒。可你語帶風霜，尖酸刻薄，哪像個讀書人的樣兒！」這幾句話，要是那有血性的人，哪裡還能受得了？但是，凡那勢利小人，眼皮最淺，臉皮最厚。

這明保反而笑嘻嘻地道：「大管家見教的是。」劉全道：「你此來有什麼事嗎？」明保道：「得不到大管家處求賞想借點錢用，你知道，我丟官後，長年賦閑在家，這家裡便漸漸地虧空，如今手上拮据，不得不到大管家處求償。」劉全道：「你我向無交往，相爺是你的親外甥，你何不直接向他討借，倒跑到我這兒了？」明保道：「中堂忙於國事，無暇見我們。」劉全想了想，道：「你家那地裡難道不收著租銀？」明保道：「收取租銀甚少，入不敷出。」劉全道：「既然收取甚少，入不敷出，還不如把它賣了。」明保心內一震，那可是自己的祖業、自己的命根子，賣了那地，可是一無所有了，當下沉默不語。

劉全道：「你若賣那地，我與相爺說句好話，也許能復你那官兒，這親戚嘛，也許能行走行走。」明保轉驚爲喜道：「果真，那地我就賣了。」劉全道：「見慢，不知相爺領不領你的情。待我與相爺說一聲。」

劉全到了和珅府上，說了明保之事，和珅道：「他若典時，利息須抬高點，他若賣時須敲他一敲。」劉全會意。和珅道：「你我一起出府去吧。我須到那銀莊看看。」這劉全便隨和珅出門。不料轎子剛過大門，那明保卻跪在了轎前，道：「明保見過相爺。」和珅心理像吃了蒼蠅一樣，天下竟有這樣勢利無恥之人，竟跪在親外甥面前，即命把轎子停下，讓明保起來，道：「隨我到銀莊。」明保見和珅理他，滿身血液沸騰。

若以爲天下厚臉皮者莫過於和珅，那就大錯特錯了，因爲眼前現放著個明保。

到了銀莊，明保道：「相爺……」「成何體統。」和珅訓斥道。「我……我是來請罪的，這幾年我良心不安，那顆心總浸泡在懊悔之中，早想來謝罪，只是無臉見人。」和珅道：「想你也是飽讀詩書之人，不要失了體統，做得太過。你的事劉全已稟我。你那地……」和珅還沒說完，明保道：「我那地都送與你，算是贖罪。」和珅道：「我能占你便宜，你賣也就算了。」明保忙道：「賣、賣，只是你也總得念在你母親份上，原諒我。」和珅聽他說到母親，雖是大奸之人，心內絞痛，頓想起母親對他的那份疼愛：誰言寸草心，報得三春暉。母親在自己童年就去世，給和珅留下一生的感情缺憾。和珅再看那明保，那恨也減弱了幾分，道：「這地如何買賣，你自己和劉全議定，不要再多說了。」

明保見和珅的臉色瞬間數變，知道其心有所動，便道：「我這地賣過之後，天以爲生，你念在母親份上，總得原諒我過失，給我找個門路。」和珅道：「我自有安排。」說罷兩眼看著劉全，眼光向下一壓，道：「你們談吧，我去看看賬。」說罷轉身出去。

劉全哪能不懂和珅目光，道：「相爺總念郎舅之情，必爲你尋個官兒做，但你也須對得起我家相爺。若再幹那些對不起相爺的事，就是你在陰曹地府，那判官也不放過你。」明保會意，以原價的十分之三不到象徵性地收了銀子，取來他的地契。明保心內也高興，只要他收了自己的地，自己就可以做官。而一旦做了官，還缺地、缺銀子？縱你和珅不認我，天下誰人不知我是你舅舅。果然，不久明保就做了知府，每年少不得把搜刮來的銀子送一些與和珅和劉全。

劉全把和珅的地都安排好，便在城裡安排和珅的生意來。和關心地租比較起來，和珅更關心生意，因爲和珅對銀子最感興趣。他看到銀子總想捏一捏，攥一攥，往心口貼一貼。爲了銀子他是那樣的執著，看到銀子他是那樣的沉醉。所以劉全一點也不敢怠慢，況且和珅總是在你不知道的時候就到了你身邊，他對一切是那樣熟悉，瞭若指掌。

和珅開有當鋪、錢鋪、印局、賭局、藥鋪、瓷器鋪、古玩鋪、弓箭鋪、櫃箱鋪、糧食店、酒店，有八十輛大馬車長年從事運輸業。

劉全先到當鋪，見吏部侍郎和德正在那裡，見到劉全過來，忙道：「我就知道兄長今天必然來這裡，所以在此等候。」劉全道：「老弟必定有事，不然不會在這裡等我。」說罷二人坐下，早有僕從烹上茶來。和德道：「我有一友，開了個綢緞店，生意興隆，財源茂盛，於是便想再開幾個分店，直把這生意做到外地去。可是短點銀子，便央我來向老兄借一點。」劉全道：「你我是親密的弟兄，這點忙還能不幫？只是這生意場上，丁是丁，卯是卯，何況我又不是東家，這當鋪、銀鋪都是相爺的，我只是幫他管一管，看一看，所以雖是老弟你親自求我，我卻不能以你我弟兄親情，壞了主人的大義。」

和德道：「我決不是難為老兄，利息等項，俱不少一分一文，對相爺也是一筆生意。」劉全道：「那倒是，開銀莊，就是為了放銀。不知你那朋友真的有抵押否。」和德道：「我那朋友就是東單有名的布莊王燦，想你也是知道的。只是他想把生意做大點，需要的錢又多，便找到你這兒來了。那抵押，想老兄就不用擔心了，即這布莊的生意，若是不紅火，他也不會花這麼大的力氣借銀兩再開分店，想他必是賺錢容易，覺得能還上你的本息，再有剩餘，才會央我來借，不然，那王燦有名的精明人，能做那閃失的事。」劉全道：「需借多少？」和德道：「二萬。」劉全道：「這麼多銀子，我倒做不了主，需要和東家商量商量。」和德道：「那好，小弟等你的回音。」

劉全既是和珅的大管家，少不得有許多的官兒巴結他，但只是這位和德和劉全最為要好，劉全和他是結拜的兄弟，所以彼此很隨便，但他出口爲朋友借二萬兩，劉全確是不便應承，就到相府裡去找和珅。

和珅召來馬八十三，馬八十三本叫馬瑞麟，是除二劉之外的心腹家人，平時許多的計謀，都爲他想出來。他自幼在這北京城遊蕩，那三教九流的人物及五花八門的行道，也俱都熟悉，劉全把綢布莊王燦借銀子的事說了。和珅道：「我覺得這是個機會，這生意該做，倒不知該怎樣做？」馬八十三道：「借給他二萬兩銀子，月息按三分算，一年銀息即七千二，我們借給他二萬兩銀子，先扣一年利息，支付給他一萬二千八，這樣就等於我們先賺了七千二。」

劉全道：「市面上哪有按三分代理的，雖政府規定不得超過三分可誰按這個規定辦？」馬八十三道：「你想，我們連本帶息往上滾翻，實際不就超過了四分？」和珅道：「就這樣辦。」馬八十三道：「我們還沒有綢布莊，想這偌大的北京城，需布綢何止千萬，何況相爺和蘇杭等地的綢商俱有交情，這筆錢讓人家賺了去委實可惜。我們把這二萬兩銀子借給他，他那綢布莊也便在一年之內是我們的了。」劉全道：「這是爲何？」馬八十三道：「石遠梅對相爺很是忠心，在江浙兩淮一帶又極熟絡，那裡的各行商人沒有不認識他的。相爺多給他些銀兩，讓他買下江浙上好的綢緞及兩淮上好的棉布，在北京以他所委託的人開個綢布莊，布莊開大點、價錢放低點，每年只爲保本，絕不賺錢，想那王燦綢布莊生意必然清淡，再加上我們二萬兩銀子的連滾利息，他哪裡能還得起？他必求我們典當些綢緞，我們再壓價抬息，那布莊便早晚是我們的了。」

和珅心裡滿意，道：「還是你想得周全，若那綢布莊能到手，我也賞你一個綢布莊。」馬八十三卻道：「相爺惜我年邁，可資助我些銀兩，在西郊開個煤窯。我在西郊門頭溝已勘查過，若挖煤到城裡販賣，必是賺錢。」和珅道：「你若把那布莊的事辦妥了，我就賞你銀兩把那煤窯開起來，留給你防老。」馬八十三道：「謝相爺。」馬八十三比和珅大十八歲，比劉全也大幾歲，劉全與和珅對他卻頗為尊敬，馬八十三對和珅也是賣力盡心。

劉全便傳語給他的結拜兄弟和德。和德感謝了一番，陪好友王燦辦好了借銀手續。和珅忙撥出銀兩，修書一封，讓馬八十三親自帶著銀兩書信，到蘇州城找石遠梅，就地購貨。劉全在北京東單，也為石遠梅尋好了門面，單等石遠梅發貨過來。

劉全這天又到當鋪。

劉全為什麼對當鋪這麼關心？原來，這當鋪比銀莊還賺錢。因為賺錢厲害，所以北京當時當鋪極多，不僅有所謂的京幫、晉幫、徽幫、粵幫等，連那朝廷大員也開著當鋪。《紅樓夢》的作者曹雪芹的先人曹寅就曾在北京開過當鋪。劉全、呼什圖和馬八十三也經營自家的當鋪，當然劉全每天總是先到和珅的店裡。

和珅最青睞這當鋪，認為這萬無一失，旱澇保收。但這還只是其中的一個方面，和珅還利用當鋪消化貪污受賄得來的贓物。

所以劉全照應好和珅的當鋪後，才回到自己的當鋪。到了當鋪卻見劉三兒一動不動地坐在櫃檯裡，眼睛瞅著外面。劉全有三個兒子，劉印、劉陵都為和珅做事，只這劉三終日遊手好閒，整日提個鳥籠子把妓院和戲院當成了自己的家。劉全也不甚管他，因為他養了一群狐朋狗友，有時正好用之索債，也不需破費。雖然和珅有時也動用手下的便衣保衛，但有些事也沒有必要驚動那些大內高手。這劉三兒恰好就可做一些「殺雞焉用牛刀」的事情。只是這劉三極少在店鋪裡和家裡悶坐，今日在這裡坐著一動不動。劉全感到有些奇怪。

劉全道：「今天如何這般老實，學好了？」「老爹，我學好了。看我不是給你看著店嗎？」「

你有什麼事吧？」「在這能有什麼事，你怎麼就不相信自己的兒子來，我也要學哥哥們做生意，將來好發大財。」「真是太陽從西邊出來了。要不是樹大自直。」劉全說罷也不去管他，便去查帳去了。

劉三兒在等一個人，是一個妞兒或是一位媳婦，分不太清，那天在這一照面，那妞兒就走了，待劉三兒要去追她時，恰好乾爹和德來了，道：「讓我好找。」硬拉著劉三到他家去，說是乾娘想他了，給他做了許多好吃的。劉三心裡急躁待掙脫手，卻又是不見了那妞兒，便悻悻地回來，問店小二，那女子當的是什麼，那小二說是一對銀手鐲一個玉佩。劉三兒查過日期便跟著乾爹去了。

劉三兒等得著急，這是最後一天了，那女子該今天來贖貨。心想：這個妞兒，好沒道理，讓少爺我等了這麼久。

到了中午，劉全見他還坐在那裡，真地奇怪起來：難道真的學好了？道：「三兒，回家，該吃午飯了。」劉三兒道：「我就在這吃，你回去吧。」劉全也不強求，自己走了。

劉三兒直等到太陽西沉，心內似火灼的一般，正在懊惱，卻見那女子竟來了！急忙轉過櫃檯，迎出門去，道：「姐姐好。」那女子臉一紅，急急地直走到櫃檯前，拿出當票和銀子，劉三接過銀子一看道：「少一兩銀子。」那女子道：「不是正好嗎？」劉三道：「你看這票面上，你典了十兩銀子，這月三分三厘的利息，你該給十三兩三才是；可你只給了十二兩。」那女子道：「那利息不是扣過了嗎？你們只給我九兩銀子。」劉三道：「看樣子大姐對這典當不熟。現在典當通例，支付典錢時，只給九成，當你還時，則以票面數加息，這些你不懂嗎？」那女子道：「先把那玉佩贖回來。行不？」劉三道：「這你又外行了，典一塊典，贖也一塊贖。」那女子道：「求求你了，先把玉佩贖出來。」

劉三道：「那銀鐲也可給你，只是你要給一樣東西。」那女子道：「什麼東西。」劉三斜眼看著她，用手抓那女子的手，那女子急忙把手縮回去。劉三道：「要你那兩片香唇，若讓我親一下，我把那玉佩銀鐲都給你，把那帳撕了。」那女子看劉三那樣，知是遇到痞子，轉身就走。劉三也不招她，只跟在那女子後面，那女子慢走時，他也慢走，那女子急走時，他也急走。拐彎抹角，到了一個胡同，那女子急忙跑到一家門前，推門進去。劉三跟到，哪容她關門，也跟著進去了。那女子道：「你怎這樣無禮！」劉三道：「欠債要還，你卻轉身就走，怎說我無禮？」那女子道：「我不贖了就是，怎能說我欠債？」劉三道：「咦，妞兒，你不是許給我一個香嘴嗎，怎麼許過又賴帳了！」那女子急得哭了起來，竟不知如何是好。

這時，從屋內踉蹌走出一個書生模樣的人道：「哪個無賴，敢這樣放肆。」劉三道：「咦，又出來一個哥兒，想是這妞兒的相好，幸會，幸會。」那書生氣得揮拳打來，那隻手剛一舉起即被劉三抓個正著，一躬身，把他從頭上摔過去。那書生再也爬不起來，那女子急撲向書生大叫：「夫君，你怎麼了，你怎麼了……來人呀！救命呀……」剛喊了兩聲，被那劉三用左手一捂，右手一抄腰，把她抱到屋裡，撕開她的衣服。「咦，妞兒，好嫩呀，好白呀，讓我香一香……」

次日，書生被眾鄰居抬到順天府。

順天府尹道：「據你上面寫的，那無賴之徒似是劉全之子劉三，為什麼用一『似』字？」書生道：「我與鄰居說知其模樣，眾鄰居都道是劉三，且吾妻從劉全家當鋪歸來，那廝即是從當鋪中尾隨至我家，想他定是劉全之子。」

知府道：「如此說來，你鄰居見到了那廝？」書生道：「沒有。」「你妻過去認得劉全兒子？」「不認得。」府尹道：「即拘劉三來此，並帶那受害女子速到大堂，當堂指認。」

知府摒退眾鄰居道：「爾等回去，這書生本府定會照顧好的。」隨後叫一心腹道：「此信交於劉管家。」

兩個時辰後，一頂轎子直抬入順天府內公堂，公堂只主簿一人，其時，書生妻亦在此，形容憔悴，二目無神。

劉三從轎中走來。府尹道：「那書生，那女子，你們看清，站在你們面前的，可是那天放肆的無賴。」二人注視著面前的人，俱都詫異，眼前之人雖和那天的歹徒有點相似，但這人二目圓睜，而那人眼吊三角，且那個歹徒腮上有一黑痣，極是醒目，這人面白如雪，一臉光滑，並無瑕疵。

知府道：「是那個歹徒嗎？」二人搖頭。知府道：「畫押，站在你們面前的就是劉全之子劉三。看來歹徒並非劉全之子劉三，本府定加查找，必將那傷天害理之人緝拿歸案。」二人只得畫押。書生夫妻被衙役抬入家中，眾鄰居道：「那壞蛋伏法了？」書生道：「那個歹徒並不是劉三。」眾鄰居奇道：「真是怪了。」可是誰也不想再多事。

夜晚，夫妻對坐，也不點燈。忽然，書生內心一寒，莫非知府……一定是了，一定是了……於是渾身打顫。

次日，眾鄰居去看望這夫妻倆時，見二人已在嚴嚴實實的棉被裡死去多時，身體已涼透了。

劉全與府尹站在和珅面前，面露微笑。和珅道：「若不是府尹和侍衛們做得乾淨，此事必連累我。」知府脅肩諂笑，那劉全的臉上卻馬上陰沉起來，果然和珅道：「那劉三二年內不許在北京露面，免得再惹麻煩。」

雖然如此，滿北京城都在議論著，那轎子直抬進府裡的大堂上太詭秘，書生夫妻二人死得也蹊蹺。

和珅在外的各個店鋪由劉全管理，但每一店鋪的賬都抄有二份，其中的一份放在卿憐那裡。和珅專門蓋了一個賬樓，卿憐把賬目理得清清楚楚，利潤、成本計算得詳細而分明，和珅通過這些賬目分配著資金的去向，卿憐成爲他絕對不可或缺的人才。

和珅從帳目中發現辦企業利潤豐厚，於是典買了幾處房子，增開了家俱製造場，弓箭製造場，鞍製造場，傘製造場，又在香山碧雲寺泉路開設煤窯。

卿憐極受和珅寵愛，卿憐的弟弟也從蘇州來到北京，做著和珅貼身僕從。

且說有一個謝振定，字一齋，乃湖南湘鄉人，是乾隆四十五年的進士，初住庶士大散綰編修，後參選江南道監察御史，巡禮南漕，後送入兵科給事中。

在他做給事中的一天，正在東城巡邏，遠遠的看見有一輛違制的車輿在街道上馳騁，橫行無忌，謝振定令兵士把他拘來，見那人罵罵咧咧，甚是倨傲。「他娘的，哪個敢逮老子，快把老子放了。不然叫你們一個個吃不了兜著……」

謝振定怒道：「哪個大膽狂徒，怎能如此無禮，天子腳下，豈能容你放憚恣肆，報上名來。」

那人說：「老子乃是相爺身邊的貼身僕從，是相爺的妾弟，你這個不知天高地厚的狗官，敢把老爺怎麼樣。」原來他是卿憐的弟弟。

他若不說他是和珅的妾弟，謝振定還能饒他一二，聽是和珅，怒火中燒，道：「給我用鞭子抽。」兩邊兵丁，如狼似虎，把他推翻在地。你道哪個不恨和珅，今見主子這樣有骨氣，這些兵丁也壯了膽氣，把那對和珅的怨氣、恨氣，都撒在這個「舅爺」身上。那卿憐的弟弟在地上也還破口大罵：「竟敢打相爺的『舅老爺』……這車子乃是相爺乘的車子，怎能違制……」謝振定道：「掌那廝嘴，還放托詞是相爺的乘輿。」兵丁們把他拉起來，對著那嘴臉左右開弓，不一會那粉臉變成一個紫茄子。謝振定道：「那廝竟托口這是相爺中堂的車子，把那車子燒了。」兵丁們把車子拉過一邊，放火把它燒了。謝振定對那卿憐的弟弟道：「怎麼，這車子宰相還能坐嗎？這是宰相乘坐的車子嗎？」

過了幾天，謝振定的同事給事中玉鐘健，在和珅的授意下，借著其他事彈劾振定。欲加之罪，何患無辭。和珅馬上稟皇上奪了他職，把他放回老家。

後來和珅事敗，嘉慶五年，謝振定又得到重用，在嘉慶十四年去世。道光年間，振定的兒子謝興嶢在河南裕州做知州，因爲才能突出，政績卓異被引見給皇上。道光聽過他奏答姓名籍貫，便道：「你說你是湖南人，怎麼說一口流利的京師話，這是什麼原因？」興嶢對曰：「臣父謝振定在做御史時，臣生長在北京，所以會講北京話，湖南老家的話，反不會講了。」道光高興地說：「原來你竟是燒車御史的兒子。」於是就更加褒勉他。到了第二天，對軍機大臣說：「朕小的時候聽說過燒車御史的事，昨天竟見到他的兒子，他兒子也清正廉明，你們應超擢他才是。」

自此，這「燒車御史」的說法便流傳開來——這是後話。且說和珅打發走了謝振定，召來劉全等道：「若遇著這些不識時務的，記在心裡就是，要不露聲色，報於我知道，讓我來收拾他們，你們自己不要硬爲頂撞。」

馬八十三道：「相爺說的極是，不要和他們逞一時之氣，那樣反而鼓勵了別人，遇事須沉穩，要整治那人時，也要讓那人不知覺，最後也要治他個落花流水。」

和珅道：「綢布莊的事怎樣？」馬八十三道：「已入我囊中，王燦已把店鋪綢緞布帛典與我們，我正要回相爺。」說罷交來帳本，和珅看罷交於呼什圖，呼什圖轉身走到內廂，把薄本交於卿憐。不一會，呼什圖出來，拿著卿憐的算據，交於和珅。和珅看罷道：「即日便可把綢緞絲絹的價格抬高三成，布價格高一成。」馬八十三說：「我也正如此想。」

和珅道：「馬管家這個法子極好，那市場須得壟斷了才好。這種法子可繼續使用，讓那些商人聽

命兵丁們回去。

我的調度。不過，這要讓他們情願的聽從我，凡事我不直接出面，你們看著辦吧。你們要多聽聽馬管家的安排，我不在時，可讓呼什圖告姨娘就行。」帳愈來愈多，卿憐便培養了幾個使女做她的助手。

和珅帶幾個孌童步入藏賬樓，卿憐與幾個使女正埋首在帳堆中。和珅拍一拍手道：「停下來吧，辛苦你們了。」卿憐便和那使女們嫋嫋婷婷地圍過來。卿憐道：「你怎麼把這幾個假丫頭帶來了，不怕我的這幾個饞貓麼？」和珅道：「我就是看你們辛苦了，也肯定饞了，心疼你們，把他們叫來，你們玩玩耍耍。」那幾個使女頓時扭扭怩怩，目光中春波閃閃。和珅道：「先讓女喜神爲你們唱一曲。」卿憐道：「我且給他撫一撫琴。」和珅道：「我看你已看上他了。」卿憐掐一下和珅肥，嗔道：「你好沒正經，教人學壞。」和珅道：「你若不壞，我怎能教出來？想你心裡定有蝶兒蜂兒在那裡飛舞，春色無限，那就快撫琴，爲你那可人兒伴奏吧。」

使女便搬過琴架，卿憐坐在琴旁，眼斜著那女喜神道：「唱吧。」只聽那女喜神唱道：

低聲語，嬌唱歌，韻遠更情多。筵席上，疑怪他，怎生可！眼槎裡頻頻地覷我。

才歡悅，早間別，痛煞煞好難割捨。畫舡兒載將春去也，空留下半江明月。

大家齊聲道好，卿憐道：「再唱一曲。」那女喜神又唱道：

別來寬褪縷金衣，粉悴煙憔減玉膚。淚點兒只除衫袖知，盼佳期，一半兒乾一半兒濕。

卿憐道：「此曲最好，再唱一曲。」那女喜神又唱道：

他生的臉兒崢，龐兒正。諸餘裡耍俏，所事裡聰明。忒可憎，沒薄倖。行裡坐裡茶裡飯裡相隨

定，恰便似紙幡兒引了魂靈。想那些滋滋味味，風風韻韻，老老成成。

卿憐再撫不動琴，嬌嘀嘀地道：「他就是你吧？」和珅哈哈大笑，遂又走到卿憐跟前輕輕地說：「如何，騷興上來了不是，賞給你了。」和珅站起身，對使女們道：「一人一個，你們自己看上哪個，互相找吧。只不許出這樓去。」

那幾個使女並不動，都嬌羞羞的。倒是那和珅把女喜神的衣服脫去，道：「還不去你姨娘那兒，可要拿出侍候我的本事來，爲她解衣寬頻。」那女喜神走到卿憐那兒，把那嬌弱無力的卿憐抱起來放在地板上，爲她褪去衣裳，那雙纖手和香舌在卿憐身上遊動，那些使女哪能受得了，俱對那幾個變童道：「還不快點兒。」那幾個變童，平時只幹那女人的事情，並沒做男人，但男人興味並未喪失，見了女喜神和卿憐模樣，哪能忍受得住，都急忙褪去衣衫和使女們摟抱在一起了，說不盡的纖腰輕輕，迎送頻頻……

和珅直看得心花怒放。自此，和珅便經常看這遊戲，樂得那幾個使女愈來愈大膽，愈來愈奔放，愈來愈不顧忌，種種的欲求，種種的姿態，都盡情的抒發擺弄。在這裡理賬也更賣力氣，再不想到別處去。

藏賬樓中另一個項目的帳本愈堆愈高，那就是房地產，房子出租，房地產業所帶來的財產固定穩安，源源不斷，和珅急命劉全、馬八十三、胡六、方二、王平等加快經營步伐。

於是除府第、淑春園及熱河避暑山莊的三大房產外，用於出租的房子急劇地增加，這些出租的房子，不僅遍佈北京的大街小巷，而且在直隸三河、薊州、昌平、宛平、密雲、順義、文安、容城、天津、靜海、交河、青縣、安肅、大城、彩城及易州地區也都有他的房子。爲了得這些房子，劉全、馬八十三等使盡了坑、蒙、拐、騙、訛、殺的手段。他們若要看中了那値錢的地段，値錢的房子，任你如何掙扎，總也脫不出他的手心。

自古爲官者爲自家經商，哪能不是奸商？只是這和珅也太狠毒了些，滿肚子裡牙齒，吃人家必要把人連毛呑進肚去，連那毛髮指甲也消化掉。人常說：「吃人不吐骨頭」，指的就是和珅這樣的當官的人。

馬八十三來到了王燦家，王燦忙出門相迎。二人坐定，烹茗煮茶後，馬八十三道：「本管家此次來，是和你算算賬。」王燦道：「小弟洗耳恭聽。」馬八十三道：「你的典押給我們的布莊店鋪，今天已經到期，不知你有錢收回去沒有？」王燦道：「我這生意一敗塗地，哪還能賺得一兩銀子。」馬八十三道：「那本管家只能按當初立的文書收你這店鋪房契了。」王燦的兩眼淚如湧泉，幾十年心血付諸東流，他只得把房契拿來。不料馬八十三卻道：「只這店鋪恐怕不夠。」王燦道：「本管家記錯了，我不是拿這鋪店抵完了那借銀了嗎？」馬八十三道：「可這二年又長了利息，利息錢就不算了嗎？」王燦道：「我這店鋪抵押借銀時，不是連本帶息一併抵押的嗎？」馬八十三道：「文書上只說抵借銀，並無一字提及利息，怎說連利息也抵壓了。」王燦道：「這是古今抵押通例，哪有只抵本銀不抵息的。」馬八十三道：「就只你一人僅抵了本銀。」王燦道：「這不是強奪明訛嗎！」馬八十三道：「你說話客氣點，不要小人先告狀，血口噴人。」

說罷站起來，走出門去在院子裡轉悠起來。王燦道：「你要幹什麼？」馬八十三並不回答他的話，只道：「這院子倒也精緻，假山碧池也還齊全。」王燦道：「你，你，你們……」氣得跌倒在地，狂吐一口鮮血。假山後忙轉出兄妹倆，撲在王燦身上，馬八十三卻眼睛一亮，盯著王燦女兒來，心想：盛傳此女刺繡巧奪天工，不想人長得如此絕倫，若……想到這裡走上前去，這王燦已被扶起。

馬八十三道：「如果讓你女兒到了相爺家，既享了榮華富貴，又消了你那銀子，豈不兩全其美。」王燦的兒怒道：「我早晚要報仇，你滾。」

馬八十三道：「真有志氣，看樣子是個有爲的青年，可就是不懂事體。」王燦道：「我傾家蕩產也不能送我女兒入火坑。」不料女兒竟跪在地上道：「爹，你這話就差了，女兒若能到了相府，還不是到了福窠裡，怎說是到了火坑，女兒願去的。」王燦雙眼淚水涮涮灑於襟前：「我兒……」抱起女兒痛哭起來。女兒道：「女兒進了相府，爹該高興才是，怎麼竟哭起來。進相府，正遂了女兒的心願呢。」那王燦已泣不成聲，兒子抱著父親和妹妹三人哭成一團。

次日和珅派一花轎把王燦的女兒抬來，自己在繡房裡等得心裡直癢癢。待抬到時，忙叫快把她扶到跟前。和珅一喜，心內道：「這姑娘果然抵得上那庭院，馬八十三還是沒辦錯事情。」當晚便留宿在這兒。

以後讓和珅更高興，王氏的繡品不僅成了王公貴族的搶手貨，也成了進獻給皇上和大內的珍貴禮品。

和珅不僅對王燦這樣的人巧取豪奪，而且對自家僕從也不講情面。其家人、僕從，平日供他役使，是其心腹走狗，借債不要抵押物，但卻從他每月工食內扣除，而借款利息又重，那些僕從很少有人能還清。若還不清，便子抵父債，因此不少人成爲和珅的世代家奴。

和珅有個家人叫傅明，借和珅銀子一千兩，借後不久就去世了。他的兒子花沙布便到和珅家爲家奴，替父親還債，每月八厘起息，欠利銀二百兩，本利二項加在一起共欠銀一千二百兩，你想這花沙布這一輩子能連本帶利還清和珅的債嗎？

第八章　彈劾豪僕・賣友求榮

曹錫寶身為御史，擔負著監察百官整肅吏治的重任，特別是自己受到皇上的重用，他深切的感到應彈劾和珅。和珅是貪污腐化的淵源，是吏治腐敗的罪魁禍首，但彈劾和珅豈是易事，朝中有他的私黨，朝外有他的網絡，上面還有一個乾隆做他的保護傘，如何能輕易扳倒？

劉全主管和珅家的一切外事，並代理管理先由和珅主持後由豐紳殷德主持的崇文門稅關的稅收，在爲和珅收購土地、房產及管理店鋪的過程中狐假虎威，坑蒙勒索，招搖撞騙無所不爲。漸漸地不僅自己家裡擁有大批的土地和店鋪，而且在靠近和珅宅第附近的興化寺街，也修建了一座深宅大院。劉全的富有闊氣是遠非一些京城官吏可比的，那氣勢更是蓋過了他們，所以像和德那樣的五品朝官也以和劉全這種僕奴結拜爲榮，更不要說那些富商小販們了。官吏和商販們對他的趨炎附勢更助長了他的囂張氣焰，對官吏和商販們敲榨勒索的同時，對同百姓們也是敲骨吸髓，暴戾肆虐。

有一個人看到天下在和珅的帶動下吏治腐敗，民不聊生，輾轉反側，這個人就是曹錫寶。

曹錫寶，字鴻書，一字劍亭，江南上海人。乾隆初年，以舉人考授內閣中書，充軍機章京。爲人資深練達，當擢爲侍讀，曹錫寶辭去。大學士博恒深深地了解他，想要通過科甲出身進升爲官。果然在乾隆二十二年考中進士爲庶起士，後回家奉母，數年後於乾隆三十年住刑部主事，再遷郎中，授山東糧道，皇上巡山東時召見錫寶，命他回京以部屬任用，因爲大學士阿桂的啓奏，入《四庫全書》館，《四庫全書》書成後以國子監習業升用居三年。皇上因爲錫寶補司業無期特授陝西道監察御史。

身爲御史，擔負著監察百官整肅吏治的重任，特別是自己受到皇上的重用，又得到兩代中正宰相的賞識提拔，他深切的感到應彈劾和珅。和珅是貪污腐化的淵源，是吏治腐敗的罪魁禍首，但彈劾和珅豈是易事，朝中有他的私黨，朝外有他的網絡，上面還有一個乾隆做他的保護傘，連阿桂都讓他三分，我豈能把他扳倒。思來想去，便想從劉全打開缺口。有了這種想法，便留意劉全的行動。看他深宅大院，已違背了作爲管家所應有的住房規格，看他穿戴及所乘輿車也超出了限制，便下決心彈劾劉全。

於是曹錫寶便寫了一份奏摺，寫好後，又怕言辭有不妥之處，或有想得不全面的地方，便想找個知心的朋友，共同商量一下，若阿桂在朝便可去請示一下阿桂，可他卻遠在幾千里之外。朝中雖有幾個正直的人，但自己與他們素無私交，這樣重大的事，不便與他會商。思來想去，竟想起一個人來，這人乃他的同鄉同學吳省欽。他哪裡知道這第一步他就邁向了失敗，有如一個羔羊把一個貪婪的豺狼當做自己的知心朋友。

孔夫子泉下有知亦必以有吳省欽、吳省蘭這樣的讀書人而羞愧。這樣的讀書人表面上看是那樣的熱衷孔孟，熱衷程朱，可他們卻像嫖客對待婊子一樣，對他們忽而下跪，忽而姦污，而下跪正是爲了滿足他們那邪惡的欲望。

吳省欽、吳省蘭是親兄弟，吳省欽長吳省蘭兩歲，與曹錫寶是同鄉，都是上海人。他們從小刻苦攻讀，博聞強志，才華横溢，名博四方，桃李遍天下。乾隆初，年輕的吳省欽、吳省蘭遊學京師，就受到人們的推崇，竟做了咸安宮官學的老師，而這裡的老師極少不是翰林。

兄弟二人既是和珅的老師，待和珅位極人臣時便以和珅爲驕傲，可是二人都做出讓天下文人都汗顏的事情來。

吳省欽、吳省蘭二人既是咸安宮官學的老師，就參加了順天的鄉試。

順天鄉試的考題都是從《四書》中摘出，題目由皇帝欽定。由內閣先期呈進《四書》一部，皇上據《四書》文句命題，完畢，即把題目蓋印密封，連同《四書》送還內閣。

這一天乾隆把題目命好後交於太監，太監捧著密封的文題和《四書》送給內閣，走在路上，和珅早等在那裡。

和珅便向太監問命題時的情景，內太監哪敢對面前的總管不言，道：「皇上親自批閱《論語》第一本，快批定時，才欣然微笑，然後隨即執筆直書。」

和珅沉思半晌，突然一拍那腦門紅痣，喜不自禁的走了。和珅想，這題目必在「乞醯」一章。「乞醯」二字中嵌著「乙酉」二字在內，而這次鄉試恰在乾隆乙酉年舉行，「乙」與「乞」形近，不是「乞醯」一章又是什麼？

於是和珅高高興興地回到家裡，把考試的題目洩露給自己的門生。門生們高興而去。

和珅正在得意，忽報吳省欽、吳省蘭求見。

和珅聽說自己的老師來了，忙道：「快請！」隨著整衣冠出門迎接。哪知迎到二門，那吳省欽、吳省蘭雙雙跪倒道：「先生，弟子吳省欽吳省蘭特來拜見。」

和珅驚訝道：「二位先生怎行此大禮，折殺學生了。」

哪知二人俱跪不起道：「若相爺稱我二人爲先生，那才是折殺學生。相爺爲今年的主考官，我們不是學生又是什麼？」

和珅道：「快起來。」

二人道：「若相爺不收吾二人爲學生，我二人就不起來。」

和珅道：「二位先生不僅年長於我，學高於我，且確曾授我學業，我豈能妄稱先生。」

二人道：「相爺是這次的主考官，考試之人稱考官爲先生乃天下定例，且韓愈曾云：『道之所存，師之所存』，相爺高風亮節，正是吾師，請相爺收吾二人爲門生。」

和珅沒法，只得應允，二人這才從地上起來。

到了廳堂，二人行弟子禮道：「弟子此次鄉試，先生不知可有什麼教我？」

和珅道：「我猜皇上的題目，必在『乞醯』一章，望二位用心就是。」

二人大喜。

果然，和珅的門生及吳省欽、吳省蘭俱都考中。

吳省欽、吳省蘭自此便成爲和珅的死黨，奴顏卑膝，不只是有辱斯文，而是丟光了讀書人的臉，虧考的還是《論語》，若考那《三言兩拍》《金瓶梅》，吳省欽、吳省蘭還不認和珅爲乾爹——這樣看來，孔子的言語還是在這二吳身上起了點作用。

不論你怎樣看他們，二吳的官運便從此亨通無阻。

你想這曹錫寶竟找吳省欽商議彈劾劉全的事，這還不是如踩到狗屎了。

曹錫寶把吳省欽請到自己家中，擺上酒肴，二人以詩唱和一會兒，曹錫寶道：「你我同鄉，少時又同學，彼此志同意合，無話不說比親兄弟還親，今我有一難事，想請人謀劃一下，自然，你我最爲親近，所以單請你來。」

吳省欽道：「不知是何事？」

「為彈劾和珅家人劉全事。」

吳省欽心裡一震，卻不露聲色道：「此事須得想得周到，和珅一人之下萬人之上，朝中朝外黨羽羅織，若有不慎，豈不反為其害？」

曹錫寶曰：「我也知此事重大，非同小可，故請老兄來籌畫。現我已寫好奏摺，請老兄察看一下，有無不妥、疏漏。」

吳省欽又是一驚，心道：「不曾想，他已寫好奏摺，真是吃了熊心豹膽。」便把那奏摺接過來細細地揣摩，道：「此奏摺已寫得極詳了，你真的想把它交於皇上？」

曹錫寶道：「你我少讀詩書，都志在為國，今國賊橫行，生靈塗炭，何敢瞻前顧後而不行人之大義乎？」

吳省欽道：「吾人正是要董道不渝，以清君側。」曹錫寶曰：「你真我知心也。」

吳省欽道：「如今皇上正在熱河，不知是什麼時候動身。」

曹錫寶道：「近二日恐來不及，旬日內定將送及皇上。」

吳省欽道：「還是多斟酌為好。」

當晚，吳省欽回到府中，忙叫家人牽出一匹馬來道：「就說我在家得了瘟病，任何人問我不可說我出門。」

吳省欽不帶一個隨從，連夜馳馬到了熱河。

和珅急差人命劉全風雨無阻，晝夜不論，擱下一切事務，火速到熱河，分秒必爭。

劉全星夜馳往熱河，見到和珅。

和珅道：「劉全，御史曹錫寶已準備了奏摺，劾你『持勢考私，衣服、車馬、居室皆逾制』，不日奏摺將送到皇上手中，虧我同事先知道了此事，不然，後果不堪設想，這曹錫寶劾你是假，實是含沙射影衝著我來的，爲今之計，爲之奈何？」

劉全道：「這個王八羔子，太歲頭上動土，活得不耐煩了。還不如暗中宰了他。」

和珅道：「這種事做不得，別說御史身邊有侍衛高手，即無一個侍衛，做這種事，漏出風聲來，就會帶來彌天大禍。你要知道，在朝中敵我者如林。」

劉全無措，和珅道：「爲今之計，你只有火速回去，迅速拆掉逾制房屋，燒掉超過規格的車輿，把不該穿戴的東西都埋起來或轉移出去，事情要做得乾淨、徹底，不留任何破綻。」

劉全飛馬馳回，一切逾制的東西頃刻間蕩然無存。

曹錫寶把朝中的事安排好，便乘車到了熱河，把奏摺呈給乾隆。

乾隆即召見文武，把曹錫寶奏摺交給和珅。

和珅看罷奏折，道：「啓奏皇上，奴才既位至宰輔，深得皇上依賴，又是皇上姻戚，豈不自愛自重?臣一向管束手下家人極嚴，深恐於皇上深遇不稱，今曹御史奏劾劉全，臣也不敢說全無此事，因奴才長年扈從皇上，手下家人瞞著幹一些苟且之事也有可能。故請皇上頒旨即拘劉全到案，若曹御史所奏是實，定從嚴處治。」

乾隆道：「眾卿以爲如何？」殿上兩班皆道：「中堂所言甚當。」乾隆即命拘來劉全。

和珅固請乾隆在金殿會同文武親審劉全，奏曰：「臣當朝宰輔，又是皇上姻親，若不同百官會審，難以正視聽於天下，於皇上也似有草草之嫌，臣固請皇上會同文武會審，以澄清事實。」乾隆准奏。

拘來劉全，乾隆道：「劉全，曹御史劾你屬實嗎？」

劉全道：「奴才決不敢招搖撞騙，招惹是非，相爺一向管束小的極嚴，別說有逾制的車輿馬房屋，就是穿戴也全是粗布衣衫。反倒是我等倒嫌相爺苛刻……，相爺也別怪罪奴才，奴才跟相爺幾十年，可相爺對奴才像對獄犯一樣……」說罷竟哭了起來。和珅道：「劉全素昔尙爲安分樸實，平時臣管束手下家人太嚴，致招埋怨，是臣之過；但想這劉全，萬萬不敢在外招搖滋事。曹御史之奏，似是一面之辭，難以憑信。請皇上明察。」

乾隆聽二人說得十分中肯，看那劉全模樣實有冤枉，便道：「和珅家人劉全，久在崇文門代他的主人辦理稅務多年，其倒有應得之項，稍有積蓄，亦屬事理之常，積蓄點錢財，也無不妥。至於蓋造房屋數十間居住，也屬人之常情，天下各處管理稅務的官員，與和珅一樣，不能不委派家人分管稅口，既如此，家人胥吏占點便宜，其服用居室，稍有潤錦，也是常見的，算不得奇怪之事。你這劉全憑藉主人的權勢肯定有招搖撞騙的行爲，或許是在規定的稅目之外，又擅自加征一些稅，以肥私橐，或許打人罵人強奪索取亦未可知，應令曹錫寶逐條指實。如果有以上情節，即一面從嚴審辦，一面據實其奏。也許是曹錫寶或錫寶的親友因挾帶行李貨物過關，被劉全苛以重稅，也許是曹錫寶要求免稅沒有得到滿足，因此心懷不滿，危詞聳聽，彈劾劉全，也爲情理所有。若曹錫寶竟無指實，不過摭拾浮詞博建白之名，也難以無稽之談，以無根無據的話，去處置人家。何況曹錫寶與和珅家人怎能熟識，曹錫寶怎麼能得知劉全家的詳細情況？這些也應詳細的問清楚，方成信讞。或是曹錫寶借審劉全之案另有所指，以審家人爲由，暗射其東家，隱約其辭，旁敲側擊，也是可能的。正因爲此案可能是借家人以劾和珅，朕秉公扶正，應把此案查個水落石出。」

文武百官亦聽得明白，乾隆處處袒護和珅，盡皆慨歎。

乾隆諭旨：「留京王大臣，署步軍統領定郡王錦圖恩，都察院堂官大學士梁國治、董浩，諸曹錫寶一起到劉全家查驗，審視，嚴行訪察，如果劉全果有藉端招搖撞騙的事，立即據實參奏，從嚴辦理，不可因爲他是和珅家人就稍存回護。」

於是曹錫寶和幾位大臣一起，前往驗審。查遍了劉全院落，並無一間逾制的房屋，檢查了劉全所有衣櫃箱籠，也無一件過分華麗的衣服，至於不合規格的車馬更是尋找不著。

一切都不脛而走，不翼而飛，曹錫寶一無所獲，唯一的收穫便是滿腹狐疑。

劉全得理不讓人，道：「我從不敢招搖滋事，交結官員，如果真要有所謂的寬敞房屋，精美器具，那些東西難道是可以吞進肚子裡去。我對曹錫寶這個姓名聽都沒聽說過，更不用說有什麼來往了，你曹錫寶是怎麼進到我家的，難道是偷著進來的，並跑到我家內宅偷看我家的東西。」

各位大臣只有質問曹錫寶。在這種情況下，曹錫寶一點兒也拿不出證據，還能說什麼呢？只能說自己道聽塗説。

案情調查結果報於乾隆，乾隆召曹錫寶到熱河避暑山莊。乾隆曰：「曹錫寶，你如果真的見到劉全倚仗主人的勢力招搖撞騙，房屋車馬逾制，怎麼倒拿不出來一點兒證據，無絲毫證據，竟然列款嚴參，實際是憑空捏造。朕看你的本意只不過是要參劾和珅，而又不敢明言，所以以彈劾其家人爲由，隱約其辭，旁敲側擊，或者是受人指使，公報私仇，或者是因劉全向你索要稅銀，你懷恨在心。總之你是完全不是出於公心，而是圖謀報復。」

曹錫寶聽皇上反覆說那幾句話，訓斥自己，分明是袒護和珅，可是自己無一點證據，除遭訓斥以外，又有什麼辦法，不得已只得向皇上認罪道：「臣見和珅家人劉全房屋整齊，恐怕他有借主人的名目做那招搖撞騙的事。臣平時恭讀聖諭聖旨，見大臣中受到家人連累的不少，體會到皇上保全愛護臣下的一番苦心，見劉全房屋整齊，並恐他做出不軌之事，便想要和珅先行約束，防微杜漸，實在是希望和大人將來不至於受到家人的拖累。至於吾皇萬歲，用人行政一秉大公至正，凡杜漸防微之處，無事不周，實無可以仰稗高深。再者劉全並無劣跡可以指實，我確實見識短淺，見到劉全所住的房屋整齊，未免過分。所以具奏嗣奉。諭旨派員帶同親往各大臣家人住居閱看，始知家人住房五六十間者系常有之事，是以蒙皇上垂詢時，即而奏劉全沒有十分不是之語。總是我冒昧糊塗，措詞失當，咎無可逭。」

和珅正是乾隆眼前的紅人，乾隆正對他言聽計從，悉把軍政外交大事交於和珅。

乾隆道：「這曹錫寶要使和珅防微杜漸，豈不是隱含指責朕用人不明。」乾隆總覺自己乃古今未有的聖明君主，又中正勤政，悉心爲國，怎麼讓朕也防微杜漸。

於是又讓軍機大臣、大學士梁國治再重審這個案子，查出「微」在哪裡，「漸」在何處。

曹錫寶又低頭認罪，承認自己「防微杜漸」一語太過失當，請皇上治罪。

於是乾隆手詔略云：平時用人所政，不肯存逆詐儀不信之見。若委用臣工不能推誠布公而不猜疑防範，據一時無根之談遂從以罪，使天下垂足而立，側目而視，斷無此政體，錫寶未察虛實，以書生拘迂之見，托爲正言陳奏，姑寬其罰，改革職留任。

乾隆這樣反覆的嘮嘮叨叨地訓斥譴責一個可以「風聞言事」的御史，在以前是絕沒有的。曹錫寶被朋友出賣，沒動和珅一根毫毛，侘傺以死，死年爲乾隆五十七年。

仁宗親政時，誅殺和珅，並抄劉全家，乃追思錫寶直言。嘉慶諭曰：「故御史曹錫寶，嘗劾和奴劉全倚勢營私，家貲豐厚，那時，和珅氣焰囂張，滿朝文武，沒有一人敢於糾劾，而錫寶獨能抗辭執奏，不愧諍臣。今和珅治罪後，並抄劉全家，劉全家資產至二十餘萬，這樣，錫寶所劾不虛，宜加優獎，以旌直言。」

於是錫寶得追贈，子得封貴，此是後話。

也不能說曹錫寶的奏劾沒有起一點作用。和珅崇文門稅監一職被免去。詔曰：和珅管理崇文門監督已閱八年，且錫寶劾其家人，未必不因此。但同時，這個崇文門稅監的職務卻給了和珅的兒子豐紳殷德，和珅也被授予文華殿大學士。乾隆似乎是說：你受驚了，朕安慰安慰你。

阿桂也走到公主額附身旁行進獻禮。雖是德高望重，年過古稀，白髮飄飄，老態龍鍾，也向前行跪拜禮。而所拜之額附就是和珅的兒子。這個場面極具象徵意義，和珅從此便是無人能及，成為高不可攀的第一寵臣、第一權臣。

第九章 一人之下．萬人之上

乾隆五十一年七月，和珅剛剛處理好曹錫寶彈劾劉全的事，又被授爲文華殿大學士，心裡自然非常得意。可是那個阿桂卻回到了京城，於是和珅心裡又不自在起來。和珅想，就是治不倒他，也要把他打發走，於是便尋找著機會。

一天，看罷吏部侍郎竇光鼐的二份奏章。和珅馬上看到了希望。

竇光鼐，字元調，山東諸城人，和劉墉是同鄉，乾隆七年進士，選庶起士，後擢爲左中允，累遷至內閣學士，二十年授左副都御史，督浙江學政，後屢黜屢升，爲人剛直拙鈍。五十一年遷吏部侍郎，卻仍在浙江學政任上，見到浙江各縣府府虧空，官吏向百姓橫徵暴斂，便上疏皇上：「前總督陳祖輝貪墨敗露，總督富勤渾來察。臣聞嘉興、海鹽、平陽諸縣虧數皆逾十萬，當察覆分別定擬。」

乾隆嘉其持正，命尙書曹文植、侍郎姜晟前往浙江，會同巡撫伊齡阿及竇光鼐前往盤查。不久，竇光鼐上疏奏道：「永嘉知縣席世維借諸生谷以充實倉庫，搪塞盤察。平陽知縣黃梅強向百姓攤派銀兩，且於其母死時觀戲，布政使盛柱、總督富勒渾擁貲過豐，供億浩繁，餽閽役數千百。杭州織造盛佳，攜大批貪污貴重物品進京，財物之巨，令人咋舌。」可是其他三位大臣與他所奏俱不相合。和珅看罷，便向乾隆奏道：「浙江吏治腐敗，貪風熏天，禍國殃民，前往盤查的幾位大臣所奏不一，必有虛假。臣以爲皇上須派阿桂前往，方能查清此案。」乾隆准奏。

和珅最妙的一手是讓弟和琳與阿桂同去。弟弟只是個筆中口（秘書），一向沒有功勞。此去必能尋一些功勞出來，你想那竇光鼐所奏能不屬實嗎？只要弟弟在此事上秉公辦事就行了。

於是和珅囑咐和琳秉公處理，但處理事情時，不要事先出頭，道：「他們的官都比你大，你只要看看他們的動靜就行了。」

於是阿桂出發的同時，和琳與他一同前往。和珅此舉不僅把阿桂支離朝廷，而且可以一石三鳥。因爲阿桂和富勒渾有親戚關係，若認真查，能找到阿桂庇護富勒渾的罪名，若不認真查，更能把他推倒在地——哪個地方的官吏屁股上沒有一把屎。另外，也可借此機會把富勒渾招向自己身邊，但是首先必須「打」他——通過阿桂或竇光鼐「打」，然後再把他「拉」過來。若他識相，爲己所用，可減輕他罪名，再委以重任；若不識相，便把他打下「冷宮」。這第三隻鳥便是竇光鼐，這人素與自己不合，裝作一副剛正不阿的樣子，太有點道貌岸然。富勒渾本是阿桂親戚，又是阿桂手下戰將，在大小金川戰鬥中，出生入死，立過戰功，阿桂此去，或多或少，必存袒護之心，那竇光鼐是天不怕地不怕無所顧慮的人物，能不和阿桂爭執？若爭執起來，我坐山觀虎鬥，豈不坐收漁人之利？所以，阿桂至浙江查案，他心裡無比高興。

果然不出和珅所料，阿桂到底還是袒護手下戰將。阿桂與竇光鼐、伊齡阿等回到北京，面奏乾隆。阿桂奏道：「杭州織造盛佳詣宗，附攜應解參價銀三萬九千餘兩，非私人貲財。平陽縣令黃梅母九十生日，演戲慶賀，卻在當天晚上死在仙居。諸生馬，誣寺僧博興鬥歐，因下獄死。光鼐語皆不實。」伊齡阿等人所奏與阿桂同。

竇光鼐聽罷，竟罵起阿桂來，和阿桂大吵大鬧，和珅看得心裡好不舒服，乾隆袒護阿桂，斥責竇光鼐性情乖張，詔命奪職下獄。竇光鼐據理力爭，叫道：「那個老傢伙根本就沒有親自去，只是派幾個屬吏去平陽問一問，走馬觀花，怎能屬實，皇上要治我罪，我只是不服，若讓我再親自去一趟，拿不出證據，我情願殺頭。」

和琳奏曰：「臣隨大學士阿桂前往浙江，便因浙江海塘工程有急，便被臨時滯留於海寧。阿桂便派屬吏前往，屬吏所說是否屬實，臣等當時沒有深究。」

和琳這番話說得兩方高興，只是隱含著阿桂不能明察的意思。

和珅奏道：「竇光鼐所奏即是，若他拿不出證據時，再把他下獄也不遲。」乾隆准奏，並讓和琳同行。

竇光鼐到了平陽，學那錢灃的手段，微服暗查。士民們呈上縣令黃梅派捐單票：田一畝，捐大錢五十又勒捐富戶數以千萬貫。每歲收買糧谷，只打個白條，並不給錢，白條上有官府的印章和黃梅的簽名。黃梅在平陽縣八年，侵吞的糧食錢及捐錢不下二十萬兩。母親死了，不欲發喪，特演戲以張揚，以收取燒埋之費。

竇光鼐得到單票，火速送到了北京。乾隆大怒，速派阿桂到浙江重新審理，並諭令：「阿桂受朕深恩，用爲大學士，自然不肯存心回護，但草率從事，實屬失職，現速去重審，回京後再議罪。」和珅心裡高興死了。

乾隆又諭阿桂道：「竇光鼐多事咆哮，性情執拗，你不准心懷厭惡。現在朕再讓他前往查辦，你斷不可仍執前見，稍涉私嫌，唯當以朕心爲己心，逐條逐款秉公嚴訊。」

阿桂一行人再不敢怠慢，迅速查清案情，即斬黃梅等，拘總督富勒渾，阿桂毫不留情，判斬決，下刑部獄。

可是和珅又使出整治李侍堯的手段來。本來浙江案子的大火是他燒起來的，現在他要把大火撲滅。他要讓富勒渾受到懲罰，但不是讓他死，要讓他活著。於是奏曰：「富勒渾應調回，待行明察，不可急躁興起大獄。富勒渾在平定大小金川時，立下戰功，以往也並無過錯，擬從輕處理，不應斬決。」乾隆准奏。

暗地裡打一下，明地裡拉一下，富勒渾死裡逃生，對和珅感激涕零，俯首貼耳地成為和珅黨羽，真是第二個李侍堯。

但讓和珅不滿的是乾隆並沒有重懲阿桂，只指責他幾句，並無處分。

和珅心有不甘，找到竇光鼐道：「祝賀你升任署理光祿寺卿。而我也為你不平，想阿桂徇私袒護，與你針鋒相對。你剛正不阿，威武不屈，誰人不曉，怎在這阿桂的事情上軟弱怯懦起來。」

竇光鼐只說了四個字：「關你甚事。」

和珅的一張熱臉扒在了涼屁股上。可是和琳卻從此飛黃騰達。

已升為戶部侍郎的蘇凌阿奏曰：「和琳雖官卑職小，但隨大學士阿桂同去，能見微知著，甚為公正，後又隨竇光鼐前往，共獲實據，使案情大白於天下，顯聖上持政整肅清正。和琳自始至終均秉公辦事，無一絲偏袒，更無一絲懈怠，實應褒獎。」

乾隆道：「和珅以為該如何褒獎提拔？」和珅道：「臣實不便說，應交大學士議論。」乾隆道：「外舉不避仇，內舉不避親，自古傳為佳話，怎猶豫起來？」和珅道：「和琳接盛住杭州織造較妥，一可補缺，二可繼續查清此案始來。」乾隆道：「甚好。」

原來，盛佳是乾隆的小舅子，因此案而罷官，乾隆哪能不心存不忍。和珅吃透乾隆意思，讓和琳接杭州織造，不僅這是個讓人人垂涎的肥缺，且可因盛佳事討好皇上，若不知杭州織造是怎樣的肥缺，你便翻一下《紅樓夢》就行了。那專爲皇宮採買的官兒，怎能不富。

和琳上任次年，奏曰：「竇光鼐所奏皆實，至爲中正，但盛佳進京，財物雖多，實多爲宮中之物，故盛佳之事，顯爲臆測。」此奏正和乾隆心意，也不得罪竇光鼐，於是盛佳仍復原官，和琳則升爲湖廣道御史。此是後話。和珅不僅掌握著軍政、外交大權，文化教育國家考試的大權也慢慢地都掌握在他手裡，他既做《四庫全書》館總裁，又編《欽定熱河志》，後又主修《大清一統志》，並於乾隆五十年國慶時修成。便想自己怎也應該和紀昀平起平坐了。是年乾隆舉行千叟宴，宴會上有一位一百四十一歲的老人，乾隆就以他的高齡爲題出了一上聯：「花甲重逢，又增三七歲月。」花甲重數即一百二十歲，再加上三七二十一年，正是一百四十一歲，當時和珅極想對出這副對子，可是卻讓紀昀又占了先，紀昀當即對出下聯：「古稀雙慶，再添一度春秋。」古稀雙算，正是一百四十歲，再加上一年正是一百四十一歲。和珅見他才思又超過了自己，心下十分生氣。聯想到過去紀昀調弄自己而自己總沒有得逞，感到懊惱。

既做《四庫全書》館總裁，又在乾隆五十四年被授予教習庶起士，這文化上的事插手愈來愈多，便自然能尋出一些事端來。《四庫全書》已編成數年，本是造福萬代，功蓋千秋的大好事，總纂紀昀、陸錫熊和總校陸費墀俱都升官，受到褒獎，這是應該的順理成章，他們做夢也沒想到幾年之後竟會受到嚴懲。

《四庫全書》分別藏於避署山莊的文津閣，圓明園內的文源閣，紫禁城宮中的文淵閣和盛京（瀋陽）故宮的文溯閣。

一日，和珅翻看紫禁城中文淵閣的《四庫全書》，忽然發現有許多抄錯的地方，便把這些地方記下來，然後又繼續搜求錯誤之處，把它交於乾隆。奏曰：「《四庫全書》畢現我朝文法之盛，可紀昀等竟視此書於草草，錯誤如此之多，距今仍沒更改，欺蒙皇上，實應咎其纂校者。」

乾隆大怒，急命紀昀率人負責校正文淵閣的藏書，命陸錫熊率人到瀋陽校正文溯閣的藏書。而校勘抄襲的一切費用，都由他們自己承擔。

和珅總算解了氣。

陸錫熊到了瀋陽，望著這三層樓閣的書海道：「我是自作自受，這許多書什麼時候能校了抄了。」當年編書時，比這工程更浩大，也沒有一個愁字，今天再看這些書，再沒有那種志氣和勇氣把書校好。心裡又怪罪皇上，敢怒而不敢言。幾天時間便一病在床，不久愁苦病死。

陸錫熊死後，紀昀、陸費墀深感唇亡齒寒，兔死狐悲，陸費墀很快就覺得陸錫熊早殆是一件幸福的事，他比陸錫熊更不幸。乾隆道：「你身爲總校，出此大錯，難逃罪責。」和珅火上澆油，責罰陸費墀自己出錢裝裱江浙之閣每一本書的封面，製作盛這三處書的木匣。不久又革了他的一切職務。可憐陸費墀除了落得一肚子氣之外，還得到那就是——死。

陸費墀只自己得到了「幸福」——「死」，可家人卻落入災難，和珅立刻派人到原籍抄了他的家。最後乾隆還是講點情面，給陸費墀家留了一千兩銀子作爲他妻兒的費用。

和珅高興之餘，又復氣惱「老頭子」只是薄懲了紀昀，罰了他錢鈔，對他還是那般的寵愛。

不久，乾隆皇帝命令在國子監刻石經，以備士子們參考。正總裁爲和珅，總裁爲金簡、彭元瑞、王杰、劉墉、董浩等八人。校勘由彭元瑞一人擔任。王杰、劉墉、董浩三人雖然本在和珅之下，但具體地做某一事情而成爲和珅的手下，這還是第一次。聚會時，那和珅便坐在正位上，擺出「傲視群雄」的架勢來，馭使著王杰，教導著劉墉，指點著董浩，那心裡有一種說不出的滿足感。自己拍一拍王杰，交代他去做某事，他再也不敢違拗。劉墉你不是有才嗎？不是常與皇上作詩對聯嗎？今天在我的手下，才看出你那點學問都是拍皇上馬屁的，似這經文考證之學，才是真本事。於是和珅整天的教導他。董浩就更不用說了，簡直是手把手的教他。後來，和珅竟真的奇怪皇上爲什麼偏喜歡這三個人，皇上也是眼花了。

和珅只盯著劉墉、王杰、董浩，卻不料半路上殺出個「程咬金」來，彭元瑞竟偷偷地寫了一本《石經考文提要》一書獻於皇上。

乾隆看罷《石經考文提要》大加讚揚，遂給彭元瑞以重賞，加官宮保。和珅氣憤到了極點，我是正總裁，整天忙於事務，無閒暇時間寫書，你彭元瑞寫了也就罷了，寫出也要向我彙報一下，怎竟然私自呈送皇上！我正總裁還沒寫那書，你倒寫了，好像你的水準比我還高。和珅妒火中燒，難以自抑，遂向皇帝奏道：「不是天子不能考證那經文。」乾隆道：「刻石經乃朕命你們幾位同心協力去做，考證經文乃是你們幾個的份內之事，彭元瑞受朕命考證，有何不妥！」

和珅見皇上並不受自己的挑撥，於是奏請皇上道：「臣觀彭元瑞之《提要》多有錯訛，臣欲重寫一書，對其指正，不知聖意如何？」乾隆道：「既能發現錯訛並得以指證，自然是好事，你自己就寫一本吧。」

於是和珅就召集了幾個學問高深的翰林寫成了《提要舉正》之書。書呈皇上，皇上道：「此書也有新意，較爲詳盡。」和珅遂道：「既臣的這本詳細，彭元瑞的那本就該燒了。」乾隆道：「此話差矣。彭元瑞之書不僅是發軔之作，且考證確鑿，脈絡清晰，證據詳盡，怎能毀之，此事不許再奏。」

和珅怎能就此善罷甘休？便命人將自己主編的《考文提要全文》抄寫三部，分別放在懋勤殿，翰林院和國子監。隨即和珅又派人把彭元瑞所考證的字盡都鑿去，而以錯訛僞俗的原字覆蓋在上面。彭元瑞的《石經考文提要》遂被棄置不用。

且說這年（乾隆五十四年）四月，和珅充殿試讀卷官，早有那舉子聚在門下，其中便有吳省欽，吳省蘭哥倆，鄉試得中，和珅又讓他們官運亨通，若殿試及中進士，和珅豈能不超擢他倆。對這樣的心腹，怎能不照顧，何況吳省欽爲自己立下汗馬功勞。

每次充當考官，總是和珅豐收的季節，但此次和珅怎也不受吳氏兄弟的饋贈。道：「你們只管放心，憑你們的學識，怎能有考不上的道理。」和珅堅拒他們的禮物，滿口答應錄取他們。二兄弟惴惴而去，內心不安。

哪知他們那惴惴不安的情緒，竟然帶進了考場上。初試以後，閱卷的和珅看二人做的卷上記號，吳省欽可考上，這吳省蘭卻只差一步。和珅便想方設法要擠掉一下，定要吳省蘭考中。

金鑾殿上，乾隆和大臣均在研究著試卷，和珅讀過一個卷子，道：「這個考生的文理結構也還沒有大的毛病，只是這詩也寫得太草率了，無意境，無性靈，直露而質木，請皇上免他複試。」你想就是那李杜的詩句，若要找出毛病，也能說出個道道來，何況是考生。和珅存心要尋他詩文毛病，那還不容易。這個倒楣的考生叫薛載熙。

乾隆看那考生的詩句，道：「看他詩文，似可加恩寬免。」和珅道：「皇上心地仁厚，是那考生運氣，但若複試時，須再增一人。」乾隆准奏。

複試既罷，又在殿堂會閱試卷。和珅又拿起那薛載熙的卷子說：「薛載熙複試與中卷不符，難保無代請舞弊，請追革在案。」乾隆疑惑，道：「此事交和珅查處。」那薛載熙被趕回了原籍山西。

吳氏兄弟及和珅門生，輕鬆過關。和珅可稱得上是「桃李遍天下」。嘉慶六年，和珅倒臺已近兩年，薛載熙在北京郊外攔駕哭冤。嘉慶道：「薛載熙斥革本非皇考之意，和珅辦理此事實屬苛刻，必爲循私舞弊。」於是便命那薛載熙平身，讓他當即作詩，薛載熙遂呈上詩作。嘉慶平反了此案。此是後話。

在和珅眼裡收受舉子的饋贈是理所當然的事情，收取屬下的饋贈也是理所當然的事情，替人辦事而收取饋贈更是理所當然的事情。只是這和珅在收取「饋贈」的同時，還勒索敲榨，巧取豪奪。有時看到了中意的東西，即使是朝廷大員，也當面索要。

乾隆五十四年六月，封疆大吏兩廣總督孫士毅從安南前線回京述職。地方大臣進京，都攜帶一些進貢的物品。

孫士毅前往金鑾殿，在西宮門外先見了和珅。和珅眼睛是怎麼長的，一眼便看見了孫士毅手裡拿著件東西，便走上前去寒暄了幾句，但眼光總離不開孫士毅的手上，幾句之後即狐狸的尾巴露了出來，道：「孫大人手中之物，能給我看看嗎？」孫士毅道：「中堂要看一看，豈有不可。」和珅接過來一看，原來是一個明珠做成的鼻煙壺。大如雀卵，雕琢工細，晶瑩剔透。和珅讚不絕口，愛不釋手，把玩一會，對孫士毅說：「以此見惠可乎？」孫士毅見和珅當面索要，便結結巴巴的說：「此物準備進獻皇帝。此事業已事先奏聞皇上，我正等著進獻，實在不敢轉手……」和珅自覺下不了臺，笑道：「我只不過同你玩笑罷了。」

幾天之後，孫士毅到軍機處，正好和珅值班，和珅道：「孫大人，我也請你看一個鼻煙壺，比你那個怎樣。」孫士毅道：「便讓下官見識見識。」和珅拿出鼻煙壺來。孫士毅大驚，原來和珅手裡的鼻煙壺正是他進獻給皇上的那一個。

和珅笑道：「驚訝了不是。這是皇上轉賜給我的。」

孫士毅心內疑惑，經過多方打聽，問了幾個太監，哪有轉賜之事。原來，四方各地進貢之物，均由內廷轉奏，和珅是大學士兼內務大臣，便時常將應轉進於皇上的物品不予奏報。四方進貢的物品，上等的貨色，先被和珅選入家中，次等的東西才進貢給宮中。

一天富察氏所生皇七子永琮慌慌張張地跑來找和珅，看他神情很是驚懼。和珅道：「何事驚慌如此？」永琮道：「我把父皇的碧玉盆景打破了，怕父皇怪罪，特來求中堂想想辦法。」原來，皇宮中陳設著一盆一尺多高的碧玉盆景，是乾隆的心愛之物，永琮不小心將它打碎了。

和珅道：「你不要怕，我明天給你一盆。」

次日和珅端來一盆一尺五寸高的碧玉盆景，色澤也比乾隆那盆鮮豔，雕刻琢磨的功夫也明顯比乾隆的那盆玉雕精細，皇七子永琮接過，對和珅不勝感激。

乾隆五十四年（一七八九年）七月，御史和琳彈劾湖北按察史李天培私用漕船，拖運木料。時和琳已調為巡漕御史，彈劾用公家糧船拖運私人木材本是正常的。但和琳彈劾李天培卻是和珅指使的。

因爲和珅偵得，李天培拖運的木料竟然是福康安的。和珅以爲乾隆既寵信我和珅，爲何還要寵信福康安？而福康安竟然憑藉皇上的寵愛驕橫矜持，目中無人。和珅便尋著機會要警告他一下。果然，機會到了。

乾隆看罷奏摺，對這個案子極爲重視，用漕運船幫攜帶私家木料，致使河道壅塞，航道遲滯，這事怎能輕視！便問和珅道：「此事重大，該派誰去稽查？」和珅道：「此事非宰輔阿桂親去，不能審清此案。」乾隆准奏。

和珅仍玩弄處理浙江府庫空虛的把戲，既把阿桂支開，又能尋到阿桂的不是，同時又打擊了福康安。把這兩個最大的死對頭捆在一起敲打，總要省力些。

阿桂啓程，到了湖北，升起大堂，拘來李天培。

李天培道：「此事下官委實不知，本年度的漕運事宜，多托長子李洵辦理，下官臥病半年，並不理事，故此事下官確實不知。」

阿桂明知他狡辯，也不再過分地追問，便拘來李洵。

李洵跪於大堂之下，道：「李洵叩見大人。」阿桂道：「你抬起頭來。」李洵抬頭，見那正大光明的匾額下坐著一位老者，面如重棗，黑裡帶紅，紅光熠熠，鬍鬚飄然而下，白中帶黑，兩眉濃重猶如大刀斜向兩邊，濃眉下，二目炯炯有神，不怒自威。

阿桂見李洵目光不定，知其內情，喝道：「你父隱情不報，本相已洞察無遺，若你再敢狡辯，本相定從嚴處置，奪你頸上人頭。」

李洵道：「小人絕不敢隱瞞半點，請讓小人詳說其事。兩廣總督福康安曾給小人父親李天培一書，言安南戰事正緊，無暇脫身，而家中正需木材構建庭院，請代爲購置木材，並幫自己托運到北京。時家父病重，把此事交於我，小人我便把此事交於家人顧興辦理。不料顧興暗地裡從湖北乘漕船給兩廣總督福康安帶來木植八百件，給長蘆鹽政穆騰額帶木植四百件。」

聽罷李洵的供詞，阿桂心內已經雪亮：這又是和珅玩的把戲，置我於兩難之地。但有一點是肯定的，和珅是要借此案旁敲側擊，打擊福康安，自己如何處理這件事呢？阿桂陷入了深思……

此案起因實是和珅公報私仇，福康安似有可同情之處：福康安功勳卓著，平大小金川，平甘肅新教，平臺灣林爽文造反，爲國東征西討，似應寬宥，現福康安任兩廣總督正戰於安南，似不應臨陣換將，把他撤回，福康安在安南前線，爲造宅構置木材，托人購買，似合常理，而動用漕船之事未必知曉，如今能與和珅抗衡者只有二人：即我與福康安。我也年老，難有作爲，福康安正值青年，是國家難得的將才，若這件事而嚴厲地處分他，一旦國家有事，何人爲將？且和珅爲害朝廷誰人能與之抗衡，誰人能作牽制？又福康安乃乾隆愛將，已故大學士傅恒之子，已故皇后之侄，皇上對他也必有愛惜之意。

於是思前想後，阿桂決定消彌此事。於是奏曰：「李天培父子擅自動用國家漕運船幫托運私人之物，理當嚴懲，托運之物雖屬福康安，但福康安不知此事，且其有功於國，擬不予論處。」

乾隆接奏，頒旨譴責阿桂道：「阿桂受朕深恩，但知朕向來辦事秉正爲公，從無偏向，可置福康安於不論，實屬偏袒。即使加恩論罪，權衡處理，也應由朕親自裁決，你雖身爲宰輔，也不能越俎代匏。且難道能因爲福康安是傅恒的兒子，有卓著的功勞，就置之不問嗎？若這件事實系福康安所爲，而阿桂卻遮遮掩掩，朕再從不過問，那麼親信大臣流瀣一氣，那麼像你阿桂與和珅這樣的人什麼事做不到？」

乾隆這一番話說得阿桂冷汗淋漓，這不是指責阿桂擅權嗎？

於是乾隆又召阿桂、和珅、和琳及大學士們復議，拿出了處理意見。

湖北按察使李天培被革職充軍伊犁，福康安因爲安南戰功，從寬革職留任，罰總督俸十年，公俸三年。辦理此案的大臣：自大學士阿桂，湖廣總督畢沅，漕運總管毓奇，湖北巡撫惠齡等，俱遭申斥，交部查議。

乾隆詔曰：「朕臨御五十餘年，信賞必罰，綱紀嚴明，於滿漢大臣，人無偏向。朕之大公至正，亦可以對於下臣民而無愧。」

和琳則被乾隆當作正直無私的楷模，下部議敘，不久被擢用為吏科給事中，後不久又被擢為內閣學士，同時兼工部左侍郎。

福康安正春風得意，被和珅當頭一棒，從此，將相煞是不和。

阿桂和福康安俱受打擊，這種打擊是沉重的，特別是阿桂，乾隆指責他越權辦事，有奪皇上權力的嫌疑，此後對和珅更是無可奈何，對乾隆更不敢有點滴的指責，實際上，在軍機處已被架空。福康安在這件事情上也領教了和珅的手段與和珅在乾隆心目中的地位，也便小心從事。一直到死，都是與和珅兄弟進行暗中較量，絕不再明處爭鬥。

和珅取得這場戰役的勝利後，馬上揭開了人生更為輝煌的一頁。

乾隆五十四年十一月二十七日，和珅四十歲，他十五歲的兒子豐紳殷德與和孝固倫公主舉行了婚禮。

十公主是乾隆最疼愛的公主，疼他勝過皇子，前面已敍述，這裡再補充一二。

滿清入關以前，努爾哈赤的女兒們稱為「格格」，清崇德元年太宗皇帝正式改號為大清，規定凡宮中皇后所生之女封為「和孝公主」，品級相當於親王，妃嬪所生之女，為「和碩公主」，品級相當於親王。公主下嫁，其夫婿稱「額附」，娶固倫公主者稱為「固倫額附」，娶和碩公主者叫「和碩額附。」「固倫」即滿語「國家」的意思。

十公主和孝公主為惇妃所生，然而卻在十公主十三歲時破格晉封為和孝固倫公主，並在三月二十日蓄起頭髮，準備下嫁。開始蓄發的這一天，乾隆賜給她一批綾羅綢緞，珠寶玉器，三月二十六日重又追賞，賜給金鑲松石如意一柄，伽南香念珠一盤，漢玉扇器四件，同時賞給豐紳殷德金鑲松石如意一柄。

五十四年閏月二日，和孝固倫公主將要舉行婚禮。和珅從漢族民風，將欽天監擇定的十一月二十七日的日期寫在龍鳳帖上送往皇宮，隨帖送去鳳喜餅，茶葉白糖及紅棗、栗子、花生、桂圓等喜果，還有食盒盛裝的山藥、藕、豬羊腿等物，隨後送去珠寶、珍珠等貴重禮物。

而乾隆卻下詔道：「凡下嫁外藩固倫公主，例支俸銀一千兩，今和孝固倫公主，系朕幼女且在朕前承歡保養，孝謹有加，將來下嫁後，所有應支俸祿，與嫁於外藩固倫公主相同。」乾隆對十公主的偏愛由此可見一斑。

十一月二十七日，碧藍的天空絲雲不掛，明豔的太陽普照大地。保和殿擺出豐盛的筵宴，款待固倫額附和王公大臣。

乾隆龍袍袞服，滿臉慈祥的笑容，站在大殿之中。最疼愛的女兒，自己的掌上明珠，就要離開自己，七十九歲的乾隆百感交集，從此自己將失去多少快樂，多少溫馨。

公主走到父皇面前行禮拜別，她就要離開這生活十幾年的宮苑，她就要離開他慈愛的父親，乾隆道：「至夫家以後，勿恃尊貴，孝順姑舅，與夫舉案齊眉，父皇不在身邊，你當嬌寵有斂。」此時乾隆與十公主已是淚水盈盈。

吉時到了，和孝公主身穿金黃色繡鳳朝褂，頭戴飾有十粒大珍珠的貂皮朝冠，登上早已裝備的彩輿。彩輿前有內務府總管大臣以下官員導引，陪送的福晉夫人及隨從的命婦們乘輿而行，後有護軍校率護軍二十名護送，運送妝奩的隊伍隨後而行，金銀珠寶，皮貨綢緞，傢俱擺設，茶壺痰盂，木梳鏡子，你見過的有，沒見過的更多。街道兩旁人山人海水泄不通，看著那嫁妝目瞪口呆，車載、馬馱、人抬，嫁妝源源不斷，有：紅寶石朝帽頂一個，嵌二等東珠十顆。

金鳳五隻，嵌五等東珠二十五顆，內無光七顆。碎一小正珠一百二十顆，內烏拉正珠兩顆，共重十六兩五錢。

金翟鳥一隻，嵌碟子一塊，碎小正珠十九顆，隨金鑲青金桃花垂掛一件，嵌色暗驚紋小正珠八顆，穿色暗驚紋小正珠一百八十八顆，珊瑚墜角三個，邊翟鳥共重五兩三錢。

帽前金佛一尊，嵌二等東珠二顆。

帽後金花一枝，嵌五等東珠二顆。

金廂珊瑚頭箍一圍，嵌二等東珠七顆，重四兩七錢。

金鑲青金方勝垂掛一件，嵌色暗驚紋小正珠二十四顆，珊瑚墜角三個，重四兩五錢五分。

金鑲珊瑚頂一圈一圍，嵌二等東珠五顆，五等東珠二顆，重五兩四錢。

鵝黃辮二條，松石背雲二個，加間三等正珠四顆，四等正珠四顆。

雙正珠墜一副，計大正珠六顆，二等正珠六顆，加間碎小正珠六顆，金鉤重一兩七錢五分。

金手鐲四對，重三十五兩。

金荷蓮螃蟹簪一對，嵌無光東珠六顆，小正珠二顆、湖珠二十顆、米珠四顆，紅寶石九塊，藍寶石兩塊，石碟一塊，重二兩一錢。

金松靈祝壽簪一對，嵌無光東珠二顆，米珠十顆，碟子二塊，紅寶石四塊，藍寶石二塊，碧牙玹二塊，重二兩。

金蓮花盆景簪一對，嵌暴皮三等正珠一顆，湖珠一顆，無光東珠六顆，紅寶石十二塊，碟子一塊，無挺，重一兩五錢。

碎小正珠小朝珠一盤，計珠一百八顆，珊瑚佛頭塔、紀念、銀鑲珠背雲，嵌色暗五等正珠一顆，小正珠大墜角，碎小正珠，小墜角，加間米珠四顆，銀圈八個，連條結共重一兩四錢五分。

珊瑚朝珠一盤，青金佛頭塔，金鑲綠碧牙玹背雲，碧牙玹大墜角，松石紀念。

碧牙玹黃藍寶石小墜角，加間色暗暴皮五等正珠四顆。

珊瑚朝珠一盤，催生石佛頭塔、銅鑲寶石背雲，嵌磲子一塊，綠晶一塊，松石紀念，紅寶石大墜角，紅寶石小墜角二個，藍寶石小墜角一個，加間無光東珠一顆，小正珠三顆，飯塊小正珠十四顆，珊瑚蝠二個。

青石朝珠一盤，珊瑚佛頭塔、紀念，銅鑲嵌背雲，紅寶石四塊，碧牙玹一塊，藍寶石二塊，碧牙玹大墜角，紅寶石小墜角，加間假珠四顆。

催生石朝珠一盤，珊瑚佛頭塔，紀念，松石背雲，黃寶石大墜角，碧牙玹小墜角，加間飯塊小正珠一顆，碎小正珠三顆。松石朝珠一盤，碧牙玹佛頭塔，背雲，黃碧牙玹大墜角，珊瑚紀念，紅寶石碧牙玹小墜角，加間變公小正珠一顆，飯塊小正珠三顆。

松石朝珠一盤，碧牙玹佛頭塔，藍寶石背雲，紅寶石大墜角，珊瑚紀念，紅藍寶石碧牙玹小墜角，加間碎小珠四顆。

蜜臘朝珠一盤，碧牙玹佛頭塔，背雲，紀念，墜角，加間碎小正珠四顆。

蜜臘朝珠一盤，碧牙玹佛頭塔，背雲，紀念，小墜角，紅寶石大墜角，加間碎小正珠三顆，假珠一顆。

醬色緞貂皮袍二件，青緞天馬皮袍一件。

醬色緞灰鼠皮袍一件，醬色羊皮袍一件。

醬色細羊皮袍一件、醬色緞上身羊皮，下接銀鼠皮袍一件、青緞貂皮褂二件、石青緞貂皮褂一件、石青緞繡八團金龍貂膁皮褂一件、石青緞繡八團狐膁皮褂一件、青石緞四團夔龍銀鼠皮褂一件、青緞灰鼠皮褂二件。以上俱換面改作。

繡五彩緞金龍袍料五匹、繡五彩緞蟒袍料二十三匹、繡五彩紗蟒袍料二匹、織五彩緞八團金龍褂十八匹、繡五彩紗龍袍料三匹、片金二十匹、蟒緞二十匹、大卷閃緞三匹、小卷閃緞三十二匹、洋絨三十卷、妝緞三十匹、上用金壽字緞二匹、大卷八絲緞一百六十四匹、上用緞六匹、大卷宮紬二十五匹、大卷紗二十二匹、大卷五絲緞一百六十匹、小卷五絲緞七十五匹、潞紬八十匹、宮紗二十匹、綾一百匹、紡紬一百匹，共九百四十匹。

金鑲玉草筯二雙、商銀痰盒二件，每件重七兩八錢、銀粉妝盒一對，重三十八兩一件，三十七兩一件，銀執壺一對，每件重二十一兩、銀茶壺一對，每件重三十兩五錢、銀盆二件，重九兩七錢一件，重十兩三錢一件、銀盒二件，重九兩七錢一件，重十兩三錢一件、銀盒一對，重七兩五錢一件，重七兩四錢一件、商銀小碟一對，重二兩五錢一件，一兩七錢一件、鍍金盒一對，重三兩一錢一件，三兩二錢一件、銀盃盤十份，共重三十二兩五錢、銀壺四把，重十三兩二件，十兩二件、銀匙四把，每件重六錢、玉杯八件。

象牙木梳十匣、黃楊木梳二十匣、篦子十二匣、大抿二十匣、剔刷一匣、刷牙刮舌十二匣。

擺紫檀格子（即多寶格）用：青漢玉筆筒一件，紫檀座、青玉桿頭筒一件，紫檀座、青玉執壺一件，紫檀座、漢玉仙山一件，烏木商絲座、漢玉鵝一件，紫檀座，擺紫漆案用、漢玉璧磬一件，紫檀架隨玉半璧一件、漢玉半璧一件，紫檀座、漢玉磬一件，紫檀商絲架隨玉夔龍一件、漢玉筆架一件，紫檀座、漢玉水盛一件，紫檀座、紫檀畫玻璃五屏峰（風）簡妝二座（每座隨玻璃鏡一面）。紅雕漆長屜匣十對。雕紫檀長方匣六對、紅旗漆菊花式捧盒二對。

皇上在同一天賞給額附豐紳殷德的禮物有：

椰子朝珠一盤，珊瑚佛頭塔，銀鑲藍寶石背雲，嵌紅寶石四塊，碧牙玆紀念，大墜角，加間養珠四顆。

蜜臘朝珠一盤，碧綠牙玆佛頭塔，銀鑲碧牙玆背雲，大小墜角，珊瑚紀念，加間碎小正珠四顆。

紅寶石朝帽頂一個，嵌二等東珠六顆，帽前金佛一尊，嵌五等東珠二顆、帽後金花一隻，嵌五等東珠一顆，鍍金嵌碧牙玆四塊瓦一副，隨手巾束一副。

銀鍍嵌溫都魯四塊瓦一副、象牙牙籤筒一件、鰍角牙籤筒一件、集錦荷包二匣，每匣金黃犬帶、花大荷包一對、珊瑚豆小荷包四個，套二個，班指套一個、火煉一把、肩套一個、哈嗎一副、小刀二把，系養心殿、藍紬羊皮袍一件、石青緞貂皮褂一件、石青緞灰鼠皮褂一件，石青緞羊皮褂一件，以上十二件，系四執事，俱換面改做。

此外，乾隆皇帝還賞給豐紳殷德額附頭等女子四名、二等女子四名、三等女子四名。每名女子各賞有皮、棉、夾衣、絲綢衣料、銀項圈、銅耳墜等物。並賞給戶口男人十一人，女人十一人，戶中管領二人，也各賞有衣物等。

乾隆皇帝另外又賞給和孝公主和豐紳殷德額附做衣服、被褥和帳幔等物用的綢、緞、紗等八百五十九匹，以及黃猩猩氈二丈一尺、紅猩猩氈一丈八尺七寸、繡緞領、袖十副、繡紗領袖三副，絨線四十四匣、三等金線七百三十四子。

紫檀玉如意一盒（九柄）、紅漆塡金捧盒二對、塡漆透風八方盒八對、彩漆皮圓盒五十件、銀珐瑯裡鑲嵌玳瑁面盒七件、紫檀支鏡十件、廣珐瑯面盆四件、銅鏡四面、瑪瑙把鏡四件、珐瑯把鏡四件、翠頂花鈿邊三十份、翠鳳二十匣、翠花六十匣、剔刷十九匣、舊錦緞紬夾被三件、小抿二十匣、篦子八匣、刷牙刮舌八匣、剔篦二十匣、大紅緞繡花卉高桌圍四個、刻（緙）絲扇套片十片、刻（緙）絲香袋片十四片、繡香袋片五十六片、繡緞鏡套料三十六片、未做成小荷包八十八對、刻（緙）絲鏡套料二片、西洋線絡單一塊、繡紗帳子一件、繡紗幔子二件。

街道兩邊百姓看得目瞪口呆。大街上沿途清水潑街，送親隊伍浩浩蕩蕩來到和珅府第，此時鞭炮齊鳴，彩燈高掛。和珅夫婦向公主屈膝跪安，將公主迎入內室。合卺吉時一到，有兩對夫妻捧著一盤肉走來。這兩對夫妻是由內務府特選的年命相合的結髮夫妻，兩對夫婦走到公主面前雙雙跪倒，隨即把肉用刀切碎。再跪進三杯酒，與肉一起撒在地上，祭天祀地。然後和孝公主與固倫額附對飲，眾人退下，二人遂享洞房花燭之樂。

十二月初三日，合卺禮後的第六日，公主偕額附進宮回門，乾隆除賞賜他們白銀三十萬兩以外，總覺得賞得太少了，總覺得還沒有表達盡對公主的疼愛，於是又賞賜了許多——

金年年如意簪一對，嵌小正珠三顆，碎小正珠九顆、無光東珠二顆，紅寶石十四塊，藍寶石四塊，碟子三塊，碟子玉一塊，羊睛一塊，重二兩四錢。

金菊花簪一對，五等飯塊正珠六顆，紅寶石四塊，藍寶石二塊，重一兩四錢。

金喜荷蓮簪一對，嵌無色東珠二顆，米珠八顆，碟子二塊，紅寶石六塊，藍寶石二塊，重一兩四錢五分。

金喜荷蓮簪一對，嵌四等正珠一顆，五等東珠一顆，小正珠七顆，湖珠三顆，無光東珠三顆，碎小正珠一顆，紅寶石十塊，藍寶石一塊，羊睛二塊，碟子三塊，重一兩五錢。

金喜荷蓮簪一對，嵌五等正珠二顆，小正珠四顆，碎小正珠二顆，米珠四顆，紅寶石七塊，玻璃一塊，重兩三錢五分。銀鍍金龍頭吉慶壽字流蘇一對，穿飯塊小正珠八十顆，紅寶石墜角十個，重一兩七錢四分。

金喜荷蓮簪一對，嵌色暗驚紋二等正珠一顆，無光東珠一顆，五等正珠一顆，五等東珠一顆，小正珠六顆，碎小正珠十四顆，紅寶石十塊，藍寶石二塊，碟子二塊，重一兩七錢。

金靈芝蜘蛛簪一對，嵌五等正珠一顆，湖珠三顆，小正珠二顆，紅寶石十一塊，藍寶石三塊，碧牙玆一塊，碟子二塊，松石一塊，重二兩三錢。

黃漢玉詩意夔紋一柄、青玉方朔一件，紫檀烏木商絲座、白玉連環結一件、白玉魚磬一件，紫檀架、碧玉夔鳳雙孔花插一件，紫牙座、銅牧牛一件，紫檀座、水晶靈芝雙環瓶一件，烏森紅牙座、白地紅花甘露瓶一件，紫檀座、瑪瑙葵花碗一件、錦二匹、大卷八絲緞四匹、大卷寧三匹。

賞給豐紳殷德額附的有：珊瑚珠一盤，綠玉佛頭塔、碧牙玆背支大墜角，松石紀念，紅寶石小墜角，加間碎小正珠一顆，米珠三顆。

除賞賜外，乾隆又舉行盛大的公主回宮禮，文武百官從四面八方擁向皇宮，個個手捧珍珠如意。

阿桂也走到公主額附身旁行進獻禮。雖是德高望重，年過古稀，白髮飄飄，老態龍鍾，也向前行跪拜禮。而所拜之額附就是和珅的兒子。這個場面極具象徵意義，和珅從此便是無人能及，成爲高不可攀的第一寵臣、第一權臣。

但是，英明的乾隆把女兒嫁與和珅的兒子，又賞賜她千千萬萬，她幸福嗎？

第十章　奸相當國・吏治腐敗

乾隆在三個方面大大超過了康熙，一是貪污，二是妓院，三是民不聊生。順康兩朝嚴禁官臨妓院，嚴禁官吏士人狎娼，監生生員宿娼革斥為民。於是娼業蕭條。乾隆末年，浮華腐化享樂成風。

大明湖比往日更加熱鬧，湖內比先前更多了許多的遊船畫舫，夜晚湖岸及湖心島紅光處處，歌聲繚繞。

乾隆在三個方面大大超過了康熙，一是貪污，二是妓院，三是民不聊生。順康兩朝嚴禁官臨妓院，嚴禁官吏士人狎娼，監生生員宿娼革斥爲民。於是娼業蕭條。乾隆末年，浮華腐化享樂成風，娼妓業蓬蓬勃勃地興旺發達起來。

山東也不例外，國泰當政山東時，山東官府如同設在妓院，當時民謠曰：「山東官兒不要誇，一個官兒一個瓜。」可是國泰剛走，伊江阿又來，好比去了一隻狼，又來了一隻虎。如今大明湖比國泰時更加繁華，濟南省直官吏人人狎妓，個個蓄優，再也不遮遮掩掩，士大夫以此爲榮，以此誇耀，且不時的「選美」評比，作那《花品圖》、《仙花榜》，一時間山東官吏都博得護花名士的美名。

因此，巡撫伊江阿便在風景如畫的大明湖的妓船上招待著京城來的兩位客人，陪客是韓大發。四人面前一人放一個几案，上面擺著美酒果肴，左右各有美女跪陪，背後又有美女把扇，四人中央，二優正唱昆曲。

呼比靈斯道：「此次派我二人到山東，主要是京中聽到傳言，三十九年山東清水教造反的匪首王倫，並沒有焚殺，爲查明情況，和大人命我二人到山東明察暗訪，探得虛實，還望巡撫大人鼎力相助。」

伊江阿說：「我即刻行文各道縣府州，協助二位都尉，二人在我山東境內，如同在自家一樣，不要拘束，不要客氣。」

隆比多道：「我二人此番到山東，責任重大，雖是和相吩咐，實是皇上指派。故此，山東各地官員亦應嚴查。且我等到得山東，已探聽多日，刁民草寇成不了氣候，只怕豪強富戶，顯第莊主，與賊勾結，反而棘手。」

伊江阿道：「任他什麼大戶小戶，在山東還能蓋過我去，在這山東，你只要察覺到點風吹草動，只管拘來，直接帶到京城更好。哪個敢說個『不』字，砸斷他的腿，撬掉他的牙。」呼比靈斯道：「有巡撫大人的這句話，我們就好辦事了。我們回去，必向相爺爲大人請功。」

伊江阿道：「我的一切都是和相所賜，且我是繳了議罪銀的，你們在山東，只管行事，別說是上差，即便不是上差，是我的朋友，有什麼事，盡往我身上推。這山東的事，到了我這也叫到了頂了。」

隆比多道：「不知山東有何刁蠻富戶莊主。」

和珅派番役到山東、直隸、山西、安徽、河南等地探察教匪，實是幌子，一是察視官吏們的動靜，二是讓手下人到下面享受一下。他們爲自己賣命，自己總要爲他們著想，爲他們尋點甜頭。伊江阿和韓大發豈能不知和珅用意。

韓大發道：「博山縣北部有二座山，東西分立，名叫大小尖山，小尖山南，有一莊園。很有氣派，名爲庭園，實爲莊園，面臨大街，北靠山野，方圓有二百畝地。莊主蕭恩本以收租養家，近幾年，經營店鋪，又操起官鹽買賣，也算是博山縣首富。其後花園靠近尖山陽坡，坡下園內本有一泉，過去泉水甘甜溫熱，四方求飲沐浴，謂飲之沐之可去病消災，敬爲神水，後來蕭恩賄賂官府，把那泉水裹入院牆之內，並建浴室，獨家享用。可近日博山縣民風傳蕭恩之子時常進山，而蕭恩也已數旬不曾露面，其中必有蹊蹺。」

二位都尉聽到「首富」二字最感興趣，至於其他，略知即可。倒是伊江阿聽出點門道，那韓大發豈不是貪圖那溫水浴室，想他一生最好此道，本是澡堂裡一個搓背的，後來做點小生意，因其「拿雲手」出名，便也兼營些優伶的生意，後來教了幾個女徒弟，開了珠寶店，與和珅結交上，竟發到今天這個地步。但是家有巨財，卻愛潔癖，想那蕭恩家溫室，他必去過。

伊江阿這只是猜對了一半。

韓大發既做著這麼大的生意，就不能不和博山蕭恩相識。既相識，就必是稱兄道弟相見恨晚，你來我往彼此親密無間。韓大發第一次到蕭家就被蕭家迷住了。像巡撫伊江阿說的一樣，他家的浴室，雲氣氤氳，溫暖如春，韓大發費了多大的功夫建成了浴室，可比蕭恩這個天然的清泉就遜色多了。因此第一次去了後就在心裡嘀咕：這要是我的該多好呀。正在對溫泉流連不捨的當兒，一個婦人走進來，雖不是十二分的姿色，但那身段眉眼，一雙胖胖乎乎的玉手卻最勾人魂魄。

見她走起路來肥臀突起，一步三搖，玉乳高聳，動則聳顫，那雙眼睛似瞋似睨、似挑似逗、似鼓勵、似慫恿，波光閃閃看一眼便似被她勾了魂兒、蕩了魄兒。韓大發卻最愛那雙胖乎乎的玉手，綿而有勁、軟而蘊力、柔而帶剛、能吸人血脈、化人骨髓。韓大發想：若再經我調教一番，那「拿雲手」

的功夫誰人可比？於是韓大發便與她眉目傳情，對方也以目應允。

於是韓大發便常到博山縣，且常常是蕭恩不在的時候，於是便和那女人勾奸一起，蕭恩已年老體衰，哪韓大發正是如虎的年紀，手段又高，二人便如膠似漆。一個月前，蕭恩帶著兒子對韓大發說，要到海邊去運點鹽來，路過濟南，特來拜望。韓大發備極招待，蕭恩和兒子萬分感謝地離去了。

蕭恩和兒子前腳剛走，韓大發後腳就到了博山，韓大發與蕭恩小妾正在溫泉中玩得開心，不料從門口走進一個人來，不是蕭恩還能是誰？愈是年老的人娶了小老婆愈妒火熊熊，蕭恩有意地給韓大發賣了個口風，待出了濟南城，便讓兒子獨去，自己轉回，果然抓了個實在。蕭恩也曾矛盾過，是抓還是不抓，若抓住了顯得自己老來無能，要是不抓，自己又妒火難息，寢食不安，到底還是要抓住他。

韓大發見蕭恩來了，片刻驚悸後又復鎮定道：「蕭大哥怎又回來了？」蕭恩也不搭話，從懷裡抽出一柄刀來，往韓大發身上便刺，韓大發一絲不掛，左右躲閃。幾閃之後，看得真切，一把抓住蕭恩的手腕把那尖刀奪下，可蕭恩卻一頭向韓大發撞來，韓大發急閃身，雙手往他背上一推，那蕭恩正全力向前，再加上韓大發雙臂的力氣，便直蹬蹬一頭撞在泉邊的石頭上一動不動，韓大發心裡發毛，待搬過蕭恩時，看他眼球突出，摸摸鼻子已沒氣了。

韓大發便和蕭恩小妾商議如何處理此事。若是說他病死了是不行的，那額上傷痕，一眼便看見了。於是二人把他裝在袋裡，抬到庭院裡埋了，埋後上面栽了棵樹。

於是韓大發對蕭恩小妾說：「一不做，二不休，爽利連那兒子也幹掉。」哪知那小妾卻沉默不語，韓大發什麼眼光，什麼頭腦，看小妾那神情，似有不忍之意，對蕭恩兒子似有憐惜之意，再仔細思量一下這女人和那蕭恩兒子在一塊情景，心裡頓時明白，這個女人也和蕭恩兒子有私。

蕭家雖後院無人，但前院眼多，韓大發不敢在蕭府多停留片刻。只要出了蕭府，誰人能把我怎麼的，於是韓大發到了濟南也不再外出。

當下聽到二位侍衛暗查教匪王倫之事，又要尋那富戶。韓大發心內明白，這池渾水何不讓兩個侍衛蹚進去，自己便可金蟬脫殼，絕無後顧之憂了。且若乘亂奪來那莊園，豈不美哉。

不料巡撫伊江阿也打著鬼主意，那溫泉真的如此之好，我何不奪來歸我，濟南玩夠了，便帶著這優伶愛妾到那裡去沐浴耍玩，豈不美哉。而且那博山縣令，幾番問他要銀子他總是不給。二位侍衛前往，若查出什麼來，就把他端了。

於是韓大發和伊江阿二人俱都攛掇二位侍衛前往博山縣。

此夜，一輪圓月被蒙上淡淡的薄雲。二位都尉身穿夜行服從後山坡縱身躍上牆頭，隨即又爬到那溫室房頂，只聽裡面有陣陣浪笑，二人勾頭從天窗望下去，只見紅燭之中，一男一女赤身裸體正在嘻鬧。

二位都尉看那女子時，眼睛俱都直了。二人互視一下，發出會心的微笑，這個女子終歸要他們的。

只聽裡面男的道：「老頭子不知到哪裡去了，和我在濟南分手至今未回。」

女的道：「這樣不更好嗎？」

男的道：「你真是我的小媽。」說著竟抓起那女的乳房，吃起來。那女的道：「我本來就是你的小媽嗎？蕭郎，假如你父親死了，你娶我嗎？」

蕭郎道：「這不跟娶的一樣，只是不知父親死時，是哪一年。」

二人聽到這裡互看了一眼，心下歡喜。如此偷奸的男女，還不狠狠敲他一下。二人伏在房上向四下裡看，見這溫室和前面房子相隔甚遠，似是故意所爲，溫室左邊有三間房子，青磚細瓦，旁有廂房兩間，二位侍衛便從前面躍下，不料腳一沾地，覺得地特鬆軟，便見這裡是新栽的樹，二人不約而同地回過頭來，再看那樹坑，竟是個長方形的——哪有這樣的樹坑？二人又回到樹旁，俱都蹲下，深深一嗅，便全明白了。這個財可發大了。

呼比靈斯對隆比多道：「今天先快活一晚上再說，明天再辦這件事。」

隆比多道：「極是。」

二人走到浴室的門前，推門進去，裡面一股溫熱的蒸氣撲面襲來，一對男女驟見一對玄衣人進來，心內大驚，蕭郎道：「什麼人，如此大膽。」

隆比多走到蕭郎跟前，一隻手輕輕地把他提起，讓他靠石壁站著道：「爺們是誰，看看這個。」說著拿出腰牌。

蕭郎是見過世面的，知道這是天子腳下侍衛的信物，頓時涼了半截，身子往下癱軟道：「二位爺有何事竟到這來了，有讓小的效勞的，必俯首聽命。」

呼比靈斯道：「你姦你父妾，該當何罪？」

蕭恩小妾和蕭郎聽到此俱都跪下道：「不知二位師爺怎的知道。既是二位爺都知道了，只請二位爺饒過，想要什麼俱都給你們。」

二人道：「先要你。」於是二人把那蕭郎赤條條的捆了，扔在那裡，二人脫下衣服，在溫泉池裡，把那小妾耍弄一會，見俱都興起，才一前庭一後庭輪換施爲起來。

次日天明，四人俱都穿戴齊整。呼比靈斯道：「爲什麼前院人俱不往後院來？」

蕭郎道：「家父絕不讓一人到這後庭，女婢也極少來的。」

隆比多道：「你父親呢？」

蕭郎道：「家父與我從韓探買那裡出來後，隨即分手，到現在不見蹤影。」二人互相看了一眼，道：「你父親在門前樹下。」

蕭郎走出去道：「樹下哪有人來。」

哪知小妾聽到此言早已神色大變。二位侍衛看的真切，唱道：「你這尋奸殺夫的女人，還不招來?那樹下埋的是誰？」

蕭郎聽罷大驚，看那女人時已癱軟在地上，心知有異。

呼比靈斯抓起那女人頭髮，把她提起，道：「是誰，樹下是誰？」

那女人道：「是蕭恩。」

蕭郎撲通一屁股坐在地上。

隆比多把他提起道：「你這姦夫淫婦，一個殺夫，一個弑父，罪在凌遲。走，帶走。」說著便往外拉，蕭郎急道：「絕不關我事，絕不關我事，冤枉。」

隆比多道：「你與父妾淫蕩在浴室，浴室前即埋你父親，你又言前院中人不得來此，不是你與父妾所爲又是何人？」

蕭郎一時說不出話來。

隆比多道：「走！」

蕭郎跪在地上道：「二位爺，此事絕不是小的所爲，但小人跳進黃河也洗不清了。二位爺若肯不張揚此事，小的情願將家產一半送與二位爺。」

呼比靈斯道：「我們乃是相爺的親差，查教匪事宜，似你等這偷雞摸狗之事，本應地方管理，我們也懶得多管，反誤了我們的正事。但似你這姦姨娘，殺親父之罪，罪大惡極，若此樹一拔，此坑一扒，你必被凌遲處死，要家產何用。」

那小妾道：「二位爺若肯開恩，這家產便都予你們。」

蕭郎也叩頭如搗蒜道：「都給你們吧，都予你們吧，只求二位爺饒命則個。」

隆比多道：「想你們外邊必有浮財，把這整個家業都予我們你也不虧，僅是占了個便宜。我們就答應你們吧。」

呼比靈斯卻說：「只你這婆娘須是我們的。」

那女子忙道：「如此更好，更好。妾敬喜二位爺，情願跟二位爺走。」說罷二目閃閃泛媚。

當天，蕭郎把所有的地契房契俱都拿來，又立了文書，把所有的家產，連同奴僕、婢女一起，俱都給了二位侍衛。蕭郎要走，二位侍衛倒不讓他到別處去，仍在這宅院中給他找了三間房子，道：「你走了，別人倒以爲我們訛你，你就住在這，當個大管家，也爲我們作個證人，我們絕沒有訛你。且這莊園，我們倆也不想要，還要轉手，你在這裡，也好料理一下。」蕭郎哪敢有半點違抗？二位侍衛便帶著婢女和那蕭恩小妾在浴室裡盡情地歡樂。

玩了一天，手裡有了錢——且這錢來得這麼容易。便到那妓院去，賭博狎妓，亮出腰牌來，誰人敢管！妓院逛過，次日又到酒店逐一鬧去，總要白吃白喝，主人還要給點免災的銀兩。酒店去過，又復去旅店，把個旅店掀個底朝天，識相的、精明的，覷得真實準確，一進門便把沉甸甸的銀子捧上來，於是搜查朝廷要犯的二位侍衛，手腳便會輕一點。有幾個潑皮流氓，看了他倆這等威勢，俱都崇拜得五體投地，便設宴擺酒招待，酒宴之後，便與二位侍衛一起，招搖過市，四處搜那匪首。城裡搜罷，又複搜到鄉下，只弄得雞鳴狗跳，家家不得安寧。

卻說這博山縣縣令武虛谷，又名武億，河南偃師人。由進士出身而做了這博山縣的縣令。聽說和珅派的番役到處騷擾百姓，敲榨勒索，飲博恣肆，便對衙役道：「平時百姓養我們，就是讓我們保他們興旺安寧。常言說：『當官不爲民作主，不如回家賣紅薯』。今有幾個番役，借搜尋要犯爲名，騷擾我縣，禍害百姓，豈能坐視！你等速去把他們抓來，只這二人武藝高強，桀驁難制。幾班都頭，都同前去，務必把這幾人抓來。」

於是都頭們帶著幾十個人，到了鄉下，把呼比靈斯和隆比多及一干潑皮流氓俱都抓到縣衙。

到了縣衙大堂之上，呼比靈斯和隆比多哪能跪下，不僅不跪，那態度神情反甚爲倨傲。二人拿出腰牌，在手中揚了幾揚，向那武虛谷道：「我們是提督差遣來的，是相爺親命來山東搜尋國家要犯的，你認不出這牌子嗎？」武虛谷道：「這牌子是派你們到地方抓匪賊的，你們來到吾縣幾天，到處騷擾，爲什麼不來縣衙見我？況且牌上只你二人，爲什麼帶這群潑皮流氓在我縣胡作非爲。」

呼比靈斯道：「我二人乃是相爺特命之差，明察暗訪，爲何要見你知縣，且我二人已見過巡撫大人，爲什麼非要見你這小小的知縣，且跟隨我們的人都是幫我們搜查匪徒，你怎污他們爲潑皮流氓？你這小小的縣令倒逞起強來了。」

武虛谷平時最恨和珅奸相當道，又恨巡撫伊江阿搜刮百姓，勒索屬下。巡撫曾多次向他索取銀兩，多次要抽取庫銀，武虛谷俱沒答應，伊江阿曾暴跳如雷地說：「全山東就你博山縣落後，不思爲國出力，爲本省出力，若再執迷不悟，必治你罪。」武虛谷深知自己這個縣令不會當的長久，只是徒然恨歎。今見二人如此囂張，騷擾百姓且不說，逮至大堂之上，反不認罪，國家還有法嗎？任是巡撫，還是和珅，我非要爲天下人出口氣。

於是武虛谷喝道：「兩邊。」「有。」「給我亂棍打去。」「嗻！」於是棍棒揮舞起來，直打得二人落花流水，屁滾尿流。武虛谷喝道：「滾。」呼比靈斯站起道：「走著瞧！」轉身與隆比多一起走了。

隆比多、呼比靈斯帶著傷到了蕭恩宅院，讓蕭郎準備車馬。蕭郎見他們滿臉是傷，也不敢多問。二侍衛乘車馬到了濟南，伊江阿大驚，急命問醫求藥，備極關懷。二侍衛要伊江阿準備一木匣，二侍衛把一些東西裝進木匣，要伊江阿送往北京，交於和珅。

和珅聞報又喜又怒，喜的是自己又添一筆財富，怒的是這博山縣令狗膽包天。指令山東巡撫伊江阿限期把武虛谷革職罷官。月內，武虛谷以「莫須有」的罪名被罷官。

且說二侍衛把地畝莊園都交於和珅，銀兩歸入自己腰包。和珅即讓劉全派胡六至博山縣查看地畝莊園。不久韓大發修書一封寄於和珅，欲以鉅資買下莊園，和珅欣然同意。

二侍衛要回北京，伊江阿道：「我們一塊去，二位侍衛在山東，本巡撫沒照顧好，本官須去交贖罪銀。好在博山縣府庫較爲充實，此次進京銀兩帶得較爲充足。」聞二侍衛要回北京，韓大發也擺宴相請。

宴罷，觀優伶演唱昆曲。韓大發道：「二位侍衛大人，弟有一事相告，不知能允否？」二侍衛道：「何事？」韓大發道：「那蕭恩小妾我想把她買下。」二侍衛道：「韓老兄所言，豈敢不答應，只是你給多少銀兩？」韓大發道：「一萬兩怎樣？」二侍衛道：「一萬兩買那樹下屍體。」韓大發道：「好吧，一人一萬兩。」二侍衛每人拿一千兩送於巡撫道：「吾二人在山東多虧大人照顧，這些薄銀請笑納。」巡撫伊江阿道：「唉，你們拿回去吧。你們出來一趟不容易，搞點銀兩確實困難，不像我弄銀子這般輕鬆。」二侍衛也只好把銀子拿回去。

伊江阿與兩侍衛一同到了北京，倒不先去軍機處，也不先去覲見皇上，倒是先跑到了和珅府上。走進殿內，和珅起身相迎，伊江阿倒反而行起跪拜大禮。其時，和珅身旁站著一個人，如玉樹臨風，唇紅齒白，清秀俊美，見伊江阿跪下，他也跪下。和珅道：「二位請起。」伊江阿和那人起來，和珅介紹道：「這位是現任軍機處行走福長安，這位是山東巡撫，前軍機處行走伊江阿。」二人聽罷介紹，大喜。都抱拳作揖道：「久仰，久仰。」福長安怎不知伊江阿是和珅心腹，伊江阿更是聽說這福長安和乃兄福康安不同，與和珅最爲投機，是和珅現在最親密的人，即如自己也比不上他，其又有高等的血統門第，飛黃騰達指日可待，伊江阿見了他怎能不歡喜？

和珅道：「不知巡撫此來有何事？」伊江阿道：「下官對和爺所差兩位都尉，實是照顧不周，知有罪過，特來交納贖罪銀，另好久沒來府上，沒有見宰輔大人，甚是想念，故特來拜見。」

和珅道：「如此甚好，我正在籌辦皇上八十萬壽事宜，手上缺錢，你正帶了好頭，是大家榜樣，我必秉明皇上，對你嘉獎。且侍衛們來報，有不少官吏，瀆職婪索，草菅人命，卻裝聾作啞，俱不交納議罪銀，這些人必定嚴懲。」

和珅經改革後，自己可以任命軍機處大員不必奏報皇上。於是先伊江阿，後有福長安擢到軍機處，軍機首席阿桂倒無可奈何。

幾個談得投機，便擺酒續談。談到高興處，便讓幾個優伶唱曲助興。

次日，伊江阿在把禮銀交於和珅後，便至軍機處交議罪銀。處理議罪銀事宜的是軍機處下設的「密記處」，此密記處並不是官府的正式編制，秘密設置，由和珅負責，現在具體管理的是福長安。贖罪大臣把贖罪銀交於密記處，必須通過和珅爲其代奏皇上，名義上阿桂等雖有代奏權力，但密記處事宜從不讓他們插手，他們只有在一旁清閒。

密記處把銀兩收訖，和珅代爲有罪大臣奏聞皇上後，和珅便把議罪銀上繳內務府庫，供乾隆一人使用，極少支付於其他方面。

老年的乾隆最好享受，錢從何來，他也不問，要花時便向和珅要。和珅也真有本事，不動用國庫，內務府銀兩逐年增值。

這樣乾隆向和珅要，和珅向督撫要，督撫則索之州縣，州縣索之百姓。

實際上和珅想罰誰，皇上要罰誰，誰便有罪，誰便要乖乖地拿出錢來。

伊江阿到軍機處交了八萬兩議罪銀，這是預交，和珅以為他沒有罪，先交議罪銀。今後有什麼錯，憑這銀子就可抵錯。

和珅正是向皇上交賬的時候啓奏乾隆道：「這半年共收議罪銀三十五萬兩，有直隸總督劉峨三萬兩，巴廷三周轄區民人譚老當自縊身亡，交議罪銀八萬兩，伊齡阿參竇光鼐不實，交議罪銀三萬兩，鄭源璹因承審譚體元探案不實，交議罪銀三萬兩……」一一向皇上彙報，最後說：「山東巡撫伊江阿並無罪，情願交議罪銀八萬兩，實是出於對皇上的一片忠心。」

皇上一聽又有這麼多銀子進賬，心裡高興，又聽伊江阿無罪而交議罪銀，便想要褒他一番，道：「傳朕旨意，朕接見他。」於是伊江阿便受到乾隆的親切接見和表揚。

和珅通過議罪銀制度，不僅爲乾隆搜刮來大批的銀子，也爲自己帶來了巨額的財富。

從某種意義上來說，和珅比皇上還要重要。你若真有罪，必須托他代爲轉奏皇上，以求寬宥。收多收少，寬宥到什麼程度，全靠和珅對皇上的啓奏評議。那沒罪的大臣也惶惶不可終日，人在世上，特別是人在官場上，難逃其咎，既是身上無「罪」，也隨時可能被和珅奏上一本，這時他便真的有「罪」。

於是天下官吏，人人搜刮，個個婪索，以備上司索要，以備自己有罪時能交上贖罪銀。便有那官吏，竟事先交了，作起惡來，再也沒有顧忌——因爲罪已贖過了。

所以伊江阿出了皇宮，便想著以後怎樣搜刮，怎樣勒索屬下，因爲他未來的罪已被皇帝赦免了，已被自己銀子贖過了。

他先找到福長安。幾句話以後，二人便稱兄道弟起來。伊江阿說：「我們且去找點樂子，花的銀兩，我回去找屬下報銷。」福長安道：「小弟囊中羞澀，也不和你客氣。且你花了好報銷。只目前，我花了銀子，不知找誰報銷。」伊江阿道：「你我兄弟互稱，何必見外，有那銀兩單據，只交於我，這有何難處。」

於是福長安道：「好久沒有掛像姑了，老兄雅意如何？」伊江阿道：「愚兄正有此意。」

福長安所說的「掛像姑」，用今天的話說，乃是去嫖那男妓。清初順康兩朝禁止官吏士子狎妓，因此男子娼業興旺發達。康熙時，男子設立娼寮，京師名曰「小唱」，江南叫做「小手」。乾隆以後，規模更盛，八大胡同一帶盡是優童。

男娼中多是優童，多是戲班裡唱旦角的男孩。從小師父堂主用種種手段，易男爲女，故這些優伶舉止文雅，性情溫順，體態婀娜，與處女無異，和姑娘無二，故稱「像姑」。福長安所說「掛像姑」即從此來。

清代狎優，養蓄男妾，是極普遍的，無人認爲那是可恥的事情，上至宰相下至文人、士子，無不好男。倒是嫖女妓，反爲大家所不恥。當然自乾隆末季以後，嫖女妓日漸盛行起來，但比起嫖男妓來，不可同日而語。

正史野史都載有和珅蓄優，和珅蓄優蓄男妾在當時硬是無人可比。

福長安、伊江阿便到那八大胡同。八大胡同，盡是相公堂子。進得座來，早有那堂主侍立，登樓吃酒，叫出「條子」，那「條子」都唱昆曲，婉轉柔麗，伊江阿道：「訪一訪京中哪個師傅有名，買幾個回去。」福長安道：「難道不給小弟送幾個？」伊江阿道：「這個自然，你須仔細訪一訪。」

當晚二人留宿。

第十一章　賜爵勵忠．竟成國翰

因平定臺灣有功，乾隆皇帝擺下豐盛的酒筵，宴請眾臣。
賜福康安黃腰帶，紫韁，金黃辮，珊瑚朝珠。
賜海蘭察紫韁，金黃辮，珊瑚朝珠，再繪圖形於紫光閣；
賜和珅紫韁，晉封為「三等忠襄伯」。

乾隆五十一年十一月，北京城沸沸揚揚地下了一場鵝毛般的大雪。這座大清朝的都城被打扮得銀妝素裹。那些擁擠的房舍、繁華的街道、雄偉的宮殿、往日燈紅酒綠的妓院都因這場大雪似乎減少了許多生氣。

這日清晨，乾清宮處在冬眠中，一點雜音都聽不見。外面的雪下得很大，屋內靜得都能聽到雪片落地的沙沙聲，北風呼嘯著帶著強勁的哨音吹得南窗上的紙忽而鼓起忽而凹陷。

習慣早起的乾隆帝，躺在溫熱的火炕上美美地睡了一整夜，離炕不遠處的書案上還堆放著尺把厚的奏章。乾隆皇帝一睜眼望見窗紙上透著白光，以爲自己起遲了，忽地一聲坐起在炕頭，說道：「值日太監。」語聲威嚴，聲若宏鐘。

當時從偏房的門內急步走出乾隆的貼身老太監。「怎麼不早叫醒朕，昨夜不是告訴你了嗎？今早朕和皇后一同往後宮花園去賞梅花。」老太監聲音嘶啞望著面有慍色的乾隆道：「萬歲爺，天還早著呢?」說著打著了火鐮條要點宮燈。乾隆道:「道是潔雪映天微明,紅燭點點梅花馨。」隨口謅了幾句詩後又說道:「昨夜睡得太早,現在醒了就不易入睡,穿衣吧。」侍立在旁的幾位太監面面相覷,暗道,主子呀,你是美美地睡了一宿,可我們幾個和衣而臥、和衣打盹,哪個曾睡踏實過?想歸想,做歸做。

幾個太監手忙腳亂地給一臉不快的乾隆穿衣佩戴,同時說:「萬歲爺,不是奴才們不知道小心侍候您,外頭的雪飄得很大,鋪天蓋地,雪色映得窗戶紙發亮,其實,時辰尚早呢。乾清宮沒有人起,就是那邊皇后及嬪妃們也尚在夢中呢,還沒起來呢。」乾隆啐道:「混帳,皇后睡覺也能由你們背後說三道四的嗎?把爐火撥旺些,朕要再批幾個摺子。待天明雪小時,我想去賞雪。」說著端坐在案前。幾個太監吐了吐舌頭,各自忙自己的事。

連著批了幾個奏章,乾隆下意識搓著手,打著呵氣,站起身,臉色也陰沉得像屋外灰色的天空。他有些急躁不安,一連串的貪污案、教會案、賑災報告等等像雪片似地飛進皇帝的手中,他怎麼能睡安穩呢?看來這場突如其來的大雪又不知道使多少窮苦的百姓難捱這漫長之冬,江浙皖一帶的水災區是否徹底賑放救災糧款。按以往慣例,這時候下雪定不是僅京師一帶,而且一下又沒個完,年年都有餓死人,凍死人的消息,民疾如喪,不知各州府的父母官是否盡到職責,不辱我「仁德之君」的美譽。

「萬歲爺!」乾隆被這一聲尖叫驚過神來,定眼瞧去,原是內宮太監一頭一臉的雪花,喘著粗氣,跪在腳下。乾隆問道:「有什麼事?」內宮太監給乾隆跪拜過後,回道:「萬歲爺,前日幾個侍衛打了幾隻野雞送入內宮,皇后命御膳房拿去配上洋參片熬了幾碗熱湯,特命奴才來請萬歲爺前去品嘗,要不是外面奇寒,奴才就捎過來了。」乾隆不以爲然地搖了搖腦袋,道:「謝謝皇后的美意,你回覆皇后，就說朕還有些事沒有辦完，幾份奏摺還沒批示，照理，朕應去領承，可身不由己。去吧」，內宮太監「嗻」了一聲退出去。

乾隆想，後宮是不去了。個個半老徐娘，提不起興致，到底不如和珅能辦事，隔三岔五地弄個靚麗女子還尚可人意。乾隆望著窗外銀白的世界，院內已有黑影蠕動，掃雪鏟雪的聲音也時時飄進來，甚至一般小太監們相互玩鬧的尖音也刺進耳膜。乾隆道：「傳朕的口諭，讓和珅進宮來一起賞雪。我們先去。」跨出內房門，頓覺一絲寒意，打了個冷顫。侍從太監忙又給加了件灰府綢面小羊皮襖，外頭又罩了件玫瑰色紫醬色的分行繪的貂裘皮製的緊身背心。乾隆道：「背心怎穿在外邊？」太監說道：「這是萬歲爺的式樣，顯得精神，氣派。」乾隆滿意地點頭，心緒似乎好起來。這時御膳房提著帶囊的飯盒，取出幾樣乾隆平素愛吃的早點。放在桌上。乾隆等太監小心地嘗著試了一遍，也跟著隨意吃了幾口，羊乳倒喝了一碗多。

擦擦手對太監說：「今日不上早朝了，你去問問大臣們有沒有事要稟奏，有的就叫到書房去等候。」太監又給乾隆披上猩紅大氅，換上鹿皮油靴。黃羅傘撐起，打開門。誰知門剛一打開就有一股大團的雪霧裹挾著堅硬冰冷的碎雪塊，撲到乾隆的臉上、脖上。乾隆心一緊想側身躲過，偏偏剛開門的兩個太監一左一右立在旁邊，乾隆只得本能地一躬腰，頂著雪霧擠出去。兩個太監正擔心乾隆發怒，畏縮地立在一旁，不敢替乾隆撣去身上的雪。

乾隆哈哈大笑起來，一股熱氣從嘴裡冒出：「好雪景！真是天降瑞雪，上天福澤我們黎民蒼生。明年定是個豐收光景。」守門口的大內侍衛個個雪人兒似立在那裡，兩隻黑漆漆的眼珠望見乾隆過來，忙不迭地抖落了身上的積雪給乾隆跪安，隨後不遠不近地跟著，若即若離。

這真是一場好雪。漢白玉的玉帶橋連同金水河都是一片蒼茫，平日清靜的流水此時鏡面似的凝滯不動，僅一夜，冰上的積雪厚厚一層。風吹動雪塵，細屑的雪花飛舞著，旋轉著，飄蕩著。河岸的垂柳銀妝素裹，緊風時，沙沙亂抖。一串串的冰菱「嘩啦嘩啦」地往下直掉。砸起的雪塵「騰騰」地四處亂濺。

乾隆信步踏出迴廓，掖了掖大氅，呵著熱氣要往太和殿的廣場上去逛一番，他脫下狐皮手套，孩子似抓起兩團雪在手裡搓揉著，邊走邊拿眯著的眼四下望著這一片銀白的世界，鹿皮油靴踩得積雪「喀嚓，喀嚓」直響。

乾隆興味盎然邊走邊哼唱京劇《貴妃醉酒》中的片斷，一曲哼完，又接上幾句《空城計》，正唱至「原來是司馬發來了兵」時，忽見兩個人影急忽忽地奔自己而來，定眼一望便判斷前面走的是自己剛支派去傳旨的太監，後面的一位卻拿不準是哪個大臣。兩個黑影蠕動到近前時，才看清來人正是自己不久前還念叨的和珅。和珅穿著黑緞面鹿皮快靴，九蟒五爪袍上套著一件黃馬褂，雪光中顯得十分耀眼，凍得嘴唇烏青。

不待和珅跪拜，乾隆心疼地說道：「朕不是允許你可坐轎直趨內宮嗎？你的腿疾是不宜在雪地中行走的。」和珅感動得擠出兩滴眼淚，說道：「多謝皇上的關心，奴才永世不忘主子的恩德。只是昨夜，雖天漫降大雪，可奴才在軍機處批轉主子的公文時，突然接到閩浙總督常青常大人的八百里快騎的奏章，奴才不敢耽擱，一大早，就來朝拜恭候聖上，聽了太監公公的傳話，就急急地趕來。」說著急促地把奏章從袍袖中掏出，顫抖著雙手遞給乾隆。

乾隆說道：「哎！和愛卿，眼前這場大雪足以昭示朕以德仁治天下，深得民心，感動上蒼，普降瑞雪，朕相信，不出兩天，各地的奏報到來，從他們的請安摺子和晴雪表中，朕敢十分肯定，這場大雪是數十年未遇的瑞雪，有百利而無一害。然而，朕所慮的不是來年，而是現在，此之所謂王者之慮和庶人之慮的不同。朕已擬好腹稿，明日通過軍機處放散各地，朕念給你聽：天降端雪，此誠可喜可賀。然今夏秋以後，各地也大小不等的旱災、水災；剛進十一月份，就遇此大雪，也有可憂之處。貧寒無屋者亦十分可憐，秋季歉收者更添雙重災難，希望你們各地州府縣等的父母官，務要仔細尋查，勿使蒼生有所凍餒，安全過冬。這才真正符合天意。軍機處要派出要員赴各地體察民情，務以實情上奏。」

乾隆滔滔不絕地把腹稿背將出來。時而得意忘形，時而語氣沉鬱。和珅諂笑道：「皇上真是英明蓋世，體恤黎民百姓，這道旨意，待我回到軍機處，馬上往下送達，讓天下百姓知道皇上是何等慈祥。」乾隆擺手說：「等幾天吧，也不算太晚。」和珅又說道：「常青的奏報……」乾隆不耐煩地一揚手，一團雪球「嗖」地飛出去還擊中一棵垂柳的樹幹。和珅感到腳底的寒氣順著腿筋「嗖嗖」地向上竄，有些受不了，便扯了一把太監，指指自己的腿。太監會意，走至乾隆身後，小心地說道：「萬歲爺，依奴才之見，您與和大人還是回屋裡談吧。太冷了！」乾隆望著和珅的左膝越發彎曲，點點頭。

從奇寒的風雪地裡回到滾熱的屋裡，乾隆感到渾身暖烘烘的，雪光映著窗紙，照得屋裡透明雪亮。雖說多少有點炭火氣，比起屋外來說，和珅還是感到身心舒泰。乾隆換了濕衣濕靴，愜意地坐在貂皮製的軟椅中，示意和珅也換了雙乾鞋。（實際上，乾隆初識和珅時，由於冥冥之中的安排，乾隆經常與和珅共床而眠，彼此東西不分你我。個中原因，前文已有交代）。乾隆打開和珅遞出來的奏章，仔細閱覽那奏報：

「軍機處：轉閩浙總督常青急報。臺灣彰化縣賊匪林爽文結黨設會，嚴重危害島內治安，聚眾滋事，搔擾地方百姓，打家劫舍，攔截軍隊的銀餉，大有愈演愈烈之勢。十一月二十七日彰化知縣俞峻在大墩拿賊時，縣城也被賊眾佔據。臣聞訊後飛咨水師提督黃化簡領二千名，由鹿耳門飛渡海峽進行圍剿，並派副將，參將、都司等，帶領各自兵馬分路夾攻。臣駐泉州，與陸路提督任承恩居中調度，又委派金門鎮總兵羅英笈急赴廈門彈壓，已飭沿海州縣警戒防範，派發了公文請求廣東、浙江督撫嚴查海口堵拿……」

乾隆看罷，皺了皺眉頭，對和珅說道：「和愛卿，你意下如何？」和珅早已把乾隆的表情看在眼裡，堆著滿臉的笑容說道：「皇上，依奴才之見，林爽文不過是一個販夫走卒，想是得了死病又不願好好地去死，偏要鼓蠱幾個愚昧的人陪葬，這下可遂了他的心願，抓住林賊並幾個黨羽一齊凌遲處死。」乾隆說道：「和愛卿，你只說對了一半，朕的意思是，眼看將到隆冬，常青難道不知，冬天用兵是兵家大忌，這且不說，朕知道，臺灣在軍事上設總兵、副將，左右營守備各一，常規陸軍有一萬二千多人，水軍亦有二千多人。難道——國家養了這麼多軍隊都是銀樣蠟頭槍，中看不中用？一個小小的林爽文就讓常青如此興師動眾。簡直是小題大做，鼠目寸光，也太過於驚慌了。」

乾隆面有慍色，剛浮上臉的血色又有潮退的跡象。和珅坐不住了，因爲常青是自己的得意門生，他的閩浙總督就是自己一手保薦而來。再說，和珅家中的那顆舉世最大的夜明珠就是常青所送。和珅清楚地記得，他遍觀皇宮中的一切珠寶，沒有一顆超過它，心裡得意了好幾天，一連幾個夜晚，自己都半夜起床取出盛珠的寶盒，悄悄打開一絲縫，裡面的珠光就會光華四射，珠內似乎還有流動的水晶來回走動，帶動珠光明弱交替，就像耀眼的光芒從裡面閃射出來一樣。

和珅彎腰哈在乾隆的身後說道：「皇上所說極在理，林爽文不過小小匪類，常青怎麼能夠讓數省及鄰疆，都懷上恐懼心理呢，怎麼能夠派兩路提督赴台懲治這小小的林氏匪賊，那內地還要不要了。萬歲爺，不如下旨召回常青，奴才也要多教訓他幾句才是。都是奴才平日裡沒管教好，遇到芝麻大的事就捕風捉影，杯弓蛇影，哪裡有總督的氣度？」乾隆聽了覺得甚合心意，說道：「和愛卿可記得，我大清曆中，自將臺灣從明朝的鄭成功手中收復以來，向來島內安和，百姓安居樂業，就最近兩年來，這是首次聽說，島內時有打架鬥毆的現像，朕以爲，都是地方官沒有盡到責任，平日唯利是圖，漫無覺察，以至養了一個大膿胞貽留下禍患。」

乾隆心裡明白，常青向來與和珅過從甚密，而和珅又是自己的心腹、自己的肱股之臣，一日也離不了的。於是說話時又把責任有意往下放了放。和珅何等精明，心存感念，嘴上卻說道：「皇上所說極是，聖上明鑒。但這樣小事也來驚憂，實在也算是無能的表現，奴才要給他以警告，讓他得知道什麼事該上奏，什麼不該上奏。」

乾隆寬慰道：「和愛卿如此不偏愛自己的門生，算得上朝中的典範，大臣中的典範了。不必警告了。他也是爲大清社稷著想，只是眼光太淺陋，畏敵如虎罷了。」乾隆頓了一下，眼望著窗外的飄舞著的雪花，接著說：「有不少前人把雪花比作柳絮，朕以爲，那就是眼光深遠的表現。嚴寒臘冬雖不比春花秋實之美，但也有其春秋季節之所沒有的美景。像我們這樣談論征戰，未免太肅殺了些，面對高天急流，片片瑩雪極爲不和諧，多少有些焚琴煮鶴了。今日閑也是閑，不妨就著明窗，陪朕手談幾盤如何？朕也看看你的棋藝長進了多少。」

和珅驚喜得一拍巴掌，笑道：「萬歲爺如此雅興，奴才巴望不得。大清乾坤已定，根基深厚，萬歲爺自是胸有成竹，這棋上乾坤，奴才怎能是萬歲爺的對手？這大小乾坤還不都是萬歲爺的一手撐著。只是要下棋嗎？還缺了些什麼？」乾隆見他繞了好大個彎子，不加思索地道：「你那兩下子還能瞞得朕。酒，是不是？看看那邊，早已備好幾壇上等的女兒紅。」和珅道：「還是萬歲爺考慮周詳，真是仁德之君。」

當下，由太監擺上棋盤，經緯交錯的棋盤上，黑白棋子「啪啪」地落下。不一會，火龍上端溫著的女兒紅酒便冒出「滋滋」的熱氣。乾隆與和珅這對既是君臣又是主奴關係的兩個人各自品嘗著女兒紅酒，談笑自如。哪裡會想到，此時的臺灣已是烽火硝煙，風起雲湧。

臺灣的美麗與富有吸引著一批又一批大陸民眾。隨著移民的不斷湧入，臺灣地區的居民種族結構發生了極為顯著的變化。原有的土著高山族人在人口的比重中愈來愈小，逐漸讓位於從閩、廣、浙沿海一帶遷徙而去的客家人，其中的大部分又是違禁入境的私渡者。很長時期以來，他們要逃避官府的盤查，因為自大清朝統一以來，對戶籍的管理十分嚴格，非官方認可，一般不准居民私自流動。

這些從沿海移入的民眾在墾荒的過程中都免不了要同當地的土著居民發生衝突，而私自偷渡者之間也時時為土地的佔有、歸屬發生糾紛乃至鬥毆。因此，伴隨著移民的大量湧入，臺灣各種資源的開發，必將是此起彼伏的械鬥——移民與土著、閩籍與粵籍、以及漳、泉、潮、惠各州之間的打鬥。又加上官府不是出於公正的目的進行調解，而是借彈治之名，行榨取財物之實，即吏治敗壞。

因此，從大陸來臺灣謀生的漢族百姓迫切要求同處在異地他鄉的民眾按照原有的籍貫結成幫派，彼此互相幫助，聯合力量，以便求得生存和發展。每當與其他籍的移民、土著居民發生矛盾時，就會全體出動，每當受到官府的制裁、壓榨時便峰擁而上。

在這種大氣候下，眾多經過險惡條件的磨練、能吃苦、富有反抗精神、為維護自己的權益不受損害可以死相拚的民眾便拜把結盟，成立了許多秘密組織，例如，鐵鞭會、小刀會、鐵尺會、父母會等等許多幫會組織。天地會便是其中一個影響比較大的秘密會社。林爽文就是天地會的一位首領。

林爽文原是福建省漳州平和縣人，生於乾隆二十二年，乾隆三十八年，十六歲的林爽文隨同他的父親林勸等一大家族遷到臺灣府彰化縣大理杙莊居住。早年的林爽文趕過車，當過縣衙門捕役，更多的時間是在田間務農。儘管耕田勞作，但臺灣物產豐富，收入遠遠高於內地。清代史學家曾有過一段很有見地的分析：「臺灣不宜有亂也，土沃產阜，耕一餘三，夜戶不閉。」

由此，可看出臺灣的豐殷。林爽文家在經過兩代人的創業後家資頗豐。乾隆四十八年，林爽文加入天地會，於是彰化、諸羅、淡水、鳳山等地的同鄉也都相繼加入天地會，天地會所提倡的「一人有難，大家相幫」的口號更加強了地域性移民集團的凝聚力。兼之林爽文仗義疏財，拿出不少家資幫助貧弱的會員及村民。因此，林爽文在會員中的威望很高，大家都很服他。在傳播天地會教義的過程中，祖籍平和縣的村民現居住鳳山縣的莊大田和林爽文成爲莫逆之交，經常通信，英雄惜英雄。

乾隆五十一年七月。諸羅縣捐貢楊光勳和其弟監生楊功寬因爲了爭奪父親的遺產而相互打起來。兩位同樣出身書香的文化人，在老父親闔目的當天夜裡，就因父親的半生積蓄下落不明而互相對罵，全失了親兄弟的一脈血緣。捐貢楊光勳已加入天地會。他自恃有會黨的支持，只一拳便奔弟弟的面門而來，當即鼻眼冒血、頭暈天旋，被其妻痛哭流涕抬回家中。僅調養了一天半的光景，楊光勳又來索要老父的財物。勉強下床的楊功寬手裡攥著一枚細長鐵釘朝著哥哥的腦門刺去。

楊光勳腦袋一偏，鐵釘從他的左耳朵穿過，生生撕下半拉肉來。楊光勳捂著半個耳朵跑到天地會幫主林爽文那裡哭訴一通，要天地會爲自己撐腰。林爽文二話沒說，遂率一幫會員團團圍住楊功寬的家，因爲，天地會規定，每個入會會員皆以兄弟相稱，所使用的語言傳授共同的隱語，會員入會時，都要對天跪地起下重誓，在香案上擺放著雞血酒，共同歃血飲酒，當然林爽文要幫助自己的兄弟了。

只一會功夫，林爽文的天地會員就把楊功寬的家中可砸、能砸之物都一併毀掉，氣得揚功寬家一家老少五口人大罵天地會。思前想後，揚功寬便寫了份成立雷公會的告示，並傾其所有資助會員，也是人心都用肉做成，自然有一班人跟在楊功寬身後。因此，原本兄弟間的財產糾紛便化爲天地會和雷公會之間的群體械鬥了。

早有地方保長火速告知臺灣總兵柴大紀。柴大紀，浙江江山人，自武進士出身，先後擔任福建守備，海壇鎭總兵，遷升臺灣總兵。柴大紀和臺灣道台永福命令屬下前往查辦，把總陳和拿獲天地會會員張烈。天地會一幫豈能善罷甘休，於當日下午，在總兵陳和的歸途中，設下埋伏，林爽文大喊一聲：「放了我家兄弟！」持刀殺向官兵。

一番撕殺後，陳和等勢單力孤漸漸敗走。林爽文拈弓搭箭射中陳和的咽喉，陳和當即落馬身亡，餘眾見主將已死，慌不擇路，潰散而走。天地會救出張烈。柴大紀火冒三丈，痛心之餘，便於此日清晨親自和永福前往諸羅，只一仗，把楊功寬等五十三人拿獲，發出通緝林爽文的告示，改天地會爲添弟會，目的在於大事化小，以楊光勳兄弟不和結會相爭把案件了結，以免牽涉到違禁的天地會而受到朝廷的斥責。

此舉果然騙過乾隆皇帝，乾隆皇帝看過福建水師提督黃仕簡有關情況奏報後，龍顏大喜，當即頒佈諭旨嘉獎了柴大紀和永福，說他們辦理此事，迅速妥當。乾隆感到添弟會這個名字非常有意思，琢磨一會，不禁啞然，心道，臺灣的派會甚多，名字也起得十分古怪，添弟會是個什麼樣的組織。

柴大紀爲何要將天地會改爲添弟會？乾隆爲何對會社的名稱如此計較？原來，天地會的組織早在康熙年間就成立了。有原籍漳州府長來縣移居鳳山的朱一貴，是洪門天地會的首腦之一，雖以養鴨爲生，但任俠好客，有些大明朝遺留下的志士、山澤綠林好漢、奇僧俠客，經常和朱一貴交遊。酒酣談兵，意興極豪。當時臺灣知府王珍是個貪官，貪淫暴虐，沒有稅的加稅，沒有糧的征糧，百姓若有不服，就拿來打板子，或枷號幾個月，還有一切訴訟事件，有錢即贏，無錢即輸，因此臺灣民眾怨憤異常。康熙五十九年冬天，格外寒冷，兼以地震，失業人多，謠言四起。

朱一貴在一些反清復明的志士鼓動下，揭竿而起。遠近宣傳，聲勢浩大，及至三月過後，兵員已達數千人，屢敗清軍，攻城掠地，大批清官倉猝間不知所爲，紛紛逃回福建，一時震動朝野上下。康熙命南澳總兵藍廷珍渡海進剿。當時朱一貴已稱王建號，但起事的人中雖有一些心存明室的忠義之士，更多的卻是貪圖非分的富貴。爲了那些空中樓閣，自我陶醉的名號，起義隊伍的內部竟自相殘殺，大大削弱了力量。藍廷珍會同各路大軍只用七日，便攻入朱一貴據守的安平。朱一貴兵敗被俘，昂然不屈，輾轉解到京裡，刑部官員問他，以一匹夫，謀此大逆，所爲何來？朱一貴平靜地答說想復大明江山。

雖然這一場叛亂在幾個月的時間內就平定了。但康熙處理善後事宜時，卻頗費周章，直到年底，才剛剛勉強安定下來。朱一貴檻送京師後不久即凌遲處死，但朱一貴的屬下一概不許妄殺，只要認錯立功者，即爲義民，不予追究。對棄台逃離臺灣的各道府廳縣，盡行治罪。對臺灣知府王珍的苛征暴征，不因爲他已懼罪自盡而有絲毫寬免，命示剖棺梟示。對有功的戰將各邀獎敘。在臺灣宣佈天地會爲非法組織，一律取締。

前事不忘，柴大紀當然不能明奏臺灣有天地會的組織了。

十一月初，總兵柴大紀北巡來到彰化，理番同知俞長庚請柴大紀留駐下來統兵鎮壓林爽文，柴大紀沒有答應，心想，林爽文不過是小小的捕快出身，有什麼翻手爲雲，覆手爲雨的本領？需要我堂堂的總兵坐鎮指揮，豈不可笑，這也太抬舉林爽文了。回到郡裡後，柴大紀派出遊擊耿世文領兵三百名，和臺灣府知府孫景燧一起來到彰化。彰化縣知縣俞峻派衙役楊振國前去拘捕林爽文。楊振國偷雞不成反蝕把米，自己耀武揚威地闖進村去，空蕩蕩不見一人，剛想轉身而回，忽啦啦從地下冒出來似的二百多天地會會員把揚振國等數人團團圍住。好漢不吃眼前虧，遂舉手投降。連著幾天，俞峻和副將都沒敢帶兵前救，專等遊擊耿世文的到來。

十一月下旬，俞峻、耿世文親率清兵六、七百餘人，直撲大墩，因為報說林爽文等人已到大墩，劫掠了其他會社的財物，做起旗帳，打造了軍器，佔據了民房數十間，就準備揭竿而起事。俞峻、耿世文在村邊商議了半個晌午，也沒定下誰先帶人衝進去，均是貪生怕死之輩。合議來合議去，俞峻道：「耿將軍，想當年孫劉聯軍抗擊曹操，赤壁大戰用得何計？」耿世文聽了，心道，這老狐狸真夠狡猾，林爽文是他的管轄區內的平頭百姓，我只是來協助而已。

他竟能想出用火燒民房的下策，說道：「俞知縣，那燒掉民房，後果誰承擔呢？」俞峻陰險地說：「這不用耿將軍操心，我們不會承擔的。第一，誰讓這些村民讓出民房，追究起來，還得加罪，第二，即使是被迫的，大火燒出了林爽文，我們把他圍捕，一切罪責都可加到這林賊頭上。」耿世文默默點頭。各自佈置一番後，不多會兒，大墩村陷入一片火海。濃煙滾滾，烈焰騰騰，風助火勢，火借風威。足足燒了二個多時辰，風景秀麗的大墩村變成一片焦土。莊內的民眾哭聲沖天，撕心裂肺。眼巴巴看著大火燒了幾輩人積攢的財物，燒了辛勤汗水換來的勞動成果。青壯人憤然而起，舉起刀鐮鏟棍衝出一條血路投奔林爽文而去，婦幼老弱皆頓腳嚎哭，捶胸不停。正是這一把火燒出了臺灣移民的抗清決心。俞峻、耿世文逮住幾個逃散的老弱病殘，一打聽才知道林爽文根本就不在大墩，不由得心中害怕。

且說那大墩村民，因家園被無緣無故地縱火焚毀，又加上兵役乘勢搶擄，財物已劫奪一空，無罪遭禍，於是個個鋌而走險，逃入大理杙中，哭報林爽文，哀求保護。在這種情況下，林爽文召集屬下說：「自古以來，官逼民反，民焉有不反之理？幾年來，我們辛苦耕種得到了什麼？按理說，居官得愛民如子，才稱爲百姓們的父母官也。今天，我們看看那些在台爲官的人，有哪一個不是貪官污吏，不是擾害生靈的狗官？從爲官不到兩年的柴大紀到知府孫景燧，各級官僚，哪一個沒有凌辱人民，強買強賣，燒毀房屋，勒索盤剝？與其過著這牛馬不如的生活，還不如舉起義旗，剿除貪污，拯救萬民。」眾人聽了群情激昂。原彰化知縣衙役楊振國也深受感動，霍地站到桌子，大聲說：「或許大家不知道，柴大紀貪污數額竟達二萬兩，孫景燧儘管地方事務漫無整頓，庫貯銀兩任意虧缺，可他個人的腰包卻鼓起來。我也響應林大帥的號召，順天行道，殺盡那些剝民脂膏的狗官。」

當天夜裡，林爽文率眾起義，提出的口號就是：「剿除貪官」。林爽文自稱人帥，即各路盟主的大元帥，椎牛歃血，造軍器，樹起大旗。連夜進攻清軍營地，正在夢中酣睡的俞峻、耿世文及眾多兵丁來不及做何種反應，就被偷襲營地的天地會起義軍結果了性命，無一漏網。也許俞峻、耿世文在白天縱火的驕橫時，沒有想到不出幾個時辰就手拉手共赴閻羅殿。次日清晨，林爽文乘勝追擊，一鼓作氣，攻下彰化縣城，殺死了縣令孫景燧、理番同知長庚、攝知縣劉享基、都司王宗武、署典馮宗啓等一大批貪官污吏。十二月初，又攻下竹塹，殺死巡檢張芝馨。不斷的勝利壯大了林爽文的起義軍力量，不僅繳獲了大批的糧食和武器，而且被釋放的牢中囚犯也大多參加了林爽文的起義軍。

以「順天盟主」自稱的林爽文連發告示，高舉「剿除貪官」的大旗，以此號召民眾，深得人心。告示中宣稱：「照得本盟主因文武貪污，剝民膏脂，所以本盟主順天行道，共舉義旗，剿除貪污，拯救萬民，以快民心。特興義兵，當天盟誓：不得妄殺一人，混取一物；不仁不義亡於萬刀之下……」林爽文率領起義軍攻佔彰化以後，建立了臨時性的軍事領導機構。除自任大元帥外，又以楊振國爲副元帥，有功之人盡以封官。起義軍也發出了對內的告示以期嚴明軍紀。告示稱：「嗣後如有不法棍徒膽敢在莊肆橫，籍搶粟物等項，許該莊百姓、會眾捆解到本守府，按法究治，決不寬恕。」起義軍還規定了稅則：山地按一九抽，水田按二八抽，若不足用，許向各殷實富戶派銀。

十二月中旬林爽文的起義軍又攻破諸羅，殺死了攝縣事董啓埏、典史鐘燕超等。起義軍的浩大聲勢，極大地鼓舞了各地的天地會組織。台南的莊大田素和林爽文有深深地的交往，聞知林爽文起義，也和幾位族弟率領莊民會眾喝了血酒，造軍器，宣佈起義。幾天內，也發展到數萬人。不久，莊大田攻下鳳山縣城，會同林爽文一同攻打府城。府城的清軍加強了防守，由總兵柴大紀，遊擊蔡攀龍分別防守南北兩面。

柴大紀日夜督戰，固守府城，自率親兵一千多人出城五十里，遇著林爽文的前鋒、副元帥楊振國，奮力殺退，楊振國在潰敗的途中被一些嘩變的會員殺死。柴大紀派人到福建告急，閩浙總督常青一面向乾隆告急，一面派出水師提督黃化簡，陸路提督任承恩，陸續帶兵渡海，來援臺灣。柴大紀接著援兵後，考慮自己的職位低於兩位提督，遂推黃仕簡為暫時總指揮，督令恢復諸城。不想福建的援兵都被林爽文殺敗；縱是陸路提督任承恩雖然親自跨馬征戰，攻入敵人的巢穴，但幾次被起義軍殺退後，也不由得膽怯起來，在攻克彰化縣的鹿港以後，就觀望不前，不敢進軍。林爽文抓住清軍官兵膽怯畏戰的有利時機，與莊大田乘勢發起大規模進攻，盡量截斷府城與鹿港的聯繫。面對林爽文的強大攻勢，黃仕簡株守府城，任承恩靜坐鹿港，彼此觀望，只派少數的軍隊阻撓起義軍的進攻。實際上，清軍處於嚴重被動挨打的局面。

乾隆五十二年三月。

一向門戶緊閉的和府大門這天忽然雙扇大開，和府的大總管劉全手持一封密劄跨進門檻之後，兩扇紫銅色雲字雕花楠木府門隨即又關上了，門軸發出「吱呀」的聲音，著實讓劉全的脊背一陣陣發涼。劉全哆嗦一下，疾步向和府的西跨院走去。那裡座落著和珅經常密議大事的地方——賜喜齋。這裡不得允許和府的一般人進入，除和珅本人外，只有他的兄弟和琳、和府總管劉全才能出入。

由於很少有外人來往，方磚鋪就的甬路上已佈滿了斑駁的綠苔。院子裡長滿了參天的古榆，濃密的葉子遮住了天空，使室內和院中的光線都異常幽暗。遇有微風，滿院古榆上那數不清的樹葉便刷刷亂響。劉全拿著密劄，輕輕地叩了叩賜喜齋的鐵環，兩下過後，竟毫無動靜。劉全暗道：到哪去了？這麼多密劄都要面呈和珅的。這裡面的內容，劉全也能猜出八九分，肯定是各地的公文，公文私辦，對於和珅來說，已經不是秘密了。劉全當然熟諳個中滋味。劉全等了一會，聽得裡面似有聲響，不敢貿然闖進。過了足有一個時辰，和珅的那張白淨的臉從開著的門縫中露出來。一雙深沉而頗含狡黠的眼睛在劉全臉上滑過，劉全感到，他的眼神裡似乎還在隱隱地傳遞著什麼。

劉全說道：「和大人，這是從宮中太監那兒送來的密劄。」和珅接過並不拆開，眨眨眼問道：「崇文門的稅收如何？」劉全走過去附在和珅的耳邊小聲說：「本月收入超過二萬兩，撥給內務府一小半，其餘已入總賬，幾處典當鋪的生意雖有盈餘，但不如往年。奴才猜想，準是典當行過多，又有兩家王府在東直門開了當鋪行，門面裝飾極爲氣派。位置又好，奴才派人打探了一下，原先在我們當行過貨的客戶有不少投到那裡。」和珅不在意地點點頭，說道：「分食而肥嗎？既然如此，不妨把錢用於購置房地，待價而沽。」劉全偷眼望了屋內，兩個紅紗燈籠的光暈從內室漫散過來。和珅笑道：「你還想揭我老底？去吧，過會我還要到內宮去，讓轎夫直接把轎抬到這，不許聲張。」劉全會意一笑。

和珅那日從乾隆帝的寢宮正要回府，正喜滋滋地低著頭，暗想臺灣戰事肯定小不了，自己發一筆橫財的機會就要到了。憑著以往經驗，只要天下不太平，這裡匪患，那裡水災，和珅總能利用這樣的天賜良機，從中漁利一把。正盤算著，忽聽一陣琴音隨著冷風飄過來，琴聲和著幾絲細雨潤濕和珅的聽覺，低宛悠揚，撩人心弦，似有無限幽怨在淒風微雨中彌漫。

和珅心道，皇上年事已高，眾多嬪妃用不過來，免不了有的人長期冷落，不禁搖頭歎氣，一番憐香惜玉的神情，拔腳欲走，哪知琴音又再次響起。和珅禁不住循著琴音的方向七拐八岔來到一座不起眼的殿後的偏房前，駐足透著窗櫺的光亮看到一年輕女子正坐在炭火旁低首撥弄手中豎琴。和珅四下看看無人，便閃身進屋。和珅定神一瞧，原是一宮女。那宮女抬起粉臉見是皇上的寵臣和大人起身就要行禮。

和珅連忙雙手按住，說道：「我聽你琴音幽怨，似泉水滯流。見你長相又似曾相識。」那宮女素知平日和大人行爲謙和，與一般嬪妃也敢打情罵俏，說道：「和大人真是貴人多忘事，剛入秋的那會，皇上龍體欠安，不是奴婢煎的湯藥，和大人還是從奴婢手中接過去的。記得當時，皇后叫出奴婢的名字，和大人還吟出一句詞來……」和珅直盯盯地看著宮女嬌嗔嬌情，含情脈脈的樣子，早已心旌搖盪，幾乎自持不住，暗暗讚歎真是個豆蔻年華，洛神風韻，猛地想起來往日的一幕，脫口說道：「落紅鋪徑水平池，弄晴小雨霏霏。」那個叫弄晴的宮女見和珅想起自己的名字頓時粉面羞紅。神醉魂銷的和珅再也按捺不住，一把抱住弄晴，將乾裂的嘴唇深深地吻在她那俊俏的瓜子臉上，喃喃地說道：「我的小寶貝，落在深宮人未識，真是委屈你了。」

弄晴也心動不已，癱在和珅懷裡，一雙纖纖玉手捧著和珅的臉，似嗔似怨道：「難爲和大人還惦記奴婢。只是這皇宮中不能由著大人，萬一被太監看見，奴婢只有死路一條了。」和珅抱著弄晴的豐滿上身，緊緊擠壓著她的高聳的胸部，說道：「這不要緊的。明兒，我私下跟皇上說，把你放出宮。我再娶你。」弄晴理了一下散亂的頭髮，說：「不是不允許大臣娶宮女嗎？」和珅說：「規定是規定，那也是人定的，還不許人來改嗎？」說著從懷裡掏著一隻金手鐲，爽快地遞給弄晴說：「拿去！算是我給你的信物。」弄晴見他毫無痛惜之意，心都要跳出來，接過這只黃燦燦、亮晶晶的赤金大手鐲，一邊套在腕上，一邊掀起裙帶把柔軟細膩的肌膚死死地貼在和珅的臉上。

人逢喜事精神爽，她相信和珅的話，原先像核桃皮似的心慢慢地舒展開來。她知道：有了和珅就有了一切，她感覺到金手鐲上帶著和珅溫熱的體溫。她掙了一下，異樣興奮地坐到琴邊，用纖細的手指沾著自己的情愫，在琴弦上彈弄起來，一邊彈一邊唱道：「換我心，爲你心，始知相憶深，奴家……」和珅色迷迷地撫弄著弄晴的髮梢，悄聲說：「沒想到你這樣對我一往情深。」弄晴停住拔琴，將身子倚在和珅的懷裡，望著朦朧的燭光，忽閃忽閃地怔怔出神，醉心於這一美妙的時刻，和珅說道：「弄晴，你是幾時看準我的？」弄晴低眉答道：「和大人，憐香惜玉誰個不曉得？像我這樣出身的女子平生最大的願望就是嫁個丈夫，做個名正言順的妻子，哪怕嫁個老實的平民，過著男耕女織的平淡生活也總比在宮中人老珠黃強幾倍。」說著突然緊緊地摟住和珅的脖子，熱烈地說：「和大人，你是我遇到的一個最有情有義的人，有了你，我就有了依靠。」

說著，竟熱淚橫流。「你知道，我自看到你遞與我的眼神，就惦記上你，我不想在大人面前爭什麼名份，只求大人能收納我，我甘心侍候大人一輩子。一個女人自己不能獨立、只能像藤一樣攀繞在男人身上。」弄晴居然流著熱淚，轉過身子，瘋狂地親吻著和珅。和珅也被這番肺腑之言所感動。和珅一邊用身體安慰著弄晴，一邊瞪著圓圓的大眼睛盯視著愈來愈暗的窗外天光。聽著刺骨的寒風在呼呼作響，伴有樹枝發出的沙沙聲。和珅摸著弄晴的手說道：「今晚跟我回府好嗎？你放心，我的軟轎可抬到內宮，趕明兒再送你回來，出了事，我替你保著，皇上還是聽我的話。」弄晴說道：「既然大人都不怕，我一個弱女子又有什麼可畏懼的呢？和大人，我再爲您彈唱一段，可略表奴婢的深意。」

纖手落處，琴聲錚錚，歌聲悠揚。寂靜的溫馨小屋，立即發出濃濃的柔情蜜意，一曲蘇軾的《洞仙歌》隨著弄晴輕起的朱唇如叮咚的泉水慢慢地流淌。

「冰清玉骨，自清涼無汗。水殿風來暗香滿。繡簾開，一點明月窺人，人未寢，欹枕釵橫鬢亂。起來攜素手，庭戶無聲，時見疏星渡河。試問夜如何，夜已三更，金波淡，玉繩低轉。但屈指西風幾時來，又不道流年暗中偷換。」和珅聽了不覺心中暗喜，沒想到，這普通宮女如此高雅，淺吟低唱似銀珠從袖中滾落，把和珅美得滿臉喜色。多麼美妙的女人，多麼靜謐的傍晚，多麼動情的時刻啊！和珅凝視著弄晴美豔絕倫的容顏，接受了她的字字珠璣，燭光在她白淨的臉龐上跳躍著。

當天夜裡，和珅帶著弄晴回到自己的府中，把弄晴暫時安置在賜喜齋的密室中，兩人相擁而眠，道不盡個中滋味，說不完情話綿綿，兩人都從對方身上得到了要想的東西。和珅更是不能自持，墨興大增，提筆研墨，在一條白色的綢布上寫了一首詩：繡面芙蓉一笑開，柳眉斜飛襯寶腮，艾艾風情深有韻，眼波才動撩人懷。天色漸明的時候，東方露出了一片微紅的晨光。一輪朝陽噴薄而照亮了這座陰色濃鬱的和府。房頂上白皚皚的積雪，閃著耀眼的光芒。偶有陣陣北風呼嘯著，從房頂厚重的積雪上滾滾而過，聲音淒厲。溫暖的錦被中兩個沉浸在富貴夢中的男女就在此時被急緩有度的敲門聲驚醒……

和珅秘密地送走了弄晴，心中自是一陣得意，隨手拆閱劉全送來的密劄，忽然，一張來自閩浙總督府的密劄吸引了他。和珅不禁打了一個哆嗦，因爲，他看到這是一封和昨天同樣的八百里急函。按照常理，像這樣的急件應當立即轉奏皇上，不能在軍機處稍有耽擱。和珅一手拿著常青的奏章，一手撥弄著八仙桌上硬木紅漆托盤中的翡翠，珍珠、人參……

常青在奏摺中又講述了最新的情況：「臺灣郡城緊要，已派陸路提督任承恩領標兵一千二百名在鹿耳門前進，並撥各營兵馬調候，先爲保護郡城計，且與水師提督聲勢相援。臣在泉州、廈門等處往來督察，派道府經理糧餉。鹿耳門爲臺地咽喉，尤須厚集兵力，現添派各標營兵，候風出口。」和珅往下細瞅，又見奏摺下面續補了任承恩的最新戰況：「彰化縣被林爽文攻陷，臣即登舟渡台，懇請簡派重臣到閩督辦。」和珅倒吸口涼氣，心道：

「林爽文真是厲害，一個不起眼的天地會聚眾滋事竟有如此聲勢，愈看愈怕，還是奏明皇上再說。想到皇上，又不覺釋然起來，一拍自己錚亮的前額，哎呀，真是嚇糊塗了。俗話說，鷸蚌相爭，漁翁得利。臺灣如此混亂，柴大紀有不可推卸的責任，有逃脫不了的干係，速速報與皇上。」等著轎夫一旦轉回，就起轎進宮，當即懷揣奏章，翻騰的腦海早已想好了應對之策。恰在這時，宮中太監來下口諭，要和珅前往西配殿與皇上共餐。

和珅乘坐綠呢大轎、搖搖晃晃來到西配殿，看到乾隆的座位兩旁還坐著幾位大臣，嘴上不說，心裡仍在犯嘀咕，皇上今天是怎麼了，還把軍機處的其他大臣也請來了。當他看到所來的幾個人平時上朝都排在自己前面，更有首席軍機大臣阿桂也在，多少有些惴惴不安，不知皇上今天是賣的那壺藥。行過三拜九叩禮後，乾隆一手握筆在一份奏摺上寫著朱批，一手指指旁邊盛滿酒菜的案桌，頭也不抬地說道：「和愛卿素有腿疾，入坐吧。」和珅張口謝道：「奴才謝過吾皇萬歲萬萬歲！」乾隆繼續說道：「還是免禮吧！朕批完柴大紀的奏摺再跟你說話。你們各自用餐，不必拘禮。」和珅只得斜著身子坐下，還想恭維幾句諸如皇上操心費神、心憂社稷之類的話，見其他幾位大臣都緘口不語，也只好咽回肚子裡去。

幾個太監倒是比往日多了幾分殷勤，聽見一聲咳嗽，就端過漱盂接住，遞上毛巾，見大臣喝完一杯就執壺斟酒。和珅也跟著吃了幾口，見乾隆還在低頭批閱奏章，無話可插，便抹了抹油膩的嘴唇，緊張地盯著地板上的黑青色方磚，光可鑒人，偶爾瞟一眼來來往往的宮女，好像看到了弄晴的身影一閃，又隱入明黃重幔之中，唯有那雙平底軟鞋在拂動的黃幔下一動不動地立在那裡，惹得和珅又是一通浮想聯翩，真令人銷盡意氣、深感自己孜孜以求的不正是這樣氣派的起居，不正是這樣的派勢嗎？正尋思著，聽見沙沙作響的紙聲戛然而止，和珅忙收神看時，見乾隆已寫完御批，在仔細地複審。

「萬歲爺。」和珅起坐離席跪在乾隆而前，說道：「奴才昨日從宮中回到軍機處，處理公文，一夜未眠，今早一覺天亮，所以有今日的早朝被奴才耽擱，特來請罪。」其他大臣竊竊私語，有的小聲說：「和大人真是一心一意地爲聖上排難啊。」和珅聽話中話，扭過頭說道：「你們又不與我共事一處，不能妄行封公爲賞。」

乾隆說道：「朕知你忠心耿耿，和愛卿，還記得我們在王龍亭做的那對聯嗎？」和珅笑道：「萬歲爺的天下第一名聯，奴才已抄背得滾瓜爛熟，哪敢忘記，各位大臣如不相信，萬歲爺賜於我的工整的聯仗，奴才已命人裝裱，就掛在奴才的客廳中，早晚默記三遍。記得萬歲爺出的上聯是四方臺上望四方四方四方四四方。」

說到這，和珅故意頓住，對那幾位大臣語氣和緩地說道：「你們幾位也是飽讀詩書，滿腹經綸，又擅長工對，請問各位，誰能想出萬歲爺的下聯來，讓我們一飽耳福。」乾隆聽著和珅的絮叨，有些不大耐煩，見那幾位大臣都低頭吃著點心，知道他們一時半會也想不出來，於是不溫不涼地笑道：「和珅不要再賣關子了。今天不比往常，朕召你們幾位不是光請你們來，還有要事商議。」和珅和幾位大臣同時止住進食。乾隆緩了緩，神色凝重起來。

一時間，整個大廳靜極了，連守候在外間的宮女的呼吸聲，和珅都聽得清清楚楚。剛才進宮前的擔心這會又冒出來，他暗想，難道乾隆知道我把公文帶回家去？要不就是昨夜弄晴的風流事一不小心露了行藏。

乾隆掃了一眼眾位大臣，站起身來，在西配殿中踱起步來，沉思著，像是自語，又像是申斥：「聖祖在位時，臺灣也曾出過亂子，那個『鴨皇帝』朱一貴造過的聲勢還小嗎？可是藍廷珍一馬殺到，立刻蕩平賊眾，哪像今天，兩個提督赴台剿匪竟無一人傳了捷報。朕三令五申，對這樣的烏合之眾，不能立即撲滅，我大清國的威嚴豈不掃地？目前的局勢太混亂了，對於只有一府四縣的設置的臺灣來說，賊眾已明顯占優，臺灣城讓一個林爽文圍困了三天三夜，這還了得！真不知道，任承恩、黃仕簡是去剿匪還是觀光旅遊？兩提督唯事遷延，致賊匪日久不滅。他們二人都有逃脫不了的干係。彼此相互觀望，把自己的兵馬都處於守勢，皆以兵單難於遠捕爲辭，比如彰化早已恢復，而任承恩駐兵鹿仔港，風山收復時，黃化簡駐守郡城，以致賊匪各路嘯聚，成爲朕食不甘味、寢不安睡的一大心病。」

說到這，乾隆咳了一聲，把手習慣地向前一伸，和珅心明手快，立馬遞一瓶熱好的羊奶，乾隆接過呷了一口，對和珅說：「和愛卿，朕欲親征臺灣，你看如何？」此話一出，嚇得和珅臉就像香灰一樣，和珅連忙跪倒：「萬歲爺，此事萬不可出此下策，以奴才之見，臺灣的戰事不佳有其深刻原因。儘管聖治在乎明刑褒廉，仁政在乎輕徭薄賦，但臺灣百姓沒能從中體察聖恩聖德，這裡主要責任就在臺灣的各級官員，沒能很好地施實萬歲爺的政策。奴才想，除繼續用兵外，還可頒佈告示，把賊匪挾迫去的民眾分離開來，從內部攻破，奴才想，這樣外有大兵壓境，內有離心走勢，賊匪不日而敗。」

和珅侃侃而言，贏得乾隆頻頻點頭，靜靜聽完和珅的陳述，半晌才喃喃說道：「或許是朕真的老了，連個小小的林爽文都彈壓不下去。」和珅深深地吁了一口氣，眾大臣都以爲他必定還要說話，不料趁乾隆轉身的當兒，和珅卻掏出劉全送給他的密折，膝行到乾隆面前遞到乾隆手裡。說道：「這裡閩浙總督常青的奏摺，奴才以爲，常青比較了解臺灣的情勢，要不讓他渡海作戰，老將出馬，一個頂倆，把任、黃兩提督的兵馬，統交常青一個指揮。」和珅看一眼沉吟不語的乾隆又說道：「萬歲爺，常青雖未打過什麼惡仗，但能做到總督一職，足見他有些過人之處，先前，常青上呈奏章，萬歲還說他低估臺灣賊眾，如今看來，這林爽文的確不同朱一貴，萬歲爺您想，朱一貴的出身僅是販鴨子，剛一起事就封王稱帝，擄些俗不可耐的女人充做嬪妃，胸無詭計，可林爽文畢竟做過縣衙的捕快，近幾年結會占地，家資又大，頗會收買人心，所拜的幾個把兄弟都做了賊匪的小頭目，氣焰囂張得很……」乾隆一邊聽著，一邊在地下來回踱步。

老實說，和珅的這些話和他今日的心境並不十分相投，顯得有些空冷，並且有意無意地將臺灣戰事的不利局面與自己的輕敵有些關係，不禁有些鬱鬱寡歡，對和珅膽敢當大臣的面捕風捉影著實有些惱火，他木頭似地呆立著望著西殿外面的空間，漸漸地恢復了平靜，他的眼睛貓一樣放著綠幽幽的光，像是要穿透明黃的紗幔，心緒早已飄到紛飛戰火的臺灣。

隔壁的自鳴鐘「噹噹」地敲了十二下，把屋內的沉寂打破。和珅等人見乾隆仍一語不發，進也不是，退也不是。乾隆清楚地記得自己早些時日諭示軍機大臣的話：「豈有水陸兩提督俱遠涉重洋，辦一匪類，置內地於不顧之理……此等奸民糾眾滋事，不過是烏合之眾」等語。沒成想，這才短短的數月功夫，局面就如此不可收拾。

原本以爲，在黃仕簡、任承恩領兵赴台以後，對短時間平定林爽文起義，應該是很有信心。乾隆想，二月初，朕還曾頒佈諭旨說：「此等賊匪，原不過一時烏合，現在黃化簡、任承恩督兵會合搜剿、自無難立時撲滅。」可是接連幾天，自己卻沒有收到什麼捷報，這裡面肯定有問題，反覆察問南方戰事，都是得到正在順利推進、賊匪望風而逃的邀功函。只有接到柴大紀的奏摺才告知事情真相。

和珅驚惶地看著這個鐵鑄一樣的至尊，一時不知如何是好。就在此時，婢女弄晴端著香茶款款地走進來，一下子就吸引了和珅的目光。弄晴親手給乾隆續些茶水，收起托盤就要退出，眼含深意地瞟了和珅一眼。和珅的心都提到嗓子眼，面色微紅，真想抱過來親幾口，礙於今日不比往常，只能飽飽眼福，所以，一雙圓溜溜的大眼睛始終放在弄晴身上。和珅的一舉一動當然沒躲過已經轉過身來的乾隆。

乾隆皇帝猛地一喝，說道：「和愛卿，你愈來愈笨了。」乾隆本想發一通無名火，但還是按捺下去，合下眼簾，說道：「朕剛剛批閱了臺灣總兵柴大紀的奏摺，朕才明白為什麼會出現這種情況。」和珅猜不透柴大紀的內容，聽乾隆口氣是由衷地讚賞，不無疑惑地問道：「常青已經未雨綢繆，先後派出水陸兩提督，還有總兵郝狀猷，副將徐鼎士、林天洛等人，這樣援台的兵力已達一萬名，清軍無論在數量上，還是武器裝備上都優於賊匪，怎麼老見不著捷報傳來？」和珅煞有介事地咂咂嘴。

乾隆抬手把案上的奏摺遞給和珅，說：「不看不知道，一看嚇一跳，我清剿大軍之所以處在劣勢，扭轉不了如此被動的局面，關鍵是兩名提督太怯懦。黃仕簡雖然是將門之後，歷任衢州總兵，湖廣提督、廣東提督等職，但他本人並沒有打過什麼大仗，所呈上來的奏章幾乎篇篇都把自己年老放在前面，難道因為年老多病就常駐府城，遇事更是畏縮不前嗎？再說，任承恩雖是勇將總兵任舉之後，卻素不知兵，一點沒有他父親的影子，沒有繼承父志刻苦習武，不過是一個紈絝子弟。由此看來，似乎時間愈長，人人都貪圖享受，不思進取。你們幾位軍機大臣都在，以後任免官吏，不僅要看是否為將門之後，更應看重他個人的才幹。」幾位大臣聆聽乾隆一席話，個個躬身答道：「萬歲爺說得極是，臣等謹記聖諭。」

和珅看了柴大紀的奏摺，感到脊背陣陣發涼，原來，柴大紀的奏摺竟長達萬餘字，分別寫了林爽文造事的起因，臺灣吏治敗壞，營伍廢馳的現實，特別用了大量段落告了黃、任兩提督的狀，上面寫到：「黃、任抵台一月有餘全不諳事理輕重緩急，且彼此都是提督，不相統攝，各自都想保存自己的實力，競有互相觀望的意思，相互推諉，對剿捕事宜很不得力，不僅對戰事不甚明瞭，而且亂剋軍餉，派了大批士兵私遣內地做買賣，因爲這些士兵都是來自福建，就是留在臺灣的兵卒，也允許在營外住宿，只須每月交些銀兩罷了。由於兵士開賭窩娼，販賣私鹽，常年不操練，所以不僅兵士技藝生疏，怯戰畏敵，而且在兵營的士卒實際人數也往往不足。加之黃化簡、任承恩二人皆是有意保命避戰，一再貽誤戰機……」

乾隆等和珅看得差不多了，說道：「和愛卿，朕已諭示、黃、任二人靠不住。統統是酒囊飯袋，貪生怕死之輩，其咎甚重，必須拿問。朕已命常青速調他二人退回廈門，將他二人摘去花翎。」乾隆一邊說，一邊憤憤不止。他感到心力交悴，一度襲來的難以名狀的情緒，時常發生在自己的冥想中。他似乎感到，朝中的大臣都因長時期的和平而懈怠了。甚至連一向勇猛威武的阿桂大學士也變得畏懼起來，從早到中，他始終坐在離自己的最近處，但卻一言未發。

一班老臣都變得持重起來，平時木納不言，似乎都對自己有疏遠的跡象，想到這，乾隆心中湧過一陣悲涼感。他無法判斷自己是否真的老了。唯有心愛的和珅還能替朕分憂解難，連自己都弄不明白，爲什麼有的大臣就是眼裡揉不得沙子，不能容納這樣的大臣？朕也知道，和珅平日言語多有嘩眾取寵，討我歡心，可這又有什麼不好呢？自古以來，武死戰，文死諫，那也太慘烈了，像和珅這樣辦事幹練，又頗圓熟的個性色彩，不也是很得朕的信任嗎？乾隆皇帝望著幾位大臣不無黯然地說：「朕想出去走走。」幾位大臣相互對視了一下，還是阿桂躬身奏道：「萬歲爺不必太操勞過度，臣保薦一人赴台……」乾隆擺擺手，「不必說了。臺灣的事暫且放一放，先治治黃、任二人，嚴飭軍紀。你是首席軍機大臣，朕在柴大紀的奏摺中所批的諭示，照此辦理去吧。」

香山是金、元、明歷代皇帝的行宮，早以美麗清秀的景致，養年宜人的氣候遐邇聞名。這裡的名勝很多，香爐峰、永安寺、古老的燕京八景之一「西山晴雪」。乾隆一行到達香山行宮的東宮門時，站在廊下西望時，突然出現在他面前的山林風光與大內迥然不同。香山行宮的總管太監早就預備好了御茶御點和皇上的下榻之處，一邊口稱：「奴才接駕來遲、皇上恕罪。」一邊稟奏，懇請乾隆皇上歇息一會兒。乾隆看看幾位大臣已是熱汗淋漓，上氣不接下氣，也感到自己有些疲乏。

坐在懷抱亭中。望著綠色的琉璃瓦鋪頂的悅心殿。喘了幾口氣，頓覺神清氣爽。和珅突然高叫了一聲：「皇上請您這邊瞧去，隱隱有白塔一座，掩映於湖天浮玉之上。」乾隆興致不高，擺了擺手，就起身登上香山的通道。但見層巒疊嶂，古木森森，宛若仙山瓊閣。碎石嵌在通道的地面上，呈現朵朵團花錦簇的圖案，到處野花飄香，澗流潺潺，聲音叮咚從松柏成蔭的後面傳出來。透過密密的松柏林叢，有數不清的殿閣樓台隱現其間。阿桂已是老態龍鍾之勢，已累得氣喘噓噓，落在後面很遠，但他鄙夷的目光斜視著和珅的背影，心道：和珅的目力怕是天下第一了。能在這西山腳下，望見塔，真乃聞所未聞，奉承到這樣地步，皇上竟看不出來嗎？

在香山行宮總管太監的引導下，乾隆順著盤山的御道往上攀登，一路上，多由和珅攙扶，愈往上行，景色更爲迷人。各色的岩石閃著蒼黝的光澤，令人望而生寒。古松奇檜直插雲霄，如華麗的掌蓋，如明澄的列屏。泉聲冷然，如悠揚的磬聲由遠至近。其上爲綠雲深處，樹木更爲繁茂，岩下有月河如帶，有一白練似的瀑布，注長約有一丈左右、飛奔而下，觸於岩石之上，如銀花飛舞。和珅攙扶著乾隆緩緩上行，回頭看看落在後面的阿桂，對乾隆說：「萬歲爺，您看他們幾位已無力再去登高進寺，不如就到翠雲嘉蔭吧。」兩人遂站立於翠雲嘉蔭前偉岸的一棵古松下。

這翠雲嘉蔭是當年金朝大定年間的建築，依山就勢築於古木參天的山坡上，異常宏偉壯麗，有一條寬闊平整的山道，直通它的金碧輝煌的五重大殿，腳下是一路下坡，走起來頗省足力。沒過多久，乾隆一行邊饒有興致觀賞這僻靜幽雅的行宮概貌，邊稍稍歇過神來。和珅見阿桂等人趕上來，語頗譏誚地說：「眾位軍機大臣，一生征南戰北，怎麼身子骨還是這樣嫩，連萬歲爺都跟不上。實在是生活優裕，心寬體胖所致的吧。」阿桂等人見過乾隆皇帝，坐於光滑的石板上，只顧自己喘氣。阿桂微微一笑，瞅瞅和珅說：「和大人，可稱得上精力旺盛，朝氣蓬勃的一代新秀了。我等老朽已是半截身子埋入黃土的人了，怎能跟你相比。」

和珅聽出語中帶刺，哂笑一聲說：「阿大人言重了，萬歲爺詔諭我等，也是別有用意啊。」阿桂一聽，立刻反唇相譏：「和大人對萬歲爺的心思總是能猜中十之八九。說出來，我們見識見識。」和珅剛想開口，背立一旁的乾隆說道：「眾位大臣，不要在此鬥嘴了。」說著逕自走進紅牆圍繞的翠雲嘉蔭，和珅見狀忙屁顛屁顛地跑過去。阿桂等人見了相視一笑，搖搖頭，也很艱難地直立身子，走進月亮形的大門。乾隆一行來到池畔，只見碧波蕩漾的池中數不清的金魚正遊來遊去，怡然自樂。

岩石交錯的岸邊，三月的柳條舒展柔軟的軀體，美麗的倩影清楚地倒影在池水中，惹得幾尾金魚在嫩綠的柳葉間穿梭來往。乾隆皇帝不由側身望著正神情專注地欣賞金魚的和珅說：「朕聽說過翠雲嘉陰中有一個千尺雪和一個夢感泉。你知這兩處景點在哪裡嗎？」和珅叩首答道：「寒山千尺雪，就是奴才剛入園前所見那條瀑布，奴才知道，在千尺雪後面還依山而建一齋，其題目爲『寧靜』，還是萬歲爺親筆題的。至於夢感泉，好像是關係一個動人而美麗的傳說，具體來龍去脈，奴才確實不知。」

其實和珅對各個皇家行宮，園林的掌故瞭若指掌，但淵博的學識在和珅看來，雖說是一筆財富，可畢竟不能用錯地方。在眾大臣面前完全放開話匣子，巧舌如簧，出盡風頭，但絕不可以在乾隆面前賣弄，除非乾隆需要這樣的時候。和珅智慧的腦殼就表現在他總能適合時宜地投乾隆所好。乾隆見和珅沉吟不止，便轉過臉對依然氣喘微微的阿桂說：「你東奔西走，又是朕的第一重臣，你來說說給和珅聽聽？」阿桂心道，這是和珅故意藏而不露，便說道：「老臣年邁昏聵，不如和大人對一切掌故典趣爛熟於胸。」

和珅搶白道：「知之爲知之，不知爲不知，是知也。有道是仁者樂山，智者樂水。但奴才感到，山、水在萬歲爺的心目中，都是一樣不可偏廢。不要總以爲萬歲爺寵愛我和珅一人，就算是寵愛那也只能證明我和珅的確有過人之處。我自己感到我最大的優點就在於我敢於坦誠地解剖自己，從不隱瞞自己的觀點，你說我阿諛奉承也好，拍馬溜鬚也好，敢於直諫也好，仗義直言也好，都算是對我的了解。」

說著，和珅笑著轉向乾隆道：「萬歲爺，對您老人家提出的這個問題，奴才確實不知，要是知而不說，我不就犯了內心的欺君之罪，還是皇上自幼飽讀史書，耳熟能詳。」乾隆聽罷，答著說：「果然是巧言令色，不愧是朕的依靠啊。阿桂並沒有說你存欺君之意，他也只是揣度，並沒有有意地貶損你什麼，和愛卿，你有些多心了。」

阿桂對和珅的一席坦言，既憤恨又佩服，怪不得乾隆如此寵愛，他的一張嘴能把死人說活，活人說飛，但聽了乾隆的話後，便退後幾步，依然氣喘不停，說道：「臣向來以和爲貴，從不背後貶損過誰，對和大人也十分佩服。這一點，皇上最爲聖明看得一清二楚。據臣所知。這就是金代章宗皇帝賜名的夢感泉。傳說大金朝章宗皇帝當年來香山遊獵時，曾在此小憩片刻。當時伴駕遊幸的有兩位年輕美貌的公主，兩位公主個個武功了得，見父皇入眠之後，便私下議定繼續往山裡遊獵，誰知一去不回。而酣睡中的章宗皇帝在夢中見有兩隻仙鶴在他的頭上盤旋，聲聲悽楚，久久不願離去，惹惱了章宗，他就舉起彎弓拈出長箭朝兩隻仙鶴射去，以他的膂力和嫻熟箭法，立斃兩鶴應不成問題，可奇怪的是，兩鶴竟然能把疾速飛行的長箭，用嘴叼住，往西南盤旋而去，臨飛之前，各自灑下一滴清淚落在章宗的臉上。」

阿桂乾咳了一聲。看見乾隆頻頻頷首，興致頗濃，示意他繼續說下去，喘口氣接著說：「章宗皇帝醒來以後，滿臉疑惑地凝望晴朗的天空，哪裡有仙鶴的影子。不一會，隨從的護衛驚惶失措地來報說，兩公主去密林深處打獵，至今未回。章宗大驚失色，忙命人尋找，這逶迤綿長的山嶺，蒼鬱叢莽的森林哪裡還有公主的影子。霧氣不斷地湧過來，章宗皇帝感到腳底下土質鬆動，忙躍上馬，就在他雙腳離地的瞬間，恰有兩股泉水從地下湧出。汩汩流淌，章宗傷心不已，臨走命人在岩石上刻下『夢感泉』三字以作紀念。」乾隆聽了不住搖頭歎息，復又補充說：「所以，後來人便因這傳說太傷感，幾經更名，遂有翠雲嘉蔭的由來。」「很有意思。」和珅擠出眼角的淚水，神往地說，「兩隻仙鶴、兩位公主、兩股清泉，在這裡都融為一體，分辨不出這美麗淒婉的傳說要告訴後人什麼道理，只不過憑添了這翠雲嘉蔭的神秘色彩。萬歲爺，以奴才之見，還是進屋歇會兒。」

乾隆環視四周，問道：「上次你說的，在這裡又修建了一座別墅，在什麼地方？」和珅用手往東一指，「啓奏萬歲爺，殿宇是在二月份完工的，還沒賜名呢。」乾隆向東望去，果見一片翠綠叢中露出一處紅柱彩簷的新殿。問道：「可是那裡？」和珅躬身答道：「正是，萬歲爺。」「我們進去歇歇吧。」乾隆說著朝阿桂等人揮揮手，挺了挺腰杆，邁步朝新殿走過去。

新殿的前面，是空曠的平地，坐在屋裡人透過門窗可以看到遠處的來人。兩邊圍繞著高大的松樹數百顆，掩映周圍。正殿高屋軒敞，並與其他配殿有長廊聯絡。後面則是一處陡峭的絕崖，可以不用耽心有人從後面攀崖越屋圖謀不軌。總之，是個非常安全的地方。因爲是新殿，乾隆一來想見見其規模，二來也是打算好了要在此和這班大臣靜心商定臺灣戰事。乾隆一行人進了正殿，繞了一周，憑窗遠望，只見林巒煙波，一望無際。感到「會當凌絕頂，一覽眾山小」，大有立於群山之巔的豪情，要不是樹林蔽日有礙視野的話，似乎能望見數百里外的巒光雲影。

選擇這地段建屋修院，實際上也是和珅揣透了乾隆的心意。遊險自不必說，主要是使乾隆在這樣殿宇能滋生出一種帝王的威嚴感。事實都說明了這一點，從鏡宮到承德避暑山莊的建築群。和珅見乾隆亮閃閃的目光流露出滿意的神情，便說道：「萬歲爺，給這座行宮賜個名吧。」乾隆點點頭。此時，行宮太監早已預備好了皇上的御座。乾隆一邊落座，一邊向和珅等人說：「你們也都坐下吧，坐下好說話。」和珅等人落座後，乾隆冥思一會兒，說道：「叫四知書屋吧。」

阿桂道：「好，好，『四知書屋』出得好。和大人說說看，這『四知』的內容是什麼？」和珅笑道：「這難不了我了，它出自『知柔、知剛、知顯、知藏』的典故。唐代肅宗時有一年廷試，就以此爲題……」乾隆見和珅又要闡述一番，把頭偏向一邊，用手制止，口氣一反剛才遊山時的閒適態度，突然變得嚴肅起來，「朕現在要聽聽你們的高見了，到底派誰赴台統領全部兵馬？」說著溜了一眼和珅。

和珅站起來要拜跪答話，乾隆道，「此處不要行君臣大禮了，眾愛卿都可以說出自己的見解。」和珅又平穩坐下去，開口道：「奴才以爲，常青是合適的人選，他擔任閩浙總督多年，對臺灣的地理形勢比較熟悉，儘管萬歲爺已把他調離閩浙，可還沒有去湖廣上任。可頒佈諭旨加封常青，令其督戰，統攝臺灣全軍。一舉擊破賊匪。」

乾隆說：「常青是因臺灣叛匪沒有被扼殺時，朕才調赴湖廣。現在看來，這些責任也不能全怪常青。黃、任兩提督各懷貪生怕死之念所致，要不就命常青渡海，那麼，閩浙總督由誰替代？」話音剛落阿桂說道：「臣早就想好一人，派陝甘總督李侍堯。皇上請想，常青打仗如何還沒結果，但就個人性格來說，常青與黃仕簡、任承思相處共事多年，上下彼此肯定有很多瓜葛，剪不斷，理還亂，不如派李侍堯前往。萬歲應該記得，李侍堯在協助臣處置原陝甘總督貪污軍餉一事時，又一次表現出傑出的才能。甘肅田五在民間組織新回教時，也是李侍堯微服私訪，才有所察覺，幸虧及時地調兵彈壓，否則後果也是不堪設想。」乾隆點頭示意，端過冒著熱氣，散發著幽香的茶水稍稍喝了一小口，閉目沉思。

其實，和珅力薦常青無不是出於私心。常青本是一個庸懦無能的人，只會巴結權貴，尤其對和珅可以說極盡阿諛奉承之能事，唯和珅的馬首是瞻，把和珅當作自己的朝中靠山。實際上，常青對於兵法一竅不通，極怕征戰，膽小如鼠。和珅對此十分明瞭，但他首先想到的是戰爭的時間愈長、自己撈取的好處就愈多。哪一項軍需不需要經過自己的調撥呢？前方有了常青的配合，獅子大張口，對於乾隆皇帝來說還不是要多少給多少。年事愈高的乾隆內心早已萌發退位傳子的決心，但是，如果戰亂四起，國不安寧，那怎麼能夠顯示出自己是蓋世名君呢？對此，和珅心中常常忐忑不安，驚恐不已。和珅無論如何也不會忘記給他當頭一棒的一幕。

乾隆四十九年十二月，萬歲爺召見諸多皇子、大學士、軍機大臣，說出了久久埋藏在心裡的話，那年乾隆已經虛歲七十四了，乾隆說，朕初登上皇位時，曾經焚香向上天默默祈禱，承蒙先皇的厚愛，聖祖的惠顧，朕不敢上同康熙皇帝紀元六十一載之數，但也不能太少，祈求上天保祐朕，得在位六十年，六十年過後，即當傳位子嗣。

當時默禱此事時才二十五歲，並未顧及朕即位六十年後就已經八十五歲了，到五十歲生日時，與母后提及此事，母后說皇帝如此勤政愛民，天下臣民也必不肯聽皇帝歸政。……不過，朕離歸政尚有十一年，將來歸政頤養，親爲授受，豈不是古稀之盛事！當時乾隆的一番話，和珅至今回想起來還言猶在耳。和珅也與其他大臣一樣，沒覺得有什麼問題，因爲皇帝雖年過七十，但他體力充沛，照樣巡遊，況且尙有十一年才能歸政，並非燃眉之急，也沒有放在心上。

可眨眼功夫，三年又過去了。這就不能不引起和珅的感歎，時間真如流水般地逝去，如果自己不抓住時間鞏固自己的地位充實自己的家產，豈不枉活一世，枉費心機？話說回來，和珅對阿桂保薦李侍堯也沒什麼異議，因爲和珅知道，皇上素來對李侍堯心存偏愛，主要愛其才幹出眾，能獨當一面。原先李侍堯看不起出身卑微的和珅，但自從海寧在和珅的唆使下，狀告李侍堯貪縱營私，和珅又身負欽差大臣遠赴雲南查辦李侍堯後，李侍堯對和珅的態度有所轉變，家裡的賄賂物品，有不少珍奇古玩都是李侍堯送的，可以說，李侍堯與和珅由過去的對頭變成了朋友。和珅又有什麼可反對的呢？

乾隆似乎是睡著了，這幾個月來，他沒能享到清福，他的心裡總裝得滿滿的，人也一天天地消瘦下去，緊閉的雙眼愈來愈陷得深。明顯地可以看出頷下的髫鬚夾雜些花白不齊的色澤，只有那偶爾動一下的喉結和顴骨處火熱的紅暈還在說他的生命仍處在旺盛階段。他過人敏捷的思維雖有些遲鈍，但依然對事物的發展走向能大致做出接近正確的判斷。對權力的高度敏感，使他必須知道大清朝內所發生的一切事情，大到江山社稷的安危，小到宮幃內的末節，他都要過問一下。

値日太監躡手躡腳走近身邊，想輕輕喚醒他，突然，乾隆睜開灼灼的雙目，那神情會使人感到像面對一個受傷的準備復仇的雄獅。先前的走動已經使他稍顯疲憊，略瘦的面頰像一張細邊的畫框，加之精光閃閃的眼神，就很好地托出了乾隆機敏、警覺的神情，耀人眼目。乾隆恍惚地問：「有幾個時辰了？」和珅及幾位大臣都將手插進袍內的兜中，一齊掏出洋人送的懷錶。和珅搶著說道：「快到晌午了。」沉吟了一會兒，滿臉堆笑地接著道：「萬歲爺，傳御駕回宮吧。」

乾隆憂心忡忡地說：「林爽文能在彈丸之地，網羅黨羽，興風作浪，搖動朕大清社稷，務必儘快剷除。黃仕簡、任承恩有辱聖恩，不能盡提督之責，朕要頒旨，將黃、任二人革職查辦，統交刑部問罪。柴大紀固守諸羅，上下一心，艱難奮戰，賞紅頂花翎一頂，夜明珠二顆，以示褒獎。古人云：民勇則賞之以其所欲，民怯則殺之以其所惡，故怯民使之以刑必勇。對朝廷的命官更應如此。必須整肅軍紀。對於臨陣逃脫致使鳳山城池得而復失的總兵郝壯猷，參將胡圖里在軍就地正法。如果朝廷綱紀不能維持，有威嚴的刑罰不受尊重，上下不思振作，那麼，臺灣賊匪何時能平定？和珅、阿桂兩人的意見，朕反覆醞釀未覺有不妥之處。李侍堯對辦理人案有豐富的經驗，具體的善後事宜交李侍堯去辦，常青督率剿捕，應儘快成行。關鍵是要集中優勢兵力，及時進剿林爽文的老窩大理杙，這就叫『厚集兵力，直搗賊巢，將首惡擒拿，餘黨自必瓦解』。」

乾隆口諭完畢，使勁地朝地上啐了一口，和珅連忙起身，掏出手絹不等唾沫落地，就在半空中牢牢接住，動作之迅猛，接法之高超令所有在座的幾位大臣感到吃驚，個個張著大嘴說不出話來。阿桂心想，也就和珅，換個別人無論如何也做不出來，可和珅是敬重皇上，誰也不敢說三道四。阿桂只是覺得心中陣陣噁心。上午吃下的美味佳餚在肚裡翻滾都快要嘔吐出來。

阿桂強咽了幾口唾液，起身說：「啓奏皇上，俗話說，兵馬未動，糧草先行。如果從京城國庫裡直撥軍餉，恐遠水不解近渴。再說，赴台作戰的將士愈多，所耗軍餉物資愈多。而臺灣盛產糧米的北部地方基本上被林爽文、莊大田等賊匪佔據，賊匪窩積甚多，致使清軍轄區的米價日漲三五次，驟然騰貴，每石米竟高達三千，而賊匪盤踞的大理杙、水沙連等處的米價，每石至多也只需要八百。所以，臣請求派一幹練老臣前去閩浙等地籌措糧草。皇上意下如何？」

和珅一聽忙顧不了許多，躬身就跪：「啓稟萬歲爺，臣不才願往，剛才阿桂大學士所言極中事理。」和珅抬眼看看乾隆，眨著眼繼續說：「奴才一向管理內務府，對下邊的官員多有接觸，熟人也多，辦事較爲方便。」語聲帶著乞求，其實，這正是和珅的過人表演，他的聲音彷彿凝著無數的磁質鐵，只要一開口，就能吸引乾隆的全部注意力。

表面上刻意謙恭，骨子裡卻是居心叵測。歷史上有一位有名的陰險奸詐之徒，叫王莽，起初也是對上級謙恭備至，極盡殷勤，他能一連侍候垂危的大將軍竟達數個月，蓬頭垢面，衣不解帶，親自嘗藥，果然大將軍死前把王莽托給皇太后，以後官至光祿大夫。當然，和珅對官場體會也深得要領。和珅的一席話在乾隆聽來字字入耳，感到，還是和珅體貼自己，忠心義膽，當既點頭應允。

一些令人焦慮不安的日子如行雲流水般地逝去，乍暖還寒的天氣使得乾隆又生病一場。乾隆日見倦怠消瘦，萎靡不振，整整三天都愁眉緊縮，沒有一絲笑容。只有和珅到來時，乾隆皇帝才不感到百無聊賴。他已深切感到，和珅是自己離不開的拐杖，一望見和珅那張俊美的臉龐，他才像充足了氣的皮球，精神亢奮，總是出神地聽著一些絢爛多姿的妙詞華章從和珅的嘴裡無遮無攔地蕩來蕩去，情緒激動時，那額眉正中的紅痣也分外地發亮。乾隆每當這時，總是不能自持。

這日，乾隆在皇后及眾嬪妃的陪侍下，前往御花園看景，望著滿天緩緩向南移動的雲彩，突然有一種恍若隔世的感覺。環顧個個嬌語聲聲的嬪妃，乾隆絲毫提不起興致。忽然，他看一處院落看起來像倉庫，門鎖被風剝雨蝕的不成樣子，僅是不算低矮的過道門樓上，沾滿塵土的蜘蛛網四處牽掛，如一張一張暗藏殺氣的網絡，門窗的板縫間，枝條間發出節奏鮮明的蟲蛀聲，聲音錯落有致，前呼後應，像是彈奏一首哀婉、感傷的曲子。

飄渺而幽遠，潤滑而舒展的琤琤琴音獨響在許多器樂微茫的合奏中，宛如水流般漫過乾隆的耳際。在乾隆聽來，這分明是一位女子的如泣如訴，拚命捕捉這稍縱即逝、細膩柔和的綢緞般流瀉翻捲的調子，也無法彌補乾隆心中自年輕時就打了死扣的情結。

乾隆遠遠站立，看到自己被陽光誇張地投放到骯髒牆壁上的影子，像搖擺不定恍若隔世的宮女的影像從牆上慢慢地凸現出來，他不禁艱難地一笑，他走過去顫抖地用雙手推開鎖固的院門。門鎖「呵嚓」一聲地斷裂了。乾隆吃驚自己的力量竟有如此巨大。他想，難道有什麼冥冥之中的神力在幫助自己嗎？他禁不住暗自垂淚。跟班的太監想攙乾隆離開，乾隆面色一沉，「這座院子何人護理？爲什麼會狼藉如此？」太監答道：「啓奏皇上，這是根據皇太后的口喻所辦。目的是想……」乾隆大怒，說道：「目的，有什麼目的？朕幾十年來荒於治國了嗎？朕哪一點辱沒愧對過祖先遺留的大清江山社稷！今後一定要安排專人管理，設下香爐，早晚要香火不斷。」

說著，乾隆跨入院內，幾隻正在樹上築巢的烏鴉嘎嘎大叫幾聲，抖落幾根羽毛，飛得老遠。幾位太監都嚇得一怔。乾隆駐足環視，但見青磚縫裡長出的蒿草足有一人多高，幾間排列開去的內屋都塵封鎖鑰，廊廡寂然，無數枯萎的藤條攀附在暗紅色的立柱上，一陣陣風吹過庭院，打著迴旋呼嘯著掠殿而過，發出絲絲悲鳴，似作離人悲泣。乾隆臉上似悲似喜、踏著枯蒿逕自走到原來的心上人住的房前，隔著窗紙朝裡看時，光色一片昏暗，只見遍地積塵似乎印著不少老鼠、黃鼠狼的細細足跡，那張放琴的桌子上落滿了一層蝙蝠屎，靠牆的隔子前有幾本舊書散亂地堆著，靠床的海紅幔幃照舊挽著，床上凌亂的樣子也猶如昨天。

幾張翻倒的凳子上此時正蹲著一大一小的兩隻老鼠，閃著賊亮的眼睛警覺地望著四周。破碎的古琴上飄落著的那副手帕已變成墨綠而近乎黯黑。乾隆睹物思人，暗道：「那上面還存有我的血跡呢。

朕誤了你，朕負了你……」乾隆後退一步向窗櫺微微一躬，含著淚吶吶地說著，在滿目淒涼的荒煙蔓草中，他踱著步，悲不自勝地低吟：

可心人二八嬌娃，殘宮舊妝台，風流一事成天涯，紅粉今何在？眉蹙春山，眼橫秋水，鬢綰著烏鴉。

正自滿腹悵惘無可排遣，內宮太監匆匆走進來，站在乾隆身後稟道：「萬歲爺，和大人來了，在院門外恭候。見還是不見？」乾隆轉過身，語氣堅定地說：「當然見，讓他在書屋等朕。朕去跟皇后說一聲，馬上就過去。」乾隆感到自己的神志逐漸清醒，如濃霧籠罩的聲音也漸漸地變得清晰。磨損和腐蝕他的往事也如一群黑色的蝙蝠隨著和珅的到來飛舞而去，只剩下一份恬淡和寧靜回應他煩躁不安的靈魂。他又變得恢復了帝王的威嚴，如迷途知返者終於在這寂靜空曠的庭院找到了回歸的標記，他踱步走下廊簷，回首再一次瞟一眼那間房屋時，忽然看見一隻碩大的白鼠從黯淡的屋角堆放的垃圾中掏出一本書，飛速地消失在草叢中……

和珅進宮是爲了辭行，他將要離開乾隆一段日子。他首先前往乾清宮，因爲乾清宮是紫禁城裡除了太和殿外最大的朝會宮殿。和珅坐著八人抬紫色軟轎從乾清門正門而入，直到丹墀前空曠的廣場上，有幾個同僚正懶散地散步，看見自己的轎子，不少六部九卿、翰林院的翰林或留京的一些王公貴冑，都站直了身子，目光中流露出羨慕的神情。

因爲，只有和珅的官轎可以直入大內，這是乾隆特許的，一般大臣，包括開疆拓土的功臣都未能享有此等特權。和珅一陣得意，想下轎過去寒暄幾聲，忽然看見臺階另一邊，倚著漢白玉欄杆的幾位皆一本正經目不斜視。和珅定睛一瞧，見是阿桂等幾位軍機大臣在那兒邊談笑邊指點什麼。和珅疑心又是在說自己的壞話。心裡恨恨地。暗想，還是沒有教訓好他們，御史曹錫寶不就是受人指使借劾奏我的家奴劉全來達到扳倒我的目的，結果又怎麼樣呢？轉念一想，多一事還是不如少一事好。自己雖說安排周密詳至，但要不是乾隆偏袒，恐怕烏紗帽被摘去的將不是曹錫寶而是我和珅了。和珅想，此次離京還是謹慎些好。

今天早飯後，和珅召集了全府上下三百餘人，已經頒佈了幾條戒規，誰要再惹出什麼麻煩，自己將以家法從事。尤其對大管家劉全，內務總管呼什圖，兄弟和琳等府內頭面人物做了一一交代。一切突出的事情都要強制隱忍，以待自己回來，再做定奪，切不可莽撞行事。自己離家幾日，府門要關閉幾日，私下給劉全開了個名單，不是名單上的官員送再多的禮錢也絕不許收下半兩半毫。事無巨細，都一一叮囑到人，方才坐轎前去參朝。

和珅思前想後，決定還是下轎，對自己的一班人遠遠地一拱手，便走過去與阿桂打招呼。和珅滿臉諂笑道：「阿大人，您老早啊。」阿桂也拱手還禮說道：「聽說皇上要你歇息幾日，再去閩浙，你也耽擱不住，足見和大人爲江山社稷披肝瀝膽，忠心可嘉。」和珅擺擺手，「這一切還得靠阿大人幫助聖上籌畫計謀。阿大人足智多謀，膽略過人，要不是上了些歲數，臺灣戰事，你只去掛個名，就足令賊匪望風而逃了。」

阿桂譏笑：「和大人，過獎了。哪個不知您和大人爲人清白，才情出眾，懂漕運、通鹽政、通軍事，政事繁冗間又有風花雪月——是人，都長著一顆心，都長著一雙手，你成，我怎麼就不成？這必定是和大人前世修來的厚福所積。」和珅打趣道：「一切全仰仗聖恩聖德。皇天厚土、蒼天爲證，鄙人哪裡有阿大人說得妙，實在是抬舉我了。」阿桂掩耳笑道：「和大人，您別介意，其實，我這樣說也就是小胡同裡趕豬——直來直去。我沒感到有什麼言重啊。」

和珅把臉一綳，用手摘去帽子端正捧在手中，白淨的面孔上，上個月所蓄的八字髭鬚，此時濃如墨染，一條油亮發黑的大辮又粗又長，直垂到腰後，怎麼看都像個放蕩不羈的末等孝廉，繼續說，「我只不過隨皇上南遊之後，常侍奉在皇上的左右，留心跟皇上多學一些。皇上多次跟我說，阿大人也是學富五車，讓我經常地向你好生求學。」

阿桂不禁莞爾，說道：「和大人對我評頭評足，評頭大錯特錯，評足卻一字未發。我個人以為，我的腳年輕時確實跑遍大清國，而我的頭腦不及和大人十分之一。唉，不提了，搖手休問當年事，如今只剩朽木一塊了。老了、老嘍。夕陽無限好，只是近黃昏。」和珅把頭一偏，斜著眼面帶惋惜和失望之色，「說的是啊。人不服老不行啊。」阿桂毫不客氣的回敬道：「和大人，我是年老了，我感到自豪的是我一生沒有虛度，更沒有愧對皇上。即使將來一命歸西也會坦然而去，留下美名傳於青史。不會被後人指鼻子、戳脊樑骨子。」

一席話說得和珅臉紅一陣，白一陣。阿桂接著說：「人愈老愈容易回想往事，和大人應當謹記圖欽保是如何死的？」和珅再也掛不住臉面，先前還覺得熱辣辣的臉上，這會兒不僅失去了笑容，還綳得如同三九寒冬裡從河裡撈起的冰塊。捧在手裡的紅色花翎在微風的吹拂下輕輕地顫動，像一個戲文裡的千歲爺，正挨著聖上的訓斥，有種說不出的恐懼。

乾隆在東暖閣的書房裡與和珅談了很久。要不是礙於各自的身分，地位的懸殊。他們可以從早晨開始傾心相談、直到陽光燦爛的正午，再到夜幕降臨的夜晚。乾隆初識和珅的那會，同床共枕是常有的事。但和珅今夜是不會在這兒歇寢的。令他今天高興的是，乾隆不僅接納他的關於授常青大將軍的頭銜，而且答應和珅在平定林爽文賊匪後，將弄晴放出宮去，准許和珅收納為妾，名義上是和珅的婢女。和珅心裡美滋滋的，像這樣有乾隆的嬌寵，即使一日一日，一月一月，一年一年地陪侍皇上也心甘情願。

乾隆說：「有不少大臣都對你頗有微辭，主要是你聚斂太多，其實，這你不用擔心，你的錢財不就是朕的，朕的財物也是你的，內務府要有多餘的，你拿去花銷就是。一切都由朕給你擔待。你的心思，朕十分明白，只管放心前去，去去就回。把軍餉湊齊，你就回來，不然朕也會想死你的。記得你遠赴雲南押解李侍堯來京前，朕本想把雲貴總督之職由你去擔任，可一想到，你不在朕的身邊，心就禁不住一陣陣顫抖著，時快時慢，睡覺也不踏實，就像失去了清新的空氣一樣。」

每一次，乾隆的坦誠呵護，都讓和珅長跪不起，口稱：「萬歲、萬歲、萬萬歲。」呼個不停，直至乾隆親自拉他起來，方才作罷。

促膝長談時，婢女弄晴時常進來續水，每次進來，都引起和珅陣陣衝動。目光與目光乜斜相碰的瞬間，弄晴通過眼睛所透射出來的心靈世界恰似一株秋天池塘中的蘆葦，遺世獨立中，充滿抖抖索索的自憐自愛和柔情蜜意。「燕雁無心，太湖西畔隨雲去，數峰清苦，商略黃昏雨」，彼此都心醉神迷了。乾隆看在心裡，喜在心裡，要不是身心剛恢復過來，體質還不強健，他是不會放過這個叫弄晴的婢女的。乾隆似乎從她的身影中看到一個人的影子，那個人一直久久地貯藏在內心深處。即便是太后駕崩之時，他們也沒停止過深情的交往。

那個人，就是傅夫人秀雪。想到了秀雪，乾隆很自然地想到他和傅夫人所生的孩子，現在已經是朝中文武重臣福康安。乾隆閉目靠在檀木椅子上，聽著遠處的歌聲如鼓樂之聲，歇一會又響一陣，歇一會又響一陣，眼前便浮現出窈窕的宮女長舒水袖婀娜起舞的倩影，一位又一位王公顯貴昂然入席，一次又一次舉爵暢飲，這雍容而單調的樂聲，催人欲睡。乾隆很快就沉入一種恍兮惚兮的境界，心中雲也似地飄掠過許許多多斷斷續續的念頭。

許多的高大建築頂上塗滿了一層醬紅色的塗料，在陽光下閃耀著迷人的光澤，一隻燕子落在上面，又呼地斜射進蔚藍的天空。人群肆無忌憚地擁進督撫府，絡繹不絕，牽成一條線。幾名掛刀持搶的守府兵卒，從未見過堂堂督撫府這樣森嚴神聖之地，被驚恐的人群長驅直入，多少次想揮動刀槍，手癢癢地想上前呵斥，可是向半開半掩的朱漆堂門後面瞟上一眼，又只好忍氣退後。那門影裡安放了一把太師椅，椅上端端地兀坐著府衙的主人——新任閩浙總督李侍堯，他瘦削臉龐一臉嚴峻，膚色微黑，相貌比其近六十歲的年齡顯得蒼老，身上的朝服穿戴得整整齊齊。

李侍堯接到聖上的諭旨時，剛好度過一個難關，湖廣境地又發起一場大水，而朝中賑災款遲遲不能送到，致使李侍堯如同熱鍋上的螞蟻，急得團團轉，大批大批的災民逃向城裡，一時間，社會秩序大亂，聽說襄陽一帶的民間白蓮教又已死灰復燃。正不知如何處置時，乾隆一道聖旨將他遠調閩浙，填補常青赴台後的空缺。爲了安定人心，尤其是那些因戰亂從臺灣歸來的、逃來的等一大批富家顯貴。李侍堯果斷地打開督撫府的大門，讓這些滿面愁雲的臺灣人有一處安身立命之所。此舉果然見效，到任沒過多久的李侍堯，其口碑立馬傳開。

接踵的人群從大門蜂擁而入，又分成兩路繞過大堂，流向後園。李侍堯一雙陰鷙的眼微閉著像是一個入定的老僧，視而不見，聽而不聞，連臉上的肌肉都紋絲不動。其實，他全看了，全聽了。突然，幾個裹著頭巾的女子從眼前晃過。李侍堯憑藉目測，就斷定爲年不過二八的妙齡女子。

想到自己遠在湖廣的妻妾心中不免一陣衝動。略一抬手，倚在門邊維持秩序的張千總立馬奔過來。問道：「李大人有何吩咐？」李侍堯說道：「這都是來自臺灣的難民，要好生照料，不得有半點疏忽。要多多問問他們臺灣的實際情況，地理形勢，說不定哪天，我們尙需赴台作戰，也好心中有底。再者嘛……」李侍堯沉吟一下，「再者，把這一群人分開。」說著以目斜視剛剛進入內院的幾位女子。張千總會意地一笑，「我明白了，保證讓大人滿意。」果然不錯，張千總經過一番口舌之後，當夜就有一位女子輕移蓮步粉面羞紅陪侍李侍堯風流共枕，親吻與撫摸讓雙方泛起一陣又一陣痙攣。

李侍堯於次日當即上奏一章，言說，僅憑臺灣現有的兵力不足以剿滅林賊，應急調廣東浙江的大軍發往臺灣，爲防止賊匪佔據海港，劫糧草，搶軍械，還應拔水師船隻分防鹿耳門、鹿仔港。不多日，乾隆的聖諭到達，誇讚李侍堯籌濟有方，並說，有了閩浙富庶之地提供保障，臺灣戰事不日即可完結。等往下看時，李侍堯不覺醋意橫起，乾隆對臺灣的戰事又有一番佈署，那就是，授常青爲將，以福州將軍恒瑞、福建陸路提督藍元枚爲參贊，統歸常青領導，這樣可以事權歸一，軍威益振，以期迅奏蕩平，綏靖海疆。接著便要求李侍堯協助常青將畏怯偷生的總兵郝狀猷、參將瑚圖里在臺灣郡城眾將弁之前正法。而自己的任務就是負責提供保障，從軍餉到士兵。

他媽的，常青算什麼，李侍堯恨恨地暗想，他還不是靠著和珅。想到這些，李侍堯不能不長歎一聲，憤怒的心情中，夾雜著一股負氣的感覺，自己不也是要巴結他嗎？

實際上，乾隆皇帝除授以常青大權外，不但增派兵力（調派福州滿洲籍兵一千名，閩、粵兵六千名，廣東潮州，碣石二鎮兵四千名），還遙授用兵方略。三月二十七日至四月初一日，乾隆皇帝接連諭示：常青應將臺灣現有之兵，選擇精壯的，親身帶至大理杙賊巢，痛加殲戮，將首犯林爽文擒獲、其餘附從，必定紛紛瓦解。如果臺灣現有兵丁實不可恃，必須接濟，則待粵兵到後再圖進攻。

康熙年間進剿朱一貴，不及一月即獲成功，蓋由大兵會合一路，由廈門進攻，聲威壯盛。士氣振奮，賊匪望風膽落，故能一舉殲滅。常青抵台後，即將各路官兵調集，會合一處，專力全赴賊巢搜剿，斷不可輕分兵力，觀望遲延，俾賊匪得以四散牽制。乾隆皇帝所授方略，可以說，用心良苦，包括用兵宜速、集中兵力等兵家常識。後來，應常青請求，乾隆皇帝又派參加過戰爭的八名侍衛，個個武功了得，詭計多端，離京前往臺灣帶兵進剿。這八名侍衛與和珅同日同行。

乾隆皇帝這樣寄希望於常青，可常青卻大大地辜負了皇上的厚望。常青，佟佳氏，滿洲正藍旗人，原是宦官之子，父親安圖曾任過一段江西巡撫。常青成人之後，就依靠家庭關係，通過尋找門路，經過一番官場的惡濁污氣的洗禮，終於在寧郡王府中尋了一個長史的差事，憑藉對官場的諳熟和練就成的一套結交權貴的本領，以後逐漸升任察哈爾都統、杭州將軍、閩浙總督等職。說起從杭州將軍到閩浙總督一職的跳躍性升遷，主要還是和珅幫了大忙。常青看得非常清楚，在這樣的社會中，要想撈取更多的實惠，就得有付出的決心，「捨不得孩子套不到狼。」常青為了能巴結上和珅，可謂機關算盡，點子出絕。

想乾隆皇帝第五次南巡時，身為杭州將軍的常青幾乎私下尋遍杭州城裡的珍玩古玉，名人字畫，其中有一幅唐代吳道子的《大唐天子步輦圖》的真跡，常青自己也愛不釋手，仔細觀摩、玩味不已。最後還是咬牙跺腳捨痛割愛，將它送給了和珅。另外，又暗訪查出了不少良家美女統交和珅。常青感到自己終於有了一人之下、萬人之上的靠山，終身有了依託。到台後的常青鑒於賊勢浩大，許多昨日的戰將膽寒心怯，整日待在府城之中，哪敢向前進剿一步。

時隔不久，常青被封為靖逆將軍。想想無論如何，也得做個樣子，遂督師前進。常青、恒瑞率兵數千，剛出府城不遠，與林爽文的起義軍相遇在一片田野中。常青端坐馬上，舉目一望，但見旗戟隱隱，隊伍層層，喊殺聲一浪高過一浪，此時，刮過一陣大風，無垠的田野的盡頭是起伏的山嶺，隱隱約約還能看見有五色的彩旗在飄展。

常青勒住馬，轉頭對旁側臉呈驚恐的恒瑞說：「恒參贊，賊勢眾大，前面好像還有伏兵，勢單力寡，進還是不進？」恒瑞忙不迭地答道：「常將軍，我們的士兵這幾年來就沒怎麼打過仗，素來對臺灣不太熟悉，不如回去，再請派援兵，方能進剿，否則不然，以我等數千人，豈不是以卵擊石，焉有取勝之理？」正說話間，喊殺聲由遠及近，鋪天蓋地而來。如驚濤駭浪，勢不可擋。

常青來不及答話，一抖馬韁繩，調轉頭，緊抽二鞭，嘴裡大叫：「快快收兵！」恒瑞見狀，也急急拍馬與常青二人帶頭倉惶而退，可憐眾多清兵只恨爹娘少生了兩條腿，見主將沒命逃回城裡，也個個爭先，唯恐落入林爽文的手中，相互踐踏，死傷了不少人。常青、恒瑞剛到府城中，便有人來報，說：「參贊藍元枚、藍大人病逝了。」常青，恒瑞聽了悲痛一番，命人厚葬，一面又急忙修書朝廷，請多派援兵。

第一次征戰就落下這樣的結局，畢生追求的富貴繁華，對於常青來說，可能都要變成子虛烏有了。常青進入府城後，驚魂未定，稍喘片刻之後，撫頭沉思起來。十天一次的戰況陳述是要準備的，這該如何是好？常青的腦海像氾濫的洪水在咆哮，那個叫人心驚膽戰的場面令常青害怕不已。

自己剛到臺灣時，誇下的海口用什麼來填塞，剛處決不久的郝狀猷莫不就是自己未來的影子？貪生怕死、膽小如鼠、畏怯偷生，哪一條要是從乾隆的聖諭中查出來，自己的性命不說，就怕還得株連九族。想到這，常青彷彿感受到自己未來的仕途佈滿陰霾，一聲聲炸雷，正轟隆隆地在頭頂上醞釀，乾隆那雙炯炯的目光如利劍一般刺向自己的咽喉。常青感到身上陣陣發冷，腦門上的冷汗止不住地一滴一滴地滲出，匯成一處順著蒼白的鬢髮往下淌。一陣顫抖過後，常青的鼻子一酸，終於從眼角擠出一兩滴害怕恐怖的淚水。

常青站起身，在屋內繞了幾圈，想給和珅修書一封，請他幫忙從中斡旋，轉念一想，甚覺不妥，乾隆皇帝也不是傻瓜，他還看不出來自己剛到臺灣僅和林爽文交戰一次，怕是連林爽文的兵丁長得什麼模樣也不曾親見，就要打退堂鼓，豈不是往大清朝的臉上抹黑？豈不是壯賊之膽量而滅自己的威風？這樣，乾隆焉有不降罪之理？

常青的灰白眉毛不由擰成兩個疙瘩，一雙渾濁的眼睛來回轉動，速度極快，彷彿要掙脫出眼皮的束縛蹦跳出來一樣，想說些什麼，但感到舌頭似乎也短了，他咽了一口唾沫，努力想把話說得準確無誤。他衝著站在門外的護衛說：「來人！」一護衛趕忙進來，側立一邊道：「將軍有什麼吩咐？」常青掏出方帕揩了揩額頭的冷汗：「速請恒瑞參贊！」護衛應了聲「嘛」躬身退出。

時辰不大，常青便聞到一股股嗆人的酒味從庭院中傳來，緊接著恒瑞搖晃著身子東倒西歪地闖進來。常青面色一沉，心道，果然是沉迷酒缸中的人。死都要臨頭，還是一天一醉，這叫我怎麼跟他說呢？猛地大叱一聲：「恒瑞，你難道不想活命不成？」恒瑞接連打兩個飽嗝，醉眼朦朧地噴出一口難聞的酒氣，把驚恐之中的常青熏得直想吐。常青無可奈何地示意手下的兵丁拿些解酒藥物來，又示意恒瑞坐下去。

恒瑞卻不理會常青，並不覺得難堪，更沒有從常青的恫嚇中醒過來，身不由己地自顧重複嘮叨：「常大將軍、常大將軍，分明我們打不過林爽文。臺灣啊、臺灣，分明是個痛苦不堪的泥潭。我們完了、完了……」常青聽不下去。接過兵丁手中的醒酒物，原就是一大碗陳年老醋，伸出乾瘦的手抓過恒瑞的脖子，將老醋灌進恒瑞的嘴裡。恒瑞「呃」地一聲又打個飽嗝，漾出不少陳醋，「噗」地噴出一股難聞的酒氣、酸氣，夾帶著唾沫星子，直撲常青的面門。別看常青平日裡在和珅面前唯唯諾諾，誠惶誠恐，可對恒瑞卻是趾高氣揚，因為常青的資格、年齡都較恒瑞大得多。常青頓時變了臉，怒氣衝衝地，罵道：「混賬！」說著一揚手便把老陳醋瓶猛地摔在地上，一隻手把恒瑞推倒木椅上。

恒瑞被嚇得酒也醒了三分。連連告饒說：「將軍息怒，將軍息怒……我不是有意如此……」說著強按椅柄就要站起來。常青見他醉得人事似乎不醒，自己也被感染似的，步履踉踉蹌蹌地重又按住恒瑞說道：「參贊大臣！我倒要問你，你的項上人頭還要不？」恒瑞努力睜開眼，腦子清醒一會兒，驚顫地說：「常將軍以國事爲重，不忘皇恩，令下官甚爲感佩。」常青啐道：「什麼時候，還說這屁話！賊匪未滅，柴大紀的諸羅之困未解，我們該怎麼辦？」恒瑞想了一會，彷彿是酒勁幫助他加快了思維的進程，怯怯地對常青說：「下官倒有一計，或許可蒙混過關。」

常青跺腳道：「你倒是說出來，參議、參議，我可是兩眼一抹黑，束手無策呀。弄不好，你我都要被正法！」又是一滴眼淚落下來。恒瑞說道：「老將軍，你想想，皇上不能到臺灣來吧。肯定派和珅來，和珅和大人與你老什麼關係？李侍堯也畏和大人三分。一不做，二不休，既然皇上想看到好的奏章，何不虛報戰功呢？再延耽幾日或數月，再尋藉口，另做它圖。」常青吞吐一會，慢慢地說道：「這……容我再想一想。」

閉緊了嘴，面部肌肉一陣痛苦地痙攣後，身子像電線桿子，僵直地立著。常青處在一片難堪而驚懼的包裹中，一陣熱辣辣甜津津酸溜溜的感覺像大海的湧浪一樣，搖晃著線桿。心道：「虛報總比不報強。只是要仔細考慮再三，不能有漏洞可懈。」

乾隆五十二年四月底，一個來自臺灣逆靖將軍的奏章送到正忙於準備端午節的乾隆帝手中。乾隆一看是常青的奏章，便急不可耐地御覽起來。奏章稱：「啓稟吾皇萬歲，臣常青自奉旨赴台以來，堅守府城。林爽文迄今尙未正面交鋒過，臣已在緊張演練排兵佈陣。而林爽文的同黨，莊大田率領侵擾府城，臣屢次出兵彈壓，對民心的安定起了切實的作用。經過出城捕捉堵殺，將弁用命，義民爭先，奮勇協剿，接仗數次，共槍炮打死賊匪二千餘人，生擒正法者五十多名，賊眾的一個小頭目叫莊錫舍悔罪投誠，帶領所屬部下二千餘人，剛反正過來，就隨同官兵殺退敵兵。諸羅之圍解之在即，平定海島亦爲時不遠。」

乾隆看過這個奏摺後，龍顏大喜，喜不自勝，一掃自臺灣戰亂以來的陰鬱之態，當即召集文武百臣，連連誇讚常青，用兵有方，精於此道，實該一開始就派常青前去督師，一番感歎之後，提筆下諭嘉獎常青，說常青能預先設法防範，相機堵剿，籌畫調度，俱合時宜，雖年逾七十，可尚能如此勇往督戰，實乃忠勇可嘉。乾隆皇帝不僅僅是沉迷於自我陶醉之中，順便也誇獎和珅、阿桂的正直言論，出謀劃策，頗有見的。一席話把滿朝文武說得心悅誠服，五體投地。

年邁的阿桂笑也不是，惱也不是，明知這裡面大有水分可擠，但也不能當著乾隆的面說三道四。出於對皇上的一片忠心，他只打算等皇上自己看出破綻再說，否則不然的話，偌大的大清國靠誰去維繫這動亂之秋，不能因爲一個臺灣之亂就攪亂整個國家。當乾隆投來贊許的目光時，阿桂只是低首答道，皇上聖明。乾隆當即頒佈諭示：獎賞常青御用斑指一個，大荷包一對、小荷包二對，以及庫鈔五千兩，香珠四顆、香袋八隻，宮扇四柄。賞常青的兒子筆帖式喜明爲刑部三等侍衛，馳驛前往臺灣省親。另對有功的將士和傷亡的官兵也厚加升賞。

常青以虛報戰功博得了乾隆皇帝的賞賜，又與自己的兒子團圓，又喜又懼，深感有愧聖恩。於是痛下決心，決定在五月二十四日，出師會剿林爽文。府城中的市民都在當街的一面擺上盛滿水酒的瓶瓶壇壇，犒勞趾高氣揚的清軍，不少清軍都喝得東倒西歪。夜幕降臨時，仍有清軍沒回大營，在街上尋釁滋事，常青毫不客氣殺了幾個，這才安定下來。鑒於清軍的散亂、毫無鬥志，常青只得下令第二日進軍。二十五日，天光放亮時，在府城的護城河上的兩座吊橋發出「吱呀吱呀」聲中，常青的清軍悄悄地出城。他哪裡知道，就在今天，林爽文和莊大田率一萬之眾進攻府城，事先已通過內線獲悉常青今日出戰，就埋伏在道旁的兩側。結果，常青剛出府城，就遇見莊大田和林爽文率軍兩路來攻。

常青鼓足的勇氣這會兒都跑個精光，伏貼在馬上的身子也彷彿飄在水面的稻草、被浪打得一陣陣發暈，抖個不止，常青模糊地看到有幾位起義軍士兵揮著明亮亮的砍刀朝自己奔來，手中的鞭子也舉不起來，就在亂軍之中高喊：「賊砍老子頭了！賊砍老子頭了！」說罷騎馬就往回跑，和上次出征幾乎同演一幕，各位將領看他這樣，也無心戀戰，都呼拉拉地退回城裡。

耳邊只聽得林爽文的部下歡呼聲四起，拾起清軍丟下的兵器物資，一路高歌由近及遠。常青敗入府城後，只得命令閉門死守，還上奏疏請再調一萬清兵援台。就在常青龜縮城中時，林爽文的部隊又獲得較大發展，佔領了很多村莊。莊大田利用常青不敢出戰的心理，切斷了府城和諸羅縣、彰化縣鹿仔港之間的水陸交通。清軍陷入各自為戰的局面。其中，總兵柴大紀領兵四千餘人死守諸羅，不敢出動。鑒於諸羅城的地理位置非常主要，據南北之中，是府城屏障，攻下諸羅，就可佔據府城，進而佔據全台。

所以，從六月起，林爽文起義軍就集中兵力，把諸羅城團團包圍，日夜不停地進攻。柴大紀多次派人殺出重圍向常青請求救援，常青總是面露為難之色，哭喪著臉說：「本將軍也是泥菩薩過河，自身難保。」但又深知，如不派兵，恐有滅頂之災，再說，諸羅城池陷落，勢必城門失火，殃及池魚，自己的府城就更不能保住。萬般無奈之下，僅派總兵魏大斌、遊擊藍玉（藍元枚之子）率士卒二千餘人前往，中途還為起義軍所攔截，又不敢交戰，稍有阻攔，便怎麼去又怎麼回。柴大紀的壓力陡然增加，苦不堪言。

臺灣的形勢愈來愈壞。常青在清軍處於不利地位的情況下，繼續謊報軍情，欺騙乾隆皇帝。他只有這麼做下去，一次是欺君，十次也是欺君。六月初八、初十兩日，莊大田率軍猛攻大營，致使鳳山東港、諸羅笨港以及鹽水港被起義軍占擾，造成糧路不通的敗績，也被常青說成「臣等分派將弁，一面分路截殺，一面悄悄地奔赴桶盤棧堵禦，殺賊一百餘人。」常青固守府城完全是不敢交戰，貪生怕死的心理在作怪，但他寫給乾隆的奏章卻爲自己進行辯護，欺騙乾隆帝說：「賊眾圍攻鹽水港，本來好像是切斷諸羅的糧草供應道從而達到攻佔的目的，而實際的目的卻是覬覦府城。臣等紮營府城以南，未敢移動，等添調官兵到齊，相機剿捕。」常青沒有料到乾隆皇帝比他看得透，一眼就明瞭常青的真實意圖。就常青的這一奏摺，做出了新的諭示。

七月十二日，乾隆皇帝降旨，要求常青在總兵、副將內擇其奮勇可靠者撥派一員，固守營盤，常青本人揀選精銳，親自帶領，同侍衛、章京、將備等人，直趨諸羅城，會同柴大紀，並力擒渠搗穴。乾隆皇帝的不滿情緒，已溢於言表。乾隆皇帝在諭旨中又說：鹽水港在諸羅之南，笨港在諸羅之北，都是運糧要路，今俱有賊匪搶佔，以絕糧餉，諸羅形勢甚爲急迫，所關甚重。看來賊人狡滑奸詐，竟是因爲援台大軍俱在府城，堅守不出，爲賊人提供機會。諸羅一路我兵勢單力弱，故作窺伺府城，以牽綴官兵，使常青等不能遠離該處營盤，而意實欲斷我糧道，攻逼諸羅縣城。若諸羅城有什麼閃失，則臺灣府城勢必更爲孤懸，四面受敵，關係重大。

乾隆皇帝在諭示的最後明確提出：一定要派勁旅將鹽水港等處佔據村屯的賊匪全力殲除，打通糧道，解除諸羅之圍，南北聲勢聯絡緊密，相互夾攻，實爲上策。常青必須督師親自前進。在乾隆皇帝的明確諭令下，常青不得不做出安排。七月下旬，他派總兵蔡攀龍，副將桂林等人前往支援諸羅。自己則率大隊人馬去攻附近村寨，自思不會碰到林爽文的主力，還可頻傳捷報。實際上，也是如此，常青本人率軍攻下不少村莊，焚燒不少起義軍的窩居點，對一般百姓的農舍破壞不多。所遇之敵也多爲小股義軍，只一個衝鋒就可蕩平。因此，虛報，謊報的戰情又飛向京城。

而另一方面，蔡攀龍率隊的清軍從七月下旬向諸羅進兵，一路上受到林爽文起義軍的猛烈進攻，於八月二十日才抵達諸羅城下，副將桂林和遊擊揚起麟等人陣亡，其他軍士也傷亡慘重，代價高昂。

還是柴大紀派兵出迎，始將蔡攀龍及其殘部八百餘人以及運餉義民三千人接應入城。

客觀地講，諸羅城能堅守數月而沒被林爽文的起義軍攻戰，有它特殊的地理環境。一條寬敞的糧道從南向北迤邐而來時，不偏不倚正打諸羅城的南北城門通過，彷佛是一錠元寶，諸羅城就座落在元寶中央的高巔上，而四周環以一圈山巒，起伏不定，既構成諸羅城的天然屏障，也構成對諸羅城的潛在威脅，那就是一旦被圍起來，進攻者固然難於通過那四周的開闊地，解圍者也難於攻克那群彼此首尾相接的山巔。諸羅城像是一座漂浮的小島，矗立在海面上，南北相通的一條糧道。

夜涼如水的時分，淅瀝的雨聲剛歇，潮濕的氤氳在那片開闊地帶上蒸騰起來。沒有規則走向的山巒兀然峰起，高高地直插藍湛湛的天空。群山與孤峰遙遙相對，默然無聲。晨霧慢慢從山腰飄拂起來，彷彿積蓄千年的白髮，爲各自腰際披上一層隱約而不知真面目的神秘氣氛。唯有當陽光從雲層間穿透過來時，才能望見綿延的山嶺，逼仄的山路、陡起的山勢、急遽傾斜的山坡、亂滾的石塊和土塊，而那平疇的地帶愈襯起山的高大、險峻。端坐城門上督戰的柴大紀，一臉疲憊，趁著短暫的寂靜，無端地想起了自己老家浙江江山的南龍山麓，老家前面的那一棵濃蔭蔽天的古榕樹，還有樹下那口清澈甘甜的水井，還有那香甜可口的糙米飯。

柴大紀那桀驁的眼光此時充滿血絲，望著和衣而臥在城牆垛口的士兵，心中不免一陣悲哀湧過，他內心如焚，煩躁不安，一時想到了死，可死神卻偏偏步履姍姍，承皇上的護佑，柴大紀以三千弱兵，滿城饑餓的百姓，硬是守住了諸羅城。親兵走上前來，請柴大紀回去歇息。柴大紀剛一站起，感到頭暈目眩，他下意識地扶了一下垛牆，頓時，沉睡的兵丁像開啓彈簧個個都蹦起來。一副殺氣騰騰的模樣，柴大紀感到心中稍稍滿足些，而城下的一群群羸弱的百姓都畏畏縮縮地貼牆而立，見柴大紀由幾名親兵扶著順著臺階而下時，都歡呼起來。夾成一條甬道，默默地送著柴大紀瘦削的身影，柴大紀目不旁視，對一個親兵耳語幾句，親兵離去後不久，城牆上便傳來了一陣刀劍的碰撞聲。

柴大紀緩緩地往下走時，倚在內城巷道兩旁的老百姓都呼地湧過來，急切的腳步聲中透著一絲慌亂的神情，投視過來的疑惑目光都集中在柴大紀身上。柴大紀似乎看出了他們的內心想法，看出了他們要從他的嘴裡得知實情的心理，面對著這些誓與諸羅城共存亡的百姓，柴大紀多少有些感動，可是，要說給他們明確的答覆，柴大紀也做不到，諸羅城能否守住，能支持多久，對於柴大紀來說尚是未知數。柴大紀心裡明白，城中的糧食僅能維持一個半月。就在昨天，付出那麼大的代價，才接回蔡攀龍及運餉的義民三千人，又可以多多延續些時日。

最令柴大紀感到寬慰的是，城中的百姓對自己的堅決支持，沒出現任何一起哄搶事件，都把柴大紀看成保護傘。柴大紀站在眾人中間，深陷的雙目突然一閃，他高聲朗道：「義民們，城外的賊匪囂張氣焰，燒殺搶掠，打家劫舍，無惡不做，你們能棄家來到此處，這是你們高尚的義舉。賊眾逞能一時，卻不能逞能一世。只要我們官民一家，合力同心，同舟共濟，共赴難關，再堅守一段時日，待朝廷大軍一到，賊匪勢必頃刻瓦解。大家都能回到自家的園地、過著平和的生活。今天，皇上又頒聖諭，告慰臣民，待賊匪一滅，凡在這次戰鬥中，作出突出貢獻的百姓也可加官封地，只要有義舉的行動，也可免征田賦。」

柴大紀臉上擠過一絲久已消失的笑意，提高嗓門：「我柴大紀決不突圍，誓與諸羅共存亡！」義民頓時歡呼起來，有的感動唏噓不止，紛紛給柴大紀讓開一條路。柴大紀昂首挺胸，從陣陣歡呼聲中走回府中。數月的慘戰已使他身心交瘁。由於林爽文等起義軍首領深知諸羅地位的重要，下了死決心攻佔它，因而進攻的聲勢愈來愈大，稍有閃失，就有可能被攻破城池。柴大紀一面親自督戰，晝夜不停，一面多次派出敢死士卒向常青求救，對於常青的置之不理，柴大紀深感絕望，悲憤之餘，只有死死扼守。從目前來看，柴大紀心中多少升起一種自豪感，戰局雖為吃緊，到底還是挺過來了。

副將蔡攀龍由北城騎馬趕回時，柴大紀坐在府中的桌邊打了好幾回盹。蔡攀龍手提馬鞭氣昂昂跨進來，驚醒了夢中的柴大紀。柴大紀打了一個哈欠，連忙命衛兵給蔡攀龍沏茶。蔡攀龍說：「柴總兵，前日派去的士卒今天帶傷而回。說是自風山以至彰化要隘處所，多被賊匪佔領，道路梗塞。常青只答應派少數軍隊救援，且一遇攔截便逗留不前。你看，我們該怎麼辦？」柴大紀臉色發紫，嘴唇哆嗦，啪地一拍木桌，說道：「好個貪生怕死之輩。南北兩路，賊匪處處相連，而官兵各守一方，相距遼遠，彼此都不出擊，任由賊匪猖獗，才有我諸羅數月被困。可憐我只有殘兵三千，卻要守護義民四萬，可恨常青擁五萬大軍按兵不動，我想把這裡的情況報奏皇上，另派督軍。何況，我諸羅城實為府城屏障，唇亡而齒寒，常青老來無能也不會蠢到這種地步。」

柴大紀毅然撐起身子，鋪開筆墨，揮毫一書而就，叫過親信衛兵，叮囑道：「務必送到鹽水港，由驛站直接發送朝廷，如果恒瑞知道，就說是我柴大紀的十萬火急，請速派援兵，請他也幫忙陳說。」衛兵點頭，轉身而出，一會兒，一匹戰馬嘶鳴著馳出城外。柴大紀問蔡攀龍：「林爽文幾次都截走糧餉，如此下去，城中這幾萬人馬吃什麼？」蔡攀龍說：「我倒有一個想法，不知可行不可行。」柴大紀說道：「講出來，我聽聽。」

蔡攀龍說：「總兵可曾發現，每一輪賊匪攻城之後，都要歇息幾天，站在城牆，隱約望見，敵營中有不少美女模樣的與賊匪廝混，想是賊匪掠奪供他們玩樂的。站崗的營兵也徒有虛名，不時丟下槍跑到帳篷乘涼，很是鬆懈，不如在中午趁天氣炎熱的好時機，引出兵馬一支，奪它輜重，以供城之用。」柴大紀頻頻點頭，拊手贊許，說道：「就定在明日中午，你我各領一支軍馬，出城襲擊，但萬萬不可突圍。」

形勢似乎出現了一絲轉機，就在柴大紀和蔡攀龍成功打劫了林爽文營寨的當天晚上，旗牌官飛馳總兵府，報說林爽文的部下李月夫前來投降。柴大紀大喜，親自登上城門，察看實情。果見深壕土壘的外面站著一隊人馬，爲首的一人騎著戰馬沿著護城河沿來回焦躁地走著。柴大紀命士卒放下吊橋，放李月夫等人進來。對林爽文的部下李月夫，柴大紀還是有所耳聞的，此人原是俞知縣府衙的聽差，隨林爽義起義後，因其粗通文墨，又有習武的經歷，幾次勝仗下來，便遷升偏將，現在正是城外近山一帶的頭目，管轄布袋尾、雙口坑的賊兵頭目。

李月夫率領這一行人剛過吊橋時，柴大紀眼尖一眼看見李月夫趁著夜色往回扔了件東西。柴大紀心裡一驚，「詐降！」看來林爽文見久攻不下也使出詭計了，柴大紀暗囑衛兵幾句，不動聲色對迎面走來的李月夫道：「李將軍棄暗投明，足見你對朝廷的忠誠。」李月夫下跪，口答：「小人一時爲林賊所迫，實不得已，加入林賊行伍，還望大人不要見罪。」柴大紀道：「你是怎麼逃出來的，你的家小在哪裡？」李月夫吞吐道：「小民尚未有家眷。今日中午，柴大人劫了頭湖的營寨，人心俱寒，小民反悟自身，走了邪道。」柴大紀道：「旗牌官，將他們領入客房休息，好生接待。」

當夜，李月夫等人喜滋滋地睡了一覺，第二天清晨，剛一睜眼，李月夫看到脖子上冰涼，明晃晃的砍刀已架在脖上，動彈不得，頓時面如土灰，嘴裡卻高聲喊道：「你們這是爲何？乾隆皇帝不是已有諭詔，只要歸降，戴罪立功，都算做義民之舉嗎？」清軍都不與他分辨只是將他五花大綁，推推打打地解到總兵府。柴大紀威嚴地坐在大堂上，面沉似水，見了李月夫，大喝一聲：「林爽文不過一介刁民，竟也敢跟我玩起詐降的詭計來。」說著，將手一揚，只見一團揉縐的紙在空中打著旋兒落在李月夫跟前。李月夫面無血色，低頭不語，隨行其他幾人都叩頭如雞啄米，請求饒其一死。

柴大紀冷笑一聲：「螞蟻還想搖大樹，推出去斬了。」李月夫此時倒也英雄氣盛，「蹭」地一聲從地站起，大笑道：「既為戰事而死，死足何惜，我笑你等貪官污吏的末日也快到了。諸羅城不日就會被克，既使讓你們守，守得住數月、守得一年嗎？我們林大將軍將調二十萬大軍合力圍攻，柴大紀，你的小命也快到期限了。我李月夫過去也是為朝廷出力，但污氣橫流，令任何正義之人都不忍再忍下去。柴大紀，你到臺灣不過年把，你榨取的臺灣人民的血汗還嫌少嗎？即使事敗，朝廷能放過你嗎？」柴大紀惱羞成怒，大罵道：「好個朝廷的叛逆，平日欺壓百姓，為所欲為，今日助紂為虐，為虎作倀。冒詐降之名，行攻城之實，罪不可恕。死到臨頭還敢嘴硬，左右，推出去。」

李月夫並不膽怯，步履堅定地走出總兵府，倒是隨行的幾個人，腿肚發軟，癱在堂中，是由清軍拉出去的。李月夫的高昂語音，不時傳入堂內，尤其「柴大紀你的末日也快到了」，深深地刺痛了他的心。他想，諸羅城被林賊攻陷後，自己反正是一死，若能守住，這大功一件，還抵不了貪污千把兩銀元的小過。想到這，再次提筆向常青寫了份措辭嚴厲的求援信。

常青坐不住的原因倒不是柴大紀的求援信。如果僅憑柴大紀的信件，常青會像以往一樣，置之不理。原因是乾隆皇帝的諭示幾乎全部抽出了安慰的話，固守府城原本就不存在的假像被乾隆察覺了。再不解諸羅之圍，按兵不動的理由在乾隆看來絲毫不存在。常青手捧諭示就像垂危的病人接到死亡通知書一樣，感到若不平定林爽文起義，將有滅頂之災。

乾隆諭示道：「聽任林爽文對諸羅的長期圍攻，株守府城懼敵怯戰是錯誤的，常青、恒瑞奏加官兵應援諸羅一折，所辦著著皆錯。柴大紀現在諸羅被圍攻，四處斷絕糧道，又請添兵救援，常青等即應親身速統大兵前往接應，現乃僅零星派撥少數士卒前往，伊等在府成，又何曾殺戮叛賊能哉？看來，常青、恒瑞等將軍此時茫無主見，一錯再錯，若嚴行中飭，令爾等直赴諸羅，勿再株守坐待，斷不可又蹈黃任簡、任承恩之故轍，以致勞師糜餉，坐失時機，自取罪責。」常青頭上的熱氣冒出來，冷汗、熱汗一齊滾向耳邊，滾向脖頸。暗想，肯定是柴大紀在皇上面前告了我一狀，幸好沒說出自己虛報軍情，以邀請功賞的事實真相。

儘管如此，你個柴大紀也是夠狠的，一陣頭皮發麻之後，常青接著往下看，「常青的奏章中稱，所謂『賊匪將道路剷小，阻礙左路，故按兵不動，之說純屬無稽之談』，試問：道路既經剷小，官軍人馬難行，則賊匪行走自亦不易。可是，幾個月以來，賊人能四處侵犯，如近山一帶，三湖（頭湖、二湖、三湖）所處皆系賊巢，動輒號稱數萬，雖有虛誇不實之辭，但算之以數千可以，是皆由何道而行乎？而官兵輒以道窄沙淤爲辭，豈賊能行而官軍即不能行，有是理乎！況行軍之道，貴在隨宜制度，斷不可因循坐待，即遇崎嶇險阻亦當設法開道，直前摧破，豈有因道不通，期不至而停止進軍的道理嗎？常青所據的府城距賊匪兩頭目之一的莊大田的據點南潭不過五里，然常青抵台數月對此肘腋之間的賊巢據點竟不思乘勢攻剿，任其賊勢擴張，逼處絕路，當應早早統率大兵，將賊目莊大田先行剿除，乃唯知結營自守，實不可解。常青等宜悉心籌畫設法前進，否則必導致師老力疲，要你們何用？常青既不捨南趨北，又不將南路之賊乘勢剿除，豈在臺灣坐守終老即能了事乎？」

一紙諭旨壓得常青喘不過氣，左思右想，還是想到了和珅。只有他此時才能救脫自己。於是常青扶著桌子站起來，捶捶雙腿，握筆在手卻難以下筆，寫什麼呢？他一時竟找不到合適的理由來爲自己解脫，萬般無奈之下，他落筆寫：「和相鈞鑒：晚生常青赴台以來，夙夜憂歎，調兵遣將，審時度勢，屢挫賊匪，奈何賊勢聲大，戰事進展不順，久未蕩平賊寇實感抱愧，有負和相的薦舉恩德……昨晚生巡營之時，一陣風沙迷眼，當即用清水洗面，不想引出舊疾復發，經醫調治尚能初識光亮，但不能久視，久視則頭痛欲裂，不能行軍作戰，遇風淚流不止。晚生有心殺賊，卻奈不過眼疾之痛，望和大人在聖上前美言，請派其他將領前來督軍，力擒賊匪。因久未歸京，這一段時日未能親赴貴府看望和夫人，甚感歉疚，已命犬子筆帖式喜明代爲致意。……」常青寫完小眼頓時精光散射，又修改幾處言辭，謄抄一遍，裝入綿囊袋中，加封了鉛印，喚過親信附在耳邊嘀咕了半天，才放心地讓親信離開。

柴大紀的一片忠心終於被乾隆皇帝知曉。乾隆在昭示軍機大臣們的諭旨中，對柴大紀褒獎有加。孤城諸羅的夏夜籠罩在一片暑氣熾人的煩躁之中，柴大紀的府邸的紅牆灰瓦也不例外。柴大紀坐在書屋裡，就著一盞燈籠，再一次觀閱乾隆的諭示。如潮的蛙鳴聲從後院的池塘傳來，也送過陣陣蓮花的清香。他那雙嚴肅而又灰色的眼睛一次又一次看到了乾隆的贊詞，喜自心生，他有些動情了，把聖旨放在北邊的案桌上，親自焚上三柱香，癡迷地望著三縷青煙盤繞著升上屋頂，柴大紀恭恭敬敬地跪下來，面對北方，重重地叩了九個響頭。他感到自己守城的艱辛沒有白廢，像一個做了好事而受盡委屈的孩子，忽然被認可、贊同一樣，柴大紀激動得哽咽著……

六月的北京城，地上像下了火。熱浪在街道的上空滾滾而過，烤焦翠綠的葉子，烤化了小店鋪前的銅製招牌。可是和珅，這位乾隆皇帝的寵兒還要在這極其悶熱的天氣中去見乾隆帝。此時的和珅任協辦大學士、軍機處行走、兼戶部與吏部尚書，被授一等男爵。和珅坐在八抬的官轎中，心裡甜得不知啥味。常青口口聲聲稱他爲和相，正合他的私心，隨著大轎的上下簸動，和珅肥胖的軀體也覺得飄飄然起來。

當然，和珅是個不見兔子不撒鷹的主，常青的兒子筆帖式喜明很好貫徹了他父親的旨意，並完成得很出色。和珅的府庫中又憑添了兩萬兩白銀及一些稀世珍寶。和珅的大轎剛入午門，恰逢內宮太監急匆匆地往外趕，頭上的汗珠子像蚰蚓似往下爬。和珅急忙叫停，內宮太監的眼睛早見和珅的大轎，不由喜出望外，緊走幾步說道：「和大人，您可真是及時雨。皇上的心情不好，這人熱天的，非讓奴才去請您來宮。您不知道，您不在京城的那陣子，皇上是坐立不安，整日念叨著您。您快到養心齋去，皇上在那兒等您。」和珅自覺得意了一番，對總管太監說道：「臣也是無時無刻不在想念萬歲爺啊。」

命轎直趨養心齋。養心齋是乾隆皇帝和皇后在宮中的避暑場所。乾隆皇帝因為臺灣戰事一直沒能前往承德避暑山莊。養心齋座落在後宮御花園中的堆秀山腳下，面臨北海。堆秀山怪石嶙峋，拔地而起。山石受各處噴泉的澆灌，處處透出濕意。和珅下了轎，順著御道快步向養心齋走去。高大的紅色宮牆下站著兩排當值太監，一個個面色嚴峻，垂手肅立。和珅有些心跳，猜不透乾隆急於要見自己的真正目的。

正疑惑間，裡面傳出：「宣和珅進宮見駕。」和珅加快步伐，剛跨進養心齋，但見乾隆皇帝正坐御座前，望著堆放前面的案桌前的奏摺，一臉怒氣。和珅連忙跪倒，說道：「奴才和珅，叩見皇上。」乾隆長吁了一口氣，說道：「暑熱難耐，戰事也難耐，朕食不甘味、寢不安眠。」和珅仰頭說：「皇上何慮至此，我此次前往閩浙一帶，只見士氣高漲，聞說，常青又重創林爽文等賊匪。」乾隆皇帝，猛地站起，厲聲道：「一派胡言，常青虛報戰功，明明處於不利局面，還仍在欺朕，這就是你推薦的門生嗎？」和珅顫抖地說：「皇上，奴才、奴才也是聽一面之辭，奴才該死。」乾隆擺手，「起來落坐吧，朕不是在怪罪你，朕已閱過臺灣總兵柴大紀的奏摺，才知道事實真相。」

盯著已落坐的和珅，說道：「督交餉銀進展如何？」乾隆說這話時，眼皮閃動。和珅忙答道：「有萬歲爺的宣導，事情辦得很是順利，廣東省洋商潘文嚴、鹽商李念德各捐餉銀五十五萬兩，山東、長蘆鹽商捐銀五十萬兩。兩浙鹽商何永和等捐銀七十萬兩，兩淮鹽商江廣達等捐銀二百萬兩。用以供應軍需和搞賞三軍。」乾隆點頭不語。心道：還是和珅辦事利索。可惜不是武將，要不然，他去臺灣才是最合適的人選。

屋外的蟬聲鳴叫起來，此起彼伏，早有內宮太監取出大塊大塊的乾冰堆放在屋角，涼爽的空氣和著翻閱奏章的音響在屋內滾動。乾隆的臉色始終陰沉著，不似往日快活。「常青仍按兵不動，諸羅危在旦夕。」乾隆的目光停在這一行文字上。爲何擁有五萬大軍，竟不思乘勢攻剿，實不可解。愈想愈氣，拿眼光瞟瞟和珅，心道，和珅推薦的常青竟也是酒飯之徒，貪生怕死之輩，又不好遷怒和珅，一直低頭不語。和珅早從乾隆的神情中，窺探出他的內心世界，他知道。乾隆是礙於自己的情面，不好真說。

那再要推薦誰去呢？如果臺灣不能速度平定，常青受懲不說，可一旦牽連自己，也不是不好收場嗎？腦子飛速地轉了一遍。對了，上次，乾隆不是念叨福康安嗎，儘管他與自己不和。從來看不起自己，可要是此時把他推到臺灣，勝了，在乾隆面前，有薦舉的功勞；敗了，也能借機打擊福康安。和珅清楚地知道，福康安與乾隆的微妙的關係。即使福康安不領情，可乾隆勢必認爲我和珅大肚能容，真正爲皇上分憂，外舉不避仇嗎。想到這，和珅說道：「奴才在閩浙督辦軍辦時，也風聞常青的年邁體質日漸衰微，不能親自，，以奴才之見，不如把他換下，另派一位能征善戰的將軍。奴才認爲，陝甘總督福康安是合適的人選，孔武有力，謀勇兼備，比常青更富有作戰經驗，一生打過不少惡仗、險仗，雖說陝甘一帶還需要他坐鎭把守，但事有輕重緩急先後主次之分。皇上意下如何呢？」

乾隆臉上的陰雲逐漸消散，心道，和珅畢竟是和珅啊，我不止一次聽過福康安的閒言碎語，對和珅頗有微辭，上次爲了監工帝陵修葺的事，兩人各是針鋒相對，水火不容。難能可貴的是，和珅不計前嫌。心胸寬闊得多。當即點頭應允道：「正合朕意。」和珅起座離席，道：「要不要召集其他大臣。」乾隆擺手道：「不必了，朕這就下旨，待會你把朕的諭示送到軍機處傳閱，照此辦理。」和珅又問：「那常青怎麼辦？奴才以為，如果現在降旨給他處分，不合時宜，再說，他也沒犯什麼大錯，賊勢乍起，來勢洶洶，摸不著底細……」

乾隆以目制止和珅，說道：「你的意思，朕明白。常青本當嚴飭，他既不捨南趨北，又不將南路之賊乘勢剿除，豈想在臺灣坐守終老，就能完事嗎？常青年事已高，留在軍營，實屬無益。但朕不想在局勢未定前就拿辦他，等福康安到臺灣後，讓他去決定，如果讓常青幫辦，則留常青於軍營，若留他沒什麼用處，即令其來京晉見。」和珅不好再說什麼。遂告辭出了養心齋。

常青剿辦林爽文起義軍不力，失去了乾隆皇帝的信任。經過一番籌畫後，乾隆皇帝把和珅的意見寫進了自己的諭示中，改派福康安征台。頒佈的諭旨中明確地寫道，命協辦大學士、陝甘總督福康安前往臺灣，替代常青，督辦軍務，又諭令海蘭察為參贊大臣，護軍統領舒亮、普爾普為領隊大臣，各帶內宮侍衛等二十人前往臺灣。

乾隆五十二年八月，授福康安為將軍，調湖南、湖北、貴州等地綠營兵各二千人。以及四川士兵二千名，增援臺灣。實際上，有關派去援台士兵的數目也是和珅規定的，他向乾隆進言，兵貴不在多而在精，況臺灣已有大軍近十萬人。林爽文不過是烏合之眾，虛號二十萬，實際上，真正叛亂之徒不過數萬人，再說。圍剿的大軍愈多，糧草等所需軍餉損耗愈多，頻征軍餉對地方來說可能滋生怨言等等。乾隆照準後，又諭示臺灣總兵，困守諸羅城的柴大紀不必堅持守城，與城共存亡，如遇事急可率軍戰出諸羅城，再圖進取，另加封柴大紀太子少保，鑒於諸羅被圍困日久，守軍與縣民困守奪力，向義堪嘉，特賜諸羅城更名為嘉義縣城。

福康安自從出世的那天起，就受到乾隆皇帝的呵護，寵愛有加的程度連諸皇子也望其項背。他曾參加二征金川之役、平定甘肅回民田五起義，以赫赫戰功贏得了乾隆皇帝的加倍寵愛，以軍功著稱被賜以繪影圖形於紫光閣。

乾隆五十二年八月，福康安坐立不安。首先，他本人並不願意督師遠赴臺灣，因爲臺灣與大陸有一海峽相隔，賊勢又大，地形不熟，種種盤根錯節茫無頭緒，其次，乾隆皇帝調給自己的大軍統共不過六千人，區區兵力，無異於孤羊投狼群。怎奈聖命難違，在前往臺灣的路途中，心情不免鬱鬱寡歡。福康安生得五官端正，雙目炯炯有神，略略鼓起的鼻尖兒頗有幾分鷹嘴形狀，顯得異常機警、敏銳，反過來說，也是一副心量狹窄、嫉能斥才之輩。待到閩浙前線時，終日坐望平闊的海水，無所事事。

提筆給乾隆上了一封奏章，寫道：「臣遵旨在途中，拆閱常青等奏摺，知南北兩路官兵尚未得手，所稱兵力不足，以屬實情。現在，雖有添調的浙粵官兵陸續配渡前往，但該兵丁等尚未出征，恐不能十分得力，川兵尚未到達。柴大紀力捍孤城，坐困已經數月，常青雖派人帶兵往援，可惜兵力不多，日漸消耗。士氣不旺、亦難即時進剿。如於府城各營中，撥兵前往救援，而賊人狡計百出，見官兵全集諸羅，又恐乘虛滋擾府城，臣通盤籌畫，所有前奉諭旨徵調的各省士兵八千名，懇請皇上嚴飭各督撫速撥赴閩，聽候調用。」寫完後，以加急快報報奏乾隆。自己就待在總督府中消遣作樂。

乾隆接到福康安的奏摺後，暗道，福康安有負朕恩，面對區區賊眾，憑著一生征戰的經驗，怎麼會有畏難心理呢？一定是福康安覺得賊眾勢力過強、官兵力量太弱，才表現出了畏難的情緒。當即召集了眾位軍機大臣商議。和珅自然又少不了一番高論，說福康安乃將門虎子，皇上對他情同父子，即使爲君臣之名分，福康安也當奮勇進擊。又可能是福康安數年來不打仗，用兵生疏，信心不足等等。乾隆稱讚和珅說得好。

只有大學士、首席軍機大臣、一等誠謀英勇公阿桂進言獻出了具體的戰略佈署。阿桂建議，賊衆居高臨下，官兵進剿，必須仰攻，這就不能察其虛實，而林爽文等則可以伺兵停兵間歇之際，前邀後截，四出滋擾。如果撥兵堵禦，則官兵不夠分派。只有將府城，諸羅、鹿仔港等緊要地方先駐兵防守，再選精兵二、三萬，搗其巢穴，才易成功。乾隆皇帝對此大加贊許，基本採用了阿桂的建議。和珅多少有些難受，遂又舊話重提，將攻心爲上的陳詞濫調又說一遍，乾隆也給以贊許，當下，心裡才平衡些。

於是，乾隆在八月二十四、二十五、二十六三天之內，連下三道諭旨，爲福康安分析進剿必勝的原因，給以鼓勵。乾隆皇帝在諭旨中寫道：「臺灣戰事從興起到今天，無不與當地官員有密切關係，前因處置不當，致使民怨沸騰。後因圍剿不力，致使賊勢猖獗。最重要的是因爲常青辦理剿捕林爽文事，怯懦因循，茫無成見，故特派福康安前去更換，督辦軍務，今閱福康安上奏摺，看來福康安竟有畏難之意。現在添兵不算不多，何況福康安帶領巴圖魯侍衛等百餘人，都屢經行陣，矯健可用。以這麼多兵力，又有奮勇帶兵人，福康安大可不必畏怯。福康安，身爲統帥，軍中俱視其意向，若先有示怯之意，則以下將弁等，更必心存懦怯，士氣豈能振奮？福康安務須堅持定見，胸有成章，相機妥辦，不可稍涉遊移。朕庶念軍務，早已通盤籌畫，今不妨爲福康安明白宣示，使之安心。福康安不必前往府城，而要集中精銳士卒，直接進攻林爽文的大本營，即賊窩大理杙，這樣賊人聞之，自必回顧巢穴眷屬，諸羅之圍，可不攻自解，南路莊大田部，也必聞風驚潰，紛紛解散，這正是聲東擊西計。如果敵人由諸羅返救，福康安可迎頭截殺，柴大紀在後跟蹤追剿，使其首尾受困，自可全部就擒。如果敵人不返救，福康安可掃平敵營後揮兵回救諸羅，敵見巢穴已傾，自可不戰而潰，最爲上策。」

乾隆又最後寫道：「朕臨御五十年，於一切重大事物，經歷不知凡幾，無不通盤籌畫，熟慮機先。今委福康安以剿捕之任，豈有令其冒險前進之理。無論福康安允經簡任，寄以股肱心膂，事無巨細，無不休戚相關，斷不肯置伊於險地，豈有福康安為朕所親信倚任之人，轉不為之計出於萬全耶！朕之待福康安，不啻如家人父子。恩信實倍尋常，福康安亦以當伊父傅恒事朕之心為心，竭力奮勉，一力擔當。」乾隆皇帝的這些話可算得上是推心置腹，無疑增加了福康安的信心，解除了他的疑慮。

福康安決意離開總督府，前往海港崇武澳，泛海東渡。奈海蘭察因係乾隆後來任命參贊大臣，尚未抵海，只得一邊習武，一邊籌畫方策。

福康安的臥室掛著一張寬闊的黃綢帳。不時有風吹進來，黃綢帳輕輕地擺動，彷彿是一種召喚。臥室很暖和，門簾和窗簾使這間臥房變成柔軟舒適的安樂窩，溫暖宜人，香氣瀰漫。剛進營房時，守營的親兵悄悄地附在福康安的耳邊嘀咕了些什麼，福康安頻頻點頭，心領神會地趕回去。他知道，地方官又有進貢的美女了。其實，福康安這一路上趕來，每到一處，負責接待的官員都了解到福康安有這麼一嗜好，即好色。

當然，以福康安的身份、地位，想要巴結討好他的人自是不乏的。福康安走進臥室，隨手把門關上，把一個喧嘩騷動的世界關在門外。目光直盯著黃色綢帳，彷彿要穿透它直視裡面的一切。福康安「咳」了一聲。果見，帳縵撩動，從床上滑下一絕色女子，穿著一件珠灰色連衫裙式的睡袍，衫裙鑲著白色的鏤空花邊，很像在灰白天空上看到的積在屋頂邊緣的那一條條白雲。頭上戴著一些凌亂的頭飾，還沒有完全摘去，捲曲的烏髮朝上梳著，挽成一個髻，非常迷人，那女子見了福康安連忙道了萬福，嬌滴滴地說：「奴婢特來伺候大人，望大人笑納。」福康安聽那聲音，身子骨已酥了一半，連忙上前扶住，問道：「你叫什麼名字？怎麼穿戴如此素雅，不似一般妓院女子腥紅濃香。」那女子幽幽道：「貧女係一風塵女子，哪裡能有什麼名字，自幼隨母親飄泊過活，只因母親偶染瘴氣不治身亡，遂淪落福州，入了翠紅春館。只是不肯接客、被趕出來。貧女來到海邊幾欲自殺，被一孤寡婦人所救，收為女兒。不想，昨日去港口賣蝦，被港口督辦拿來，說是有位京城大官要收奴為妾。叫奴好生侍候。」

福康安柔聲道：「這……本大人給你取名叫翠春，若能合大人的心意，本大人回京時，也就把你帶著。」翠春表面上看十分柔弱，一陣宛若遊絲的輕吟歎息，也讓人憐愛備至。福康安顧不得去辨真假，兩手抖索地摸著翠春腰部以下的弧線，悄悄一使勁，衫裙滑落，露出了肩膀和半個背部，這是一雙非常美麗的肩膀，又白又胖，像磨光的石板路一樣，光潔細膩，令福康安垂涎。可別說，在這一路走來，這一個，是福康安最稱心的一個。福康安哪裡還能自持。抱起翠春擁到床上，借著室內的燭光，福康安把女人的肉體從上至下，細細打量了一番。那被福康安叫做翠春的女子一反剛才的柔態，仰起臉把嘴湊上來，讓福康安親，抱住福康安的頭顱按到她的胸上，秀美的臉龐泛著淡淡的紅暈，煥發出楚楚動人的光彩。福康安毫不猶豫地順從她的願望。

此時，屋外的海風也刮去了滿天烏雲，刮來了一輪明月和滿天稀疏的星斗。當那皎潔的月光透過窗簾照進臥室時，福康安也像風暴過後的港灣，異常寧靜，有一種甜蜜而憂傷的疲倦，蒙繞在心頭，揮之不去，他慵懶地對翠春說：「老實說，還真沒見過像你有如此高藝技的女人來。」那女子撲嗤一笑，道：「大人、你以後就知道我是誰了，誰敢把我支使來給你享用。」福康安道：「這麼說，你還大有來頭了。」那女子莞爾一笑，俯下嘴親了親福康安，口唇溫軟柔和，充滿感激地說：「奴婢是和大人侍女。是和大人特地遣我來陪你，和大人怕南蠻女子不稱大人的心意。」福康安聽了默不作聲，心道，白天聽說和珅來到閩浙前線，不是又匆匆回京了嗎？難道他的事辦好了嗎？

實際上，和珅帶著乾隆皇帝的聖旨，在福康安抵達閩浙時，已在浙江、廣西、江南一帶征派了大米一百多萬石，運往福建供應軍糧，以及救濟臺灣的災民貧民，為福康安的進軍做了充分的保障。途遇海蘭察等一千人，交由他們押護前線。另一方面，乾隆還採納和珅的建議，採取瓦解林爽文起義軍等一系列步驟。

乾隆諭示軍機大臣：彰化等處賊匪屯聚，雖據稱有一二十萬人，但係被賊用威迫脅，勉強聽從，不過烏合之眾，今經傳旨曉諭，即有民人自訴並非賊黨，是賊匪雖眾，易聚亦易散，若能設法招徠，自當紛紛投出，賊黨日就解散。乾隆五十二年十一月初一日，在福康安即將渡海赴台時，乾隆皇帝又頒佈諭旨具體指示：廣東莊民同心向義，視賊如仇。南路村民莊人，見大兵雲集，賊黨解體，紛紛呈請賞給腰牌，作為良民憑證。福康安即將所過的北路地方，對各村莊安分百姓，也應當賞給腰牌，使有所識別，安莊服業，自為守禦。這樣既可安民心，也可在官兵進勦後，可以協助，以免賊人潛出滋擾。各處義民隨同官軍堵禦防守，頗為出力的，待即日大兵進勦時，正當鼓勵義勇協力助勦，若減其口糧，恐其貲糧不給，或致漸行散去，轉阻其急公效用之心，應照常支給口糧，不可輕議裁減。

後來的實事證明，許多林爽文起義軍投向官軍，甚至莊大田因為散去的人很多，不得不搬移家眷，到石仔瀨地方潛伏，以致聲勢大減。而跟從官軍的所謂「義民」則愈來愈多，他們支持官兵進攻，衝殺在前，有力地改變了官兵的被動局面。

福康安遵照乾隆皇帝的諭旨行事，在九月下旬的一個奏摺中，提出了自己赴台以後的作戰計畫。他準備由鹿仔港進勦，南北兩路並力合攻，使林爽文起義軍勢力分散。乾隆當即再召軍機大臣商議，意見不一。乾隆皇帝是一位對軍旅要務晝夜思考、無微不到的人，他看完福康安的奏摺後，馬上覺得有不妥之處。因為柴大紀久困諸羅，糧盡彈絕，疲備不堪，手下三千左右的弱兵，無法從南路合力進攻，參贊大臣恒瑞擁兵五千，長期坐守鹽水港，常青仍在府城擁兵自守。萬一福康安進攻後，這些人跟不上去，福康安豈不成了孤軍作戰？如果林爽文、莊大田再兩路夾擊，福康安有可能陷入極為危險的境地。福康安好歹也算是自己的兒子，怎麼能讓他冒這個危險呢？考慮到這些，乾隆在福康安的奏摺上批道，此事不妥。就現在的情形而論，自先以援救諸羅為要。

福康安到鹿仔港後，等候川、黔、廣西兵到齊，即直抵諸羅。常青守臺灣府城尚屬有餘，即使府城陷失，也不能收復。乾隆皇帝還把柴大紀上奏的疏言當著軍機大臣的面親自誦讀一遍：諸羅居臺灣南北之中，縣城四周，積土植竹，環以深濠，濠上為短垣，置防衛、堅固異常；一旦棄之而去，為賊所得，慮賊勢益張，鹽水港運道亦不能保，皆諸羅城內外居民及各莊避難入城者共四萬餘人，助攘協守，以至於今不忍將此數萬生靈，付逆賊毒守，唯竭力保守以待援兵。乾隆念著念著，眼淚竟然熬不住，一點一滴、濕透奏本。

兩班列立著的軍機大臣各個唏噓感歎一番，連說柴大紀忠勇。乾隆提筆寫道：柴大紀所奏忠肝義膽，披覽為之墮淚，大紀被困日久，心志益堅，勉勵兵民忍饑固守，唯知以國事民生為重，古之名將，何以加之哉？特封柴大紀為一等義勇伯世襲罔替，並命浙江巡撫拔給柴大紀家小白金萬兩，以示嘉獎。急促福康安速速赴台，不能再耽延下去。

這一日，正為風急浪高，海峽難渡而發愁的福康安蜷縮在被窩裡正與翠春相擁而眠。屋裡的陽光把福康安的雙眼刺得一陣緊閉，福康安一個激愣，醒過來。神色黯然，情緒較之晚上明顯低落。他披衣下床，回望水仙花般的美貌的翠春，又是一陣喜悅。感到和珅為了巴結自己竟送來了貼身的婢女，自是一番得意，想想過去，自己對和珅的深惡痛絕之神態是不是有些過分了，覺得以後為人處事還是糊塗一些好。

只要對自己恭敬的人即使有天大的疵點，也馬虎了事。何必要擺出一副盛氣凌人的架式呢？想著想著，福康安竟身不由己地伸手摸了摸翠春的臉蛋，仔細凝視一會，禁不住又墜入了那種旋轉著的身不由己的恍惚狀態。又在她嬌嫩柔軟的胸脯上按了按，感到有些頭暈目眩。又俯下身子在翠春的緋紅雙頰、朦朧醉眼上用嘴來回蹭了幾遍。翠春被弄醒了，一副千嬌百媚恣態可掬的模樣。福康安正欲上床，只聽衛兵在門口叫道：「參贊大臣海蘭察率兵在營外恭候。」

海蘭察，朵拉爾氏，滿洲鑲黃旗人，世居黑龍江。乾隆二十年以索倫馬甲從征準葛爾，生擒叛軍頭目，賜號額爾克巴圖魯，累遷頭等侍衛、尋騎都尉兼雲騎尉，世襲。繪影圖形於紫光閣，乾隆三十二年以記名副都統從征緬甸，戰功赫赫。以後遷升鑲黃旗蒙古副都統，擢正紅旗蒙古都統、侍衛內大臣，大小惡戰上百次，多是親自赴湯蹈火，勇猛無比，賜一等超勇侯，雙眼花翎。

此次，授海蘭察為參贊大臣，代替恒瑞。一路帶著二十名巴魯圖日夜兼程趕往福建，又恰遇和珅征派的糧草車，遂一路協助押送，今日才算和福康安會合一處。福康安連忙整理衣冠，出門迎接，因為，福康安也素聞海蘭察的英勇，對他自然敬畏三分，臺灣的惡戰多半要交由海蘭察去衝鋒陷陣，還得倚仗他呢。福康安接入海蘭察，分官階高低，客主落座後，福康安向海蘭察透出了最新情況，按乾隆爺的佈署，初步擬定了作戰方案。

乾隆五十年十月二十八日，福康安、海蘭察等統領廣西綠營以及四川士兵五千名，乘戰船一百餘艘，離開崇武澳，泛海東渡，二十九日，順利抵達鹿仔港，當時正遇大海退潮。船退在寬闊無垠的碧波上因無法進港被迫停泊一段時日，福康安望著肆虐的海水，急得猴樣似的，進也不是退也不是，幸好有和珅送的婢女在身邊陪侍，度過了枯躁難捱的兩天。直到十一月初一，潮水不再蜂湧而退，海面平靜下來，福康安等大軍才得以棄舟上岸。那邊鹿仔港守軍在恒瑞的帶領下列隊城下鳴炮歡迎，不少城中百姓也喜不自勝。大軍入城安定，福康安即傳出諭示，將恒瑞革職拿辦，押赴閩浙總督李侍堯處，同任承恩、黃任簡一樣關入大牢。

肌膚嶙峋身軀逶迤的巨人八卦山，受傷般地臥在大理杙南面三十八里處，山上的松柏如濤，巨石如獸。這是從臺灣島中央山脈一路起起伏伏衝殺過來，一直逼到海岸邊的一組連綿山的一部分。站在高高的八卦山頂，順著山勢望去，山勢有如長龍昂著甩尾奔突而去。周圍環以八座山卯，依次分爲乾、坎、艮、震、巽、離、坤、兌，故得名爲八卦山。金戈鐵馬似的秋風在這裡碰撞，融合，垂落，呼嘯不止。海蘭察於初四清晨受命帶領巴圖魯等二十餘人前往八卦山一帶，窺探林爽義的虛實。

按照戰前佈署，海蘭察大造聲勢，做出要進攻林爽文的老巢大理杙的架式，實則由福康安暗中率大軍直趨嘉義城（原諸羅城）。果然，林爽文在八卦山上設卡豎旗，支架大炮，戒備森嚴。海蘭察身披一件黑色的鐵甲，形狀上如背褡，下面只齊乳部長短；腹裏了幾圈鐵鏈，狀如圈籠；膝部掩著幾道鐵片，頭戴一頂生鐵盔，前有兩片護面，與頭盔鑄在一起，左手執一塊盾牌，右手執一條不長的標槍。

僅這身裝束，常人披掛起來，休說爬山過嶺，衝陣作戰，便動彈也恐不易，但海蘭察自幼習武，訓練有素，穿戴起來，矯如虎豹，海蘭察透過山崗濕氣，隱隱看見有人影在山頂晃動，立即命令，彈藥上膛的火槍手一齊鳴射。

剎時，槍炮震天，地動山搖。海蘭察躍馬蹬上山頂，刀劍齊下，所屬手下的巴魯圖二十多人個個爭先、人人逞勇。起義軍來不及裝炮，來不及投槍射箭，都被嚇暈了，他們印像中的清軍哪是這樣孔武有力、勇猛無比？平日交手，只需吶喊幾聲，清軍必潰如潮水。自己只有追殺的份，哪像今日被清軍追殺，不由得兩腿發軟，踉蹌而逃。不及一個時辰，海蘭察遂佔領了八卦山，帶著清兵，旗幡招展，對爭著爲清軍做嚮導的各莊義民宣稱要進攻林爽文的巢穴，民眾歡呼聲四起。喑地裡，悄悄回兵，直抵嘉義城。

那邊聞得林爽文已將圍困嘉義城的一半起義民調走保衛大理杙，這邊福康安就集中了原來所帶的五千名廣西兵、四川兵，又在別的營內挑選得力兵丁六千餘名，另加義民千餘人，共一萬多大軍，浩浩蕩蕩進攻嘉義。福康安在大內侍衛的保護下，隨軍前行，一路上，不時地向眾將官面授機宜，把兵丁分作五隊，義民分成兩翼，搜索前進。

初八日黎明，清軍行抵蒼仔頂，遭遇伏擊，四五路人馬，往來衝突鏖戰。福康安在高處督陣，遠遠望去，兩軍如在奔雷急電之中，目不暇接。起義軍彷彿從地下鑽出來一樣，愈來愈多，吶喊聲四起，擠得大軍陣腳有些移動。有的軍士慌恐萬狀，掉頭亂跑；後面的不知原委，以為清軍已經敗北，也隨著潰散。福康安的坐騎長嘶一聲，差點把他從馬背上掀掉地下。福康安驚得一身冷汗，按住戰馬，大聲喊道：「後退一步者，定斬不饒！」又急令：「各分隊將領，扼守要點，左右堵禦，義民則分路焚砍竹林蔗田和草堆。打開出一片開闊地界。」清軍在福康安的沉著指揮下，慢慢找到些感覺。

突然，鼓聲四起，山炮齊發，炸得清軍血肉橫飛，拋到空中的草團還帶著火焰四下飄散，起義軍又是一陣吶喊，人流洶湧向後，福康安不由大驚失色，大聲問：「海蘭察怎麼還不見到來！」話音未落，又見起義軍陣腳大亂，其後面喊殺聲震天價響，彷彿有成千上萬的人山呼海嘯般喊著「殺」啊——無數面戰旗在半空飄舞，時而如流星般聚到一處，時而形成一方一方的「田」字形迅速向清軍湧過來，不會多，果見海蘭察率一標人馬潑風似地趕到。海蘭察一聲發喊，縱馬入陣，一連挑死七八名起義軍，馳近一個頭目，右手一揚，一隻如電馳的飛鏢正中那頭目的面頰，慘叫一聲摔下馬去，其他巴魯圖、侍衛等人緊隨其後，飛馬直入，所向披靡。

福康安大喜，高聲叫道：「賊匪已亂，殺啊！」在親兵的護衛下，趁勢掩殺過來，先前那些往後逃跑的膽小軍士們也衝捲回來，吶喊向前殺聲不止。林爽文起義軍和守八卦山的兵丁一樣，初次遇到強敵，但見清軍的服飾也不整齊劃一，不知是哪裡來的亡命之徒，驚恐萬分，敗下陣去。清軍打通道路，人馬未歇，連克埤長莊、海豐莊等地方。當大軍抵至距嘉義七里的牛稠山時，林爽文軍集合一萬餘人包圍過來。

海蘭察率隊渡過湍流不止的大溪水，衝入敵陣中，搶佔了山頭，後續清軍不敢怠慢，萬頭攢動、摩肩接踵。馬蹄聲，腳步聲，喊殺聲，兵器碰撞聲，交匯在一起震耳欲聾。海蘭察衝過石橋，揮刀飛舞，迎面而來的雨點般的箭矢紛紛墜地。海蘭察遙見敵軍膽寒，有後退之意，想趁敵軍怯戰的刹那，斬將奪關，兩腿猛夾馬肚子，戰馬長鳴一聲，旋風般地衝下山去。

海蘭察如驍悍的大豹衝入羊群，左右衝突，銳不可當。左手盾牌剛擋住對方刺來的刀槍，右手的鋼槍就閃電般隨著刺去，敵人便應聲而倒。轉過身，左一擋、右一刺，又一個敵兵倒地。幾個敵兵衝過來，刀槍齊出，碰著他身上的鐵盔鐵甲鐵鏈，鏗然有聲，隨即鋼槍如奔星，又一個橫屍眼前。海蘭察已連換三匹戰馬，面目上的所濺鮮血已能下流，和著汗水，腥味刺鼻。海蘭察的勇猛大大鼓舞了清軍士氣，終於殺退敵圍。趕到嘉義城下時，又是一陣猛衝猛殺。林爽文義軍抵擋不住，紛紛敗逃。福康安帶領軍隊於當天傍晚進入嘉義城。是時，雷雨交加，被困五個多月的嘉義城終於解圍。

嘉義城周圍狹長幽深的數十里開闊的田野中，浮動著千帳燈火，襯著烏雲密佈的天空，閃閃爍爍，宛如天上的銀河傾斜，瀉下了繁星萬點。如此熱鬧的燈光彙聚，對於城中的百姓來說，無不是聖火一般令人朝拜。城中兵民不顧天氣惡劣，冒著瓢潑的大雨，簞食壺漿，紛紛湧上城牆，湧上街道兩旁，歡聲震地，許多人跪在道路兩邊，有的哭、有的笑。

福康安頂著風雨，率隊進城，望著城中的兵民個個面黃肌瘦，疲憊不堪的模樣，在馬上也是直掉眼淚。這一戰，林爽文軍被殺八百多名，騎馬指揮頭目陣亡六名。福康安知道，經過這一仗的洗禮，清軍打出威勢，從此以後，清軍征台戰役就會發生了根本變化，林爽文的賊軍只能日漸衰落，如喪家之犬，惶惶不可終日，戰爭的主動權牢牢地掌握在自己的手中。

柴大紀被雨水澆透的臉在燈火的映襯下，有些慘白，恭立在城外迎接福康安。前文表過，由於柴大紀困守諸羅有功，乾隆為他授爵位，官拜陸路參贊大臣，見了福康安，忙上前問安，卻沒有下跪拜禮。福康安不由面色一冷，幸好有夜幕罩著掩飾，柴大紀也沒察覺。

福康安心中已是不悅，但見柴大紀、眼窩深陷，身子哆嗦，模樣甚為可憐，又想到乾隆皇帝對他的獎賞，其中特別提到要他和自己一道入朝瞻覲等語，只得心中稍忍。笑道：「柴大人辛苦了，諸羅城能被聖上賜名為嘉義，實在是因為有你柴大紀啊。快快上馬，你我並駕入城，接受歡呼。」柴大紀也不推辭，跨馬導入。按照清朝軍制，下屬迎接上司，須要身執櫜鞬，不能並馬入城，柴大紀少許失禮，料亦無妨。他哪裡知道這福康安度量淺狹，挾恨懷仇，柴大紀的性命，就要斷送在福康安手中。此是後話，暫且不表。

福康安出兵獲勝的奏報傳到京師，乾隆皇帝非常高興。早在十一月初四日時，乾隆皇帝看到奪占八卦山的奏報後，就曾諭示軍機大臣說，海蘭察所帶巴圖魯、侍衛只二十餘人，就能直抵賊人設卡處所，殺死賊匪，擒拿活口，士氣人心，為之一振，詢為事機順利，極好言兆。十二月二十四日，乾隆收到福康安關於嘉義解圍的奏報，抑制不住心中的喜悅之情，立刻召見了和珅、阿桂等文武大臣。和珅進言，應重獎福康安、海蘭察等清軍將士。

乾隆立即頒佈諭旨褒獎說：福康安、海蘭察督率將弁官兵，鼓勇前進，不等候貴州、湖南續調官兵，也不避險阻，將各莊屯聚賊匪痛加殲殺，直抵縣城，數月之圍應手而解，城內數萬生靈均獲更生之慶，此皆福康安等調度有方，振作士氣，故能克敵制勝，迅奏捷音，自應優加寵系。福康安、海蘭察俱係侯爵，著晉封公爵，各賞紅寶石帽頂，四團龍補褂，以示優異。其餘戰將如鄂輝、穆克登阿、普爾普等一併從優敘議。

福康安滿肚子的不高興。入城後，任柴大紀再三挽留，將息幾日，稍做整編，再圖進取，福康安俱不答應。休息一晝夜後，仍命海蘭察爲先鋒，自率兵爲後應，往搗大理杙巢穴。留柴大紀在城內安撫百姓，分發糧食，賑救饑民。柴大紀就動手籌辦開設粥場事宜，幾天工夫，便在嘉義城的東西兩處籌辦起三個粥場。粥場設立起來後，日夜做飯，供給那些腹中無食，餓得眼黑心慌的上年紀的和生病的市民。饑餓的市民和一大批一大批從城外湧進的村民拖著衰弱的身軀，懷著求生的渴望，從城裡城外四面八方不斷地湧向這裡。天還不亮，天還下著濛濛濛細雨，粥場的四口大鍋前便排了長長的四隊人。天剛亮不久，繼續在這饑餓的隊伍後挨個兒的更是縷縷行行。大鍋裡煮的是小米、高粱米、米糠和野菜混合在一起的稠粥。每一口大鐵鍋裡的粥都有幾百碗。凡是在大鍋前排隊的難民，一人可以領一碗粥，不許冒領。

福康安等解嘉義之圍後，林爽文退到小半天山。該山位於嘉義城北，四面懸崖陡絕，易守難攻。十一月十八日，福康安率領將士兵分各路發起進攻，經過幾次爭奪，清軍終於攻克小半天山。林爽文軍退守六鬥門，六鬥門是四通八達之地，林爽文爲了阻止清軍騎兵的衝突，在通往六鬥門的路口挖掘了陷坑，密佈竹竿。此時，福康安採納了海蘭察繞道由稻田行進，因爲稻田已經收割，泥濘漸乾。清軍四面圍攻，用利刃長刀砍倒竹圍，攻破隘卡。林爽文又退守水沙連山口。福康安、海蘭察等分別由山左山右搜捕前進。

原來，林爽文軍的眷屬在此山中，由千餘名起義軍護送車輛緣山樑行走，另有千餘名義軍斷後，林爽文的部將蔣山國騎馬執旗往來指揮。清軍在蕉林竹圍內攀緣而上，海蘭察一邊進攻，一邊射箭，蔣山國中箭受傷被擒。林爽文眷屬車牛中炮驚逃，自相踐踏，死傷無數。於是，清軍直攻大理杙。大理杙東倚大山，南繞溪河，砌築土城，密設大炮，內立竹柵兩重，城外溝渠重疊，防守森嚴。清軍到了大理杙時，天已黃昏，大理杙中，衝出一支人馬迎戰。

海蘭察分兵千餘，暗伏溝塍間，候敵人到近處時，清軍一齊發銃射箭，密集如雨。從暗擊明，百發百中，敵眾連忙滅火，鳴鼓來攻。海蘭察又命士兵伏倒在地，待聲音離近時，朝著聲音方向猛攻不止，海蘭察躍馬入陣，衝亂林爽文起義軍的陣腳，大理杙被清軍攻克。福康安命兵丁將大理杙夷爲平地，房屋焚毀，稻谷散給義民作爲口糧，牛隻衣物賞賜給兵丁。

林爽文見清軍長驅直入，聲勢日盛，自知難以抵擋，攜家眷逃往集集埔。集集埔是南北斜對，兩山之中橫繞濁水溪，林爽文軍阻溪守禦，還在陡崖處壘砌石牆，堵塞了通路。福康安命大炮轟擊，林爽文以炮還擊，一時間，山上山下，鼓聲、炮聲大作，雙方相持不下。海蘭察冒著炮火帶了數十名巴魯圖、侍衛乘馬渡過溪水，攀援上山。福康安隨後驅大兵泅水渡河，在一片狂呼聲中，海蘭察率眾人推倒了石壘，重重的圍柵也譁然洞開，憋足了勁的士兵們舞著大刀逢人就砍，剛喘息未定的起義軍都累得筋軟骨酥、毫無鬥志。

黑暗中，刀光翻飛、火花四濺。林爽文勉強支撐了約摸一袋煙的工夫，便垮了下來，潰敗時的起義軍滾落下山及落入溪中淹死者比被殺死的人還多。集集埔失陷，林爽文引一支不過百人的起義軍遁入重疊的大山中，福康安，海蘭察迅速封鎖海路。派副將沿途搜尋，終於在乾隆五十三年正月初五，捕獲林爽文。此後不久，福康安、海蘭察分路進攻莊大田部。在溪深嶺峻、大山圍繞的大武壟一帶惡戰一場，奈莊大田軍寡不敵眾，失敗後潛匿在樹林山溝中時，終被清軍擒獲。

按照清廷律令，林爽文、莊大田等幾十個人被押赴京城，凌遲處死。一個個人頭懸掛在菜市口刑場的上空，彌漫在空氣中的血腥味，似乎也讓京城的百姓感受到戰爭的結束，一場勝利者對失敗者的殺戮的結束。被押解京師的林爽文在肉身經歷三千六百刀的酷刑折磨後，又被割下首級在菜市口梟示，時年爲乾隆五十三年三月初十。林爽文這位未及而立之年的會黨領袖終於敗在年近八旬的乾隆手下。失敗者付出的代價是生命，而勝利者付出的代價卻是生命加數百萬兩的軍餉。

梟示的人頭已經變成骷髏，潛伏在各地的秘密社會首領卻依然如故。屢遭鎮壓的白蓮教首領，也在秘密收徒、傳教，醞釀著一次新的更大規模的社會動盪。

做夢都沒想到自己會被正法的原總兵柴大紀，此時，才明白自己的頸上人頭也和林爽文一樣要被割下示眾，內心悲憤萬狀。他一半昏迷一半清醒，雖已五天五夜水米不進，可居然還是沒有死。軀殼又軟弱又沉重，躁攏不堪，魂魄卻自在無羈，從心所欲地飄渺在似夢非夢的境界之中。家鄉的那口水塘不再清澈見底，而是黑森森地閃爍著螢火般的漣漪。

這僅是福康安一手導演、和珅攛掇而成的一幕悲劇。

那日，在嘉義縣城，所見所聞的皆是柴大紀的忠勇贊詞，福康安本已不快的心中又添了把燃著的乾柴，暗地裡著人馳遞密奏，說，柴大紀詭譎取巧，蔡攀龍奏報不實，尤其是所獲賊軍的口供，臺灣起事的原因直接就在柴大紀處置不當，加之平日貪污營私，收受賄賂，致使民怒沸騰。乾隆皇帝猜想，福康安自恃官高，柴大紀屢蒙褒獎，稍涉自滿，對福康安有些失禮，因此才被參劾。

遂直接說，柴大紀困危城久，蔡攀龍亦有勞意，或許他們二人有些不盡福康安的禮節之處，爲福康安所憎恨，含在心裡，福康安宜存大臣體然，如此做法，不若傅恒遠也。福康安受了乾隆的申飭，豈肯善罷甘休，接連又是幾個彈章，列出柴大紀到臺灣二年多時間所貪污的具體數額。導致島內府中空虧，入不敷出，且去路不明等。

乾隆有心按下不查，但又怕傷了福康安的進取心，於是一面告知福康安專心圍捕，一面派和珅前往閩浙處，調查黃、任二人及常青、恒瑞諸人。和珅觀花走馬地去了一趟，抓住了一個解救常青、恒瑞的極好時機，復奏：「大紀如何貪黷、如何寬縱，致使孫景燧放火縱燒民營，才臺灣事發，平日倚權仗勢，作威作福、霸佔客家人的肥田沃土，才有林爽文賊眾的事起，建議萬歲爺在鎮壓賊眾時，也對柴大紀革職查辦，肅清貪吏，此種做法早在聖祖爺康熙帝時就有過現成的例子。」

和珅所說的事實，前文也有所交代。乾隆這才由不信到半信半疑，但還是不能定，遂命閩浙總督李侍堯查奏。那李侍堯因畏福康安、和珅的勢力，自然隨聲附和，乾隆又將任承恩、恒瑞等，速回親訊，任承恩、恒瑞等一干犯人，在和珅的授意下，彷彿又遇柳暗花明一般，抓住告倒柴大紀減輕自己罪行的大好時機，都異口同聲地講，臺灣之所以釀成大亂，罪在大紀。柴大紀有什麼英勇，所奏報章，一般由奴才親自轉過來，大都是溢美之辭，也是欺詐之辭。乾隆就降旨革去了柴大紀的職位。

柴大紀無論如何也不能接受這樣的現狀，平定臺灣後，人人都晉封嘉獎，連先前貪生怕死之輩也都因自己獲罪而被釋放，自己成了替罪的羔羊。自念無辜，到京被訊時，自然呼冤不止。乾隆皇帝親自複訊柴大紀，那兩旁坐著和珅和大學士阿桂陪審。柴大紀見了乾隆淚流不止，哭訴道：「想臣在諸羅被圍之時，全憑一顆忠心，滿腔熱血支撐，才有諸羅不破的神話。皇上給臣的聖旨，臣歷歷在目耳熟能詳，皇上讓臣來京見駕，不想就是今天見面的場合嗎？萬歲啊，臣實在不知向皇上盡忠罪犯哪條？」

乾隆見他呼冤不停，又不時背出自己給柴大紀所下的諭旨，心中有些惱怒，臉上紅白交替，心道，有冤訴冤，講什麼過去如何？當年張廣泗不也是朕的股肱之臣嗎？後來，竟挾天子以自威，作事剛愎，排斥異己，培植親信。若不即時剪除，豈不成了年羹堯第二。現你柴大紀不過參贊大臣也動不動拿出聖諭來壓朕。朕頒佈的聖諭難道有錯？此一時，彼一時也。厲聲說道：「朕要問你，你到底有沒有貪贓收賄，有沒有失職黷責？」柴大紀也不做正面回答，只是喊冤。

乾隆大怒。和珅卻說：「有冤喊冤也是常理，可是，你對常青、恒瑞等人的交代揭發，做出可令人信服的解釋嗎。光是喊冤就能說冤了嗎？」不陰不陽的一席話說得柴大紀啞口無言，惡狠狠地瞪著和珅，心道，你自己一身臭狗屎，還說別人屁股不乾淨。當年南巡杭州時，常青與你狼狽爲奸，敲榨多少錢財，不可以數計，今天，倒裝成正人君子，愈想愈氣，不由得「呸」了一口。乾隆見狀，勃然大怒，喝令用刑，兩旁侍衛押著柴大紀往外走。柴大紀自知性命不保，強行推開侍衛指著乾隆和珅大罵一通，什麼昏君奸臣、欺世盜名、滿洲韃子、愚昧透頂等都破口而出，性格剛烈，常人難以企及。

乾隆倒是靜靜地詳聽一會兒，低頭沉思一番，發下聖旨，將柴大紀押入天牢，待秋後腰斬，永不赦免。阿桂本想進言幾句，見事已至此，知道柴大紀的性命已是覆水難收，死灰不燃，只得內心憐惋，低頭不語。

柴大紀感到血肉與靈魂已被監牢的厚重鐵門烤焦焙乾，化爲陣陣青煙，奇妙的幻景帶來的一絲濕意從喉頭消失，心中那股怨火更加炙得令他難以消受，剛睜開的雙眼又緊閉起來。在一片模糊的幻影中又昏死過去……

乾隆五十三年三月，乾隆皇帝諭示軍機大臣，把他寫的《御制剿滅臺灣逆賊生擒林爽文紀事語》、《御制福康安報生擒莊大田紀事語》、《御制平定臺灣功臣像贊序》三篇文章，用滿、漢兩種文字書寫，鐫刻在臺灣府城以及廈門新建立的三座碑碣上，用以表明皇上勤政愛民明愼用兵之意。乾隆寫道：「夫用兵豈易言哉，必然凜天命，屏己私，見先幾，懷永圖，方寸之間，日日如在三軍前，而又戒制時，念眾勞，不肯圖逸以遺難於子孫臣庶，藉以屢成大勳，此非天地神明之佑乎，亦豈非弗失良心得天蒙鑒乎。」

三月的避暑山莊，已失去了山莊的自身意義。它早已成爲乾隆大宴臣僚的行宮。旭日初升，微風吹佛，空氣中流淌著酒味與繁花混合的濃濃清香。萬道日光穿過枝葉射進這座神秘的山莊，不時有幾隻大膽的松鼠在樹枝間跳來跳去，古老松柏的樹梢在陽光的映照下交織成一頂頂透明的葉子華蓋，似皇上頭頂的綾羅寶傘，在偌大的山林中，浮蕩著，靄靄的紫霧正順著山坡慢慢地擴散，飄拂著。山莊又迎來一個盛大的慶典。

因平定臺灣有功，乾隆皇帝擺下豐盛的酒筵，宴請眾臣。賜福康安黃腰帶，紫韁，金黃辮，珊瑚朝珠。

賜海蘭察紫韁，金黃辮，珊瑚朝珠，再繪圖形於紫光閣；

賜和珅紫韁，晉封爲「三等忠襄伯」。

乾隆感到和珅雖未親戰，但其功不可小覷，大軍軍餉全賴他一人籌畫，爲以旌其忠，特賜和珅詩一首曰：

承訓書諭兼通清漢，旁午軍書唯明且斷。
平薩拉爾亦曾督戰，賜爵勵忠竟成國翰。

本書完

請續看【和珅秘傳】下

和珅秘傳（上）黑金術【經典新版】

作者：興華
發行人：陳曉林
出版所：風雲時代出版股份有限公司
地址：10576台北市民生東路五段178號7樓之3
電話：(02) 2756-0949
傳真：(02) 2765-3799
執行主編：劉宇青
美術設計：許惠芳
行銷企劃：林安莉
業務總監：張瑋鳳

初版日期：2020年9月
版權授權：北京樂土文化藝術有限公司
ISBN ：978-986-352-873-9
風雲書網：http://www.eastbooks.com.tw
官方部落格：http://eastbooks.pixnet.net/blog
Facebook：http://www.facebook.com/h7560949
E-mail：h7560949@ms15.hinet.net
劃撥帳號：12043291
戶名：風雲時代出版股份有限公司

風雲發行所：33373桃園市龜山區公西村2鄰復興街304巷96號
電話：(03) 318-1378
傳真：(03) 318-1378
法律顧問：永然法律事務所 李永然律師
北辰著作權事務所 蕭雄淋律師

行政院新聞局局版台業字第3595號 營利事業統一編號22759935

定價：280元

國家圖書館出版品預行編目資料

和珅秘傳 ／ 興華 著. -- 經典新版 -- 臺北市：風雲時代，2020.08- 冊；公分

ISBN 978-986-352-873-9（上冊；平裝）

856.9　　109009781